# काला पानी

AF632333

# स्वातंत्र्यवीर विनायक दामोदर सावरकर द्वारा लिखित पुस्तकें

(दस खंडों में)

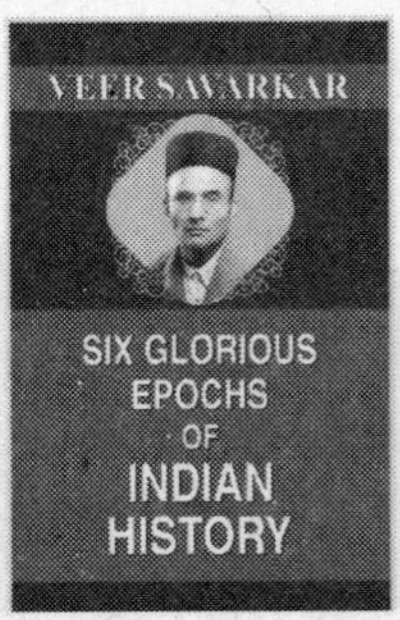

# काला पानी

विनायक दामोदर सावरकर

प्रभात
प्रकाशन

*प्रकाशक*

**प्रभात प्रकाशन प्रा. लि.**

4/19 आसफ अली रोड, नई दिल्ली–110002

फोन : 011–23289777 • हेल्पलाइन नं. : 7827007777

इ–मेल : prabhatbooks@gmail.com ❖ वेब ठिकाना : www.prabhatbooks.com

*संस्करण*

2026

*सर्वाधिकार*

सुरक्षित

*पेपरबैक मूल्य*

छह सौ रुपए

*मुद्रक*

नरुला प्रिंटर्स, दिल्ली

**KALA PANI**

*novel by* Swatantryaveer Vinayak Damodar Savarkar

Published by **PRABHAT PRAKASHAN PVT. LTD.**
4/19 Asaf Ali Road, New Delhi-110002

ISBN 978-93-90101-02-3

₹ 600.00 (PB)

# आमुख

'काला पानी' स्वातंत्र्य वीर सावरकर का द्वितीय गद्यात्मक उपन्यास है। उनका प्रथम उपन्यास 'मोपलों का विद्रोह' अथवा 'मुझे इससे क्या?' था। इससे पूर्व अंदमान में विरचित उनके दीर्घ काव्य 'गोमांतक' को मेरे विचार से कथा-वस्तु तथा गद्य रूपांतर की दृष्टि से उपन्यास विधा में ही सम्मिलित किया जा सकता है।

'मुझे इससे क्या?' शीर्षक उपन्यास के पश्चात् सावरकर ने 'मेरा आजीवन कारावास' के रूप में अपने आत्मकथ्य का एक अंश लिखा था। इस आत्मकथ्य में मुख्य रूप से उन राजबंदियों के जीवन का वर्णन किया गया है जो अंदमान अथवा 'काले पानी' में सश्रम कारावास का भयानक दंड भुगत रहे हैं। इस आत्मकथ्य में कुछ हत्यारों, लुटेरों, डाकुओं तथा क्रूर, स्वार्थी व्यसनाधीन अपराधियों का जीवन-चित्र उकेरा गया है। इसके अतिरिक्त इसमें दो ऐसे प्रकरण हैं जिनमें इन विषयों की चर्चा की गई है कि हमारी राष्ट्रभाषा संस्कृतनिष्ठ हिंदी हो तथा अहिंदुओं का हिंदूकरण करना आवश्यक है। 'मेरा आजीवन कारावास' में 'बालिश्त भर हिंदू राज्य—ओस का एक मोती' जैसी संकल्पना का भी समावेश है। इस पुस्तक का गुजराती भाषा में अनुवाद होने के उपरांत कुछ राजनीतिज्ञों ने ब्रिटिश प्रशासकों से यह माँग की कि इस उपन्यास पर प्रतिबंध लगाया जाय। उसके अनुसार ब्रिटिश प्रशासकों ने 'मेरा आजीवन कारावास' शीर्षक पुस्तक पर तारीख १७ अप्रैल, १९३४ को प्रतिबंध लगाया।

इस प्रतिबंध को हटाने का प्रयास जारी रखते हुए भी यह ज्यों-का-त्यों रह गया। तथापि यह दरशाने के उद्देश्य से कि अंदमान के बंदीगृह में किस तरह कष्टप्रद, तापदायी, अमानुषिक एवं उत्पाती जीवनयापन करना अनिवार्य होता है, सावरकर ने 'काला पानी' शीर्षक उपन्यास लिखा। अगस्त १९३६ से 'मनोहर' पत्रिका में यह क्रमशः प्रकाशित होता रहा था। सन् १९३७ में 'काला पानी' का प्रथम संस्करण प्रकाशित हो गया।

'काला पानी' उपन्यास की कथा-वस्तु कल्पित अथवा मनगढ़ंत नहीं है। वह एक दंडित के न्यायालयी अभियोग पर आधारित है। वीर सावरकर की टिप्पणियों में

इस तरह का उल्लेख किया गया है। यद्यपि रफीउद्दीन, योगानंद, मालती आदि नाम काल्पनिक हैं, तथापि वे उक्त अभियोगांतर्गत मूल नामों से मिलते-जुलते ही हैं। बीच में विख्यात गायक तथा चित्रपट निर्माता श्री सुधीर फड़के इस उपन्यास पर चित्रपट तैयार करना चाहते थे, परंतु नियंत्रक मंडल ने अनुरोध किया कि उसमें रफीउद्दीन नामक जो मुसलिम पात्र है, उसमें परिवर्तन किया जाय। उसके अनुसार नामांतर की अनुज्ञा की माँग जब वीर सावरकर से की गई तब उन्होंने स्पष्ट तथा ठोस शब्दों में कहा, ''इस तरह नामांतरण की अर्थात् मुसलिम नाम हटाकर हिंदू नाम का समावेश करने के लिए मैं कदापि अनुमति नहीं दूँगा। यह दिखाना कि कुछ मुसलिम शिष्ट, साधु वृत्ति के होते हैं, चित्रपट की दृष्टि से यदि अत्यावश्यक हो तो आप कोई नया चरित्र गढ़ सकते हैं। परंतु मुसलिम नाम में परिवर्तन करने के लिए मैं अनुमति नहीं दूँगा।''

प्रस्तुत उपन्यास में एक ऐसे स्वतंत्रता सेनानी का चरित्र वर्णित है, जिसे सन् १८५७ के स्वतंत्रता संग्राम में दंड मिला था। दंड भुगतकर मुक्ति प्राप्त वह सेनानी अंदमान का ही बाशिंदा बना हुआ है। यह योद्धा कपोलकल्पित नहीं है। जब सावरकर अंदमान में थे, उस काल में इस तरह के दो-तीन योद्धा थे जिनकी आयु अस्सी-पचासी के आसपास होगी। इस आयु में भी वे पके पान उधर ही रहते थे तथा उन्होंने सावरकर से गुप्त संपर्क किया था। सावरकर के साथ उनकी साठ-गाँठ थी।

इस उपन्यास की कुछ समीक्षाओं की सावरकर ने टिप्पणियाँ रखी हैं। उन्होंने इस बात पर भी गौर किया है कि इसमें से कौन से वाक्य 'मनोहर' पत्रिका ने निकाल दिए हैं। हो सकता है, उस काल में ऐसे दो-तीन वाक्य अश्लील प्रतीत होने के कारण उन्हें निकाल दिया गया हो। सावरकर के साहित्य में काम्य अथवा ग्राम्य अश्लीलता दुर्लभ ही है, तथापि आचार्य अत्रे तथा प्रो. फड़के जैसे दिग्गजों में जो विवाद हुआ था उसमें प्रो. फड़के ने यह कहा था कि आचार्य अत्रे प्रो. फड़के के साहित्य की हमेशा यह कहकर आलोचना करते हैं कि उसमें अश्लील, बीभत्स प्रसंगों का चित्रण किया जाता है, परंतु सावरकर के साहित्यांतर्गत तत्सम वर्णनों के संबंध में वे कभी चूँ तक नहीं करते, न ही कोई फच्चर अड़ाते हैं। प्रो. फड़के के इस कथन का स्पष्टीकरण करते हुए आचार्य अत्रे कहते हैं, ''फड़के-वर्णित बलात्कार के प्रसंग पढ़ते समय पाठक के मन में यह अभिलाषा उत्पन्न होती है कि वह भी उसी तरह किसी पर बलात्कार करे। परंतु सावरकर-वर्णित बलात्कार के प्रसंग पढ़ते समय क्रोध से खून खौलने लगता है और यह उत्कट इच्छा उत्पन्न होती है कि उस बलात्कारी पापी, चांडाल पर सौ-सौ कोड़े बरसाकर उसकी चमड़ी उधेड़ें, उसे कठोर-से-कठोर दंड दें।'' आचार्य अत्रे की मीमांसा मुझे उचित प्रतीत होती है। यह उपन्यास पढ़कर सुधी पाठक स्वयं निर्णय करें।

इस उपन्यास के सिलसिले में एक पाठक श्री वाचासुंदर सोनमोह, ता. कटोल ने

सावरकर को लिखे पत्र में कहा है—"मेरी यह धारणा थी कि आपका साहित्य रूखा तथा नीरस होता है। मेरा विचार था कि आपका यह उपन्यास भी रसहीन ही होगा। परंतु पहला वाक्य पढ़ते ही दूसरा वाक्य पढ़ने की ललक उत्पन्न हो गई और दूसरा वाक्य पढ़ते ही पूरा अनुच्छेद पढ़ने के लिए मन उछलने लगा। फिर अधिकारियों की ओर ध्यान न देते हुए प्रकरण पाँच और छह के बारह पन्ने लगे हाथ पढ़ डाले। आपकी मालती ने जितना मेरा दिल जलाया है, उतना योगानंद का भी नहीं जलाया होगा। आज तक मैंने सैकड़ों उपन्यास तथा कहानियाँ पढ़ी हैं, परंतु मालती ने तो मेरा हृदय ही चीरकर रख दिया है। आपके रफीउद्दीन ने मेरी विचार-धारणाओं का ही कायाकल्प कर दिया।"

इस प्रकार के और अनेक पत्र तथा अभिमत समय-समय पर प्रकाशित किए गए हैं। अधिवक्ता श्री भा.गं. देशपांडे लिखित—'काला पानी—समीक्षण' नामक सात प्रकरणों और छत्तीस पृष्ठों की एक पुस्तिका नागपुर के विधिज्ञ श्री ल.वा. चलणे ने प्रकाशित की है। इस पुस्तिका में इस उपन्यास के विविध साहित्यिक निकषों पर वैज्ञानिक दृष्टिकोण से साहित्यिक समीक्षा की गई है। इन तमाम कसौटियों पर यह उपन्यास कुंदन हो गया है।

**—बाल सावरकर**

# अनुक्रम

## प्रकरण–१

# मालती

"अम्मा री, एक ओवी* सुनाओ न! हम इतनी सारी मीठी-मीठी ओवियाँ सुना रहे हैं तुम्हें, पर तुम हो कि मुझे एक भी नहीं सुना रही हो। उँह…!" मालती ने अपने हिंडोले को एक पेंग मारते हुए बड़े लाड़ से रमा देवी को अनुरोध भरा उलाहना दिया।

"बेटी, भला एक ही क्यों? लाखों ओवियाँ गाऊँगी अपनी लाड़ली के लिए। परंतु अब तेरी अम्मा के स्वर में तेरी जैसी मिठास नहीं रही। बेटी! केले के बकले के धागे में गेंदे के फूल भले ही पिरोए जाएँ, जूही के नाजुक, कोमल फूलों की माला पिरोने के लिए नरम-नरम, रेशमी मुलायम धागा ही चाहिए, अन्यथा माला के फूल मसले जाएँगे। वे प्यारी-प्यारी ओवियाँ मिश्री की डली जैसे तेरे मीठे स्वर में जब गाई जाती हैं तब वे और भी मधुर, दुलारी प्रतीत होती हैं। अत: ऐसी राजदुलारी, मधुर ओवियाँ तुम बेटियाँ गाओ और हम माताएँ उन्हें प्रेम से सुनें। यदि मैं गीत गाने लगूँ न, तो इस गीत की मिठास गल जाएगी और मेरी इस चिरकती-दरकती आवाज पर—जो किसी फटे सितार की तरह फटी-सी लग रही है, तुम जी भरकर हँसोगी।"

"भई, आने दो हँसी। आनंद होगा, तभी तो हँसी आएगी न! मेरा मन बहलाने की खातिर तो तुम्हें दो-चार ओवियाँ सुनानी ही पड़ेंगी। हाँ, कहे दे रही हूँ।"

"तुम भगवान् के लिए ओवियाँ और स्तोत्र-पठन घंटों-घंटों करती रहती हो, भला तब नहीं तुम्हारी आवाज फटती! परंतु मुझपर रची हुईं दो-चार ओवियाँ सुनाते ही आनन-फानन सितार चिरकने लगती है। यदि माताएँ बेटियों की ओवियाँ सिर्फ सुनती ही रहीं तो उन ओवियों की रचना भला क्यों की जाती जो माताएँ गाती हैं! कितनी सारी ममता भरी ओवियाँ हैं जो माताएँ गाती हैं! मुझे भी कुछ-कुछ कंठस्थ हैं।"

"तो फिर जब तुम माँ बनोगी न तब सुनाना अपने लाड़ले को।" कहते हुए रमा देवी खिलखिलाकर हँस पड़ीं।

---

* ओवी—मराठी पद्य-विधा में प्रचलित एक छंद, जिसमें चार चरण होते हैं—गीत।

लज्जा से झेंपती हुई मालती ने रूठे स्वर में कहा, ''भई, मैं सुनाऊँ या न सुनाऊँ, तुम मेरे लिए एक मधुर-सी ओवी गाओगी न!'' और तुरंत माँ से लिपटकर उनकी ठोड़ी से अपने नरम-नरम, नन्हें-नन्हें होंठ सटाकर वह किशोरी माँ की चिरौरियाँ करने लगीं।

''यह क्या अम्मा? तुम मेरी माँ हो न! फिर तुम नहीं तो भला और कौन गाएगा मेरे लिए माँ की दुलार भरी ओवी!''

'तुम मेरी माँ हो न!' अपनी इकलौती बिटिया के ये स्नेहसिक्त बोल सुनते ही रमा देवी के हृदय में ममता के स्रोत इस तरह ठाठें मारने लगे कि उनकी तीव्र इच्छा हुई कि किसी दूध-पीते बच्चे की तरह अपनी बेटी का सुंदर-सलोना मुखड़ा अपने सीने से भींच लें। उसे जी भरकर चूमने के लिए उनके होंठ मचलने लगे। परंतु माँ की ममता जितनी उत्कट होती है, उतनी ही सयानी हो रही अपनी बेटी के साथ व्यवहार करते समय संकोची भी होती है।

मालती के कपोलों से सटा हुआ मुख हटाते हुए उसकी माँ ने यौवन की दहलीज पर खड़ी अपनी बेटी का बदन पल भर के लिए दोनों हाथों से दबाया और हौले से उसे पीछे हटाकर मालती को आश्वस्त किया।

''अच्छा बाबा, चल तुझे सुनाती हूँ कुछ गीत। बस, सिर्फ दो या तीन! बस! बोलो मंजूर!''

''हाँ जी हाँ। अब आएगा मजा।'' उमंग से भरपूर स्वर में कहकर मालती ने झूले को धरती की ओर से टखनों के बल पर ठेला और पेंग के ऊपर पेंग ली।

''अरे यह क्या? गाओ भी। किसी कामचोर गायक की तरह ताल-सुर लगाने में ही आधी रात गँवा रही हो।'' मालती के इस तरह उलाहना देने पर रमा देवी वही ओवी गाने लगीं जो होंठों पर आई—

अगे रत्नांचिया खाणी। नको मिखूं ऐट मोठी।
बघ माझ्याही ये पोटीं। रत्न 'माला'॥१॥
जाता येता राजकुँवरा। नको पाहूं लोभूनिया।
दृष्ट पडेल माझीया। मालतीला॥२॥
देते माझं पुण्य सारं। सात जन्मवेरी।
माझ्या रक्षावे श्रीहरी। लेकुरा या॥३॥
पुरोनी उरू द्यावी। जन्मभरी नारायणा।
कन्या माझी सुलक्षणा। एकूलती॥४॥

[अर्थ :(१) अरी ओ रत्नों की खानि! इस तरह मत इतराना। देखो तो सही, मेरी कोख

से तो इस सुंदर रत्न 'माला' ने जन्म लिया है।

(२) हे राजकुमार! आते-जाते इस तरह ललचाई दृष्टि से मत देखो, मेरी मालती को नजर लग जाएगी।

(३) मेरे सात जन्मों का सारा पुण्य संचय, हे श्रीहरि! मैं तुम्हें अर्पित करती हूँ, मेरी मालती की रक्षा करो!

(४) हे नारायण! मेरी इकलौती सुलक्षणी कन्या मुझे आजन्म मिले।]

गाने की धुन में 'इकलौती' शब्द का उच्चारण करते ही रमा देवी को यों लगा जैसे किसी बिच्छू ने डंक मारा है। किसी तीव्र दुःख की स्मृति से उनका मन कसमसाने लगा। ऐसे हर्षोल्लास की घड़ी में उनकी बेटी को भी यह कसक न हो, वह भी उदास न हो, इसलिए रमा देवी ने अपने चेहरे पर उदासी का साया तक नहीं उभरने दिया; फिर भी उनके कंठ में गीत अटक-सा गया। मालती ने सोचा, गाते-गाते माँ की साँस फूल जाने से वह अचानक चुप हो गई हैं। माँ को तनिक विश्राम मिले और उनकी गाने की जो मधुर धुन बँध गई है वह टूट न जाए, इसलिए यह समझकर कि अब उसकी बारी है, वह अपनी अगली ओवियाँ गाने लगी। उसकी माँ ने उसके लिए ममता से लबालब भरी जो ओवियाँ गाई थीं, उनकी मिठास से भरपूर हर शब्द के साथ उसके दिल में हर्ष भरी गुदगुदियाँ हो रही थीं। अपने साजन की प्रेमपूर्ण आराधना की आस लगने से पहले लड़कियों को माँ के प्यार-दुलार भरे कौतुक में जितनी रुचि होती है, उतनी अन्य किसी में भी नहीं।

संध्या की वेला में पश्चिम की ओर के सायबान पर, जिसका सामनेवाला बाजू खुला है—हिंडोले पर बैठी वह सुंदर-सलोनी, छरहरे बदन की किशोरी अपने सुरीले गीत की मधुरता का स्वयं ही आस्वाद लेती हुई ऊँची पेंगें भरने लगी। हिंडोला जब एक तरफ की ऊँचाई से नीचे उतरता तब हवा के झोंके से उसका आँचल फड़फड़ाता हुआ लहराता रहता। तब ऐसा प्रतीत होता कि संध्या समय सुंदर पक्षियों का झुंड अपने सुदूर नीड़ की ओर उड़ रहा है और उस झुंड में से एक पखेरू पीछे रह गया है, जो पंख फैलाकर आलाप के पीछे आलाप छेड़ते हुए पता नहीं कब हर्षोल्लास के आकाश में उड़ जाएगा।

माउलीची माया। न ये आणिकाला।
पोवळ्या माणिकाला। रंग चढे॥ १॥
न ये आणिकाला। माया ही माउलीची।
छाया देवाच्या दयेची। भूमीवरी॥ २॥
माउलीची माया। कन्या-पुत्रांत वांटली।
वाट्या प्रत्येकाच्या तरी। सारीचि ये॥ ३॥

जीवाला देते जीव। जीव देईन आपूला।
चाफा कशाने सूकला। भाई राजा॥ ४॥
माझं ग आयुष्य। कमी करोनी मारुती।
घाल शंभर पूरतीं। भाई राजा॥ ५॥

[अर्थ :(१) माँ की ममता की बराबरी कोई नहीं कर सकता। मूँगा-माणिक रत्नों पर रंग छा जाता है।

(२) माँ की ममता की तुलना किसी से भी नहीं हो सकती। वह ईश्वर की दया की भूमि पर बिखरी हुई छाया है।

(३) माँ की ममता कन्या-पुत्रों में बाँटने पर भी सभी के हिस्से में संपूर्ण रूप में ही आती है।

(४) हे भाई राजा! मैं आपके लिए अपनी जान दे दूँगी! यह चंपा का फूल क्यों सूख गया?

(५) हे बजरंगबली! मेरी आयु कम करके मेरे राजा भैया के सौ साल पूरे करो!]

गीतों के बहाव में जो मुँह में आया, मालती वही ओवी गाती जा रही थी। पहली ओवियाँ उसकी अपने मन की बोली में रची हुई थीं। अपनी माँ से उसे जो लाड़-दुलार भरी ममता थी, उन्हीं गीतों को चुन-चुनकर वह अपने कंठ की शहनाई द्वारा गा रही थी। परंतु अगली ओवियाँ अर्थ के लिए चुनकर नहीं गाई गई थीं। वह वैसे ही गाती गई, जैसे कोई मराठी गायक हिंदी पदों के अर्थ पर खास गौर न करते हुए उस गीत की धुन के ही कारण वह पद गाता है। परंतु उसकी माँ का ध्यान उन ओवियों के अर्थ की ओर भी था, अतः मालती गाने के बहाव में जब वे ओवियाँ गाती गई, जो उसके भाई राजा पर लागू होती थीं, तब उसकी माता की छाती दुःख से रुँध गई और उन्हें डर लगने लगा कि अब रोई, तब रोई। उनके दुःख का साया मालती के उस हँसते-खेलते हर्षोल्लास पर पड़ने से वह स्याह न हो, इसलिए रमा देवी ने मालती की ओवियाँ, जो अब असहनीय हो रही थीं, बंद करने के लिए उसे बीच में ही टोका, ''माला, बेटी अब रुक जा। भई, मुझे तो चक्कर-सा आने लगा है। कितनी ऊँची-ऊँची पेंगें भर रही हो।'' ऐसा ही कुछ बहाना बनाकर माँ ने अपने पैरों का जोर देकर हिंडोला रोका। उसके साथ ही न केवल मालती ही झूले से नीचे उतरी, उसका मन भी, जो ऊँचे-ऊँचे आलापों के झोंकों पर सवार होकर मदहोश हो गया था, उन गीतों के हिंडोले से नीचे उतरकर होश में आ गया।

उसने देखा तो माँ के नयन आँसुओं से भीगे हुए थे। दुःखावेग की तीव्र स्मृति से चेहरे का रंग पीला पड़ गया था। मालती को तुरंत स्मरण हो गया कि अरे हाँ, अपने

लापता भैया की स्मृति से अम्मा दुःखी हो गई है। अपने मुख से सहजतापूर्वक निकली हुई ओवियों को, जिनमें भैया का वर्णन है, सुनकर ही अम्मा का मन विह्वल हो उठा है। उस हादसे को इतने साल बीतने के बाद भी उसकी माँ को अपने गुमशुदा बेटे की स्मृति कभी-कभी इस तरह प्रसंगवशात् असहनीय होती थी, जैसे दुःख का ताजा घाव हो और फिर वह ममता की मूरत माता फूट-फूटकर रोया करती। मालती जानती थी, उस समय अम्मा को किस तरह समझाना है। वह यह भी जानती थी कि कौन सा इलाज है, जो माँ के दुःख को टाल तो नहीं सकता पर अचेत और संवेदनाशून्य बना सकता है।

उसने झट से माँ की गोद पर अपना सिर रख दिया। उसके साथ अपने आप उसके चेहरे का रंग उड़ गया। उसकी आँखें भर आईं और अपनी आदत के अनुसार अपना चेहरा माँ की ठोड़ी से सटाकर अकुलाते हुए उसने कहा, ''नहीं, ऐसे दिल छोटा नहीं करते, अम्मा! मैं तो तुम्हारे मन को रिझाने के लिए गा रही थी और तुम्हारे दुःख का घाव ताजा हो गया। हाय, न जाने ये निगोड़ी ओवियाँ मुझे कैसे सूझीं?''

मालती के मन को अपनी गलती के अहसास की चुभन इतनी तीव्रता से हो रही थी कि उसकी माँ से अपने पिछले दुःख की अपेक्षा अपनी रोती-सिसकती बिटिया का वर्तमान दुःख देखा नहीं गया और वह झट से अपना दुखड़ा समेटकर मालती को ढाढ़स बँधाने लगीं।

''चल, पगली कहीं की! अरी बावली, तुम्हारे गीतों के कारण नहीं, मैं ही ओवी गाते-गाते 'मेरा बबुआ' कह गई न, उसी का मुझे दुःख हुआ। भगवान् ने मेरी झोली में दो-दो बच्चे डाले थे, पर हाय! नियति ने एक को मुझसे छीनकर बस एक ही मेरे लिए बाकी रखा—यही कसक मुझे अचानक चुभ गई। मत रो बेटी, मत रो। चुप हो जा। तुमने मेरा जख्म हरा नहीं किया बल्कि तुम्हारे खिले-खिले मुख पर थिरकती सुखद मुसकान ही वह रसायन है जो इस दुःख को तनिक हलका कर सके। जो बीत गई सो बीत गई, वह वापस थोड़े आनेवाला है! तेरा भाई तुझपर इतनी जान छिड़कता था कि यदि मैंने तुझे उसके वियोग के दुःख से भी रुलाया तो भी वह मुझसे नाराज होगा। उसकी आत्मा जहाँ कहीं भी होगी, उसी स्थान पर तड़पेगी। तुमने तो उसका स्थान ले ही लिया है। न, न, चुप हो जा। अरी हाँ, आज उस नए आए हुए साधु महाराज का भजन सुनने चलेंगे न! चल उठ, मैं चूल्हा जलाती हूँ, तुम झाड़-बुहारकर खाना बनाने की तैयारी करो। भोजन आदि से निपटते ही नायडू बहनजी बुलाने के लिए आ जाएँगी।''

माँ-बेटी भीतर चली गईं। रमा देवी ने यह एक छोटा सा शानदार मकान पिछले महीने ही मथुरा में रहने के लिए स्वतंत्र रूप से किराये पर लिया था।

रमा देवी के पति का दो बच्चों के पिता होने के बाद अचानक स्वर्गवास हो गया। उनके पति ने रमा देवी के लिए इतना पैसा और जेवरात छोड़े थे, जिससे उनकी

दाल-रोटी आराम से चल सके। उसी के सहारे कुछ साल नागपुर के पास अपने गाँव में रमा देवी ने अपने दोनों बच्चों को पाला-पोसा था। आगे चलकर उनका बेटा जब फौज में भरती हो गया तब उनकी बेटी मालती ही उनके पास बची थी। दो-चार वर्षों में ही हिंदुस्थान से बाहर अंग्रेजों से छिड़े किसी युद्ध में भारतीय फौज भेजी गई। उसमें रमा देवी के पुत्र को भी जाना पड़ा। लेकिन वहाँ जाने के बाद वह लापता हो गया। बड़ी दौड़-धूप, कोशिशों के बाद रमा देवी को अफसरों से पता चला कि वह फौजी कुछ कारणवश अफसरों से लड़-झगड़कर फरार हो गया और हो सकता है, दुश्मनों के हाथों मारा गया हो।

यह हादसा हुए पाँच-छह साल बीच चुके थे। इस बात को कि रमा देवी का पुत्र फौज में भरती हो गया था और गुजर चुका है, उनके गाँववालों को इतना विश्वास हो चुका था कि अब इस बात को सभी भूल चुके हैं। परंतु भला रमा देवी यह पूरी तरह से कैसे भूल सकेंगी! उन्हें अपने पुत्र का विस्मरण नहीं हुआ। इतना ही नहीं, कभी-कभी तो उन्हें इस बात पर विश्वास ही नहीं होता था कि उनका पुत्र मारा गया है और अब इस लोक में वह फिर कभी नहीं मिलेगा। युद्ध में मारे गए सैनिकों के निकटवर्तियों की प्रायः इसी प्रकार की मनोवृत्ति पाई जाती है। आज भी उन्हें यह बात सच प्रतीत नहीं होती थी कि उनका पुत्र मारा गया है। कोई भी आशा बाकी नहीं रही थी, फिर भी संदेह दूर नहीं हो रहा था। इन शब्दों का उच्चारण करना भी उन्हें अप्रिय-सा लगता था कि उनका पुत्र दूर देश में युद्ध में मारा गया। यदि कभी इस बात को छेड़ने का प्रसंग आ भी जाता तो बस वे इतना ही कहतीं कि मेरा बड़ा बेटा युद्ध में लापता हो गया है।

पुत्र की मृत्यु का समाचार पाने के बाद दुःख की मारी वह हतभागिनी नारी अब अपनी इकलौती बेटी के प्यार के सहारे ही जी रही थी। वही उसकी आँख की पुतली थी। कंचन का कौर खिलाकर पाला था उसने अपनी लाड़ली को। जैसे-जैसे वह बड़ी होती गई वैसे-वैसे ही वह चंद्रकलावत् अधिकाधिक सुंदर दिखने लगी; जैसे माथे चाँद, ठोढ़ी तारा। उसके प्यार भरे, चपल किंतु सुशील स्वभाव, सलीकेदार बोलचाल में कुछ ऐसी सुघड़ता और रमणीयता थी, मानो उसके मुख से फूल झड़ते हों। न केवल उसकी माँ, बल्कि जो भी उसे देखता, उसके नेत्रों और मन को चतुर्थी की चंद्रकला के दर्शन का आनंद एवं सुख प्राप्त होता। सुंदर मोतियों के दर्शन से इस बात का जिस तरह सहज अहसास होता है कि यह किसी शोभनीय अलंकार की सामग्री है, उसी तरह इस किशोरी को देखने के बाद भी ऐसा ही लगता कि किसी-न-किसी रमणीय, मंगल तथा सुखमय जीवन के लिए इसका निर्माण हुआ है। अब वह चौदहवाँ वर्ष पार कर चुकी थी। गुलाब चटक रहा था। उसकी अम्मा के मन में उसके भविष्य के सिलसिले में सुनहरी आशाओं तथा आकांक्षाओं का एक मनोहारी उद्यान खिलने लगा था।

रमा देवी की एक बहुत पुरानी सखी परिचारिका श्रीमती अन्नपूर्णा देवी नायडू आजकल मथुरा में नौकरी कर रही थीं। उन्हीं के अनुरोध तथा रमा देवी के धार्मिक मन में तीर्थयात्रा की रुचि होने के कारण वे महीना-पंद्रह दिनों के लिए मालती के साथ मथुरा आई हुई थीं। मथुरा के दर्शनीय स्थलों, मंदिरों तथा साधु-संतों के दर्शनार्थ उनकी प्रमुख पुरोहित एवं मार्गदर्शक अन्नपूर्णा देवी हुआ करतीं। उनकी भी साधु-संतों में बड़ी रुचि थी। किसी भी नए साधु के मथुरा आते ही उसका उपदेश सुनने तथा प्रसंगवश यथाशक्ति उसकी सेवा-टहल करने के लिए भी अन्नपूर्णा देवी सहसा नहीं चूकतीं।

उनके घर के निकटवर्ती घाट पर ही पिछले महीने योगानंद नामक एक साधु अपने शिष्यों के साथ ठहरे थे। उन्हीं के पास आजकल अन्नपूर्णा देवी की भजन-पूजन तथा दर्शनार्थ आवाजाही जारी थी। सर्वत्र यही चर्चा थी कि उन योगानंद स्वामीजी के पास अतीत-भविष्य-वर्तमान जानने की दैवी शक्ति है। रात में उस साधु के मठ में भजन का उद्घोष होते ही उस संकीर्तन के रंग में सैकड़ों लोग तल्लीन होकर भक्तिभावपूर्वक नाचने लगते। योगानंद स्वामी को जब अन्नपूर्णा देवी द्वारा रमा देवी की जानकारी प्राप्त हुई तब उन्होंने अपने हाथों अपनी विशेष कृपा के निदर्शक-स्वरूप रमा देवी के लिए भगवान् का प्रसाद भेजा। पिछली दो-तीन रातों से रमा देवी मालती के साथ भजनोत्सव में भी जा रही थीं। स्वयं योगानंदजी ने भी एक-दो बार उनके बारे में पूछताछ करने की कृपा की थी।

योगानंदजी का आचरण इतना धार्मिक, निर्लिप्त तथा सादगीपूर्ण होता कि गाँव के गुंडे-निठल्ले या निंदकों की टोली में भी उनकी कभी निंदा नहीं होती। भजन में जब वे तल्लीन होते तो ऐसा प्रतीत होता कि इस सत्पुरुष को जगत् तथा अपनी देह का भान तक नहीं है। उनकी मुख्य साधना भजन ही हुआ करती। अन्य कोई ढोंग-धथूरा उनके मठ में दिखाई नहीं देता। उनके शिष्यों की संख्या बड़ी थी जो उनके पीछे-पीछे अनुशासनपूर्वक चलते हुए मठ के अनुशासन के अनुसार व्यवहार करते हुए दिखाई देते।

मथुरा से उनका पड़ाव शीघ्र ही उठनेवाला था, अतः इस अंतिम सप्ताह में भजन की धूमधाम चल रही थी। सैकड़ों लोग रात में उधर रेलपेल करते।

रमा देवी मालती को लेकर आज रात के भजन-महोत्सव के लिए उधर ही जा रही थीं। माँ-बेटी के भोजनादि से निपटते ही अन्नपूर्णा देवी ने द्वार पर दस्तक दी। तुरंत तीनों स्वामीजी के मठ की ओर चल पड़ीं।

□

प्रकरण–२

# मालती कहाँ है ?

रमा देवी मालती के संग जब भजन स्थल पर पहुँचीं तब भजन का रंग खूब जमा हुआ प्रतीत हो रहा था। उस घाट पर इधर-उधर दूर-दूर तक लोगों की रेलपेल, भीड़-भड़क्का हो गया था। दिंडी भजन* की तरह बड़े-बड़े झाँझरों के साथ पचास-पचहत्तर गोसाईं साधु-संत योगानंद को घेरकर संकीर्तन कर रहे थे। दस-बीस प्रमुख शिष्य पखावज, मृदंग, वीणा, झाँझर प्रभृति वाद्य-यंत्रों के साथ, ताल-सुर ठीक-ठाक पकड़कर योगी महंत के बिलकुल निकट तैयार बैठे हैं और बीचोबीच कभी बैठे-बैठे तो कभी भक्ति के आवेश में उठकर योगानंदजी ऊँची, बुलंद आवाज तथा तन्मय सुरों में भजन गा रहे हैं। सुदूर फैली हुई उस भीड़ में से ठेला-ठेली करके भीतर जाने की गुंजाइश ही नहीं थी। परंतु अन्नपूर्णा देवी के अनुरोध पर पहले से ही उन्हें महंत के मंदिर के आरक्षित स्थान पर बैठाने के लिए एक शिष्य नियुक्त किया गया था। उस शिष्य ने राह में ही उन्हें देखकर योगानंदजी की आज्ञानुसार तीनों को वहाँ लाकर बैठाया।

इधर भजन अपनी चरम सीमा पर था। तुलसीदासजी के एक पद के चरण उन सैकड़ों भजनियों के सैकड़ों कंठों से परिपुष्ट बुलंद स्वर में गूँजते रहे—

तुलसी मगन भए। हरिगुणगान में॥<br>
मगन भए। हरिगुणगान में॥ ध्रु.॥<br>
कोई चढ़े हाथी घोड़ा पालकी सजा के॥<br>
साधु चले पैंया-पैंया चिंटियाँ बचा के॥<br>
मगन भए। हरिगुणगान में॥ तुलसी.॥

झाँझर की झनझनाहट से लहू की बूँद-बूँद थरथराने लगी।

---

* दिंडी भजन : दिंडी भजन मराठी का एक मात्रिक छंद है, जिसके चार चरण होते हैं तथा हर चरण में १९ मात्राएँ रहती हैं।

सारा समाज भक्ति रस में डूबा हुआ था, सराबोर। हरिनाम के सिवा अन्य कोई भी ध्वनि वहाँ सुनाई नहीं दे रही थी। परंतु क्या यह कहा जा सकता है कि एक-दूसरे को सुनाई नहीं दे रही थी या जिस-तिस को भी सुनाई नहीं दे रही थी—इस संबंध में भला कौन कह सकता है!

इतने में उस शतकंठ निनादी स्वर को कुछ नीचे उतारकर योगानंदजी अकेले ही इतनी तन्मयता से गाने लगे कि शिष्यादि भजनी लोगों ने झाँझर को, जो सिर्फ हल्ला-गुल्ला, गुल-गपाड़ा ही कर रहा था, बंद करके करतालों के साथ गाना प्रारंभ किया। 'तुलसी मगन भए। हरिगुणगान में' यह चरण उलट-पुलटकर मधुर तथा धीमे स्वरों में गाते-गाते योगानंद उठकर खड़े हो गए।

उस पद का अर्थ योगानंद स्पष्ट नहीं कर रहे थे। लेकिन जिन्हें उसका बोध हो रहा था वे उस भजन का अर्थ सुन रहे थे, जैसे उन्हें गागर में सागर मिला हो। इस जीवन की साधना हर कोई अपनी रुचि के अनुसार कर रहा है—हर कोई आनंद और सुख का पीछा कर रहा है—कोई भोग द्वारा, कोई योग द्वारा। जैसी जिसकी और जितनी जिसके मन की उन्नति वैसी उसकी रुचि—'स्वभावो मूर्ध्नितिष्ठते।' इसीलिए भई, बाह्य साधनों के विवादों का पचड़ा किसलिए खड़ा किया जाए? तुम उसी में रम जाओ जिसमें तुम्हें आनंद और सुख मिले, वे उसमें रमे जिसमें उन्हें आनंद और सुख मिले। मुझसे पूछा जाए तो 'तुलसी मगन भए। हरिगुणगान में। हरिगुणगान में।'

कुछ लोग चंदन के ऊँचे पर्यंक पर गुदगुदी मखमली सेज पर लेटने के लिए एड़ी-चोटी एक कर रहे हैं—उन्हें उसमें आनंद आता है। परंतु कुछ लोग अपने पास पलंग होते हुए भी, उसे त्यागकर, साथ-साथ कामी पत्नी को भी त्यागकर बुद्ध सदृश बोधिवृक्ष के नीचे खुले स्थान पर सिर्फ धरती पर सोते हैं—उन्हें वहीं पर गहरी नींद आती है। गाढ़ी निद्रा ही उद्दिष्ट हो तो उसे वहीं सोना उचित है, जहाँ वह चैन की नींद सो सके। भई, इस विवाद की आवश्यकता ही क्या है कि मेरा ही साधन तुम्हें भी इस्तेमाल करना होगा!

कुछ हाथी पर तो कुछ घोड़े पर और कुछ पालकी में शान से इतरा रहे हैं। भई, उन्हें उसी में आनंद आ रहा है—उनका वही स्वभाव है। लेकिन इस साधु को देखो, उसे हाथी पर सवार होना उतना ही दु:खद प्रतीत हो रहा है जितना सूली पर चढ़ना। इस मुँहजोरी से कि पालकी में स्वयं बैठें और उसे कोई अन्य ढोए—उसे इतना लज्जाप्रद प्रतीत होता है, पालकी के स्पर्श मात्र से उसे ऐसा दु:ख होता है जैसे किसी धधकते अंगारे से हाथ जल रहा हो। इसीलिए वह साधु पैदल चलता है और पैदल चलते-चलते भी इस भय से कि कीड़े-मकोड़े या चींटियाँ उसके पैरों तले कुचलकर मर तो नहीं जाएँगी, दयाभाव से उन्हें बचाने के लिए देख-देखकर डग भरता है, उसी में उसे सच्चा सुख मिलता है।

कोई चढ़े हाथी घोड़ा पालकी सजा के।
साधु चले पैंया-पैंया चिंटियाँ बचा के॥
पैंया पैंया। चिंटियाँ बचा के॥

उस समय सभी को यही अहसास हुआ कि क्या यह वही साधु तो नहीं जिसका तुलसीदासजी के पद में उल्लेख किया गया है। क्योंकि योगानंद की एक खास आदत थी कि राह में, घाट में, हाट में कहीं पर भी हों, देख-देखकर एक-एक कदम तनिक ऊपर उठाकर उसे आगे बढ़ाते थे।

यद्यपि वे इसी उद्देश्य से उन भजनों को इतनी तल्लीनता से तथा रसभीने स्वर में नहीं गा रहे थे कि उनका साधुत्व गोस्वामीजी के पद के इन चरणों द्वारा लोगों के मन पर अंकित हो, तथापि उसका परिणाम वही हुआ। हर कोई किसी के बिना बताए भी यह जान गया कि गोस्वामीजी के निकष पर योगानंदजी का साधुत्व कुंदन हो गया है।

इस प्रकार के भजनोत्सव में आधी रात बीत चुकी। आरती के समय स्वामीजी का चरण स्पर्श करने के लिए लोगों की रेलपेल होने लगी। लोगों के झुंड घर वापस लौटने के लिए बाहर निकलने लगे। अब तो ऐसी ठेला-ठेली शुरू हो गई कि बस अंधेर मच गया। इतने में अन्नपूर्णा देवी, रमा देवी तथा मालती जहाँ से बाहर निकल रही थीं, उधर दस-पाँच लोगों में अचानक तू-तू, मैं-मैं होने लगी; गुत्थमगुत्था शुरू हो गई और बड़ा हंगामा खड़ा हो गया। यह बखेड़ा निपटाने के बहाने स्वामीजी के दस-पाँच शिष्य छड़ियों के साथ अंदर घुस गए। जो जिधर निकल गया वह वहीं ठेलता, ढकेलता चला गया। बीच में ठसाठस भीड़ ठुँसती गई। इस बिछोह में रमा देवी किधर गईं, अन्नपूर्णा देवी किधर और मालती कहाँ गायब हो गई, इस बात का एक-दूसरी को भी पता नहीं लग रहा था। इतने में स्वामीजी के एक शिष्य ने रमा देवी का, जो लगभग कुचली जाने से बौखलाई हुई थीं, हाथ पकड़कर उन्हें इस भीड़-भड़क्के से बाहर निकाला और बताया कि 'स्वामीजी की आज्ञा से महिलाओं को विशेष तत्परतापूर्वक पहुँचाने के लिए हमें भेजा गया है। आप अपने घर चलिए।'

"लेकिन मेरी मालती! बताइए कहाँ है मेरी बिटिया?" बौखलाई सी, घबराई सी रमा देवी ने पूछा। उस शिष्य ने आनन-फानन उन्हें आगे-आगे ले जाकर ही बताया कि 'सब लोगों को अपने-अपने घर पहुँचाया गया है। आप लोग आगे-आगे बढ़िए। बस।'

आधी राह तो भीड़ की ठेला-ठेली ही चल रही थी, उस भीड़ से शिष्य ने रमा देवी को लगभग खींचकर ही निकाला।

"जाइए, अब सीधे घर चली जाइए। बाकी दोनों माताजी लोगों को पहले ही

वहाँ पहुँचा दिया गया है।'' इस प्रकार आश्वासन देते हुए वह शिष्य भीड़ की शिकार किसी अन्य अबला को बचाकर घर पहुँचाने के लिए चलता बना और भीड़ में खो गया।

धड़कते दिल से रमा देवी जल्दी-जल्दी कदम बढ़ाती अपने घर पहुँचीं। एक तरफ इस उपकार का स्मरण करते हुए कि स्वामीजी ने इतने दंगल में विशेष ध्यान रखकर महिलाओं को अपने-अपने घर पहुँचाया और दूसरी तरफ इस बात की चिंता करते-करते कि मालती द्वार पर ही मेरी प्रतीक्षा में बैठी होगी और बेचारी के होश उड़ गए होंगे, रमा देवी अपने घर के पास आ गईं। उन्होंने अँधेरे में उस बरामदे की ओर देखा। दरवाजे का ताला ज्यों-का-त्यों था। मालती या अन्य किसी की भी आहट नहीं मिल रही थी। मालती के आगे आने का कोई सुराग नहीं मिल रहा था। उन्हें ऐसा आभास होने लगा कि भजन-कीर्तन के समय जो धक्कम-धक्का हुआ था, उसमें कुचली गई मालती फूट-फूटकर रो रही है।

''मालती, अरी ओ माला बिटिया''' !''

रमा देवी ने बड़ी कठिनाई के साथ न जाने किसलिए उस वीरान अँधेरे में दो बार पुकारा और तीसरी पुकार यों ही गले से निकल रही थी कि उनका गला भर आया, रुलाई फूट पड़ी और वे धम् से नीचे बैठ गईं। यह ध्यान होते हुए भी कि इधर ऐसा कोई नहीं है, जिससे वे बार-बार पूछ रही हैं, सिसक-सिसककर पूछती ही रहीं, ''मेरी मालती कहाँ है जी ? मेरी माला बिटिया आ गई !''

वस्तुत: उस समय चित्त के इतना व्याकुल होने का कोई कारण नहीं था। स्वामीजी के शिष्य ने जल्दी-जल्दी, किंतु साफ-साफ बता दिया था कि 'उन सभी को आगे पहुँचा दिया जा चुका है।' उन्होंने सोचा, इधर नहीं तो हो सकता है अन्नपूर्णा देवी के घर उन दोनों को पहुँचा दिया गया हो। मैं भीड़ में अकेली फँस गई और वे दोनों साथ-साथ हो सकती हैं। नहीं, नहीं, अवश्य साथ ही होंगी। इसलिए इतने दूर तक हंगामे में मुझे ढूँढ़ते-ढूँढ़ते आने की बजाय वहीं से उन्हें अन्नपूर्णा देवी के घर पहुँचा दिया होगा जो इस घर से अधिक निकट है; अन्नपूर्णा देवी ने ही यह प्रार्थना की होगी।

इस तरह यही विपरीत विचार धीरे-धीरे उन्हें सही लगने लगा। यह सोचकर कि स्वयं उधर जाकर मालती को देख लें, वे दो-चार बार सड़क पर आ गईं। 'पर मैं उधर चली गई और मालती इधर आ गई तो! फिर वह अकेली रहेगी। मेरे यहाँ न मिलने पर शायद मुझे ढूँढ़ने वह वापस लौटेगी। दूर का रास्ता, रात का तीसरा पहर, घना अँधेरा। जाएँ या न जाएँ।' इस तरह उलट-पुलट विवंचना, मिथ्या आशा दिखा रही थी कि न जाने कब उन्हें झपकी-सी आ गई।

चौंककर वे उठ गईं। देखा तो बगल में मालती का बिस्तर खाली ही था, यह

बिस्तर कभी भी इस तरह सूना-सूना नहीं दिखाई दिया था। प्रतिदिन सुबह आँख खुलते ही उस बिस्तर पर मीठी नींद में सोई हुई मालती की अस्त-व्यस्त लटें सँवारकर उसका मुख प्यार से सहलाकर, उसे कंबल ओढ़ाकर वे प्रसन्न चित्त के साथ 'सडा सम्मार्जन'*, झाड़ू-बुहार आदि नित्यकर्मों में जुटतीं—यही रमा देवी का नित्य का निश्चित क्रम था। आज उस बिस्तर पर वह प्यारा-सा दुलारा मुखड़ा नहीं दिख रहा था। उनका कलेजा सन्न हो गया—काटो तो बदन में खून नहीं। बुरे विचार मन में उमड़-उमड़कर बाहर आने लगे। परंतु उनका मन में भी उच्चारण न करती हुई रमा देवी तपाक् से उठ खड़ी हुईं और सीधी मालती को ढूँढ़ते अन्नपूर्णा देवी के यहाँ चल पड़ीं।

लेकिन थोड़ी दूर चलने पर उन्हें दिखाई दिया कि अन्नपूर्णा देवी इधर ही आ रही हैं। अकेली···।

घबराती हुई रमा देवी ने पूछा, "यह क्या? मालती कहाँ है?"

हक्की-बक्की सी अन्नपूर्णा देवी ने कहा, "आँ, स्वामीजी के एक शिष्य ने मुझे बताया कि मालती तो आपके साथ चली गई!"

"हाय राम! मेरी मालो! किधर गई होगी वह?" रुँधे कंठ में अटके हुए ऐसे ही कुछ शब्द कहकर रमा देवी किसी नन्हे बालक के समान बिलख-बिलखकर रोने लगीं।

अन्नपूर्णा देवी उनसे अधिक धैर्यशाली महिला थीं अथवा उनका धीरज इसलिए ज्यों-का-त्यों रहा होगा कि उनकी इकलौती कोखजायी सयानी बेटी नहीं खो गई थी। रमा देवी को सहारा देते हुए उन्होंने कहा, "इस तरह मन छोटा क्यों करती हैं आप? हिम्मत से काम लीजिए। आप और हमारी जैसी सभी स्त्रियों को जिस तरह स्वामीजी ने सोच-समझकर आदमी भेजकर उस हुल्लड़ से बचाया, उसी तरह मालती को भी बचाकर किसी सुरक्षित स्थान पर रखा होगा। चलिए, पहले स्वामीजी के पास चलते हैं। कुछ भी हो—मालती उधर ही सुरक्षित है—चलिए।"

रमा देवी को इस तरह ढाढ़स बँधाकर अन्नपूर्णा देवी स्वामीजी के मंदिर की ओर चल तो पड़ीं, परंतु उनका मन भी इसी धुकधुकी में डाँवाडोल हो रहा था कि क्या होगा, क्या नहीं।

□

---

* पानी में गोबर-मिट्टी आदि घोलकर छिड़कना।

प्रकरण–३

# योगानंद का कपट

योगानंद जिस मंदिर में ठहरे थे, उसके अहाते में सवेरे कुछ दर्शनार्थी तथा प्रश्नार्थी तब तक इधर-उधर टहलते रहते थे, जब तक स्वामीजी का बुलावा नहीं आता। दो-दो, चार-चार परिचित लोगों के गुट योगानंदजी की प्रशंसा के पुल बाँधते रहते कि वे भूत-भविष्य-वर्तमान कितना अचूक बताते हैं। कोई संदेह व्यक्त करता, तब उसका समाधान करने की जिद पकड़कर अन्य भक्त लोग उनके अचूक भविष्य कथन के उदाहरण नमक-मिर्च लगाकर बखानते। स्वयं योगानंद कभी कीर्तन द्वारा अथवा व्यक्तिगत संवादों से धार्मिक उपदेश नहीं दिया करते थे। वे प्राय: किसी भी संबंध में किसी से भी बातचीत नहीं किया करते थे। सिर्फ जिनके मन में भूत-भविष्य देखने की इच्छा हो जाती, उन्हें ही शिष्य द्वारा एकांत में उनके कमरे में बुलाया जाता। उधर महंतजी कुछ चुनिंदा प्रश्न पूछा करते, और सुनते। फिर जलादर्श नामक एक तांत्रिक यंत्र सामने रखा जाता और महंतजी वही कहते जो प्रत्यक्ष रूप में उस यंत्र में उनकी दिव्य दृष्टि को दिखाई देता। किसी के सच-झूठ प्रमाणित करने के प्रयासों से वे विवादों के किसी पचड़े में नहीं पड़ते। 'प्रभु ने बताया सो मैंने कह दिया। सत्य-मिथ्या प्रभु का अधिकार। मैं तो बस उसके शब्दों की ध्वनि हूँ।' यही ठोस उत्तर योगानंद दिया करते और उस शिष्य द्वारा उस प्रश्नार्थी को बाहर पहुँचा दिया जाता। महंतजी किसी से भी उस जलादर्श स्थित भूत-भविष्य कथन के बदले एक धेला भी नहीं लिया करते—इस अपरिग्रही निर्लोभतावश उनकी दी हुई जानकारी पर सश्रद्ध जनों को ही नहीं, अपितु अर्धसंदेही लोगों की भी अधिक ही श्रद्धा होती। महंतजी वाक्संयम का पालन करते, उससे उनके मुख से एकाध जो गूढ़ शब्द निकलता, उसका स्पष्टीकरण अपने मतानुसार करने के लिए हर कोई स्वतंत्र हुआ करता। कीर्तन में स्वयं तल्लीन होकर उन्मुक्त भाव से सुरीली आवाज में बार-बार दोहराकर भजन गाते। उस समय उस भाव-भक्ति-भीने अभिनय से उनकी धार्मिक सिद्धि की महत्ता श्रोतावृंद को ज्ञात होती, लेकिन कीर्तन द्वारा

भी वे भजन से अलग कोई प्रवचन नहीं देते। 'भजन संतों का। संतों से अधिक भला मैं क्या कह सकता हूँ!' इस वाक्य का प्रसंगवश उच्चारण करके वे मुँह में ठेपी रखते।

लेकिन योगानंदजी की इस मौनवृत्ति से ही अन्य किसी भी प्रवचनकार के किसी भी वक्तव्य की अपेक्षा उनके वेदांत ज्ञान की गूढ़ता पर मुग्ध लोगों पर असाधारण छाप पड़ती। उनका ज्ञान इतना अगाध है, गूढ़ है, प्रगाढ़ है कि भई, शब्दों की कमी तो रहेगी ही! 'गुरोस्तु मौनं व्याख्यानम्' यही परम प्रसिद्धि का चिह्न है—इस तरह भावुक लोग आपस में कहा करते। उस कुएँ की गहराई पर तर्क किया जा सकता है जिसका मुँह खुला है, परंतु जिसका मुँह बंद होता है और किसी ने भी उसे खुला हुआ नहीं देखा है—उसके प्रति असीम विस्मय होगा ही। इस प्रकार अथवा ऐसी ही कोई आपत्ति यदि कोई उठाने लगता तो उस गुरु का ही, जिसके लिए भाषण देना टेढ़ी खीर है, यह लक्षण हो सकता है—'गुरोस्तु मौनं व्याख्यानम्।' तब इधर-उधर से भावुक शोरगुल मचाकर कहते, 'भई, इस निंदक के मुँह कौन लगे।'

रमा देवी की उस स्वामी पर अटूट निष्ठा थी, जो उन्हें आज उस राह पर चलने लायक शक्ति दे रही थी। 'यदि मालती योगानंद के मठ में सुरक्षित नहीं हो और कल के दंगा-फसाद में खो गई हो, तो भी योगानंदजी अपने जलादर्श यंत्र में देखकर मुझे अवश्य बताएँगे कि वह कहाँ है। यह विचार उस भावुक माता के घबराए हुए मन का तनिक सहारा बन गया था। वे अपने आपको ही सांत्वना दे रही थीं कि स्वामीजी किसी-न-किसी उपाय से उनको इस संकट से उबारेंगे। निरिच्छ, निर्मोही साधु पर उनकी जो अटूट श्रद्धा थी, उसी श्रद्धा की लाठी के सहारे वे लड़खड़ाते हुए मंदिर की ओर तेजी से बढ़ रही थीं।

अन्नपूर्णा देवी भावुक होते हुए भी भोली-भाली नहीं थीं। पाखंडी, रखेड़िए बगुला भगत उन्होंने बहुतेरे देखे थे। लेकिन यदि कोई इस तरह बहस करता कि सभी साधु ढोंगी, ढपोरशंखी होते हैं तो वे उसे पराजित करतीं। किसी से कुछ भी न लेते हुए, जो समझ में आए वह बताने की योगानंदजी की प्रवृत्ति, उनके द्वारा कथित भूत-भविष्य में किसी प्रकार की चालाकी या झूठ न होने की चर्चाएँ—इन दो प्रमाणों से योगानंद के विषय में उनका अनुकूल ग्रह हो गया था। स्पष्ट था कि वे एक सच्चरित्र, परोपकारी, साधु पुरुष हैं। इस विषय में भी अन्नपूर्णा देवी का विश्वास बढ़ने लगा था कि उनमें भूत-भविष्य कथन करने की दिव्य दृष्टि है, वे अंतर्यामी हैं। हाँ, तनिक संदेह था, लेकिन वह इसपर कि भूत, भविष्य, वर्तमान ज्ञान की सिद्धि कितनी अचूक होगी, न कि उनकी ईमानदारी पर। मालती पर जो विपदा आ पड़ी थी, उससे अन्नपूर्णा देवी के मन में परेशानी होने के बावजूद यह विचार आए बिना नहीं रहा कि इस बात को परखने का यह सुनहरा अवसर है।

मंदिर के प्रांगण में दोनों महिलाएँ कदम रख ही रही थीं कि इतनी देर तक दबाई हुई आह भरते हुए रमा देवी ने उसी शिष्य से पूछा, ''भई, हमारी मालती बिटिया कहाँ है?''

शिष्य ने, जो उनके इस उतावले प्रश्न की मानो ताक में ही था, अपने मुख पर थिरकती आश्वासक मुसकान और दोनों पंजे वरदहस्त सदृश हिलाते हुए बताया, ''सबकुछ ठीक-ठाक है।'' उससे रमा देवी की जान में जान आ गई। जिस गति से उनकी चिंता कम हुई उतनी ही तेज गति से उनकी जिज्ञासा दोगुनी हो गई और व्याकुल चित्त के साथ रमा देवी गिड़गिड़ाने लगीं, ''उसे बुलाइए न! अं, यहाँ पर तो कहीं नजर नहीं आ रही!''

शिष्य ने इस लाचारी के आविर्भाव में उत्तर दिया, जैसे कि इसलिए बोल रहा हो कि शब्दों का उच्चारण होना ही चाहिए, ''माताजी, गुरु महाराज अभी याद करेंगे आपको। घबराइए मत। शोर भी मत मचाइएगा।''

योगानंद स्वामी की तरह उनके शिष्यों को भी यथासंभव मितभाषी होने के अनुशासन का पालन करना पड़ता है और योगानंद गुरुजी की अनुज्ञा के बिना किसी भी प्रश्न का सहसा कोई भी वाचिक उत्तर देना उनके लिए असंभव था। यहाँ की रीत अन्नपूर्णा देवी जानती थीं, मिलनेवालों को बस उतने ही प्रश्न पूछने की अनुमति थी जितने महंत चाहते हैं। उन्होंने संकेत से रमा देवी को घुड़की दी, ''तनिक चुप भी रहिए।''

इतने में महंतजी के कमरे का द्वार खुल गया। दो-चार प्रश्नार्थी सज्जन बाहर निकले। तब दोनों को वह शिष्य भीतर ले गया। लेकिन उधर भी मालती नजर नहीं आई। रमा देवी को संकेत से बोलने की अनुमति मिलते ही उन्होंने हाथ जोड़कर पूछा, ''स्वामीजी, मैं आपका यह उपकार जन्म-जन्म तक नहीं भूलूँगी कि मेरी बेटी मालती को कल के दंगा-फसाद से मुक्त करके यहाँ सुरक्षित स्थान पर आपने रखा। मैं उसे लेने आई हूँ। कहाँ है मेरी बिटिया?''

महंतजी के संकेत से शिष्य बोलने लगा, ''माताजी, आपकी कन्या को दंगा-फसाद से मैंने छुड़ाया और आपके घर ले ही जा रहा था। लेकिन उसने कहा कि मैं अपने किसी परिचित सज्जन के साथ संतोषपूर्वक घर चली जाऊँगी। वह मेरा निकटवर्ती संबंधी है।''

''क्या मतलब? कौन था वह?'' रमा देवी ने घबराकर पूछा। बुझती चिंता की लपटें भभक उठीं और उनका हृदय फिर से धधकने लगा, जैसे बुझता दीपक भभक उठता है। अकुलाती हुई वे पूछने लगीं, ''महाराज, यहाँ तो मेरा कोई संबंधी नहीं है! ओह! महाराज, अवश्य कोई धोखा हुआ है। महाराज...''

निश्चयी मुद्रा से अपने हाथों की तर्जनी उठाकर महंतजी ने उन देवियों को रुकने का इशारा किया। रमा देवी का उमड़ता हुआ आवेग, जो असंयत हो रहा था, वह घुड़की भरा, लेकिन सहानुभूतिपूर्ण संकेत पाकर खट से दब गया। ढेर सारी बातें वहीं पर ठिठक गईं जो उनके मुख से बाहर निकलने के लिए उनके होंठों पर अटकी हुई थीं।

आँखें सिकोड़ते हुए महंतजी तनिक अंतर्मुख हो गए, फिर अत्यंत दयार्द्र स्वर में कहने लगे, ''देख मैया, तेरी बेटी नहीं, मेरी अपनी बेटी ही खो गई है। भगवान् की इच्छा हो तो, देख, झट से उसे ढूँढ़ निकालता हूँ। हाँ, परंतु बस उतना ही बोल माई, जितना मैं तुमसे पूछूँगा, उतना ही देख जितना दिखाई देता है, उतना ही सुन, जितना मैं तुमसे कहूँगा। सबसे पहले अपना मन मेरे हाथों सौंप दे। ऐसा कोई भी विचार मन में झाँकने नहीं देना जो तेरा अपना हो। दे दिया न अपना मन रिक्त करके?''

''हाँ जी, दे दिया, महाराज!'' यह कहते ही रमा देवी का मन सचमुच ही संवेदनाशून्य-सा हो गया और वह महंतजी की गतिविधियों की ओर बस टुकुर-टुकुर देखती रहीं।

गुरुजी का संकेत पाकर एक शिष्य ने एक साफ-सुथरी परात उनके सम्मुख रख दी। उसे निर्मल, स्वच्छ जल से लबालब भर दिया। उस परात के तनिक ऊपर एक साफ-सुथरा, निष्कलंक दर्पण दीवार पर टाँग दिया गया। एक दीप जलाकर पास रख दिया गया। महंत योगानंदजी ने कड़छी से जल मंत्रित करके अपनी आँखों पर छिड़का और एकाग्रचित्त से मंत्र-जाप करते हुए उस परात में भरे जल की ओर टकटकी बाँधकर बैठ गए। सभी लोग ऐसे बुत बनकर बैठे, जैसे साँस लेने में भी उन्हें डर लग रहा हो।

थोड़ी ही देर में महंतजी ने सिर उठाकर अन्नपूर्णा देवी से पूछा, ''माई, इनका एक बड़ा बेटा है न?'' रमा देवी चौंकी, भई इन्हें कैसे पता चला! भई, वाकई यह पुरुष अंतर्यामी है!

परंतु अन्नपूर्णा देवी कुछ खास नहीं चौंकी। उन्होंने उत्तर दिया, ''जी हाँ। मैंने स्वयं ही पहले आपको यह बताया था कि रमा देवी का एक बड़ा बेटा है, जो युद्ध में मारा गया है। इस हादसे को अब पाँच-छह साल बीत चुके हैं।''

''लेकिन वह मारा नहीं गया है। मैं यही बता रहा था कि इनका बड़ा बेटा जीवित है और अच्छा-खासा हट्टा-कट्टा है। देखो-देखो, मेरे सामने प्रत्यक्ष बैठा है, जैसे आप लोग इस समय बैठी हैं—वह मेरे संग बतिया भी रहा है।''

महंत के हर वाक्य के साथ रमा देवी के ही नहीं, अन्नपूर्णा देवी के बदन में भी आश्चर्य की बिजलियाँ सनसनाने लगीं। काँपते स्वर में रमा देवी ने कहा, ''आहा! मेरा बेटा जीवित है! हाय भगवान्, आपके मुँह में घी-शक्कर!''

अन्नपूर्णा देवी ने विस्मय की लपेट से अपने आपको तनिक छुड़ाते हुए पूछा,

“पर महाराज, इसका क्या प्रमाण है कि वह इन्हीं का पुत्र है? क्षमा करें, महाराज, परंतु मिथ्या आभास…।”

“व्यर्थ तर्क-कुतर्क का झंझट नहीं चाहिए। फिर भी कान खोलकर सुनो, वह क्योंकर इन्हीं का पुत्र है। उसके माथे पर घाव का एक गहरा निशान है। क्यों, है न?”

अन्नपूर्णा देवी इस मामले में कुछ भी नहीं जानती थीं, अत: उन्होंने रमा देवी की ओर देखा। रमा देवी तनिक उधेड़बुन में पड़ गईं, क्योंकि उनके पुत्र के माथे पर तो किसी भी घाव का निशान नहीं था। लेकिन अगर उसे मान लिया तो महंत झूठे सिद्ध होंगे तथा उनका अंतर्ज्ञान मिथ्या, पाखंड सिद्ध होते ही मृत पुत्र के पुनर्जीवित होने तथा खोई हुई बेटी के मिलने की सुखद संभावना भी घोर संदेह के चक्कर में लटकती रहेगी।

“भई, नहीं है तो साफ-साफ कह डालो, उलझो मत।” महंत ने टोका।

“वैसे उसके माथे पर कोई घाव तो नहीं था…” कहे या न कहे के पसोपेश में पड़ी रमा देवी के मुख से आनन-फानन निकल गया।

“ठीक-ठीक याद करो। फौज में भरती होने के पश्चात् तेरा बेटा युद्ध पर गया था न, ठीक है! वहीं पर उसे घाव हो गया था।”

“अरे हाँ, महाराज, अब याद आ गया। सोलह आने सच है यह बात। अपनी अंतिम चिट्ठी में उसने इसका जिक्र किया था कि उसके सिर में चोट लगी है। आपका अंतर्ज्ञान त्रिकाल सत्य है, महाराज!”

महंतजी को वह खबर इस तरह ज्ञात हो जो स्वयं रमा देवी को भी ज्ञात नहीं थी, न ही आज तक उनमें से किसी को ज्ञात थी, वह जानकारी इतनी सत्य सिद्ध हो और वह भी सहज क्रम से! अन्नपूर्णा देवी दंग रह गईं। अब उनका भी महंतजी के शब्दों पर भाविक श्रद्धा न होना उतना ही असंभव था जितना रमा देवी का। उस सर्वथा परस्थ तथा अपरिचित साधु ने इतनी जल्दी, फटाफट उनके पुत्र के हुलिये के इतने अचूक निशान एवं घरबार की जानकारी दी कि किसी महापाखंडी के लिए भी इसे नकारना कठिन होगा कि उनकी अंतर्दृष्टि उनके पुत्र को देख रही है।

रमा देवी के विस्मय का तो ठिकाना ही नहीं रहा। वह फटी-फटी आँखों से देखती ही रह गईं। महंतजी का यह वाक्य कानों में आते ही कि ‘आपका पुत्र जीवित है, सकुशल है’ उन्हें ऐसा प्रतीत हुआ जैसे किसी ने कानों में अमृत उँडेला हो। हर्ष-लहरियों से उनका दिल ऐसा उछला कि उनमें मालती के खो जाने की स्मृति भी पल भर के लिए डूब गई। जो माता अपनी खोई हुई बेटी को ढूँढ़ रही थी, उसने अब अपना इकलौता मृत पुत्र जीवित रूप में पा लिया!

“परंतु पते की बात तो अभी बाकी ही है…” महंतजी अब जल्दी-जल्दी कहने लगे, “अपने उस पुत्र का एक यह स्नेही देखो…वह तथा …हाँ हाँ…देखा… यह मालती

आ गई। ठीक। आपका घर नागपुर के पास है न? हूँ''देखो तो सही, उस स्थान पर मालती उससे प्यार की पेंगें बढ़ा रही है। यही है वह सज्जन—जिसके साथ कल मालती चली गई। हाँ, हाँ, बिलकुल राजी-खुशी से जा रही है, देखो। यह सबकुछ मुझे दिखाई दे रहा है, इसीलिए यह सब उतना ही सच है जितना आप मुझे दिखाई दे रही हैं, इसीलिए यह यथार्थ है कि आप यहाँ हैं। देखो, अब वे चल पड़े, ट्रेन छूट गई। क्या अक्षर धुँधले से? लेकिन नागपुर चली गई है। होम-हीम-हूम-वषट्। नेत्रत्रयाय फट्।''

वह महंत, जो एकाग्रचित्त के अवधानवश परिशांत हो गया था, इस मंत्र के उच्चारण के साथ ही हलके से मृगछाला पर आँखें मूँदकर लेट गया। शिष्य ने सैकड़ों प्रश्न-शंका-जिज्ञासा आदि से अकुलाती हुई उन दो महिलाओं को इशारे से चुप रहने के लिए धमकाकर उस यंत्र को तोड़ दिया। उसके साथ ही न जाने कहाँ से एक आवाज गूँज उठी तथा घंटियों का गुच्छा खनखनाया गया। फिर उसकी ध्वनि धीमी होती गई। उस शिष्य ने जल्दी-जल्दी परात, चिरागदान, आईना आदि वस्तुओं को अपने-अपने स्थान पर रख दिया। फिर थोड़ी देर पंखा झुलाते हुए गुरुजी के पास बैठ गया। गुरुजी के तनिक हाथ ऊपर उठाकर संकेत करते ही उसने उन महिलाओं से गंभीर स्वर में आग्रह किया, ''अब इससे अधिक कुछ भी नहीं कहा जाएगा—अब उनकी प्रेरणा उतर गई है। हाँ, चाहें तो बस इतना ही पूछिए कि अब आगे क्या किया जाए? बस उतना ही सुनना चाहिए जितना गुरुजी द्वारा योग निद्रा भंग होने से पहले बताया जाए! किसी प्रकार की अधिक चर्चा, ऊहापोह न करते हुए आज वापस लौटा जाए। कल का कल देखा जाएगा।''

रमा देवी का जी करता था, एक ही साँस में सैकड़ों सवाल पूछें। उनके मन में उस महंत द्वारा वर्णित मालती संबंधित वृत्त ने चिंताकुल विचारों का इतना कुछ संभ्रम उत्पन्न कर दिया था। लेकिन वे लाचार थीं। सौ सोनार की तो एक लुहार की जैसे एक ही उत्तर ने उनके सैकड़ों प्रश्नों को उसी स्थान पर पथरा दिया था। वह उत्तर था उस उग्र शिष्य की फटकार भरी वह अँगुली जो उन्हें चुप्पी साधने का संकेत कर रही थी। अर्थात् रमा देवी ने अकुलाकर वही प्रश्न पूछा जो पूछने की उन्हें अनुज्ञा मिली थी, ''अब हमें आगे क्या करना चाहिए, जिससे संकट टल जाए! महाराज, कृपा करके''''

शिष्य ने 'हाँ हाँ' कहकर इशारे से फिर धमकाया। रमा देवी के वाक्य की लंबाई निश्चित परिमाण से बढ़ गई थी।

''हाँ हाँ आगे? अच्छा, इधर-उधर किसी से भी मत बोलो। यदि तनिक भी 'चीं-चपड़' किया तो मालती बची-खुची लाज-हया त्यागकर बैरन बन जाएगी, बैरन। इधर किसी के भी सामने मालती के खो जाने के बारे में एक भी शब्द मुँह से मत निकालना। अभी इसी समय नागपुर जाओ। लड़की मैदान में मिलेगी। परंतु इधर जरा

सा भी विलंब करोगी—एक रात बिताओगी तो पछताओगी—उसे तुम नहीं पाओगी। नागपुर से लड़की—बस्स—चल देगी—दूर-दूर-दूर। जाओ, जल्दी करो—मैदान में। देख-देख-देख। यह देखो मालती। आओऽ आओऽ आओ। बेटा आ जाओ, अपनी अम्मा के पास…''

महंतजी निश्चेष्ट लेट गए। शिष्य ने कहा, ''माँजी, आपका संकट टल गया। अभी सुना आपने गुरुजी का अभिप्राय! साक्षात्कार का वह शब्द! उन शब्दों का पालन करेंगी तो लड़की वापस आ जाएगी—अपने पैरों से चलती हुई वापस लौटेगी। इस इलाके में यहाँ किसी से भी कुछ न कहते हुए, चर्चा न करते हुए, आज ही यहाँ से चली जाओ। यहाँ से निकल पड़ो और नागपुर पहुँच जाओ, अन्यथा समाज में बदनामी होगी। यदि आप चाहती हैं कि मालती और अधिक बेहया बनकर दूर न चली जाए तो अब बिलकुल चीं-चपड़ न करते हुए नागपुर चली जाइए और उससे तीन-चार दिनों में भेंट कीजिए जब तक वह उधर मौजूद है। बस, अब आप विदा लीजिए। न-न-न। भई, यह क्या! फल, दक्षिणा! छी:-छी: माँजी, ये देवता किसी अन्य व्यक्ति का फूल भी स्वीकार नहीं करते। ये महंत एक पहुँचे हुए अलौकिक साधु हैं। वैसे तो लाखों जोगी-जोगड़े आप देखती हैं। परंतु माताजी, यह तो साक्षात्कारी पुरुष हैं। अच्छा, चलिए। न, न, अब एक शब्द भी अधिक नहीं कहना। बाहर…''

उस शिष्य का वह अंतिम शब्द इतना आदेशात्मक था कि अगर एक पग भी बाहर की ओर नहीं उठाया तो लगता था, महाशय धक्के मारकर बाहर निकालेंगे। वे दोनों प्रणाम करके फल-दक्षिणा वापस लेकर चुपचाप उलटे कदम बाहर की ओर चल दीं। चुपचाप मंदिर से बाहर आ गईं। राह लगते ही रमा देवी कुछ कहने जा रही थीं कि अन्नपूर्णा देवी ने चेतावनी दी, ''अंऽहं, रास्ते में नहीं! घर जाकर जो कहना है कहिए।''

वे प्रथमत: अन्नपूर्णा देवी के ही घर गईं। घर में कदम रखते ही उन्होंने पूछा, ''है कोई ऐसा आपका परिचित? आपके बेटे का कोई मित्र है जो मालती से इतना गाढ़ा मेल-जोल रखे? कहीं मालती किसी के मोहजाल में तो नहीं फँसी थी, जिसके लिए आपका विरोध था!''

बेचारी रमा देवी! सुबह से इतनी देर तक इतने चमत्कारपूर्ण आघातों से उनका मन इस तरह डाँवाँडोल हो गया था कि अब उनके दिमाग की विचार-शक्ति ही अशक्त हो गई थी। फिर भी अंतिम प्रश्न से चौंककर उन्होंने कहा, ''नहीं जी! अपनी माला बिटिया को कभी इस तरह ऊटपटाँग, अनर्गल बातें करते मैंने सुना ही नहीं, तो उसके विरोध या अनुमति का प्रश्न ही कहाँ उत्पन्न होता है? हाँ, वैसे वह सैर-सपाटे के लिए अपनी सखियों के संग जाया करती थी। मंदिर में जाती, नाटक देखने भी कभी गई होगी, लेकिन इस प्रकार कोई पुरुष उससे परिचित नहीं था। अब मैं क्या कहूँ कि मेरे

बेटे का कौन सा मित्र हो सकता है! भई, मेरे बेटे ने सारी दुनिया की सैर की है। परंतु हाय राम, मालती ऐसी कुलच्छनी निकली···!''

''न, न! आज नियति ने ईश्वर सदृश ही उपकार किए हैं, आप पर कि पुराण की कथा इस युग में घटी! क्या आपके मृत पुत्र का पुनर्जन्म नहीं हुआ? फिर गुमशुदा बेटी से मिलने की भला चिंता क्यों? मैं कहती हूँ, अब आप सारे तर्क-कुतर्क छोड़ दीजिए। महंतजी के विगत अद्‌भुत अंतर्ज्ञान पर, जो सोलह आने सत्य निश्चित हो चुका है, विश्वास करके उसी राह जाइए जिसका उन्होंने आदेश दिया है।''

''न बाबा, आप चलेंगी तभी मैं नागपुर जाऊँगी।'' रमा देवी अपनी जिद पर अड़ गईं। अपने भरोसे वे एक पग भी आगे नहीं बढ़ा सकती थीं।

कीर्तन के समय मालती के खो जाने की खबर किसी को कानोकान न देते रमा देवी और अन्नपूर्णा देवी उसी दिन उस शहर से रवाना हो गईं।

□

प्रकरण–४

# पुलिस की हिरासत में

रमा देवी अन्नपूर्णा देवी के साथ तुरंत नागपुर के लिए रवाना हो गईं। मालती के गुमशुदा होने के सिलसिले में उन्होंने कहीं भी एक शब्द तक मुँह से नहीं निकाला था, अत: पास-पड़ोस में किसी को इसकी भनक तक नहीं लगी थी, फिर भला अन्य लोगों तथा पुलिस को कैसे लग पाती ?

रात के समय उसी दिन मथुरा निवासियों को योगानंद स्वामी का अंतिम बार दर्शन-लाभ होना था, अंतिम बार भजन-श्रवण का लाभ होनेवाला था, क्योंकि भजन समाप्ति के पश्चात् स्वामीजी का पड़ाव मथुरा से उठना निश्चित हो चुका था। जाहिर है, मंदिर के प्रांगण में भावुक भक्तों की रेलपेल, भीड़-भड़क्का हमेशा से भी अधिक हो गई थी। अपने चार प्रमुख शिष्यों की चौकड़ी में योगानंद महाराज बीचोबीच खड़े रहकर वीणा पर भजन गाने लगे। रंगत आने लगी, अच्छा-खासा समाँ बँध गया। थोड़ी देर के पश्चात् स्वामीजी की आज्ञानुसार हजारों भक्तगण भी खड़े होकर एकमुख से जब नामघोष करने लगे तो बड़ी-बड़ी पखावज, मृदंग, मँजीरा, सारंगियाँ सहस्राधिक तालिकाएँ एक साथ झंकारती हुईं उस शतकंठ निनादी नामघोष का साथ देने लगीं और भक्ति के आवेश में महंत हाथ ऊपर उठाकर लय को द्रुततर करने के लिए सतत संकेत करने लगे तथा उस द्रुततर लय पर नामघोष का घमासान उड़ाने लगे, तब उस ध्वनि सिंधु की लहरों के साथ हृदय थर्राने लगा, हर किसी की सुध-बुध बिसरने लगी। कई लोग तो भक्ति के आनंद में तल्लीन होकर नाचने लगे, कई लोगों की आँखों से प्रेमाश्रु बहने लगे। नामघोष से सारा वातावरण गूँज उठा।

लेकिन अंत में जब लय साधकर महंत ने दोनों हाथ ऊपर उठाए और सूचना दी कि 'शांत हो जाइए' तब वह विशाल गोष्ठी उसी प्रकार पूर्णतया नि:शब्द हो गई, जैसे किसी बड़े हारमोनियम के संगीत के जोश में भाथी फूटने से वह अचानक मौन हो जाता है। कहीं भी चीं-चपड़ नहीं था। हर कोई उत्सुकता से टुकुर-टुकुर देखने लगा कि उस

सत्वशील भक्त के मुख से अब पुनः कौन सा रसपूर्ण, भावभीना भजन-पद निकलता है।

भोर की वेला में पक्षी के नीड़ से जिस प्रकार पंछी का पहला आलाप गहन निद्रा में पड़े व्यक्ति के कानों में मिठास घोलता है, उसी प्रकार उस नीरव गोष्ठी की शांति में से कुछ देर बाद फिर से सारंगी का कोमल मधुर स्वर उभरने लगा। वह शिष्य, जो स्वामीजी के भजन में साथ दे रहा था, उनको प्रिय मीराबाई का पद सारंगी पर अलापने लगा—

बता दे सखि कौन गली गए श्याम!॥
कौन गली गए श्याम!॥ ध्रु.॥
गोकुल ढूँढ़ा, वृंदावन ढूँढ़ा।
ढूँढ़ आयो ब्रजधाम। बता दे सखि॥१॥

वह भक्त 'कौन गली गए श्याम!' जैसा रसभीना चरण इतनी आर्त अकुलाहट भरे स्वर में गाने लगा, हर शब्द को अदल-बदलकर ऊँचाई पर उठाते-उठाते मधुर, भावभीने आलाप के साथ मनुहार करने लगा कि हर किसी के हृदय में अपने-अपने प्रियतम की मूर्ति दिखने लगी। हर किसी को यह आभास होने लगा कि वही अपने प्रिय को तलाशता हुआ गली-गली घूम रहा है, डोलता फिर रहा है। 'कौन गली गए श्याम!' 'सखी री, बता दो न, किस गली में मेरा साजन छिपा हुआ है! मैंने उसे गोकुल में ढूँढ़ा, वृंदावन का चप्पा-चप्पा छान मारा, ब्रज में भी देखा, पर मेरे प्रिय का कुछ अता-पता नहीं है। कहो सखी, वह मनमोहन है कहाँ! कौन गली गए श्याम!'

संसार-प्रवण युवा-युवतियों के हृदय में अपने ऐहिक प्रियतम की स्मृति जाग उठी, एक मधुर अकुलाहट थरथराने लगी और पूछने लगी, 'बता दो न, कौन गली गए श्याम?'

अध्यात्म-प्रवण साधु-संतों, भक्तों के हृदयों में अपने पिया मिलन की आस अकुलाने लगी। यह जो जीव जन्म-जन्मों के गोकुल-वृंदावन में जिस किसी को तलाशता हुआ, जिस किसी की आस लेकर, रंग-रूप-रस-स्पर्श के फूलों से लदे-फदे कुंज-कुंज में से उस आनंदकंद देवकी नंदन को खोजता हुआ लगातार भाग रहा है—उसके मिलन की उत्सुकता आर्त स्वर में यही पूछने लगी, 'कौन गली गए श्याम! बता न सखी! कहाँ है वह ईश्वर जिसके आकर्षणवश यह जीव इस तरह छटपटाता हुआ युगों से लगातार भागता जा रहा है! जिसकी बंसी के मधुर नाद से मनुष्य के मन में जिजीविषा उत्पन्न होती है, वह बंसीधर, बंसीवट का नटनागर कहाँ है! कौन गली गए श्याम!'

उस रसभीने गीत के चलते बीच में ही उस सात्विक मधुर, सुरीले संगीत में

खोई गोष्ठी के कानों को अचानक एक के पीछे एक आनेवाले दस-बारह मोटरों के भोंपुओं की कर्कश फों-फों सुनाई दी, जैसे नरम मखमली फूलों की सेज पर सोते हुए अचानक कोई गहरा विषैला डंक मारे। मंदिर के प्रांगण में, जहाँ भजन-कीर्तन की गोष्ठी जमती थी, उसकी तीनों दिशाओं के द्वारों पर उन मोटरों में से दो-दो मोटरकारें फों-फों फुँफकारती हुई मुड़कर रुक गईं। योगानंद स्वामी की चर्चा मथुरा में दूर-दूर तक फैली हुई थी, अतः उनका भजन सुनने के लिए अनेक धनी-मानी लोग मोटरें लेकर हमेशा आया करते थे। हो सकता है ये कारें उनमें से ही किसी की हों, फिर भी इन मोटरवालों को जमी-जमाई भजन-गोष्ठी में रस भंग कर इस तरह खीर में नोन डालने की धृष्टता करने में रत्ती भर भी संकोच नहीं होता? लोग-बाग तनिक झल्लाते हुए आपस में खुसुर-फुसुर करने लगे। परंतु महंत योगानंदजी उसी तल्लीनता से भजन गाते रहे, जैसे पहले गा रहे थे।

इतने में एक हट्टा-कट्टा, उद्दंड, उग्र, लंबा-तड़ंगा आदमी सामनेवाले दरवाजे से अंदर घुसकर धृष्टतापूर्वक रास्ता बनाते हुए सीधा मंच पर उस तरफ जाने लगा जहाँ महंतजी अपनी भजन-मंडली के साथ विराजमान थे। आस-पास के लोग चिल्ला-चिल्लाकर उससे कहने लगे—'नीचे बैठो', 'अरे सुनो, अक्लमंद की दुम', 'अजी देखते क्या हो, उसे नीचे खींचो', 'हाथ पकड़कर नीचे बैठाओ।' परंतु उनके चीखने-चिल्लाने पर कान न देते हुए, उनके व्यंग्य-बाणों की उपेक्षा कर वह सीधे मंच के निकट चला गया और बिना किसी से पूछे मंच के ऊपर चढ़ गया। जो भक्त भजन के रंग में मनःपूर्वक तन्मय हो जाता है, उसमें किसी दैवी आवेश का संचार होता है अथवा कोई नीम पागल व्यक्ति को विशाल सभा-गोष्ठियों के केवल जनसमुद्र के दृश्य मात्र से ही उन्माद चढ़ जाता है। परंतु यह व्यक्ति तो नीम पागल भी नहीं दिखाई देता, न ही भोला-भाला। सलीकेदार वेशभूषा, शानदार, समझदार भद्र मुद्रा देखकर मंच पर चढ़ते ही महंत की चौकड़ी में से एक शिष्य ने विनम्रतापूर्वक पूछा, "आपको क्या चाहिए महाराज? इस प्रकार सीधे मंच पर चढ़ना सभा-शिष्टता नहीं है, न ही यह उचित है।"

परंतु उस सज्जन के कानों पर जूँ तक नहीं रेंगी। उसे अनसुना करके वह सीधा महंत के निकट आया। उसने उससे कहा, "बाहर आपको कोई महान् व्यक्ति मिलने के लिए बुला रहा है—चलिए।"

महंत ने स्वयं उस व्यक्ति को कोई उत्तर नहीं दिया, उन्होंने अपने शिष्य की ओर संकेत किया। शिष्य ने कहा, "वह महान् व्यक्ति स्वयं भीतर आ जाए। महंत केवल ईश्वर के सम्मुख जाते हैं, उसकी अगवानी करते हैं, न कि मनुष्य की।"

उस शिष्य की उपेक्षा करके उस व्यक्ति ने योगानंद को धमकाते हुए कहा, "आपको बाहर आना ही होगा।"

उस ठोस, सधे स्वर से महंत भी चौंक से गए।

"जब तक भजन समाप्त नहीं होता, हम नहीं आ सकते।" किसी संदेह के कारण अटक-अटककर उन्होंने उत्तर दिया।

"आप स्वयं नहीं चलेंगे, तो मैं आपको ले चलूँगा। कहिए, अब आप चल रहे हैं या नहीं!"

"यह धृष्टता आपको शोभा नहीं देती।" शिष्य ने तमककर उस व्यक्ति को फटकारा, "भई, कौन है वह सज्जन! तनिक नाम तो बताइए।"

"पुलिस सुपरिंटेंडेंट साहब!"

इन शब्दों के साथ ही योगानंद स्वामी की प्रशांत मुद्रा ही नहीं, वह नख-शिख भक्तिशील आविर्भाव भी पलट गया और उसके स्थान पर कोई दूसरा ही चालाक, काइयाँ, मक्कार, शीघ्रकोपी, कलहप्रिय पुरुष दिखाई देने लगा। उस व्यक्ति ने, जो उन्हें बुलाने आया हुआ था, पुलिस सुपरिंटेंडेंट के नाम का पूरा उच्चारण भी नहीं किया था कि इतने में योगानंद स्वामी ने उसकी नाक पर मजबूत वज्रमुष्टि सदृश घूँसा जमाया और बड़ी लंबी छलाँग लगाई। अच्छा-खासा हट्टा-कट्टा होते हुए भी उस व्यक्ति को अपनी नाक पर जमे हुए घूँसे के कारण दिन में तारे नजर आने लगे थे। उसने अपने आपको सँभालकर योगानंद के पीछे छलाँग मारी। वह छलाँग योगानंद की छलाँग के पीछे इतनी दूर भी नहीं थी। वे चार शिष्य भी योगानंद की छलाँग के पीछे-पीछे अपने तेज धारवाले चिमटे बाहर निकालकर मंच से कूद पड़े थे। इतनी घिचपिच, भीड़-भड़क्के में इन साधुओं के इस तरह धड़ाधड़ कूदते ही उधर एक भगदड़ ही मच गई। चीखते-चिल्लाते उधर के लोग उठ खड़े हुए। फिर ठेला-ठेली शुरू हो गई।

परंतु यह सारा कांड इतने आनन-फानन में हो रहा था कि जब तक लोगों ने छलाँगें नहीं लगाईं और वहाँ से लोगों की भीड़ हो-हल्ला के साथ उठ नहीं खड़ी हो गई, तब तक अन्य बाजुओं के लोगों को इस बात की इतनी अधिक खबर नहीं थी। उन लोगों को केवल इतना ही देखने का अवसर मिला कि धक्कम-धक्का शुरू हुआ है और महंत कूदकर भागे जा रहे हैं। उन लोगों को इस बात का अहसास रंचमात्र भी नहीं था कि यह सब क्या हो रहा है। बस एक ही प्रश्न हर कोई जोर से पूछ रहा था, 'भई, हुआ क्या है!' इस प्रश्न पर मन में झाँकने के लिए भी समय नहीं मिला कि यह सब माजरा क्या है! यह सब क्यों हो रहा है! धड़ाधड़ छलाँग लगाते हुए वे साधु लोग भीड़ में घुस गए और धैर्य के साथ भीड़ को चीरते, रास्ता काटते हुए दृष्टि से ओझल हो गए। सैकड़ों लोगों ने उस आकस्मिक हंगामे के साथ ठेला-ठेली करके आगे घुसकर उस प्रांगण में एक ऊधम मचाया था, यह सारा गुलगपाड़ा उनके लिए अनायास अनुकूल हो गया।

किसी ने कहा, "महंतजी में महावीरजी का संचार हो गया। हनुमानजी का

संचार हो गया। इसीलिए वे उड़ान भरते हुए प्रभु रामचंद्रजी के मंदिर की ओर भाग रहे हैं।'' कोई कहने लगा, ''किसी पागल ने महंतजी को परेशान किया, अत: झुँझलाहट में उठकर वे चले गए।'' उस प्रशांत भक्तिरस की शांति में निमग्न कुछ लोगों के अचानक हुए शोरगुल से पल भर के लिए होश उड़ गए। इस प्रकार आकस्मिक दृश्य परिवर्तन होते ही उन लोगों को यह अहसास हो गया कि उन्हें उस प्रशांत प्रांगण से उठाकर, जहाँ उस स्वामी के सुरीले भजन जारी थे, सहसा किसी अन्य स्थल पर अन्य हंगामे में फेंक दिया गया है।

सामनेवाले जिस द्वार से वह व्यक्ति, जो पुलिस सुपरिंटेंडेंट का संदेश लाया था, घुसा था, उस द्वार की ओर से उन लोगों ने जान-बूझकर छलाँग नहीं लगाई थी; और दूसरे द्वार की ओर कूदकर भीड़-भाड़ में शामिल होने का प्रयास किया था। उस द्वार की ओर प्राय: ऐसे ही लोग बैठाए जाते थे जो प्रतिदिन भजन के लिए आया करते, बहुत भावुक दिखाई देते तथा सबसे पहले आकर आस्थापूर्वक अपना-अपना स्थान ले लेते। महंत ने तुरंत तय किया था कि उस द्वार से ही वे सही-सलामत बाहर निकल सकते हैं, जिधर यह श्रद्धालु भजन-प्रेमी समाज बैठा हुआ था। सामनेवाले जिस द्वार की ओर से पुलिस सुपरिंटेंडेंट का संदेश आया, यदि वे उसी तरफ प्रस्थित हों तो उधर पुलिस की उपस्थिति की आशंका अधिक मात्रा में हो सकती है, इसीलिए वह चतुर महंत और उसके शिष्य सामनेवाला दरवाजा छोड़कर उस द्वार की ओर झपट पड़े जहाँ भावुक लोग भरे हुए थे। उनके पीछे-पीछे उस पुलिस सुपरिंटेंडेंट के संदेशवाहक के हाथों से खिसककर वे साधु भी वहाँ पहुँच गए, जहाँ उन भावुक, श्रद्धालु लोगों को बैठाया गया था। तब एक और झपट्टा लगाया कि दरवाजे के पास, और फिर तुरंत द्वार के बाहर। मन में यही ठानकर वे पाँच साधु उस द्वार से टकरा गए। फिर वे जल्दी-जल्दी अपने नित्य नियमित रूप में आनेवाले उन श्रद्धालु श्रोताओं से रास्ता देने के लिए कहने लगे जो वहाँ ठसाठस भरे हुए थे।

इतने में सहसा ही उन श्रद्धालु भक्तों की द्वार के सामने जो भीड़ जम गई थी, वही भीड़ एक पंक्ति में कंधे-से-कंधा मिलाते हुए उन पाँचों साधुओं को बीचोबीच में घेरकर खड़ी हो गई। उनमें हरेक ने अपना-अपना पिस्तौल निकालकर उन साधुओं पर तान दिया। फिर उनके नेता ने योगानंद को आज्ञा दी, ''ठहरो! एक कदम भी आगे बढ़ाया तो जान से हाथ धोना पड़ेगा।''

हाय, हाय! बेचारे सत्वशील सत्पुरुषों की जान लेने पर वही श्रोतावृंद तुले थे जो वैष्णवी गंध, वैष्णवी मुद्रा, माला, गेरुए वस्त्र आदि धारण करके आया करते थे। भजन में सुधबुध बिसराकर तन्मय होते और नियमित रूप से शुरू से आकर चेहरों पर मासूमियत पोतकर बैठते थे, सीधे-सादे असाधारण लोगों की तरह दिखाई देते थे। वे उन्हीं की जान

के ग्राहक बन गए जिन्हें तारणहार भगवद्भक्त समझकर उनके चरण छुआ करते। सभी लोगों को जैसे काठ मार गया। वे आपस में खुसुरफुसुर करने लगे। कुछ लोगों के मन में सहानुकंपा जागी और वे यह भी सोचने पर उतारु हो गए कि इन धर्मपरायण भक्तों की मुक्ति के लिए दंगा-फसाद खड़ा करें।

परंतु उस महंत को अब पूरा-पूरा विश्वास हो गया कि इन नानाविध ढंगों तथा ढोंगों से, छद्म वेश में, गुप्तचर विभाग के ये तीस-चालीस पुलिस के लोग ही प्रतिदिन तीनों द्वारों के निकट भजन के बहाने बैठते थे। यह सच है, उनकी कुटिल साजिश से हम अनभिज्ञ थे। हम अब उनके चंगुल में पूरे-पूरे फँस गए हैं। फिर भी अंतिम उपाय के रूप में उन्होंने अत्यंत कर्कश और ऊँचे स्वर में प्रक्षुब्ध जनता को ललकारा, "क्या यहाँ पर एक भी माई का लाल नहीं जिसे अपने धर्म का अभिमान है! किसी ने भी अपनी माँ का दूध नहीं पिया है! हे भगवन्, अब तुम ही अपने इस अनन्य भक्त के लिए दौड़े-दौड़े चले आओ!"

इस पुकार के साथ ही समाज के कई सच्चे सज्जन आपे से बाहर होने लगे। उन्हें महंत के संबंध में जो कुछ प्रत्यक्ष जानकारी थी, वह उनके मन में उनके प्रति अटल श्रद्धा स्थापित करने के लिए पर्याप्त थी। हो सकता है, इस निर्मोही, अपरिग्रही, स्वधर्मप्रचारक भक्त पर मिशनरी परधर्मियों ने ही कुछ तोहमत लगाई हो! इसी भावना के साथ कुछ साहसी स्वधर्माभिमानी लोग आग-बबूला हो गए, पुलिसवालों पर दो-तीन पत्थर भी फेंके गए, गाली-गलौज की तो अखंड बौछार होने लगी।

इतने में मुख्य द्वार से लाठीबंद पुलिस के दलबल सहित स्वयं पुलिस सुपरिंटेंडेंट भीतर आ गए, मंच पर चढ़कर उन्होंने बुलंद आवाज में सभी लोगों को संबोधित करके आदेश दिया, "जानते हैं, योगानंद नामधारी इस व्यक्ति ने आज तक इधर जो पाखंड, ढकोसला रचाया था उससे आप जैसे सुशील नागरिकों की यह धारणा बनना स्वाभाविक ही है कि ये महाशय कोई पहुँचे हुए भगवद्भक्त हैं। परंतु इस व्यक्ति के संबंध में हमें जो जानकारी है, उसे सुनते ही आप सब जान जाएँगे कि आपकी सहानुभूति भले ही स्वाभाविक हो पर यह बिलकुल ही अनुचित है। इस योगानंद का—इस रखेड़िया साधु का, जो स्वामी का स्वाँग रचाकर डोल रहा है—असली नाम सुनेंगे तो आपके विस्मय का ठिकाना नहीं रहेगा, दंग रह जाएँगे आप। इस पाखंडी का—इस योगानंद स्वामी का असली नाम रफीउद्दीन अहमद है। यह पंजाबी मुसलमान है। इसपर पहले दो अत्यंत क्रूरतापूर्ण डाकेजनी के आरोप सिद्ध हो चुके हैं और पंजाब में सात वर्षों की काले पानी की सजा हो चुकी है। उस दंड के अनुसार इसे काले पानी में भेजा गया था, परंतु यह महाशय वहाँ से चार साल पहले रफू-चक्कर हो गए। पिछले दो सालों से इसने अपने इन चार शिष्यों की तरह ही अनेक दुष्ट प्रवृत्ति के लोगों को इकट्ठा करके फिर से

चोरी, डाकेजनी, अपहरण आदि भयंकर कांड करना शुरू किया है। पिछले वर्ष पुलिस ने इसके गिरोह को जंगल में घेर लिया था, परंतु उस गिरोह ने अचानक पुलिस पर गोलियाँ चलाईं और पुलिस अधिकारी को घायल करके उसी के घोड़े पर सवार होकर यह धृष्ट, दुष्ट नौ-दो ग्यारह हो गया। उसके बाद यह लापता ही था। परंतु जब हमें संदेह हो गया कि यह वही है, तब से इसके मथुरा आने के दिन से ही गुप्तचर पुलिस विभिन्न रूपों में हर तरह इसपर कड़ी नजर रखे हुए थी, ताकि हमारी खोज पूरी होते ही वारंट निकलते ही इसके जैसे धृष्ट अपराधी को साथियों सहित अचानक गिरफ्तार कर सकें। इलाहाबाद से निकला हुआ यह वारंट देखिए जो सभी सबूत मिलने के बाद, इसी के विश्वस्त साथी के समाचार के अनुसार निकाला गया है।

"आज शाम यह हमारे हाथों में आ गया। इस गिरोह के इस इरादे का पता चलने के पश्चात् कि आज भजन समाप्ति के बाद इनका यहाँ से खिसकने का इरादा है, हमने यह तय किया कि भजन के बीच में ही इन्हें गिरफ्तार किया जाए। हमारा पहले से ही यह अनुमान था कि इक्के-दुक्के आदमी की ये बदमाश रत्ती भर भी परवाह नहीं करेंगे, अत: हमें इनपर इस तरह हथियारबंद छापा मारना पड़ा। हमने इतना विस्तृत स्पष्टीकरण इसलिए दिया कि आप में से कुछ लोग इस विपरीत धारणा से कि एक साधु को इतनी यातनाएँ दी जा रही हैं—कुछ अड़ंगा न लगाएँ, उपद्रव या धींगामुश्ती न करें। अब दस मिनट के अंदर-अंदर आप सभी को यह मैदान खाली करना होगा। उसी तरह कल सुबह तक सड़कों पर किसी भी प्रकार का भीड़-भड़क्का नहीं होना चाहिए, अन्यथा पुलिस को लाठी चार्ज से भीड़ हटानी पड़ेगी। वारंट के अनुसार हमें अपना कर्तव्य निभाना होगा। उसमें से तथ्यातथ्य चुनने का काम न्यायालय का है। हवलदार, दस मिनट के अंदर इन पाँचों अपराधियों को बेड़ियाँ पहना जेल रवाना कर दो और यह मैदान भी खाली करवाओ।"

दस मिनट के अंदर उन पाँचों साधुओं के हाथ-पाँवों में बेड़ियाँ ठुकवाकर उन्हें जेल रवाना किया गया और वह जमावड़ा अपने आप छँट जाने से उस मैदान में सन्नाटा छा गया।

परंतु हिरासत में लिया हुआ वह गोसाईं वास्तव में था कौन?

स्वामी योगानंद या रफीउद्दीन अहमद?—और मालती, उसका क्या हुआ?

□

प्रकरण–५

# इलाहाबाद का कारागृह

इलाहाबाद की बंदीशाला के प्रमुख जमादार को कड़ा आदेश दिया गया था कि 'आज छँटे हुए बदमाश और डाकू रफीउद्दीन को, जो काले पानी से भागकर आया है, उसके साथियों के साथ इस जेल में लाया जाएगा। अत: किसी भी बंदी के कानों में पहले से इसकी भनक तक नहीं पड़नी चाहिए। उसका पक्का बंदोबस्त रखा जाए। इसमें जरा सी भी ढील या लापरवाही बरती तो हवलदार, तुम्हारे पैरों में बेड़ियाँ ठोंकी जाएँगी, याद रखना।'

बंदीपाल साहब ने स्पष्ट चेतावनी दी।

बंदीपाल के उस मुसलिम जमादार ने, जो तनकर खड़ा था, अंग्रेजी तरीके से फौजी 'सैल्यूट' करते हुए कहा, "जी हुजूर! वह लाख छँटा हुआ डाकू क्यों न हो, पर मैंने तो ऐसे छप्पन बदमाशों को इसी जेल में छठी का दूध याद दिलाकर दाँतों में तिनका दबाने के लिए बाध्य किया है। वह भले ही काले पानी से उड़न-छू होकर आया हो, परंतु उससे कहना कि यह लाल पानी है, लाल। इस डंडे की एक फटकार से लहू उगलवाऊँगा, लहू। कमर ही तोड़ दूँगा साले की।" जमादार ने अपनी कमर का लटकता डंडा हाथ में पकड़कर हवा में ही एक धौल जमाया। बंदीपाल ने उसे टोका, "हाँ! हाँ! मारपीट बिलकुल नहीं करना। भई, ये गुंडे जान हथेली पर लिये हुए घूमते हैं। उन्हें पुचकारकर यदि अपना उल्लू सीधा कर लो तभी तुम्हारी कुशलता मानूँगा। तुम लोग एकदम मारपीट पर उतर जाते हो, और निपटाना पड़ता है हमें।"

"अच्छा सरकार! यह लटका लिया डंडा अपनी कमर में और अपनी लचीली जीभ निकाल ली बाहर। यह डंडे से भी अधिक कुशल, करामाती है, हुजूर! इस डंडे से आदमी सिर्फ घायल होता है पर इस जीभ से तो वह जान से ही हाथ धो बैठता है। तलवार से गरदन काटकर जान ली जा सकती है, पर खून टपकता है। जीभ से गरदन ज्यों-की-त्यों रखकर जान ली जा सकती है, प्रमाण के लिए उसपर खून की एक भी

बूँद नहीं मिलती। आम के आम, गुठलियों के दाम। इसीलिए तो तलवार से की गई हत्या पकड़ी जाती है, पर जो जीभ द्वारा प्राण ले सकता है, उसे तो सौ-सौ हत्याओं की छूट…"

"चुप! हो गई बकबक शुरू। जाओ, यहाँ से दफा हो जाओ। तुम्हारे डंडे की तरह तुम्हारी कैंची जैसी कतर-कतर करती जबान सँभालते-सँभालते भी मेरे कन्ने ढीले पड़ जाते हैं।"

"अच्छा सरकार! देखिए, यह जीभ तालू में चिपका ली, जैसे डंडा कमर में लटकाया था।" फिर से एक सलाम बजाकर जमादार बाहर चला गया।

"ऐ जमादार, अंदर आओ, हमारे जूते किधर हैं? महामूर्ख, भूल गए तुम? जाओ, लेकर आओ।"

जमादार ने इस संतोष के साथ बंदीपाल के मुँह से निकली वह गाली सुनते ही लज्जा से जीभ बाहर निकाली, जैसे वह गाली उसके भुलक्कड़ स्वभाव का प्रशंसासूचक एक अंग्रेजी शब्द हो। जीभ बाहर दिखाकर और तुरंत ही अपने ही अभिनय से लज्जित होकर मुँह पर हाथ रखते हुए मुसकराया और तुरंत खिसियाना सा होते हुए बाहर से जूते लेकर आ गया। अपने मुँह पोंछने से लेकर नाक साफ करने तक हर काम में आनेवाले रूमाल से जूते झटककर चुपके से बंदीपाल के सामने रख दिए और रूमाल साफ करने के लिए वह उसे झटकने लगा। तभी मुँह में ठुँसी सिगरेट निकालकर बंदीपाल ने कहा, "किसलिए रूमाल झटकते हो, भाई? मेरे जूतों से तुम्हारा रूमाल मैला नहीं हुआ, बल्कि उस गंदे रूमाल से मेरे जूते ही मैले हो गए।"

"सच बात है, हुजूर! आपके जूते ही मेरे अन्नदाता हैं, माई-बाप! आपके जूतों की सेवा आज बारह सालों से कर रहा हूँ जी, इसीलिए तो आज एक मामूली सिपाही से जमादार बन गया है यह बंदा।"

इस भय के मारे कि कहीं इस कथक्कड़ की चपड़-चपड़ फिर से शुरू न हो जाए और बकने के लिए उसे कोई नया विषय न मिले, बंदीपाल साहब ने निकट बैठे हुए क्लर्क से, जो टाइप कर रहा था, कहा, "अच्छा दादा, तनिक अपने कागज तो लाना। कहो कि किस पर हस्ताक्षर चाहिए आपको?"

जमादार को जाते हुए देखते ही उस नीम-गोरे जेलर ने उस क्लर्क की ओर देखकर, लेकिन कुछ मन-ही-मन कहा, 'कैसी चाशनी में पगी भाषा है इस विश्वासघाती की। बिलकुल शहद की छुरी है यह पाजी। भई, इस बंदीशाला के छँटे हुए बदमाश भले, पर इन बगुलाभगत सिपाहियों से तो तोबा!"

क्लर्क भी जानता था कि जेलर साहब उस बात में उसका नाम न लेते हुए यही सूचित करना चाहते हैं कि वह भी उसी थैली का चट्टा-बट्टा है।

बंदीपाल क्लर्क के साथ उस सिपाही के सिलसिले में जो यह अभिमत दे रहा था, वही अभिमत वह क्लर्क तथा वे सिपाही एकांत में उस जेलर के संबंध में दिया करते। इसीलिए हमेशा लेन-देन बराबर होने के कारण कोई भी किसी की पीठ पीछे की गई निंदा का बुरा नहीं मानता था। हर कोई जानता था, कौन कितने पानी में है। हर कोई दूसरे के लिए अच्छी तरह से जानता था, और हर एक के भेद में हर किसी का थोड़ा-बहुत हिस्सा होने के कारण तेरी भी चुप, मेरी भी चुप। पिछले बारह वर्षों से वह दादामुनि और वह बंदीपाल इस बंदीगृह की रियासत का कारोबार किसी संयुक्त परिवार की तरह एक-दूसरे को सँभालते हुए बड़े प्यार से चला रहे थे। नए-नए पर्यवेक्षकों (सुपरिंटेंडेंट) की आवाजाही होती रहती, परंतु यह जमादार, दादा और जेलर का संयुक्त परिवार पिछले बारह वर्षों से अडिग था, अचल था, जैसे यह बंदीशाला।

बंदीपाल का आदेश सुनकर जेल के भीतर जाते-जाते जमादार मन-ही-मन सोच रहा था। उसने लोहे के दोनों पाट खुलवाकर भीतर आँगन में कदम रखा, जो बीचोबीच था। उसने तुरंत आवाज दी, ''शिवराम, शिवराम हवलदार किधर है? उसे बुलाना तो।''

थोड़ी ही देर में शिवराम हवलदार हाँफता हुआ आ गया। आते ही अपनी एड़ियाँ मिलाकर, सीना तानकर उसने 'सैल्यूट' ठोंक दिया। बाकी सभी को वहाँ से चले जाने का आदेश देकर उसने शिवराम से, जो वहाँ अकेला ही रह गया था, कहा, ''देख शिवराम, आज एक ऐसे डाकू कैदी तथा उसके साथियों को इस जेल में भेजा जा रहा है जो काले पानी से भागकर आए हैं। जेलर साहब का कड़ा आदेश है कि यह खबर किसी को कानोकान नहीं पहुँचनी चाहिए।''

''अच्छा, जमादार जी!''

''ध्यान से सुनो। उस खूँखार डाकू को दूसरी तरफ फाँसी के चौक में एक कालकोठरी में रखा जाए। तेरे या मेरे सिवा और किसी को भी भीतर नहीं जाने दिया जाए।''

''जेलर साहब और सुपरिंटेंडेंट साहब को भी?''

''अबे साले घोंचू, बकवास बंद कर। हँसी-ठिठोली में दाँत दिखाई देते हैं, वैसे कभी-कभी ये दाँत तोड़ भी दिए जाते हैं। कोई झाड़ू-बुहार, बावर्ची, पानी देनेवाले को भीतर जाना हो तो सिर्फ तभी जब तुम या मैं साथ हों। यदि किसी को भी उन डाकुओं के साथ बतियाते देखा तो बच्चू, तेरा गला घोंट डालूँगा, समझे?'' इस तरह अत्यंत कठोर शब्दों में उसे चेतावनी देते हुए उस नट-सम्राट् जमादार ने जाते-जाते अपने उस मुँह-लगे हवलदार का गला पकड़ लिया, ''किसी को कानोकान खबर न हो।''

''हाँ, हाँ! अभी से मेरा गला क्यों घोंट रहे हैं, जनाब। मजाल है कोई माई का

लाल उनसे बात करे? कौन साला कमीने बाप का बेटा उन डाकुओं से बात करेगा? आने तो दो। फिर चाहे वह इस जेल का जमादार ही क्यों न हो। न, न, जमादार साहब, क्षमा चाहता हूँ। 'आपकी आज्ञा सिर-आँखों पर, उसका हूबहू पालन करूँगा।' यही कहने के आवेश में मैं बक गया।"

"अरे, पर तुमने वही कहा, जो एक तरह से मैं चाहता ही था। देखो शिवराम, तुम्हें ही उन डाकुओं से वह बातचीत करनी है जो ऐसे लाभ के अवसर पर विशेष रूप से करनी पड़ती है। मैं तो अपने मुँह में ठेपी रखूँगा। प्रथमतः तुम सारा जुगाड़ 'फिट' करो, यार! ऐसे कामों में तुम हो परले दरजे के गुरूघंटाल। तभी तो ऐसे भरोसे के स्थान पर मैं हमेशा तुम्हें ही नियुक्त करता हूँ। देखो, इस तरह का कोई घुटा हुआ डाकू जब इधर भूले-चूके कभी-कभार आता है, तभी तो तुम्हारे-हमारे पौ-बारह होंगे। ऐसे असामी सौ-सवा सौ के नीचे प्रायः नहीं जाते। यदि हो तो उन्हीं के पास अशर्फियाँ होंगी अन्यथा ऐसे सैकड़ों चोर-उचक्के, लल्लू-पंजू जो इस बंदीगृह में आते हैं, भला उनकी जेब में क्या होगा, खाक! वे हमारी मुट्ठी किस तरह गरम करेंगे? बस ऐसा पक्का बंदोबस्त करो कि वे जेल से भागने न पाएँ—बस इतना ही है हमारा सरकारी कर्तव्य। बाकी उनकी जो मरजी, गुलछर्रे उड़ाने दो। हाँ, यदि वे हम जो चाहे वह उगलकर हमारी खाली मुट्ठी गरम कर सकें तो। और हाँ, सबकुछ बड़ी सतर्कता के साथ करना। पहले उसे टटोलकर देखो, असामी कितने पानी में है, अन्यथा फट् कहते ही ब्रह्महत्या हो जाएगी। समझे न? हाँ, अब जाओ। वह चौक, अहाता, वह कालकोठरी सबकुछ झाड़-पोंछकर ताला ठोंक दो। जाओ। शाम तक वह टोली आ ही जाएगी, तब तक उनके आने के संबंध में किसी के पास चूँ तक नहीं करना।"

"बिलकुल नहीं, जनाब! आप निश्चिंत रहिए।" इस तरह उसे आश्वासन देते हुए शिवराम हवलदार उस फाँसीवाले चौक की सफाई करने चला गया। उसने पहले सपाटे में ही अपने एक खास विश्वसनीय बंदी को बुलाया। उस बंदी को आठ-दस वर्षों की सजा हो गई थी। अपनी कार्य-क्षमता की वजह से वह मुकादम बन गया था। बंदीवान के उस मुकादम को शिवराम हवलदार ने कमरों का वह चौक, जो फाँसीवाले अपराधियों के लिए अलग रखा हुआ था, वह अहाता, कालकोठरियाँ, जो उन खतरनाक बंदियों के लिए भी कभी-कभी प्रयोग में लाई जाती थीं जो घात-पात पर उतारू होते, साफ करने को कहा। साथ ही उसे सख्त आदेश दिया, "देखो, किसी के कानों में खबर न पहुँचे कि आज यह चौक जिनके लिए खाली किया जा रहा है, वे बहुत पहुँचे हुए बदमाश हैं।"

मुकादम की जिज्ञासा को जैसे उफान-सा आ गया था। लेकिन यह जानकर कि सीधी अँगुलियों से घी नहीं निकलेगा, सीधी तरह से पूछने पर हवलदार साहब राज को

राज ही रखने की अकड़ से और ही इतराने लगेंगे, उसने बात को घुमा-फिराकर कहा, "बस, इतनी सी बात! दारोगाजी, आपको याद है, गत वर्ष डाकुओं का वह गिरोह आया था, जिसे काले पानी की सजा हो गई थी। आपकी दया से उसे मैंने तब तक सँभाला था, जब तक उसे काला पानी रवाना नहीं किया गया था। आपने उनकी चिट्ठियाँ दीं, बाजार में जेल का सामान बेचने जाते-जाते; बताइए उनके घर किसने पहुँचाई थीं! मुट्ठियाँ भर-भरके 'हलदी की गाँठें' भला कौन ले आया! इसी पट्ठे ने तो अपनी जान पर खेलकर उन्हें हासिल किया था, दारोगाजी!"

"अरे बाबा, जो काले पानी से भागकर आते हैं वे बदमाश उनसे लाख गुना अधिक भयंकर होते होंगे जो काला पानी जाते हैं। हाँ, हाँ, चुप! भई दीवारों के भी कान होते हैं। वह मैं नहीं बताऊँगा। पर क्यों रे मुकादम, यह बकरा यदि मोटा-ताजा हो तो उसकी भी चिट्ठियाँ ले जाओगे? या उन्हें काले पानी से आते हुए देखकर ही दुम दबाकर भाग जाओगे? जो हलदी की गाँठें मिलेंगी उनमें से तुम्हें भी किसी दूल्हे मियाँ की तरह पीला कर दूँगा, भैया!"

मुकादम सबकुछ जान गया जो जानना चाहता था। "वैसे 'हलदी की गाँठों' से संबंधित कोई भी काम मेरा है, दारोगाजी! काले पानी से भागकर आने से मनुष्य भला भेड़िया थोड़े ही बन जाता है?" (बताने की आवश्यकता नहीं कि बंदीगृह के शब्दकोश में हलदी की गाँठों का अर्थ है सोने के सिक्के।)

मुकादम को साथ लेकर दारोगाजी फाँसी के अहाते में चले गए। यह देखकर कि मुकादम अपने अधिकार में काम करनेवाले कैदियों से चौक-कोठरियों की फटाफट सफाई करने में लगा हुआ है और उन्हें प्रोत्साहित करने के लिए खास चुनिंदा मल्लाही गालियों तथा अचूक डंडों की यथोचित बौछार कर रहा है, दारोगाजी उन कालकोठरियों में से एक में कमर की पेटी, सिर का फेंटा उतारकर पाँव पसारते हुए सुस्ताने लगे। मुकादम ने एक कैदी लौंडे को उनका बदन रगड़ने के लिए भी लगा दिया। इस तुष्टि के नशे में उन्हें अहाते के बड़े दरवाजे का ताला लगाने की भी आवश्यकता महसूस नहीं हुई।

इतने में इस तरह आवेग के साथ जैसे कोई अभुआता हो, धड़धड़ाते हुए आगे बंदीपाल उसके पीछे पूरी रफ्तार के साथ भागता हुआ जमादार और दो-तीन सिपाही धड़ल्ले के साथ खुले दरवाजे के अंदर घुस गए जैसे कोई तूफान घुस गया हो।

"हवलदार! अबे ओ हवलदार! किधर है वह उल्लू का पट्ठा?" बंदीपाल दहाड़ा।

"इधर-उधर-वे-वहाँ।" मुकादम की घिग्घी बँध गई। हड़बड़ाते हुए हवलदार को अपने भाग्य के भरोसे छोड़कर, यह दिखावा करने के लिए कि वह अपने काम में व्यस्त है, कैदियों को 'यह करो, वह करो' का आदेश देने लगा और उसने जमादार से

कहा, ''देखो, सबकुछ साफ-सुथरा, ठीक-ठाक होना चाहिए।''

इतने में बंदीपाल धड़धड़ाता हुआ 'किधर मर गया वह साला हवलदार! अबे ओ हवलदार!' इस प्रकार बेखटके चिंघाड़ते हुए उसी कोठरी के चबूतरे पर 'ठक-ठक' जूते चटकाते हुए चढ़ गया। तब उस कोठरी के सामने ही वह हवलदार बौखलाते हुए गिरते-पड़ते हुए दिखाई दिया। बंदीपाल की पहली लरजती गर्जना अप्रत्याशित रूप से सुनते ही हवलदार साहब की सिट्टी-पिट्टी गुम हो गई। उसके चेहरे पर हवाइयाँ उड़ने लगीं। उसने जितना हो सके सँभलकर उठने की फुरती दिखाई, परंतु आधे-अधूरे सँभल पाने से पहले ही बंदीपाल उसके रू-बरू आकर खड़ा हो गया। वह लौंडा जिस पैर को रगड़ रहा था, उसकी गणवेश की पट्टी खोली हुई थी और जूता उतारा हुआ था। दूसरी टाँग की पट्टी ठीक-ठीक लिपटी हुई, उस पाँव में जूता पहना हुआ, जल्दी-जल्दी में बँधा हुआ वह टोपनुमा फेंटा सिर पर रखते-रखते तिरछा हो गया है और उसका एक छोर किसी पहलवान के फेंटे के छोर की तरह कंधे से छाती पर झूल रहा है, कमर की पेटी दूर कोने में दुबकी पड़ी है और फाटक की चाभियों का गुच्छा उस बंदी लौंडे के हाथ में भूल से वैसे ही लटक रहा है—इस प्रकार उस हवलदारजी की अस्त-व्यस्त मूर्ति एक टाँग पर खड़ी रही, जिसमें जूता पहना हुआ था। उसका वह भाँड जैसा भोंडा बेढंगा रूप देखकर गुस्से से लाल-पीले हो रहे बंदीपाल, जो स्वभावतः हँसोड़ थे, हँसते-हँसते लोटपोट हुए बिना नहीं रह सके।

''क्यों जमादार, आप हमेशा कहते हैं कि आपात् स्थिति में शिवराम हवलदार एक पाँव पर तत्पर रहता है—यह बात सोलह आने सच है। तनिक देखिए तो सही, एक ही टाँग पर पुलिसिया गणवेश चढ़ाकर वे वाकई एक ही टाँग पर खड़े हैं। दूसरे पाँव में जूता भी नहीं पहना महाशय ने। क्यों बे, तेरा यह नंगा पैर इस तरह खाली··· इसे रखते ही क्यों हो? बेकार ही है वह। ठहर बच्चू, मैं इस टाँग को ही काटकर फेंक देता हूँ।'' क्रोध से अंगार बने बंदीपाल ने हाथ में पकड़ी सोटी से शिवराम की उस टाँग पर जोर से आघात किया।

''ओय, ओय! जेलर साहब, आपके पैरों पड़ता हूँ, पहले मेरी बात तो सुनिए—क्या हुआ कि चलते-चलते मेरी इस टाँग की पिंडली में फट् से गाँठ आ गई। पीड़ा के मारे हुजूर, मेरा बहुत बुरा हाल था। मैंने हाय-तौबा मचाई और निढाल होकर नीचे गिर गया। इसीलिए इस कोठरी में बैठकर उस गाँठ को दबा-दबाकर नीचे उतार रहा था, सरकार! माई-बाप, इसके लिए यदि मैं अपराधी हूँ तो क्षमा कीजिए।'' दरोगा ने झट से नौटंकी रचाई।

''क्षमा! ड्यूटी पर होते हुए पेटी फेंककर लाट साहब यहाँ पसरे हैं, जैसे बाप का घर हो। तुम्हें माफ किया तो कल तमाम सिपाहियों की पिंडलियों की गाँठें कभी

इसी तरह अकड़कर चढ़ने लगेंगी। लाओ वह पेटी इधर। जमादार, इस सिपाही की कमर की यह पेटी इसके गले में कुत्ते की पट्टी जैसी लपेटो। ऊँहूँ। हाँ, ऐसे; हाँ-हाँ, अब ठीक है। अब इस निठल्ले कामचोर को इसी हालत में—इसी तरह एक पाँव में जूता, तिरछी पगड़ी का छोर खुला, कुत्ते जैसा गले में पट्टा लपेटा हुआ—तमाम कैदियों की कतारों में से उधर दफ्तर के बड़े गेट के पास ले आओ। चलो—साले—तेरे बाप का—उस सुपरिंटेंडेंट साहब का उधर फोन आया हुआ है कि डाकुओं का गिरफ्तार किया हुआ एक गिरोह अभी आएगा—और तू यहाँ पर अपनी टाँगें दबवा रहा है, साला! चलो।''

सबसे आगे-आगे दरोगा का वह भाँड जैसा भोंडा बेढंगा विचित्र स्वाँग, उसके पीछे वह जमादार जो मुँह में रूमाल ठूँसकर हँसी दबा रहा था, उसके पीछे वह मुकादम, फिर कैदी—इस तरह वह जुलूस आगे निकल गया। रास्ते में जहाँ-जहाँ बंदियों की पंक्तियों में से गुजरना पड़ा, वहाँ-वहाँ आसपास वे हँसते-हँसते लोटपोट हो रहे थे। सबसे पीछे वह नीम-गोरा बंदीपाल, जो यह सारा तमाशा देखकर मन-ही-मन मुसकराता हुआ, लेकिन ऊपरी तौर पर क्रोध से अकड़कर चल रहा था—इस तरह वह सारी बारात बंदीशाला के बड़े द्वार के निकट प्रधान कचहरी के पास पहुँच गई।

बंदीपाल ने देखा, उस भयानक बंदीगृह के लोहे के मुख्य द्वार के सीखचों को पकड़कर बाहर की तरफ दस-पाँच सिपाहियों के साथ एक गोरा सार्जेंट खड़ा है। उन सिपाहियों की बंदूकों की संगीनें तनी हुई थीं—सार्जेंट के पीछे पैरों की बेड़ियों की झनझनाहट सुनाई दी, जो बाहर से आ रही थी। बंदीपाल ने गौर किया—अरे, यह टोली जो आनेवाली थी आ भी धमकी! इस बाहरी संकट का सामना करने के लिए अंदरूनी कलह मिटाकर मेहनती तथा विश्वसनीय जमादार-हवालदारों का आंतरिक संघठन करना निहायत आवश्यक है। इस तरह उस बंदीगृह की बालिश्त भर की राजनीति का बखेड़ा मिटाने का विचार आनन-फानन करके बंदीपाल ने जमादार को आदेश दिया, ''छोड़ दो शिवराम को। जितनी उसकी दुर्गति कर दी, उतनी काफी है। उससे कहना, आइंदा ऐसी हरकत कभी न करे।''

जमादार भी यही प्रार्थना करनेवाला था। शिवराम वैसे बड़े काम की चीज है। अंदरूनी घपले व लफड़े उसी के जरिए तो चलते रहेंगे। उन झमेलों में बंदीपाल महाशय की भी तो साझीदारी थी। जमादार और बंदीपाल का आँखों-आँखों में यह वार्त्तालाप अनकहा होकर भी हो ही गया था। दोनों की राय का मेल हो चुका था, साठ-गाँठ हो चुकी थी। शिवराम हवलदार के दोनों जूते, साफा, पेटी, चाभियों का गुच्छा तुरंत ही उसके बदन पर अपने-अपने स्थान पर झलकने लगे। फिर क्या कहने!

'अबे ओ गधे की दुम! इधर आओ, ओ साले निखट्टू की औलाद, उधर

जाओ', इस प्रकार अनुशासनयुक्त परिभाषा के आदेश देते हुए वह मुकादम और उन कैदियों में जो उसके गाँस में थे—दनदनाता हुआ इस प्रकार डोलने लगा, जिस प्रकार किसी गली में लड़ाकू मुरगा कुकड़ूँ-कूँ करता हुआ शान से इतराता है।

कर्रर्रर्...

बंदीगृह का वह भीमकाय दरवाजा चरमराता हुआ खुल गया। सार्जेंट उन डाकुओं की टोली के साथ भीतर आ गया। डाकुओं के पैरों की बेड़ियाँ झनझना रही थीं। बंदीपाल ने अपने सामने स्थित अंदरूनी दरवाजा खुलवाकर प्रधान बंदीगृह के भयंकर परंतु भव्य, विशाल आँगन में उन दस-बारह डाकुओं का ताँता बाँध दिया। शिवराम हवलदार को उनपर कड़ी नजर रखने का आदेश देकर वह कचहरी में जाकर उस सार्जेंट से सारे कागजातों की जानकारी प्राप्त करने लगा।

इधर इस मुकादम ने उससे पहले ही कारागृह में जाकर अपने विश्वसनीय बंदी को बताया था कि 'आज यहाँ परले सिरे के कुछ अपराधी आनेवाले हैं, जो काले पानी से भागकर आए हुए हैं। हाँ, यह बात अपने पेट में ही रखना। किसी को कानोकान इसकी खबर नहीं होनी चाहिए।'

उस बंदी ने दूसरे कैदियों को—उन्होंने तीसरों को बताया और इस प्रकार वह गुप्त खबर कानोकान दावानल की तरह फैल गई—इसी शर्त पर काना-फूसी करते-करते उस कारागृह का हर कैदी इस खुले रहस्य से परिचित हो गया कि 'आज कोई घुटा हुआ बदमाश, पुराना चांडाल यहाँ आनेवाला है जो काले पानी से भागकर आया है, परंतु यह खबर किसी को कानोकान नहीं होनी चाहिए।' इसीलिए जिसे जो भी बहाना मिला उसी से वह कैदी, वार्डर, मुकादम, सिपाही उस गिरोह के दर्शनार्थ उस आँगन के आसपास रुक रहे थे। सिपाहियों का जमघट भी वहीं पर खड़ा रहा था। शिवराम के फूले-फूले सीने में इस बात का दर्पयुक्त अहसास नहीं समा रहा था कि इतने सारे लोगों के सामने वह इतने परले सिरे के डाकुओं पर डंका बजा रहा था। इस दुर्दम्य अभिलाषा से कि अपने कठोर अनुशासन का प्रदर्शन करके सब लोगों पर अपना दबदबा जमाए, हवलदार ने उन डाकुओं में से एक को, जो तनिक भयभीत और सौम्य प्रकृति का दिखाई दे रहा था, यों ही डंडे से छेड़ते हुए कहा, "ऐ, सीधे खड़े रहो। यह तेरे बाप का घर नहीं है, बच्चू! इलाहाबाद की जेल है यह—इधर हर एक को कायदे से अनुशासन के साथ खड़ा होना चाहिए, समझे?"

शिवराम का यह कठोर आदेश उस शांत, सौम्य स्वभाव के डाकू ने सुना। परंतु उनमें जो एक लंबा-तड़ंगा, घुटा हुआ और देखने में बड़ा सुंदर डाकू था, जिसके होंठों पर सतत कुटिल मुसकान थिरक रही थी, वह जैसे हवलदार की अकड़ के मजे ले रहा था। हवलदार के पीठ फेरते ही वह उसके ठसके की नकल उतारते हुए जोर से गुर्राया,

“ऐ सीधा चलो, यह तेरा घर नहीं है। इलाहाबाद की जेल है यह।”

शिवराम ने गौर किया कि कोई उसे मुँह चिढ़ा रहा है। आस-पास के लोगों के कहकहे छूट गए। शिवराम के मन में यह संदेह उभरा कि काले पानी का वह छँटा हुआ डाकू यही होगा। उसने यह अनुमान किया, सीधे उसे छेड़ने में उसने गलती की है और इस अंदाज से कि उसका मुँह चिढ़ाना उसने देखा ही नहीं, वह दूसरी तरफ घूमने लगा।

इतने में सार्जेंट का पालतू कुत्ता टॉम उस अहाते में घुस गया। उस कठोर अनुशासनयुक्त जेल में उसकी किसी ने रोक-टोक नहीं की। भई, गोरे सार्जेंट का लाड़ला कुत्ता जो ठहरा! कुछ इलाकों में मनुष्य से अधिक कुत्तों को स्वाधीनता होती है। शिवराम हवलदार उसे प्यार से सहलाने, पुचकारने लगा। टॉम ने अपनी दो टाँगें उठाकर हवलदार के कमरबंद पर रखीं। इतने में उस निर्लज्ज डाकू ने बड़े अनुनयपूर्वक कहा, “तनिक इधर तशरीफ लाइए सरकार, एक अर्ज करता है यह बंदा।”

लगता है इस उद्दंड, दुष्ट मनुष्य पर भी अपना सिक्का जम गया। ‘सरकार’ जैसे विनम्र संबोधन से हवलदार ने अनुमान किया और उसके प्रति दयालुता के साथ बड़प्पन दिखाते हुए उसने कहा, “क्या चाहिए? बोलो, बिलकुल डरना नहीं।” उस लुच्चे काइयाँ डाकू ने मुसकराते हुए ऊँचे स्वर में कहा, “भई, मैंने आपको कहाँ बुलाया? मैंने तो उस टॉम को बुलाया। उससे यह कहने जा रहा था, इस तरह लापरवाही से मत खड़े रहो। यह इलाहाबाद की जेल है। इधर हर एक को अनुशासनबद्ध खड़े रहना चाहिए।”

एक बार फिर सभी बंदियों तथा सिपाहियों ने जोर से ठहाका लगाया। हवलदार क्रोध से भूत बन गया, “निपट गधे हो तुम सब लोग।” विनम्रता से मुसकराते हुए डाकू ने उत्तर दिया, “और आप हमारे सरदार। आप जो बोलेंगे वही सत्य वचन है, सरकार!”

इतने में बंदीपाल उस आँगन में उन बंदियों से सार्जेंट द्वारा बाकायदा परिचय करने सार्जेंट के साथ आ गया। पहले धड़ाके में सार्जेंट ने बंदीपाल को दिखाया—वही बेशरम, लंबा-तड़ंगा अपराधी जिसके होंठों पर कुटिल मुसकान हमेशा थिरकती रहती थी।

“यही है वह योगानंद अर्थात् रफीउद्दीन—काले पानी से भागा हुआ बंदी—डाकुओं के इस भयंकर गिरोह का सरगना, अव्वल दरजे का अपराधी।”

जैसे किसी भाट से अपना प्रशस्ति-गायन सुनकर कोई राजा अधिकाधिक शान से फूलता जाता है, आकाश के दीये जलाने लगता है, उसी तरह वह आरोपी योगानंद ऊर्फ रफीउद्दीन सार्जेंट से अपनी प्रशंसा बड़ी अकड़ से सुन रहा था। लज्जा अथवा भय छोड़िए, चिंता का भी कोई चिह्न उसके मुख पर नहीं झलक रहा था। अपने भरे-भरे से गाल और होंठ बाईं ओर सिकोड़कर, आँखें मटकाकर, भीतर-ही-भीतर कुटिल

मुसकान बिखेरने की उसकी जो खास अदा थी, उसी का प्रदर्शन करते हुए उसने उस सार्जेंट से कहा, "इस तरह अन्याय क्यों करते हैं, हुजूर! अजी, मुझपर चार बार कोड़े बरसाए गए हैं और कम-से-कम चौदह बंदीशालाओं का दीदार यह खाकसार कर चुका है। मेरा इतना पराक्रम तो प्रिजनर साहब के सामने बखानना चाहिए, हुजूर, ताकि मेरी असली योग्यता जानकर ये प्रिजनर साहब मेरा यथोचित आतिथ्य तथा मान-सम्मान कर सकें।"

महीने भर से यह डाकू सार्जेंट के कब्जे में था। इस कारण दोनों की खूब छनने लगी थी और उस अपराधी की इस तरह की निरुपद्रवी बकबक में जो एक चुटीला व्यंग्य था, वह सार्जेंट को भाने लगा था। बंदीपाल को जेलर साहब संबोधित करने की बजाय रफीउद्दीन के 'प्रिजनर साहब' कहते ही उसके अंग्रेजी भाषा के अज्ञान की खिल्ली उड़ाने के लिए सार्जेंट ने जोर से ठहाका लगाया, "वाह, वाह! बहुत खूब! जेल का जो अधिकारी है, वही यदि 'प्रिजनर साहब' हो तो तेरे जैसे डाकू-बदमाश, जेल के कैदी को 'जेलर साहब' कहना होगा, समझे?"

"ऑफ कोर्स! मि. सार्जेंट साहब! आपके बावर्ची अंग्रेज को भले ही वह रास नहीं आता हो, लेकिन जो मैं कहता हूँ वही व्याकरण-शुद्ध अंग्रेजी है। अगर प्रिजन का अर्थ कैदखाना और जेल का अर्थ भी कैदखाना ही है तो क्या प्रिजनर और जेलर इन दो शब्दों का कोई एक अर्थ नहीं होगा! भई, व्याकरण के अनुसार तो जो जेलर है, वही प्रिजनर है। प्रिजनर और जेलर एक ही तरकश के तीर हैं। सार्जेंट साहब, मैं भी जानता हूँ, अंग्रेजी किस चिड़िया का नाम है।"

"योगानंद ही हो तुम। अच्छा, क्यों रे रफीउद्दीन, तुमपर चार बार कोड़े बरसाए गए, भला वह किस खुशी में? यह नहीं बताया तुमने?" सार्जेंट की जिज्ञासा उमड़-उमड़कर बहने लगी।

"उसका कारण तो बिलकुल सीधा है, महाशय! बताता हूँ, यदि ये जेलर साहब नाराज न हुए तो। दो बंदीपालों ने इसलिए मेरी खाल उधेड़ी कि उन्होंने मेरे कहे अनुसार मुझे चोरी-चोरी अफीम नहीं खाने दी, सो मैंने भी ताव खाकर उनके सिर पर थाली-पाट मारा और दो बार इसलिए कि मैंने जेलर साहब की माँग के अनुसार उन्हें उतने चाँदी के जूते नहीं मारे थे जितने वे चाहते थे।"

चलते-चलते घूसखोरी की बात छिड़ते ही सार्जेंट के हाथ-पाँव फूल गए। उसने सोचा, कहीं यह वाहियात आरोपी, जो मगज के कीड़े उड़ा रहा है, उसकी पोल तो नहीं खोल देगा, क्योंकि पिछले पखवाड़े इस सार्जेंट के बच्चे को भी उस आरोपी ने चालीस-पचास रुपए खिलाए थे। हाथघड़ी देखने का बहाना बनाकर सार्जेंट ने रफीउद्दीन की वह बात अनसुनी कर दी। बंदीपाल ने घंटी बजने की सूचना दी और वह सार्जेंट

उस पूरी टोली को उस बंदीपाल के हाथों बाकायदा सुपुर्द करके जेल के फाटक से बाहर निकल गया।

लगे हाथ डाकुओं के उस गिरोह को फोड़कर अलग-अलग कोठरियों में फाँसी के उस आरक्षित चौक में बंद किया गया। उनमें से दो-तीन जनों के चेहरे दारुण चिंता की छाया से घिरे हुए थे। एक डाकू, जिसका नाम किशन था, बेचारा पूरा पश्चात्तापदग्ध दिखाई दे रहा था। शेष सभी बंदीशाला में गारद में डालने पर भी निश्चिंत, निडर तथा निस्संकोच शान से ऐसे इतराते फिरते थे, मानो वे किसी नाट्यशाला में डोल रहे हैं। सबसे निडर, निश्चिंत गैंडे की चमड़ी ओढ़े हुए था—योगानंद अर्थात् रफीउद्दीन अहमद, जिसे फाँसी की कालकोठरी में कैदे-तनहाई की सजा हुई थी। उसे खास बंदोबस्त में रखा गया था। इसका अर्थ यह था कि उसकी कोठरी के पास जमादार और शिवराम हवलदार के अतिरिक्त कोई भी नहीं जा सकता था। परंतु इससे तो वह सबसे अधिक मजे में था और चैन की बंसी बजा रहा था। शिवराम के पिट्ठू ने जो बंदीगृह में एड़ियाँ रगड़ रहा था, जैसा कि अपेक्षित ही था, उन डाकुओं के जो साथी इलाहाबाद में अभी तक चोरी-छिपे आजाद रह रहे थे, उन्हें रफीउद्दीन की चिट्ठियाँ पहुँचाईं। फिर क्या, शिवराम आदि की पाँचों अँगुलियाँ घी में! कारागृह में बेशुमार 'हलदी की गाँठों' की आवाजाही शुरू हो गई। थोड़ी सी अफीम, प्रचुर मात्रा में तंबाकू और कभी-कभी मिठाई गुप्त रूप से रफीउद्दीन की कालकोठरी में पहुँचने लगी और अप्रत्यक्ष रूप से वह नगद नारायण—पीले सोने के सिक्के से जमादार, दादा तथा जेलर की जेबें गरम करने लगा।

रफीउद्दीन की योगानंद के रूप में जो जटाएँ, दाढ़ी-मूँछें थीं, अब उन्हें उतारकर फेंक दिया गया था। अब वह एक छिछोरा मुस्टंडा मुसलमान बन गया था। वे लोग, जिन्होंने उसे योगानंद के वेश में तथा पूजा-पाठ, भजन में तल्लीन होते हुए देखा था, कभी सपने में भी नहीं सोच सकते थे कि यह जहर का बुझा हुआ, परले सिरे का मुसलिम डाकू है। उसी प्रकार जिसने इसे फाँसी की कालकोठरी में एक छँटे हुए मुसलिम बंदमाश के रूप में देखा है, उसे यह कहने से रत्ती भर भी विश्वास नहीं होगा कि इस महापाजी ने कभी हिंदू साधु के वेश में हजारों लोगों को झाँसा दिया है तथा लुभाया है। तथापि यह कहा जा सकता था कि योगानंदत्व का एक निशान एक तरह से उसमें था ही—वह था—'सुख दुःखे समे कृत्वा तुल्यनिंदा स्तुतित्व' का। जब उससे यह पूछा जाता कि तुम्हें कड़ी-से-कड़ी सजा होने का भय या चिंता कैसे नहीं सताती, भई! तब होंठ सिकोड़कर आँखें मटकाते हुए वह हमेशा की तरह मुसकराता, "धत् तेरे की। इसमें चिंता काहे की, भाई! फाँसी तो मुझे होने से रही—और आजीवन कारावास, काले पानी की सजा तो भुगतनी ही पड़ेगी। यार, हमें काले पानी के दंड में जो पुण्य तथा

आनंद मिलता है वह तुम्हें काशीजी में भी नहीं मिल सकता, न ही मक्काजी में। काला पानी ही हम लोगों की काशीजी है।''

''परंतु यह दावे के साथ कैसे कह सकते हो कि तुम्हें फाँसी होगी ही नहीं? तुमने तो दारुण घृणा के साथ कितने लोगों की जानें लीं, कितने युवक-युवतियों की गरदनें मरोड़ीं, सिर काटे। बड़े ही गंभीर, नृशंस आरोप हैं तुमपर। स्वयं जेलर साहब दावा कर रहे थे कि तुम फाँसी पर चढ़ोगे।'' शिवराम उसे टोकता तो वह बस मुसकराता, ''अरे, जेलर क्या खाक जानता है मेरे जैसे डाकू को जिसने घाट-घाट का पानी पिया है! सबूत, दंड, अपराध, प्रतिबंध, नियमों का जो अनुभव हमें होता है वह ऐसे जेलरों को ही क्या, बड़े-बड़े जजों को भी नहीं होता। इसी ज्ञान के बलबूते डाके भी हम कानूनी तौर पर डालते हैं। ऐसी हत्याएँ हम कभी नहीं करते, जिन्हें करके फाँसी हो। बाबा, तुम हिंदुओं की 'गीता' मैंने पढ़ी है 'हत्वाऽपि स इमाँल्लोकन् न हंति न निबध्यते'। इसे ही कहते हैं 'योगः कर्मसु कौशलम्'।'' हिंदू अधिकारियों के पहरे में वह संस्कृत श्लोक का पाठ करता, भजन गाता और उन भोले-भाले लोगों को सम्मोहन होता कि सत्य ही यह कोई अंतर्यामी अवधूत है, पहुँचा हुआ संत है। कारागृह में उसे उन हिंदू सिपाहियों की सहानुभूति मिलती।

मुसलिम अधिकारियों के पहरे में गप्पें हाँकते समय वह कुरान की दस-पाँच सच्ची-झूठी आयतों का पाठ करने का नाटक करता। नमाज तो अपनी बची-खुची बित्ता भर दाढ़ी सहलाते हुए बड़ी गंभीरता के साथ, तल्लीन होकर दिन भर पढ़ता रहता। वह कहा करता, ''देखो, मैंने जो-जो डाके डाले, जिन-जिन लड़कियों को भगाया, जिनके-जिनके हाथ-पाँव तोड़े, प्राण लिये, लूट-पाट की वे सारे काफिर हिंदू थे, समझे? ईमानदारों (मुसलिमों) का बाल भी बाँका नहीं किया। अल्लाह रहीम है। काफिरों को सजा देने के बदले खुदाताला मुझपर तो रहम ही करेगा। क्यों?''

''अलबत्ता!'' वह मुसलिम जमादार कहता और फिर जिस प्रकार किसी पुराने अँधेरे कुएँ में, जिसकी थाह पाना मुश्किल है, झाँका जाए उसी तरह उसकी आँखों में झाँकते हुए मन-ही-मन बड़बड़ाता, ''वाकई, यह कोई औलिया, कोई खुदाई खिदमतगार दिखता है।''

कारागृह में घुटे हुए बदमाश, डाकू जो मुसलिम होते हैं, उनमें से सिंधी, बलूची, पठान, पंजाबी अपराधी अपने खून, चोरी, डाकेजनी का समर्थन इसी तर्क से करते हैं कि 'भई, हम तो सिर्फ काफिर हिंदुओं को ही मारते हैं, लूटते हैं।'

और इस समर्थन के साथ उनका पाप कृत्य भी पुण्य कृत्य समान भासमान् हो उठता है और अनेक धर्मांध मुसलिम सिपाही-जमादारों को उनसे हमदर्दी होने लगती है। इस प्रकार के सैकड़ों उदाहरण स्वयं देखने-सुनने का अनुभव हमें भी हुआ है। इस

सिलसिले में अपवाद निकलने पर इतनी ही बात अच्छी है कि कम-से-कम बंगाली, मराठी मुसलिम इतने धर्मांध नहीं होते। इसीलिए डाकुओं में उत्तर प्रांतीय मुसलिमों का दक्षिण देश के मुसलिमों पर इतना भरोसा नहीं होता।

इस योगानंद ऊर्फ रफीउद्दीन के गिरोह में भी अंत में वही अनुभव प्राप्त हुआ। जैसा कि ऊपर कहा जा चुका है कि उनमें जिन आरोपियों के कारागृह में कदम रखते ही सकपकाकर होश उड़ गए उनमें से एक हसन भाई नामक महाराष्ट्रीय मुसलिम और दूसरा वह किशन जो पश्चात्ताप की आग में जल रहा था, दोनों ने पुलिस को उस गिरोह की काफी जानकारी दी और अपने अपराधों को स्वीकार किया। उनकी इस स्वीकृति के आधार पर सरकार ने उनपर मुकदमा दायर किया और उस मुकदमे की मुकर्रर तारीख रफीउद्दीन वगैरह सबको सूचित की गई थी।

मुकदमे के दिन जिस तरह शादी के दिन दूल्हे मियाँ जिस उत्सुकता तथा शान से सज-धजकर तैयार होता है, उसी प्रकार अपने बाल, पेंट आदि परिवेश का कारागृह में जितना संभव है, उतना शृंगार करके बड़ी अकड़फूँ के साथ पैरों की बेड़ियाँ झनझनाते रफीउद्दीन डाकू बड़े ठसके के साथ कहकहे लगाता बाहर निकला। 'यही है वह काले पानी से आया हुआ भगोड़ा पराक्रमी पुरुष सिंह', उसे लग रहा था कि समूचा त्रिभुवन उसकी ओर देखता चल रहा है। वह मन-ही-मन यही योजना बना रहा था कि अब अदालत में वह किन-किन हँसी-मजाक से जज साहब को भी हँसते-हँसते लोटपोट करे। उसके मन में इस बात के लिए रत्ती भर भी धुकधुकी नहीं हो रही थी कि उसके घोर अपराधों की नृशंस कथा सुनते ही किसके बदन के रोंगटे नहीं खड़े होंगे। कुछ लोग उसे राक्षस समझकर छी:-थू करेंगे; उसे कठोर दंड भुगतने पड़ेंगे। भूत-प्रेत, रोना-धोना, चिता-कपाल से अभ्यस्त बने श्मशान की धर्मशाला के चौकीदार को जिस प्रकार श्मशान से भय नहीं लगता, ये तमाम कार्यक्रम जिस तरह अपने नित्य कर्मों की तरह वह स्वाभाविक समझता है, उसी तरह उस गैंडे की चमड़ी पहना वह डाकू अदालत, सबूत, दंड, गवाह, बेड़ियों, बंदीशाला, आजन्म कारावास, काला पानी, कैदे-तनहाई इन तमाम बातों के परिपाठ का इतना अभ्यस्त बन चुका था कि वह उसे बिलकुल भी हौवा नहीं समझता था; न ही उसे इतनी अहमियत देता था। शैतान की तरह ही उसका मन 'Oh Evil ! Thou be my good' यही शिक्षा लिये हुए था।

उसका मन हैवानियत तथा इनसानियत, इन दोनों का एक संयुक्त परिवार बना हुआ था। जिस प्रकार राजमहल में रहनेवाला वह नीरो था, उसी प्रकार काले पानी पर रहनेवाला यह रफीउद्दीन।

नीरो को जिस प्रकार मृत्यु का भय था, उसी तरह इसे फाँसी का डर था; और अगर इसे किसी की परवाह हो, किसी में रुचि हो तो वह थी अफीम और नारी।

अदालत जाते-जाते भी उसका मन एक-दो बार धक-धक करने लगा—न जाने अगर फाँसी हो गई तो? और एक-दो बार तो वह क्रूरकर्मा भी गौ बनकर दीन-हीन होकर बेचैन हो उठा, 'मालती! हाय! हाय! अब फिर से कहाँ आएगी वह लौंडिया मेरी मजबूत बाँहों में।'

□

प्रकरण–६

# रफीउद्दीन का अंतरंग

अदालत में उन डाकुओं का मुकदमा यौवन पर था। वकील, उनके कारिंदे, सिपाहियों का हथियारबंद झुंड, पंखेवाले वे सज्जन, गृहस्थ तथा गाँव के गुंडे जिन्हें इस प्रकार के डाकुओं के मुकदमों का खास चस्का लगा हो आदि लोगों से अदालत ठसाठस भरी हुई थी। उन क्रूर नर-पशुओं के क्रूर, नृशंस कृत्य सुनते समय कई बार स्वयं न्यायमूर्ति के अभ्यस्त मन पर भी घनाघात हो जाता। निष्पक्षता भी आपे से बाहर हो जाती। ग्रामकंटकों के भी रोंगटे खड़े हो जाते। मनुष्य नृशंस, क्रूर श्वापदों को मनुष्यों की बस्ती से दूर जंगल में खदेड़ सका, परंतु मनुष्य के मन ही में कितने सारे नृशंस श्वापद कैसे घात लगा बैठे, घर बनाकर विचर रहे हैं! मन के तहखाने के ताले जब कभी इस तरह से खुले, वे नृशंस श्वापद तितर-बितर होकर भगदड़ मचाते हैं। तभी इस दारुण सत्य को नकारना असंभव होता है। जिसे हम मानवता, मनुष्यता कहते हैं वह एक सजी-सँवरी क्वेट्टा नगरी है। उसके नीचे भूचालीय राक्षसी वृत्तियों की कई परतें फैली हुई हैं। मात्र दया, दाक्षिण्य, माया-ममता, न्याय-अन्याय की नींव पर ही यह मानवता की क्वेट्टा नगरी उभारी जाने के कारण, इस भ्रम में कि वह अटल-स्थिर-दृढ़ होनी चाहिए, जो लापरवाही से घोड़े बेचकर सोता है उसका सहसा ही विनाश हो जाता है, पूरा राष्ट्र पलट जाता है।

रफीउद्दीन अहमद भी एक मनुष्य था, क्योंकि वह हमेशा हँसता रहता था। अनेक जीव-वैज्ञानिकों के अनुसार अन्य प्राणियों से मनुष्य अलग-थलग है। यह दरशाता है उसकी प्रमुख विशेषता—उसकी मुसकराहट। सिर्फ मनुष्य ही हँस सकता है। न्यायाधीश ऑक्लैंड साहब, जिनके सामने यह मुकदमा जारी था, इस तरह के पैशाचिक आरोपियों को मात्र अपराधी के नाते से नहीं देखा करते, अपितु जिस तरह कोई वैद्य रोगियों की ठोक-बजाकर परीक्षा करता है अथवा मांत्रिक सर्पों की विष-परीक्षा करता है, उसी आलोचक दृष्टि से इस प्रकार के अघोरी पापियों के स्वभाव विशेषों की छानबीन किया

करते। उनकी यह धारणा होती कि अपराध-विज्ञान मनोविज्ञान का ही एक हिस्सा है। इसीलिए वे प्रमाण की तरह पैशाचिक तथा विक्षिप्त अपराधियों के मनोविकारों, मुद्राओं एवं भाषणों की तथा गतिविधियों की मन-ही-मन छानबीन करने में उलझे रहते। वे अपराधियों को आरोपी के कटघरे में खड़े करते हुए भी यथोचित सीमित स्वाभाविक बोलचाल तथा हँसने-रोने देते, उनसे स्वयं बातचीत करके कभी उन्हें बोलने के लिए भी बाध्य करते, ताकि उनकी छानबीन करना आसान हो। जिस संकट के घात में आते ही बड़े-बड़े दुष्ट भी बेंत की तरह काँपते हैं, लज्जित होते हैं, उस संकट में भी रफीउद्दीन को निश्चिंत, निर्लज्जता से हँसते हुए देखकर न्यायाधीश ऑक्लैंड साहब सोचते कि अच्छा होता यदि शेक्सपियर एक बार इसे इस तरह मुसकराता हुआ देखते, क्योंकि शेक्सपियर ने एक चरित्र द्वारा एक दुष्ट, धोखेबाज तथा गुरुघंटाल, काइयाँ व्यक्ति का एक लक्षण बताया है कि 'He seldom laughs' (उसे कभी-कभी ही हँसी आती है।) उसने यह भी किसी अन्य चरित्र द्वारा किसी अन्य स्थान पर कहलवाया होता कि वह लक्षण भी किस प्रकार मिथ्या प्रमाणित हो सकता है। क्रूरकर्मा होते हुए भी रफीउद्दीन जिस प्रकार हँसोड़ था वैसे ही दुर्वृत्त, काला नाग होते हुए भी वह अत्यंत सुंदर था। न्यायाधीश ऑक्लैंड साहब मन-ही-मन सोचते, 'बच्चू ने एक महाकवि के उक्त सूक्त को ही नहीं अन्य महाकवि के 'नट्याकृति सुसदृशं विजहानि वृत्तम्' इस कालिदासीय सूक्ति को भी झुठलाया है। ऐसा नहीं कि सुंदर मनुष्य सद्शील होता ही है। इतना ही नहीं, उसके दुराचरण से भी कभी-कभी उसकी सुंदरता अधिक विषाक्त होती है, जैसे इंद्रायन का फल। कभी समझ में नहीं आता, गुलाब की घनी फुलवारी की ओट में छल-कपट की चरम सीमा है।

डाकुओं के उस गिरोह द्वारा किए गए नृशंस क्रूरतापूर्ण अत्याचार, पुलिस ने ठोस सबूत के साथ उनके पल्ले बाँध दिए। उनमें जिस एक अप्रत्यक्ष, लेकिन महत्त्वपूर्ण प्रमाण की जोड़ रफीउद्दीन के गिरोह में हसन भाई नामक आरोपी ने दी, वह सरकारी माफी का साक्षीदार हो गया था। उसकी स्वीकारोक्ति में से चुनिंदा आशय भी यहाँ प्रस्तुत करें तो भी वह रफीउद्दीन के राक्षसी कृत्यों की रूपरेखा पाठकों के ध्यान में लाने के लिए पर्याप्त है। उस स्वीकारोक्ति के आशय का पुलिस के स्वतंत्र प्रमाण ने समर्थन किया था।

''मेरा नाम हसन भाई। मैंने हाई स्कूल तक शिक्षा प्राप्त की है। मैं क्लर्क भी था। आगे चलकर जुए की लत पड़ने से मैं पैसे चुराने लगा। मेरा जन्म-स्थान खानदेश में है। रफीउद्दीन से मेरा परिचय उसके काले पानी जाने से पहले ही हुआ था। पंजाब एवं उत्तर प्रदेश से लूटपाट कर लाई गई संपत्ति का कुछ अंश वह मेरे पास छिपाकर रखता था। लेकिन अपने गिरोह में प्रत्यक्ष डकैती के लिए वह मुझे साथ कभी नहीं ले जाता

तथा मेरे पास खुल्लम-खुल्ला नहीं आता था ताकि पुलिस का ध्यान मेरी ओर आकर्षित न हो। आगे चलकर उसे सजा हो गई, वह काला पानी चला गया और हम दोनों में कोई संपर्क नहीं रहा। कुछ वर्षों के उपरांत एक दिन मैंने देखा कि वह अचानक मेरी चौखट पर खड़ा है। तब मुझे ऐसा लगा, जैसे कोई मृत व्यक्ति जीवित होकर आया है। मुझे मालूम भी नहीं था कि वह व्यक्ति, जो काला पानी गया है, जीवित लौट सकता है। उसने बताया कि वह मंत्रशक्ति से अदृश्य होकर सागर पर चलकर वापस आया। उसने मंत्र से अभिभूत एक ताबीज भी मुझे दिखाया। उसने मुझे आश्वस्त किया कि अपनी तीन-चार हजार की अमानत जो उसने मेरे पास रखी थी वह भी मुझे उपहार-स्वरूप मिल जाएगी। उसकी इस प्रकार की तमाम चिकनी-चुपड़ी बातों का मुझपर विलक्षण प्रभाव पड़ा। मुझे वह एक अद्‌भुत मांत्रिक तथा असाधारण साहसी पुरुष प्रतीत होने लगा और मैं वैसा ही करने के लिए तैयार हो गया जैसा वह कहे। उस समय उसकी बात पर मैंने विश्वास किया। उसने कहा, 'सिंध और पंजाब में मुसलिम धर्म प्रचारार्थ मैंने एक बड़ी संस्था शुरू की है। यह एक तरह का जेहाद—धर्मयुद्ध है और उसकी सहायता करना हर मुसलमान का फर्ज है।' मुसलमान बनाने के लिए खानदेश में जो हिंदू लड़के-लड़कियाँ मिलेंगे, उन्हें फुसलाकर उसके हाथ सौंप दिया जाए; उसे जो चीजें और द्रव्य छिपाना हो वह पूर्ववत् छिपाए; जब भी वह बुलाए, मुझे उसके पास चला जाना चाहिए, और इस काम के लिए वह मुझे खर्चा और हर महीने सौ रुपए दे देगा। इस प्रकार हम दोनों में करार हो गया।

मुझे उसकी दहशत-सी लगती कि उसका अगला काम मैंने नहीं किया तो यह क्रूरकर्मा अपनी पिछली अमानत के लिए मुझे जान से मार डालने में भी नहीं हिचकिचाएगा। शुरू-शुरू में डरते-डरते मैं उस गिरोह की सहायता करता रहा, परंतु इनकी डाकेजनी के वर्णन सुनते-सुनते मैं भी लोगों को इकट्‌ठा करके छोटे-मोटे डाके डालने लगा। यात्राओं, धर्मशालाओं और स्टेशन से भले घरानों की हिंदू लड़कियों का अपहरण करने में इतना अभ्यस्त तथा निपुण हो गया कि जिनकी बेटियों का हम अपहरण करते उन्हें आठ-आठ आँसू बहाते देख हमारा बड़ा मनोरंजन होता था। इससे रफीउद्‌दीन मुझपर निहायत प्रसन्न हो गया। उन लड़कों, लौंडे-लौंडियों को सुदूर सिंध, बलूचिस्तान तक भेजा जाता, उधर उनके गिरोह उन्हें बेचते अथवा किसीपर दिल आने पर उसका आपस में बँटवारा कर लेते। धर्म-प्रचार की ओट में बड़े-बड़े मौलवी भी हमारे इन दुष्ट कृत्यों की अथक प्रशंसा किया करते। उससे अपनी नीच विषय-वासना तथा धर्मलाभ में एक धर्मोन्माद आ जाने से हम जनलज्जा तथा मनोलज्जा दोनों से मुक्त हो गए। भय मात्र सरकारी दंड से रह गया, वह भी खासकर अंग्रेज और कुछ कठोर हिंदू पुलिस अफसरों से ही।

हमारे जैसे दक्खनी मुसलमानों को उत्तर के ये पठान, बलूची डाकू अविश्वसनीय समझते थे। हमारा परिवेश, भाषा, रीति-रिवाज हिंदुओं जैसे होने के कारण आनन-फानन क्रूर कर्म हमसे नहीं हो सकते, इसलिए वे हमें कायर, डरपोक तथा 'आधे काफिर' समझते थे। डाकेजनी में हमें सीधे हिस्सा नहीं लेने देते थे। परंतु बिहार में एक डकैती में इस गिरोह की पकड़-धकड़ हो गई, तब रफीउद्दीन कुछ साथियों के साथ वहाँ से खिसककर खानदेश आ गया और उसे मेरे गिरोह में शामिल होना पड़ा। तबसे वह हिंदू गोसाईं के वेश में घूमने लगा। वह एक मँजा हुआ बहुरूपिया है। अंग्रेजी, संस्कृत, बँगला, मराठी भाषाओं में से थोड़ा-थोड़ा जबानी याद करके रखा है उसने। फिर झूम-झूमकर गाता है, नाचता है। चाहे लावनी हो (मराठी संगीत की एक विधा), चाहे भजन, किसी में भी रंग भरकर ऐसा समाँ बाँधता है कि क्या कहने! योगानंद का स्वाँग रचाकर तो उसने हजारों हिंदू लोगों को सम्मोहित किया। उसे सिर्फ पाँच-दस भजन ही कंठस्थ हैं। शास्त्रार्थ आदि तो वह कुछ जानता नहीं, इसलिए मौन व्रत का ढोंग करता है या फिर भजन गाता है। पाँच-दस संस्कृत श्लोक उसे कंठस्थ थे, परंतु वह ऐसे ढंग से बीच में ही बोलता, कभी बीच में ही मौन हो जाता कि जिस-तिस को यही भ्रम होता कि आहा! महाराज प्रगाढ़ विद्वान् होते हुए भी कितने विनम्र हैं। उसने योगानंद का जो चोला पहना था, उस पहनावे का हमें काफी फायदा हो गया। हिंदू बिना माँगे हमें हजारों रुपयों का दान देते। ये महाशय स्वयं किसी चीज को स्पर्श नहीं करते, परंतु जो जबरदस्ती रख जाते उन उपहारों को हम लोग इकट्ठा करते और आपस में बाँट लेते। भजन के समय जब भीड़-भड़क्का होता था, तब लगभग सौ-सवा सौ हिंदू लड़कियों को भगाकर हमने पिछले साल-डेढ़ साल में गुलाम हुसैन नामक एक बलूची के हाथों उत्तर में रवाना किया। उस हर शिकार के पीछे हमें स्वतंत्र उपहार मिलता। मुसलमानों को न लूटने का यह जो बहाना बनाता, वह भी झूठा था। इस सत्य से हम सब तब परिचित हो गए जब इसका हमारे गिरोह से प्रत्यक्ष संबंध हुआ। किसी मुसलमान को लूटना हो तो वह उसे सिर्फ 'काफिर का दोस्त' जैसी गाली देता और फिर अपनी कसम से मुक्त होता। भई, हमें भी यह सुविधाजनक शासन बहुत पसंद था। यह जितना क्रूर, जहरीला भुजंग है उतना ही हँसोड़ और मजाकिया है। परंतु हाँ, यह इतना गजब का बहुरूपिया है कि मैं नहीं बता सकता। इसका बुनियादी स्वभाव मजाकिया है या निर्घृण। पागलपन का स्वाँग रचाने में भी इसका मसखरापन बहुत काम आता है। कुछ भी हो, यह सोलह आने सच है कि यह तभी भारी मसखरी करता है जब अत्यंत नृशंस, निर्घृण कृत्य करता है।

इसकी नृशंसता के दो प्रसंग जो मैंने अपनी इन आँखों से देखे हैं, जिनसे मुझे भी इसकी नृशंसता से घिन हुई है, जिनका मैं चश्मदीद गवाह हूँ, सबूत के तौर पर बताता

हूँ। इस मुकदमे में खानदेश के जिस मुसलिम डॉक्टर के घर पड़ी डकैती का हमपर आरोप लगाया गया है, उस डकैती में मैं भी शामिल था। हमारे दरवाजा तोड़कर भीतर घुसते ही डॉ. रहमान की, जो अटारी से खिसक रहा था, टाँगों पर हमने कुल्हाड़ी से प्रहार किया। उसकी टाँग के टुकड़े-टुकड़े हो गए। डॉक्टर ने तो वहीं पर दम तोड़ दिया, लेकिन फिर भी सिर्फ कुठाराघात करने के आनंद में इसने जोर-जोर से कहकहे लगाते हुए मेरी 'ना-नु' की परवाह किए बिना उस डॉक्टर की बोटी-बोटी काट डाली। इतने में उस डॉक्टर के दो बच्चे दिखाई दिए जो पलंग के नीचे दुबककर बैठे हुए थे। मैंने तड़पकर कहा, 'भाई, इन मासूमों पर तो रहम करो, इन्हें तो बख्शो। बेचारे डर के मारे अधमरे, गुमसुम तथा बदहवास हो गए हैं।'

उसने कहा, 'अरे यार, बेहोशी की हालत में सभी आँखें मूँदकर मुँह में ठेपी रखते हैं, लेकिन होश में आते ही उनकी जबान खुल जाती है, आँखें भी खुल जाती हैं। फिर भरी अदालत में ये ही खुली जबान और खुली आँखें पहचानेंगे कि वे डाकू कौन थे और फिर तेरे-मेरे गले में फाँसी का फंदा पड़ जाएगा।' इतना कहकर उसने कुल्हाड़ी के एक-एक प्रहार से उन मासूम बच्चों के एक-एक के दो-दो टुकड़े उड़ा दिए। वह पैशाचिक कृत्य देखकर मैं भी गश खा गया। लेकिन उस डाके में हमारे हाथ में दस हजार की लूट लगी। हो सकता है मेरे मन को इसी कारण उस चक्कर की बाधा अधिक मात्रा में नहीं पहुँची हो और उसी कुमार्ग पर वह पूर्ववत् चलता रहा हो।

दूसरी नृशंस घटना जो मैंने अपनी आँखों से देखी, उसके सामने तो उपर्युक्त घटना भी फीकी पड़ जाती है। रफीउद्दीन हरदम हमसे बड़ी शान से कहता कि आजकल वह हर साल में एक सुंदर स्त्री रखता है। वर्ष समाप्त होते ही वह उसे जान से मार डालता है और फिर दूसरी रखता है। अन्य लोग-बाग अपने सत्कर्मों को राई का पहाड़ बनाकर बखान करते हैं, उसी प्रकार यह घनचक्कर प्राणी अपने दुष्कर्मों को भी बड़ी शान से तिल का ताड़ बनाकर बखानता था। उसपर इठलाता था। हाँ, जब यह खानदेश से भाग आया था तब इसके साथ एक हिंदू कायस्थ युवती थी, जिसका बिहार से जबरदस्ती अपहरण किया गया था। वह इसके कड़े पहरे में थी। उससे वह स्त्रैणबुद्धि होकर इतना प्यार करता था कि ऐसा लगता, इसके जैसा प्यार करनेवाला चिराग लेकर ढूँढ़ने से भी नहीं मिलेगा। वैसे देखा जाए तो हमारे गिरोह के साथियों से भी जब तक मित्रता करता तो अच्छी तरह से करता। उस युवती पर वह बेहद लट्टू था, लेकिन वह किसी दुःख से कुढ़ती हुई दिखती। कभी-कभी तो ऐसा आभास होता कि वह अपनी जान को जान ही नहीं समझ रही है। एक बार उसे हिंदू धर्म के तौर-तरीके से हाथ जोड़कर प्रार्थना करते हुए रफीउद्दीन ने देखा।

'क्या मन्नत माँग रही हो, मेरी जान, पत्थर के इस भगवान् से?'

तब गुस्से से भन्नाकर उसने कहा, 'तुम्हें फाँसी पर लटकाने की।'

'फाँसी' शब्द सुनते ही रफीउद्दीन ने मारे क्रोध के साँप जैसा फन उठाया। तैश में आने का झटका आते ही वह हमेशा ठहाका लगाता है—उसी तरह अट्टहास करते हुए उसने कहा, 'वाकई, इसका साल पूरा हो रहा है न?'

उस दिन उसने मुझसे कहा, 'शाम को मैं तुम्हें एक दिलचस्प बात दिखाऊँगा, यार! जंगल की घाटी में ऊँचे मीनार पर जाकर बैठ जाओ।'

शाम के समय मैं उस जंगल की घाटी की ऊँची मीनार पर जाकर बैठ गया। वर्षा की झड़ियाँ लगी हुई थीं। पानी से लबालब नदी सैलाबवश दोनों किनारों को छूती-उफनती, फूँ-फूँ फुफकारती हुई बह रही थी। फिलहाल उस वीरान जंगल में घाटी की मीनार तक नदी का पानी चढ़ने पर उसे सैलाब समझा जाता। इस प्रकार नदी में प्रचंड बाढ़ आई हुई थी।

थोड़ी ही देर में रफीउद्दीन उस सुंदर रमणी के साथ वहाँ आ गया। उसे बेपरदा करके हिंदू युवती की तरह कंधे पर आँचल लपेटकर वह उसे खुली हवा में बाढ़ का नजारा दिखाने ले आया था। बहुत लंबे अरसे के बाद चेहरे का अवगुंठन दूर होने से विशुद्ध, ताजा, खुली हवा साँसों में भर लेने के कारण उसके मुख पर तनिक संतोष झलक रहा था। रफीउद्दीन निर्लज्ज छेड़खानी, चापलूसी और खुशामद की परिसीमा के साथ उसका प्रणयाराधन कर रहा था। मुझे इस बात से आश्चर्य हुआ कि वह मेरे सामने इस तरह उसे बेपरदा करके खुले दिल से इस एकांत स्थान पर ले आया। उसपर विषयांध सा होकर जब वह उसे अपनी बाँहों में भरने लगा तब तो मेरी मति ही मारी गई। दरअसल मेरे मन में भी दुर्दम्य अभिलाषा उत्पन्न हो गई थी कि चाँद के उस टुकड़े को मैं भी अपनी बाँहों में भर लूँ।

रफीउद्दीन ने उसे हाथ से निकलने की कोशिश करते हुए देख कसकर दबोचा और फिर ऊपर उठाया। तत्पश्चात् छोटे बच्चे की तरह उसे दोनों हाथों में लिटाकर 'मेरी प्याली-प्याली नन्ही-मुन्नी' कहकर प्यार से दुलारा, पुचकारा, झुलाया और फिर एक झटके के साथ उसकी साड़ी लगभग आधे से अधिक उतारकर कामोन्मत्त निर्लज्जता के साथ मुझसे कहने लगा—'देख ले यार, जी भरकर देख ले इस जन्नत की हूर को!'

मैं भी इस विचार से कि इस विकृत सनक में यह विषयांध पुरुष न जाने क्या करेगा, कामावेश में थरथराते हुए उसे देख ही रहा था।

इतने में···

उसने उस सुंदर सुकुमार युवती को आवेशपूर्ण ताकत के साथ उस मीनार से नदी के सैलाब में दूर फेंक दिया, जैसे हम एक पत्थर को जोर से घुमाकर झटके के साथ फेंकते हैं।

'भई, साल जो पूरा हो गया था इस लौंडिया का…' कहकर उसने जोरदार ठहाका लगाया।

'अरे शैतान की औलाद!' मैं जोर से चीख पड़ा।

'अरे यार, पहले मजा तो देख। यही दिलचस्प नजारा दिखाने के लिए तो मैंने तुम्हें यहाँ पर बुलाया था।'

दो बार वह मासूम निरपराध रमणी मौजों पर सवार हो गई। लगे हाथ दो बार वह नीचे डूब गई। उस सैलाब के बीच में ही एक ऊँची चट्टान सिर उठाकर खड़ी थी। एक महाकाय प्रचंड लहर कलकल, हर-हर-हर-हर हहराती ध्वनि के साथ उधर मुड़ गई। उसमें फँसी हुई वह युवती तथा उसकी गुलाबी साड़ी साफ-साफ नजर आ रही थी।

बहुत ऊँचे लटकाया हुआ सुंदर बिल्लौरी झाड़फानूस अचानक टूटकर, तेजी से नीचे भहराते ही जिस तरह चकनाचूर होता है और उसकी चिनगारियाँ बिखरकर, झड़कर ज्योति अचानक बुझ जाती है, उसी तरह उस प्रचंड लहर के चट्टान से टकराते ही उस जलौघ की हिमधवल धज्जियाँ उड़ गईं और उस अत्यंत निरीह भोली-भाली कंचन-गौर युवती का मस्तिष्क तार-तार होकर उसकी पंच प्राण-ज्योतियाँ एक साथ अस्तंगत हो गईं। फिर वह पानी की ऊपरी सतह पर नहीं आई।

'अरे नीच, शीशमहल के कुत्ते, अरे तुमने यह क्या कर डाला? मौत के मुँह में ढकेल दिया उसे?' मैंने शोकावेश में सिसकते हुए उससे साफ-साफ दो टूक सवाल किया।

'अरे पगले, मौत के मुँह में नहीं, उसके बारे में बात करनी है तो उसकी जबान में बोलो। उसकी संस्कृत भाषा में पानी को मौत नहीं कहते, बेटा! पानी को जीवन कहा जाता है। भई, मैंने उसे जीवन के सैलाब में फेंका है।' यह कहकर उसने अट्टहास किया।

'अरे, आज उसे मौत के घाट नहीं उतारता तो कल वह खुफिया पुलिस को मेरा अता-पता बता देती, समझे?'

महाराज, मैं उसके जैसा जल्लाद, नीच नहीं हूँ फिर भी पाप-कर्मों का मुझे चस्का-सा लग गया था। अलौकिक सत्कर्मों की तरह ही अलौकिक, असाधारण दुष्कर्मों का भी एक दुस्साहस होता ही है, ताकि लोगों पर सिक्का जमाया जाए। उसी प्रकार हमारा दबदबा जमने से इसके भीषण दुष्कर्मों का हमपर जो प्रभाव था, वह दिन दूना रात चौगुना होता गया। उसके योगानंद बाबावाले ढकोसले से हमारी पाँचों अँगुलियाँ घी में होने के कारण हम भी उसका साथ निभाते ही रहे।

इसके बाद हम मथुरा आ गए। इसने कर्णपुतली समान एक जलादर्श यंत्र का

पाखंड रचाया। कहा कि उस यंत्रबल के जरिए अतीत, भविष्य, वर्तमान बिलकुल ठीक-ठीक बताया जा सकता है। इस बात को हम सर्वत्र फैला रहे थे। कहीं भी चले जाने पर हम परस्थ, सौदागर, वकील, डॉक्टर, इस तरह विविध स्वाँग रचाकर पृथक् रूप से गाँव में घूमते और पृथक्-पृथक् रूप से गप्पें हाँकते कि योगानंदजी ने अमुक-अमुक चमत्कार हमारे रू-बरू किए, अमुक भविष्य कथन ठीक-ठीक बताया। जब हमें इस बात की खबर मिलती कि कोई सज्जन इसके पास भूत-भविष्य पूछने आ रहे हैं, तो हममें से कोई एक किसी अपरिचित रईसजादे के भेष में इसके सामने बैठकर इससे कुछ प्रश्न पूछता और यह चाहे कुछ भी कह देता।

'अहो आश्चर्यम्! आहा! कैसी अद्भुत दिव्य दृष्टि! हूबहू वैसा ही सिद्ध हुआ जो हम कहते थे। सोलह आने सच।' इस तरह इसकी 'वाहवाही' करके जबरदस्ती एक मोटी-तगड़ी रकम इसके देवस्थान को देकर वापस लौटते। अर्थात् जिनके सामने हम यह नाटक करते, उन लोगों में प्राय: सभी स्त्री-पुरुष अंधविश्वास की मनोवैज्ञानिक छूत की बीमारी का निश्चित रूप से शिकार बनते। जिस सिलसिले में योगानंद के उत्तर असत्य सिद्ध होते उन्हें वैसे ही छोड़कर जो संयोगवश, काकतालीय न्याय से सत्य सिद्ध होते उन्हीं का हम इधर-उधर ढिंढोरा पीटते फिरते। मथुरा में भी हमारा यह ढकोसला इसी तरह फलता-फूलता गया। उसी समय डॉ. नायडू नामक एक महिला हमारे झाँसे में आ गईं। बातचीत के दौरान उन्होंने नागपुर स्थित एक महिला और उसकी इकलौती बेटी, जिनसे उनकी मित्रता थी, दोनों की रामकहानी सुनाई। उन्होंने यह भी बताया कि वे दोनों मथुरा आई हुई हैं।

यह जानकारी प्राप्त होते ही यह बदमाश योगानंद अकेले में मुझसे कहने लगा, 'मैं जब काले पानी पर गया था तब मेरे साथ एक कैदी था जिसे फौज में दंड हुआ था। अन्य कोई कैदी मेरे पास कभी नहीं रखा जाता। अत: हम दोनों में गहरी घुटने लगी। उसने समय-समय पर अपने घर की सारी जानकारी मुझे दे दी। डॉ. नायडू नागपुर की जिस महिला और उसकी बेटी को यहाँ लाने का ज़िक्र कर रही थीं, अवश्य वही उस कैदी की माता और उसकी युवा बहन होंगी। डॉ. नायडू ने जो बताया वह नाम, गाँव, वृत्त सबकुछ हूबहू मेल खाता है। वही है वह लड़की। अब मेरे हाथ आ गई। माल···माल···मालती···हाँ-हाँ यह मालती ही है। हाय री मेरी मालती, उसे तो दसों बार मैंने अपनी शय्या की शोभा बनाया है। मालती! मेरी मालती···।'

'अरे भाई, तुम तो काले पानी पर थे न! फिर उस लौंडिया को अपने बिस्तर की शोभा बनाया कैसे बनाया! क्या, सपने में? उसका नाम लेने से ही दिल में लड्डू फूटने लगे जनाब के।' मैंने व्यंग्य कसा।

'देख हसन! किसी खूँखार जानवर को भूखे पेट बंद करो, उसे मांस मत दो।

फिर खून से सनी एक हड्डी उसके सामने डालो और देखो वह खूँखार जानवर उस हड्डी को कितने चटकारे ले-लेकर चचोड़ता है। ठीक उसी प्रकार काम-विकार जहाँ बरसों से मन के पिंजड़े में भूखे भेड़िये की तरह बंद रखा जाता है, उस काले पानी पर औरत का जो भी नाम कानों पर आ जाता है, वही नाम तन-मन में ऐसा बस जाता है कि वह उस नारी की एक मूर्ति बन जाता है, उस काल्पनिक मूर्ति पर मन विषयी हो जाता है। यथार्थ में नहीं अपितु सपने में उससे रत होता है। हिंदू लोगों में उषा का एक सुंदर आख्यान है, कभी सुना भी है तुमने? स्वप्नस्थित प्रिय पुरुष उसे प्रत्यक्ष दृश्यमान पुरुष की अपेक्षा अधिक काम-विकल कर किया करता है। मेरा भी ठीक वैसा ही हाल हो गया था। मजबूरन बार-बार सिर्फ उसी साथी कैदी के साथ बातचीत करने के कारण और उसकी बातों में बार-बार उस सयानी, पर कच्ची कली का, जो अनबिंधा मोती थी, जिक्र आने के कारण मेरी बुभुक्षित कामेच्छा पर उस कल्पनारम्य मूरत की, उस नाम की जो एक अमिट छाप अंकित हो गई, वह अब अन्य किसी भी प्रत्यक्ष नारी के संबंध में नहीं हो सकती; और दिलचस्प बात देखो, उसी नाम की रमणी का, उस कामातुर कल्पना का ही अब मैं प्रत्यक्ष रूप में भोग कर सकूँगा। बस! हम उसका अवश्य अपहरण करेंगे।'

उसके अपहरण का निश्चय होते ही हमने अपनी हमेशा की चाल चली। भजन समाप्त होते ही जन-समूह के वापस जाते समय जहाँ से मालती अपनी माँ के साथ रेलपेल में चल रही थी, वहाँ हममें से ही दो-तीन जनों ने झूठ-मूठ की हाथापाई शुरू की। उसके साथ ही उस भीड़-भड़क्के में एकदम भगदड़ मच गई। उस ठेला-ठेली में मालती को उसकी माँ से अलग किया गया। फिर हमारे इस योगानंद स्वामी के एक शिष्य ने बनावटी मासूमियत का पुतला बनकर उसे घर तक छोड़ने का बहाना बनाकर अपने कब्जे में ले लिया और सीधे गुलाम हुसैन के अड्डे पर पहुँचा दिया। वहाँ वह रात इस दुष्ट ने मालती की सेज पर ही बिताई।

दूसरे दिन इसलिए कि इस अपहरण की बात शहर में न फैले, मालती के सगे-संबंधियों को हमने माया-ममता के जाल में फँसाकर उन्हें दूसरी ही राह पर लगा दिया, जो बहुत लंबी थी। यह लफंगा काले पानी में रहते समय इस मालती के भाई के रंग-रूप वृत्तांत को जानता था। वह सारी जानकारी अंतर्दृष्टि से प्राप्त होने का इसने नाटक किया। उसकी माँ को भी, उसके सिर पर घाव का जो निशान था, वह याद नहीं था। वह भी जब इसने जलादर्श यंत्र-मंत्र का ढिंढोरा पीटकर कहा कि वह अंतर्ज्ञान से उस निशान को देख सकता है, तब वे महिलाएँ इसकी दैवी अंतर्दृष्टि पर मुग्ध हो गईं। तब लगे हाथ इसने भूत, भविष्य, वर्तमान के बारे में बताया कि 'मालती नागपुर की ओर अपने एक गुप्त प्रेमी के साथ भाग गई है, आप लोग इधर इस बात का हो-हल्ला न

मचाते हुए गुप-चुप चली जाएँगी तो उसे वापस ला सकती हैं।' उसपर भरोसा करके मथुरा की पुलिस तथा अन्य किसी को कानोकान खबर न देते हुए वे महिलाएँ नागपुर रवाना हो गईं। हम लोग भी मथुरा से चंपत होने लगे थे कि अचानक दूसरे ही पाप-कर्म का परिपाक होने से हमें उसका फल भुगतना पड़ा। इलाहाबाद का यह वारंट निकल जाने से हम लोग लगे हाथ पकड़े गए। इस धाँधली में इसका सुराग अभी तक किसी को भी नहीं मिला कि उस बेचारी विवाह योग्य मालती को लेकर वह जालिम गुलाम हुसैन किधर फरार हो गया। उस पापी ने उस निहायत मासूम, निरपराध, बेबस कोमलांगी की कैसी दुर्गति की होगी, इज्जत की कैसी धज्जियाँ उड़ाई होंगी—अल्लाह ही जाने।''

भावुक न होते हुए भी उस न्यायाधीश के होंठ क्रोध के मारे फड़कने लगे और दूसरी तरफ आँखों से आँसुओं की झड़ी लग गई। श्रोताओं में भी कइयों की आँखों में आँसू छलकने लगे।

···और एक व्यक्ति की आँखों से दया के आँसू झरझर बह रहे थे, लेकिन वह न न्यायाधीश था, न न्यायालय में बैठा श्रोता। वह था उन्हीं डाकुओं में से एक आरोपी, वह पश्चात्तापदग्ध किशन···

देखने में वह बदसूरत, बातचीत में संयत, उम्र से नौजवान, नरमदिल, आचरण से आत्मसम्मानी लग रहा था। उस संपूर्ण मुकदमे में वह सिर झुकाकर बैठता था। किंतु जब वह अपना बयान देने खड़ा हुआ तब तनी हुई गरदन और सिर ऊपर उठाकर इतमीनान के साथ सधे, नपे-तुल शब्दों और अपनी आँखों में मालती की दुर्गति के जिक्र के साथ भर आए आँसू पोंछता हुआ कहने लगा, ''मैं काशी में वेदांत विद्या का एक छात्र था। मेरा चित्त विरागी बनकर किसी गुरु का सान्निध्य प्राप्त कर भक्ति और योग की साधना की कामना करने लगा। आगे चलकर मैं मथुरा आ गया। उसी समय वहाँ इस योगानंद गोसाईं के भजन की और अंतर्यामी होने की काफी धूम मची थी। उससे रीझकर मैं इसका शिष्य बन गया। मैं अच्छा सारंगी-वादक हूँ। भजन भी गाता हूँ। इसके भजन में मैं इसका साथ देने लगा। एक सप्ताह भी नहीं हुआ था कि इस गिरोह के कुछ लोगों ने कहना शुरू किया कि यह हिंदू नौसिखिया है, इस कारण इसे चार हाथ दूर ही रखा जाए। कुछ इस प्रकार की खुसुर-फुसुर मैंने सुनी। मुझे यह संदेह भी हुआ कि दाल में कुछ काला है। गुप्त रूप से कुछ गोलमाल चल रहा है। परंतु उस समय इस मनुष्य को, जो अपने आपको योगानंद कहता था, मैं गुरुदेव की भावना से देखा करता था। अतः इसका कोई भी दुराचार मुझे दिखाई नहीं दिया। इसलिए अन्य शिष्यों के अपराधों का ठीकरा मैंने इसके माथे नहीं फोड़ा। बिना बुलाए मैंने इसकी मठी में या मजलिस में कभी कदम भी नहीं रखा। इसके आगे दो-तीन दिनों के बाद रात में भजन के पश्चात् लोगों के वापस लौटते समय जो दंगा-फसाद हो गया, उस रात योगानंद ने मुझे बुलाकर

कहा कि इस बलवे में मालती अपनी माँ से बिछुड़ गई है। उसे उसके अपने घर या अन्नपूर्णा देवी के घर सही-सलामत पहुँचा दो। अन्नपूर्णा देवी के साथ जब वह आई थी, तब मैं तुम्हें ही उनके साथ उनके घर भेजा करता था। अत: वह तुमपर भरोसा करती है। यदि तुम साथ जाओगे तो वह इसी रात मेरे ड्राइवर के साथ मेरी कार से वापस जाना चाहती है। तो उसे ले जाओ।

मैंने इस प्रस्ताव को सहर्ष स्वीकार किया। अंधा क्या चाहे दो आँखें? मालती के साथ कार में जा बैठा। मैं उसे सांत्वना देने में तनिक उलझ गया। इतने में मोटर मथुरा के किसी अजनबी इलाके में घुसकर किसी अजनबी घर के पास खड़ी हो गई। मेरे पूछने पर ड्राइवर ने बताया, 'अन्नपूर्णा देवी ने यहीं पर उतरने के लिए कहा था। वे भीतर ही हैं।' इतना कहकर वह मालती को लेकर उस घर के पास गया। तुरंत बाहर आते हुए उसने मुझसे कहा, 'चलो, वापस चलें।' इस प्रकार किसी प्रकार की धोखेबाजी तथा कुटिल षड्यंत्र का रत्ती भर भी आभास या आशंका मन में न होने के कारण कार से उतरते समय मालती के भीतर बुलाने पर भी उसके पीछे भीतर न जाते हुए ड्राइवर के कहने मात्र से मैं तुरंत वापस लौटा। परंतु उसके पश्चात् मुझे मठ में न बुलाते हुए एक दूसरे ही शिवालय में रखा गया। दूसरे दिन रात के भजन के समय केवल साथ करने के लिए उस गोष्ठी में लाया गया। उस सभा में अंत में इसी गिरोह में होने के कारण मैं भी पकड़ा गया। मुझे इस बात का अत्यंत खेद है कि मैं मालती के विश्वास के लिए अपात्र तथा उसकी सहायता के लिए अक्षत सिद्ध हुआ। यदि मेरा कोई अपराध है तो मेरे विचार से बस यही है। न्यायाधीश के मतानुसार अन्य कोई अपराध सिद्ध होगा तो होने दो।"

आरोपियों में से सभी के बयान, पुलिस के सारे प्रमाण, मुकदमे का सारा काम लगभग समाप्त हो गया। परंतु रफीउद्दीन अर्थात् योगानंद ने अभी तक अपनी सफाई के सिलसिले में कुछ भी नहीं कहा था। बस उसका हँसी-मजाक जारी था, वह जी खोलकर हँस रहा था। इन सभी आरोपियों की तरफ से मिलकर सरकार ने अपनी ओर से एक वकील दिया था। परंतु रफीउद्दीन ने बीच में उसकी भी खिल्ली उड़ाने से ही संबंध रखा था। उसके विरुद्ध उसके गिरोह के फुट्टैल साथियों ने उसके नृशंस कर्मों का जो तूमार बाँधा था, उस समय वह उनसे भी नाराज नहीं दिखाई दे रहा था। न्यायाधीश के साथ उसकी काफी घनिष्ठता बनी हुई दिखाई दे रही थी। इस पैशाचिक वृत्ति के मनुष्य के अघटित मन को किसी वैज्ञानिक विषय की तरह गहराई से अध्ययन करने के लिए न्यायाधीश उससे कुरेद-कुरेदकर बात करते, उसे हँसने-बोलने देते, उसे गौर से देखते। आखिर अभियोग समाप्ति से पहले फिर से एक बार उन्होंने रफीउद्दीन से पूछा, "तुम्हारे ऊपर जो आरोप लगाए गए हैं उनके सिलसिले में तुम्हें

कुछ सफाई पेश करनी है?''

''अच्छा उगलता हूँ, थोड़ा-बहुत...'' रफीउद्दीन किसी शेखीबाज वक्ता की भाँति, जो सभा के अत्याग्रहवश बोलने के लिए खड़ा रहता है, शान के साथ हिंदी-उर्दू झाड़ने लगा, ''इन चालीस-पचास साथियों ने मुझपर इतने असंख्य आरोप लगाए हैं कि मुझे आज उनका अलग-अलग स्मरण भी नहीं रहा है। भला तब उनके अलग जवाब भी कैसे दूँ? इन सभी का मिलकर जिसे एक सर्वसाधारण आरोप कहा जा सकता है, वह यह है—मैं एक दुर्दांत अपराधी हूँ तथा मुझे कड़ी-से-कड़ी सजा फरमाना ही न्यायसंगत सिद्ध होनेवाला है।

इस सर्वसाधारण आरोप के लिए मेरा सर्वसाधारण जवाब यह है कि मैं पूरी तरह निर्दोष हूँ, अत: मुझे कुछ भी सजा न फरमाते हुए मेरी अकारण बदनामी के लिए पुलिस की ओर से मुझे हरजाने के तौर पर एक मोटी रकम मिले, यही न्यायसंगत होगा।

इन पुलिसवालों ने और इन आरोपियों ने कहा है कि मैंने इतने लोगों को जान से मार डाला और इतनी कोमल कन्याओं की अस्मत लूटी, जैसे मैं कोई उपन्यासकार, नाटककार अथवा न्यायाधीश हूँ। अपने उपन्यास के एक ही पृष्ठ पर चाहे कितनी भी कन्याओं की भरपूर नग्न दुर्गति किसी से भी करा लीजिए और चाहे तो उस मानसिक कामचेतना को सभ्यता, शिष्टता का चोला पहनाकर स्वाद लीजिए अथवा नाटक के लिए एक ही प्रवेश में इतने सारे मुरदों को फटाफट गिरा दीजिए कि रंगमंच पर उनका समाना भी मुश्किल हो अथवा अपने निर्णय-पत्रक के एक स्तंभ में 'फाँसी' के दो अक्षरों के गड्ढे में दो सौ जीवों को जिंदा गाड़ दीजिए, ऐसा करते हुए कलम से स्याही की बूँदें टपटप भले ही गिर जाएँ पर आँखों से आँसू का एक कतरा भी नहीं झरेगा। इस प्रकार किसी शिष्ट उपन्यासकार, फनकार, नाटककार अथवा सदय न्यायाधीश के अतिरिक्त अन्य कोई मनुष्य इतने भीषण कृत्य इतनी चालाकी तथा इतनी शीघ्रता से भला कैसे कर सकता है—आप ही सोचिए।

मेरा कहना है कि क्या इन तमाम पुलिसवालों ने, गवाहों ने, आरोपियों ने जान-बूझकर गठबंधन तथा साँठ-गाँठ करके मुझपर इतने सारे मिथ्या आरोप लगाए? नहीं महाराज, नहीं। मैं पुलिस आदि लोगों को उतना ही शरीफ तथा पापभीरु समझता हूँ जितना कि अपने आपको। मैं भी बेकसूर, ये भी बेकसूर। फिर भला यह सारा अजब घपला होने का कारण ही क्या हो सकता है? इसका कारण जिस एक शब्द में कहा जा सकता है और जिस शब्द का उच्चारण करते ही पुलिस ने मेरे विरुद्ध जो जबरदस्त प्रमाण इकट्ठा किया है, उसे न झुठलाते हुए भी मुझे बेगुनाह सिद्ध करने की खूबी आपकी विवेकबुद्धि के हाथ लगेगी। वह शब्द है—गलतफहमी—धारणाओं, विचारों का सरासर घालमेल।

और हुजूर, उसका कारण है मुझमें विद्यमान एकमेव दोष। अल्लाहताला ने मुझे किसी शरीफ, सदय, दूध के धुले न्यायाधीश जैसा शरीरिक डीलडौल, गठन न देते हुए एक खूँखार डाकू सदृश बनावट दी। लेकिन माईबाप, इस दोष के लिए जो कुछ दंड देना हो वह अल्लाह को दिया जाए, न कि मुझे।

क्या कहूँ सरकार! दुर्भाग्यवश मेरा चेहरा-मोहरा तथा मेरे शरीर का हूबहू बाल-बाल उसी रफीउद्दीन नामक खूँखार, हत्यारे, नृशंस, अधमाधम डाकू जैसा होगा जो पंजाब में डाकाजनी करके काला पानी गया था, वहाँ से फुर्र हो गया था और भागकर बिहार, खानदेश आदि इलाकों में अक्षम्य अत्याचारों का भीषण अंधेरखाता जिसने मचाया था। इसलिए हो सकता है इन सभी सज्जनों ने उसके प्रति सात्विक क्रोध के आवेश में यही सोचा होगा कि मैं ही वह कमीना, मक्कार पापी हूँ।

हुजूर, अपने इस कथन को मैं ठोस प्रमाण द्वारा सिद्ध करना चाहता हूँ। इसलिए वह असली पापी डाकू रफीउद्दीन अहमद जब तक नहीं मिलता तब तक तो मुझे निरपराध समझकर छोड़ दिया जाए अथवा पुलिस उसे गिरफ्तार करे, ताकि उसे देखते ही आपको पता चले कि मेरा कथन हर्फ-ब-हर्फ सही है। माईबाप, आरोपी की स्वरक्षार्थ आवश्यक प्रमाण प्राप्त कराने में जो भी सहायता देना मेरे लिए संभव है, उसे देने के लिए मैं भी जो सहायता माँग रहा हूँ वह देना आपके लिए भी उचित है। मुझे निरपराध समझकर छोड़ दीजिए, फिर मैं उस असली रफीउद्दीन अहमद को पकड़कर लाता हूँ। मुझे जमानत पर छोड़ दिया जाए, बस! यही है मेरा अपनी सफाई का बयान—मेरा defence (पुलिस की ओर देखकर) क्यों भई, सौ सोनार की तो एक लोहार की, है न?''

अदालत में बैठे लोगों की यथासंभव दबी-दबी हँसी जब तक यथासंभव हलकी पड़ी, तब तक न्यायाधीश महाराज भी होंठों से फाउंटेनपेन का पेंदा सटाकर छत की ओर विचारपूर्वक ताकते रहे। फिर उन्होंने पूछा, ''रफीउद्दीन उर्फ योगानंद, अब भी मुझे तुमसे कुछ मामूली जानकारी के आखिरी प्रश्न पूछने हैं। उनके सही और सच उत्तर देने में ही तुम्हारा कल्याण है।''

हाथ जोड़कर उस आरोपी ने विनम्रतापूर्वक खड़े होते हुए कहा, ''पूछिए सरकार!''

''तुम्हारा असली नाम?''

''योगानंद गोसाईं (गोस्वामी)।''

''तुम्हारा व्यवसाय? तुम क्या करते थे?''

''वैसे व्यवसाय तो कुछ भी नहीं करता था, माई-बाप! बस, भगवान् का भजन किया करता था।''

''इन आरोपियों में से कुछ डाकू तुम्हारे चेले ही बने हुए थे, क्या यह सच है?''

"यह सच है कि इनमें से कुछ लोग मेरे चेले बन गए थे, पर भला मैं क्या जानूँ कि ये डाकू-चोर हैं या साव?"

"अच्छा, इस हसन भाई को, जिसने तुम्हारे खिलाफ बयान दिया है, जानते ही हो। पर इसके बारे में तुम और क्या जानते हो?"

"इस आदमी को तो मैं जानता हूँ, सरकार! पर इसके इस नाम को बिलकुल नहीं। दूसरी बात यह है इसे भाँग, गाँजे, चरस की जबरदस्त लत है। जब देखो गाँजे का दम लगाता रहता है ससुरा। उनके नशे में इसे न जाने कैसे-कैसे अजीब-अजीब आभास होते हैं। जिस तरह भूत-प्रेतों से डरे हुए व्यक्ति पर उसकी छाप पड़ती है, उसी तरह इस प्रकार के नशे में भी सबको ऐसे आभास होते हैं। परंतु इसकी विशेषता यह है कि उन आभासों की छाप इसके दिलो-दिमाग पर इतनी उत्कटता से पड़ती है कि होश में आने के बाद भी इसकी यही धारणा होती है कि वे सत्य घटना ही थीं, न कि आभास। मेरे संबंध में इसने जो घटनाएँ बताईं वे इसके गाँजा के रंजक तथा भंग के नशे में देखे हुए आभास ही थे। यदि जेल में उसे भाँग, गाँजा, चरस का रंजक नहीं मिलता तो पुलिस उस नशे में कही हुई सारी सच्ची-झूठी बातों को सच समझकर उसे गप्पीदास पुराण कभी नहीं बताती, जो उसने अपने बयान में कहा है।"

"अच्छा! तुम मालती को जानते हो?"

"जी सरकार! वाह जी वाह! कैसे पूछ रहे हैं आप कि मैं मालती को जानता हूँ या नहीं। मैं उसे अच्छी तरह से जानता हूँ। इतना ही नहीं, वह मुझे बहुत प्यारी लगती है।"

"मालती को तुमने सबसे पहले कहाँ देखा था?"

"रानी के बाग (विक्टोरिया गार्डन) बंबई में, सरकार! वहाँ सबसे पहले बचपन में मैंने उसे देखा। तभी से वह मेरे दिल में ऐसी रच-बस गई कि उसका कलम लाकर मैंने अपने बगीचे में लगाया। क्या कहूँ हुजूर, मुझे तो जुही-चमेली से भी ज्यादा अच्छी लगती है मालती। भजन के समय मैं मालती के फूलों का हार ही अपने गले में डालता था। क्यों, है न बड़ा प्यारा पेड़!"

न चाहते हुए भी न केवल श्रोताओं के मुख पर अपितु न्यायाधीश के मुख पर भी इस निर्लज्ज, वाहियात आरोपी की इस अप्रत्याशित शब्द-क्रीड़ा से मुसकराहट उभरी। उसे तुरंत दबाकर न्यायाधीश ने प्रश्न किया, "क्या यह सच है कि तुम यह कहकर लोगों की आँखों में धूल झोंकते हो कि तुम्हें भूत-भविष्य-वर्तमान बताने की अंतर्दृष्टि है?"

"महाराज, यह सोलह आने सच है कि भगवत्‌भजन में तन्मय होते ही मेरे अंत:चक्षुओं के सामने भूत-भविष्य का चलचित्र खड़ा हो जाता है। हाँ, पर यह सफेद झूठ है कि मैं उसका आडंबर बनाकर लोगों को उल्लू बनाता हूँ। मैं कभी किसी से यह

नहीं पूछता कि मेरे भविष्य कथन सत्य सिद्ध होते हैं या झूठ। न मैं किसी से ज्यादा बातचीत करता, न ही किसी से एक भी धेला लेता। मैंने लोगों से कभी ठग विद्या नहीं खेली। बल्कि अब इस बात का अहसास हो रहा है कि यदि किसी ने छू-छू बनाया है तो मुझ जैसे भोले-भाले अलल बछेड़े को इन लुच्चे-लफंगे लोगों ने ही, क्योंकि संत, साधु, शिष्य बनकर और मेरे इर्द-गिर्द इकट्ठा होकर इन बगुलाभगतों ने ही मुझे खबर किए बिना गुरुडम का ढिंढोरा पीटा और न जाने कितने भोले-भाले लोगों को लूटा, तंग किया और ठगा।''

''तुम्हारा अंत:चक्षु क्या आज भी खुला है? यदि हो तो अभी इसी वक्त मेरे बारे में एक-दो भविष्य-कथन बताओगे?''

''जी हाँ, सरकार! जिस तरह मेरे बहिर्चक्षुओं को अभी दिखाई देता है, उसी प्रकार कल से आपके भविष्य की दो-तीन बातें मेरे अंत:चक्षुओं के सामने बिलकुल साफ-साफ प्रकट हो गई हैं। मैं भविष्य की उन बातों को बताने ही वाला था, परंतु…''

''परंतु, यदि वे दोनों भविष्य-कथन झूठ सिद्ध हो गए तो…''

''धत् तेरे की। फिर तो आप मुझसे तीसरा भविष्य मत पूछिए। किस्सा खत्म।''

''अच्छा, बताओ तो सही मेरे बारे में। याद रखो, गोल-मोल, संदिग्ध भाषा में नहीं, बिलकुल साफ भाषा में, जिसका अर्थ साफ नजर आए। चलो बताओ।''

''बिलकुल साफ, सीधी भाषा में, हुजूर, मैं आपको भविष्य बताता हूँ जो आपके लिए शुभ है—अपनी मौत अपनी ही आँखों से देखने के दु:खद प्रसंग का सामना आपको कभी नहीं करना होगा। दूसरा उतना ही अचूक, परंतु मेरे लिए अशुभ भविष्य यह है कि इस अभियोग के निर्णय में आप मुझे निर्दोष सिद्ध करके कभी छोड़ेंगे नहीं। हिम्मत है तो मेरा भविष्य आप झुठलाकर दिखाइए।''

अबकी बार उस बेहया, बेमुरव्वत आरोपी के बनावटी वीर-रस तथा उस कुटिल मुसकान का आविर्भाव देखते ही न्यायालय में कोई भी हँसते-हँसते लोटपोट हुए बिना नहीं रह सका। वे आरोपी भी हँस पड़े जिनके हृदय चिंता और भय के मारे धकधक कर रहे थे। हाँ, जिसके चेहरे पर मुसकान की एक रेखा भी नहीं उभरी वह था सिर्फ किशन…।

इस अभियोग के आरोपियों के जीवन में यह अंतिम प्रसंग था, जिसमें वे जी भरके हँसे थे। अब हँसते-हँसते किए हुए भीषण पाप-कर्मों का फल भुगतने का समय समीप आ चुका था, क्योंकि न्यायाधीश न्यायदान का उस दिन का कार्य समाप्त करके तुरंत उठ गए और अभियोग की शेष विधि से फारिग होकर उन्होंने घोषणा की—'निर्णय चौथे दिन घोषित किया जाएगा।'

□

प्रकरण–७

# गुलाम हुसैन के शिकंजे में मालती

अखिल भू-तल पर खाल्डियन, ग्रीक, पारसी, यहूदी, ईसाई, मुसलिम प्रभृति जो धर्मक्षेत्र विद्यमान हैं, उनमें अति प्राचीन होते हुए भी अत्याधुनिक काल तक अपने महत्त्व तथा आकर्षण को अक्षुण्ण बनाए रखनेवाले और द्वापर युग की तरह ही आज भी कोटि-कोटि हिंदुओं का ज्ञानतीर्थ बने रहनेवाले श्रीकाशी क्षेत्र के आस-पास एक उपवन के एकांत से बहती गंगा के किनारे एक प्राचीन घाट था। आस-पास आबादी कहने लायक कुछ भी नहीं था। एक छोटा सा वीरान शिवालय था और उसके निकट बेला तथा चंपा के पौधे, बस इतना ही उस स्थल का खास अलंकार था।

जिस तरह कोई महारानी दिन भर राजसभा स्थित सामंत, नृपतियों, सेनापतियों, प्रधान मंडलों के मान-सम्मानों को राजसी शान से स्वीकारते-स्वीकारते संध्या तक थकी-हारी अपने अंतःपुर में आती है, केश संभार मुक्त करती है, दपदप दमकते अलंकार, जगर-मगर करती वेशभूषा उतारकर बहुत ही साधारण सी घरेलू धोती-चोली पहनती है, फिर एकांत उद्यान में निश्छलता के साथ फुलवारियों में स्वच्छंद विहार करती है, पल में मंचक पर लेटती है, उसी तरह भागीरथी काशी नगरी के सार्वजनिक घाटों पर लाखों भक्तगणों, राजा-महाराजाओं, सैनिकों, पुरोहितों, पंडों के पूजा-पुरस्कारों के टीमटाम, ठाट-बाट को स्वीकारती हुई अब साँझ की वेला में इस एकांत, विजन स्थल पर स्वच्छंदतापूर्वक लहर-लहर बह रही थी। सामने आकाश में शफक फूल रहा था। संध्याकालीन सूरज ने लाल गुलाबी जर्कमुर्क जमुर्रदी रंगों से लबालब पश्चिमी क्षितिज के हौज में से रंगों की बौछार करते, फव्वारे छोड़ते, झिलमिल करते फुहारों से फाग खेलते हुए पश्चिम को सतरंगों से सराबोर किया था।

उस विजन स्थल पर, उस प्राचीन घाट पर, भागीरथी के सलिल संथ प्रवाह में एक ब्राह्मण युवक स्नानविधि के मंत्रोच्चारण करते हुए उस संध्या समय अपना स्नान कर रहा था। स्नान पूर्व ही उसने अपने वस्त्र धोकर उस शिवालय के निकट स्थित चंपा

के पेड़ पर सुखाने के लिए डाले थे। स्नान से निवृत्त होते ही गीले अँगोछे के साथ ही उसने सूर्यनारायण को अर्घ्य समर्पित किया। फिर उन अधसूखे वस्त्रों को धारण करके कुछ बिल्व दल और चंपा के चार फूल तोड़कर वह शिवालय में गया और उन्हें सद्भाव से शिवलिंग पर चढ़ाकर हाथ जोड़ते हुए मन-ही-मन प्रार्थना करने लगा—'हे ईश्वर, मेरी मूर्खतावश मुझपर थोपे गए दोषारोपणों का निरसन कर उस पिशाच योगानंद के शिकंजे से तुमने मुझे मुक्ति दिलाई। उस पापी के संसर्ग-दोषवश मुझपर थोपे गए डाकेजनी तथा मनुष्य-वध के भयंकर आरोप से न्यायाधीश महाराज ने मुझे निर्दोष घोषित कर मुझे मुक्त किया। यह सब तुम्हारी ही दया का फल है। इन दुष्टों के कारण आई हुई विपदा से मेरे जैसे निरपराध मनुष्य का तो पुनर्जन्म हो गया है। यह तेरी ही दया है, प्रभु, जो तुम्हारी न्यायी वृत्ति लौकिक प्रतिष्ठा रखती है।

परंतु हे ईश्वर, न्यायी दया भी निष्पक्ष ही होनी चाहिए न!' वह तनिक झिझक गया, 'फिर तुम्हें अभी तक उस कन्या पर दया क्यों नहीं आती जो मुझसे भी अधिक निरपराध तथा निष्पाप है? यद्यपि न्यायाधीश ने मुझे उस भयंकर मुकदमे से निर्दोष छोड़ा है, तथापि एक दोष के कारण मेरा कलेजा फट रहा है। जाने-अनजाने में क्यों न हो मैंने अपने इन हाथों से मालती को उसके अपने घर छोड़ने की बजाय किसी अन्य स्थान पर छोड़ दिया। मुझे ज्ञात था, वह उसके घर का पता नहीं है। बेचारी 'मेरे साथ भीतर चलो' कह भी रही थी, लेकिन व्यर्थ···। बेपेंदे के लोटे की तरह मूर्खतापूर्ण विश्वास के कारण उसके साथ उस अपरिचित घर में नहीं गया और उस दुष्ट नरपशु के, उस नीच, कमीने गुलाम हुसैन के हाथों उस बेसहारा, लाचार कन्या को सौंपने के दोष में अंशभागी बन गया। मैं बिलकुल अनभिज्ञ था, परंतु उस समय मैंने जिस कार्य को स्वीकार किया था उसमें मेरा कर्तव्य था कि वह बात ज्ञात करूँ जो ज्ञात नहीं है। अपने कर्तव्य के प्रति मैंने ईमानदारी नहीं दिखाई। मेरी यह लापरवाही भी एक दंडनीय अपराध है। सामाजिक अपराध न भी हो, पर नैतिक अपराध अवश्य है।

हे भगवन्, जो अपराध मुझसे नहीं हुए थे उन अपराधों के आरोपों से पहली बार मेरी मन्नत पूरी करके तुमने मुझे मुक्ति दिलाई! अब इस अपराध के दोष से भी मुझे मुक्ति दिलाओगे न प्रभु! मेरी यह दूसरी मन्नत भी पूरी करोगे न दयाधन! उस बेचारी मालती को उस खूँखार नरपशु के चंगुल से छुटकारा दिलाने का एक अवसर और सामर्थ्य तो मुझे दिया जाए। परंतु यह तो लगभग असंभव ही प्रतीत होता है। किसी को भी मालूम नहीं कि वह है कहाँ! उसपर मैं कितना दुर्बल, अदना सा तुच्छ इनसान। उस निघरघट, बेमुरव्वत, मक्कार पापी के सशस्त्र कपटाचारों से सर्वथैव अपरिचित। अत: अवसर और शक्ति-प्राप्ति मेरे लिए दुर्घट ही है। फिर भी हे प्रभु, कम-से-कम अपनी न्यायपूर्ण दया का सुदर्शन चक्र तो उसके पीछे-पीछे भेजकर उन दुष्टों का संहार करो,

तुम ही उसे मुक्त करो! हे ईश्वर, तुम सर्वसमर्थ हो! सज्जनों के संकटों का तुम निवारण करते हो, इसलिए ही तुम्हें दयासागर कहा जाता है।'

भक्ति-गद्‍गद वाणी से ईश्वर की प्रार्थना करते-करते इस अंतिम वाक्य के साथ उस युवक का मन भर आया, 'तुम सर्वशक्तिमान हो, सज्जन-रक्षक तथा परम दयाधन हो।' तल्लीन होकर एक-एक शब्द का उच्चारण करते-करते वह हाथ जोड़ते हुए खड़ा हो गया। पल भर के लिए उसका मन बिलकुल निस्तब्ध, नि:शब्द हो गया। परंतु उसके उस बहिर्मन की जड़ता और अंतर्मन दोनों में उस विधान पर अनजाने में न जाने क्या चर्चा हो गई, उसकी वह तल्लीन संज्ञाहीनता हलकी होते ही एक स्पष्ट संदेह उसके मन से निकलकर उसे टोकने लगा—

'ईश्वर यदि सज्जनों का संकटमोचन करने योग्य परम दयालु तथा सर्वसमर्थ है भी, तो वह उन निरपराध सुजनों को पहले ही संकट में क्यों ढकेलता है भला! दुर्जनों को इतना बलवान क्यों बनाता है कि वे उन सज्जनों पर असंगत अत्याचार करें, उन्हें शिकंजे में लें! सज्जनों की परीक्षा के लिए! फिर भगवान् सर्वज्ञ, अंतर्यामी कैसे हो सकते हैं! इस तरह का विधान कि दुष्टों के हाथों से उस भक्त को दारुणिक यंत्रणा, पीड़ा पहुँचाए बिना भगवान् को यह ज्ञात नहीं होता कि यह भक्त खरा है या खोटा, ईश्वर की सर्वज्ञता तथा परम दयालुता को क्या कलंक लगाना ही नहीं है! डाकुओं से गाँव की रक्षा करने की शक्ति होते हुए भी तथा इसका पूर्व ज्ञान होते हुए भी कि डाका डाला जानेवाला है, जो अधिकारी पहले गाँव के निरपराध लोगों को भरपूर लुटवाता है, मारधाड़, आगजनी करने देता है और फिर उनकी आर्त, करुण पुकार तथा मिन्नतों को पूरा करने के लिए उनके लहूलुहान घावों पर मुफ्त मरहम-पट्टी लगवाने की व्यवस्था करता है, भला उस अधिकारी की दयार्द्रता सराहनीय कही जाएगी, क्यों…!'

एक के बाद एक उमड़-उमड़कर उछलती आशंकाओं के प्रचंड तथा आकस्मिक सैलाब में उस युवक का दम घुटने लगा और उसने उनका वह रेला बड़े साहस तथा बल से रोककर अपने मन को डूबने से बचा लिया।

'पाखंड! पाखंड!' इस तरह अपने आपसे जोर से कहते हुए वह युवक तेजी के साथ चहलकदमी करने लगा। उसका चित्त तनिक स्थिर होने पर जैसे कि उन संदेह-विचारों से मलिन हुए चित्त को अक्षरश: प्रक्षालनार्थ ही उसने गंगा मैया के उस पवित्र तथा शीतल जल का आचमन किया। विचार-प्रवाह अन्यत्र मोड़ने के लिए वह उसकी शोभा देखने लगा, जहाँ सूरज अपने रंग बिखेरकर पश्चिम दिशा के संग इंद्रधनुषी फाग खेल रहा था।

उस रक्ताभ, गुलाबी, मखमली, सुनहरी रश्मियों के झकोरे भागीरथी के प्रवाह में नीचे गहराई में प्रतिबिंबित हो रहे थे—लहर-लहर में, नदिया की गहराई में सतरंगों

का नर्तन जारी था। उन लहरों के ऊँचाई पर टकराने से उनका सहस्राधिक फुहार उड़ते ही नन्हे-नन्हे इंद्रधनुषों की बौछार ही प्रवाह के जल पर तरंगित हो रही थी।

धीरे-धीरे पश्चिमी क्षितिज पर लाल, गुलाबी, मखमली, सुनहरी, सुरमई छटाएँ हलकी, फीकी फिर विरल होती गईं। तेजस्वी राष्ट्र-धुरंधर पुरुष के दूर होते ही जिस प्रकार राष्ट्र का जीवन कुम्हला जाता है, उसी तरह रश्मिरथी के अपनी रश्मियों के समूह को नि:शेषता से समेटकर अस्ताचल के पीछे पूर्णतया ओझल होते ही वह गंगा-प्रवाह रंगहीन, निस्तेज तथा मलिन दिखाई देने लगा। किसी सुंदर रमणी की देह से चेतना के निकल जाते ही उसपर तुरंत मुर्दनी छा जाती है, उसी तरह पश्चिम दिशा के मुखमंडल पर तुरंत कृष्ण छाया फैल गई। जो प्रफुल्लित मेघ ताजा गुलाब पुष्पों से भरी चंगेरी सदृश शोभायमान थे, वे कुछ ही क्षणों में सड़ी-गली सूखी पत्तियों की राशि बन गए।

अँधेरे की चपेट में आकर सुहानी सुनहरी पश्चिम दिशा स्याह पड़ते ही उसकी रंग-सज्जा में रँगे उस युवक की आनंदमग्न स्मृतियाँ भी अस्तंगत हो गईं और उसके चित्त में भी दु:खद स्मृतियों का घनघोर अँधेरा छाने लगा। 'एक, दो, तीन, चार। हाँ, चार दिन पहले ही इस समय मैं इलाहाबाद की उस भीषण कालकोठरी में 'कैदे-तनहाई' की सजा भुगत रहा था। उस घुप अँधेरे में, इस दारुण चिंता में टटोल रहा था कि कल क्या होगा। मेरे पैरों की बेड़ियाँ टूट गईं, मैं निर्दोष छूट गया। आज मैं यहाँ इस खुली ताजा हवा में साँस ले रहा हूँ। परंतु मालती! हाय, यह मखमली गुलाबी पश्चिम दिशा जिस तरह अँधेरे के चंगुल में फँसते ही स्याह पड़ गई, उसी प्रकार वह सुंदर किशोरी भी उस खूँखार भेड़िए के शिकंजे में फँस जाने से स्याह पड़ गई होगी! अस्त-व्यस्त, उलझे-बिखरे बाल, भयाकुल अवस्था ने जिसकी मुसकराहट की हत्या की है और इसी कारणवश जिसके मुख पर चिंता की मुर्दनी फैली हुई है—ऐसी अवस्था में वह कहीं बेकल-सी पड़ी होगी। इस बात का कुछ अंदाजा भी नहीं लगाया जा सकता कि जालिमों ने उसे कहाँ भगाया होगा!'

वह उठकर घाट पर इधर-उधर चक्कर काटने लगा। पिछले कई दिनों की आदत से महसूस हुआ कि पैरों में अब भी बेड़ियाँ हैं। चलते समय उन्हें समेटने के लिए उसके हाथ कमर के नीचे टटोलने लगे। फिर यह याद करके वह मन-ही-मन मुसकराया कि वह मुक्त है, बेड़ियाँ टूट चुकी हैं, वह जेल की कोठरी में नहीं सड़ रहा है। सुदूर शून्य में ताकते हुए मालती के ठौर-ठिकाने के बारे में तर्क-वितर्क करते, उसके संबंधों में कई कल्पनारम्य प्रसंगों की रचना करते वह कभी चक्कर लगाकर डोलता-फिरता तो कभी रुक जाता।

वह युवक किशन था। योगानंद उर्फ रफीउद्दीन अहमद की डकैती के अभियोग में फँसने से पूर्व न्याय, वेदांत शास्त्रों का अध्ययन करने के लिए वह जब काशी में ही

रहता था तब इसी शिवालय में आकर बैठता, उस ईश्वर को ही वह अपना आराध्य देवता समझता। आगे चलकर वह योगानंद के ढोंग-धतूरे का शिकार बन जाने पर जब पकड़ा गया तब बंदीशाला में उसने इसी देवता से अपनी निर्दोष मुक्ति के लिए मन्नत माँगी थी। इस मुकदमे का निर्णय इलाहाबाद की अदालत में चार-पाँच दिन पहले ही घोषित हो चुका था। रफीउद्दीन अहमद को आजन्म काला पानी कारावास और उसके साथियों में से प्रायः सभी को सात से दस वर्ष काला पानी की कड़ी सजाएँ घोषित की गई थीं। मुक्ति सिर्फ दो को मिली थी—एक हसन भाई, जो माफी का गवाह हो गया और दूसरा किशन, जो संपूर्ण निर्दोष सिद्ध हो गया।

उधर से छुटकारा पाते ही वह सीधे काशी आ गया और अपने उस प्रिय विजन शिवालय में ठहरा। उसका अपना घरबार, परिवार कुछ भी शेष नहीं था। उसके छप्पर पर फूस तक न होने के कारण कोई उसे पूछता तक नहीं था। वह देखने में कुछ बदसूरत था, अतः कभी किसी का मन उसमें नहीं उलझा था। मथुरा में जब वह था तब मालती को लिवाने और फिर घर तक छोड़ने के लिए बावन गज का वह शोहदा रफीउद्दीन उर्फ योगानंद किशन को ही उसके साथ भेजा करता था। उसका चुनाव वह उसके अन्य किसी गुणों के कारण नहीं, उसकी थोड़ी सी बदसूरती के दुर्गुण के कारण ही करता। कम-से-कम इस दृष्टि से तो उसकी कुरूपता का उसपर उपकार ही हुआ था, क्योंकि उसी के कारण मालती से उसका परिचय हो गया था और उस परिचय में उसे जीवन में वह पहला व्यक्ति मिला जिसने उससे प्रेम तथा सहानुभूति से बात की, उसे भला कहा। मालती तथा उसकी माँ किशन की सुशीलता की भूरि-भूरि प्रशंसा किया करतीं। उनसे दो-चार बार जो मुलाकातें हुईं उनसे किशन ने सोचा, वाकई दोनों उससे स्नेह करती हैं। तब तक पूरे जीवन में उसे किसी ने पूछा तक नहीं था। इसीलिए हो सकता है, मालती और उसकी माँ के सीधे-सादे दो मीठे बोल उसे विशेष ममता के द्योतक प्रतीत हुए हों। हाँ, उसके मन में उन दोनों माँ-बेटी के प्रति स्नेह-भावना अवश्य अंकुरित हुई थी, और पूरे जीवन में मिली इसी ममता से उसे इस प्रकार वंचित होना पड़ा। उसी की छोटी सी भूल के कारण उन दोनों पर इस प्रकार संकटों का पहाड़ टूट पड़ा जिसमें उनका विनाश हो सकता है। यह बात उसे निरंतर शूल की तरह चुभने लगी। मालती सहज तथा मधुर स्वर में जिस प्रकार उसे पुकारा करती थी, उस प्रकार जीवन में उसे किसी ने भी नहीं पुकारा था।

'मालती, फिर एक बार उसी तरह मुझे मधुर आवाज दो न, किशऽऽन।' उसने अपने आपसे मालती सदृश मधुर स्वर में हाँक मारने का प्रयास किया। फिर से एक बार तनिक विसंगत विचारों के प्रवाह में वह शिवालय में आ गया—उधर भी चहलकदमी करता रहा और फिर अपने आपसे ऊँचे स्वर में कहने लगा—

'नहीं! बड़े-बड़े पुलिस अफसरों को इस नीच, कमीने गुलाम हुसैन का ठौर-ठिकाना नहीं मिल सका, फिर भला मुझे कहाँ से मिलेगा? और मिलने पर भी मैं लाचार, अकेला उस चांडाल-चौकड़ी के हाथों से मालती को छुटकारा कैसे दिलाऊँगा? असंभव, असंभव। यदि संभव है तो हे भगवन्, सिर्फ तुम्हारे लिए ही, तुम ही अनहोनी को होनी में बदल सकते हो! प्रभु, दिला दो न उसे मुक्ति, मुझसे मिलवा दो न उसे। तुम्हारी इच्छा मुझ जैसा पापी भला कैसे जान सकता है? मैं उसके बारे में पूछूँगा भी नहीं। परंतु अपनी इच्छा मैं जानता हूँ। उसे कहे बिना मुझसे रहा नहीं जाता। मुझे मालती से मिलवाओ न, प्रभु!'

उसने भगवान् को साष्टांग प्रणाम किया। आँखों से सावन-भादों की झड़ी लगी हुई थी। झरझर बह रहे आँसू उसने पोंछ डाले। निष्फल विचार करते-करते थका-हारा दिमाग संज्ञाविहीन हो गया। आंतरिक विचार कुंठित होने पर वह बेल के तने से पीठ टिकाकर बैठ गया। बिछुड़े हुए दो-चार पंछी तेजी से उड़ रहे थे। गहरी शाम में जब तक मनुष्य मनुष्य को देख सकता तब तक जल्दी-जल्दी अपने नीड़ तक वे पहुँचना चाहते थे। वह युवक उन्हें देखकर अपना मन बहलाने लगा।

इतने में उसे इस बात का अहसास हुआ कि निकट ही उस घाट की सीढ़ियों की ओर से कोई सीटी बजा रहा है। उसने मुड़कर देखा तो सीढ़ी पर औंधा मुँह करके कोई झाँकता हुआ उसे धुँधला-सा दिखाई दिया। इतने में पानी भरने के लिए गागर डुबोने की डब-डब आवाज भी सुनाई दी।

'इतनी गहरी शाम को पानी भरने के लिए गंगा पर कौन आया होगा? इधर मनुष्य की बहुत ही कम आवाजाही होती है। उसपर यह पनघट तो है ही नहीं। इस समय पानी की गगरी भरनेवाला व्यक्ति कहीं आसपास ही ठहरा होगा। होगा बेचारा कोई राहगीर।' मन-ही-मन सोचते हुए किशन उस व्यक्ति की धुँधली-सी आकृति को सहज भाव से देखने लगा जो पानी भरकर उठ रहा था। गागर कंधे पर उठाकर सीटी बजाता हुआ वह व्यक्ति दूसरी तरफ आए हुए रास्ते से न जाते हुए मंदिर के निकटवाली राह से जैसे-जैसे निकट आता गया वैसे-वैसे किशन भी मन-ही-मन अधिकाधिक चौंकता गया और चौकन्ना होकर गौर से देखने लगा—वह बेल की ओट में छिपता गया और वह आदमी जो सिर्फ दिल बहलाने के लिए सीटी बजाते गागर ले जा रहा था, उसके मंदिर के निकट से पगडंडी पर अपनी धुन में आगे बढ़ते ही किशन तीव्र संताप, भय तथा आनंदावेश में बड़बड़ाया, 'हाँ, हाँ, यही है वह। सोलह आने यही है वह गुलाम हुसैन। अभियोग में हसन भाई कथित कहानी यदि सत्य है तो मालती का अपहरण करने का काम इसी का है। परंतु इसने उसे बलूचिस्तान के दूर-दराज इलाके में रवाना तो नहीं किया! या उसे बेच डाला! या अपने पास ही रखा! यह यहाँ क्या कर

रहा है! परंतु वह उसी के पास हो तो! उसका दर्शन होगा मुझे! कम-से-कम एक बार मालती फिर से दिखेगी! अरे, यह अँधेरे में जाने लगा और मैं मूरख यहीं पर क्यों रुका हुआ हूँ! यह मन कितना कायर है! कहता है, अपने हाथ में कुछ भी नहीं; और यह तो भेड़िया जैसा क्रूर, नृशंस है ही, इसके पास हथियार भी होंगे ही। अति विचार से इस तरह इनसान कापुरुष बन जाता है। इसके पीछे-पीछे अवश्य जाऊँगा। मालती को भी इसने यहीं कहीं छिपाया होगा तो! कैसा संयोग! जान लूँगा। अपने प्राणों की बाजी लगाऊँगा, पर उसे छुड़ाऊँगा।'

इस अंतिम विचार से उसमें गजराज की शक्ति तथा वनराज का साहस आ गया। उसे इस बात का आभास हुआ कि 'किशन, मुझे मुक्त करो', इस तरह मालती की आर्त चीख-पुकार उसे सुनाई दे रही है।

किशन तुरंत डग भरते हुए उस व्यक्ति के पीछे-पीछे लग गया, जो पानी लेकर जा रहा था। किशन जब उसके इतने निकट आया कि उसका रास्ता दिख सके तब वह दबे पाँव चलने लगा। अब किशन को संदेह की कोई गुंजाइश ही नहीं रही कि आगे जा रहा आदमी गुलाम हुसैन ही है। गुलाम हुसैन तनिक आगे जाते ही पगडंडी से हटकर एक बंजर मैदान की ओर मुड़ गया। आगे एक टूटी-फूटी बड़े से पथरीले चबूतरे जैसी ऊँचाई पर अलग छिपने लायक जगह थी, उसके चक्कर लगाकर वह बिना गारे के, सिर्फ एक के ऊपर एक पत्थर रखकर रची हुई पत्थरों की बाढ़ जैसी दीवार के पास आ गया। फिर उस मेंड़ पर गागर रखकर उस बाँध पर से अंदर कूदकर और वह गागर पुनः कंधे पर रखकर बड़े से एक बरगद के तने की ओट में छिपे हुए एक खपरैलवाले घर के द्वार पर आ गया। किशन उसके पीछे-पीछे सुरक्षित फासला रखकर आ रहा था। अब तक वह उस पत्थर की दीवार तक पहुँच चुका था। वह आँखें फाड़-फाड़कर यह देख रहा था कि उस घर के अंदर से कोई द्वार खोलकर सामने तो नहीं आ रहा। घर से हिलती-डोलती रोशनी देखते ही उसके मन में एकदम यह विचार कौंधा कि अवश्य घर में कोई है। क्या वह मालती तो नहीं होगी! उत्सुकतावश उसका दिल धौंकनी के समान धड़कने लगा। परंतु गुलाम हुसैन के गागर नीचे रखकर कमर से कुछ निकालकर उस बंद दरवाजे की ऊपरी चौखट के पास हाथ रखते ही किशन समझ गया कि दरवाजे को बाहर से ताला लगा है। इससे यह जानकर कि भीतर कोई नहीं, उसका दिल खट्टा हो गया। उसका जी इसीलिए छटपटाने लगा कि मालती हाथ लगते-लगते जैसे फिर अदृश्य हो गई। इतने में गुलाम हुसैन ने ताला खोलकर दरवाजा पूरा खोल दिया और वह तनिक घुड़की भरे स्वर में गुर्राया, "रोशन, अरी ओ रोशन, बत्ती बाहर ले आओ। बाहर क्यों नहीं आ रही? झोंटा पकड़कर घसीटकर ले आऊँ?"

यह सुनते ही किशन का पूरा बदन थर्रा उठा। उसका दिल उछला। हाँ, भीतर

कोई स्त्री है। उसे अंदर कड़े पहरे में बंद किया होगा। बाहर जाना हो तो यह राक्षस उसे अंदर ही बंद करके ताला लगाकर जाता है। वह इसकी बात दिल से नहीं मानती। यह उसे वक्त आने पर घसीटकर लाने में भी नहीं हिचकिचाता। उस एक छोटे से वाक्य से किशन को इतनी विस्तृत जानकारी मिल गई। उसकी अपेक्षा के साथ वह सौ फीसदी तालमेल खा रही थी। वह होंठों-ही-होंठों में बड़बड़ाया, 'हाँ। अवश्य यह मालती होगी। यह रोशन ही मालती है। क्या वह दीया लेकर बाहर निकलेगी?'

संचित जिज्ञासावश उसके दिल में धुकधुकी होने लगी। क्रोध के मारे होंठ फड़फड़ाने लगे। यह देखते ही कि दीया दरवाजे के पास आ रहा है, वह उस पत्थर की दीवार की ओट में अँधेरे में छिपकर गौर से देखने लगा।

धुँधुआती हुई आग जिस प्रकार ढकोसने से बस उतनी देर तक फिर धधकने लगती है, उसकी लौ तनिक लपलपाती है, उसी प्रकार गुलाम हुसैन के 'आती है या नहीं? इधर और आगे।' इस प्रकार घुड़की भरे शब्दों तक ही हठीले कदम बढ़ाती हुई फिर अड़ियल बनकर रुकती हुई हाथ में दीपक लेकर मुसलिम वेश धारण की हुई एक युवती आखिर बाहर आई। वह दीपक गुलाम हुसैन के दिखाए हुए हुक पर उसने लटकाया और फिर भीतर जाने लगी, इतने में गुलाम हुसैन ने उसे पकड़ लिया। पास ही वृक्ष का एक बड़ा सा ठूँठ पड़ा था। उसपर वह टाँगें लटकाकर इस तरह बैठा जैसे कुरसी पर बैठा है और जबरदस्ती युवती को अपनी गोद में खींचते हुए उसने कहा, "आ जाओ, मेरी जान! तुम चाहे हँसो या रोओ, पर मैं अब तेरे संग प्रेम का मजा लूटूँगा-ही-लूटूँगा। जरा देखूँ तो यह चाँद सा मुखड़ा। नहीं उठाएगी मुँह ऊपर! तो मैं ऐसे जबरदस्ती उसे ऊपर उठाऊँगा और अपनी आँखों से तेरी खूबसूरती की शराब पिऊँगा।"

इस तरह प्यार में मनुहार करते हुए उसने उस रमणी का मुखमंडल बलात् ऊपर उठाकर दोनों हाथों से उसे दीपक की रोशनी में पकड़ा। जी भरके नेत्रों से वह उसकी सुंदरता का मदिरा-पान करने लगा। उसपर उसका नशा सा छाने लगा। झूमते हुए वह उसके मुख के चुंबन लेते हुए बोला, "आहा! इस अँधेरी रात में यह नया चाँद निकला। ऐ रोशन, क्या बोलती थी तुझे तेरी अम्मा, मालती! ऐ मालती, मेरी जान!"

मालती का मुखमंडल उस घनी अँधेरी रात में गुलाम हुसैन को वैसा ही सुंदर प्रतीत हुआ, जैसे कोई नया चंद्रमा उदित हुआ हो। यह देखते ही वह कृष्ण रजनी किशन को अधिकाधिक काली-कलूटी प्रतिभासित होने लगी। दीपक की रोशनी में उठाया हुआ उसका मुखमंडल साफ-साफ नजर आते ही किशन को निस्संदेह रूप से ज्ञात हुआ कि वह मालती ही है। जिस मालती को एक स्वर्ण की थाली में सजाकर रखी पूजा की शुभ्रधवल पवित्र पुष्पमाला सदृश उसने मथुरा में देखा था, उसे ही उस विरूप

तथा उजड्ड धोकड़े, नीच, मुस्टंडे की गोद पर गँदले कीचड़ से लथपथ निर्माल्यवत् अत्यधिक घिनौनी दुर्दशा में देखकर उसकी आँखों के सामने अँधेरा छा गया।

"मालती, मेरी चश्मे-बुलबुल! तुम मेरी जबान नहीं समझती! ठीक, मैं ही तेरी टूटी-फूटी मराठी में बात करता हूँ। सुन, तुम ऐसी उदास क्यों हो? क्या तुम्हें अपनी अम्मा की याद आती है? इसलिए तुम अभी तक धींगामुश्ती करती हो, मुझे दुत्कारती हो! हर रोज मैं तुम्हें अपने बिस्तर पर लेता ही हूँ। फिर जबरदस्ती जो तुमसे मैं छीन लेता हूँ वह सुख तुम मुझे राजी-खुशी क्यों नहीं देती! तेरी अम्मा को तेरे पास लाकर रखूँ, बोल! तेरी अम्मा को भगाकर यहाँ ले आता हूँ। फिर तू खुशी से हँसते-हँसते सोएगी न मेरे बिस्तर पर! तेरी अम्मा…।"

"कलमुँहे, नाम मत लाना मेरी माँ का अपनी गंदी जबान पर। आग लगे तेरे मुँह को।" उसके हाथों से ऊपर उठाया हुआ और अब क्रोधवश रुआँसा बना अपना मुख एक झटके के साथ छुड़ाने के लिए मालती ने अपना सिर खट से घुमाया। उसके सिर का एक जोरदार आघात गुलाम हुसैन की ठोड़ी पर पड़ा और उसकी दंतपंक्तियाँ एक-दूसरी पर दरक गईं और उसके मस्तिष्क में झमझमाकर एक तीव्र टीस उठ गई। उस चोट से आग-भभूका होकर उसने मालती के कोमल गाल पर एक करारा चाँटा रसीद किया! फिर उसे ढकेला और जमीन पर पटक दिया।

"राक्षस, नीच, साले का अभी तसमा खींचता हूँ।" इस प्रकार बड़बड़ाते हुए दया और आवेश में किशन एकदम दीवार पर चढ़ने लगा। "या तो तेरी जान लेता हूँ या अपनी जान दे देता हूँ।" इस सनक के साथ उसने दीवार पर जो अपना एक पैर गाड़ दिया, इतने में नीचे का पत्थर खिसक गया और पत्थर की दरार में वह पैर फँस गया। उसके साथ उसका आवेश, उसकी सनक ठंडी पड़ गई। पैर को छुड़ाते हुए अन्य विचार तुरंत उसके मन से कहने लगा, 'इस प्रकार की टक्कर में इस विकल्प की अपेक्षा कि गुलाम हुसैन की जान लेता हूँ अन्यथा अपनी जान देता हूँ, यही विकल्प सफल होना अधिक संभव है। यह कमीना हुसैन हथियारबंद तो अवश्य होगा। मैं ठहरा निहत्था। इस छीना-झपटी में 'ठोकर लगी पहाड़ की, तोड़े घर की सिल' इस न्याय से वह मेरा गुस्सा मालती पर उतारकर उसकी जान तो नहीं ले लेगा! उसपर ऐसा भी नहीं कि इस घर में उसका और भी कोई साथीदार न हो। इस प्रकार के निर्लज्ज अधमों का शृंगार भी कई बार साझे का होता है। उसके साथी हसन भाई ने शपथ लेकर इस बात को उजागर किया था। नहीं, अभी इस तरह सहसा साहस करना उस अद्‌भुत संयोग का सुवर्णावसर खो देना है, जो मालती को मुक्ति दिलाने के लिए मुझे मिला है।'

ऊपर का पैर पत्थरों की पकड़ से छुड़ाने के बाद किशन अँधेरे में फिर से अलक्षित रूप में छिपने के लिए उतावला हो गया। एक तरफ वह फिर दीवार की ओट

में दबकर देखने लगा कि अब क्या होता है तो दूसरी ओर उसके मन में 'अब मैं करूँ तो क्या करूँ' इससे संबंधित उलटे-सीधे भागते विचारों की कशमकश चल रही थी।

उधर मालती धड़ाम् से धरती पर लुढ़क गई। बेचारी रोती-सिसकती हाथ सिरहाने रखकर यों ही पड़ी रही। गुलाम हुसैन सीना तानकर खड़ा हुआ लार टपकाता उसे जी भरकर देख रहा था और फिर वह कुछ अधिक ही आतुरता से मुसकराया।

''वाह री सुंदरता! ऐ छोकरी, किसी संगमरमरी मूर्ति जैसा तराशा हुआ साँचे में ढला तेरा यह डील-डौल! हाय, कितना प्यारा, सुंदर लगता है, जैसे माथा चाँद, ठोड़ी तारा! तुम खड़ी रहती हो, उससे भी अधिक जब तुम अपनी ये लंबी-लंबी हसीन टाँगें करवट पर लंबी तानकर लेटती हो न तब तुम्हारी यह तनुलता एक अनूठी शोभा से मन को लुभाती है। सैकड़ों औरतों के खिलखिलाकर हँसने पर भी उतना मजा नहीं आता जितना तुम्हें इस प्रकार रोती-सिसकती करवट पर पूरा बदन ढककर लेटती हुई देखकर मुझे आ रहा है। तेरा यह सिसकता सीना कैसे ऊपर-नीचे हो रहा है, बिखरी हुई घुँघराली लटें किस तरह परिंदों के झुंड जैसी तुम्हारे माथे पर खिली-खिली लहरा रही हैं। उठो, मेरी बुलबुल! अब यह नाजो-नखरा छोड़ दो। मैं तुम्हें क्या ऐसे ही छोड़ दूँगा कि तुम मुझे दुत्कारती रहो। मेरी जान, सुनो, गाय जो खूब दूध देती है, वही गाय जब हठ पकड़कर अड़ियल-सी बैठ जाती है, बिगड़कर लातें मारने लगती है, तब उसे बहल्ली देकर (कुश्ती का एक दाँव-पेंच), उसकी टाँगें बाँधकर उसे जबरदस्ती खड़ी कर ग्वाला उसे दुहता है। गाय लतही है, इसलिए जो ग्वाला उसके कुंभ सदृश अयनों को दुहने का विचार त्याग देता है वह उस बेमुरव्वत गाय को पालता ही किसलिए है! उठो जानेमन, उठो, तेरी जवानी की खूबसूरत गाय मैं दुह के ही रहूँगा।''

गुलाम हुसैन ने स्वयं नीचे बैठकर पुनः उसे जबरदस्ती उठाया और अपने पास खींचकर सहलाने लगा।

''प्यारी मालो, तू इसलिए फूलकर कुप्पा हो गई है कि मैं तुझे दिन भर ताले में बंद रखता हूँ। तेरा अता-पता न लगे, तुझे पकड़कर ले गए तो पुलिस मुझसे भी मारपीट करेगी। किसी दूसरे दरिंदे के पिजड़े में यह नाजुक परिंदा फँस जाएगा। तुम्हारी इन नाजो-अदाओं के पर वे काट देंगे। सुन री मेरी प्यारी मैना, चश्मे बुलबुल, तेरे ये सारे नाजो-नखरे एक मैं ही उठाता हूँ। ऐ मेरे राजदुलारे प्यारे मेमने, मैं तुम्हें इस मवेशीखाने में इसलिए बंद करके जाता हूँ कि कोई भेड़िया तुम्हारी दुर्गति न बनाए। लेकिन सब्र करो प्यारी, अब दो-चार दिनों में ही तुम्हें मैं एकदम इतनी दूर और ऐसे जंगल में ले जाऊँगा जहाँ कोई परिंदा भी पर नहीं मार सकेगा। उधर यहाँ की पुलिस का बाप भी सुराग नहीं पा सकेगा। वह हरामी रफीउद्दीन तो अब सड़ रहा है काले पानी में। आजन्म कारावास, कैदे-हयात। उस पूरे मुकदमे का फैसला हो चुका है। अब पुलिस

हमें भी अपने आप भूल जाएगी। उसपर अब मुझे ठीहा भी इतने रमणीय जंगल में मिला है कि जहाँ तुम खुलेआम आराम से रह सकोगी। डाके में कमाए हुए ये दो रत्नहार, यह सोना-जेवर और मेरी प्यारी जान तू, बस, भोग-ही-भोग! जिंदगी भर गुलछर्रे उड़ाऊँगा, घोड़े बेचकर सोऊँगा। तुम सब मेरे लिए काफी से भी ज्यादा हो। आज तक काफी धन-दौलत की कमाई की। अब ठाठ से चैन की बंसी बजाऊँगा। भरपूर कमाई का जी भरके भोग। प्यारी बुलबुल, तनिक मुसकराओ तो मेरी जान। अरे हँसो, हँसो!" यह कहकर वह उसे गुदगुदाने लगा।

मालती को ये गुदगुदियाँ भालू की जानलेवा गुदगुदियों सदृश प्रतीत हुईं। वह मुसकराई, लेकिन आकुलित होकर। परंतु इन गुदगुदियों से किशन को असली गुदगुदियाँ हो गईं और वह मुसकराया, निहायत संतोष के साथ। गुलाम हुसैन के मुख से पुलिस का नाम निकलते ही उसे एकदम जैसे एक गुर मिल गया।

ऐसा लगा, अँधेरे में एक हैंड-बैटरी अचानक मिल गई। उस बैटरी का स्विच, जो उसके मन में था, दबाते ही भावी उपाय की राह लकालक दिखाई दी।

बस, हलवाई की दुकान, दादा का फातेहा। अभी इसी वक्त पुलिस थाने जाकर गुप-चुप यह खबर दे दी जाए। अठारह साल से कम उम्र की एक नाबालिग कुँवारी लड़की का अपहरण—यह गुलाम हुसैन का एक संवैधानिक घोर अपराध है, न कि मालती का। उसपर गुलाम हुसैन पर डकैती के वारंट भी जरूर होंगे। मुकदमे का वह एक फरार गुनहगार है। अब बच्चू फाँसी के फंदे पर झूलेगा और मालती पुनः अपने उस मथुरा स्थित आनंद के हिंडोले पर। वैसी ही उन मधुर ओवियों को अलापती हुई उमंग, हर्षोल्लास के आकाश में किसी सुंदर गीत-पखेरू की तरह उड़ने के लिए लालायित पुनः झूलेगी। अहो आनंद! उसकी वह प्यारी-प्यारी 'किशऽऽऽन' जैसी लाड़ भरी, मधुर पुकार उसे फिर से सुनाई दी।

हर्षावेग में यह खबर पुलिस को देने के लिए किशन छिप-छिपकर दीवार की ओट से इतना दबे पाँव रास्ते की ओर जाने लगा कि किसी को उसकी आहट तक न लगे। इतने में उसने एक हृदय विदारक चीख मारी, वह 'हाय! हाय' कर कराहने लगा।

'भों! भों! गुर्रर गुर्रर!' करते हुए एक महाकाय कराल कुत्ता किशन की पिंडली को नोच-खसोट रहा था। वह गुलाम हुसैन का ही पालतू शिकारी कुत्ता था।

दीवार के भीतर कहीं टहलते-टहलते कुछ आहट पाकर वह दीवार पर चढ़ आया था और किशन की चोरों जैसी गतिविधियों को देखते ही उस खूँखार कुत्ते ने एक ही छलाँग में झपट्टा मारकर उसकी पिंडली को जोर से काटा था। अँधेरे में अनजाने इस प्रकार काटने की असहनीय पीड़ा से किशन जोर से चीखा, फिर भी वह कुत्ता पिंडली नहीं छोड़ रहा था बल्कि अधिकाधिक आवेश से उसे लगातार भँभोड़ता रहा।

दीवार के पास किसी की जोरदार चीख सुनकर कामातुर गुलाम हुसैन भी चौंक पड़ा। अवश्य अपने उस ऊधमी, फसादी, झगड़ालू कुत्ते ने अँधेरे में किसी राहगीर को चित किया होगा। इस बस्ती में चोरी-छिपे रहते हुए वह किसी प्रकार का हो-हल्ला नहीं चाहता था। अतः यह मामला झटपट साम-दाम से रफा-दफा करने के लिए वह लालटेन के साथ बाहर निकला। उसने मालती को भीतर जाने का आदेश दिया और भागते-भागते उस दीवार के पास आ गया। तब तक किशन ने दीवार का एक पत्थर निकालकर उस कुत्ते के सिर पर मारा था और वह उसकी पिंडली छोड़कर बिलबिलाता-किकियाता हुआ तनिक हटकर, पर फिर से आवेशपूर्ण आक्रमण करने के लिए जूझ रहा था।

किशन की पिंडली से खून की धारा बह रही थी। दर्द के मारे उसका बुरा हाल था। हिलने-डुलने की तो गुंजाइश ही नहीं थी। गुलाम हुसैन के पास आते ही उसने बहाना किया, "इस घने अँधेरे में यहाँ रोशनी देखकर मैं एक रात के लिए आसरा माँगने आया, तभी तुम्हारे इस पागल कुत्ते ने मेरी जान ले ली। ओह! ओ!"

"चुप रहो, इतना गला फाड़कर चिल्ला क्यों रहे हो?" गुलाम हुसैन इस बला से जान छुड़ाने के लिए उसे समझाने लगा, "वैसे इस पागल कुत्ते को मैंने नहीं पाला। तनिक ठहरो, तुम्हारे जख्म पर पट्टी बाँधता हूँ। मेरे घर के पास सो जाओ और फिर पौ फटते ही अपनी राह पकड़ो या अस्पताल में जाओ।" गुलाम हुसैन को इस झंझट को रफा-दफा करने की यही तरकीब सबसे अधिक ठीक लगी।

बड़ी मुश्किल से गुलाम हुसैन ने किशन को सहारा देकर दीवार पार कराई और आँगन में ले गया जहाँ लालटेन की फीकी सी रोशनी टिमटिमा रही थी। पानी से उसका घाव धो-पोंछकर उसने नित्य नियम की रामबाण औषधियाँ उसपर लगाईं जिससे खून बहना रुक गया, पट्टी बाँधी और फिर किशन को लकड़ी के उस ठूँठ पर गल-तकिया जैसे बैठाकर लालटेन को उस हुक में टाँग दिया।

जब तक लालटेन नीचे रखी थी तब तक दवा-दारू की जुगत में गुलाम हुसैन का ध्यान उस राही के पैर की ओर था, क्योंकि उसे किसी भी छल-कपट का संदेह नहीं हुआ था। उसपर उसने किशन को मथुरा में जो देखा था वह योगानंदी संप्रदाय के गोसाईं के वेश में, जबकि आज किशन का वेश किसी कंगाल खानाबदोश जैसा था। इसी वजह से उसके लिए उसे पहचानना मुश्किल था। लालटेन ऊपर टाँगने के पश्चात् कुंदे के पास थके-हारे बैठे किशन के चेहरे पर साफ रोशनी पड़ गई।

इतनी देर तक घर में बैठी रहने पर भी मालती उस राही की सारी गतिविधियाँ देख रही थी। उसके मन में दसों बार यही एक संदेह उभरा कि यह बटोही कौन हो सकता है। लालटेन की रोशनी में किशन का चेहरा साफ-साफ निहारने के बाद मालती

का संदेह ठोस निश्चय में बदल गया। 'किशऽऽन' मालती के होंठों-ही-होंठों पर यह आवाज भी थरथराई। उसे कुछ भी मालूम नहीं था कि मथुरा में देखने के बाद उसका क्या हाल होगा। उसे पहचानते ही यह विचार पहले ही झटके में उसके मन में कौंधा, जरूर इसे उसकी अम्मा की खबर होगी। परंतु परपुरुष के साथ योगानंद, गुलाम हुसैन आदि की चांडाल चौकड़ी ने उसका अपहरण किया, उनके अधम अपराध की जानकारी होने की उत्कट संभावना है और जिसका उसके साथ भाईचारे का संबंध है, प्रकट रूप में बतियाते देखकर गुलाम हुसैन उसका ही नहीं अपितु किशन का भी घात-पात किए बिना नहीं रहेगा। इस भय से मालती का जी लरज उठा। वह बौखला गई। लेकिन जिज्ञासावश तुरंत प्रकटतः न सही, पर उसी समय उसने ठान लिया कि इस राक्षस के सोने के बाद किशन से अकेले में जरूर मिलूँगी। आँखों से झरझर आँसू बहाती वह किशन की ओर टुकुर-टुकुर देखती रही। इतने में उस खिड़की की ओर गुलाम हुसैन की निगाहें उठते ही मालती पीछे हट गई और अपने आपसे पूछने लगी, 'हे भगवान्! यह राक्षस अचानक आग का पुतला क्यों हो गया! मुए को कुछ संदेह तो नहीं हुआ!'

खिड़की से परे हटकर वह दरवाजे की दरार से झाँकने द्वार के पास आई। इतने में बाहर गुलाम हुसैन के किसी पर बरस पड़ने की, उस कराल कुत्ते से भी अधिक पागल क्रूरता के साथ भौंकने की आवाज सुनाई दी।

क्योंकि किशन थकावट से आँखें बंद कर उस ठूँठ से पीठ टिकाकर बैठा था, उसके निश्चल मुख पर उस लालटेन की रोशनी पड़ते ही गुलाम हुसैन के मन में भी वही संदेह उभरा जो मालती के मन में उभरा था। उसपर मालती, जो खिड़की से किशन की ओर लुब्ध दृष्टि से ताक रही थी, उससे तो उसका संदेह सौ गुना दृढ़ हो गया। इतने में उसे तुरंत ठोस निर्णय की युक्ति सूझी। उस घायल आदमी को, जो बेखबर तथा अर्धमूर्च्छित अवस्था में लेटा हुआ था, गुलाम हुसैन ने जान-बूझकर संदेहपूर्ण नाम से आवाज दी, ''किशन, ओ किशन!''

किशन चौंककर जग गया और इससे पहले कि वह सतर्कता से सोचता कि अपने नाम की पहचान नहीं देनी है, उसने उत्तर दिया, ''हाँ जी! हाँ जी!''

''अरे हरामखोर, पाजी, कैसे पकड़ लिया तुझे छद्मवेष में चोरी-छिपे टोह लेने आया था न? बोल किशन, बोल?'' मुट्ठी कसते हुए क्रोध से लरजती, दरकती फटी आवाज में गुलाम हुसैन चीखा, ''बोल, मालती की टोह लेते-लेते यहाँ तक आया है न? तुम और वह पाजी हसन भाई विश्वासघात करके सरकारी गवाह बन गए थे। अब मेरा गला फँसाना चाहता है, काफिर, बेईमान!''

''बेईमान तेरा बाप और तू! तेरा क्या ईमान!'' किशन आवेश में उठकर खड़ा हो गया।

"छुरा घोंपकर अब तेरा पेट फाड़ता हूँ, ठहर। मेरा छुरा-छुरा…" उस ठूँठ पर गुलाम हुसैन ने देखा। वहाँ पर छुरा नहीं था। फिर उसे स्मरण हुआ, छुरा घर में खाट पर रखा है।

भीतर दरवाजे के पास खड़ी मालती को भी तुरंत इसी बात का स्मरण हुआ। उसने झट से खाट से छुरा उठाकर अपने वस्त्रों में कमर के पास उसे छिपाया और वह एक कोने में जाकर खड़ी हो गई। इसी छुरे को भोंककर मालती के रू-बरू गुलाम हुसैन ने अपने एक बिगड़ैल साथी की मथुरा से भागते समय हत्या की थी। अब इस भय के मारे कि किशन की भी मौत आई है, वह बेंत की तरह थरथर काँपने लगी। क्रोध से उसपर जैसे उन्माद चढ़ने लगा।

इतने में छुरा लेने गुलाम हुसैन धड़ल्ले के साथ दरवाजा खोलकर भीतर घुस गया। पीछे-पीछे आवेश तथा जोश से तमतमाया हुआ किशन भी अंदर घुसा और गुलाम हुसैन की कमर को दृढ़तापूर्वक पकड़कर उससे उलझते हुए गुलाम हुसैन समेत खाट पर गिर पड़ा। सिर कटा हुआ कबंध भी रणावेश से थोड़ी देर तक रणभूमि में जूझता रहता है। किशन को अपने घायल पैर का भी होश नहीं था।

मालती भी उस प्राणघातक संकट में विवेकहीन हो गई थी। उसे भी होश नहीं था। किशन के गले को गुलाम और गुलाम के गले को किशन पकड़ते-छुड़ाते हुए दोनों के खाट पर गिरते ही गुलाम हुसैन दहाड़ा, "अरे, ले आओ, ले आओ मालती, वह छुरा लाओ!" उसके साथ ही मालती छुरा लेकर भागी भी। लेकिन उस बेहोश अवस्था में भी एक दृढ़ आशंका उसके मन में आई कि इतने छोटे छुरे से यह इतना हट्टा-कट्टा, मोटा-ताजा इनसान कैसे मरेगा? वह यकायक ठिठक गई।

'कैसे क्या, अरी! कायर छोकरी, तेरी आँखों के सामने ही उस साथी का प्राण इसी छुरे से भोंककर बाहर निकाला था न इसी गुलाम हुसैन ने!' उसी के दिल ने उसे फटकारा।

"लाओ, छुरा लाओ।" गुलाम हुसैन ने उस गुत्थम-गुत्थी से एक हाथ छुड़ाते और ऊँचा उठाते हुए चिल्लाकर कहा।

"ले हरामजादे, ले यह छुरा।" दाँत किटकिटाकर चीखती-चिल्लाती उन्मादिनी मालती छुरा निकालकर भागी। गुलाम हुसैन ने किशन को दबोच रखा था, परंतु वह भी किशन की पकड़ में खाट के एक कोने में सीधा चित लेटा था—मालती ने उसकी तोंद में वह लंबा तीक्ष्ण छुरा सारी शक्ति लगाकर घोंप दिया।

अरे, कितनी आसानी से भीतर चला गया! आरी की तरह पेट चीरता हुआ! उस आवेश में भी मालती की हँसी छूट गई।

'मैंने बेकार में ही अपनी पूरी शक्ति दाँव पर लगाई। आधी शक्ति से भी वह

आर-पार चला जाता!'

"आँ-आँ-आँ!" दो-तीन भयंकर चिंघाड़ों के साथ गुलाम हुसैन का बलदंड शरीर धम् से नीचे लुढ़क गया, वह फिर उठा ही नहीं। अपने ही लहू के उबाल में उसके प्राण डूब गए।

"मर गया! मर गया!" किशन ने ताली बजाई।

"किशन, अब आगे?" किशन की आँखों में टकटकी बाँधकर देखते और थरथर काँपते हुए मालती ने पूछा।

"आगे? मालती, आगे…"

वे दोनों, जिनकी सुध-बुध बिसरी हुई है, जिनकी विवेकशक्ति थम गई है, पल भर के लिए एक-दूसरे की आँखों में आँखें गड़ाकर एक-दूसरे की ओर ताकते रहे। चारों ओर रात का घनघोर अँधेरा-ही-अँधेरा था।

□

प्रकरण–८

# किशन और मालती की गिरफ्तारी

'आगे क्या?' मालती के इस प्रश्न का किशन को कोई भी उत्तर नहीं सूझा। वैसे देखा जाए तो पाँच-दस उत्तर एक साथ सूझे और उनके उलटे-सीधे और परस्पर एक-दूसरे को काटने की धाँधली में अंत में कुछ भी निश्चित राय चित्त में न टिकने के कारण किशन सिर्फ 'आगे-आगे' ऐसा ही कुछ बड़बड़ाता हुआ मालती की ओर शून्यवत् ताकता रहा। वह विकराल लाश उनके कदमों तले बीच-बीच में दम उखाड़ती हुई पड़ी थी। उसके ताजा-हरे घाव से रुक-रुककर खून का फव्वारा छूट रहा था। इस प्रकार दस-पाँच पल बीतने के बाद किशन ने सुना, वही कुत्ता जोर-जोर से दहाड़ें मारकर रो रहा है, दूर दीवार पर चीख रहा है और जोर-जोर से भौंकते हुए आक्रोश प्रकट कर रहा है।

वास्तव में जब उनकी जानलेवा मुठभेड़ जारी थी, तभी से वह कुत्ता पास जाने से डर रहा था, लेकिन भागना छोड़कर वहीं दीवार पर निरंतर इधर-उधर भागता, कभी रुकता और उसी तरह जोर-जोर से किकियाता रहा था। बीच-बीच में बलात् भौंकता था। उस प्रकार जैसे किसी की सहायता माँगी जाए, लोगों को इकट्ठा किया जाए, ऐसे पुकारता था—'बचाओ-बचाओ।' लेकिन इतनी देर तक इस जानलेवा प्रसंग में उसका शोरगुल किशन-मालती को सुनाई ही नहीं दिया—अपने सिवा बाहरी दुनिया उन्हें विस्मृतप्राय हो गई थी। परंतु उस कुत्ते के हंगामे की ओर ध्यान बँटते ही किशन ने चौंककर उधर मुड़कर देखा तो उसे ऐसा लगा कि बाहरी दुनिया उन दोनों की ओर, उनके खून से सने हाथ-पाँवों, कपड़ों की ओर, उन दोनों के बीच पड़ी गुलाम हुसैन की भारी-भरकम लाश से बीच-बीच में रिसते खून—इन सभी की ओर घूर रही है। उनकी ओर अँगुलियाँ उठाकर सब लोग हल्ला मचा रहे हैं कि 'यही हैं वे हत्यारे, पकड़ो इन्हें।' उनका नशा हिरन हो गया। इधर यदि पल भर की भी देर लगा दी तो यह जीव, जो उस दुष्ट के छुरे से बचा हुआ था, फाँसी के चंगुल में फँस जाएगा और वह आग से

निकलकर कुएँ में गिरना होगा और इस मालती के गले में फाँसी का फंदा··· उफ्! कल्पना भी कितनी भयंकर··· ।

उस सदमे के साथ उसने एक बड़ा सा पत्थर उठाकर पहले कुत्ते को मारा। इतने में उसने देखा कि पड़ोस के खेत में दो-तीन आदमी लालटेन लेकर उनकी ओर ही घूर रहे हैं और आपस में खुसुर-फुसुर कर रहे हैं।

उस कुत्ते के किकियाने तथा लगातार भौंकने के कारण वे लोग अपने खेत की खुली भूमि पर कब से भौचक खड़े थे। उसके बाद उस कुटिया के पास गुलाम हुसैन और किशन के बीच हुई झड़पा-झड़पी, गाली-गलौज, हाथापाई, चीखना-चिल्लाना और अंत में गुलाम हुसैन के पेट में छुरा घोंपे जाते ही जब वह नीचे ढह गया, तब उसकी चिंघाड़ आदि बातों के धुँधले दृश्यों तथा गुल-गपाड़ों से उन काश्तकारों ने यह अनुमान लगाया था कि उधर कुछ अघटित घटना घट रही है। परंतु भय ने उनकी जिज्ञासा पर अंकुश लगाया था। उन्होंने यह समझदारी दिखाई कि वे उधर गए तो स्वयं ही किसी झंझट में फँस जाएँगे। अत: वहीं से जो दिखाई और सुनाई दे रहा था, उसकी चर्चा करते हुए तथा इस प्रकार के तर्क करते हुए कि बीच-बीच में दिखाई दे रही तेजस्विनी स्त्री से संबंधित ही यह सब चल रहा है, वे लोग वहीं पर वैसे ही खड़े थे।

उन्हें देखते ही किशन का दिल इस प्रकार धड़का कि उनके हाथों हुई हत्या अब मुखर हो गई। उसके कहने की अपेक्षा उससे बिना पूछे उसके हाथों ने ही फट् से लालटेन बुझाई। अँधेरे में मालती का हाथ पकड़कर उसने कहा, "अब इधर से खिसकना चाहिए। हमें कैद करने लोग-बाग इकट्ठे हो रहे हैं; वह देखो वहाँ घेरा बन रहा है, चलो।"

"अरे, लेकिन कहाँ!"

"जिधर राह मिले उधर। इस स्थान से दूर-दूर-दूर···जितना हो सके, दूर और जल्दी। एक पाँव घायल हो गया है तो क्या, दूसरा तो है न! जितना चला जाएगा उससे चलूँगा।"

"और यह लाश?"

"मरने दो, सड़ने दो इस दुष्ट को। नहीं तो इसके कुत्ते को ही इसे खाने दो। खिसको यहाँ से, पहले चलो। वह छुरा दे दो। इस लाश की शिनाख्त भी किसी को नहीं होनी चाहिए।" इतना कहकर उस छुरे से लाश के मुँह पर अँधेरे में ही कचाकच वार करके किशन ने उसे विरूप कर दिया।

"हाँ! अब ताला ले आओ।"

मालती ने अँधेरे में ही टटोलकर कमरे से ताला ले लिया। बाहर निकलते समय उसका पाँव 'डब' से खून के उस थक्के पर गिरा। उसका दिल भी धौंकनी की तरह

धड़कने लगा। उसने वह छुरा अपनी टेंट में खोंस लिया। वैसे ही आगे बढ़कर टूटा-फूटा दरवाजा ज्यों-त्यों करके बंद करके वह उसे ताला लगाने लगी। उसका हाथ काँप रहा था पर आखिर ताला लग ही गया। मनुष्य को एक पैदाइशी आदत होती है, तदनुसार ताला लगाते ही उसने चाभी कमर में खोंस ली। उसने फिर टटोलकर देखा कि खून से लथ-पथ वह छुरा, जो उसने अपनी टेंट में खोंसा था, ठीक-ठाक है या नहीं। उस छुरे की निकटता के अहसास से ही उसमें हिम्मत, साहस तथा बारह हाथियों का बल ठाठें मारने लगा।

"हाँ, चलो, ऐसे सनसना क्यों रहे हो? किशन, मेरे हाथ पर अपना सारा बोझ डाल दो, हाँ-हाँ ठीक है, मेरा सहारा लेकर चलो जितना तुमसे चला जाता है। यह राह मेरी परिचित है। ठहरो, दो-चार पत्थर उठाने दो मुझे। सावधान रहना उस पागल कुत्ते से। मुआ पीछे से चोरी-छिपे आकर फिर काटेगा तुम्हें।"

अँधेरे में वह दीवार पार करके चबूतरे का चक्कर काटकर उन दोनों ने ज्यों-त्यों करके वह राह पकड़ी।

"अब किधर मुड़ेगी, नगर की ओर...!"

"कदापि नहीं। अरे पगले, सिर से पाँव तक हम लोग खून से सने हुए हैं न? पहले गंगा तक चलते हैं, वहाँ नहा-धोकर साफ-सुथरे होंगे और तनिक शरीफ बनेंगे—चलो पहले।"

"वाकई...आओ इधर से। पहले शिवालय में चलेंगे, रात वहीं पर गुजारेंगे। आजकल मैंने उधर ही अपना डेरा-डंडा जमाया है। अभी थोड़ी देर पहले उधर ही से मैं आया था। वहीं पहले रात में तनिक झपकी लेंगे। भोर के समय नहाना-धोना और फिर भाग्य में जो होगा वह। ओय! ओय! पाँव की पीड़ा सही नहीं जाती। चलो, पहले शिवालय ही चलेंगे।"

शिवालय में पहुँचते ही अकेले किशन ने ही नहीं मालती ने भी, जिनके मन और तन दोनों इतनी देर तक उत्तेजनावश दुर्बल हो रहे थे, अपने आपको धरती पर छोड़ दिया। दूर से ही लेटे-लेटे किशन ने उसे आश्वासन दे दिया, "तुम आराम से सो जाओ। वह छुरा मुझे दे दो। मैं पहरा देता हूँ। दुःख-दर्द को अब कुछ देर के लिए भूल जाओ।"

"दुःख, बिलकुल नहीं! बताऊँ, इस समय मुझे क्या प्रतीत हो रहा है! आनंद। साहस कैसे कहूँ! हमारे घर में एक बार एक भुजंग निकला। दरवाजे के बरगद के पेड़ के आसपास ही कहीं रहता था। मेरी अम्मा ठहरी देवलसी। वह उसके लिए एक कटोरे में दूध रखती। दूध पीते समय कई बार हम उसे दूर से देखा करते। माँ कहा करती, 'भई, साँप भी तो एक जीव है न! वह उसे कभी नहीं डँसता जो उसे दूध पिलाता है। लेकिन पता नहीं किसी ने उसका क्या बिगाड़ा। एक दिन वह घर में पाया गया और मेरी

एक नन्ही सी मौसेरी बहन को, जो मेरे साथ खेल रही थी, डँसकर मुझे भी डँसने के लिए दौड़ा। हम सारे बच्चे बदहवास होकर भाग गए। 'साँप-साँप' का हंगामा मचाया हमने। हमारे नौकर ने एक ही प्रहार से उसकी खोपड़ी तोड़ दी। फिर भी वह कुलबुला रहा था। उसे मुँह खोले पड़ा देखकर एक बड़ी सी सोटी उठाकर मैंने दूर से ही इतनी ताकत से उसपर मारी कि उसका बीच का हिस्सा बिलकुल ही पिचक गया। अपना क्रोध, संताप इस तरह मुखर होते देखकर जीवन में पहली बार मैंने जाना कि प्रतिशोध का आनंद कैसा होता है। आज मैं हर्षोन्माद से झूम रही हूँ। मेरी यह सारी हिम्मत उस प्रतिशोध के आनंद की, प्रतिशोध के इस छुरे की है। जब तक वह मेरे पास है तब तक मेरी जान में जान है। रहने दो उसे मेरे सिरहाने ही। मुझे नींद—किशन, अरे, पर मेरी अम्मा, पहले मुझे यह तो बताओ, मेरी अम्मा किधर है! तुम जानते हो! मैं उठकर बैठ जाती हूँ। हाँ, अब बताओ।'' वह बड़ी मुश्किल से अपनी देह को मूर्च्छित होते-होते सँभालकर बैठ गई। परंतु उसकी बातचीत उस मनुष्य जैसी ही असंगत और खंडित थी जो नींद से घिरा हुआ हो।

किशन ने मालती को संक्षेप में बताया। मालती के गुलाम हुसैन के घर कैद होने के बाद श्रीमती अन्नपूर्णा देवी और उसकी अम्मा के साथ उस कपटी योगानंद ने ठग विद्या खेली। उसपर भरोसा करके वे दोनों मालती को ढूँढ़ने किस प्रकार नागपुर गईं और उसके पश्चात् उनका पता उसे भी नहीं है। परंतु उसकी बात समाप्त होते ही मालती के मनोव्यापार लगभग ठप हो चुके थे। वह कुछ सुनती, कुछ अनसुनी करती नीचे लेट गई और उसे पता तक नहीं चला कि वह कब निद्राधीन हो गई। किशन भी जमीन पर लेट गया। उसके मन में उस कृत्य के भावी भीषण परिणामों के विचार कोहराम मचा रहे थे। कभी ग्लानि, कभी यह कोलाहल, कभी पैर की असह्य पीड़ा। उसने उठकर बाहर झाँककर देखा, कोई नहीं है। फिर वह अंदर आकर लेट गया। आँखें मुँदते ही पुलिस की आकृतियाँ उसके सामने खड़ी हो जातीं। उसे लगता वे उसे पकड़ रही हैं। तब वह फिर आँखें खोलता, ढाढ़स बाँधता और अर्धचेतनावस्था में ही योजना बनाता कि पौ फटते ही यहाँ से खिसकने के लिए क्या-क्या करना होगा।

मालती का चेतन मन यद्यपि उस घड़ी के समान बंद पड़ा था जिसकी चाभी खत्म हो चुकी है, तथापि मूर्च्छा की गहरी निद्रा में भी उसके चेतन मन की सतह से किशन के चित्त के कोलाहल सदृश ही धृति, भय-माया-ममता-विद्वेष की नानाविध स्मृतियों तथा वृत्तियों का एक हंगामा जरूर मच रहा होगा। वह कभी चौंकती, कभी मुसकराती तो कभी खर्राटे भरती। सपने देखते-देखते उसे यह आभास हुआ कि वह अपनी अम्मा के साथ मथुरा के उस हिंडोले पर प्रेमपूर्ण ओवियाँ गाती हुई एक रस्सी से ऊँची-ऊँची पेंगें भरती झूल रही है। इतने में उसकी गरदन जोर से कसने से वह लटक

गई है। गलफाँसी लगने से दम घुट रहा है और उसकी जीभ बाहर निकल आई है। ऐसी भीषण अवस्था में भी वह स्वयं ही अपने आपको देख रही है। उस सदमे से वह 'हाय, मर गई। बचाओ। बचाओ। अम्मा, मुझे गलफाँसी हो गई।' इस तरह स्पष्ट रूप से चीखती-चिल्लाती मालती झट से उठ गई, वह थरथर काँपने लगी।

किशन भी तपाक् से उठ गया। अँधेरे में घबराकर वह जहाँ खड़ी थी, वहाँ टटोलकर उसके कंधे पर उसने अपना एक हाथ रखा, दूसरे हाथ से उसकी पीठ पर थपकियाँ देते हुए वह उसे ढाढ़स बँधाने लगा। इतने में बेंत की तरह काँपती, थरथराती मालती कसकर उससे लिपट गई।

"किशन, मुझसे खड़ा नहीं रहा जाता। मुझे अपने सीने से कसकर लगा लो और मेरे पास सो जाओ। शरमाओ मत। तुम ही पहले पुरुष हो जिसे मैं स्वयं अपने पास सोने के लिए कह रही हूँ।"

किशन के सीने से लगाकर सोते ही वह पुनः इतनी गहरी नींद में सो गई जैसे वह बीच में पूरी तरह से जगी ही नहीं थी। उसे नींद में चलने-फिरने, बोलने की जो एक बीमारी होती है, उसी का एक झटका सा आ गया था।

फिर बेलवृक्ष से कोयल की प्रातःकालीन कुहुक सुनाई दी। तब किशन ने बड़ी कठिनाई से उसे झिंझोड़कर जगाया।

"मालती, मैंने भविष्य की योजना निश्चित की है। तुम्हें धीरज रखना होगा। धैर्य से विचलित तो नहीं होगी?"

"अरे पगले, अब मैं सपने में थोड़े ही हूँ? स्वप्न-स्थित गले के फंदे से जो डरते हैं, उनमें से कितने ही असली गलफाँसी से रंचमात्र भी नहीं डरते।"

"हट पगली, गलफाँसी का जिक्र ही क्यों कर रही हो? संक्षेप में बताता हूँ, ध्यान से सुनो। अब तुम जाकर अपना यह मुसलिम वेश और खून से लथपथ कपड़े गंगा में डुबा दो, नहा-धो लो और मेरी इस गठरी में से एक धोती किसी भिखारन सदृश पहनकर यह कटोरा हाथ में थामकर इस पगडंडी से खिसक जाओ और गाँव-गाँव से राह निकालते अपनी अम्मा के पास चली जाओ…और…"

"नहीं, हरगिज नहीं। मेरी अम्मा का नाम अब पूरी तरह से भूल जाओ। अरे, मुझे देखते ही वह मेरा मुख सहलाने यदि पुनः लपककर आ जाए तो उसके निर्मल हाथ भी मेरे मुख के खून के धब्बों से रक्तरंजित होंगे! उसके शरीर पर मेरे हाथों के कर्मों के छींटे पड़ेंगे और उस सती-साध्वी की निर्मलता भी डाँवाँडोल होगी। मैं कभी अपनी अम्मा के आँगन का एक निर्मल फूल थी, तब मुझे मालती नाम से पुकारा जाता था, लेकिन अब मैं वह फूल नहीं हूँ। अब मैं समाज की राह का एक कंटक बन गई हूँ। कहीं भी धूल से सनी पड़ी रहूँगी, लेकिन पुनः माँ के आँगन में गिरकर उसके पैर में

काँटे की तरह टूटूँगी नहीं, न ही उसे सालूँगी। अब मैं अपना नाम भी बदलूँगी। फूल नहीं, काँटा। कंटकी, न कि मालती। अब याद रखना हाँ, अब मुझे मालती मत कहना, कंटकी नाम से पुकारना।''

''ठीक है। परंतु अब तुम मुझे अकेला छोड़ चली जाओ। मुझसे अब चला नहीं जाता। मैं भी पीछे से ज्यों-त्यों करके खिसकता आऊँगा। यदि पकड़ा गया तो अकेले ही अपने सिर इस हत्या के सिलसिले में सबकुछ कबूल लूँगा। यदि खिसक गया तो तुमसे मिलूँगा। मुझे भी नाम में परिवर्तन करना होगा। गौर से सुनो, मेरा नाम कंटक है। इससे पिछले मुकदमे के सूत्र मेरे, तेरे तथा तुम्हारी अम्मा के इर्द-गिर्द फिर से सहसा नहीं उलझेंगे। उस अधम का नाम बताने का प्रसंग भी नहीं आएगा, जिसका सिर कुचलकर नामोनिशान तक मिटा दिया। 'हमें कुछ भी नहीं मालूम' यही कहेंगे। बस! अगर हम इकट्ठे घूमते रहे तो दोनों फँसेंगे। इसलिए कम-से-कम तुम तो यहाँ से निकल लो। सच कहता हूँ, मालती, तुमसे बिछुड़ते हुए मेरी जान उसी तरह छटपटा रही है जैसे पानी से बाहर फेंकी हुई मछली छटपटाती है। लेकिन तुम्हारा अहित होने से बच गया तो ताल में गिरी मछली सदृश वह फूले नहीं समाएगी। न-न, अब सारी चर्चा बंद। देखो, पौ फटने लगी।''

वे दोनों बातें कर रहे थे कि इतने में दूर से फिर कुछ शोरगुल सुनाई दिया। इस आशा से कि रात में जिस तरह उसे जूतों की टापों की आवाज का आभास हुआ और वह जिस तरह मिथ्या सिद्ध हुआ, उसी प्रकार यह भी एक आभास ही होगा। किशन ने बाहर झाँका तो वाकई कुछ लोग हंगामा करते हुए शिवालय की ओर राह में ही ठिठके, धुँधले से नजर आ गए।

गौर से देखने पर एक चबूतरे पर खड़े दो जने नजर में आ गए और वे निस्संदेह वरदीधारी पुलिसवाले थे।

अपेक्षित होने पर भी निश्चित रूप में ऐसे भयंकर संकट का पहाड़ टूटते ही मन को जो जबरदस्त धक्का पहुँचना होता है, वह पहुँचे बिना नहीं रहता। किशन को थोड़ी-बहुत आशा थी कि संकट टल जाएगा। अतः वह भयंकर संकट टलते-टलते उसके इस तरह सौ फीसदी गले से टकराते ही उसके होश उड़ना स्वाभाविक ही था। परंतु उसने तुरंत साहस बटोरा। वह झट से भीतर मुड़ा और दबे स्वर में उसने मालती को समझाया, ''पुलिस आई है। अब ध्यान से सुनो। अब मैं आगे बढ़कर जो कहूँगा सिर्फ उसी को तुम दोहराओ—मेरी हाँ में हाँ मिलाती रहो। जरा भी चीं-चपड़ कम-अधिक कभी, कहीं भी, आगे-पीछे भी, मुँह से मत निकालना। कारागृह में मियाद काटते समय सैकड़ों घुटे हुए हत्यारे, चोर-डाकुओं के गिरोह में रहकर मैं अब इस प्रकार के कानून के छक्के-पंजे अच्छी तरह से सीख चुका हूँ। ऐसे प्रसंग में सबकुछ

नकारना सर्वथा असंभव है। उन किसानों ने ही रातोरात यह खबर पुलिस को दी होगी। खून से सने कदमों के निशान उभरे हुए और कपड़े, हाथ भी खून से सने हुए हैं।''

इतने में—

''कौन है बे अंदर? चलो बाहर निकलो।'' दूर से ही पुलिस का घुड़की भरा आदेश आया।

किशन तपाक से बाहर आया। आगे बढ़ा। उसके साथ ही 'पकड़ो-पकड़ो' चिल्लाते हुए दो-तीन सिपाहियों ने हमला किया और उन्होंने किशन के हाथों में हथकड़ियाँ पहना दीं।

''भई, यह हथकड़ियाँ काहे के लिए! और इतना कसकर भी क्यों पकड़ रहे हो मुझे! आप न भी आते तो भी मैं स्वयं पुलिस को खबर करने उधर आ ही जाता।''

''इस तरह सीधी तरह से चलोगे तो उसमें तुम्हारे ही अनावश्यक कष्ट टलेंगे।'' पुलिस अफसर ने समझदारी की बात करते हुए शांत स्वर में कहा, ''सच-सच बताओ, वहाँ उस तरफ एक झोंपड़ी में एक आदमी की हत्या तुमने की? तुम्हारा नाम? हाँ, यही है वह स्त्री। पकड़ो उस औरत को भी।''

''ठहरो! उस आदमी का कत्ल मैंने किया न कि उस औरत ने, वह भी इसलिए कि वह इनसान नहीं, हैवान था, एक नृशंस राक्षस। मेरा नाम कंटक है और यह है मेरी बहन कंटकी। हम जब छोटे थे तब हमारी माँ उज्जैन की तरफ मेले में भीख माँगती घूमती थी। वह हैजे से मर गई। उससे पहले की हमें कुछ भी जानकारी नहीं है। अगली जानकारी यह कि हम दोनों भीख माँगते हुए इस मेले से उस मेले में घूमते-घामते वैसे ही भटकते हुए इधर आ गए। कुछ दिन पहले मेरी बहन भीख माँगने अकेली घूम रही थी। इसे अकेली पाकर उस मुसलमान गुंडे ने इसे जबरदस्ती खींचकर अपने घर में कैद किया। मैं टोह लेता हुआ उसके घर के सामने जैसे ही पहुँचा और 'मेरी बहन को छोड़ दो' कहकर उसे घुड़की दी तो वह छुरा निकालकर मुझपर टूट पड़ा। धींगामुश्ती में वही छुरा छीनकर मैंने उसे मार डाला और अपनी बहन को छुड़ाया। हमारे कन्ने ढीले पड़ने के कारण यहीं पर रात गुजारकर अभी उठे हैं और पुलिस में अपने आप सारी खबर देने ही वाले थे कि इतने में आप लोग यहाँ पहुँच गए।''

मालती से पूछने पर उसने भी सूझबूझ से ढिठाई के साथ बयान दिया जो किशन के उक्त बयान से हूबहू मिलता-जुलता था। पुलिसवालों ने जब कुरेद-कुरेदकर पूछा तब उसने 'उस मुसलमान गुंडे का नाम, गाँव, पूर्ववृत्त कुछ भी जानकारी मुझे नहीं है' यही ठोस और टका सा जवाब दे दिया।

तलाशी में मालती के शरीर पर उसके खून से सने वस्त्र, कमर में खोंसी हुई उस टूटे-फूटे घर की चाभी, वह रक्तरंजित छुरा, इतनी चीजें बरामद हो गईं। उन सभी को

नोट करके उन दोनों को गिरफ्तार करके वे चल पड़े। उनके साथ वे किसान भी लौट गए। उन्होंने ही उस टूटे-फूटे घर में चल रहे इस भीषण कांड की खबर उसी रात पुलिस को दे दी थी, ताकि उनके ऊपर कोई आरोप न आ जाए। उस कांड की पूरी रिपोर्ट लिये जाने पर ही उन्हें अपने-अपने घर रवाना किया गया। 'अपराध मैंने किया है। मेरी बहन को छोड़ दीजिए, उसे वापस भेज दीजिए', इस प्रकार गिड़गिड़ाने पर किशन को अच्छी-खासी डाँट पिलाई गई। 'प्रत्यक्ष प्रमाण तुम दोनों के विरुद्ध नहीं हैं।' हमारे लिए तुम दोनों को ही गिरफ्तार करना अनिवार्य है। अपराधी कौन है, इसका फैसला अदालत करती है, न कि हम या तुम।

किशन और मालती दोनों पर मुकदमा दायर किया गया। अपराधी लगे हाथ मिल गए। उस हत्या के लिए प्रमाण एकदम तैयार। अपराध के सूत्र कहीं भी उलझे हुए नहीं थे। उस मृत व्यक्ति का पूर्व इतिहास बिलकुल अज्ञात। छुरे के घावों से छिन्न-विच्छिन्न हुई उसकी मुद्रा के कारण उसकी शिनाख्त करना भी दुर्घट। जहाँ तक उस मुकदमे का सवाल है, उस पचड़े में पड़ने का कोई कारण नहीं था। इन सभी हालात के मद्देनजर किसी भी तरह की अधिक गहराई में न पैठते हुए उस हत्या का आरोप लगाकर पुलिस ने छुट्टी की। बचाव के रूप में उनके अपने बयान छोड़कर अभियुक्तों की ओर से कुछ भी नहीं था।

अंतिम दिन न्यायाधीश ने फैसला सुनाया, "यह स्पष्ट रूप से सिद्ध नहीं हुआ है कि किस अभियुक्त ने इस प्रकार जानलेवा हमले किए। यह सिद्ध हुआ है कि दोनों ने ही इस हत्या में जान-बूझकर हिस्सा लिया है। इसलिए कंटक और कंटकी दोनों भाई-बहन को अदालत सजा देती है—आजन्म कारावास, काला पानी।"

ये शब्द सुनते ही किशन की आँखों से यद्यपि टपटप आँसू गिरने लगे, तथापि फाँसी टलने के कारण उसका कलेजा ठंडा हुआ, उसने राहत की साँस ली। परंतु इस तरह धुँधला-सा आभास होते हुए भी कि उन शब्दों में कुछ भयंकर अर्थ समाया हुआ है, उसकी भीषणता का स्पष्ट चित्र मन में अभी तक नहीं उभरा था। न जाने इसीलिए 'आजन्म कारावास, काला पानी' जैसे शब्द सुनते ही मालती संज्ञाशून्य होकर देखती रही। लेकिन जज साहब के उठने लगते ही उसने एकदम गद्गद होकर प्रार्थना की, "एक पल रुक जाइएगा, कृपालु महाराज! मुझे बस इतना ही बताइएगा कि काले पानी जाने पर भी मेरा यह भाई कंटक मेरे साथ ही रहेगा न? क्या अपने बंदीपाल को आप तनिक उतना आदेश दे देंगे कि काले पानी में भी हम दोनों को एक साथ रखा जाए। इतनी दया की जाए, हुजूर!"

"नादान लड़की, यह न्यायाधीश के बस में थोड़े ही होता है? काले पानी में पुरुषों और महिलाओं के बंदीगृह अलग-अलग होते हैं, बेटी! वहाँ एक ही अभियोग

के सभी अपराधियों को भी पुरुष-पुरुषों में अथवा महिला-महिलाओं में साधारणत: एक साथ नहीं रहने देते।''

यद्यपि जज साहब के इन शब्दों का सहानुभूति के स्वर में उच्चारण किया गया था, तथापि इससे पूर्व सजा सुनाते समय उन्होंने जिन भावनाहीन शब्दों का उच्चारण किया था उनसे भी वे मालती को अधिक दारुण प्रतीत हुए। 'आजन्म कारावास, काला पानी' जैसे शब्दों की भीषणता से इस कल्पना की भीषणता कि किशन अब उससे बिछुड़ जाएगा, उसके मन को हुई अत्यंत असहनीय पीड़ा से वह तड़प उठी और सिसक-सिसककर 'नहीं ऐसा मत करो, ऐसा मत करो' ऐसा ही कुछ आधा-अधूरा वाक्य ही बार-बार दोहराकर प्रार्थना करने लगी।

जज साहब के मन को पहले से ही उसके अपराध का निरपराध पक्ष रिझा रहा था। परंतु कानून कानून होता है—वह अनुल्लंघनीय होता है। इसीलिए जब तक मुकदमा जारी था, उनके मुँह से ममता का एक भी शब्द नहीं निकला था। परंतु पूरे मुकदमे के चलते जो लड़की धीरज और साहस की प्रतिमा बनी रही, आजन्म कारावास और काला पानी जैसा भयंकर दंड सुनकर भी जो बिलकुल अडिग रही, उसी लड़की को अपने भाई से बिछुड़ने की कल्पना मात्र से सिसक-सिसककर रोती हुई देखकर जज साहब का दिल भी पसीजा और कुछ-न-कुछ सांत्वना देने के लिए उन्होंने कहा, ''मत रो, बेटी! काले पानी पर यदि तुम्हारा आचरण ठीक रहा तो दस-पाँच वर्षों के पश्चात् तुम्हें विवाह की अनुज्ञा मिलने की सुविधा है। फिर उस द्वीप में भी तुम लोग मजे से एक साथ रह सकते हो।''

इस बात को सुनते ही जैसे काले पानी की सजा रद्द हो गई और उसने छुटकारा पा ही लिया, इस प्रकार विपदाओं के उस बवंडर से घिरकर बौखलाई हुई मालती मन-ही-मन खुशी से झूम उठी। उसकी आँखों में सरसों खिल गई।

''हुजूर, आपके मुँह में घी-शक्कर। क्या मैं जिससे चाहूँ उससे शादी कर सकती हूँ! कारावास के अनुशासन का मैं पूरा पालन करूँगी, सरकार!''

उसकी नारी प्रकृति की तमाम यौवन सुलभ भावनाएँ उस कल्पना मात्र से जैसे तृप्त, तुष्ट हो गईं। उसे अहसास हुआ कि किशन के साथ उसके फेरे भी हो चुके। परंतु अरी बावली, कल्पना-लोक भला कभी यथार्थ हो सकता है! अरे पगली, तुम्हें अभी तक यह समझ में नहीं आया कि मनुष्य केवल अपने ही अनुशासन का, पाप-पुण्य का तथा कर्माकर्म का फल नहीं भोगता! इस प्रत्यक्ष जगत् में उसे समाज के पाप-पुण्य का और कर्माकर्म का फल इच्छा न होते हुए भी भोगना पड़ता है। उसे दूसरों के कृत्यों का फल ठीक उसी तरह भोगना पड़ता है जैसे ताऊन (प्लेग) संक्रामक, छूत की बीमारी में सिर्फ वातावरणीय संसर्ग से स्वस्थ आदमी को भी उस रोग का कष्ट भोगना पड़ता है।

क्या अभी तक तुम्हें इस बात की प्रतीति नहीं हुई कि तुम्हारे भाग्य में क्या लिखा है! अन्यथा तुमने ऐसा कौन सा पाप किया है कि इतनी कच्ची उम्र में तुम्हारी देह, मन, भावनाओं की इतनी कठोर, असहनीय तथा दारुण दुर्गति हुई! कौन सा गुनाह किया था तुमने! किसका नुकसान किया था! अपनी माँ की ममता के आँगन में खिली हुई मालती, तुम एक मालती वल्लरी पर कोमल निर्मल फूल की अर्धोन्मीलित चटकी हुई कच्ची कली हो। हमने तुम्हें जब पहली बार देखा, तब तुम शरद ऋतु की चंद्रकला सदृश थीं, तब कोई जनमजला भी ऐसी भविष्यवाणी करने की हिम्मत नहीं करता कि बिना किसी अपराध के तुम्हारी इस प्रकार दुर्गति होगी। दुष्ट-से-दुष्ट पिशाच भी तुम्हें इस तरह यों ही अभिशाप नहीं देता।

यह असहनीय दुर्गति इतनी लज्जास्पद है कि सहानुभूति के सामने भी इसे स्पष्ट नहीं किया जा सकता। जब तुम्हें उस कसाई के खूँटे से बाँध दिया गया, उस उजड्ड, अड़बंग, घिनौने, अमंगल नरपशु की अघोर वासना पर जब-जब तुम्हारी लाज की बलि चढ़ाई गई, तब तुम्हारे कोमल बदन की जो आग बनी होगी तथा कोमल भावनाओं की जो राख बनी, हे निष्पाप कुमारी, वह क्या इसलिए हुआ कि तुमने कोई नीति, नियम, विनय, अनुशासन का भंग किया था! उस अघोर दुर्दशा से तुम्हें और तुम्हारी जैसी अनेक लाचारों को छुटकारा दिलाने के लिए यह किशन आगे बढ़ा, उसने नीति-नियमों का, परोपकार तथा विनय-मर्यादा का आदर किया और उस राक्षस के खून की नदी बहाकर उसके अत्याचारों का शमन किया। इसलिए तुम लोग अत्याचारी सिद्ध हो गए। समाज में तुम्हारे मुँह पर कालिख लग गई। अब समुद्र पार उतार दिया जाएगा तुम लोगों को। समाज की पीड़ा, अत्याचारों का जो विध्वंस करता है, वही कभी-कभी समाज-पीड़क अत्याचारी के रूप में दंडित होता है। नीति-नियमों के असली अनुशासन का पालन करना ही अपराध सिद्ध हो जाता है और उसके लिए ही उसे अनुशासनहीनता का फल भुगतना पड़ता है।

किसका है यह दोष! क्यों होता है ऐसा! अथवा ऐसा न हो, इसके लिए किन उपायों की योजना की जाए! ये प्रश्न यहाँ बिलकुल अप्रासंगिक हैं। हाँ, पर यह सत्य है कि ऐसा होता है। और इसीलिए मालती, तुम यह दृढ़ धारणा मत कर बैठना कि तुमने अनुशासन का पूरा-पूरा पालन किया तो उसका फल, उसका पुरस्कार तुम्हें अवश्य मिलेगा। इस तरह खयाली पुलाव मत पकाना।

परंतु ऐसा भी नहीं कि सुख-स्वप्न सत्य होते ही नहीं। अतः यदि किसी सुखद सपने में मुसकरा रही हो, रममाण हो तो पल भर के लिए अवश्य मुसकराओ, रममाण हो जाओ। हाँ, पर उसे मात्र एक सपना समझकर। जग जाने पर ऐसी दृढ़ धारणा मत करना कि वह सपना सत्य सिद्ध होगा।

□

प्रकरण–९

# अंदमान का चालान

कलकत्ता बंदरगाह के जहाज घाट पर एक मैदान खाली करवाने के लिए पुलिस दौड़-धूप कर रही थी। सबके-सब आदमियों को वहाँ से हटाया गया था। वे हटाए गए लोग दूर खड़े होकर, जो जगह मिली वहाँ रेलपेल करके यह देखने के लिए कि आगे क्या होना है, एक-दूसरे के कंधे पर तो कोई आगे खड़े लोगों को ठेलाठेली करते हुए टखनों पर खड़े थे।

इतने में इधर-उधर से हंगामा हो गया, 'आया, चालान आ गया। चालान आ गया।'

चालान का अर्थ है उस जहाज घाट का वह गुट, जिसके साथ विभिन्न कारागृहों में पड़े काले पानी के दंडितों को इकट्ठा कर समुद्र पार अंदमान भेजने के लिए लाया जाता है।

सारे अपराधों में जो अत्यंत घातक तथा नृशंस अपराध होते हैं और ऐसे अपराध जिनके लिए बाएँ हाथ का खेल होता है, इस प्रकार के आग उगलनेवाले, विषदायी, परले दरजे के डाकुओं को प्रायः काले पानी की सजा दी जाती है। इसमें भी पुनः छँटनी होती है और जो अतिवृद्ध, अल्पवयस्क, यहाँ तथा बंदीशालाओं में सदाचरण द्वारा सुधरे हुए पाए जाते हैं, उन्हें छोड़कर शेष उस्तादों के भी उस्ताद अपराधियों को प्रायः काले पानी पर भेजा जाता है। राजनीतिक कांड छोड़कर उग्र, हिंसक, उच्छृंखल खलसर्पों की इस काले पानी पर रवाना करने के लिए छँटनी की जाती है और उन्हें 'चालान' में भरती किया जाता है। किसी भी सुघड़, सुनियंत्रित समाज में इनका अस्तित्व किसी महामारी की तरह भयप्रद प्रतीत होता है। कुछ अपवादों को छोड़कर यही नियम है।

इस अहाते में चालान पर आते हुए यदि कोई नवागंतुक अथवा भोला-भाला संत—जिसे इसकी रत्ती भर भी जानकारी नहीं है—इसे देखता तो तो उस 'चलान' से वह अनुकंपा ही दरशाता न कि क्रोध, क्योंकि वे बेचारे कितने अनुशासनबद्ध थे—प्रायः सभी

के सिर झुके हुए तथा आँखें डबडबाई हुई थीं। कम-से-कम मन में तो भय समाया ही हुआ था, चेहरे उतरे हुए थे, पास खड़े व्यक्ति से एक शब्द भी न बोलते हुए; और यदि बातचीत करें भी तो किसी लड़की जैसे शरमाते, सकुचाते, छुईमुई बनते, धीमे स्वर में फुसफुसाते हुए, चार-चार की कतार में निहायत फटीचर वेश में नपे-तुले डग भरते हुए वे चल रहे थे। सिपाही के 'ठहरो' कहते ही वे रुक जाते, 'बैठो' कहते ही बैठ जाते और 'उठो' कहते ही उठ जाते। सौ-सवा सौ लोग जरा भी हो-हल्ला न करते हुए चल रहे थे। इतने शांत, संयत जीवों का वह समुदाय! सौ-सवा सौ भेड़-बकरियों का झुंड बूचड़खाने में ले जाते समय उससे अधिक शोरगुल करता होगा, इससे कम दीन-हीन दिखता होगा। इस प्रकार इन गरीब, बेचारे, दीन-हीन, दुर्बलों पर अपने माँ-बाप, बीवी-बच्चों से आजीवन बिछुड़ने का प्रसंग थोपकर काले पानी पर असंगत संत्रास तथा कष्ट का शिकार बनाने के लिए इस तरह ले जाया जा रहा था! राजहठ की यह कैसी निष्ठुरता तथा दंड की यह कैसी क्रूरता! जो उन्हें मात्र दुर्दशा में तड़पते देखते हैं अथवा उनकी पीड़ा देखते ही इसकी विवंचना छोड़कर कि वह पीड़ा रोगहारक शल्यक्रिया की है या मारक शस्त्राघात की है, जिनके मन सिर्फ आठ-आठ आँसू बहाती पिलपिली उबासीयुक्त दया का अनुभव करते हैं, ऐसे लोगों के मन में उन घोंघा सदृश हीन-दीन दिखनेवाले चलते हुए दंडितों के प्रति अनुकंपा और हार्दिक सहानुभूति ही उत्पन्न होती और मन-ही-मन क्रोध का उफान यदि किसी के प्रति उमड़ता हो तो वह पुलिसवालों की निर्दय, निष्ठुर, नृशंस, जुल्मी लट्ठबाजी के प्रति। बंदूकों से संगीनें ठूँस-ठूँसकर पुलिसवालों के दल कुछ पीछे, कुछ आगे, कोई डंडे तानकर चारों ओर अंगार उगलते, कठोर स्वर में बरसाते हुए समूह को ठीक उसी प्रकार ठेल-ठेलकर आगे हाँक रहे थे, जैसे कोई कसाई चौपायों के झुंड को आगे ठेलता है। कोई तनिक भी ऊँचे स्वर में बोलता या सुस्ताने की कोशिश करता तो उसे डंडे के बल पर आगे खदेड़ दिया जाता; तनिक भी कोई 'तू-तड़ाक' पर उतरता तो पुलिसवाले के तीन-चार डंडे उसकी खोपड़ी पर बरसने लगते। न पूछताछ, न गवाह, न ही कोई प्रमाण। सीधे डंडे से बातचीत। तमाम न्यायनिर्बंध उसी में समाए हुए। ऊपरी तौर पर देखनेवालों को असली अत्याचारी और निर्दयी लगती पुलिस तथा असली दीन-दुखियारे, दुर्बल 'बेचारे' लगते 'चालान' वाले।

परंतु यदि तेज धारवाली संगीनें ठूँसी हुई उन बंदूकों का तथा डंडों का घेरा पल भर के लिए हटाकर 'चालान' के उन 'बेचारों' को—जिनके सिर झुके हुए थे तथा जो आँसू बहा रहे थे—घड़ी भर के लिए निरंकुश, खुला छोड़ दिया जाता तो! आँखों से दया की एक बूँद भी न बहाते चालान के प्राय: सभी 'बेचारों' ने आधा कलकत्ता जलाकर राख कर दिया होता और शेष आधे कलकत्ता की गरदनें मरोड़कर त्राहि-त्राहि मचा दी होती। वह 'चालान' वैसे अनुशासनबद्ध रूप में चल रहा था, इसलिए कि संगीनों तथा

डंडों ने उसे घेर लिया था, जैसे किसी सर्कस के घेरे में भाले तथा कँटीले चाबुक चमकाते हुए नियंत्रक जब तक सामने तथा आस-पास होते हैं तब तक सिंह, व्याघ्र भी शिष्ट नागरिकों के सदृश घेरे में कायदे से चलते हैं। कुछ अपवादों को छोड़कर इस चालान में प्राय: सभी की आँखों के आँसू सभ्यता, विनय, दीनता, नीति के नहीं थे, अपितु थे मात्र मजबूरी के, भय के। इस प्रकार के पेंदे के हलके, छिछले खलपुरुषों को भी सामाजिक स्वास्थ्य के लिए पोषक अनुशासन में बाँध सकते हैं, लेकिन 'गीता' के पारायण से नहीं अपितु संगीनों के इस्पात से ही।

बिलकुल घोंघा सदृश 'बेचारे' प्रतीत होनेवाले इस चालान के दस-पाँच व्यक्तियों का आपसे परिचय कराया जाए तो यह ज्ञात होगा कि पिलपिली, लिचलिची उबासीयुक्त दया को इनकी दुर्गति देखकर जहाँ अनुकंपा होती है, वहीं यहाँ के तथा इस प्रकार के हिंस्र श्वापदों में भी जो मानवता होती है, उसी को जीवित रखकर उन हिंस्र कीटाणुओं का प्रतिरोध करने के लिए इन तीक्ष्ण संगीनियों का टीका लगाना कितना आवश्यक है, भले ही वह ऊपरी तौर पर अत्याचारी क्यों न प्रतीत होता हो। देखिए 'चालान' आ ही गया।

पुलिस की संगीनों तथा डंडों के चारों ओर से पिंजड़े में बंद सौ-सवा सौ हिंस्र जानवर चार-चार की कतारों से इस अहाते में एक गुट के साथ आ गए, जैसे कि वह भीमकाय पिंजड़ा ही पूरा-का-पूरा आगे ठेलते हुए मैदान में खड़ा कर दिया गया हो। उस हर एक दंडित के, जो काला पानी जा रहा है, पाँवों में ठुकी हुई बेड़ियाँ खनखना रही हैं जो ऊपर कटि में चमड़े के तसमे से बँधी हुई थीं। हर एक की छाती पर जस्ते का एक-एक तमगा—उसपर दंड के वर्ष तथा दंडित का नाम खुदा हुआ। हर एक की बगल में अपना-अपना बिछौना। एक हाथ में जस्ते की थाली। इनमें से जो कच्चा, ढुलमुल, निर्बल है वह बंदी झुकते, कराहते और जो बेमुरव्वत, कड़ा, मजबूत, मुस्टंडा है वह अकड़कर, लेकिन फिर भी डंडे से दबकर भुनभुनाता हुआ अपनी-अपनी पंक्तियों में खड़ा हो रहा है। चलिए, उनमें से प्रथम पंक्ति में ही जो काले पानी का नागरिक है, नमूने के रूप में उसका परिचय करें।

यह पहला 'बेचारा'—सीने पर लटके तमगे के अनुसार इसका नाम रामदयाल तथा चौदह वर्ष काले पानी की सजा। इसने अपने सगे भाई की मृत्यु के बाद उसके इकलौते बच्चे को विष-प्रयोग से जान से मारने की साजिश की; और इस वजह से बालक की मृत्यु हो गई। उद्देश्य? ताकि उस सगे भतीजे का काँटा रास्ते से हटाकर, उसको निर्वंश कर सारी संयुक्त जायदाद यह अकेला ही हड़प सके।

यह जो दूसरा दंडित है उसे एक तरह से सुधारणीय अपराधी कहा जा सकता है—आयु सत्रह-अठारह वर्ष। नाम गोपाल। मुद्रा—लापरवाह। उसके घर-परिवार के पिता, चाचा आदि बुजुर्गों ने अपने खेतों की नीलामी होने के गुस्से से अपने गाँव के

साहूकार से प्रतिशोध लेने के लिए उसकी हवेली पर डाका डाला। बुजुर्गों के साथ यह लड़का भी चला गया। साहूकार को नीचे गिराकर उसके धुर्रे उड़ाते समय इसने चक्की का पाट उठाकर उस बेचारे साहूकार के सिर पर मारा। उसका तो भेजा ही बाहर निकल गया। उस महाजन का अपराध यह था कि इसके परिवार ने उसका ऋण चुकाना तो दूर रहा, बल्कि उसके घास के टाल, जानवर भी जला दिए, उनकी हत्या की, इसलिए साहूकार ने इनपर मुकदमा दायर किया और कायदे के अनुसार नीलाम करके इनका खेत बेच दिया। इसके बाप को फाँसी की सजा हो गई। यह लड़का दूसरे नंबर का अपराधी अर्थात् गौण था, अत: इसे आजन्म कारावास—काला पानी।

परंतु 'बेचारा' नंबर तीन की ओर तो एक नजर डालिए। तीक्ष्ण संगीनों के जगर-मगर में कैसे सलीके से खड़े—कितने सलीकेदार कानून को माननेवाले दिखाई दे रहे हैं जनाब। लेकिन जब यह चमक-दमक उसकी राह पर नहीं पड़ी थी और उस राह को वह अपने स्वाभव की अंधी रोशनी में ही निहारकर स्वतंत्र रूप से जा रहा था तब जानते हैं आप, यह नागरिक किस तरह जा रहा था? यह उसके दंड की इस टिप्पणी में पढ़िए—इसमें क्या दर्ज किया गया है—यह बलूची—वहाँ के असंख्य गिरोहों में से एक व्यक्ति—नाम—अल्लाबख्श। सिंध प्रांत के कामयाम, विरला हिंदू बस्ती पर ये टोलियाँ बार-बार डाकाजनी करतीं। उसमें हिस्सा लेते-लेते यह इतना क्रूर बन गया कि उसे हिंदू लड़के-लड़कियों के मांस की बोटियाँ हबकने का राक्षसी चस्का लग गया। आखिर एक बार एक रेल में, जो पेशावर की ओर जा रही थी, इसने टोह ली कि जनाना डिब्बे में एक हिंदू महिला अपने दूध-पीते बच्चे को लेकर अकेली बैठी है। यह उस डिब्बे में घुस गया। छुरा तानकर इसने उस अबला की इज्जत लूट ली और उसी आसुरी आवेश में इसने उसके दोनों कपोलों के मांस की बोटियाँ अपने दाँतों से काटकर उन्हें चबर-चबरकर गटक लिया। वह और उसका नन्हा सा शिशु, दोनों जोर-जोर से बिलबिलाने लगे। इससे यह क्रोध से और भी पागल हो गया। इस उन्मत्त पशु ने वही छुरा उस बेबस नारी के उस मासूम शिशु के पेट में घोंप दिया और उस अबला के चेहरे पर वार करने लगा। क्रोध के मारे यह इतना बेसुध हो गया कि इसने यह भी गौर नहीं किया कि रेलगाड़ी रुक चुकी है। ट्रेन रुकते ही इसने नीचे छलाँग लगा ली, मारधाड़ करते-करते यह भागने की कोशिश करने लगा पर पकड़ा गया तो जिस पुलिसवाले ने पकड़ा उसकी अँगुली को यह खीरा-ककड़ी की तरह तड़ाक् से तोड़कर कचर-कचर चबाने लगा। अदालत में इसने पागलपन का स्वाँग भरा, परंतु नरमांस भक्षण की अघोरी हवस के अलावा इसमें अन्य कुछ भी पागलपन का निशान नहीं दिखाई दिया, बल्कि हिंदुओं के ही कोमल बच्चों की बोटियाँ नोच-खसोटकर खाने और उनका लहू चटकारे ले-लेकर पीने के कारण यह सिद्ध हो गया कि इसकी नृशंसता एक शैतानी धर्मबद्धता है तथा

इसकी पैशाचिकता का भी एक तरीका है। इसे आजन्म कारावास, काले पानी की सजा हुई तथा कुछ दिनों के लिए पागलखाने में बंद किया गया। उधर भी वाहियात व्यवहार के कारण जब इसपर दो बार पचास-साठ कोड़े बरसाए गए तबसे इसने पागलपन की यह नौटंकी बंद की और अनुशासन के साथ रहने लगा और अब इसे काला पानी भेजा जा रहा है। कोड़े पड़ने से जनाब का पागलपन ठीक हो गया। संगीन की तेज धार पर राक्षसी वृत्ति तराशी जाने पर ही कभी-कभी इस प्रकार राक्षसों को मानवी आकार दिया जाता है। अटकलपच्चू के मंत्र के पानी से जो हिंस्र जानवर नहीं हिल-मिल जाते या परचे नहीं जाते, वे स्पष्ट रूप से संगीन के पानी से साधे जा सकते हैं। कम-से-कम इस प्रकार उपद्रवहीन तो बनाए ही जा सकते हैं।

पिलपिली, लसलसी उबासीयुक्त दया ने जिन्हें 'बेचारा' समझा, वे इस काले पानी के चालानांतर्गत उस समय इस प्रकार 'बेचारे' क्यों प्रतीत हो गए, यह समझने लायक उनमें से जिन तीनों का परिचय नमूने के तौर पर ऊपर कराया, उनकी पृष्ठभूमि में मात्र उपन्यास की सनसनीखेज अनूठी अद्‌भुतता बढ़ाने के लिए कल्पनाजन्य भूमिकाएँ नहीं हैं। मात्र उभरे हुए रोमांचों की थरथराहट का अनुभव करने के लिए मानव जाति की मानवता की मिथ्या दुर्दशा करना उपन्यास की मानवता के लिए भी कलंक है।

परंतु यह भूमिका इस उपन्यास का कल्पित सत्य नहीं है, अपितु प्रकृति का एक यथार्थ है। काला पानी स्थित दंडितों के इतिवृत्त का पोथा, उनका कच्चा चिट्‌ठा उलट-पुलट करेंगे तो आप इस पैशाचिक नगरी के पचहत्तर फीसदी नागरिकों की जीवनयात्रा उक्त दो-तीन जनों के लेखे-जोखे से मिलती-जुलती ही पाएँगे। अपवादस्वरूप पच्चीस फीसदी, और फिर भी अपनी धार्मिक यात्राओं में भी जितनी हुल्लड़बाजी होती है, उतनी भी इस राक्षस राष्ट्र में सहसा नहीं होती। उधर हत्या, डाकेजनी की वारदातों के सालाना आँकड़े अमेरिका के आँकड़ों से कम पड़ते हैं। इसका कारण वह पिलपिली, लसलसी उबासीयुक्त सहिष्णु दया नहीं अपितु संगीन दंड है। वह दुर्धर्ष दंड ही उन राक्षसों को मनुष्य बनाता है।

देह में जिस प्रकार व्याधि होती है, उसी प्रकार मानवता में राक्षसी वृत्ति उपजाऊ होती है। आसुरी वृत्ति को सुधारने का उपाय है दंड, मानवता को सुधारने का उपाय है दया।

'चालान' के दंडितों को अपने पैरों की बेड़ियों की झनझनाहट तथा किसी फौजी दल के अनुशासन के साथ चार-चार की पंक्तियों में मैदान में आते ही ठोस आदेश दिया गया, 'ठहरो।' तत्काल वे तमाम दंडित खट से खड़े हो गए। 'बैठो'—इस आदेश की सनसनाती गोली छूटने से बेड़ियों की झनझनाहट के साथ ये सारे झट से नीचे उकड़ूँ बैठ गए। सामने जिस सागर में उन्हें अब उतरना था, वह ऊँची-ऊँची विशाल लहरों को लहराता, बाद में

उस जहाज घाट पर उन लहरियों से धड़ाधड़ टकराता, उमड़-उमड़कर बहती-छलकती फेनिल लहरियों द्वारा प्रचंड क्रोधावेग से गर्जन-तर्जन के साथ फुफकारता हहर-हहर नाद करता था। दंडितों में से प्राय: सभी ने जीवन में पहली बार सागर दर्शन किया था, इसलिए उस विशाल जलाशय का इस तरह प्रचंड क्रोधावेग से उमड़ता-उछलता-लरजता रूप देखकर उस भीषण दृश्य के आघात के साथ ही उनका दिल धौंकनी के समान धड़कने लगा। एक-दूसरे से बातचीत करना उनके लिए सख्त मना होने के बावजूद इस अनिवार आघात से, किसी से और कुछ उद्‌गार सुनने की इच्छा से हर एक निकटवर्ती दंडित से खुसुर-फुसुर करने लगा, 'यही है वह काले पानी का सागर।' 'बाप रे, बाप! ये उत्तुंग जोरदार लहरें उमड़ती हुई देखकर मेरा जी तो साँय-साँय करने लगा है।' 'अरे, क्या यह सच है कि काले पानी पर जब भेजते हैं तब उन्हें, इस असीम सागर के उस पार कोई द्वीप है, वहीं ले जाते हैं?' 'मैंने सुना है वह निरी चंडूखाने की गप है।' 'इसी गप ने झाँसा देकर तो हमें इस जहाज पर सवार करवाया और भरे समुंदर में झोंक दिया। अब हमें पूरी तरह डुबो रहे हैं—जलसमाधि ही होगी हमारी।' नौसिखिया दंडितों की कँपकँपी उत्पन्न करनेवाली शंकाएँ तथा पुराने घाघ, अनुभवी बेमुरव्वत दंडित उन्हें जो प्रत्युत्तर दे रहे थे उससे यह कानाफूसी बढ़ते-बढ़ते, दबे-दबे कोलाहल में बदल गई, यहाँ तक कि पुलिस के सब्र का बाँध टूट गया और उन्होंने फिर धमकाया, "चुप बे! वरना अच्छी-खासी मरम्मत होगी तुम लोगों की।"

इसके साथ ही फिर सभी ने चुप्पी साधी। जो निर्लज्ज बंदी अनुभवी तथा घुटे हुए हैं तथा जो बार-बार जेल की हवा खाते हैं वे इस फन में माहिर होते हैं कि रखवाले की नजर बचाकर अनुशासन भंग कैसे किया जाता है। पर नौसिखिए बंदी उनके फंदे में फँसकर जब अनुशासन भंग करने लगते हैं, तभी झट से पकड़े जाते हैं। उसपर भी उन निर्लज्ज निघरघट दंडित बंदियों को, जो अनुशासन भंग करते हैं, सहसा छेड़ते नहीं। जो नवागंतुक अभी नरमदिल होते हैं उनपर अनुशासन भंग का गुस्सा उतारना पहरेदारों को भी आसान होता है। इसीलिए एक गुस्सैल पहरेदार, जो यह देख रहा था कि कोई शोर तो नहीं मचा रहा—अपनी दूसरी तरफ बैठे हुए दो-तीन निघरे दंडितों को, जो कब से खुसुर-फुसुर कर रहे थे, उनके प्रति ध्यान न देने का नाटक करके चोरी-छिपे उनपर नजर रख रहा था। थोड़ी देर में फिर से इधर-उधर धीरे-धीरे फुसफुसाहट बढ़ने लगी और हजम भी होने लगी। यह देखकर इस कल्पना मात्र से कि सागर में ले जाकर बंदियों को जलसमाधि देते हैं, उन दो-तीन जनों में जो अल्पवयस्क तथा नया था, उसकी इस कल्पना मात्र से सिट्टी-पिट्टी गुम हो गई थी। वह अपने निकट बैठे बंदी से, जो शिक्षित दिखाई दे रहा था, गिड़गिड़ाकर बार-बार पूछने लगा—"बाबूजी, बताओ न! क्या इसी सागर में डुबाएँगे हम सबको?"

"नहीं बबुआ, नहीं।" उस निघरे दंडित ने बीच में ही यह आहट लेकर कि

पुलिस की पीठ है, झट से कहा, "यह बात सरासर झूठ है। मैंने एक निपुण पट्ठे को अपनी आँखों से जेल में देखा है जो काले पानी से भागकर आया था। उस द्वीप को अंदमान कहा जाता है। हम सभी को उधर भेजा जाएगा।"

"आँ! क्या कहा आपने?" उस लड़के ने पूछा, जैसे उसमें नई जान आ गई, "भला काले पानी से कोई भागकर भी आ सकता है! बाबूजी, तुम कहो तो हम सच मानेंगे इस बात को।"

"भई, हजारों में कोई इक्का-दुक्का होगा ऐसा वीर बहादुर। इस प्रकार का एक नराधम अपराधी मैंने भी देखा है जो काले पानी से भागकर आया था।"

वह 'बाबूजी' (बंदी जगत् में 'बाबूजी' उसे संबोधित किया जाता है जो साक्षर या क्लर्क हो अथवा बड़ी योग्यता रखता हो।) सतर्कता की चरम सीमा पर जाकर यह सब बोल रहा था कि उस पुलिस पहरेदार ने, जो उन बंदियों की ओर पीठ करने का बहाना बनाकर उनपर नजर रख रहा था, लपककर भागते-भागते 'बाबूजी' को पकड़ लिया, क्योंकि 'बाबूजी' शब्द उनकी असावधानी से बहुत जोर से निकल गया। बंदीवास का प्रसंग पूरी जिंदगी में पहली बार आने के कारण वे इस विद्या से बिलकुल ही अनजान थे कि शासन के हाथ न लगते हुए अनुशासन भंग कैसे किया जाता है। उसपर जोर से सीधा सत्य बोलने की शिष्ट दुनिया की आदत छोड़कर उनमें अभी तक वह धूर्तता नहीं आई थी जो बंदीगृह में आवश्यक होती है।

पहरेदार ने झपट्टा मारकर बाबूजी के कुरते का गला पकड़कर उसे खड़ा किया और उसे घसीटते हुए अपने जमादार के सामने खड़ा कर दिया, "बार-बार चुप रहने के लिए कहने के बावजूद यह बंदी निरंतर हल्ला मचा रहा है। इतना ही नहीं, अन्य बंदियों को भी पट्टी पढ़ा रहा है कि 'हम सब काले पानी पर जेल की सलाखें तोड़कर भाग जाएँगे।"

"क्या?" गुस्से से नथुने फुलाकर जमादार दहाड़ा, "काले पानी से भागने का षड्यंत्र! क्या नाम है उस बदमाश का?"

पहरेदार ने उस 'बाबूजी' की छाती पर लटके हुए तमगे की ओर देखकर उसका नाम बताया, "कंटक।"

जमादार ने नाम और उसके तमगे पर लिखा बंदी-क्रमांक अपनी जेब में रखे नोटबुक में नोट किया। फिर गुर्राकर उसने कहा, "कंटक, अगर तुम्हारे गुनाह की रिपोर्ट मैं ऊपर कर दूँ तो जानते हो तुम्हें लेने के देने पड़ जाएँगे। तुम्हें पता है, काले पानी से भागते हुए बंदी को गोली से उड़ा दिया जाता है और पकड़े जाने पर उसे फाँसी दे दी जाती है! काले पानी में यह अपराध सर्वाधिक जघन्य माना जाता है।"

"पर जमादारजी, मैंने काले पानी से भागने की साजिश के संबंध में किसी को

जरा भी नहीं उकसाया। मुझे…"

"चुप हो, बदमाश! तूने ऐसे ही भड़काया है।" पहरेदार गुर्राया।

"मेरे आसपास बैठे हुए बंदियों से पूछिए कि मैं सच बोल रहा हूँ या झूठ।"

जमादार ने उस लड़के से तथा उस निघरे बंदी को उठाकर पूछा, "क्यों रे, यह कंटक तुम्हें क्या पट्टी पढ़ा रहा था?"

लड़के के तो छक्के छूट गए; वह थरथर काँपता हुआ ऐसे खड़ा रहा कि अब मूत देगा। लेकिन वह निघरा कैदी, जो कंटक के ऊपर थोपे गए आरोप से संबंधित पुलिस से चल रही कहा-सुनी प्रारंभ से सुन रहा था, लपककर कहने लगा, "जमादारजी, यह बाबू हमसे कह रहा था कि वह जानता है काले पानी से कैसे भागते हैं। उनका एक नेता है जो इसी प्रकार काले पानी से उड़न-छू हो गया था। यदि हम उनकी साजिश में मिली-भगत करें और गूलर का पेट न फड़वाने की शपथ लें लें तो साल भर के अंदर-अंदर सभी जेल तोड़कर काले पानी से खिसककर घर वापस लौटेंगे। मैंने इससे कहा, भई, हम नहीं शरीक होंगे इस भयंकर साजिश में और शपथ वगैरह भी नहीं लेंगे।"

इस छँटे हुए शोहदे लफंगे की गवाही सुनते हुए कंटक हक्का-बक्का सा खड़ा रहा। इतना सफेद झूठ! फिर अचानक उसने कहा, "अरे, यह कैसी तोहमत लगाई जा रही है! मनुष्य इतना दरिंदा हो सकता है! अँ? जमादारजी, एक अक्षर भी सच नहीं है जो इसने कहा, भगवान् की कसम मैं…"

तड़ाक् से डंडे का एक प्रहार कंटक की जाँघ पर करके जमादार दहाड़ा, "चुप!" इस तमाम गवाह-प्रमाण, आरोप-बचाव, न्याय-निर्णय का समारोप बस उस एक डंडे ने कर दिया।

इतने में एक घंटी घनघनाने लगी। "उन तीनों को अलग-अलग पंक्तियों में बैठा दो।" पुलिस पहरेदार को आदेश देकर वह जमादार भागा-भागा उधर चला गया, जहाँ घंटी बज रही थी। जब तक वह चालान अंदमान जानेवाले धुआँकश पर चढ़ाया नहीं जाता, तब तक जमादार की जिम्मेदारी समाप्त नहीं होती और वह घंटी उसके आगमन की सूचना दे रही थी, अत: कंटक के पचड़े को जमादार वहीं पर भूल गया। एक बार जैसे-तैसे चालान की यह बला उस वाष्प-चालित बोट पर चढ़ाई कि अपनी छुट्टी। फिर उधर ये साले भाग जाएँ या जल जाएँ—भाड़ में जाएँ। भला यह जमादार इस प्रकार के झमेलों के प्रतिवृत्त वरिष्ठ अधिकारियों तक पहुँचाकर स्वयं झंझट किसलिए मोल लेगा!

जमादार चला गया। वह यह कांड भूल भी गया। परंतु बेचारा कंटक अपनी जाँघ पर मारे हुए डंडे के घनाघात को यों ही थोड़े भूल सकता है भला! उसकी जाँघ में तीव्र पीड़ा हुई और छटपटाता हुआ वह उसी पंक्ति में बैठ गया, जहाँ उसे बैठाया गया

था। उस अन्याय, अपमान तथा खासकर उसका प्रतिरोध करने की संपूर्ण अक्षमतावश कंटक जीवित रहने में भी लज्जा अनुभव करने लगा। काले पानी पर जीवित रहने के लिए जितनी लज्जाहीन सहनशीलता आवश्यक है, उतनी वह उस सद्‌गुणी में पैदा हुई नहीं थी।

परंतु ऐसे निघरघट बेशरमों में वह दंडित, जिसने कंटक के विरुद्ध गवाही दी थी; और कारागृह तथा काला पानी दोनों का जीवन जिनके अस्तित्व पर आधारित तथा समर्थ होता है, वे बैठे-ठाले कंटक की ओर देखकर बड़े ही वाहियात ढंग से दाँत निकाल रहे थे। पास में बैठे अन्य कैदियों से वह कंटक पर लगाए गए मिथ्या लांछन के सिलसिले में डींग हाँक रहा था, "भई, मेरी तो जान पर बीत रही थी पर मैंने इस नामर्द बाबू की पूँछ पर टाल दी वह बला। कंटक की टाँग पर ऐसा तड़ातड़ धौल जमाया कि ओह!"

कंटक की टाँग में तीव्र वेदना होने के कारण उसे लगातार काफी देर तक उकड़ूँ बैठना मुश्किल हो गया। सिपाही तो बार-बार चीख रहा था, "हाँ, उकड़ूँ बैठो। सीधा बैठो।" कंटक पर अब अनुशासन भंग का दूसरा आरोप लगना अटल था।

लेकिन इतने में यहाँ-वहाँ चारों ओर से वे संगीनधारी पहरेदार गरज उठे, "उठो, महाराजा आ गया।"

कंटक चौंक पड़ा और कौतूहलवश टुकुर-टुकुर देखने लगा। भई, ऐसे कौन से महाराजाधिराज पधार रहे हैं!

निघरे अनुभवी बंदी उठकर सागर की ओर निर्देश करके फुसफुसाए, "महाराजा, देखो, आ गया!"

कंटक ने देखा तो एक महाकाय जहाज भों ऽऽ धुआँ छोड़ता, उन उमड़ती-दलकती लहरों के जंगल से राह काटता, हौले-हौले जहाज घाट की ओर आ रहा है, उसपर अगड़धत्त मोटा-ताजा नाम लटक रहा है—'महाराजा।'

'महाराजा आया' का अर्थ है जलयान, यानी जहाज आ गया। क्या यही मुझे अब काला पानी ले जाएगा! उस विशालकाय जलयान को देखते ही कंटक के दिल में सनसनी-सी दौड़ी।

आज तक सहस्राधिक भले-बुरे स्त्री-पुरुष अपराधियों को इस 'महाराजा जलयान' ने इस घाट से उठाकर समुद्र पार काले पानी तक छोड़ा होगा, परंतु उन हजारों में से एक को भी पुनः इस घाट पर वापस नहीं लाया होगा। जो काले पानी के एक दंडित रूप में इस जलयान पर सवार होकर काले पानी गया, सो हमेशा के लिए गया। इस दुनिया के लिए वह मर चुका और यह दुनिया उसके लिए मर गई। श्मशान घाट ले जाते समय शव को अगर कुछ अहसास होता हो तो उसे जो लगता होगा, वही काले पानी पर जाते

दंडितों को तब होता होगा, जब उन्हें 'महाराजा' पर चढ़ाया जाता है। कम-से-कम जिनमें महसूस करने की मानवीयता शेष है, उन्हें यही अहसास होता है कि 'महाराजा' एक कब्र है, न कि जहाज। इसमें जो दफनाया गया वह बाहर भी निकलेगा तो काले सागर के उस पार यमलोक में, यमपुरी में, न कि इस लोक में। कंटक को इस बात का अहसास अवश्य था, इसीलिए उस 'महाराजा' के दर्शन मात्र से उसका कलेजा काँप उठा। अब तक वह अपने मन से पूछता था, 'भई, उस सागर को काला पानी क्यों कहा जाता है!'

वैसे देखा जाए तो समुद्रोल्लंघन का अर्थ है जात-पाँत, धर्म नष्ट होना। हिंदू समाज के लिए तो एक सामाजिक मृत्यु ही समझिए। इस प्रकार सिंधुबंदी की रूढ़ि जब से हिंदू समाज में पनपने लगी, दृढ़ होने लगी, तब से प्रत्येक सागर ही काला पानी होने लगा—कराल काल का, मृत्यु का—सागर प्रतीत होने लगा। परंतु जो भी अंदमान आजन्म कारावास के लिए जाते हैं, उन्हें ही काले पानी के यात्री का भयंकर नाम क्यों मिल गया? कंटक कितनी देर तक बैठे-बैठे उस सागर के पानी को देख रहा था, लेकिन उसकी समझ में नहीं आ रहा था कि वह विशेष रूप से काला क्यों है? अब 'महाराजा' जलयान देखते ही, यह यथार्थता मन में साकार होते ही कि 'अब यह जहाज मुझे अपने आज तक के रिश्तेदारों, स्वजातियों की दुनिया से ही नहीं अपितु जीवन से भी खसोटकर अत्यंत दुर्गति के किसी मृतशंड में, काल के गाल में ले जाकर निश्चित ही दफनाएगा' उसका दिल जोर-जोर से धड़कने लगा। इस विचार के साथ ही उसे वह सारा समुद्र वाकई उलटे तवे जैसा गहरा काला दिखाई देने लगा। उसे इस बात का बोध हो गया कि इसे काला पानी क्यों कहा जाता है। उसने इस तथ्य को भी स्वीकार किया कि नहीं, काले पानी से भिन्न दूसरा कोई यथार्थ नाम इसे दिया जाता तो किस प्रकार यह अपने पूर्व कथन के विरुद्ध कहा हुआ होता।

यह कंटक आपका जाना-पहचाना किशन है। उसे और मालती को काले पानी की सजा होने पर वे एक-दूसरे से बिछुड़ गए। लाख कोशिशों के बावजूद वह यह नहीं जान सका कि उसकी रवानगी किस बंदीशाला में की गई है। उसे विभिन्न गारद में बंद करते-करते हर चार-पाँच महीने के बाद जमा किए गए काले पानी के दंडितों को इकट्ठा करके एक-एक दल काले पानी पर रवाना करने की पद्धति के अनुसार इस दल को जब कलकत्ता लाया गया, तब उस जानलेवा खतरे में भी एक स्निग्ध जिज्ञासा उसे चैन से जीने नहीं देती थी। कहीं मालती को भी तो इसी 'चालान' में लाया नहीं जाएगा? हाय, हाय! उसे इस दुर्दशा में देखना, ठेलना कितना असहनीय, कितना कटु होगा! हाँ, पर उसी बहाने क्यों न हो, कम-से-कम उसे देखना; संकट भोगना ही है तो साथ-साथ बाँटकर भोगना कितना प्यारा लगेगा। उसने गुपचुप उसकी तलाश की,

लेकिन उस चालान में दंडित महिलाएँ नहीं भेजी जानेवाली थीं; और भेजना भी हो तो उन्हें मर्दाना चालान की निगाहों से ओझल रख भेजने की जो स्वतंत्र व्यवस्था की गई है, वही उचित है। इस प्रकार के छिछले, छाकटेबाज कलिपुरुषों तथा क्रूर पशुओं के झुंड में उन क्रूर और दंडित स्त्रियों का भी सर्वनाश हुए बिना थोड़े ही रहेगा। इस बात का पता लगने के बाद कि मालती इस चालान में नहीं है, किशन को एक तरह से अच्छा लगा; पर कुछ बुरा भी लगा, इसलिए वह बैचैन हो गया कि उसे देखने का अवसर भी साध्य नहीं हो रहा। इसके विपरीत एक और व्यक्ति को उस चालान में न पाने के कारण उसे इतनी राहत मिली कि जैसे जान का खतरा टल गया। वह व्यक्ति है रफीउद्दीन। उसे भी आजन्म कारावास, काले पानी का दंड हो चुका था। किशन को सजा होने से कुछ ही दिन पहले। कहीं वह भी इसी चालान में साथ तो नहीं आ रहा। उसका नाम बदला गया—किशन का कंटक किया गया पर रूप तो वही है। यदि उसने मुझे पहचान लिया तो? वह क्रूरकर्मा नराधम उससे प्रतिशोध लेने के लिए कुछ भी अत्याचार कर सकता है। किशन पर भी प्रत्याघात किए बगैर नहीं रहेगा। पहले से ही भीषण संकट झेलते-झेलते दूसरी आफत गले पड़ जाएगी, जैसे कंगाली में आटा गीला। चलो जो होना है होने दो। जितना अनिष्ट होना है हो चुका—अब क्या आजन्म कारावास—क्या काला पानी—मृत्युदंड! भई, उड़द की दाल में काला-सफेद क्या देखना? इस विचार से किशन उस आपत्ति का सामना करने के लिए मन-ही-मन तैयार होता रहा था। फिर भी उसकी उत्कट इच्छा थी कि अच्छा ही होगा, यदि वह विपत्ति टल जाए। इसीलिए उस चालान में रफीउद्दीन अथवा उसका अन्य कोई साथी नहीं दिखाई देने पर उसे बहुत अच्छा लगा कि एक नई बला तो टल गई। फाँसी पर चढ़ाया जाता है, तो उस समय भी आँखों पर पट्टी बाँधकर चढ़ाया जाना थोड़ा अच्छा लगता है।

आखिर वह संपूर्ण चालान खन्-खन् करती बेड़ियों की झनझनाहट के साथ, हर एक की बगल में बिस्तरा, हाथ में थाली, चार-चार की कतारें अब एक-एक बनाकर 'महाराजा' पर—झिझकते, लुढ़कते-पुढ़कते उस जलयान की—जो लहरों पर जोर-जोर से हिलकोरे ले रहा था—सँकरी-सी सीढ़ी द्वारा चढ़ गया। वह 'महाराजा' जलयान सिर्फ काले पानी पर आवाजाही के लिए ही आरक्षित था। पिछले तीस-चालीस वर्ष में इस प्रकार के सैकड़ों 'चालानों' को इसने आजन्म कारावास पर पहुँचाया। उसपर कदम रखते ही लहरों के हिलकोरों का आदी न होने के कारण किशन को चक्कर-सा आ गया। उसे अहसास हो गया कि यह अग्नियान आजन्म कारावास पर नहीं, मृत्युवास पर ले जा रहा है। एक खंभे का सहारा लेकर वह स्वयं को सँभाल ही रहा था कि इतने में एक सिपाही ने 'आगे बढ़ो' कहते हुए उसे डंडे से टोका। उसके साथ ही वह फिर से पंक्ति में ठीक-ठाक खड़ा रहकर—मोटे से तल पर उतर गया। उधर देखा तो एक पूरा

पिंजड़ा ही सामने था, जो लोहे की सीखचों से बना हुआ था। उस जलयान पर यह एक विशेष प्रबंध था जो काले पानी के बंदियों के लिए ही किया गया था। वह पिंजड़ा ही उन सम्माननीय अंदमानी यात्रियों का आरक्षित कक्ष (Reserved Cabin) था। उस एक छोटे पिंजड़े में, जिसमें पचास-एक व्यक्ति सो सकते हैं—उन सौ-सवा सौ दंडितों को फटाफट ठूँसा गया। जिसे जहाँ भी खाली जगह मिली, उसने वहाँ अपना बोरिया-बिस्तर फैलाया। कोई पंजाबी ब्राह्मण, कोई बंगाली चमार, कोई बलूची मुसलिम, कोई मद्रासी अय्या, कोई भील, कोई मछियारा, कोई क्लर्क, कोई भिखारी, कोई सेठ-साहूकार, कोई ज्वर से पीड़ित, कोई अतिसारी, कोई आँव से पीड़ित—इस प्रकार विभिन्न लोगों का बेमेल मिश्रण—जैसे तिल-तंडुल का मेल—सभी एक साथ ठेलते-ठालते सटकर समान रूप से इकट्ठे ठूँसे हुए। चलो, विपत्काल में ही सही, लेकिन यह समानता ऐसी कि वर्ण भेद, जाति भेद, धर्म भेद, स्थिति भेद आदि को नकारने का साहस रूसी बोलशेविकों को भी नहीं होता।

किशन भी उस रेलपेल में अपना बिस्तर रखकर धम् से बैठ गया। पहले से ही, नाव से जहाज में आते-आते कई बंदी जिस तरह धड़ाधड़ उलटियाँ करने लगे, उसी तरह उसे भी मतली-सी आ रही थी। परंतु इधर कै करने के लिए अलग जगह कहाँ थी? हर कोई वहीं पर उलटियाँ करने लगा, जहाँ वह बैठा था। इसमें भी बेशरम ज्यादती में जो जितना अधिक दुस्साहसी, उसे उतनी ही अधिक सुविधा। बलपूर्वक धक्के देकर स्वयं यथासंभव ज्यादा-से-ज्यादा पैर पसारकर बैठ जाते। सिपाही चाहे लाख पानी पी-पीकर कोसें, डंडों से मरम्मत करें, उसकी उन्हें रंचमात्र भी लाज-शरम नहीं थी। अभ्यस्त होने के कारण उन्हें उतना डर नहीं था, न ही लिहाज। परंतु जो इस भय का लिहाज करते, जिन्हें दूसरों की गरदन मरोड़ने में रत्ती भर क्यों न हो, शरम महसूस होती; उन कायरों को अथवा जिन्होंने शरम-हया घोलकर नहीं पी है, उन्हीं को पुलिसवालों तथा उन नीच दंडितों की गाली-गलौज और घिनौनी गंदगी अधिक पीड़ादाई प्रतीत होती। किशन को भी एक उग्र दंडित, जो उसकी बगल में बैठा था, बार-बार ढकेल रहा था। किशन ने वहीं पर उलटी की। उसके छींटे बिस्तर पर पड़ने के कारण वह उसे गंदी-गंदी गालियाँ दे रहा था। दूसरी ओर दमे का एक मरीज लगातार खाँसता जा रहा था, बलगम थूक रहा था। इतने भीड़-भड़क्के में मजबूरन उसकी थूक किशन के बिस्तर तथा पैरों पर गिरती। यथासंभव शरीर समेटकर, घुटने पेट में सिकोड़कर वह अपने बिस्तर को हाथ भर ही बिछाते हुए बाकी वैसा ही लपेटा रखकर उससे पीठ टिकाकर लेट गया। उस भीमकाय जलयान की कर्णकटु घरघराहट छूटने से पहले ही कान खाने लगी। जहाज की चिमनी बीच-बीच में हड़काए हुए राक्षसी कुत्तों की किसी टोली सदृश 'भोंऽऽ भों' करते पागल कुत्ते जैसी चीखने लगी।

उस अगड़धत्त धुआँकश की वह घरघराहट किशन को साक्षात् मृत्यु की ही घरघराहट महसूस होने लगी। चिमनी का वह 'भोंऽऽऽ भोंऽऽऽकार' यमराज के किसी काले-कलूटे, रक्त-पिपासु, विशालकाय, कराल कुत्ते के बुभुत्कार सदृश भीषण प्रतीत होता। पेट में निरंतर मतली, दिल में घबराहट, तड़प, सिर में चक्कर और मन में इस अहसास की सतत चुभन कि 'मैं काले पानी में आजन्म कारावास भुगतने जा रहा हूँ। अब जीवित भी रहा तो इसी प्रकार की गंदगी भरी दलदल, गाली-गलौज, लात-घूँसों की असहनीय दुर्गति में मुरदा जीवन जीऊँगा और इसकी रत्ती भर भी आशा नहीं कि इस दुर्गति का कभी अंत भी होगा।' किशन अपने विचारों में लीन वैसे ही बिस्तर के सिरहाने लेटा रहा। इतने में उसके इस अस्त-व्यस्त चिंतन में अचानक एक विचार की चीख सुनाई दी।

'क्यों, भला क्यों अंत नहीं इस दुर्गति का! काला पानी, कैदे-हयात, आजन्म कारावास। ठीक है, मुक्ति नहीं हो सकती; पर छुटकारा क्यों नहीं हो सकता! पट्टा क्यों नहीं तोड़ सकते? वह रफीउद्दीन नहीं भाग गया काले पानी से! भला मैं क्यों नहीं भाग सकता उसकी तरह!'

इसी मूर्च्छितावस्था में अस्त-व्यस्त, लेकिन दृढ़ विचारों के साथ उसकी मृतप्राय आशा अचानक उछलकर चौंक उठी। मरणासन्न व्यक्ति जिस प्रकार आकस्मिक प्रबलतावश हाथ-पाँव झटकता है, उसी प्रकार उसकी आशा सहसा ही झड़झड़ाकर प्रबल हो उठी। उसने तर्कशास्त्र का अध्ययन किया था और कुतर्क भी तो एक तर्क ही है। संभवासंभवनीयता, साध्य-साधनों की रुकावट, आशा तथा वात-विकार के झटके में बाधा नहीं डालती। डूबता हुआ जो तिनके का सहारा लेता है, वह इसलिए कि लिये बिना रहा नहीं जाता। उसी तरह उसकी आशा ने, जो काले पानी के अथाह सागर में गोता खा रही थी, इन विचारों को झट से अपनी बाँहों में कस लिया और उस बेभान मूर्च्छितावस्था का संपूर्ण होश भी उसी एक वाक्य को संगठित करके उद्घोष करने लगा—'काले पानी से भागना है। बस! भागना ही है।'

खड़् ऽऽऽ खड़् ऽऽ...

खड़खड़ाते हुए धुआँकश के पहिए, पंखयंत्र सागर के पेट में गुड़गुड़ाने लगे। 'निकल पड़ेगा। शुरू होगा। जहाज काले पानी की ओर चल पड़ेगा।' पुलिस, कैदी, जहाज का कप्तान, मल्लाह, अधिकारी, नौकर-चाकर सभी के मुँह से यही एक ध्वनि उभरने लगी।

इतने में खट-खट जूते खटखटाते दो गोरे सार्जेंट एक कैदी को, जिसके हाथ-पाँवों में बेड़ियाँ, हथकड़ियाँ ठुकी हुई थीं, कड़े पहरे में नीचे उतारते पिंजड़े के द्वार के पास आ गए। धड़ाम से द्वार खुल गया और उस पिंजड़े में उस घुटे हुए दंडित के साथ,

जिसे खास पहरे में लाया गया था, वे सार्जेंट अंदर घुस गए।

उस खट-खट के साथ चौंकते हुए यह देखने के लिए कि सार्जेंट आदि किसे लेकर आ रहे हैं, किशन ने लेटे-लेटे ही आँखें खोलीं—उधर देखा—वही! कौन? यह तो··· ? अरे, यह तो वही रफीउद्दीन अहमद है! सिर्फ चार हाथ के फासले पर अकड़कर खड़ा है!

मुट्ठियाँ कसते हुए झटके के साथ आधा उठते हुए क्रोध, भय और आश्चर्य से थरथर काँपते हुए किशन फुसफुसाया, 'रफीउद्दीन! यही है वह रफीउद्दीन अहमद!'

उससे जो पुराना बैर था, किशन के हृदय में वह यकायक खौलने लगा। स्थान, काल और स्थितियों का होश उसे नहीं रहा। जैसे कि देखते ही रफीउद्दीन शेर जैसा उसपर झपट्टा मारेगा। इसी प्रकार की लहर किशन के लहू में भी उमड़ने लगी और झपट्टा मारने के लिए घात लगाकर वह बिस्तर की ओट में बैठ गया।

इतने में रफीउद्दीन की निगाहें भी उसकी निगाहों से टकराईं।

□

प्रकरण–१०

# अंदमान की राह पर

रफीउद्दीन की दृष्टि किशन की दृष्टि से टकराते ही, यह सोचकर कि यह साला अभी इसी वक्त हमला करेगा, हाथापाई के जोश से किशन की मुट्ठियाँ अपने आप कसने लगीं। परंतु पल भर में ही किशन को इस बात का अहसास हो गया कि रफीउद्दीन अन्य बंदियों की ओर भी उसी तरह देख रहा था। वह किसी भी तरह से विचलित नहीं हुआ है, और इसी विवंचना की ओर उसने अपना सारा ध्यान बटोरा है कि अपना बोरिया-बिस्तर किस तरह सबसे अधिक प्रशस्त जगह डाला जाए। उस अवकाश में उसे तनिक सोचने के लिए भी फुरसत मिली। यदि इसने मुझे साफ नहीं पहचाना तो न सही? वह भी उसे पहचानने से इनकार करेगा। यथासंभव उसकी यही धारणा बनी रहनी चाहिए कि वह कंटक नामधारी कोई दूसरा ही कैदी है। उस अवकाश काल में किशन ने यही निश्चय किया कि जितना भी हो सके, इससे परिचय करना टाल देना ही उचित है। और फिर अपने बिस्तर पर लेटकर आँखें मूँदने का नाटक करते हुए वह रफीउद्दीन की गतिविधियाँ देखने लगा।

रफीउद्दीन ने अपना बिस्तर पिंजड़े के एक ऐसे कोने में बखूबी रखा कि पहरेदार सिपाही से बातचीत करना सुविधाजनक हो। गोरे सार्जेंट के उसे इतने खास पहरेवाले पिंजड़े में छोड़कर, पिंजड़ा बंद करके जाते हुए देखकर पहले से ही सारे कैदियों पर उसका अच्छा-खासा रौब पड़ गया था। अधिकारी जिसे अत्यंत भयंकर दंडित समझकर भारी-से-भारी हथकड़ियाँ, बेड़ियाँ ठोंकते हैं, अन्य दंडित लोग उसे तिरस्कारास्पद व्यक्ति न मानते हुए अत्यंत पराक्रमी नरसिंह समझने लगते हैं। उन गुनाहगारों में उसका दबदबा, प्रतिष्ठा बढ़ जाती है और वे अनायास ही भयमिश्रित आदर के साथ उसके अधीन हो जाते हैं। दंडितों की इस प्रवृत्ति के कारण ही इतनी घिचपिच में रफीउद्दीन को उस महत्त्वपूर्ण कोने के दंडितों ने किसी भी प्रकार की हुज्जत, चखचख न करते हुए स्वयं को एक-दूसरे में ठूँसकर थोड़ी खुली जगह बना

दी। हर कोई इस प्रकार की जिज्ञासा करता कि 'भई, यह है कौन?' यह जानकारी बातचीत के दौरान दो-चार लोगों से, जिन्हें जानकारी नहीं थी उन सभी को, प्राप्त हो गई कि यह पहले काले पानी गया हुआ एक कुख्यात बंदी है। रफीउद्दीन को इस बात का पूरा-पूरा अहसास था कि हर कोई उसकी तरफ शिष्टता और आदर के साथ देख रहा है। वह इस शान से खाँस-खँखार रहा था, पुलिस की नजरें बचाकर यथासंभव बातचीत कर रहा था, जैसे उन दंडितों का एक शहंशाह हो। उसकी आलमपनहाई के जो विशेष राजचिह्न थे—वे थीं उसके पैरों में पड़ी अन्य सभी कैदियों से भारी बेड़ियाँ—उन्हें बार-बार झनझनाता हुआ वह इतरा रहा था।

अब अँधेरा घिर आया था। वह जलयान कलकत्ता बंदरगाह छोड़कर काले पानी की राह पर तेज गति के साथ सूँ-सूँ करता जा रहा था। कलकत्ता से अंदमान जाने के लिए जो चार-पाँच दिन लगते हैं, उनमें बंदियों को सिर्फ चिउड़ा तथा चने जैसा कच्चा भोजन मिलता था, क्योंकि उनमें से प्रायः सभी घबराए हुए होते हैं। समुद्र यात्रा का वह पहला ही प्रसंग होने के कारण कई दंडितों को लगातार उलटियाँ होती हैं। उन्हें कुछ खाने-पीने की इच्छा ही नहीं होती। दूसरा कारण यह कि इतने सारे, सैकड़ों लोगों के लिए भोजन-पंगत की व्यवस्था तथा व्यय करने का अधिकारियों में भी इतना जोश नहीं होता। उसी के अनुसार चना-चिउड़ा जो शाम के समय पिंजड़ा बंद करते ही बाँट दिया गया था, प्रायः सभी कैदियों ने जो उलटियों से बेजार थे, उस खाद्य सामग्री को ज्यों-का-त्यों रखा था। परंतु रफीउद्दीन का जैसे काले पानी से जनम-जनम का रिश्ता था—वह रत्ती भर भी डरा-सहमा नहीं था—न ही उसे उलटियाँ हो रही थीं, बल्कि उसके पेट में तो चूहे कूद रहे थे। उसका रौब तो पहले से ही सभी दंडितों पर पड़ गया था—भई, वह तो उनका आलमपनाह ही था। अतः उसने, जिस प्रकार राजे-महाराजे अपना लगान प्रजा से वसूल करते हैं, उसी अधिकार से, अपने आस-पास के दंडितों से उनका वैसे ही रखा हुआ खाने का हिस्सा स्पष्ट रूप से माँग लिया। एक-दो ने देने में अगर-मगर की तो इसने किसी दूसरे बहाने से झगड़ा छेड़कर गाली-गलौज करते हुए उन्हें धमकाया और उनका हिस्सा हड़प लिया। लाय-चना तथा चिरा-चिउड़ा का फाँका मार-मारकर—इधर-उधर बिखेरकर रफीउद्दीन अब पिंजड़े की सीखचों के पास किसी की प्रतीक्षा में खड़ा था। किसी कैदी के कुछ पूछने पर वह कहता, 'तनिक ठहरो, फिर बात करेंगे।'

इतने में उसे वह अवसर मिल गया जिसकी ताक में वह था। रात नौ बजे ही पिंजड़े का पहरा बदला गया। उस 'चालान' को काला पानी लाने के लिए काला पानी पुलिस के कुछ आदमियों को कलकत्ता भेजा जाता है। उनमें दो जनों का यह दूसरा पहरा था। काले पानी से आए हुए उन पुलिसवालों से रफीउद्दीन की गाढ़ी छनने लगी थी। वह उन्हीं के पहरे की प्रतीक्षा कर रहा था। उनके आते ही रफीउद्दीन ने सीखचों

में से अपना हाथ तनिक आगे बढ़ाकर उन पहरेदारों से परिचयसूचक हाथ मिलाया। परंतु पहरेदारों के हाथों में हलदी की गाँठ कहिए या मिश्री की छोटी सी डली, अर्थात् सोने या चाँदी का एक सिक्का आ ही गया। पहरेदार आनन-फानन दूसरे सिरे तक चक्कर लगाता हुआ गया। फिर तनिक सन्नाटा होते ही रफीउद्दीन के पिंजड़े की सीखचों में से बीड़ी का एक बंडल तथा दियासलाई टप् से गिर गई। उसी समय से पिंजड़े की उस रियासत में सर्वाधिकारी सदृश उसकी अच्छी तरह से पटरी बैठ गई। उस सर्वाधिकार का लाभ भी वह कुछ बातों में भलीभाँति उठाने लगा।

जिस तरह आगे चलकर पिंडारियों* के नेताओं की रियासतें बन गईं उसी प्रकार कुछ साहसी, दिलेर लुटेरे जब-जब राज्यों की स्थापना करके राजे-महाराजे बन जाते हैं तब-तब वे राजा-महाराजाओं जैसा व्यवहार भी करने लगते हैं। स्वयं द्वारा किए जा रहे अन्याय के प्रति आँखें बंद करके अन्य लोगों के न्यायान्याय का वे चोखा फैसला करते हैं। स्वयं अपनी लूटपाट छोड़कर अन्य लोगों को आपस में लूटपाट नहीं करने देते। उनकी चाहत के अनुसार मचाया गया फसाद छोड़कर अन्य मामलों में अन्य लोगों को आपसी उपद्रव, फसाद कम करने के लिए अपनी दयाशीलता का, उदारता का भी अच्छा खासा प्रदर्शन करते हैं।

रफीउद्दीन अतिक्रूर व्यक्ति था। वह तब तक मनुष्यता का व्यवहार करता था जब तक कोई उसका मन नहीं तोड़ता था, ताकि उसकी क्रूरता अपना फन न उभारे। उसने कई कैदियों को ढाढ़स बँधाया, जिनके काले पानी के नाम से छक्के छूट जाते हैं, "अरे यार, घबराओ मत। वहाँ तो दस हजार लोग पच्चीस-तीस-चालीस सालों तक जीवित रहते हैं। कई लोग तो बीवी-बच्चों का खलेरा फैलाकर अपनी घर-गृहस्थी भी बसा लेते हैं। खेती, पशु, घरबार सबकुछ तो होता है उधर। अरे, तुम्हारी ही तरह मेरे हाथों के भी तोते उड़ गए थे। लेकिन उधर रहने के बाद हजार रुपए गाँठ में बाँधकर लौटा था। घबराओ मत पट्ठो, घबराओ मत।" कई लोग दस्त-उलटियों से परेशान थे, तब सिपाहियों से लड़कर, आवश्यकता पड़ी तो डॉक्टरों से भी लड़कर उन्हें इस प्रकार फटकार कर कि बंदियों से कैसे पेश आएँ—इस संबंध में जो नियम हैं उनको भंग क्यों कर रहे हैं—कप्तान साहब को शिकायत करने की धमकी देता और दवा-दारू देने के लिए उन्हें बाध्य करता। जो कैदी उसे अपने हिस्से का चना-चिरा-चिउड़ा अर्पण करते, बदले में वह उन्हें बीड़ियों के वे टुकड़े दे देता जो उसे नहीं चाहिए थे। अपने जीवन के सच्चे-झूठे प्रसंगों का वर्णन इस प्रकार बाल का कंबल बनाकर कहता; ऐसे पद, भजन गाता कि उन बंदियों को अपनी बीमारी तथा अत्यधिक कष्टों का घड़ी भर को ही क्यों

---

* पिंडारी—वेतन के बदले शत्रु के इलाके में लूटपाट करने की आज्ञा प्राप्त लोगों का दल, जो मराठों की सेना के साथ रहता था।

न हो, विस्मरण हो जाता, उनका दिल बहलता। आजन्म कारावास सजा प्राप्त प्रत्येक बंदी के आगे-पीछे, ऊपर-नीचे पिशाचवत् एक ही प्रश्न इस दुर्धर प्रसंग में उभरता, 'काला पानी कैसा होगा? उधर कैसी-कैसी दारुण यातनाओं को भोगना होगा? उसमें से यदि संभव हो तो छुटकारा कैसे पा सकते हैं?' जिस प्रकार मनुष्य को यह असह्य जिज्ञासा होती है कि यमलोक कैसा होगा, उसी प्रकार 'महाराजा' के ये आजन्म कारावास दंड प्राप्त बंदी भी एक ही प्रश्न के दीवाने होते हैं, 'काला पानी कैसा होगा?' जिससे जो भी मिलता उससे उसका यही प्रश्न पूछने के लिए जी ललचाता।

इस प्रकार की मानसिक अवस्था में वह रफीउद्दीन, जो काले पानी का प्रत्यक्ष अनुभव गाँठ में बाँधकर आया है, उन्हें साक्षात् 'गरुड़ पुराण' ही प्रतीत होता। उसने यमपुरी का भूगोल उकेरा था। किशन के मन में भी यही लालसा उछल रही थी कि इससे उधर की जानकारी ले और खासकर वह रोमांचकारी कथा सुने कि काले पानी से वह कैसे चंपत हो गया था? लेकिन पहचाने जाने के डर से 'भीख मत दो, पर अपने कुत्ते को तो रोको' की नीति का अवलंबन करके किशन ने पहले एक-दो दिन तो रफीउद्दीन की तरफ देखा ही नहीं।

परंतु रफीउद्दीन ने कच्ची गोलियाँ नहीं खेली थीं। वह हाथ पर हाथ धरे बैठनेवाला थोड़े ही था? उसका पहला कार्यक्रम था जो-जो बंदी उसे दिखाई देता, उस विशेष कैदी के अभियोग तथा चरित्र की जानकारी लेता। उस प्रत्येक बंदी की, जो आजन्म कारावास की सजा प्राप्त है, रामकहानी एक-एक उपन्यास का कथ्य होती है। असाधारण दुष्टता, सुष्टता, विक्षिप्तता, संकट, मुक्ति, खून-खराबा, हत्या, उत्पात, उपद्रव, प्रतिशोध, सुख-दुःख, दुर्गति इन सभी का एक विलक्षण कोलाहल। वह पिंजड़ा उपन्यासों से भरी हुई एक अलमारी है, भानुमती का पिटारा है। इन उपन्यासों में उमड़-उमड़कर बहनेवाली तथा उखाड़नेवाली भावनाएँ हैं। ऐसे उपन्यास दुनिया के किसी भी ग्रंथालय में नहीं मिलेंगे। प्रथम श्रेणी का यात्री जिस प्रकार धुँआकश पर अपने केबिन में आराम से बैठकर रोमांचक उपन्यास के पन्ने उलटने में तल्लीन होता है, उसी प्रकार रफीउद्दीन उस पिंजड़े में उस एक-एक कैदी के सनसनीखेज रोमहर्षक चरित्र के पन्ने उलटने में लीन हो गया था। यद्यपि सागर यात्रा से परेशान होकर किशन निढाल होकर चुपचाप अपने बिस्तर पर ही लेटा था तथापि दो-चार बार रफीउद्दीन का ध्यान उसकी ओर चला गया, जो जाना ही था। रफीउद्दीन को इस बात का आश्चर्य था कि उसके मुकदमे में जो वह 'उल्लू का पट्ठा किशन' था, उससे इस कैदी का चेहरा-मोहरा कितना मिलता-जुलता है। परंतु किशन जैसा बेमुरव्वत उल्लू एक बार इतने भयंकर अभियोग से निर्दोष छूटने के बाद फिर कभी ऐसे झंझट में क्यों पड़ेगा? यह विचार बिलकुल असंभव प्रतीत होने के बावजूद रफीउद्दीन के मन को एक बार स्पर्श तो कर गया, पर

वह उससे चिपककर नहीं बैठा। तथापि ये जीवित रहस्यकथाएँ पढ़ते-पढ़ते रफीउद्दीन ने जिज्ञासावश एक-दो जनों से पूछा ही कि इस पुस्तक का परिचय क्या है।

"यह प्राणी कौन है, भई! न हिलता है, न डुलता है, न मुसकराता है, न ही कुछ बोलता है; बिलकुल बुत बनकर लेटा है। बिलकुल ही छिछोरा—कोई साधारण-सा लल्लू-पंजू, चोर-उचक्का, ऐरा-गैरा पचकल्यानी ही लगता है।"

उसपर उसे दो-एक जनों ने बताया, "नहीं-नहीं मियाँ, हमारे चालान में वह आज दस-बारह दिनों से है। 'बाबू' है वह। सुना है, फर्राटेदार अंग्रेजी और क्या कहते हैं, 'संसकुरित' पढ़ा है। दंडित होने पर जेल में लिखा-पढ़ी का काम दिया था उसे। आदमी पर आदमी है वह बाबू।"

रफीउद्दीन की जिज्ञासा बढ़ गई, "क्या नाम है उसका?"

"साहब लोग इसे कंटक बाबू कहते हैं।"

"इसका अपराध क्या है?"

"हत्या! खून!"

यह जानकारी दो-तीन बार सुनते ही रफीउद्दीन की खुशी का ठिकाना नहीं रहा—अंधा क्या चाहे दो आँखें। उसे वही मिल गया जो वह चाहता था। कंटक बाबू को साहब लोग भी मानते थे, जेल में उसे बंदी लेखक का काम पहले ही मिल चुका था, यह सुनते ही कि इसे केवल हत्या के आरोप में सजा हुई है, रफीउद्दीन ने, जो काले पानी के नियमों का पर्याय बन गया था, तुरंत गौर किया कि इस आजन्म कारावास की सजावाले कैदी को काले पानी पर पहुँचते ही 'बाबू' का महत्त्वपूर्ण काम मिलेगा। मात्र एक हत्या का अपराधी एक सौम्य अपराधी समझा जाए—यह उस यमलोक में न्यायसंगत ही था, क्योंकि वहाँ तो रफीउद्दीन जैसे जालिम, निघरे नृशंस पापी ही यहाँ-वहाँ बिखरे पड़े हैं। इसलिए उधर गए हुए दंडितों में जो इस तात्कालिक आवेश में घटित हत्या सदृश अपराध का बंदी होता है, उसे सुधारणीय बंदियों की श्रेणी में दर्ज किया जाता है और उसके साथ काफी सौम्य—काले पानी की क्रूरता एवं कठोरता के विपरीत—व्यवहार किया जाता है। उसपर इस प्रकार के 'सुधारणीय' वर्ग के बंदियों में यदि कोई पढ़ा-लिखा हो तो उसे काला पानी स्थित बंदियों में लेखक का स्थान प्राप्त होता है। उसके हाथ में साहब की निकटता की कुंजी होने से अन्य निघरे लुटेरों आदि बंदियों के भवितव्य के बहुत सारे सूत्र इन लेखक कैदियों के प्रति-वृत्तांत से निर्धारित किए जाते हैं। वार्डर की नियुक्ति, वार्डरों को ऐसे ही सुविधाजनक काम जिसमें लाभ हो बाँटना, जेलद्वार की आवाजाही दर्ज करना, सिपाहियों की उपस्थिति रखना, बड़े-बड़े कारखानों के आय-व्यय का हिसाब रखना आदि कार्य इन लेखक बंदियों के हाथों में धीरे-धीरे सौंपे जाते हैं। अतः निघरघट बंदी वार्डर प्रभृति दंडितों पर ही नहीं, अपितु

स्वतंत्र सिपाही कामगारों पर भी इस बंदी लेखक वर्ग की अच्छी-खासी छाप होती थी। घूसखोरी का उनका सारा कच्चा चिट्ठा खोलना अथवा उसे छिपाना, अधिकांशत: इन लेखक बंदियों के हाथ में होता है। आजन्म कारावास प्राप्त दंडित लेखक को 'बाबू' कहा जाता है।

रफीउद्दीन काले पानी से भागने के घोर अपराध में पुन: काले पानी की सजा मिलने के कारण यह जानता था कि उसे वहाँ प्रथमत: बहुत ही कठोर अवस्था में रहना होगा। ऐसी स्थिति में उसने गौर किया कि उसी के चालान का एक व्यक्ति यदि इस प्रकार बाबू बनकर आनेवाला हो तो उससे दृढ़ परिचय होना उसके लिए अवश्य लाभदायी होगा। इसीलिए वह कंटक बाबू का कृपा प्रसाद पाने के लिए लालायित हो उठा। उसने तुरंत कंटक बाबू के पास जाकर उनसे परिचय किया। उसका नाम कंटक, अपराध सिर्फ हत्या; अत: उसका चेहरा-मोहरा किशन से मिलता-जुलता प्रतीत होने पर भी अन्य किसी भी बात का किसी से तालमेल न होने के कारण रफीउद्दीन काफी निस्संदिग्धता के साथ कंटक बाबू से घनिष्ठता बढ़ाने लगा। कंटक बाबू की सहायता का भरसक प्रयास करके उन्हें पुचकारने लगा। अपने परिचित तथा ऋणानुबंधवाले सिपाहियों का पहरा शुरू होते ही अपनी अंतिम दो रातें उसने कंटक के पास ही जाकर गुजारीं। कंटक भी उससे बहुत सारी जानकारी प्राप्त करना चाहता था। इससे साँठ-गाँठ करने से काले पानी से नौ-दो ग्यारह होने का रास्ता भी मिल सकता है, इस प्रकार एक दुस्साहसपूर्ण आशा भी उसे लुभाने लगी। सपेरा जिस तरह काले भुजंग के साथ उसके विषाक्त डंक के दायरे से यथासंभव बाहर रहकर खेलता है, उसी तरह कंटक भी रफीउद्दीन के साथ खेलने लगा। रफीउद्दीन के मन पर दृढ़तापूर्वक यह बात अंकित करने के लिए कि वह उसे बिलकुल नहीं जानता, रात में गपशप का अड्डा जमते ही किशन ने कहा, "लेकिन मियाँ, आप जैसा दिलेर, साहसी, चतुर पुरुष पुलिस को चकमा देकर काले पानी से भागने की दुष्कर, साहसपूर्ण आँख-मिचौनी में तो सफल हो जाता है, लेकिन अपने देश में सही-सलामत पहुँचने के बाद भारतीय पुलिस के जाल में पुन: फँस जाता है! भई, यह क्या माजरा है? यह हुआ कैसे? चोरी, लूटपाट, डकैती आदि दुष्कर्मों के कारण एक बार जबरदस्त ठोकर खाकर आप हिंदुस्थान में भागकर जाने के पश्चात् पुन: इस प्रकार के संकटमय झंझट में न फँसते तो ही अच्छा था न? मुझे इस बात का बड़ा दु:ख होता है कि आपको काले पानी से भागकर आने के लिए जिन जानलेवा संकटों का सामना करना पड़ा होगा, वे सारे-के-सारे इसी एक गलती के कारण निष्फल हो गए और आपके सारे किए-कराए पर पानी फिर गया। फिर वही दुर्दशा आपके भाग्य में आ गई। इसीलिए पूछे बिना नहीं रहा जाता।"

"क्या कहूँ कंटक बाबू! मैंने तो सचमुच ही बड़ी ईमानदारी के साथ जीवन

बिताने का निश्चय किया था। काले पानी से भाग जाने के पश्चात् मैंने फकीरी ही ग्रहण की थी। हिंदू साधुओं पर भी मेरी भक्ति थी, अतः मैं योगाभ्यास करने लगा। कंटक बाबू, आप विश्वास करें या न करें, लेकिन मैं भगवान् की सौगंध खाकर कहता हूँ कि इससे पहले मैंने डाके डाले, चोरी-लूटपाट की, फसाद किया, लेकिन काले पानी से लौटने के बाद मुझे यदि किसी बात का मोह था तो वह भक्ति तथा योग का। भोग-विलास मुझे फूटी आँख नहीं सुहाता। दरअसल मुझपर यह जो संकट का पहाड़ टूट पड़ा वह मेरे किसी नए दुष्कृत्यवश नहीं, अपितु धर्म-न्यायसंगत व्यवहार करने का दृढ़ निश्चय करने के बाद भगवान् जो एक सत्कृत्य मेरे हाथ से करवाना चाहते थे, उसी सत्कृत्यवश।'' फिर वह अचानक मौन हो गया जैसे किसी गंभीर विचार में उलझ गया हो।

अनेक बंदियों के मुख से, जो यह सब बड़े ध्यान से सुन रहे थे, एक साथ एक ही सवाल निकला, ''अच्छा! बोलो न मियाँजी, कहो ऐसी, क्या बात हो गई? कौन सा सत्कर्म था वह?''

इस बात से निश्चिंत होकर कि ऐसा कोई कैदी यहाँ उपस्थित नहीं, जो उसका पूर्वकालीन कच्चा चिट्ठा जानता हो, रफीउद्दीन किसी धर्मवीर की शान से कहने लगा, ''क्या कहूँ बाबूजी! अच्छा, आपने ग्वालियर नगरी देखी है कभी!''

कंटक बाबू ने कहा, ''जी नहीं।''

यह सुनते ही उसे इस बात का विश्वास हो गया कि अब चाहे झूठ के जितने भी पुल बाँधे जाएँ, किसी को रत्ती भर भी संदेह नहीं होगा, अतः रफीउद्दीन हिंदी में कहने लगा, ''सुनो, ग्वालियर के एक कबड़े सरदार की बेटी थी, जिसका नाम था मालती। उठती कोंपल, गोरी-चिट्टी, शोरे की पुतली, साँचे में ढली, नूर बरसाती। वह गुलाब की कली अभी चटक ही रही थी। जितनी सुंदर उतनी ही ईश्वरभक्ति-परायण, धार्मिक प्रवृत्ति की। मैं योगाभ्यास करते हिंदू साधुओं के पास गेरुए वस्त्र पहनकर मंदिर में बैठता। उधर ही वह पूजा के लिए आती। मुझे देखते-देखते ही मेरी साधुता पर कहिए या मेरे राजसी रूप के कारण, उसकी मुझपर अटूट श्रद्धा हो गई। पूजा के फूल वह मुझपर ही चढ़ाती। मुझे भोग चढ़ाती, रात-रात तक भजन सुनने के लिए रुकती। एक दिन उसे काफी रात हो गई। तब उसने मुझसे प्रार्थना की, 'मुझे अकेले घर जाने में डर लग रहा है, कृपया आप मुझे घर तक छोड़ दीजिए।' तब मैं अपने गुरु की आज्ञा लेकर निस्संकोच उसे घर तक छोड़ने निकल पड़ा। मंदिर गाँव से दूर, बीच में एक आम का बागान, बिलकुल सुनसान। उधर पहुँचते ही घबराकर मालती मुझसे लिपट गई। भई, नारी-स्पर्श हमारे लिए सर्वथा निषिद्ध था; पर क्या किया जाए! उसने तो गलबहियाँ ही डाल दीं। सूखी पत्ती जैसी थरथराकर उसने कहा, 'मुझपर बुरी नजर रखकर कितने दिनों से एक पापी मुझे सता रहा है, मेरा जीना हराम किया है उस कलमुँहे ने। आपको

मैं भगवान् समझकर आपकी पूजा करती हूँ, आपके पास आती-जाती हूँ—वह उससे सहा नहीं गया। उसने कल मुझे यहीं पर रोका और जान से मार डालने की धमकी दे दी। इसीलिए तो आज आपको साथ ले आई। ऐसा लगता है, अभी-अभी मुझे उसकी आहट लगी है!'

मैंने पूछा, 'देवी, कौन है वह? क्या नाम है उसका?'

उसने कहा, 'किशन! उस नीच पापी का नाम है किशन।'

यह सुनते ही मेरे रोंगटे खड़े हो गए, क्योंकि उस व्यक्ति से मैं भलीभाँति परिचित था। इससे पूर्व काला पानी गया था, उससे पहले हम डाकेजनी करते थे। उसी गिरोह में किशन जैसा जल्लाद पापी शामिल था। भागकर आने के बाद वह मुझसे ग्वालियर में ही गुप्त रूप से मिला और कहा कि मैं पुन: उसके कुकर्मों में हिस्सा लूँ। पर मैंने उससे कहा, 'मैंने अपने हाथ ही नहीं अपितु मन भी सभी पापों से शुद्ध करके ईश-सेवा में अर्पित किए हैं, तुम भी वैसा ही करो।' यह सुनते ही उसके तलुवों में आग लग गई। उपहास करके वह मुझसे प्रतिशोध लेने की धमकी देने लगा। सभी पूर्व जानकारी के कारण मैं किशन को अच्छी तरह से जानता था। किशन एक अधम था, निर्दयी बदमाश था, भयंकर दुराचारी था। कर्मों से दुष्ट होने के साथ-साथ वह अक्ल का भी दुश्मन था, निपट मूर्ख। कंटक बाबू, आप क्षमा करें तो सिर्फ एक मजेदार बात बताऊँगा। बता दूँ? मुझे ही बहुत हँसी आ रही है। लेकिन इस पिंजड़े में बंद होने के बाद पहले-पहले जब मैंने आपको देखा, तब मुझे उस साले किशन के चेहरे…" उसने ठहाका लगाया और अन्य बंदी भी खी-खी करने लगे। तत्काल कंटक का जी काँप उठा। उसका रंग फक पड़ गया। कंटक को संदेह हुआ कि यह बदमाश कहीं यह तो नहीं टटोल रहा कि मैं ही किशन हूँ। यदि यही उसका उद्‌दश्य हो तो उसे निष्फल करने के उद्‌देश्य से रफीउद्‌दीन द्वारा किशन को दी हुई गालियाँ, उनसे पैदा हुई खीझ, मालती की 'उद्धार-कथा' उसके प्रति सोपहास घृणा और संदेह—इन सभी विचारों की खलबली को भीतर-ही-भीतर दबाकर कंटक ने रफीउद्‌दीन के ठहाकों में अपना भी ठहाका मिलाते हुए कहा, "ठीक मियाँजी, ठीक। वह किशन निपट गँवार का लट्‌ठ और मेरी शक्ल-सूरत उसी से हूबहू मिलने की बात, अर्थात् आपका क्या यही कहना है कि मेरा चेहरा उसके जैसा है!" हँसते-हँसते लेकिन हाथ जोड़ते हुए रफीउद्‌दीन क्षमा याचना करने लगा, "यह क्या बाबूजी? किशन की बुद्धि गधे जैसी थी, पर उसकी सूरत-शक्ल तो अच्छी-खासी थी—यही बात मैं आपकी सूरत से नाप-तोलकर सुझाने जा रहा था। कहाँ आप और कहाँ वह दुराचारी किशन।"

"अच्छा, आगे क्या हुआ!" एक कैदी जल्दी मचाने लगा जो कहानी में तन्मय हो गया था।

"आगे क्या कहूँ, भाई! मैं मालती को धीरज बँधा रहा था, इतने में पेड़ों के झुरमुट में से पत्थरों की वर्षा शुरू हो गई। उस अबला की रक्षा ही अपना धर्म समझकर मैंने उसे एक हाथ से कसकर भींच लिया और मैं भी उलटे पत्थर फेंकने लगा। अपनी हवेली पर आते हुए वह गद्‌गद होकर कहने लगी, 'मेरी अटारी कोटद्वार की चाभियाँ मेरे पास हैं। मेरी अटारी स्वतंत्र रूप से मेरे ही पास होती है। जब तक मेरे दिल की धुकड़-पुकड़ बंद नहीं होती, आप ऊपर आकर मेरे साथ रहिए, फिर चले जाइएगा।' उसका कहना न मानना अबला के साथ कठोरतापूर्वक व्यवहार करने का पाप करना था। मैं उसकी अटारी पर चला गया। भीतर कदम रखते ही उसने भीतर से दरवाजे को ताला लगाया। भीतर देखा तो चारों ओर साज-सज्जा, खानदानी सुंदरता, सुरभि-ही-सुरभि। चमचमाते दर्पण, तसवीरें, मंचक, पुष्पपात्र—जैसे इंद्रभवन। बीच में वह तराशी हुई संगमरमर की मूर्ति-सी मालती—माथे पर चाँद, ठोड़ी पर तारा—अप्सरा-सी। फिर वह मुझसे लिपट गई। कामोन्मत्त पुरुषों के नारी पर किए हुए बलात्कार के किस्से तुमने बहुत सुने होंगे, परंतु कामलंपट स्त्री—मालती ने मेरे जैसे एक साधु पुरुष पर—बलात्कार किया—कभी सुनी है तुमने ऐसी विचित्र कथा!"

"वह सब छोड़ दो, यार! लेकिन…" एक लुच्चा बंदी व्यंग्यपूर्ण मुसकराने लगा।

"सच बोलो मियाँ, बलात्कार क्यों न हो, पर आपको वह मनचाहा लगा कि नहीं? उसकी उस संगमरमर-सी गोरी-चिट्टी, बेदाग, नरम-मुलायम मखमली देह से दृढ़ आलिंगनबद्ध होते ही आप मालती से नाराज हो गए क्या? भगवान् की सौगंध, सच-सच बताइए।"

ठहाका मारकर रफीउद्‌दीन लार टपकाते हुए बोला, जैसे वह इसी लपक में था, "दोस्त! भगवान् की सौगंध, मालती से गुस्सा! ऐसी अवस्था में साक्षात् शुकदेव भी आते तो वे भी नाराज नहीं होते। मालती…! हाय-हाय! मेरी गोरी-गोरी, नरम-नरम मालती। उससे नाराजगी! अरे दोस्त, वह तो मेरी जान है जान।"

रंगमंच पर किसी काले-कलूटे अभिनेता के मुँह पर पोता गया पाउडर बीच में ही कहीं मिट जाता है, तब उसका काला रंग जैसे उतनी ही जगह पर तारकोल के चट्टे-पट्टे जैसा दिखाई देता है, उसी तरह उस पाखंडी के मन की मूलभूत कालिमा, साधुत्व का वह धवल रंग झट से पोंछते ही अनावृत हो गया। परंतु मँजा हुआ अभिनेता जिस प्रकार लोगों के ही-ही करते ही सावधान होकर रूमाल से काला पट्टा ढककर मूलभूत अभिनय जैसे-तैसे समाप्त करता है, उसी प्रकार उस गड़बड़झाला में रफीउद्‌दीन ने अपने मन की लीपापोती की, "अजी, मुझे 'ना-नु' करने का उसने अवसर ही नहीं दिया। किसी मोहिनी शक्ति का रूमाल उसने मेरी नाक पर कसकर रखा, उस साँस से

मुझे मूर्च्छा-सी आ गई और मैं निढाल होकर पलंग पर गिर गया—अर्धमूर्च्छित-सा—प्रतिकार के लिए सोलह आने अक्षम। फिर क्या पूछते हो यार, मोहनास्त्रवश मेरी गतिविधियाँ रुक गई थीं और मैं मूर्च्छितावस्था में ही था, पर ऐसी अवस्था में ही वह प्यारी मालती मेरे साथ भरपूर आनंद का भोग करती रही। पौ फटते ही उस मूर्च्छाचूर्ण का, जो उसने मुझे सूँघने के लिए दिया था, प्रभाव समाप्त हो गया और मुझे होश आ गया। तब मैंने कहा, 'ऐ जादूगरनी, अब तो मुझे छोड़ दे। सवेरा होते ही तेरे लोग मुझे पकड़ेंगे। तुझे भी पकड़ेंगे।' वह कहने लगी, 'नहीं-नहीं, मेरे प्रीतम, कामरूप देश के एक तांत्रिक ने मुझे एक विद्या सिखाई है। मैं तुम्हें एक तोता बनाकर इस सोने के पिंजड़े में दिन भर रखूँगी। रात में फिर तुम्हें निजी रूप प्राप्त हो जाएगा, तब तुम फिर से मेरे साथ इसी तरह रँगरलियाँ मनाना।'

उसकी बात सुनते ही मेरे तो तोते ही उड़ गए। प्राचीन कथाओं में इस प्रकार कामरूप स्थित ओझाओं से विद्या सीखकर मनुष्य को पंछी बनानेवाली जादूगरनी राजकुमारियों की अजब, अद्‌भुत कहानियाँ हमने सुनी थीं, जिनका मुझे स्मरण हो आया।''

बीच में ही एक बंदी उपरोध से मुसकराया, ''मियाँजी, कहीं उन्हीं अजब दास्तानों में से नाम-वाम बदलकर तो एक कहानी नहीं कह रहे आप?''

''भगवान् की सौगंध! मेरे रूप पर मोहित होकर मालती ने वाकई ऐसा कहा था, भाई! और क्या कहूँ? तुम्हें तोता बनाती हूँ, यह उसके मुँह से निकलते-निकलते ही मुझे साफ-साफ यही दिखाई देने लगा कि मेरा मुँह चोंच में और हाथ पंखों में बदल रहे हैं तथा देह का आकुंचन होकर मैं तोता बन रहा हूँ।

'न न, प्यारी मालती, मैं तुम्हारे पाँव पड़ता हूँ, मुझे छोड़ दो,' इस तरह मैं गिड़गिड़ाने का प्रयास तो कर रहा था पर मेरी मानव वाणी मेरे उस नए मुख से अर्थात् उस तोते की चोंच से निकलना बंद हो गई थी और मैं सिर्फ तोते जैसा 'चक्-चक्' करता रहा।'' रफीउद्‌दीन ने ऐसा प्रकट किया, जैसे उस याद से ही उसके रोंगटे खड़े हो गए।

जो बड़े भोलेपन से इस प्रकार के किस्से सुनते हैं उन्हें वह व्यक्ति भी कुछ देर तक अजूबा सा लगता है, जो इस प्रकार की अलौकिक तथा अजब-अजब कहानियाँ सुनाता है। उन बंदियों में प्राय: सभी अनाड़ी, आश्चर्यप्रिय, अपरिपक्व बुद्धि के तथा अलल-बछेड़े ही थे, अत: वे भी इन बातों से दंग होकर टुकुर-टुकुर रफीउद्‌दीन की ओर देखने लगे। इस कल्पना के साथ ही कि उस राजकुमारी जादूगरनी ने उसे तोता बना दिया, रफीउद्‌दीन का बदन थरथराते ही उनके भी रोंगटे खड़े हो गए। कभी-कभी किसी एक के जम्हाई लेने से हमें भी उसी तरह जम्हाई आती है। जो बंदी उस कहानी

में तल्लीन हो गए थे, वे अनुरोध करने लगे, "अच्छा! आगे क्या हुआ? बोलो न, फिर क्या हुआ?"

"फिर हुआ कैदे-हयात—काला पानी, और क्या!" कंटक बाबू ने खीझकर कहा। मालती की दुर्गति के कारण जहर का घूँट पीकर उसके मन में दबा हुआ क्रोध थोड़ा सा ही क्यों न हो, उफनकर बाहर आ ही गया। परंतु उतनी देर में जिस एक किताबी तूमार को अपने ऊपर थोपकर रफीउद्दीन वह कहानी कह रहा था—उसका अंतिम अंश भी—जो उसे याद नहीं आ रहा था, कुछ-कुछ याद कर आगे कहने लगा, "फिर क्या पूछते हो भाई? मुझे तोता बनाकर वह एक पिंजड़े में कैद कर रखने लगी। परंतु मेरा सौभाग्य कि मुझे अपने एक इंद्रजालिक गुरु की अचानक याद आ गई। उसी गुरु ने मुझे सागर पर चलने की विद्या सिखाई थी, जिसके बलबूते पर मैं काले पानी से अदृश्य होकर स्वदेश वापस लौटा था। उस गुरु ने मुझे बताया था कि कोई तुमपर जादू-टोना करे तो तुम तीन बार मेरा नाम ले लो। बस, तीन बार गुरु का नाम लेते ही मैं फट् से फिर तोते से इनसान बन गया। उस जादूगरनी रूपसी के देखते-देखते ही मैं दौड़कर दरवाजे के पास पहुँच चुका था। लेकिन सब टाँय-टाँय फिस्स। दरवाजे पर भारी-भरकम ताला था। झट से मैं खिड़की के पास गया और बदहवास होकर खिड़की से नीचे जो कूदा तो सीधे नीचे राजमार्ग पर गिरा।

परंतु हाय-हाय! आसमान से गिरा और खजूर पर अटका। राजमार्ग पर गिरने के बाद मैं अपने आपको सँभालकर भागने ही लगा था कि मेरी कमर को किसीने घपची मारकर पकड़ लिया और जोर-जोर से चिल्लाने लगा। वह किशन था। हाँ, वही नीच, पुराना चांडाल किशन जो मेरी घात में रहकर गुपचुप मेरा पीछा कर रहा था। आम के उस बागान से वह यहीं पर आकर छिप गया था। गुस्से के मारे भूत बनकर मैंने हाथ में रखा अपना धारदार चिमटा उसके पेट में घोंप दिया। वह पाजी नीच वहीं पर ढेर हो गया। परंतु इसी बीच उस हंगामे को सुनकर लोग-बाग इकट्ठा हो गए। उन्होंने मुझे पुलिस के हवाले कर दिया और आखिर मालती को बदनाम करने की अपेक्षा मैंने अपने ही ऊपर हत्या का दायित्व ले लिया, जिस कारण मुझे फिर एक बार आजन्म कारावास, काला पानी हो गया। एक अबला की रक्षा करते-करते मैं स्वयं ही इस सारे जंजाल में फँस गया। धर्म की खातिर मैंने यह बलिदान दिया।"

"और वह राजकुमारी? मालती का आगे क्या हुआ?" एक बंदी ने ठंडी आह भरते हुए पूछा।

"क्या पूछते हो, भाई! वह प्यारी-प्यारी गुलछड़ी मालती मेरे वियोग में पागल हो गई। हाथ में माला जपते 'हाय रफीउद्दीन! हाय रफीउद्दीन!' का जाप करते हुए मथुरा की गली-गली में जो भी मिलता है, उसके सामने यह सुरीला गीत गाती-पूछती

दर-दर भटक रही है—बता दे सखि, कौन गली गए श्याम?''

रफीउद्दीन उस पद को गाकर दिखाने ही जा रहा था कि अपनी बेइज्जती करनेवाली उस कहानी का तूमार असहनीय होने के कारण उस विषय को ही बदल देने का अवसर पाकर कंटक ने पूछा, ''पर मियाँ, मंत्र विद्या द्वारा सागर पर चलने की अद्‌भुत शक्ति यदि आपमें है तो आप अभी इसी समय छलाँग लगाकर अपने देश वापस क्यों नहीं लौट जाते?''

''आप भी कितने भोले हैं कंटक बाबू! पुलिसवालों के समक्ष कूदने पर अपनी धरती पर कदम रखते ही उनके आदमी मुझे फिर से हथकड़ियाँ पहना देंगे। दूसरी बात यह है कि वह विद्या नारी का स्पर्श होते ही निष्फल हो जाती है। मालती से पहले मैंने नारी-स्पर्श कभी किया ही नहीं था। अब पुनः कम-से-कम तीन साल तक अखंड ब्रह्मचर्य का पालन किए बिना देह इतनी हलकी नहीं होगी कि वह पानी पर आराम से चल सके। वीर्य-संचय होने से उसका तेजोमय ओज मस्तिष्क से ऊँची उड़ान भरना चाहता है। इससे देह अपने आप ऊपर उठती है। इसे ही योग विद्या में लघिमा सिद्धि कहा जाता है। इसकी सिद्धता से जल-स्तंभन मंत्र सफल होता है। फिर क्या कहने? काले पानी का सागर घर में बिछाई गई एक दरी-सा बन जाता है, जनाब! जब तक मन करे, उसपर आराम से चलते रहो।''

''पर बड़े मियाँ, इस आजन्म कारावास के स्थल को काला पानी क्यों कहा जाता है?'' एक दंडित ने पूछा।

''भई, अनाड़ी-गँवार लोग इस तरह संबोधन करते हैं। उसका असली नाम काला पानी नहीं है अपितु अंडेमान है, अंडेमान।''

''लेकिन उसका अंडेमान नाम ही क्यों रूढ़ हो गया? उधर कहीं मुरगी के अंडों की उपज तो नहीं होती?'' एक कैदी ने कौतूहलवश पूछा।

रफीउद्दीन इस प्रकार मुसकराया जैसे उसे उसके अज्ञान पर तरस आ रहा हो, फिर किसी इतिहासान्वेषक के ठाठ से कहने लगा, ''बड़े-बड़े अतिरथी, महारथी अंग्रेज भी नहीं जानते कि अंडेमान नाम कैसे रूढ़ हो गया। हिंदुओं के कुछ गँवार लोगों का कहना है कि लंका से वापस लौटते समय हनुमानजी ने सीताजी से प्रार्थना की कि अपनी यादगार स्वरूप इस द्वीप को 'हनुमान' कहा जाए। पर यह सफेद झूठ है। सच बात तो वही है जो मेरे गुरु ने कही है। सुनो भाइयो! इस सृष्टि से पहले यहाँ-वहाँ सर्वत्र पानी-ही-पानी था। तब मक्का शरीफ में एक ईश्वर का प्यारा सिद्ध पुरुष रहता था। ईश्वर ने उसे आदेश दिया, 'एक नौका लो और पूरब की ओर चले जाओ। सीधे उधर जाओ जहाँ सूरज उगता है—जहाँ तुम्हारी इच्छा हो और जितने आकार का तुम चाहो उसी आकार का पदार्थ सागर में डालते ही धरती का निर्माण होगा। अब सागर में

मनुष्यों के लिए अधिक स्थान निर्मित करने की मेरी इच्छा है।' ईश्वर की आज्ञा होते ही वह सिद्ध पुरुष नौका में बैठकर सागर में चला गया। मक्का छोड़कर काफी अरसा होने के बावजूद उसकी समझ में नहीं आ रहा था कि सागर में मनचाहा स्थल कहाँ निर्मित किया जाए। उसके साथ ही उस सिद्ध पुरुष ने अपनी बेल-बूटियों से सजी-धजी दरी सागर पर बिछाई। और अहो आश्चर्यम्! लगे हाथ उस दरी की नाना लता-वल्लरियों-फूलों से खिली-खिली लहलहाती हुई एक विस्तीर्ण उपजाऊ समतल भूमि बन गई। वही उर्वर भूमि है हिंद—यह हिंदुस्थान। उसपर ईश्वर को एक भेड़-बकरे की बलि चढ़ाकर वह सिद्ध पुरुष वहाँ से नौका लेकर चक्कर लगाते हुए आगे बढ़ा। इतने में प्रचंड बवंडर आ गया, उसकी नैया उलट गई और सबकुछ उलटा-पुलटा हो गया! सबकुछ डूब गया। वह सिद्ध पुरुष भी गोते खाने लगा—उसे भी जल-समाधि मिलती, पर कुरान शरीफ उसके हाथ में था जिस कारण बादलों का बाप भी उसका बाल बाँका नहीं कर सकता था। उस कुरान शरीफ को ऊँचा उठाने से ही वह बच गया। उसने अपनी नैया सीधी की। इतने में आकाशवाणी हो गई—'इस सागर में ऐसे तूफान अकसर आते हैं—अतः यहाँ एक स्थान ऐसा निर्मित किया जाए जिससे यह सागरीय जल यात्रा सुरक्षित हो जाए।' यह आकाशवाणी सुनते ही उधर कोई चीज फेंकने के लिए वह औलिया देखने लगा, पर उसके पास कुछ भी तो नहीं था। एक हाथ में कुरान शरीफ और दूसरे हाथ में खाने के लिए बहुत ही सावधानी के साथ पकड़ा हुआ मुरगी का अंडा। तब उस सिद्ध पुरुष ने वह अंडा समुद्र में फेंक दिया और कहा, 'बन जाओ धरती।' बस तुरंत ही उस अंडे से द्वीप बना, इसलिए उसका नाम पड़ा 'अंडेमान' अर्थात् 'अंडे का द्वीप।''

''या खुदा, तेरी करामात!'' दंडितों में एक मुसलमान फकीर था जो धर्माभिमानवश फुसफुसाता हुआ अपने निकटवर्तीय तमाम हिंदू बंदियों को नीचा दिखाने लगा।

''देखा हमारे इसलाम का बड़प्पन। कैसे-कैसे फक्कड़ औलिया! कुरान शरीफ में ईमान रखने से इनसान कैसे-कैसे करिश्मे दिखाता है! क्यों कंटक बाबू, आप इस किस्से को सच मानते हैं या नहीं!''

तमाम हिंदू बंदी कंटक बाबू के चेहरे को इस आदेशात्मक लालसा से देखने लगे कि इस फकीर द्वारा हिंदू धर्म की निकाली गई खामियों की अवश्य सूद के साथ अदायगी होगी।

कंटक बाबू मुसकराए, ''भई, यदि मियाँजी द्वारा कथित सिद्ध पुरुष की यह अजब दास्ताँ सच है तो हमारे पुराणांतर्गत जो अगस्त्य ऋषि की कथा है, वह भी सोलह आने सच ही होगी। और अगर यह सिर्फ सिद्ध पुरुषों का ही मामला है तो आप ही बताइए, क्या यह जाहिर नहीं कि वह हिंदू सिद्ध पुरुष इससे अधिक करामाती था,

क्योंकि भई, वह सागर ही अगस्त्य के लिए मात्र लघुशंका थी जिसके नाक-मुँह में भरने पर भी वह मुसिलम सिद्ध पुरुष उसमें गोता खाता रहा।''

तमाम हिंदू बंदी विजयानंद में अट्टहास करने लगे। हर कोई कहने लगा, ''अच्छा किया जो घमंड चूर-चूर किया, इस मगरूर का सिर नीचा किया।''

परंतु अचानक उठ खड़े हुए इस हंगामे से पिंजड़े का पहरेदार आँखें तरेरकर गुर्राया, ''बदमाश लोग! तुम लोगों को धीरे-धीरे बातचीत करने की सहूलियत जो दी, क्या यही इसका नतीजा है? अरे बेशरमो, नालायको, तुम लोग काले पानी के पिंजड़े में हो या अपने बाप के बँगले में? चलो उठो। जाओ, अपने-अपने बिस्तर पर जाकर सो जाओ। जाओ, उठो।''

इस कठोर आदेश के साथ सभी कैदी फटाफट अपने-अपने बिस्तर में घुस गए, तथापि रफीउद्दीन की आधी 'हलदी की गाँठ' से पीला होने के कारण पहरेदार ने अपने आदेश का प्रकट रुख उसकी ओर नहीं किया। अत: अकेला रफीउद्दीन वैसे ही कंटक बाबू के बिस्तर के पास डटा हुआ, लेकिन चुपचाप थोड़ी देर बैठा रहा। फिर वातावरण सामान्य होते देखकर एकांत साधते हुए कंटक बाबू के कानों आ लगा और कहने लगा, ''कंटक बाबू, इस पिंजड़े में इतने खुलकर बातचीत करने की यह अंतिम रात है। कल यह जहाज काला पानी पहुँच जाएगा। हम सभी को उस भयानक जेल की कालकोठरियों में तालाबंद किया जाएगा। मुझे पहले-पहले कड़े पहरे में रखा जाएगा; बहुत कठोर, सख्त काम दिया जाएगा; कठोर यातनाएँ दी जाएँगी। पर आप तो बहुत जल्दी ही 'बाबू' बनेंगे। आपका संबंध कचहरी के मुंशी आदि लोगों के साथ होगा। आपको ऐसे हजारों अवसर मिलेंगे और आप मुझे सहूलियत देंगे तो बाबूजी, मैं आपके इतने काम आऊँगा कि जिसके बारे में आप सोच भी नहीं सकेंगे। देखिए, मेरे लिए प्रथम वर्ष बड़ा ही कठिन होगा। एक वर्ष बीतने पर वहाँ के रिवाज के अनुसार और मेरी पहचान, पैसा तथा सिफारिश के कारण मुझे जल्द-से-जल्द जेल से बाहर छोड़ देंगे। मैं दंडितों का जमादार बनूँगा—लिखकर रख लीजिए यह। पत्थर की लकीर समझिए इसे। फिर मैं आपके पहले उपकार की अदायगी आपसे सौ गुना अधिक काम में आकर करूँगा। और एक बात कहूँ? यदि आप मेरे शब्दों पर भरोसा करते हैं तथा मुझसे भाईचारे का रिश्ता दिलो-जान से जोड़ना चाहते हैं तो जब फिर एक बार काले पानी के अधिकारियों को झाँसा देकर उस पिंजड़े से यह पंछी फुर्र होगा तब बाबूजी, आप देखेंगे कि आजन्म कारावास की असहनीय जंजीर आपके पैरों से अचानक उतर चुकी है—अर्थात् आपकी इच्छा हो कि वह टूट जाए—तो···''

''इच्छा! मियाँजी, नेकी और पूछ-पूछ। मेरा तो वह संकल्प है—मात्र इच्छा नहीं। पर किस रास्ते से, साधन क्या है? भला मैं कैसे जानूँ कि आप ईमानदारी से कह

रहे हैं! वह सच्ची जानकारी इस तरह बताएँ ताकि मैं उसपर विश्वास कर सकूँ।''

''अच्छा कंटक बाबू, अवसर पाते ही मैं आपको सारी बात सच-सच बता दूँगा। देखिए, भाईचारे का नाता जितना अपने धरम में प्यारा लगता है, उतना ही वह नाता काले पानी में प्यारा समझा जाता है। यह 'चालानी' रीति है। एक ही 'चालान' में जो आते हैं, वे सारे दंडित 'चालानी' के नाते भाई-बंद हो जाते हैं। यहाँ उनका एक नया खानदान ही बनता है। हमारा भी वही रिश्ता जुड़ गया है। आप मेरे 'चालानी' हैं—मेरे भाई हैं। कंटक बाबू, आप चाहे मुझपर भरोसा न करें, परंतु मैंने आपको वचन दे दिया, आप मेरे भाई, मेरे चालानी हैं, मैं आपके लिए अपनी जान भी दे दूँगा। आपका हित ही करूँगा, विश्वासघात कभी नहीं करूँगा। यह सच है कि हम लोग डाकू हैं, परंतु हमारी बिरादरी में भी एक विशेषता है कि हम जितने दुष्ट हो सकते हैं, उतने ही ठान लेने पर सुष्ट भी हो सकते हैं। आप मुझसे निश्छलता से भाईचारे का संबंध आजमाके तो देखिए जनाब! उपकार करने से हम जैसे हिंस्र पशु भी कभी-कभी अपने उपकारकर्ताओं को नहीं भूलते। न ही उन्हें किसी प्रकार की तकलीफ देते हैं। प्रतिउपकार किए बिना नहीं छोड़ते—जिस प्रकार एंड्रोक्लीज के लिए वह सिंह।''

''रफीउद्दीन!'' पहरेदार जल्दी-जल्दी चिल्लाया ''उठो, उठो। पहरा बदलने के लिए जमादार आ रहा है। अपनी जगह जाओ। हमारा पहरा अब खत्म होगा।''

रफीउद्दीन तुरंत उठ गया, ''बंदियों को आपस में बातचीत करना सख्त मना है। भई, जाना-पहचाना पहरेदार होने से यह साध्य हो गया। अब कल सवेरे काले पानी पर यह धुआँकश लगेगा। अब यहीं सलाम। जो कुछ बातें आज, अभी हुईं, उन्हें मत भूलिएगा। आज से कंटक बाबू, आप मेरे भाई हैं। आप चाहे कुछ भी समझें।''

कंटक से जल्दी-जल्दी बात करके रफीउद्दीन अपनी जगह पर आ गया। सवेरे ही इधर-उधर सभी जगह हंगामा हुआ, ''आ गया, काला पानी आ गया!''

उसके साथ-साथ कठोर, क्रूरकर्मा, आजन्म कारावास की सजा प्राप्त दंडितों का कलेजा भी सन्न हो गया।

''आ गया! काला पानी आ गया!!''

उन दंडितों के हृदयों की तरह ही मानो उसका भी दिल धक्-धक् कर रहा हो, इस प्रकार वह अगड़धत्त धुआँकश हिचकोले खाता, धड़धड़ाता बंदरगाह में प्रविष्ट हुआ और उसकी चिमनी दहाड़ें मार-मारकर 'भों ऽऽऽ भों ऽऽ' बुभुत्कार करने लगी।

''आ गया। काला पानी आ गया!!''

□

प्रकरण–११

# अंदमान स्थित आदिवासी जन

इस विश्व में आज भी भूमि के कुछ ऐसे अंश हैं—जहाँ का भूगोल है, पर इतिहास नहीं। आज जिसे काला पानी कहा जाता है, अंदमान का वह द्वीप-पुंज भी इसी भू-भाग में गिना जाना चाहिए।

जिस कालखंड में हिंदू राष्ट्र ने अपने ही पैरों में सिंधुबंदी की बेड़ियाँ अपने आप ही नहीं डाली थीं; विधर्मियों के साथ ही नहीं, स्वधर्मी हिंदुओं में भी विजातियों के साथ खान-पान करने से जाति नष्ट होती है, धर्म डूब जाता है, आदि वाहियात, अंटशंट, अंधविश्वासमय धर्मपरायणता के कारण हिंदुस्थान की सीमाओं का उल्लंघन करने से विधर्मी, विदेशी विजातियों के संग अन्नोदक व्यवहारसंपन्न होकर हमारी जाति नष्ट होगी, इस तरह का भ्रामक भय हिंदू राष्ट्र में उत्पन्न नहीं हुआ था। और इस भय के कारण तीनों दिशाओं के अनुसार ही नहीं, अपितु चौथी दिशा की ओर भौमिक सीमा पर भी 'अटक' की धार्मिक चौकियाँ बैठाकर एक भी हिंदू का देश के बाहर कदम रखना जिस काल से बंद हुआ, उस लगभग ईसवी सन् के नौवीं-दसवीं शताब्दी से पहले हिंदू राष्ट्र के त्रिविक्रमशील चरण सिंधुबंदी की इस बेड़ी से बद्ध न होने के कारण पूरब-पश्चिम-दक्षिण के सागरों तथा महासागरों का उल्लंघन करके राजनीतिक, धार्मिक, सामाजिक दिग्विजय करते हुए तत्कालीन ज्ञात जगत् में हम हिंदुओं के महासाम्राज्य की धूम मचा रहे थे। इस काल में विदेश-गमन निषिद्ध होने की शामत सवार नहीं हुई थी—अतः हिंदू रण-नौकाओं (War-Ships) का प्रचंड नौ-साधन अर्थात् युद्धपोतों का बेड़ा दिग्दिगंत में अप्रतिहत रूप से संचार कर रहा था। हमारे हिंदुस्थान के आधुनिक धर्मभ्रष्ट भूगोल में विदेशियों ने लिखने तथा रटवाने के कारण जिसे 'अरबी समुद्र' जैसे अपमानजनक नाम से संबोधित किया जाता है—हमारे उस प्राचीन 'पश्चिम सागर' से एक तरफ और जिन्हें हमारे आधुनिक गूलर के कीड़ों ने 'काला पानी' जैसा समुद्र-गमन भीरु नाम दिया है उस पूर्व सागर से (जिसमें यह अंदमान द्वीप है)—कम-से-कम चंद्रगुप्त मौर्य

के अर्थात् ई. पूर्व तीन-चार सौ वर्षों के ऐतिहासिक कालखंड से शताधिक वणिक-नौकाओं तथा रण-नौकाओं की सुदूर के विदेशों में अव्याहत रूप से आवाजाही चलती रहती थी। यह सागर हिंदू राष्ट्र की एक सड़क ही हो गई थी।

इसी पूर्व सागर मार्ग द्वारा मागध, पांड्य, चेर, चोल आदि हिंदू राज्यों ने बड़े-बड़े दिग्जयी युद्धपोतों के बेड़े भेजकर स्याम, जावा, बोर्निओ से लेकर फिलिपींस तक हिंदू उपनिवेश, राज्य, धर्म तथा संस्कृति की स्थापना की। हिंद-चीन (इंडो-चायना) और फिलिपींस में हिंदू राज्य की स्थापना होने के निर्विवाद प्रशस्ति-पत्र, शिलालेखादि प्रमाण विदेशी अन्वेषकों ने ही आज उजागर किए हैं। बौद्ध हिंदुओं के ही नहीं अपितु वैदिक हिंदुओं के ये क्षत्रियवंशीय राज्य, भारतीय प्रांत-नगरों के उधर प्रस्थापित उपनिवेशों तथा नगरों के नाम, शिव, विष्णु, बुद्ध प्रभृति देवताओं के मंदिर; वेद, मनुस्मृति आदि शताधिक संस्कृत ग्रंथों के ग्रंथालय; हिंदू वाणिज्य, कला और संस्कृति स्याम, जावा, ब्रह्मदेश, हिंद-चीन, बाली, फिलिपींस तक सदियों से पनपती गई थी—जी हाँ, यह विशुद्ध इतिहास है।

उस काल की प्राचीनतावश तथा इतिहास-विरलतावश इस तथ्य पर आश्चर्य व्यक्त करने की आवश्यकता नहीं कि इस इतिहास के अंदमान द्वीप-पुंजों सदृश छोटे-छोटे द्वीपों का नाम-निर्देश तक उपलब्ध नहीं है।

तथापि अंदमान से हम भारतीयों का संबंध होने का आज उपलब्ध पहला चिह्न है उसका नाम। जावा जैसा नाम जिस प्रकार उस देश की आकृति को दृष्टि में रखते हुए यवद्वीप रखा गया, उसी तरह हो सकता है, अंदमान नाम भी उसकी अंडाकृति का कारण भारतीयों ने रखा हो। जब तक भविष्य में कोई और प्रमाण नहीं उपलब्ध होता, तब तक यही धारणा लेकर चलने में कोई आपत्ति नहीं है। इसके आगे निर्विवाद ऐतिहासिक प्रमाण है पांड्य राजाओं की शिलालेख प्रशस्ति, जिससे ज्ञात होता है कि इन द्वीप-पुंजों पर भारतीय प्रत्यक्ष रूप में गए थे और उन्होंने उन द्वीपों को जीत लिया था। इस एक ही प्रशस्ति से यह सिद्ध होता है कि पांड्य राजाओं का एक प्रबल सेनापति ईसवी सन् की दसवीं सदी के आगे-पीछे दिग्विजय के लिए बड़ी-बड़ी रण-नौकाओं का एक बलशाली बेड़ा लेकर निकल पड़ा था। उस पार तट स्थित वर्तमान पेगू पर उसकी जलसेना चढ़ आई थी और उसने उस देश पर विजय प्राप्त की थी। वापसी पर उस भारतीय हिंदू सेना ने अंदमान आदि द्वीपों पर स्वामित्व स्थापित करके उन्हें पांड्य साम्राज्य से जोड़ दिया। इस स्पष्ट उल्लेख से इस द्वीप-पुंज के इतिहास की सिर्फ प्रथम पंक्ति लिखी जा सकती है।

लेकिन वह पंक्ति भी लिखते-लिखते अधूरी ही रह जाती है, क्योंकि यह तो निश्चित है कि भारतीय सेना उधर गई थी, पर इस बात का अभी तक कुछ भी पता नहीं

लग सका कि उस हिंदू सेना अथवा हिंदू राज्य के कोई अधिकारी अथवा नागरिक उधर रहे अथवा नहीं। जब हम अंदमान गए थे तब एक विश्वसनीय अंग्रेज अधिकारी ने हमसे कहा था कि अंदमान में खुदाई के समय कहीं पर एक राजमहल के अवशेष मिल रहे हैं, यद्यपि हमें इसका कुछ पता नहीं चला कि आगे उसका क्या हुआ। उसी तरह कोई उत्खननीय खोज हो या न हो, तथापि एक बात तो निश्चित है कि पिछले तीन हजार वर्षों के ऐतिहासिक कालखंड में अंदमान में बाहर के लोगों का कोई भी उपनिवेश टिक नहीं पाया।

पांड्य राजा की उक्त प्राचीन प्रशंसा को छोड़कर अंदमान के स्पष्ट उल्लेख अर्वाचीनकालीन मार्को पोलो, निकोलो, यूरोपियन और कुछ अरब सैलानियों के यात्रावृत्तों में पाए जाते हैं। परंतु यह उल्लेख उस द्वीप पर उपनिवेश स्थापित करने का नहीं है, अपितु मात्र उन द्वीपों के अस्तित्व का है; मात्र भौगोलिक है।

यह कहने की कोई गुंजाइश नहीं है कि जिस तरह विदेशी लोगों के वर्णनों में अंदमान का इतिहास नहीं है, उसी तरह वहाँ के निवासियों द्वारा लिखित इतिहास भी नहीं है; क्योंकि अंदमान में उस द्वीप के बाशिंदे तो हैं, लेकिन उनके लिए वह आज भी काला अक्षर भैंस बराबर ही है।

और परंपरा के 'दंतकथात्मक' इतिहास के संबंध में कहा जाए तो अंदमान के मूल निवासियों के 'दाँत' अत्यंत मजबूत तथा तीक्ष्ण हैं, तथापि उनमें 'कथा' बिलकुल ही नहीं है। कथा की धारणा ही उनके लिए अपरिचित है, क्योंकि कथा वहीं संभव होती है, जहाँ स्मृति का अस्तित्व होता है। अंदमान के जो आदिम निवासी हैं, उनकी स्मृति शक्ति इतनी अपरिपक्वावस्था में है कि उन्हें दो-चार वर्ष पहले की घटनाएँ भी अपने अर्थ में स्मरण नहीं रहतीं। हम जिसे स्मृति कहते हैं, वैसा स्मरण उन्हें रहता ही नहीं। जान-पहचान भी वे शीघ्र ही भूल जाते हैं। फिर जातीय सुसंगति, तालमेल, सांधिक स्मृति तथा परंपरागत प्राचीन कथाओं की बात ही क्या! पशुओं के झुंड को अथवा वानरों के समूह को जितनी परंपरा और समाज की स्मृति होती है, उससे कुछ ही अंश अधिक, बस! इतनी ही उनकी सामाजिक स्मृति, शक्ति विकसित होती है। अत: किंवदंती स्वरूप कुछ भी अलिखित इतिहास अंदमान के बाशिंदों का नहीं है।

सारांश स्वरूप क्या कहा जाए? विश्व के अन्य राष्ट्रों के साहित्य में एक पांड्य राजाओं की प्रशस्ति छोड़कर अंदमान विषयक कुछ भी ऐतिहासिक उल्लेख नहीं किया गया है। यूरोपियन और अरब यात्रियों के मध्यकालीन उल्लेख मात्र भूगोल विषयक हैं, न कि अंदमान के इतिहास विषयक। अंदमानी जाति में सिर्फ बर्बर, आदिम अविकसित मानव ही हैं। उनकी स्वलिखित कथाएँ तो छोड़िए, जातीय पूर्ववृत्त की जनश्रुतियाँ भी नहीं हैं। अंदमान एक प्रचंड विशालकाय भू-भाग है जिसका सिर्फ भूगोल है, इतिहास

नहीं। उसका समग्र इतिहास एक ही पंक्ति का है—पांड्य राजा की प्रशस्ति।

अंदमान का इतिहास नहीं, पर वहाँ मनुष्य-समाज अवश्य है। इतना ही नहीं, आज अंदमान में जो मूलभूत मानव-समाज है, वह ऐतिहासिक गणना की परिभाषा में तो बिलकुल ही अनादि है, क्योंकि वहाँ जो मूलभूत जंगली, बर्बर, आदिम मनुष्यों की जातियों का निवास है, उनके अस्तित्व का प्रारंभ ही नहीं मिल रहा। बिलकुल प्राचीनतम काल से, शायद जब से मर्कट का मानव होता आ रहा है, तब से वे ज्यों-की-त्यों आज भी, लगभग वैसी ही रह रही हैं, जैसी उस समय रहा करती थीं।

जब बंदर का आदमी बन रहा था, तब प्रथमतः उसकी दुम झड़कर दुमची की हड्डी मात्र रह गई। दुमची की हड्डी का नाम यद्यपि हम भी उसी स्थान की रीढ़ की एक हड्डी के लिए लेते हैं, तथापि वह हड्डी अब मूलभूत हड्डी से बिलकुल सपाट हो गई है। अंदमान में न भी हो पर उस द्वीप-पुंज के आसपास के भू-खंड में आज भी कभी-कभी ऐसे आदमी पाए जाते हैं, जिनकी दुमची की हड्डी डेढ़-दो इंच ऊँची उठी हुई होती है। जब हम अंदमान में थे तब गुण-विशेष का एक जंगली मानव दवाखाने में आया हुआ था, डॉक्टर ने दिखाया था। उसकी दुमची की हड्डी इसी तरह आगे बढ़ी हुई और इस तरह लंबी हो गई थी जिससे वह कुरसी पर पीठ टिकाकर सीधा न बैठ सके। उससे सटा दुम के बालों के गुच्छेवाला स्नायु वहाँ नहीं लटक रहा था। वह लुप्त हो चुका था। उसके जबड़े की हड्डियाँ वानर से कितनी मिलती-जुलती थीं। उसकी चालीस-पचास शब्दों की ही क्यों न हो पर एक भाषा थी जो असली मर्कट मानव (ओरांग-ओटांग) गोरिल्लाओं की होती है। इन ओरांग-ओटांग अथवा गोरिल्ला बंदरों की एक भाषा है। उसके काफी शब्दों को कुछ प्राणिशास्त्रज्ञों ने गिनने का प्रयास किया है। परंतु फिर भी वह मानव-भाषा के वर्ग के अंतर्गत नहीं आती। परंतु इस महत्त्वपूर्ण अंतर का हमें अहसास हुआ कि पुच्छ स्थित अवशिष्ट मानव को, जिसे हमने देखा, कोई भाषा अवगत तो थी जो मानवी भाषा के अंतर्गत आती थी।

यह प्राणी अपवादस्वरूप बताया, लेकिन अंदमान स्थित तज्जन्य जाति 'जावरा', जो अनादिकाल से वहाँ बसी हुई है, उसे तो कोई दुमची की हड्डी नहीं होती। इस जाति के लोगों का कद आम तौर पर चार-साढ़े चार फुट, रंग उलटे तवे जैसा गहरा काला, कड़े रूखे, छोटे-छोटे बाल गुच्छों में मुड़े हुए। मर्द की दाढ़ी-मूँछ तो उगती ही नहीं, सब नंगे बदन। मानव-प्राणी सुधार होते-होते हमारे यहाँ वर्तमान यांत्रिकी युग में जिस अवस्था पर पहुँच चुका है—वह विकास और वह यंत्रयुग हमारे जिस एक संप्रदाय को मानव जाति का एक दुर्धर अभिशाप मानता है, उस सादगीपूर्ण रहन-सहन के यंत्रयुग-विद्वेषी पंथ के मुँह में पानी भर आए, इतना सीधा-सादा रहन-सहन इस 'जावरा' जाति में अनादिकाल से सीधे आधुनिक काल तक चला आ रहा है। वस्त्र आवरण का

मोह उन्हें कभी नहीं आकृष्ट करता। नग्नावस्था यदि साधुता का प्रतीक हो, तो जावरा हमारे यहाँ के साधु-संतों से भी बढ़े-चढ़े सवासेर साधु हैं। हमारे साधु कटि पर एक अँगोछा लपेटने का, कम-से-कम लँगोट कसने के मोह पर काबू नहीं पा सकते। परंतु इस जावरा जाति में पुरुष ही नहीं, अपितु स्त्रियाँ भी कमर में जरा सी धज्जी भी नहीं बाँधतीं; और न ही उनमें कभी यह कृतार्थता छूती है कि इस तरह नंग-धड़ंग रहने में वे कोई अकृत्य कर रहे हैं। उनका रहन-सहन इतना सादा कि किसी मिल का ही नहीं, चरखे या अटेरन का अभिशाप भी उन्हें नहीं लगा। इस विवेचना से कि टाम-टूम, बनाव-सिंगार की लत के कारण विकसित इनसान जिस ओर बढ़ रहा है और जिससे उसका खाना-पीना हराम हो रहा है, उन्हीं का—'सादगी' पर जान छिड़कनेवालों का दिल इसी से फड़क उठेगा कि ये जावरा इस प्रकार बनाव-सिंगार के प्रति पूर्णतया उदासीन हैं। उनके महिला वर्ग में इक्की-दुक्की युवती विलास-लोलुप, छैल-छबीली निकली तो किसी पेड़ का एकाध पत्ता कटि के आगे लटकाती है और इक्का-दुक्का मर्द अलबेला, बाँका निकला तो उसका बनाव-सिंगार रंगीन रक्तवर्णी मिट्टी की धारियाँ अपने बदन पर खींचने तक ही सीमित होता है—उसी में वह संतुष्ट होता है। उनकी दृष्टि से कहना हो तो यंत्रयुग को वे अधोगति मानते हैं, अपितु जावरा लोग बहुत ही प्रगतिशील तथा विकासशील हैं, यंत्रयुग के प्रलोभनों से उदासीन हैं। मोटर कारें, रेल तो छोड़िए, बैलगाड़ी से भी वे अनभिज्ञ हैं। उन्हें कुरसी, दियासलाई, अंगूर, बँगला, बाजरा कुछ भी मालूम नहीं। मनुष्य जाति पर मनुष्य के असंतोष का, कलह का, कृत्रिम जीवन का संकट जिस एकमेव कारण से उफन पड़ा है इस प्रकार के 'सादगीपूर्ण रहन-सहन' के अध्वर्यु (चार ऋत्विजों में यज्ञ कराने वालों में एक) समझनेवाले उस 'सुधार' के नाम से ही नहीं, अपितु उस अभिलाषा से भी निर्लिप्त हैं।

परंतु इसलिए कि सादगीपूर्ण रहन-सहन, यंत्रयुग के अभिशाप से विमुक्त होने से, प्रकृति की ओर वापस लौटने से मानव में निरपवाद समाधान रहेगा—Back to Nature वादी लोगों का यह जो कहना है, उसके अनुसार इन जावरों में तुष्टि का वह भाव है यां नहीं? बिलकुल नहीं। काश्तकारी नहीं, हल नहीं, बैंकों में पैसा नहीं, बँगला नहीं, परंतु किसी घने जंगल में ऊबड़-खाबड़ गढ़ी गुफा में पनाह अथवा मांस का टुकड़ा अस्थायी अग्राधिकारवश किसी जावरे के पास हो, उसपर दूसरे की निगाह पड़े अथवा न पड़े, इसके लिए जो सावधानी बरतनी अथवा चिंता करनी होती है, वह व्यवस्था करनी पड़ती है, आवश्यकता पड़ने पर टक्कर भी देनी पड़ती है। यह सब उसके लिए उतना ही उत्कट अथवा भयंकर होता है जितना किसी कैसर, जार अथवा लेनिन के लिए। आपको और हमें खेती-बाड़ी में जितना कष्ट और चिंता होती है, उससे अधिक चिंता वन्य फल अथवा मृगया संपादन करने और नित्य सवेरे जावरे को

करनी पड़ती है और यही चिंता उसे घुला-घुलाकर, सुखाकर काँटा बना देती है कि वह मिलेगी या नहीं। सूअर के पीछे तीर लेकर भागते हुए अथवा मच्छीमारी में कितने पापड़ बेलने पड़ते हैं, डर के मारे सिर पर पाँव रखकर भागना पड़ता है, बीमारी में कराहना पड़ता है, विषाक्त जंगली मक्खी-मच्छरों के डंक मारते ही विह्वल होना पड़ता है। आपसी जलन, डाह से छाती पर साँप लोटता है, गाली-गलौज, मारधाड़, टोली-युद्ध, मारी गई मछलियों के लिए, मेरी-तेरी जैसी पूँजीवादी समस्याओं पर जावरों-जावरों में भी मुठभेड़ होती है और उन्हें मरते दम तक टकराना पड़ता है, जैसे हम, सोने की यह खान मेरी या तेरी, यह राजपाट मेरा या तेरा—इसके लिए घमासान मचाते हैं। मात्र सादगीपूर्ण रहन-सहन से 'यंत्रयुग का अभिशाप' ही छूटकर यदि संतोष तथा शांति मिलती हो तो इन जावरा लोगों को जीवनमुक्त ही समझना होगा, क्योंकि वे लगभग उतने ही सादगीपूर्ण रहन-सहन के उपासक हैं जितने वानर प्रकृति के साथ हैं। परंतु असंतोष, जीवन-कलह के स्तर और प्रकारों में भिन्नता भले ही हो, तथापि उनकी तीव्रता तथा अपरिहार्यता हर जावरे के 'प्राकृतिक' युग में भी हमारे यंत्रयुग से कुछ कम दिखाई नहीं देती। बल्कि उनका जीवन-विषयक विकास जो वानर के जीवन से अधिक नहीं हो पाता—उसका कारण यह सादगीयुक्त मर्कट रहन-सहन ही है।

अंदमान स्थित ऊपर निर्दिष्ट आदिम, बर्बर जावरा जाति हम जैसे आधुनिक विकसित संस्कृति के लोगों से साफ-साफ भय तथा विद्वेष से चार हाथ दूर रहना चाहती है, तथापि अंदमान में मूल निवासियों की अन्य जातियाँ भी हैं जो जावरा लोगों से रीति-रिवाज, रहन-सहन, घटना प्रभृति मामलों में भिन्न हैं और उसकी तुलना में प्रगत, उन्नत हैं। कुछ अंग्रेज समाजशास्त्रियों ने इनकी पृथकता तथा समानता का बारीकी से अध्ययन करके उनके संबंध में जो जानकारी दी है, उसकी साधारण रूपरेखा हम दे रहे हैं, जितनी हमारे इस कथानक से संबंध रखती है।

अंदमान में जो दस-बारह तत्रस्थ मूल लोगों की जातियाँ हैं, उनके नाम इस प्रकार हैं—कारी, कोरा, टबो, बी, बलवा, जावरा, जुबई, कोल आदि। अंतिम जो 'कोल' नाम है, उसपर गौर करना चाहिए, क्योंकि हमारे यहाँ के जंगली अथवा पहाड़ी मछेरों से यह नाम तथा इन लोगों का चरित्र तुलनीय हो सकता है। इस जाति की संघठनाएँ कुछ के घने जंगलों, कुछ के ऊँचे पहाड़ों तो कुछ के समुद्र तट पर रहने के कारण उनके रीति-रिवाज, भाव-भंगिमाएँ, रंग-रूप उक्त स्थितिभेद तथा थोड़े-बहुत वंशभेद से भिन्न हैं। अत: सरसरी तौर पर किए गए उनके वर्णनों में जो कुछ विसंगति पाई जाएगी, उसका स्पष्टीकरण पाठक कर सकते हैं।

जावरा प्रभृति जातियाँ गजब की क्रूर होती हैं। प्राचीन काल में कितने ही विदेशी जलयान इन द्वीपों के निकट तूफान में घिर या फँस जाते थे, तब उनपर यात्रा करनेवाले

बेबस, असहाय यात्रियों का जावरा प्रभृति अंदमानी लोग निहायत नृशंसता के साथ कत्ल किया करते थे। आज भी उनसे परिचित तत्रस्थ जातिबाह्य किसी भी विदेशी अथवा अंदमानीय जातियों के लोग दिखाई देते ही ये जंगली, बर्बर लोग घने वृक्षों की झुरमुट की ओट से उनपर तीक्ष्ण बाणों की बौछार करके अथवा इक्के-दुक्के व्यक्ति को पकड़कर उसकी जान ले लेते हैं। कभी-कभार किसीको जीवनदान मिल गया तो उसका अहोभाग्य। जावरों द्वारा जान से मारे गए लोगों की लाशों पर पत्थरों के ढेर लगाए जाते हैं।

उनमें से कुछ जातियों की यह धारणा होती है कि उनके हाथों जंगल में मारे गए विदेशी लोगों की वार्त्ता उन विदेशी दुश्मनों को पंछियों से मिलती है, क्योंकि वे पशु-पक्षी और मानव-प्राणी में अधिक भेद-भाव नहीं रखते।

इन लोगों में स्त्री-पुरुष संबंधित रीति-रिवाज अलग-अलग होते हैं। प्राय: स्त्री-पुरुषों के कार्य विभाजित होते हैं। स्त्री का स्थान पुरुष से निम्नस्तरीय समझा जाता है। वृद्ध महिलाओं से सम्मानपूर्वक व्यवहार किया जाता है। विवाह से पूर्व नारी पुरुष से मेल-जोल रखती है। अनब्याही, कुँवारी स्त्रियों के लिए लैंगिक प्रतिबंध कुछ खास नहीं होते। कुछ जातियों में वे अपना वर स्वयं चुनती हैं। कुछ जातियाँ माँ-बाप द्वारा तय की गई शादी उचित मानती हैं। इधर बहुपत्नीत्व तथा बहुपतित्व भी कुछ अधिक मात्रा में दिखाई नहीं देता। उसी प्रकार अपनी पत्नी की बहनों को वे कभी स्पर्श तक नहीं करते। लड़के-लड़कियों के नाम अलग-अलग रखने का रिवाज प्राय: सभी जातियों में नहीं है। माँ ही नामकरण करती है। प्राय: किसी नारी का पेट गदराने लगते ही गर्भ का नामकरण किया जाता है। परंतु कुछ जातियों में लड़कियों के सयानी होते ही निश्चित किए गए सोलह फूलों में से किसी एक फूल का नाम रखा जाता है, जो उस लड़की के सयानी होने के समय खिलते हैं। इन जंगली, बर्बर लोगों की यह ललित प्रवृत्ति तथा रसिकता क्या हमारे उन नागर लोगों की अरसिक, रूखी प्रवृत्ति से, जो फूल-सी सुकुमार लड़कियों के दगड़ी (पत्थर), धोंडी (बड़ा गोल पत्थर), भिमी जैसे बेढंगे नाम रखते हैं, अधिक सुंदर नहीं है। प्राय: पुरुष का विवाह पच्चीस वर्ष की आयु के पश्चात् तथा नारी का विवाह अठारह के बाद संपन्न होता है।

इन लोगों को बच्चों से बहुत लगाव होता है, परंतु कुछ जातियों में बच्चे सात-आठ साल के होते ही अपने माँ-बाप से अलग होकर पृथक् जीवनयापन करते हैं। वैसे आम तौर पर सभी का जीवन-क्रम एक-सा और नपा-तुला होता है। भक्ष्य के लिए दिन भर शिकार करना और रात में तब तक नाचना, जब तक नींद नहीं आती। नृत्य-समारोह में स्त्री-पुरुष नग्नावस्था में इकट्ठे रहते हैं।

इन लोगों में, तुलनात्मक दृष्टि से देखा जाए तो, पुरुष ही देखने में अच्छे लगते हैं। महिलाएँ निरी बुद्धू, लंठ—गोबरगणेश। स्त्रियों के कूल्हे बेडौल, भद्दे और शरीर

की तुलना में बहुत ही स्थूल होते हैं। शायद अपनी सुंदरता को चार चाँद लगाने के लिए स्त्रियाँ अपने सिर के बाल उतारकर खोपड़ी बिलकुल सफाचट चिकने किए रहती हैं। ऐसा लगता है कि उस अंदमानीय सौंदर्य दृष्टि में युवा रमणी की यही छवि अधिक सुंदर मानी जाती है। हमारे कवियों की यह अतिप्रिय उपमा है कि सुंदरी के होंठ पक्व बिंबाफल सदृश हैं (पक्व बिंबाधरोष्ठी)। उसी तरह उनमें जो कोई कवि मन का होगा उसे यह उपमा सूझती होगी तथा प्रिय भी होगी कि सुंदरी का मस्तक छीले या तराशे हुए नारियल सदृश विलोभनीय होता हो, क्योंकि छीला हुआ नारियल अंदमानीय जंगल के प्राकृतिक नागरिकों का अति प्रिय पदार्थ है, जहाँ नारियल के वृक्षों की विपुलता है।

उन लोगों की बुद्धि बचपन में बड़ी चतुर-चालाक होती है, परंतु उसमें शीघ्र ही गतिरोध आ जाता है। स्मरणशक्ति बहुत ही साधारण, अर्थात् बौद्धिक दूरदर्शिता उनमें नहीं के बराबर ही होती है। मनुष्यत्व की एक व्याख्या है कि मनुष्य वही है जो आगे-पीछे देखकर व्यवहार करता है। इस व्याख्या के अपवादस्वरूप अंदमानी लोगों को देखा जा सकता है। काम, क्रोध, लोभ आदि विकारों की जो सनक उनपर सवार होगी उसी के अनुसार वे चलते हैं। अतीत और भविष्य का गणित वे नहीं जानते। क्षुधा, तृष्णा, क्रोध, द्वेष आदि भावनाओं की तत्कालीन तृप्ति होने पर वह समस्या वहीं समाप्त हो जाती है। शत्रु अथवा अपराधियों से प्रतिशोध भी बस उसी मनोवेग में लेंगे। कुछ समय के पश्चात् वही विपक्षीय व्यक्ति यदि फिर से उनमें आ जाए तो उसके प्रति खुन्नस, क्रोध, अपराध तथा प्रतिशोध लेने का निश्चय सबकुछ प्राय: वे भूल जाते हैं। वह व्यक्ति फिर उनमें घुल-मिल जाता है। अर्थात् उनके बारे में जो कहा जाता है कि उनकी स्मृति-शक्ति अपर्याप्त होती है, वह हमारी स्मृति-शक्ति तथा बौद्धिक दूरदृष्टि के प्रदीर्घकालीन स्थायित्व की तुलना में ही कहा जा सकता है, क्योंकि उन जातियों को भी कुछ स्मृति, कुछ दूरदृष्टि अवश्य होगी। जातिगत, पैदाइशी तथा व्यक्तिगत अर्जित स्मृति तथा दूरंदेशिता बंदरों के झुंड में भी होती है। फिर ये आदिम क्यों न हों, हैं तो मनुष्य ही न?

उनकी भाषा बिलकुल इने-गिने शब्दों की नपी-तुली। बस, उसे व्यक्त करने के लिए जो विश्वासयुक्त शारीरिक तथा प्राथमिक भाव-भावनाएँ आवश्यकताएँ हैं, वही। उसपर वे तनिक अपर्याप्त ही हैं, क्योंकि उनकी भाषा में एक प्रमुख शब्द के उच्चारण से उसका वाक्य बनाने का काम हाव-भावों से ही पूरा होता है। हाथ हिला, सिर-आँखों की भंगिमाओं और शब्दों से वे परस्पर अधिक संवाद साधते हैं। कोई अतिथि मिल जाए तो प्रथमत: दोनों एक-दूसरे की ओर चौकन्ना होकर देखते हैं—यही उनका प्रथम शिष्टाचार है। अर्थात् एक-दूसरे को पहचानने में जो धोखा कमजोर स्मृतिवश तथा विदेशियों के कपटवश उन्हें सहना पड़ता है, उस जातीय अनुभूति के कारण ठीक से जाँच-परख करने से पहले किसी से भी बातचीत न करने का रिवाज उनमें आया होगा। फिर खाँस-खँखारकर

आगतों से वार्त्तालाप का श्रीगणेश करना उनका दूसरा शिष्टाचार है। हर जाति की एक पृथक् बोली होती है। साधारणतया बीस मील पर यह बोली बदलती है।

किसी की मृत्यु पर सगे-संबंधी बिलख-बिलखकर रोते हैं। छोटा बच्चा मर जाए तो उसे माँ-बाप की कुटिया में ही दफनाया जाता है। अन्य किसी, खासकर किसी बड़े आदमी की मृत्यु पर उसकी गठरी बाँधकर प्रथमत: वृक्ष के कोटर में अच्छी तरह से रखा जाता है तथा उस स्थान के चारों ओर बेंत के पत्तों की मालाएँ लटकाई जाती हैं। उस स्थल के पास महीनों तक कोई फटकता भी नहीं। यह श्मशान स्थल अलग-थलग ही रखा जाता है। इस सूतक काल में वे भूरी मिट्टी बदन पर पोतते हैं और उन दिनों में नाच-गाना बंद कर दिया जाता है। कुछ महीनों बाद मृत व्यक्ति की अस्थियाँ धोकर उनके टुकड़े किए जाते हैं। फिर उनके तरह-तरह के गहने बनवाकर उन्हें उस मृत व्यक्ति के स्मरणार्थ प्रयुक्त किया जाता है। ऐसा विश्वास भी दिखाई देता है कि रोग-पीड़ित होने पर उन अस्थियों के गहनों के स्पर्श मात्र से अमुक रोग से मुक्ति मिलती है। परंतु इन सभी अस्थियों में मृतक के कपाल का विशेष आदर-सम्मान किया जाता है। अन्य अस्थियों के साथ इस खोपड़ी को एक माला में पिरोकर उसे गरदन के ऊपर पहना जाता है और इस कपाल का प्रयोग करने का अधिकार विधवा, विधुर और अत्यंत निकटतम संबंधियों को ही होता है।

कुछ जातियों का विश्वास होता है कि मरणोत्तर काल में भूत-पिशाच योनि प्राप्त होती है। कुछ लोगों की यह धारणा होती है कि अंदमान क्षेत्र में सभी प्राणी जो विचरते हैं, उनके रूप में अपने पूर्वज ही डोलते फिरते हैं। अपना ही भूत होने की धारणा उनकी छाया की अपेक्षा अपनी परछाईं से आई होगी, जो उन्हें सागर जल में दिखाई देती है, क्योंकि परछाईं को ही वे भूत मानते हैं और समझते हैं कि मरणोपरांत यह भूत अन्यत्र रहने के लिए चला जाता है।

धार्मिक दृष्टि से कर्मकांड इन लोगों में नहीं के बराबर ही है। शादी-ब्याह, मृत्यु आदि अवसरों पर निश्चित रिवाज, व्यावहारिक रस्में होती हैं, परंतु धार्मिक स्वरूप में किसी देवी-देवता की प्रार्थना, पूजा अथवा मंत्र-तंत्र, इतना ही नहीं अपितु कोई धर्मधुरीण पंडित-पुरोहित भी नहीं होता। हाँ, कोई उन्हें साग-पात समझकर नीचा न दिखाए कि उनमें से कइयों को ब्रह्मज्ञान नहीं है, क्योंकि उनमें जो थोड़ा सा ब्रह्मज्ञान तथा कुरान-पुराण है, उसका हमारी ईश्वरदत्त पुस्तकों में कथित कुछ धर्मधारणाओं तथा ब्रह्मज्ञान को भी लोहा मानना पड़ेगा। जैसे कि पुलगा नामक देवता ने इस विश्व का निर्माण किया। मरणोपरांत जिस दुनिया में भूतों का डेरा जमता है, उस अनूठे-अद्‌भुत विश्व को एक प्रचंड जंगली नारियल के वृक्ष ने उठाया हुआ है, जैसे शेष के मस्तक पर वसुंधरा। आजकल पुलगा उसी अद्‌भुत ऊँचे आकाश में रहता है, परंतु प्राचीन काल में वह

अंदमान के सबसे ऊँचे पहाड़ 'सैड्ल पीक' पर रहता था। कैलाश पर्वत पर यदि हमारे शंभु महादेव भोलेनाथजी का निवास है, मूसा—पैगंबर के महादेव अल्लाह ताला यदि सीनाय की चोटी पर निवास करते हैं, आई.सी.एस. के महादेवजी गवर्नर जनरल यदि शिमला में रहते हैं तो भला अंदमान का महादेव पुलगा 'सैड्ल पीक' पर क्यों न रहे? मरणोपरांत जीव एक वायु-रूप पुल से पाताल लोक में जाता है और ईसाई, मुसलिम की तरह कब्र में इस जगत् के न्याय-निर्णय के दिन तक प्रतीक्षा करता है। यह अंदमानी महादेव पुलगा मुसलिम महादेव की तरह निपट एकांतप्रिय नहीं, हमारे हिंदू महादेव की तरह उसकी भी एक पत्नी है तथा ईसाई महादेव को जिस प्रकार जीसस जैसा पुत्र है, उसी प्रकार उसका भी एक पुत्र है। इतना ही नहीं, कई कन्यारत्न परिवार में होने का सौभाग्य भी उसके हिस्से में है और यह सुख ऐसा है, जो हमारे यहाँ के किसी भी महादेव के भाग्य में नहीं है।

इस पुलगे के अतिरिक्त अदृश्य शक्तियों में सागर का भूत 'जुरूबीन' तथा जंगल का भूत 'एरम चौग' दोनों ही बड़े घाघ तथा शीघ्रकोपी हैं। पुलगा को भी वे नहीं मानते, जिस प्रकार शैतान अल्लाह की भी परवाह नहीं करता। लेकिन इतना अच्छा है कि यह जंगली शरारती भूत 'एरम चौग' आग से डरता है। इसी धारणा के कारण वे अंदमानी जंगली जातियाँ हमेशा अपने साथ आग रखती हैं, उसे बुझने नहीं देतीं, जैसे हम हिंदू, पारसी लोग भी अखंड अग्निहोत्र का पालन और उसकी रक्षा करते हैं।

उत्तरी ध्रुव सदृश सर्वथा बर्फीले प्रदेश में ऐसा चिल्ला जाड़ा पड़ता है कि हमारी एकदम कुल्फी जम जाती है—मनुष्य के बसने के समय उसे तपिश के लिए अग्नि की अखंड निकटता अत्यावश्यक है; और इसीलिए अत्यंत प्रिय होगी। परंतु उस जमाने में आग जलाने के लिए दियासलाई जैसा फुरतीला साधन मनुष्य के लिए उपलब्ध नहीं था, इसलिए उसे लकड़ी पर लकड़ी अथवा चकमक पत्थर को एक-दूसरे पर घिसकर आग की चिनगारी उत्पन्न कर अग्नि जलानी पड़ती थी। अतः एक बार जलाने के बाद उसे बुझने न देना, निरंतर धधकती रखना अपरिहार्य था। अतः उत्तरी ध्रुव के आर्यों में अग्नि का महत्त्व बढ़ा होगा और प्रथमतः सदाचार का और बाद में धर्म कर्तव्य का स्वरूप पाकर हमारी अग्निहोत्र संस्था अस्तित्व में आ गई। इस प्रकार हमारी चलाई परंपरा अग्निहोत्र की उत्पत्ति का अंदमान का यह वन्य अनार्य दृढ़ समर्थन करता है, क्योंकि इस घने जंगल में बड़े-बड़े जहरीले मच्छरों और मक्खियों के झुंड-के-झुंड, साँप-गिरगिट, जोंकों-चिंचड़ों की भरमार, यहाँ-वहाँ दलदल, प्रायः घना अँधेरा; और गुण विशेष की 'जंगलों' का वह भूत डरेगा तो सिर्फ आग से ही डरेगा। उधर आग अत्यंत उपयुक्त है। लेकिन उन जंगली लोगों में आज भी दियासलाई के अभाव में आग जलाना बहुत ही कष्टप्रद है। चकमक घिसकर चिनगारी उठानी पड़ती है। अतः एक बार

जलाई हुई आग ही आगे फिर से जलाने के लिए यथासंभव जलती रखना आवश्यक था। साथ ही जंगल के भूत 'एरम चौग' को दहशत फैलाकर दूर रखने के लिए भी प्रदीप्त अग्निहोत्र एक आवश्यक चीज हो गई।

तथापि दैवीकरण की उनकी कल्पना-शक्ति के उस अग्नि समान ज्वलंत न होने के कारण आग का अग्निदेव नहीं बना। न ही उसका अग्निहोत्र बना। आग उत्पन्न करनेवाली हमारी लकड़ियों का भी जिस प्रकार अरणि देवता (निहाई देवता) होता है, उसका मंत्रोच्चारण के साथ आह्वान किया जाता है, उसी प्रकार उनको चकमक पत्थरों की 'चमक गिराओ, प्रसन्न हो जाओ' ऐसी प्रार्थना नहीं करनी पड़ती। उनकी अग्नि कभी प्रसन्न नहीं होती, सिर्फ जलती है। क्रोधित नहीं होती, सिर्फ बुझती है। वह आग भले ही जंगल के भूत को भगाती हो, तथापि वह मात्र एक पदार्थ, मात्र एक वस्तु है, न कि देवता।

आम तौर पर उनमें से प्रायः सभी जातियों में किसी भी देवता की प्रार्थना अथवा मंत्र-तंत्र अथवा पूजा-अर्चना ऐसी नहीं जो परलोक में काम आ सके। स्वर्ग-नरक की उनकी धारणा हमारे पुराण-कुरान-बाइबिल के छबढब की बिलकुल नहीं होती। 'पुलगा' की भी संकटमोचनार्थ पूजा-प्रार्थना नहीं होती।

इस प्रकार ये अंदमानीय जंगली नागरिक इन एक-दो जिले जितने टापुओं में लगभग तीन-चार हजार होंगे या नहीं भी—वे भी बिखरे हुए—बाकी सब घना जंगल-ही-जंगल। इतना घना और दुर्गम जिसमें उपनिवेशी मनुष्य ने कदम भी नहीं रखा था—पिछले तीस-एक वर्षों तक इसका निश्चित सर्वेक्षण नहीं किया गया था। बड़े-बड़े पेड़, उनपर और उनमें से सैकड़ों कँटीली, बिना काँटों की लता-वल्लरियों, तृणों की घनी जटिल गुत्थमगुत्थी की रेलपेल के साथ लगभग बारह महीने—कम-से-कम नौ महीने—निरंतर बारिश, गोलाधार बरसती—कभी धुआँधार तो कभी रिमझिम-रिमझिम, इसलिए तलहटी पर सतत जल-संचय—उसपर वृक्ष लता-वल्लरियों की, अथाह घने जंगल की सूखी पत्तियों, छिलकों की बरसों से परतों-पर-परतें जमा होती हैं। बरसों से वह सब उधर ही सड़-गल जाता है। इधर-उधर हर तरफ उस दलदल में लाखों मक्खियाँ, बड़े-बड़े राक्षसी मच्छर, जोंक, चिंचड़ियाँ, भयंकर जहरीले साँप—जिनका काटा पानी भी नहीं माँग सकता, गिरगिट, विषाक्त जीव-जंतुओं की भरमार। वृक्ष में वृक्ष, बेलों में बेलें, काँटों में काँटे, छोटे-छोटे पौधों के झुरमुट एक-दूसरे में उलझकर इस तरह एक जंगली छत, मीलों दूर-दूर तक फैली हुई कि सूरज आसमान में दपदप दमकता रहने पर भी उसकी सहस्रों रश्मियों का स्पर्श उस जंगल की तलहटी को, उस दलदल को सुखाने के लिए युगों से नहीं हुआ था, रोशनी भी छनछन करती सदियों से यहाँ नहीं आती। सिर्फ मैदानों में ही नहीं अपितु उन पहाड़ों पर भी जंगल की वृद्धि जो बीच-बीच में

दिखाई देती थी, उस जंगल ने उसी प्रकार आक्रमण किया था। इस योग में ये द्वीप यद्यपि दूर से हरे-भरे तथा मनमोहक भले ही दिखाई देते, पर प्राचीन काल से मनुष्य-बस्ती के लिए प्रतिकूल ही सिद्ध हुए हैं। जो कुछ साहसी अंग्रेज बहादुरों ने उपनिवेश स्थापित करने का प्रयास किया, उनके लिए भी अठारहवीं सदी के साधनों द्वारा पैर जमाना दुष्कर था। दो बार उनके द्वारा स्थापित उपनिवेश को वहाँ के लाखों जहरीले जीव-जंतुओं तथा दलदल स्थित रोगाणुओं ने रेजा-रेजा कर दिया। एक-एक आदमी रोगग्रस्त होकर मर गया और जो बचे वे डेरा-डंडा उखाड़कर चलते बने।

यह सच है कि इन अंदमान द्वीप-पुंजों पर जो विदेशी लोग दुर्घटनास्वरूप जलयान के तूफान की चपेट में आ जाने के कारण अथवा उपनिवेश स्थापित करने के लिए आते हैं, उनपर जावरा प्रभृति तत्रस्थ बर्बर लोग विषाक्त तीरों की बौछार करके, उन्हें पकड़कर फाड़ डालते हैं। परंतु उस द्वीप की स्वाधीनता अनादिकाल से सत्रहवीं शताब्दी तक जो अक्षुण्ण रही, वह कदापि न रहती, यदि उनकी ओर से यह प्रतिकार न किया जाता। इस द्वीप की स्वाधीनता जो अबाधित रही, वह तत्रस्थ साँप, गिरगिट, जोंक, चिंचड़े तथा दलदल में बसी असंख्य जहरीली मक्खियों, मच्छरों, रोगाणुओं आदि कट्टर देशभक्तों, लक्षाधिक सूक्ष्म सैनिकों की 'स्वतंत्रता भक्ति' के ही कारण।

वहाँ के ऐसे घने जंगल स्थित जावरों से जोंकों-चिंचड़ों की सेना का ही पराक्रम अतुलनीय है। आज भी इस जंगल में कटाई के लिए बंदियों की टोलियाँ जब जाती हैं तब ये चिंचड़े उन्हें लहूलुहान करके वापस भेज देते हैं। पेड़ों पर इन जोंकों की परतों-पर-परतें चढ़ जाती हैं। पैरों तले सूखे पत्तों की परतों पर इनके दल-के-दल, उन जोंकों के लाखों 'देशभक्त' फौजी छिपकर घात लगाए बैठे होते हैं। लोगों के अंदर घुसते ही, उनकी गंध सूँघते ही पेड़ों पर से जोंकें फटाफट उनके बदन पर कूदती हैं, पैरों की ओर से फटाफट जाँघों पर चढ़ती हैं और जहाँ भी चिपक गईं वहीं से लपालप लहू सुड़कने लगती हैं। हाथों से उनके गुच्छे निकालने की लाख कोशिश करें तो भी टस-से-मस नहीं होतीं, वहीं पर डटी रहती हैं। डंक-ही-डंक, दंश-ही-दंश—उसपर विषैले मच्छर, कँटीले पौधे, भयंकर साँप जैसे गिरगिट—एक-एक फीट लंबे, सौ-सौ पैरों के—उनकी भी परतों-पर-परतें—बंदी उन्हें 'कनखजूरे' कहते हैं। उसका डंक इतना जहरीला होता है कि बदन में भयंकर सूजन आ जाती है, जलन होने लगती है, कभी-कभी बदन सुन्न पड़ जाता है जैसे लकवा मार गया हो। कभी-कभी प्राणघात भी हो जाता है। इनकी तुलना में उधर साँप बहुत ही कम हैं। परंतु 'फुरसे'* की तरह एक साँप होता है। वह इतना विषाक्त होता है कि उसका काटा पानी भी नहीं माँगता। सुना है, पहले बिच्छू नहीं थे, पर आजकल वे भी मिलते हैं।

* फुरसे—महाराष्ट्र में कोंकण में पाया जानेवाला एक जहरीला साँप।

ऐसे ही उस जंगल में जब बंदियों में सबसे अधिक कंटक तथा क्रूरतम बंदियों को टोलियाँ बनाकर जबरदस्ती जंगल कटाई के लिए ले जाया जाता तब उनकी भी घिग्घी बँधती। मारपीट करके लाए गए सौ-सौ कैदी दिन भर उस भयंकर जंगल में सख्त-से-सख्त काम निबटाकर जब शाम ढले वापस लौटते तब उनके बदन पर चिपकी हुई जोंकों के डंक से खून की पतली धाराएँ बहतीं; पाँवों में काँटे चुभे हुए होते और वे दलदल की कीचड़ से लथपथ होते। ऐसी अवस्था में भला इसमें आश्चर्य की कौन सी बात है कि बंदियों की टोलियों के कलेजे पक जाते, दिल दहल जाते। उसपर उस जंगल में मधुमक्खियों तथा ततैयों का अबाधित साम्राज्य। यदि उनकी सार्वभौमिकता को कोई तुच्छ मनुष्य ललकारे, जरा सा भी छेड़े तो मधुमक्खियाँ तथा ततैया भी उन विदेशी शत्रुओं पर आवेश के साथ टूट पड़तीं—अपने स्वदेश तथा स्वराज्य की रक्षार्थ देशप्रेमी जोंकों-चिंचड़ों, कनखजूरों तथा रोगाणुओं द्वारा छेड़े गए स्वाधीनता संग्राम में हिस्सा लेने में वे भी पीछे नहीं रहतीं।

इन तमाम स्थितियों से टक्कर लेकर—इन जावरों, जोंकों तथा रोगाणुओं का डटकर मुकाबला करते हुए जूड़ी (मलेरिया) आदि रोगों से अनेक उपनिवेश तहस-नहस हो गए। तथापि आज अंग्रेज पुन: उसी अंदमान द्वीप में आखिर एक चिरस्थायी तथा संपन्न औपनिवेशिक राज्य स्थापन करने में सफल हो ही गए—इसी राज्य को 'काला पानी' कहा जाता है।

आजन्म कारावास प्राप्त बंदियों के दिल 'महाराजा' धुआँकश के अंदमान के किनारे पर लगते ही धौंकनी की तरह धकधक करने लगते हैं—

'आ गया! काला पानी आ गया!!'

□

प्रकरण–१२

# अंदमान के बंदीगृह में

काला पानी पहुँचते ही कैदियों को धुआँकश से उतारा जाता है और उन्हें सीधे उस द्वीप पर, सागर की ढलान पर बनाए हुए भव्य, मजबूत, विशाल तथा प्रमुख कारागृह में सशस्त्र पुलिस-पहरे में पहुँचाया जाता है।

इस प्रकार के कारागृह को 'कक्ष-कारागार' (Cellular Jail) कहा जाता है। बंदियों की बोली में इसी 'सेल्युलर जेल' का 'सिलबर जेल' (रुपहली बंदीशाला) जैसा मनमोहक रूपांतर हो गया है। जो अर्धशिक्षित बंदी थे—वे पुलिस के यह कहने पर कि 'इन्हें सिलबर जेल में ले जाओ' हक्के-बक्के-से देखते रहे। भई, रुपहली बंदीशाला में जाना है! क्या बात है! कुछ मंदिरों के खंभों अथवा कंगूरों पर जिस प्रकार चाँदी की चादरें जड़ाई जाती हैं, उसी प्रकार उनकी नजरों के सामने 'सिलबर जेल' नाम सुनते ही किसी विलक्षण तथा भव्य कारागृह, जिसका कम-से-कम दर्शनीय हिस्सा रुपहला हो, दृश्य आ जाता। भई, काले पानी की सारी बातें ही न्यारी हैं। क्या कहा जाए, जिस तरह काला पानी उसी तरह बंदीशाला रुपहली क्यों नहीं हो सकती?

कम-से-कम कैदियों तथा पुलिसवालों के मुँह से बार-बार 'सिलबर जेल' नाम सुनकर कंटक को बड़ा आकर्षक प्रतीत हुआ। वास्तव में भयानक पापियों को उनके भीषण पापों का कठोर दंड देने के लिए जिस द्वीप में ले जाना है, उसका नाम जिस तरह 'काला पानी' प्रचलित हो गया जिससे रोंगटे खड़े होना स्वाभाविक है, उसी तरह उस कारागृह का नाम भी 'नारकीय विवर' अथवा 'छलघर' प्रचलित होना चाहिए था, जिससे अच्छा-खासा दबदबा निर्मित होता। परंतु यह नाम कम-से-कम लुभावना तो है—वाह! 'सिलबर जेल'—रुपहली बंदीशाला!

भई, केवल नाम ही प्यारा नहीं है—वह देखिए, वह भव्य बंदीगृह दिखाई दे रहा है—वही है सिलबर जेल। आँ वह! बिलकुल सिलबर—रुपहला न सही, पर कितना आकर्षक है वह भवन। रेखांकन करके ठीक-ठाक, साफ-सुथरा, टीप-टाप, बिलकुल

कोरा, प्रदीर्घ, प्रशस्त, समानांतर, बढ़िया खिड़कियाँ-ही-खिड़कियाँ—एक मंजिल पर खड़ी तीन सुघड़, सुडौल मंजिलें, बीचोबीच पक्का सुगठित टावर। पल भर के लिए कंटक को अहसास हुआ, कहीं यह पुलिस मेरा मजाक तो नहीं उड़ा रही! काले पानी के प्रमुख बंदीभवन के बहाने कहीं कोई आरोग्य भवन तो नहीं दिखा रहा, जो रईस धनवान् अफसरों के लिए बनाया गया है! भई, यह सिलबर जेल है या सैनिटोरियम!

भीतर कदम रखते ही बंदीगृह नाम से जो एक उदास, दारुण, वीरान अँधेरे दबदबे का अनुभव आम भारतीय बंदीगृह में भी होता है, उसका यहाँ नामोनिशान तक नहीं है। रोशनी, हवा की विपुलता। तीन मंजिलों के पाँच-छह 'विंग्ज'—जिनमें एक जैसी कोठरी से कोठरी सटाकर बनाई गई हैं—सुडौल, सुगठित मध्यस्थित उस टावर के चारों ओर दूर-दूर तक कायदे से फैले हुए। बीच में बड़े-बड़े आँगन रखे हुए—गोलाकार—चारों ओर नारियल—केले का घना वन। अंदमान के घने जंगल में कभी-कभी नरम-नरम मुलायम, सुस्त, तीस-तीस फीट लंबे, सुंदर प्रचंड अजगर कुंडली मारकर लेटे हुए पाए जाते हैं, उसी तरह यह वन भी जैसे एक अजगर ही है। अजगर जैसा ही मनमोहक!

उसपर हर बंदी के लिए अलग-अलग कालकोठरी, जिसमें लोहे की सीखचों का बंद दरवाजा। इस प्रकार उसमें सात-साढ़े सात सौ काल कोठरियाँ हैं। इसीलिए उसका सेल्युलर जेल जैसा सार्थक नाम रखा गया था।

उसे हर कोठरी में भरपूर रोशनी दिखाई देती। परंतु उस रोशनी की विशेषता यह थी कि उस कोठरी में कदम रखने और द्वार को एक बार बाहर से ताला लगने के बाद चर्मचक्षुओं को भले ही साफ-साफ दिखाई दे, परंतु दिल में घुप अँधेरा छा जाता, एकदम घुटन-सी महसूस होती; वह प्रशस्त, विशाल कमरा कालकोठरी बन जाता।

उसी प्रकार की एक-एक कालकोठरी में बंदियों के उस चालान के भी एक-एक कैदी को अलग-अलग बंद किया गया। तीन-चार दिन तक उन कालकोठरियों में अकेले-अकेले कैदी को गाड़ने के बाद उनके दंड-पत्रक की जानकारी का निरीक्षण करके उनके अपराध तथा पूर्ववृत्त के अनुसार विभिन्न श्रेणी विभाजन किया गया। जो तात्कालिक उत्क्षोभ में अपराध कर गए और प्रथम बार दंडित हुए थे, उनकी गणना सुधारणीय श्रेणी में की गई। जो घुटे हुए अपराधी थे, उनकी भयंकर दुःसुधारणीय के रूप में दूसरी श्रेणी—इस प्रकार अपराधी विज्ञान (Criminology) के अनुसार दो वर्ग किए गए। कंटक प्रथम श्रेणी में था और अंग्रेजी, हिंदी शिक्षित होने के कारण महीने-दो-महीने में ही उसे लेखालय में, जो बंदी लेखक-वर्ग होता है उसमें, थोड़ा-बहुत लिखा-पढ़ी का काम मिल गया और यह स्पष्ट हो गया कि चंद दिनों में बंदियों में 'बाबू' के रूप में उसका बोलबाला होगा। परंतु रफीउद्दीन के दंड-वृत्तांत की 'भयंकर'

श्रेणी में गणना हुई, अर्थात् पाँच वर्षों तक उसे उसी कारागार में बंद रखने तथा तब तक कड़े पहरे में सख्त काम करने का दंड दिया गया जब तक उसका आचरण चोखा नहीं दिखाई देता।

आजकल अंदमान में भयंकर तथा निघरघट बंदी नहीं भेजे जाते, अतः वहाँ के कैदियों को काफी सहूलियतें मिलती हैं। परंतु तीस-पैंतीस वर्ष पूर्व भयंकर, निघरे, छँटे हुए दंडितों को प्रायः उधर भेजे जाने के कारण उनसे कड़ी मेहनत लेने के लिए वैसे ही कठोर नियम तथा उनकी दुष्ट मस्ती झाड़ने के लिए उतना ही कठोर काम आयोजित करना पड़ता था। इसके अतिरिक्त अन्य किसी भी ढुलमुल, कमजोर व्यवस्था से इस प्रकार के राक्षसी दंडितों को सही रास्ते पर लाना, उनसे वह कार्य करवाना जो समाज के लिए हितकर था, कम-से-कम समाज को उनके स्वैर अस्तित्व से जो उपद्रव भोगना पड़ता था, उसे टालना लगभग असाध्य ही होता था।

रफीउद्दीन जैसे निर्दयी कैदी उस प्रकार की कठोर, कड़ी व्यवस्था के भी दाँत खट्टे करके काले पानी से भाग जाते, स्वदेश वापस जाते और पुनः समाज पर घोर अत्याचार करते। इस बात पर गौर करते हुए रफीउद्दीन के कारागार से भाग निकलने पर बीच के कालखंड में यह व्यवस्था और भी अधिक सख्त की गई थी। इस बीच उस कक्ष-कारागृह पर ऐसे अधिकारियों की नियुक्ति की गई थी, जो उसके लिए नहले पर दहला हों, आवश्यकता पड़ने पर उससे भी कठोर व्यवहार करें, चालाक हों। रफीउद्दीन को अब जब पुनः काला पानी भेजा गया, तो उसकी मुठभेड़ ऐसे ही एक सवाई दंडम बंदीपाल के साथ होनेवाली थी।

रफीउद्दीन ने आते ही इस बात पर गौर किया तथा अपनी पूर्वपरिचित व्यवस्था तथा अधिकारियों की आँखों में धूल झोंकने के लिए जहाँ जो-जो इलाज लागू हो, वहाँ क्रमशः चुगलियाँ, मनुहार करना, पाँव पकड़ना, वाहियात अंटशंट बकबक, गाली-गलौज, पागलपन का स्वाँग, धींगामुश्ती, हँसते-खेलते मुख प्रशंसा, शोख निर्लज्जता आदि विविध प्रकार के व्यवहारों का प्रयोग करना प्रारंभ किया।

उस नए बंदीपाल ने, जो भयंकर तथा अधम बंदी था, आते ही उनके पूर्ववृत्त की सरकारी टिप्पणियों के अनुसार, मन में निश्चित किया था कि उनके संबंध में कौन सी नीति अपनानी चाहिए। और फिर उनकी प्रस्तुत मनोवृत्तियों को टटोलने के लिए वह एक-दो बार उनसे प्रत्यक्ष साक्षात्कार करता। जहाँ आवश्यकता पड़ती वहाँ खुल्लम-खुल्ला बातचीत करने का दिखावा करता। नरमी से पेश आता और फिर उनका पुरजा उतना ही कसता जितना वह चाहता था। अपनी पद्धति के अनुसार उसने उस नए चालान के बंदियों को भी धीरे-धीरे टटोलना आरंभ किया। पाँच-छह दिनों तक उन्हें कालकोठरी में सड़ने देने के बाद एक दिन वह मुखिया जमादार के साथ रफीउद्दीन की

कोठरी के सामने अचानक आ धमका।

बंदीपाल साहब स्वयं जिसकी कालकोठरी (Solitary Cell) में बिन बुलाए जाते हैं, अन्य उपेक्षित कैदियों में उस बंदी का तुर्रा एकदम सातवें आसमान पर चढ़ जाता है। वह यह समझकर अभिमान करने लगता है कि इन नगण्य साधारण लोगों में वह भी एक गण्य हस्ती है। रफीउद्दीन मियाँ भी घमंड से छाती फुलाने लगे। वह इतने कड़े पहरे में, 'कैदे-तनहाई' में सड़ रहा था कि जहाँ परिंदा भी पर नहीं मार सकता था। ऐसे में किसी का भी वहाँ आना वह अपना अहोभाग्य समझता। अब दस्तुरखुद 'जेलर साब' उसके पास अपनी मरजी से आए और आते ही पूछने लगे, "क्यों रफीउद्दीन! ठीक-ठाक हो न? कुछ शिकवे-शिकायत?"

"सरकार, आप हमारे माँ-बाप! मैं तो आपके गुलाम का तिलाम हूँ जी!" रफीउद्दीन विनम्रता का चोला पहनकर घिघियाने लगा। फिर बोला, "हुजूर, चाहे मुझे फाँसी पर लटकाओ। लेकिन इस कालकोठरी में अकेले मत ठूँसो। अरे हुजूर, तनिक चीं-चपड़ करना भी दुश्वार हो गया है जी! यदि इस प्रकार मैं अकेले इस भयानक सन्नाटे में कुछ दिन और रहा तो पागल हो जाऊँगा, पागल!"

"अकेले रहने से उकता गए हो!" बंदीपाल मुसकराया, "बस इतनी ही है न तुम्हारी छटपटाहट, परेशानी की वजह! अच्छा, जमादार सुनो, भई मियाँ को एक जोरू ला दो सोहबत के लिए। हमारे जनाना कैदखाने में तो बीवियाँ-ही-बीवियाँ हैं।"

यह सूँघकर कि बंदीपाल बड़ा हँसोड़ तथा खुशमिजाज है, रफीउद्दीन भी खुल गया—उसपर बात छेड़ी गई बीवी की। उसकी मुद्रा एकदम रंगीन हो उठी। कहने लगा, "सरकार, उसे आप जनाना बंदीखाना कहते हैं? लगभग सभी कैदी उसे बीवीघर कहते हैं, हुजूर! लेकिन हम लोगों में जो असली शौकीन, रंगीन तबियत के हैं वे उसे चिड़ियाखाना कहते हैं—'पाँखीवन'। लेकिन सरकार, उस पाँखीवन का पाँखी, पँखेरू आप हमारे भाग में थोड़े ही आने देंगे? वह सामने बैठकर नारियल की जटाएँ जो कूट रहा है—अजी वही काला-कलूटा, भद्दा कोयला, ऐसे भद्दे डोमकौओं को ही तो आप हसीन बुलबुल देंगे। हुजूर, वाकई सरकार, आप उनके इतने हिमायती क्यों हैं जी? वह डोमकौआ—अजी वही कंटक—मेरा चालानी है—वह भी धोखेबाज, दंडित, आजन्म कारावासी, काला पानी पानेवाला अपराधी। मैं भी बिलकुल उसीकी तरह हूँ। लेकिन मुझे पूरे पाँच साल तक इस बंदीशाला में, इस एकांतवास में, कैदे-तनहाई में सड़ने का दंड और उस साले बदमाश को फौरन कालकोठरी से निकालकर नारियल की जटाएँ कूटने का हलका-फुलका काम दिया गया और कहा गया कि जल्दी ही उसे बंदी लेखकों में नियुक्त किया जाएगा। भई, उस बाबू को लिखना-पढ़ना आता है तो हुजूर, हमें लड़ना आता है—फौज में था सरकार। मर्द का बच्चा हूँ, साब! लेकिन यह कैसा

अन्याय है, मेरे मालिक! ककड़ी के चोर को कटारी से मारा जाता है यहाँ। हमपर 'खतरनाक' का ठप्पा मारकर इस काले पानी पर कालकोठरी में सड़ने के लिए डाल देते हैं और बाबू लोगों को, उन ससुरे डोमकौओं को, उन पुरुषों को 'सुधारणीय' के रूप में चुनकर उन्हें शादी करने की अनुमति दे देते हैं, और उन चिड़ियों में से कोई भी चिड़िया पालने की उन्हें अनुमति दे देते हैं। क्या यह सरासर अन्याय, नाइनसाफी का नियम नहीं है जी! हम ठहरे सिपहसालार, दर के शिकारी कुत्ते। जान पर बीतने से उसके लिए अपनी जान की बाज़ी लगाने में पीछे नहीं हटेंगे जो हमें पालेगा। ऐसे मर्द के बच्चों को कोठरी में सड़ने के लिए छोड़ने की बजाय सरकार हमें किसी भी जंग पर भेजे, दुश्मनों की तोपों के मुँह में दे दे। सरकार के लिए अपने सिर पर कफन बाँधने के लिए भी पीछे नहीं हटूँगा, हुजूर!''

''वा भई, वाह! बिलकुल उचित समय पर अपना इरादा प्रकट किया तुमने। सरकार को वैसे एक शेर की आवश्यकता आ ही पड़ी है। वे जरेंवाले हैं न! अरे वही इस काले पानी के घने जंगल के राक्षस। सुना है, मनुष्य की खोपड़ी उतारकर उसे तराशते हैं—अच्छी तरह से घिस-घासकर उसमें रंग-बिरंगी सीपियाँ खोंसते हैं और उसका एक ऐसा खूबसूरत मदिरा-चषक बनाते हैं कि बस देखते ही बनता है। उसी तरह का एक प्याला सरकार लंदन की एक प्रदर्शनी में रखना चाहती है। उस जरेंवालों के यहाँ अभी रवाना करता हूँ तुझे। ऐसी खोखली खोपड़ी की पूर्ति करने में जैसी वे लोग चाहते हैं, तुम्हारा सिर सोलह आने फिट और बढ़िया है।''

''मेरा सिर! बिलकुल नहीं। अजी, सामने बैठे उस डोमकौए की—उस कंटक की खोपड़ी ही इस काम के लिए अधिक उचित है, हुजूर! जनाब, दिमागी काम के लिए बाबू लोग ही अधिक अक्लमंद होते हैं। बड़ी ही लचीली खोपड़ी होती है उनकी, और इस प्रकार के जड़ाऊ काम के लिए तराशने-घिसने में आसान होती है।'' ,

''लेकिन, भई उस कंटक का सिर तो ब्राह्मण का है। क्यों ठीक है न जमादार? ब्राह्मण की खोपड़ी तो भरी-भरी सी होती है—उसमें भेजा होता है। हमें तेरी जैसी खोखली—थोथी खोपड़ी की आवश्यकता है। थोथा चना बाजे घना। पुलिस ने हमें सूचित किया है कि उस कंटक का खानदान ऊँचा, कुलीन तथा बुद्धिमान समझा जाता है और सुना है, उसका पिता प्रकांड पंडित, शास्त्री था।''

''हाँ जी, हाँ। न केवल शास्त्री, भई उस कंटक का बाप बड़ा ज्ञानी तथा परोपकारी ब्राह्मण था, हुजूर! उसके बाप ने अपनी अपार धन-दौलत अंत में एक अनाथालय को धर्मार्थ दान की!''

''अच्छा! भला कितना धन था उसके पास!'' फटी-फटी आँखों से जमादार ने बीच में ही पूछा।

"तीन मरियल, अस्थि-पंजर बने बेटे और एक बेटी।" खी-खी करके रफीउद्दीन ने अपनी बत्तीसी दिखाई। बेचारा भोला-भाला जमादार खिसिया-सा गया। रफीउद्दीन आगे कहने लगा, "उन सभी बच्चों को उसने अनाथालय में भेज दिया। उन कँगले, खंगर लगे, घटिया बच्चों में यह कंटक सबसे बड़ा भाई था जो यहाँ बाबू बनना चाहता है, और वह बहन कलकत्ता में पूरे मछली-बाजार की दुलहनिया बनकर पनवाड़ी की दुकान में बैठती है, हुजूर! मैंने खुद अपनी आँखों से उसे देखा है, पान भी चबाया है उसकी दुकान का। कैसा खानदान और काहे का चरित्र जी! पुलिस को इसीने छू-छू बनाकर सफेद झूठ बोला जिसे उन्होंने भी अपनी रिपोर्ट में दर्ज किया। और क्या! ऐसे घटिया किस्म के, दो टके के आदमी को आप बाबू बनाते हैं, उसे सिर-आँखों पर बैठाते हैं और हमारे जैसे सरकार के वफादार जाँबाज, दिलेर फौजियों को कुत्ते की मौत मरवाते हैं इन कोठरियों में। यह कैसी अंधेर नगरी है!"

"लेकिन तुम यह मत भूलना कि तुम पहले काले पानी से भागे हुए कैदी हो।"

"सरकार, वह मेरा अक्षम्य अपराध है। लेकिन पहले से ही पश्चात्ताप से मेरा मन बिलकुल राख हो चुका है। उस दुष्कर्म से क्या पाया मैंने? पहले से सौ गुना अधिक यातनाओं में फँस गया, फिर से उसी कोठरी में आकर बेड़ियों से हाथ-पाँव जकड़े बंदियों में सड़ने लगा हूँ। अब आपके निकाल देने पर भी मैं इस काले पानी से जाने का नाम भी नहीं लूँगा जी! कुछ भी काम करूँगा, जो आप देंगे, जब आप कहेंगे तब यहीं घरबार बसाऊँगा! हाँ, पर मेरी शादी सरकार रचाएँ तो बड़ी कृपा होगी। अब मेरी माटी इसी धरती पर गिरेगी। आपके चरणों में यही प्रार्थना है कि इस कालकोठरी से मुझे निकाला जाए।"

"अच्छा, जमादार, कल से इसे कोल्हू में लगा देना। यदि तुम यह काम ठीक-ठीक पूरा करते रहोगे तो तुम्हें छह महीनों के बाद कुछ हलका-फुलका काम दूँगा। हाँ, पर देखो, तुम्हें यह वाहियात, ऊलजलूल बकबक, बेकार मगज के कीड़े दौड़ाकर दूसरों का दिमाग चाटने की बुरी आदत छोड़नी होगी। किसी से भी अवज्ञाकारी, चीं-चपड़ नहीं करनी होगी और याद रखो, यदि आइंदा फिर कभी इस बंदीगृह के रास्ते को भंग किया, धींगामुश्ती या कोई हंगामा खड़ा किया तो तुम्हारी हड्डी-पसली एक कर दूँगा। भगोड़े दंडित को एकदम गोली से उड़ाने का नया अधिकार अब हम लोगों को दिया गया है। पिछली सरकारी ढील के भरोसे पर पहले जैसा चक्कर मत चलाना। बच्चू, अब मुझसे तुम्हारा पाला पड़ा है। तुम्हारे पिछले गुनाहों को चलो मैं भूल जाता हूँ। हाँ, आइंदा समाज को किसी भी प्रकार का उपद्रव न देते हुए मेहनत की रोटी कमाओगे, तभी। जमादार, इसे इस कालकोठरी से निकालो और कोल्हू पर भेज दो। दिन भर वहीं पर वहाँ के बंदियों में घुल-मिलकर रहने दो। रात में इसे यहीं पर बंद किया करो।"

उस कक्ष-कारागृह में हर इमारत के आँगन में एक छपरी बनाई गई थी। उसी में कोल्हू का—जो पाँव से चलाया जाता था—काम चलता था। लकड़ी के एक बड़े से कोल्हू में एक जुए जैसा बड़ा सा डंडा जोड़कर उसके हर तरफ दो आदमी लगाए जाते। कोल्हू में सरसों डाल हर एक व्यक्ति को तीस पौंड तेल शाम तक निकालना अनिवार्य था। बैलों के स्थान पर लगाए गए ये आदमी दिन भर उस कोल्हू के चारों ओर गिरगिराते रहते। इसमें किसी ने काम से जी चुराकर जरा सी भी ढिलाई की तो ऐसे वार्डरों की वहाँ नियुक्ति की गई थी जो उन्हें बैलों जैसे ही हाँकते थे। उस छपरी में इस प्रकार के कोल्हुओं की लंबी कतारें थीं और उन सभी लोगों की निगरानी के लिए एक मेट या मुखिया नियुक्त किया जाता। यह मेट उन दंडितों में से ही चुना गया एक दूसरी श्रेणी का जमादार होता। उस काम की मेहनत इतनी कठिन तथा पीड़ादायी होती कि परले दरजे का घुटा हुआ कैदी भी इस छपरी में कदम रखते ही रुआँसा होकर निढाल हो जाता और उसे नानी याद आ जाती। उनमें से जो पहुँचे हुए शोहदे होते वे जब टालमटोल करने लग जाते तो शाम को उन्हें तब तक उसी तरह जोता जाता, जब तक तेल का निश्चित कोटा पूरा नहीं हो जाता। आवश्यकता पड़ने पर रात सात-आठ बजे तक भी। शाम का भोजन भी उन्हें तब तक नहीं दिया जाता जब तक तेल का कोटा पूरा नहीं होता। इस प्रकार सख्ती बरती जाती, इसीलिए तो बड़े-बड़े पहुँचे हुए डाकू-लुटेरे, हत्यारे, ग्रामकंटक आदि छँटे हुए कैदियों पर भी कुछ अंकुश रहता, उनसे थोड़ा-बहुत काम लेना संभव होता। जो दुर्बल अथवा उस बंदीशाला में रहते हुए भी सदाचारी रहते हैं, उन्हें इस कठोर परिश्रम के काम पर सहसा नहीं लगाया जाता, कम-से-कम यही रिवाज था कि उन्हें इस तरह के काम पर नहीं लगाया जाना चाहिए।

इस कोल्हू के काम से रफीउद्दीन पूर्वपरिचित था ही, इसलिए वह उन अंतस्थ खूबियों से भी परिचित था कि यह काम न करते हुए किस प्रकार किया जा सकता है। उसपर वह कोल्हू ही नहीं, वह मेट जो कैदियों में से ही दूसरे दरजे का अधिकारी था और जिसे उसपर निगरानी के लिए नियुक्त किया गया था, वह रफीउद्दीन से उस जमाने से परिचित था जब उसका काले पानी पर पहले वास्तव्य था। अत: वही कोल्हू, जो बंदीपाल ने कठिन से भी कठिन काम के रूप में उसे दिया था, उसे बाएँ हाथ का खेल लगने लगा। पहले ही दिन उस मेट के हाथ में रफीउद्दीन के हाथ चलाते-चलाते 'हलदी की एक गाँठ' चुपचाप देते ही उनकी पुरानी यारी नई, तरोताजा बन गई और रफीउद्दीन कुंडली मारकर बैठा इतमीनान से गप्पें हाँकते रहने लगा। उसके स्थान पर वह मेट किसी अन्य कैदी को झाँसा-पट्टी देकर चोरी-छिपे लगाता। शाम ढलने से पहले रफीउद्दीन के हिस्से का तेल पूरा-पूरा रफीउद्दीन के नाम पर नाप-तोलकर दे दिया जाता। यह कार्यक्रम तीन-चार दिन तक चलता रहा।

इस दंडित मेट के अधिकार में जो दंडित वार्डर थे, उनमें जोसेफ उसका बड़ा मुँह-लगा बन गया था, क्योंकि वह उसे चोरी-छिपे बड़े-बड़े लोटे भर-भरके दही ला देता। बंदियों को हफ्ते में दो बार दही मिलता। उसका बँटवारा होते ही इस इमारत के कैदियों के हिस्से का सारा-का-सारा दही जोसेफ डाँट-डपटकर, डरा-धमकाकर छीन लेता और वह उस मेट को दे देता। वह छपरी की ओट में बैठकर गुपचुप उसे गटक लेता। इस जोसेफ को जेवर और पैसे हड़प लेने के लालच से अपने दोनों नन्हे-नन्हे सालों को बहला-फुसलाकर भोजन के लिए घर बुलाकर भोजन में विष मिलाकर उन्हें जान से मारने के घोर अपराध के लिए आजन्म कारावास हो गया था। और यह मेट जलनवश कुल्हाड़ी से अपनी बीवी की बोटी उड़ाने के अपराध के लिए पिछले दस वर्षों से काला पानी, आजन्म कारावास का दंड भुगत रहा था। इस प्रकार मेट तथा जोसेफ वार्डर की अनूठी जोड़ी थी। इस इमारत में कोल्हू के बैल बनाए गए चालीस-पचास बंदियों को धता देकर निकालने का काम और साम-दाम-दंड-भेद किसी भी उपाय से उनसे तेल पिसवाने का दायित्व इस जोड़ी पर होता। जो पैसे खिलाते अथवा अत्यंत धृष्ट इस मेट के दास होते उन्हें आराम से बैठाया जाता और उनके काम की कसर उनकी तुलना में सुशील, कायर, सहिष्णु कैदियों से कलेजा तोड़-तोड़कर मेहनत करवाकर पूरी की जाती।

मेट के सारे कर्मों की सहायता करने के कारण उसका जोसेफ पर पूरा-पूरा विश्वास था। वह उससे कुछ भी नहीं छिपाता। हाँ, छिपाना भी मुश्किल था। रफीउद्दीन ने जोसेफ को भी भरपूर तंबाकू तथा कभी-कभी जरा सी सरसों जितनी अफीम की गोली चटाकर वश में किया था। लेकिन जोसेफ कभी इस बात को भुलाता नहीं था कि वह मेट चाहे कितना भी प्रसन्न क्यों न हो, उसे वार्डर के ऊपर तरक्की देकर अपना नेता पद तो कभी अर्पित नहीं कर सकता। यह अनहोनी होनी में तभी बदल सकती है, जब वह बंदीपाल का कृपापात्र बन सके। अत: बंदीपाल की कृपा पाने के लिए जोसेफ सतत प्रयत्नशील रहता था। कारागृह में उसका तरक्की का प्राय: एक ही महापुण्यदायी साधन होता—चुगली खाना। इसके लिए कोल्हू की छपरी के उस मेट के अनेक दुष्कर्मों का कच्चा चिट्ठा, जिसमें अपने गुप्त व्यवहार का खास संबंध नहीं होता, जिसमें अपनी खास हानि नहीं होती, जोसेफ इस सावधानी के साथ और समय साधकर कि किसी को कानोकान खबर तक न हो, बंदीपाल के पास जाकर गुपचुप उसके कानों में उगलता था। 'ठठेरे-ठठेरे बदलाई' अर्थात् जैसे-को-तैसा वाले न्याय से ठगों के राज्य की व्यवस्था रखना अनिवार्य होने के कारण बंदीपाल साहब भी ऐसे जासूसों को हमेशा अपनी सहायतार्थ रखते। वह उन चुगलियों में से अनेक दुष्कर्म अटल समझकर पेट में रख लेता और जो बिलकुल ही अक्षम्य होते, उन्हें स्वयं जाकर अचानक रँगे हाथ पकड़

लेता। लेकिन इस अंदाज से कि बंदीवान सहसा इस बात पर गौर न करें कि जोसेफ जैसे एक निपुण जासूस ने ही यह चुगली खाई है और इस बात की पोल न खुले कि लोग जासूसी करते हैं, अन्यथा उनके समक्ष उन्हीं पर भरोसा रखकर कोई भी माई का लाल कभी दुष्कर्म नहीं करेगा।

आठ दिन बाद दोपहर बारह बजे लेखालय के तमाम लेखक, गणक घर गए थे तब बंदीपाल असमय अकेले ही लेखालय में टपक पड़ा और उसके 'सिपाही' पुकारते ही पहरे पर खड़ा सिपाही भीतर आ गया।

"जोसेफ वार्डर को बुलाओ!" बंदीपाल के यह आदेश देते ही सिपाही ने बंदीगृह में जाकर जोसेफ को बंदीपाल के पास भेजा और स्वयं बाहर पहरे पर जाकर खड़ा रहा।

"क्यों जोसेफ?" बंदीपाल ने पूछा, "तुम्हारी इमारत की छपरी में कोल्हू का काम कैसे चल रहा है? वह नया कैदी रफीउद्दीन अपने हिस्से का तेल पूरा करके देता है कि नहीं? उसकी किसी से साठ-गाँठ तो नहीं हो रही?"

"हुजूर, अपना तेल वह पूरा नाप-तौलकर देता है..."

"ऐं! पहले दिन से ऐसा अड़ियल, जिद्दी दंडित भी पूरा काम करता है! सच बताओ, घबराओ मत।"

"सरकार, तेल तो पूरा-पूरा नापकर देता है, लेकिन पूरा वह स्वयं नहीं निकालता। सुबह बंदीगृह का चक्कर लगाने का आपका समय जब तक नहीं टलता, वह ज्यों-त्यों करके कोल्हू खींचता है। लेकिन इसके बाद बैठा रहता है और उसका काम कोई दूसरा कैदी दिन भर कोल्हू खींचकर पूरा करता है। वह मेट ही दूसरा आदमी देता है।"

"क्या?" बंदीपाल ने त्योरियाँ चढ़ाईं, "तुमने इतने दिन मुझे अँधेरे में क्यों रखा? फिर तुम्हें टोह लेने के लिए किसलिए रखा था?"

"क्षमा चाहता हूँ, हूजूर! पीछे एक बार मैंने ऐसे ही चुपचाप आपको सूचित किया था कि कुछ दंडितों को इसी तरह बैठालकर मेट दूसरा आदमी देकर काम करवाता है, परंतु आपने उसपर कान नहीं दिया, अतः अब भी मैं आपसे कुछ कहने से डरता था।"

"यह मेरी मरजी है, कब कान देना चाहिए और कब नहीं। जो सचमुच ही दुर्बल या सुधारणीय होते हैं, उनके सिलसिले में कभी अनुशासन में ढील भी चल सकती है—बस काम पूरा होने से मतलब है। लेकिन यह रफीउद्दीन कई अधमाधम अपराधों का जनक है—उसपर काले पानी से भागा हुआ। उसका किसी से भी गठबंधन नहीं होना चाहिए। बोलो, मेट उसे क्यों बैठाता है? वह उसके किस उपकार के बोझ तले दबा हुआ है?"

"सरकार, यह मैं अभी तक निश्चित रूप से समझ नहीं सका हूँ, अन्यथा वह रहस्य मैं आपको कब का बता देता। पर हो न हो, रफीउद्दीन ने मेट को पैसा खिलाया होगा।"

"पैसा, और रफीउद्दीन ने! सुबह-शाम स्वयं जाकर उसकी तलाशी लेता है न! मेरा ऐसा सख्त आदेश है।"

"जमादार कसके तलाशी अवश्य लेता है जी, पर यह सच है कि रफीउद्दीन के पास नकद नारायण जरूर हैं जो उसने कहीं छिपाकर रखे हैं। वरना वह मेट अपने पैसों से उसके लिए चोरी-छिपे बंदीगृह में तंबाकू और अफीम किसलिए ले आता है भला!"

"हाँ। और उसमें से कुछ तंबाकू और अफीम तुम्हें भी खिलाते होंगे, इसीलिए अभी तक तुमने मेरे पास उनकी चुगली नहीं की।"

"भगवान् कसम, सरकार! मैंने उसकी चुटकी भर तंबाकू को भी कभी छुआ तक नहीं जी! परंतु जब तक इसका निश्चित प्रमाण नहीं मिलता कि वह मेट को पैसा खिलाता है, मैं आपसे चुगली करता तो आप ही मुझे झुठलाते, इसलिए मैं उसपर सिर्फ नजर रखता था। मेट के पेट में घुसकर जल्दी ही सारा भंडा फोड़ दूँगा, हुजूर! शायद उनमें कल ही पुनः कुछ लेन-देन होनेवाला है। मैंने ऐसा कुछ छपरी की ओट में छिपकर सुना है। हुजूर, मुझे मेट से डर लगता है। आप मालिक मुझे मेट बनाएँगे न!"

"फिर तो तुम उस मेट से भी ज्यादा पैसे खाकर दुर्जन बनोगे। अच्छा, तुम सप्रमाण उस मेट को रफीउद्दीन से पैसे लेते हुए रँगे हाथों पकड़ा दो अथवा कम-से-कम यह तो बताओ कि रफीउद्दीन पैसे कहाँ छिपाता है। फिर मैं देखूँगा तुम्हारी तरक्की का। जाओ, अपना काम शुरू करो। हाँ, तनिक ठहरो, मैंने तुम्हें अकेले ही बुलाया, अतः बंदीवानों को तुम्हारे जासूस होने का संदेह होगा। इसलिए कुछ प्रकट काम लेते जाना। मेट को बताना, सरसों के तेल के तीन बड़े ड्रम्स अभी इसी वक्त भरो। तुरंत उन्हें मद्रास के जहाज पर चढ़ाना है। हाँ, यह लो चिट्ठी। अब जाओ, बताना कि इसी के लिए बुलाया था।"

प्रायः सभी बंदीगृहों में दोपहर बारह से दो का समय ढिलाई का होता है। सभी वरिष्ठ उत्तरदायी अधिकारी अपने-अपने घर जाते हैं। अतः सिपाही, बंदी अधिकारी (Convict Officers) अनुशासन की पाबंदी छोड़कर पाँव पसारे लेटते हैं। बस, उतनी ही व्यवस्था, अनुशासन और काम किए जाते हैं जो बिलकुल अपरिहार्य होते हैं।

इस समय हमेशा की तरह बंदीपाल कक्ष-कारागृह के महाद्वार के पास स्थित अपनी कोठी की खिड़की के निकट खड़ा था। इतने में उसने नीचे से जोसेफ वार्डर को अपने पास आते हुआ देखा। ऊपर से ही बंदीपाल ने उसे कोठी पर आने की आज्ञा दे दी। जोसेफ को पहरेदार सिपाही ने कोठी के भीतर जाने दिया।

आते ही बंदगी बजाकर जोसेफ ने कहा, "सरकार, अभी इसी वक्त चलेंगे तो मेट को रँगे हाथ पकड़ा जा सकता है। रफीउद्दीन ने मेट को सोने का सिक्का दिया, उसे मेट ने अपने कुरते के नीचे की पट्टी की गुप्त जेब में रखकर सी लिया है। रफीउद्दीन के बदन पर कम-से-कम और दो सिक्के हैं। मेट उसके लिए अफीम और तंबाकू ले आया। उसे भी सरसों के बोरे में फिलहाल ठूँसकर वे दोनों छपरी के पिछवाड़े की ओर किसी की आड़ में लेटे लापरवाही से ऊँघ रहे हैं। मैं कपड़े धोने का बहाना बनाकर इमारत के बाहर खिसक गया और यह देखकर कि आस-पास कोई नहीं, सीधा आपकी कोठी में आया हूँ। लेकिन मालिक, मेरा नाम मत लेना, अन्यथा वे किसी कैदी से मेरी खोपड़ी तुड़वा देंगे।"

"ठीक है। तुम चले जाओ। ये सारे लोग पकड़े गए तो तुम्हें तरक्की मिलेगी। तुम अपने काम पर चुपचाप उस छपरी में जाकर बैठ जाओ।"

जोसेफ के जाते ही बंदीपाल ने जमादार को अपने साथ ले लिया और हमेशा की नीचेवाली राह छोड़कर ऊपर टावर की तीसरी मंजिल के चक्कर में आया। संपूर्ण इमारत के दरवाजे जो उस गोलाकार टावर में लगे हुए थे उनमें से, जिस इमारत में रफीउद्दीन था, उसकी तीसरी मंजिल का द्वार ऊपर ही खोलकर वह बंदीपाल अचानक नीचे उस छपरी के आँगन में उतर गया। कोई उसे देखे-न-देखे, इतने में ही वह झट से उसके पीछे उस आड़ की ओर चला गया। उसने देखा, जैसा कि जोसेफ ने कहा था, रफीउद्दीन और वह मेट ऊँघ रहे थे और रफीउद्दीन के कोल्हू को एक दूसरा ही बंदी—जिसे मेट ने धौंस देकर लगाया था—रुआँसा, पसीने से तर-बतर पैर से चलनेवाला कोल्हू घुमा रहा था।

"मेट!" बंदीपाल दहाड़ा।

मेट चौंकता हुआ हड़बड़ाकर उठ गया। उसकी टाँगें लड़खड़ाईं। चेहरे पर हवाइयाँ उड़ने लगीं। हाथ जोड़ता हुआ वह खड़ा रह गया।

"तुम्हारे पास कोई नियम जैसी चीज है कि नहीं! उस कुरते में क्या सीकर रखा है! जमादार, इसकी तलाशी ले लो। उस कुरते की नीचे की पट्टी फाड़ डालो।"

बंदीपाल उस जमादार के साथ बातें कर रहा था। इतने में रफीउद्दीन पीछे से ही खिसककर अपने कोल्हू के पास जाने लगा।

"ठहरो। ऐ बंदी—रफीउद्दीन! ठहरो। पकड़ो उसे।" दो-तीन वार्डरों ने रफीउद्दीन को रोका, जो बंदीपाल की आवाज को अनसुनी कर छपरी की ओर खिसक जाना चाहता था। वह खड़ा रह गया। लेकिन भय से बौखलाकर नहीं, बल्कि किसी बिफरे हुए सर्कस के शेर की तरह। अपनी संपूर्ण हिंस्र प्रवृत्तियाँ उछालकर, आँखें तरेरता, ऐंठता हुआ वह उन वार्डरों के, जो उसे रोक रहे थे, बीच-बीच में हाथ झटक रहा था।

जमादार ने मेट का कुरता फाड़कर पट्टी फाड़ डाली। सोने का वह सिक्का खनकता हुआ छन्न से नीचे गिर पड़ा।

"उस साले रफीउद्दीन की भी तलाशी लो।" बंदीपाल ने आदेश दे दिया। जमादार आगे बढ़ा। जमादार के बंदीपाल की तनिक आड़ में आते ही रफीउद्दीन ने अपनी अंटी में खोंसी हुई गिन्नी चालाकी से निकाली। उसके साथ ही जमादार चिल्लाया, "हुजूर! हुजूर! इसने अपनी टेंट में रखे पैसे हाथ में ले लिये हैं। सिक्के हैं हुजूर, इसके हाथ में। इस हाथ में। पकड़िए इसका हाथ।" जमादार वार्डर के हाथ से उलझते ही रफीउद्दीन ने चक्कर खाकर बंदीपाल की ओर पीठ करके मुँह में कुछ डाल लिया।

"इसने मुँह में डाल लिये सिक्के। जी हाँ मालिक, बिलकुल सिक्के ही थे। मैंने देखे। अभी इसके मुँह में हैं।" जमादार, वार्डर सब दावे के साथ चिल्लाने लगे।

बंदीपाल दहाड़ा, "मुँह खोलो, रफीउद्दीन, मुँह खोलो।"

एक-दो बार जमादार के हाथ झटककर गरदन को ऊपर-नीचे करने के बाद रफीउद्दीन ने साफ और ठोस शब्दों में कहा, "क्यों बिना वजह मुझ गरीब के पीछे हाथ धोकर पड़े हैं, इस धूर्त मक्कार की चुगलियाँ सुनकर। यह देखिए—मुँह खोल रहा हूँ। आँ-आँ...क्या है अंदर! मुँह में सोने की गिन्नियाँ रखता तो क्या मैं बोल पाता!"

मुँह फाड़कर रफीउद्दीन जमादार को मुँह चिढ़ाने लगा। बंदीपाल के सामने खड़े होकर मुँह दिखाने लगा। 'जीभ ऊपर लो, पीछे करो, जबड़ा ठीक से पूरा खोलो।' वह वही करता गया जो बंदीपाल कहता गया। लेकिन उसके मुँह में कुछ भी नहीं मिला।

"क्यों जमादार? किधर हैं इसके मुँह में सिक्के?" बंदीपाल ने पूछा।

जमादार खिसिया गया। अपना सा मुँह बनाकर वह बगलें झाँकने लगा। फिर भी तनिक हिचकिचाते हुए वह फिर वही बात दोहराने लगा।

"कुछ भी कहिए, हुजूर! इसके मुँह में जरूर कुछ था।"

"हाँ। कुछ-न-कुछ तो मेरे मुँह में था ही। है—अभी भी है—लेकिन वह कुछ है—सोने की टिकलियाँ जड़े मेरे दाँत। उनकी चमक-दमक देखकर तेरे जैसे घटिया, कमीने लोगों को वे सोने जैसे दिखाई देते हैं। अरे दुष्ट, पापी, आज या कल यही दाँत तेरा गला फाड़े बिना चैन से नहीं रहेंगे।"

रफीउद्दीन बेदरकारी से जमादार पर गालियों की बौछार करने लगा। पर बंदीपाल ने भी कच्ची गोलियाँ नहीं खेली थीं। यह देखते ही कि यह दुर्जन बेकाबू होने लगा है, बंदीपाल चिंघाड़ा, "अभी इसी वक्त बेड़ियाँ ठोंको इसके हाथों में। देखते क्या हो? पकड़कर रखो यहीं पर। गरदन को झटके दे रहा था। तभी किसी को पता नहीं लगने देता। सबकी आँखों में धूल झोंकते हुए सिक्के निगल लिये होंगे इसने।"

रफीउद्दीन के हाथों में बेड़ियाँ कसवाकर बंदीपाल छपरी में गया और कोने में पड़ा सरसों से भरा बोरा उलीचकर देखने लगा तो अंदर एक बड़ी सी गड्डी और उसी में अफीम की एक डिबिया निकली।

जोसेफ की दी हुई गुप्त खबर सोलह आने सच थी। दूर खड़ा होकर जोसेफ यह सारा तमाशा एक अजनबी की तरह देख रहा था। लेकिन इतने सारे घपले में ऐसा कुछ भी नहीं मिला, जिससे मुख्य अपराधी रफीउद्दीन फँस जाए। तथापि बंदीपाल को दो-तीन बार इसका अनुभव हो चुका था कि हजारों में इक्का-दुक्का बंदी इतना निडर, उद्दंड और शरारती होता है कि पकड़े जाने पर चीज निगलकर उसे गुम करना वह नहीं छोड़ता। इन्हीं अनुभवों के सहारे उसने हाथ धोकर रफीउद्दीन के पीछे लगने की ठान ली। मेट को अस्थायी रूप से पदच्युत करके उसपर अभियोग लगाया। डॉक्टर को बुलाकर बंदीपाल ने जब रफीउद्दीन के सामने उलटी की दवा रखी, तो उसने वह प्याला दीवार पर दे मारा, और जैसे पागल हो गया। 'जबरदस्ती पिला दो।' बंदीपाल की आवाज लरज-गरज उठी। वार्डर, जमादार, सिपाही, लपककर आगे बढ़े। खींचातानी, लातें, घूँसे खाते-खिलाते धींगाधींगी करते-कराते आखिर रफीउद्दीन नीचे गिर गया। उसके हाथ-पाँव दबोचकर, मुँह में चिमटा ठूँसकर, उसका मुँह खुलवाकर आखिर उसे दवा पिलाई गई। पहरे बैठाए गए। शाम तक उसे दो-चार उलटियाँ हुईं, पर उनमें कुछ भी नहीं निकला। तब बंदीपाल भी, जो चट्टान की तरह अडिग था, तनिक सकपकाया, क्योंकि रफीउद्दीन को पैसे निगलते हुए उसने स्वयं अपनी आँखों से तो नहीं देखा था। रफीउद्दीन अब 'इस जमादार ने ही तोहमत लगाई है' कहते हुए जमादार को धड़ाधड़ गंदी-गंदी गालियाँ बकने लगा। लेकिन वार्डर भी, जिन्होंने पहले उसकी तलाशी ली थी, डंके की चोट पर शपथपूर्वक कहने लगे कि 'उसने सोने के सिक्के निगल लिये थे।' डॉक्टर की राय से भी उसे रेचक दवा देनी चाहिए, उससे कुछ गड़बड़ नहीं होगी, बल्कि पेट में सिक्के अटके रहे तो कैदी की जान को खतरा है। अत: रफीउद्दीन को फिर से जबरदस्ती नीचे गिराकर उसका मुँह खुलवाया गया और उसे दस्तावर दवा तब तक पिलाई गई जब तक वह पेट में तूफान नहीं उठाने लगी। उसकी कोठरी में हर बंदी की कालकोठरी में जो एक गमला रखा जाता है, उससे भी बड़ी मिट्टी की एक नाँद रखवाई गई। उसकी कोठरी पर पहरा बैठाकर कोठरी ताला-बंद की गई। डॉक्टर, बंदीपाल आदि सभी रात के नियमानुसार गिनती करने के बाद इमारत को ताला ठुकवाकर अपने-अपने घर चले गए।

वह रात रफीउद्दीन ने अत्यंत असहनीय तथा बेचैन अवस्था में करवटें बदल-बदलकर व्यतीत की। दस्त होते समय पेट के दर्द के कारण शरीर बेचैन होता है—वह बेचैनी तो थी ही। पर साथ ही दिन भर संत्रास तथा अन्याय की जो भरमार हो गई थी,

उससे भी वह जल-भुनकर कबाब बन रहा था। भई, उसने पहले कभी अथवा अभी तक इस दुनिया को कुछ कष्ट दिया था अथवा दूसरे को कुछ परेशान किया था! इस प्रकार के प्रश्न उसके आस-पास भी नहीं फटकते। उसकी इच्छा के खिलाफ कोई भी जो कुछ करेगा, जिससे उसे कष्ट पहुँचे—बस इतनी ही उसकी छल-पीड़ा विषयक धारणा थी। अन्याय वही है जो उसके विरुद्ध किया जाए। इससे अलग उन शब्दों का उसके कोश में कोई अर्थ नहीं था। वह जमादार उसे सिक्के छिपाते समय न भी देखता तो यह सारी रामायण ही क्यों होती भला! देखकर भी वह ससुरा यदि अपना मुँह बंद रखता तो सबकुछ ठीक-ठाक होता। उसपर भी बंदीपाल यदि उसकी ओर कान न देते हुए उसे अपनी इच्छानुसार जो किया है, वह करने देता तो क्या बिगड़ता! अर्थात् ऐसा कुछ न करते हुए वह जमादार देखे, उसकी चुगली करे और बंदीपाल उसे इस वजह से तंग करे, उसकी तंबाकू-अफीम पर बंदिशें लगाए, उसके सिक्के पकड़वाने की गुंडागर्दी करे! कितने मक्कार हैं ये लोग! तमाम लोग अन्यायी हैं, जल्लाद हैं। मुझे अकेले को पकड़ा, गिराया, रुई की तरह मेरी धुनाई की और दवा पिला दी मुझे। ये ही विचार आँवे के समान धधकते, भाँय-भाँय करते उसके दिमाग में निरंतर मँडरा रहे थे। तीव्र संताप, संताप और संताप से वह आग-भभूका हो गया था। उस जमादार और इस बंदीपाल का गला घोटूँ या उनका खून पी जाऊँ! पर इसका क्या उपाय! फिर भी प्रतिशोध अवश्य लेना चाहिए। कोठरी बंद करते समय जमादार ने उसके हाथों की हथकड़ी निकाली हुई थी। पर खाली हाथ क्या खाक करेगा! अरे हाँ, लाहौर के बंदीगृह में उस नूर मोहम्मद ने जो किया था। बस, मैं भी प्रतिशोध के लिए वही करूँगा जो उसने अपना स्वाँग सिद्ध करने के लिए किया था। यंव रे यंव्। अब दरवाजा खोलने सवेरे आने दो उस जमादार को। बंदीपाल और डॉक्टर भी उसी समय आ जाए तो सोने पे सुहागा। दस्त लाने की दवा देता है सा``ला मरजादा। हाः! हाः! हाः! कैसी मुँह की खानी पड़ेगी एक-एक को कि यंव रे यंव्।

उसने इस तरह प्रतिशोध की योजना बनाई जो साध्य होते ही उसके अपमान का परिशोध होकर उस पुष्ट जालिम जमादारादिकों की जो दुर्गत बनेगी, उसका चित्र उसे अभी दिखाई देने लगा, जैसे कि अभी-अभी वह हो चुकी है। इससे संतुष्ट होकर अपने आप हँसते-हँसते उसके पेट में बल पड़ गए।

बंदीगृह में हजारों में एकाध अघोर दंडित जब कभी इस तरह कोई गलत चीज निगलता है और उसे दस्त की दवा जबरदस्ती पिलाई जाती है, तब सवेरे उसकी कोठरी स्वयं अधिकारी खोलते हैं और मेहतर द्वारा उसके दस्त की नाँद की तलाशी ली जाती है। इसका निरीक्षण किया जाता है कि वह चीज पेट से बाहर निकली या नहीं। इस रिवाज के अनुसार मेहतर के साथ जमादार और दो वार्डर सवेरे-सवेरे रफीउद्दीन की

कोठरी के पास आ गए। सीखचों से ताला निकालकर जमादार भीतर कदम रख ही रहा था कि रफीउद्दीन ने पानी पीने का लामलोट तड़ाक् से जमादार के मुँह पर दे मारा। उस टंबलर में उसने दस्त किया था। वह सारा मैला जमादार के मुँह पर, आँखों पर, मूँछों, कपड़ों पर फव्वारे जैसा गिरा और जमादार का पूरा बदन मैले से लथपथ हो गया। उसका दम घुटने लगा। उसे मतली-सी होने लगी। वह एकदम 'छीः-छीः-छीः' चिल्लाने लगा और वह अघोरी रफीउद्दीन 'हाः-हाः-हाः' करके ठहाकों-पर-ठहाके लगाने लगा।

"अबे पाजी, भंगी की औलाद! मेरे पेट का सोना जो चाहिए था तुझे। ले यह सोना—इसे खा-पी। इस सोने में जी भरके सराबोर कर दूँगा तुझे। हरामी…"

रफीउद्दीन गिन-गिनकर गंदी, मल्लाही गालियाँ बकते हुए एक कोने के सहारे उस टंबलर को ऊपर उठाकर कुंडली मारकर बैठ गया।

शर्म, तीव्र संताप तथा गंदगी से बौखलाया जमादार चिल्लाया, "अरे देखते क्या हो! वार्डर, बाहर खींच लो सूअर को!" वार्डर लपककर धावा बोल ही रहे थे, लेकिन एकदम ठिठक गए। इतने सारे लोग होते हुए भी किसी की उसे छूने की हिम्मत नहीं हो रही थी, क्योंकि उस बेशरम पशु ने एक विलक्षण, गंदी, घिनौनी युक्ति पहले से ही आयोजित की थी, ताकि कोई भी उसे छूने का साहस न करे। उसने अपना पूरा बदन अपने ही मैले से लथपथ कर रखा था! उन वार्डरों को उस गंदगी से घिन आ गई और उससे बचने के लिए वे रफीउद्दीन से लिपटने में झिझक रहे थे। क्रोधावेश में अपना ही डंडा रफीउद्दीन के सिर पर मारने के लिए जमादार लपका। लेकिन इस भय से कि कहीं इस बंदी की खोपड़ी फूट गई तो बेकार लेने के देने पड़ेंगे, उसने अपने क्रोध पर काबू पा लिया। वह इसलिए ठिठक गया कि रफीउद्दीन पर वह केवल हाथों से अकेला काबू नहीं पा सकेगा।

बंदीपाल आ ही रहा था। तभी यह सारा हल्ला-गुल्ला सुनकर वह सिपाहियों के साथ-साथ भागा-भागा आ गया। सारा मामला देखकर वह क्रोध से भूत बन गया। उसने अपनी भारी-भरकम सोटी, जिसकी सीसे की ठोस मूँठ थी, रफीउद्दीन के सिर पर दे मारी। रफीउद्दीन ने भी टंबलर का मैला बंदीपाल पर फेंका—इसके साथ ही जमादार, सिपाही सभी उसपर टूट पड़े। दनादन डंडे बरसने से रफीउद्दीन नीचे ढेर हो गया और जोर-जोर से गुरगुराने लगा—"हाथ मत उठाओ हुजूर, तुम्हें कैदियों को मारने का हुक्म नहीं है। बंदीगृह का नियम तोड़ रहे हो तुम! यह सरासर अन्याय है, अन्याय। दगाबाज, कपटी! कसाई, तुम सब लोग कायर हो।"

"अरे सूअर की औलाद"—बंदीपाल दहाड़ा, "अब तुझे बंदीगृह के नियमों की याद आ रही है अं! लोगों की गरदनें खट से काटनेवाले राक्षस, अपनी गरदन मरोड़ी

जाते ही तुझे न्याय-अन्याय का अहसास होने लगा अं! दगाबाज! यह एक गाली है! अब तेरी समझ में आया! ठोंको—चिंता नहीं अगर मर भी जाए। पशु—गंदगी का कीड़ा।''

रफीउद्दीन अब वाकई ढीला हो गया था। वह हाँफता हुआ बैठ गया।

मेहतर ने रफीउद्दीन की नाँद में पड़ा दस्त बंदीपाल के सम्मुख उँडेलकर देखा कि उस गंदगी में रफीउद्दीन के पेट से कोई निगली हुई चीज तो नहीं निकल आएगी। रफीउद्दीन को यह भय बिलकुल नहीं था कि उसमें से कुछ इनके हाथ लग जाएगा, क्योंकि उसने कोई सिक्का-विक्का निगला ही नहीं था। बंदीपाल की फजीहत देखकर बल्कि उसके दिल में लड्डू फूट रहे थे, उस तरह घायल, जख्मी अवस्था में भी उस निघरघट सूअर ने गंदे ओछे मनोविनोद के साथ व्यंग्य किया—

''क्यों, सोना भी नहीं निकला मेरे पेट से! लो, तुम सब बाँटकर ले लेना मेरे पेट का यह सोना चाहे जितना।''

डॉक्टर भी खिसिया-सा गया।

''व्यर्थ इसे परेशान किया। पर्यवेक्षक महाशय (सुपरिंटेंडेंट) नाराज तो नहीं होंगे! लगता है इसने कुछ भी निगला नहीं है।'' बाहर आते हुए डॉक्टर ने अंग्रेजी में बंदीपाल से कहा। लेकिन बंदीपाल ने व्यर्थ भाड़ नहीं झोंका था। उसने दृढ़तापूर्वक कहा, ''वह जिम्मेदारी मेरी है। आप मनुष्य के स्वास्थ्य के बारे में जानते हैं, न कि राक्षस अथवा किसी जंगली सूअर के। आप जैसे इस इलाके में नई-नई नौकरी करनेवाले डॉक्टरों को ठीक से प्रतीति नहीं कि बंदीगृह की दुनिया क्या चीज होती है। इसे फिर एक बार उलटी की दवा पिलानी होगी।''

''क्या कहा, उलटी की दवा! मगर उसका कोई फायदा नहीं। इसके पेट में सिक्का वगैरह कुछ भी नहीं होगा, वरना पहली बार ही उसका जी मिचलाता।''

''भई पेट में तो नहीं है। लेकिन ठहरो, देखकर बताता हूँ कि निश्चित रूप में कहाँ हैं।'' इतना कहते हुए बंदीपाल ने जमादार को आदेश दिया, ''हाँ। इसकी हथकड़ियाँ ठुकवा दो और इसकी धुलाई करो।''

उसकी बात समाप्त होते-न-होते ही रफीउद्दीन फिर उफन पड़ा। उसने बिफरकर कहा, ''क्या कहा, भंगी से मेरी धुलाई! क्या मैं किसी पाखाने का फर्श हूँ! मेरी जात-पात डुबाओगे! मैं उस मेहतर की जान ले लूँगा। तुम साब नहीं हो, किसी भंगी—मेहतर की औलाद…''

यह अपशब्द सुनते ही पुनः सभी ने लात-घूँसों से उसका ठौर-ठौर तोड़ दिया। बंदीपाल ने पूरी ताकत से उसकी हँसलीवाली पसलियों को दबोचा कि रफीउद्दीन के मुँह से एकदम चीख निकली। डॉक्टर घबराया। उसने आगे बढ़कर बंदीपाल का हाथ

पकड़कर उसे एक तरफ खींच लिया और समझाया, ''यह क्या कर रहे हैं? गुस्से में कहीं इसका गला घोंटकर इसकी जान तो नहीं ले रहे थे! भई, लेने के देने पड़ जाएँगे।''

''देना तो नहीं पर लेना तो सचमुच पड़ेगा ही।'' अब बंदीपाल मुसकराया, ''डॉक्टर साहब, इसमें कोई संदेह नहीं कि इसके गले में खाँच है जो पूरी तरह से भरी हुई है। इसीलिए तो मैंने इसका गला दबाकर देखने का मौका ढूँढ़ा, आई बात समझ में? वह खाँचा दबाते ही अंदर की चीज इसे अचानक चुभ गई, इसीलिए तो चीख मारकर बार-बार यह उसे निगल रहा था और मुख-स्नायुओं द्वारा उसे दबा रहा था। इसे जोरदार उलटी की दवा दो, ताकि वह 'खाँच' खुल ही जाय।''

''लेकिन यह 'खाँच' क्या बला है, भई!'' डॉक्टर ने जिज्ञासावश पूछा।

''संक्षेप में समझाता हूँ। पशु जुगाली करने के लिए गले के जिस थोथे स्थान में चर्वित घास जमा करते हैं उसी तरह का पोला, खोखला स्थान मनुष्य भी अपनी उसी जगह पर बना सकता है। जो परले दरजे के बावन गजे अपराधी होते हैं, वे गुरु-परंपरा से इस विद्या में निपुण होते हैं। सीसे की एक गोली लेकर उसपर एक ऐसा रसायन लगाते हैं जिससे वहाँ का मांस जल जाता है और उस गोली को वह अपने मुँह में रखते हैं। काफी दिन गले के कान की ओर वाले कोने में वे उसे इस तरह गड़ाते हैं कि उसके वहाँ लगातार रहने से वह गोली वहाँ खाली स्थान बना लेती है। कई लोगों को यह पूरी तरह साध्य नहीं होता। उनके गले में उथला छेद होता है; बस दुवन्नी-चवन्नी भर के लिए ही। लेकिन जिन्हें यह पूरी तरह साध्य होता है, उनके गले में बड़ा सा गड्ढा हो जाता है। एक जादूगर जब अपने मुँह से नाना प्रकार की चीजें निकालकर दिखाता है तो वे इसी खाँचे में जमा की हुईं चीजें होती हैं। उलटी के कारण उन्हें ऊपर न आने देना केवल मँजे हुए दंडित ही रोक सकते हैं। लेकिन स्नायु थक गए तो उस दबाव के साथ वे चीजें ऊपर आ सकती हैं। मैंने दो-तीन बार इस बात का अनुभव किया है। मैं तब तक इसका पीछा नहीं छोड़ूँगा जब तक मेरे संदेह का ठीक निरसन नहीं होता। अब उलटियाँ होने पर भी वे सूखी ही होंगी। इसकी दमन शक्ति भी जवाब देने लगी है। जिम्मेदारी मैं लेता हूँ। मेरा आदेश मानकर इसे दवा पिलाओ।''

डॉक्टर 'हाँ-ना' करते-करते पुनः उलटी की दवा पिलाने के लिए राजी हो गया। लेकिन दवा लाने जाते हुए वह मन-ही-मन कहने लगा, 'यह बंदीपाल भी घनचक्कर है जो अपनी जिद पर उतर आया है। बेकार उस अपराधी को इतनी यातनाएँ दिए जा रहा है। कहता है, गले में सिक्के होते हैं। कल यह मुझे यह भी समझाने की धृष्टता कर सकता है कि दंडित की छिगुनी में प्याज का बोरा छिपा हुआ है। आखिर फजीहत इसकी ही होगी।'

उलटियों की दवा सबने मिलकर रफीउद्दीन को फिर से पिलाई। कुछ ही देर

बाद उस दुष्ट को फिर से जोर-जोर से सूखी उलटियाँ होने लगीं। उसकी सारी आँतें तन गईं और वह हिम्मत हारने लगा। इतने में ही बंदीपाल ने रफीउद्दीन के गले की पसलियों को कनपटी के नीचे दोनों ओर जोर से दबोचा और उँगलियों से धीरे-धीरे ऊपर सरकाने लगा, तो एक ही धचके के साथ उसके मुँह से तीन, चार, पाँच सिक्के खनकते हुए धरती पर गिर गए और अफीम की छोटी सी एक डिब्बी।

"सिक्के! सिक्के! उखड़कर गिर गए सिक्के।' डॉक्टर, वार्डर, सिपाही सभी ने कोहराम मचाया।

लेकिन सबसे अधिक खुशी से पागल हुआ वह जमादार। उन सिक्कों की सुख प्रसूति देखकर उसे पुत्र-जन्म की खुशी हुई। उसपर झूठ बोलने का इलजाम जो आनेवाला था सो टल गया, बल्कि अब वह एक ऐसा निपुण जमादार सिद्ध होनेवाला था जो अपराध पकड़ता है।

आज तक रफीउद्दीन खाँचे में सिक्के भर-भरकर ले जाता। उन्हीं सिक्कों के बल पर वह कई बंदीगृहों में जीवित भी रहा और चैन की बंसी बजाता रहा। परंतु अब पहली बार ही कारावास में उसके हाथ-पाँव फूल गए। वह हिम्मत हार बैठा। बंदीगृह में इस प्रकार के पाँच सिक्के पाँच लाख के बराबर समझे जाते हैं, क्योंकि चुटकी भर तंबाकू बंदीवानों की दुनिया का एक रुपया होता है। एक रुपए से जो काम बाहरी दुनिया में करवाया जाता है, वह चुटकी भर तंबाकू से तथा सौ रुपयों में जो काम बाहर करवाया जाता है, वह सरसों जितनी अफीम की एक गोली से बंदीगृह में करवाया जा सकता है। इस प्रकार 'एक चुटकी एक रुपया' के भाव से पाँच सिक्के उसके पाँच हजार रुपए थे। इनके बलबूते वह स्वयं तिनका तक न उठाते हुए पचास बंदीवानों को अपने निजी सेवक बनाकर पाँच साल तक इस कक्ष-कारागृह में अपनी रईस गृहस्थी बसानेवाला था। परंतु अब वह निष्कांचन कौड़ी-कौड़ी के लिए मोहताज बना दिया गया। अब इधर इसकी क्या साख होगी! आज पहली बार उसका दिल इतना छोटा हो गया। और तो और, उस दिन किए गए समूचे आततायी दुराचरण के संदर्भ में जो अभियोग उसपर लगाए गए थे, पर्यवेक्षक महोदय ने मुकदमे का निर्णय देते समय बंदीगृह के नियमानुसार उसे तीस कोड़ों की सजा सुनाई थी।

कोड़े शब्द सुनते ही रफीउद्दीन का दिल धकधकाने लगा। हिंस्र जानवरों की तरह हिंस्र पशुतुल्य मनुष्य भी यदि किसी दंड से सचमुच डरते हैं तो शारीरिक दंड से, न कि मानसिक। मन अर्थात् मान के संदर्भ में डर उन्हें लगभग नहीं के बराबर होता है। हिंस्र जानवर हिलता है कोड़ों की फटकार से। हिंस्र श्वापद मनुष्य भी कोड़ों से ही हिलता है। उस बंदीपाल के अनुमान, जिसकी जिंदगी इस प्रकार के सैकड़ों अघोरी दंडितों को हिलाने में बीती है, रफीउद्दीन के संदर्भ में भी सही साबित होने

के आसार नजर आने लगे। आजन्म कारावास की सजा वह हँसते-हँसते सुनता, पर कोड़े बरसाने की सजा सुनते ही आज पहली बार उसके बदन में डर के मारे एक सनसनी सी दौड़ गई।

कोड़े बरसाने की सजा लागू होने से एक रात पहले रफीउद्दीन की आँख बिलकुल ही नहीं लगी। कोड़ों की सटासट आवाजें उसे सुनाई देती रहीं। उसका जी उड़ गया। तथापि अपने जैसे ही अघोरी आततायियों के संप्रदाय में उसने एक वैद्यशास्त्र सीखा था, जिसका उसे विस्मरण नहीं हुआ था। न ही उसपर से उसका विश्वास उठ गया था। उन अघोर आततायियों-दंडितों में यह धारणा प्रचलित थी कि कोड़े सहने से एक रात पूर्व यदि वह व्यक्ति अपना ही मूत पी ले तो उसका पूरा तन-मन सुन्न हो जाता है और उसके अनुसार वे 'ओखद'—'वह' दवा लेते हैं। यह सोलह आने सच है। रफीउद्दीन भोर होते ही उठ गया और उसने पानी पीने के टंबलर में अपना पेशाब घोलकर यथाविधि उसका पान किया। उसने कुरान की चंद आयतों-मंत्रों का भी उच्चारण किया और नमाज पढ़कर अल्लाह की प्रार्थना की, 'या खुदा! कोड़ों के आघात ऊपर ही झेल लो। चमड़े को मत जलाओ।' मनुष्य की तरह राक्षसों में भी एक भगवान् होता है। रफीउद्दीन ने जमीन को नाखून से कुरेदकर उस मंत्र द्वारा चुटकी भर मिट्टी भर ली और वह विभूति लगाई। फिर अल्लाह का अखंड जाप करते-करते वह उस कालकोठरी में तब तक चहलकदमी करता रहा जब तक पौ फटने का समय हुआ। भई, अल्लाह का नाम लेकर वह एक बड़े 'जिहाद' पर जो जानेवाला था।

परंतु यह सच है कि आततायी तथा आठों गाँठ कुम्मैत अपराधी ऐसी स्थिति में यही करते हैं। हम स्वयं ऐसे दो-तीन उदाहरणों से परिचित हैं, और यह भी सौ फीसदी सच है कि यमलोक सिधारना हो तो मखमली कालीन बिछे पलक-पाँवड़ों से ठुमक-ठुमककर नहीं जा सकते, नागफनी एवं सेमल के कँटीले जंगल में से ही राह निकालते जाना पड़ता है। भई, मरघट में डेरा डालना हो तो वहाँ जलती चिताएँ, हड्डियों के टुकड़े, पैरों को जलाती गरम राख, तड़ातड़ फूटती कपालों के स्वर और भूतों की चीखें ही संगी-साथी होती हैं। घोर भयानक निराशा है यह। भई, यदि मन में यही जिज्ञासा ठाठें मार रही है कि मानवी मन का काला पानी क्या चीज है तो उस काले पानी का वही यथार्थ रूप दिखाना चाहिए जैसे होता है। उसके ऊपर यों ही शिष्टाचारस्वरूप गुलाब जल छिड़का तो वह घोर वंचना होगी। गुलाब जल उस काले जल की विडंबना है, न कि शोभा।

"अल्लाह। तू रहीम। या खुदा, तू बड़ा दयालु है।" इस प्रकार नामघोष करते उस कालकोठरी में चक्कर काटते-काटते उन मंत्र-तंत्रों से भी रफीउद्दीन का तनिक ढाढ़स बँध गया। इतने में सिपाही ने आकर खड़ाखड़ दरवाजा खुलवाया। बंदीशाला के

बीचोबीच चौक में उसे इस तरह खड़ा किया गया कि उस इमारत के सभी कैदी उसे देख सकें। तीन भारी-भरकम लकड़ियों का एक तिकोन होता है, जिसे 'तिखूँटा' कहा जाता है। उस तिखूँटे को इधर लाया गया, उसे सीढ़ी पर चढ़ाया गया, फिर रफीउद्दीन को उसपर झुकाया गया, उसका मुँह मोड़कर उसे बाँधा गया। उसकी दोनों टाँगें दोनों ओर स्थित उन कड़ियों में उलझाई गईं। उसके हाथ ऊपर उठाकर उन्हीं दो लकड़ियों के ऊपर के छोरों पर लोहे की दो दूसरी कड़ियों में बाँधे गए। गरदन एक पट्टे में फँसाई गई।

एक थाली में जंतुघ्न दवा तथा कोड़े मारना समाप्त होते ही घावों पर लगाई जानेवाली मरहम-पट्टियाँ लेकर औषधालय का मिश्रक (कंपाउंडर) तथा उसके पीछे-पीछे डॉक्टर भी वहाँ आ धमके। सिपाही पंक्ति में खड़े हो गए। बदन पर मात्र लँगोटी छोड़कर रफीउद्दीन को सिर से पाँव तक नंगा किया गया। उसने मुँह से चूँ तक नहीं किया। उसकी वह उद्दंड-उजड्ड आदत जो हमेशा फन उभारकर फुफकारती थी, न जाने कहाँ गायब हो गई। यद्यपि वह चेतनाशून्य अवस्था में अपनी दुर्दशा निहार रहा था, तो भी कट्टर दुश्मन बने उस जमादार से, जो सारी व्यवस्था खड़ा रहकर करवा रहा था, उसने एक शब्द भी नहीं कहा। वह बोल ही नहीं सका।

ढन ढन ढन···।

घंटी बजने लगी। तत्काल टपटप जूते चरमराते टावर में बैठा बंदीपाल वहाँ उपस्थित हुआ। उसके पीछे कोड़े बरसानेवाला वह व्यक्ति जिसके बदन पर केवल जाँघिया और जैकेट ही था, जिसके बाल बिखरे हुए थे, भुजाओं के स्नायु मजबूत, ऐंठे हुए तथा पपोरे हुए थे, उसके हाथों में बेंत की मोटी सी छड़ी थी।

रफीउद्दीन की पीठ थी। उसे दिखाई नहीं दिया, परंतु उसे ऐसा ही आभास हुआ कि वह थरथर कँपकँपाया।

'मारो' बंदीपाल की गरजती-लरजती आवाज गूँज उठी। उसके साथ ही रफीउद्दीन को अहसास हुआ, जैसे वह बेंत ही उसके कूल्हों पर सटका है। वह घिघियाते हुए कहने लगा, "आहिस्ता हुजूर, आहिस्ता! कम-से-कम हलके से तो मारो।"

हाथों में पकड़े बेंत को आगे बढ़ाते और उसे सिर के इर्द-गिर्द घुमाते हुए कोड़ेवाले ने निशाना लगाया। "एक!" बंदीपाल दहाड़ा, और फट् से रफीउद्दीन के कूल्हों पर बेंत सनसनाया।

"अय्याया···" रफीउद्दीन भी चीख उठा।

"दोऽऽ!" कोड़ेवाले ने फिर पूरी ताकत लगाकर दूसरा बेंत जमाया। रफीउद्दीन गाय-भैसों की तरह बँबाने लगा। आस-पास के बंदीवानों के बदन भी बाँस की तरह

थरथर काँपने लगे। कइयों को तो तरस आ गया। उनमें कंटक भी था। परंतु साथ ही उसे यह भी याद आ गया कि यही है वह रफीउद्दीन। कुल्हाड़ी से मनुष्य को ऐसे चीरता था जैसे लकड़ियाँ चीर रहा है। वही नृशंस नर-राक्षस जो साल में कम-से-कम एक युवा लड़की की जान लेता था।

"तीन! चार! पाँच! छह...!"

बेंत की हर फटकार के साथ रफीउद्दीन के कूल्हों से खून के फव्वारे छूटने लगे और मांस का भूसा बिखरने लगा। कभी वह रंभाने लगता तो कभी 'छोड़ो जी, मैं पैरों पड़ता हूँ।' इस तरह दहाड़ें मार-मारकर रोने लगता और कभी उस जमादार तथा बंदीपाल को माँ-बहनों की बीभत्स, घिनौनी गालियाँ बकने लगता।

"सात! आठ, नौ, दस।" बेंतों के पीछे बेंत सटकारते जा रहे थे, जो मांस में धँस रहे थे। रफीउद्दीन निढाल होकर अर्धमूर्च्छित हो गया। कुचला हुआ साँप जिस प्रकार डंडे का स्पर्श पाते ही कुछ देर तक कुलबुलाता है, उसी तरह बेंतों की फटकार के साथ उसके मुँह से चीख निकलने लगी। मारते-मारते उसका कचूमर निकाल दिया गया।

"अट्ठाईस! उनतीस! तीस!"

तीसवाँ कोड़ा मारते ही कोड़े मारनेवाला बेंत छोड़कर पसीने से तर-बतर हाँफता हुआ धम् से नीचे बैठ गया। वह भी थककर इतना चूर हो गया।

डॉक्टर झट से आगे बढ़ा। उसने तिखूँटे से छुड़ाकर नीचे औंधे लिटाए गए लहूलुहान रफीउद्दीन की नब्ज टटोली, सिर्फ यह देखने के लिए कि वह जिंदा है या नहीं। फिर उसे उसके घावों पर तात्कालिक मरहम-पट्टी लगवाकर बंदीगृह के रुग्णालय की एक कालकोठरी में ले जाया गया और कोठरी को ताला जड़ दिया गया।

उस रात घावों में तीव्र वेदना तथा जलन से रफीउद्दीन को तेज बुखार चढ़ गया। बुखार बढ़ने से मज्जा केंद्र (Brain Cells) भी उत्क्षुब्ध होते हैं। उस मज्जा केंद्र में विचारों के झटके से जिसे अचानक छेड़ा जाता है, उसकी चित्रावली (Film) तत्काल इतनी उत्कटता के साथ प्रकाशित होती है कि वह प्रत्येक घटना मूर्च्छित जीव को सजीव रूप में प्रतिभासित होती है। इतने में ही उस विचार संबंध द्वारा दूसरा मज्जापिंड विचलित होता है और वह उसका चित्रपट शुरू करता है। देश-काल क्रम का अभिज्ञान ही वह स्थिर नहीं कर सकता। उस योग से स्मृत घटना भाव-भावनाओं का अजीब सा मिश्रण होकर अनेक असंभवनीय दृश्य प्रत्यक्ष रूप में प्रतिभासित होने लगते हैं। रफीउद्दीन की ठीक वैसी ही हालत हो गई।

बुखार चढ़ने के बाद जब तक वह साधारणतः होश में था, तब तक घावों की पीड़ा की ठनक से कराह रहा था। उस समय उसे इस बात का बार-बार तीव्र पछतावा

हो रहा था कि अपने कुकर्मों के कारण ही उसने अपनी यह दुर्गत बना ली है। पूरे जीवन में पहली बार उसे पश्चात्ताप हो रहा था। यद्यपि उसे इस बात का रत्ती भर भी पछतावा नहीं हो रहा था कि उसने पाप किया ही क्यों, तथापि उसे इस बात का अवश्य खेद होने लगा था कि पाप हजम होते ही उसका त्याग क्यों नहीं किया! अपच, बदहजमी होने तक उसने आततायी मार्ग को क्यों अपनाया! विवेक उससे कह रहा था—काले पानी से भागकर आए, स्वदेश पहुँचे। फिर डाका, लूटपाट करके अपार धन जोड़ा। असंख्य इंद्रिय भोग किए। यहाँ तक जो कुछ किया ठीक ही किया, लेकिन आगे हाथ खींचकर जो कमाया उसी में संतोष मानकर कहीं दूर किसी इलाके में सुस्थिर जीवनयापन करता तो आजीवन संकट से मुक्त रहता। अपने उस विचित्र विवेक द्वारा उसने अपनी गलती इतनी ही महसूस की कि काफी सारा पैसा और ऐयाशी के कारण समाज पर अनन्वित अत्याचार करते-करते जिस समय वह उस बिहारी युवती को भगाकर बागलोण आकर छिप गया, उसी समय उसे चाहिए था कि वह इन भयंकर उत्पाती दुष्कर्मों को हमेशा-हमेशा के लिए अलविदा कर देता। उस युवा स्त्री और उस धन-दौलत को लेकर सिंध के आस-पास कहीं एक सज्जन की तरह नियंत्रित रूप में भोग करते हुए शांतिपूर्ण जीवन बिताना चाहिए था। मन की भाषा में अपने कृत्यों को वह कुकर्म भी कहता गया। जैसे-जैसे ज्वर की ग्लानि तथा जलन बढ़ने लगी, वैसे-वैसे ही उसके चित्त में अंतिम विचार कोहराम मचाने लगा।

"हाय, हाय! उस बिहारी को, बिहार की उस खूबसूरत लौंडिया को ही कायदे से निकाह करके बीवी बनाकर मजे से घर क्यों नहीं बसाया मैंने! हाय-हाय! मैंने उसे सैलाब में क्यों फेंका? हाय! पानी में दम घुटकर उसकी जान गई। हाय! सिर तड़ाक् से चट्टान से टकराया। फूट गया। ओ माँ! कितनी भयानक पीड़ा!"

फिर कराहते, बड़बड़ाते, ग्लानि की अवस्था में ही कुछ देखते हुए, उसके दिमाग में गुलाम हुसैन की स्मृति का केंद्र कहीं से उभर आया…

"हरामी कुत्ता…! ऐ दुष्ट! मेरी मालती मुझे वापस दे दे। अपनी अमानत के तौर पर उसे तुम्हारे पास रखा था।…वह मेरी है…मेरी है…तेरे बाप ने रखी है। गुलाम, देते हो कि नहीं! मारो-पीटो…मेरी टाँग खिंची! हाय-हाय! मैं मर गया रे, मर गया!"

…फिर वह जाग गया। तेज बुखार से वह जल रहा था। ग्लानि में गुलाम हुसैन से जो मुठभेड़ हुई थी, उसे याद कर तैश में उसने पैर पटके। उससे उसके घाव को झटका लगने से वह तड़प उठा। उसे वही बातें याद आती रहीं। मालती को गुलाम हुसैन ने नहीं भगाया! कहाँ होगी वह! हाय-हाय! क्या उसने नहले पे दहला नहीं मारा। अपने पिंजरे में ही कैद करके रखा होगा मेरी मैना को!

मथुरा में उस रात मालती को रफीउद्दीन ने गुलाम हुसैन के घर जो छिपाया,

उसके बाद वह नहीं जानता था कि उसका क्या हुआ। और किशन को, जो उसके साथ था और जिसे हत्याओं, डकैती के षड्‌यंत्र के मुकदमे से निर्दोष मुक्त किया गया, उसकी भी वही अंतिम जानकारी रफीउद्‌दीन को थी। वही विचार उसके मन में अब निरंतर मँडराने लगे और उसे ग्लानि और वात का झटका आने लगा।

'मालती का क्या हुआ होगा! गुलाम हुसैन के जनानखाने में, हाँ जनानखाने में ही। लेकिन मालती-ती आँ! लाहौर में! इधर बाजार में···कहाँ से टपक पड़ी!'

वह फिर से अचानक बुखार की उत्क्षुब्ध ग्लानि में जैसे कोई एक ही विचार की ढलान से कुएँ में गिर पड़े, उसी तरह नीचे लुढ़कता चला गया।

···लाहौर के बाजार में खड़ी मालती पर अचानक नजर पड़ते ही जैसे उसने उसे कसकर भींच लिया, 'ओ, प्यारी मालती!' मालती ने भी जैसे तुरंत ही कहा, 'ओ प्यारे रफीउद्‌दीन! मुझे छोड़कर कहाँ गए थे प्रीतम!' गलबहियाँ डालती हुई मालती उसे कोठी में ले गई है, दरवाजा बंद किया, उसके सारे कपड़े उतारे, लेकिन इतने में उधर रखे एक बड़े से बक्से में से खट्‌ाक से छुरा निकालकर किशन बाहर निकला। बाप रे, दगा! दगा! इस दुष्ट स्त्री ने दगाबाजी की। इस हत्यारे किशन के बच्चे के हाथ मुझे क्यों सौंप दिया! हे चांडाल नारी, मालती, राक्षसी···!

'चुप राक्षस! किशन, बाँध दो इसे तिखूँटे पर। बाँधो। मेरे आवेश का यह प्रमाण देखो। मैंने एक मजबूत, बटा हुआ बेंत बनाया है। किशन, जिस पलंग पर यह शैतान मेरे संग बैठना चाहता था, उसी पलंग का तिखूँटा बनाओ···'

पलंग अचानक तिखूँटा बन गया। मालती के आवेश का भयंकर बेंत बन गया। बात करते-करते स्वयं मालती एक कराल कृत्या बन गई—बाल बिखरे हुए, माथा सिंदूर से सना हुआ, मुँह से साँप जैसी लाल-लाल सुर्ख जीभ बाहर लपलपाती हुई। किशन ने रफीउद्‌दीन को तिखूँटे पर दृढ़तापूर्वक जकड़ लिया और आवेश के साथ उस बेंत को ऊपर उठाकर रफीउद्‌दीन की पीठ पर एक ही महाभयंकर सनसनाता कोड़ा बरसाया, जिससे खून का फव्वारा छूट गया।

'अब्ब! हाय-हाय! मैं पैरों पड़ता हूँ, मालती छोड़ो। आयय्याय्या, धीरे मालती! माफी-माफी-माफी···'

लेकिन मालती गिन-गिनकर मारती ही जा रही थी, वही रक्तरंजित कँटीले कोड़े।

"तीन! चार! पाँच! पचास! सौ!" वात के झटके में वह स्वयं ही चिल्लाया—"सौ···"

□

प्रकरण–१३

# नए उपनिवेश के लोग

"उषा, अरी ओ उषा! अरी, बोलती क्यों नहीं! उधर घर में क्या कर रही हो! तनिक इधर तो आ जाओ।"

एक पुरुष, जो उम्र के साठ साल पार कर चुका है, तथापि अब भी जिसकी बुलंद खनकती आवाज है तथा सुगठित, मजबूत डील–डौल—अपने सादा और संपन्न घर के सामने आँगन में बिछी खाट पर बैठा था। वह आँगन साफ–सुथरा, झाड़ा–बुहारा था तथा उसकी लीपा–पोती भी की हुई थी। खाट पर बैठते–बैठते ही वह अपनी सात–आठ साल की नन्ही सी पोती को अनुरोधपूर्वक बुला रहा था। आजकल दोपहर में उस आँगन में दो–तीन बजे छाँव आते ही वह उस खाट पर आकर बैठता। वह वृद्ध पुरुष उस खाट पर तब तक बैठा रहता, जब तक कामकाज को निपटाकर ढलते दिन के समय ढोर–डंगर, चौपाये खेत से, बच्चे स्कूल से तथा उसकी बहू—उन पोते–पोतियों की अम्मा—अपनी नौकरी से वापस नहीं आतीं। उस समय उसके संगी–साथी हुआ करते थे; उसका अपना पान–चूना, तंबाकू रखने का बटुआ और उसके दो नन्हे–मुन्ने पोता–पोती—उषा और बारह वर्षीय मोहन। वह उन दोनों को पढ़ाता; कभी कहानी सुनाता, कभी बीच में उठकर फूल–पौधों को झारी से पानी देता अथवा बौरे हुए आम–कटहल के मौसम के दिनों उस आँगन से सटकर जो बगान था, उसके पेड़ों की रखवाली करने में अपना जी बहलाता।

उसके घर के आस–पास ही उसी प्रकार के करीब तीस–चालीस मकानों तथा उनसे भी सादगीयुक्त झोंपड़ियों का एक गाँव बसा हुआ था। यद्यपि यह गाँव अंदमान में स्थित था, तथापि वह महाराष्ट्र के समुद्र तट स्थित कोंकण प्रदेश के एक गाँव की प्रत्यक्ष प्रतिमा दिखाई देता था। आमतौर पर देखा जाए तो स्वयं अंदमान ही पूर्व–समुद्र स्थित एक प्रति–कोंकण है। वृक्ष, मौसम, पक्षी, फसलें प्रायः सभी कोंकणी ठाठ–बाठ। यदि पश्चिम–समुद्र स्थित कोंकण तट को पल भर के लिए तह करके पूर्व–समुद्र तट पर

उठाकर रखा जाए तो उस पूर्व-समुद्र में कोंकण का जो धुँधला सा प्रतिबिंब दिखाई देगा, वही अंदमान का स्वरूप है। कोंकण के जंगलों में मनुष्य ने आज तक जो कायाकल्प किया है, बस उतना ही दोनों में अंतर होगा।

"उषी, अरे भई कुछ जवाब क्यों नहीं देती? मोहन, उषा कहाँ है?" उस वृद्ध ने फिर से पूछा।

"वह इधर ही अपनी गुड़िया के साथ खेल रही है। वह कह रही है कि मैं अप्पाजी से रूठ गई हूँ आज।" मोहन ने भीतर से ही कहा।

"भई, वह क्यों? मैंने ऐसा कौन सा अपराध किया है? अच्छा मोहन, तुम्हीं आ जाओ। पके-पके पत्तोंवाला बीड़ा मैं आज उषारानी को जो देनेवाला था, अब गुड़िया हमसे रूठ गई है तो चलो, तुम्हीं ले लो पान।"

वृद्ध अप्पाजी का निमंत्रण स्वीकार कर मोहन तुरंत भागा-भागा आ गया। यह देखकर कि मोहन अब पान उड़ाएगा, उषा गुड़िया को रखकर हौले से उठ गई। दरवाजे के पास से ही अपना प्यारा-प्यारा सा मुखड़ा निकालकर अपना मुवक्किल आप ही बनते हुए उसने रूठे-रूठे स्वर में कहा, "अप्पाजी, हम आपसे रूठे हैं, हाँ!"

"अरी पगली, यह तो बताओगी नहीं कि क्यों रूठी हो! यह गहरा पीला पान का बीड़ा क्या तुम्हें नहीं चाहिए!"

"हाँ, चाहिए तो सही। लेकिन वहाँ से मोहन के हाथों भेज दीजिए। मैं वहाँ नहीं आऊँगी आपके पास। आप कल जैसी मेरी पप्पी लोगे। क्या आपकी मूँछें मुझे नहीं चुभतीं? आप जान-बूझकर मेरे गालों को चुभोते हैं। चाहें तो बीड़ा इधर ही भेज दीजिए।" उषा ने समझौते की शर्त स्पष्ट की।

"ठेंगे से! जिसे पान चाहिए वह पप्पी भी देगा। अच्छा, मूँछें न चुभोते हुए पप्पी ली तो दोगी!" अप्पाजी ने उलटी शर्त बताई।

यद्यपि इस उलटी शर्त के लिए उसने मुँह से हामी नहीं भरी, तथापि जमीन पर एक-एक कदम घसीटते हुए धीरे-धीरे वह अपने दादाजी के पास आने लगी। उसपर तुर्रा यह कि वह अपनी मरजी से नहीं आ रही थी। दादाजी उसे बलात् खींचकर ले जा रहे थे, इसीलिए वह आगे बढ़ रही थी। आखिर 'राम-राम' करके दादाजी ने उसके हाथों को पकड़कर मुसकराते हुए उसे अपने पास खींच लिया, और फिर कायदे के अनुसार एक मधुर पप्पी की खंडनी वसूल करने के पश्चात् दादाजी ने एक बीड़ा उषा को और एक मोहन को दिया; और अपने उन प्यारे, राजदुलारे पोता-पोती को अपनी बगल में लेकर अपने हाथों पर तंबाकू मलने लगे, जिसे वे अपने पान के साथ खाते थे।

ज्यों-ज्यों पान का बीड़ा उषा को मीठा लगने लगा, त्यों-त्यों ही उसकी दिल की कली खिलने लगी। उसे पता भी नहीं चला, वह स्वयं ही कब दादाजी की गोद में

जा बैठी और हँस-हँसकर उनसे घुल-घुलकर मीठी-मीठी बातें करने लगी। उषा और मोहन दोनों बच्चे बड़े प्यारे, खिलाड़ी, हँसोड़, बातूनी, फुरतीले और तेज थे।

इतने में सामनेवाली पहाड़ी पर एक व्यक्ति को उतरते देखकर मोहन ने ताली बजाई।

"अप्पाजी, अप्पाजी, कंटक बाबू आ रहे हैं, कंटक बाबू। वह देखो…" उषा ने समर्थन किया।

"हाँ जी। हाँ, कंटक बाबू ही हैं।"

अप्पाजी उस समय पास पड़ा कलकत्ता का हिंदी अखबार पढ़ रहे थे। उसे दूर हटाकर आँखों पर जोर देकर वे दूर देखने लगे। लेकिन उन्हें साफ-साफ नहीं दिखाई दिया। उन्हें प्रतीत हुआ कि कोई दूसरा ही आ रहा है।

"भई, कंटक बाबू नहीं हैं वे। कुछ भी चिल्लाते हो।"

उनका नकारना न सहते हुए उषा ने ठुनककर कहा, "ओफ्फो! अप्पाजी, वे कंटक बाबू ही तो हैं। आपको साफ-साफ दिखाई नहीं दे रहा तो मेरी आँखों से देखिए। हाँ-हाँ, देखिए न। ना, ना, मेरी आँखों से देखिए।"

उसने अपना नन्हा सा मस्तक अप्पाजी के बिलकुल मुँह के पास रखा। वह उनकी गोद पर चढ़ गई, ताकि उनकी आँखों के सीधे सामने पहुँच सके। अपने नरम-नरम रेशमी बालों से आच्छादित सिर का पिछला हिस्सा उनके मुँह से सटाकर वह इस तरह पीठ करके बैठ गई कि उसकी आँखें उनकी आँखों के सामने आ जाएँ। फिर वह नन्ही-मुन्नी सी बालिका अनुरोध करने लगी, "अप्पाजी, देखिए न मेरी आँखों से। कुछ दिखाई देता है! अच्छा अब! अब दिखाई देता है!" पल भर के लिए उसके लिए यही एक खेल हो गया।

उस अल्हड़ बालिका का दिल खट्टा न हो इसलिए दादाजी ने अपनी उस नन्ही-मुन्नी पोती का वह कुंतल-मृदुल मस्तक अपनी आँखों के सामने गंभीरता-पूर्वक पकड़ा, जैसे कोई दूरबीन पकड़ी हो और उसकी आँखों से गौर से देखने का अभिनय किया। फिर बताया कि उन्होंने क्या-क्या देखा।

"बिलकुल सच है। उषा रानी, तुम्हारी आँखों से मुझे साफ-साफ नजर आ रहा है। देखो, वे कंटक बाबू ही आ रहे हैं। और वह देखो हमारी नन्ही-मुन्नी उषारानी किसी बड़ी चतुर तथा समझदार लड़की की तरह अपनी तख्ती-पेंसिल और पहली की किताब लेकर उनके पास कैसे पढ़ने जा रही है, देखो तो सही। वह हमारा मोहन पाठ पढ़ रहा है। देखो-देखो, मुझे तुम्हारी आँखों से सबकुछ कितना साफ-साफ नजर आ रहा है। अब यह सबकुछ बिलकुल सही-सही ऐसा ही घटना चाहिए, समझी ? वरना मैं कहूँगा, तुम्हारी आँखों से झूठ दिखाई देता है। फिर टाल-मटोल, औना-पौना न करते

हुए कंटक बाबू के आते ही पढ़ने बैठोगी न? कोई बहानेबाजी नहीं...''

''हाँ, हाँ—पढ़ने तो बैठूँगी...लेकिन...'' उषा के चेहरे पर असंतोष की झलक दिखाई दी।

''मैं आपके पास बैठूँगी, न कि कंटक बाबू के पास।''

''क्यों री? वे कितना अच्छा पढ़ाते हैं तुम दोनों को...बहुत नामी गुरुजी हैं।''

''आहा रे! खाक अच्छे हैं। अप्पाजी, सच कहती हूँ उन्हें कुछ भी नहीं आता।''

''तुम यह कैसे कहती हो कि कंटक बाबू को कुछ नहीं आता? और यह तुमने कैसे समझा?''

''अजी, इसमें कौन सी बड़ी बात है? साफ-साफ पता चलता है। सच कहती हूँ, अप्पाजी, कंटक गुरुजी मोहन से और मुझसे सबकुछ पूछ लेते हैं। यदि उन्हें स्मरण नहीं रहा तो झट से मोहन से पूछ लेते हैं, 'कलकत्ता कहाँ है? बंबई कहाँ है? अंग्रेजी में माँ को क्या कहते हैं? बिल्ली को क्या कहते हैं?' और मुझसे पूछते हैं, 'दो पंजे कितने? तीन दाही कितने?' इस तरह दिन भर हमसे ही सबकुछ पूछते रहते हैं। यदि उन्हें ही सबकुछ आता है तो भला हमसे क्यों पूछते? भई, पहाड़े भी नहीं आते उन्हें!''

इसके साथ ही 'वाह रे वाह! पगली रे पगली! सिडी!' इस तरह चिढ़ाते हुए मोहन खिलखिलाकर हँसने लगा। दादाजी की भी हँसी छूट गई। उषादेवी फुनफुना ही रही थी कि कंटक बाबू आँगन में आ गए। हमेशा की तरह भेंटस्वरूप मिठाई का दोना उनके हाथ में देखते ही खीझ भरा आवेश उनकी ओर केंद्रित हो गया और वह मुसकराती हुई कंटक बाबू के सम्मुख आ गई।

''क्यों कंटक गुरुजी!'' अप्पाजी मुसकराए, ''परीक्षा में आप ही के छात्रों ने आपको अनुत्तीर्ण किया है।''

''भला वह कैसे?'' कंटक गुरुजी ने कौतूहलवश पूछा।

''अजी, हमारी उषारानी का कहना है कि आपको पहाड़े भी नहीं आते। जब आप स्वयं अटक जाते हैं तो उससे बार-बार पूछते हैं—दो पंजे कितने? तीन दाहे कितने? और उसके कहने पर आपको समझ में आ जाता है। आपको उतना भी नहीं आता, जितना उसे आता है!''

''अच्छा!'' कंटक बाबू इस आक्षेप का आनंद उठाते हुए मुसकराए।

''अच्छा, अब मैं जो हिसाब पूछूँगा उसका उषारानी यदि सही-सही उत्तर दे तो मैं इसे सच मानूँगा। पूछूँ?''

''हाँ, हाँ, जरूर पूछिए—अभी जवाब हाजिर है। हाँ, पर वही पूछिएगा जिसका मैं उत्तर दे सकती हूँ।'' इस शर्त पर उषारानी ने इस चुनौती को स्वीकार किया।

''अच्छा, तो बताओ—एक औरत टोकरी भर पके आम ले आई। उसका दो

रुपए दाम तय हो गया। वे आम आधे-आधे करके उसने समान रूप से छोटी-छोटी दो टोकरियों में भरे। समझ में आई बात? आधे-आधे आम दो समान टोकरियों में भर दिए तो उन दो टोकरियों का मूल्य क्या होगा। तुम भी बताना मोहन।''

मोहन ने झट से उत्तर दिया, ''हर टोकरी का एक-एक रुपया दूँगा मैं।''

थोड़ी देर तक आँखें सिकोड़कर सोचने पर उषा ने जैसे इस प्रस्ताव को ही ठुकराते हुए कहा, ''मैं तो एक धेला भी नहीं दूँगी इन टोकरियों का?''

''क्यों?''

''क्यों का मतलब? भई बाजार में इतने अच्छे पके आम विपुल मात्रा में मिलते हैं, फिर ये आधे-आधे बँटे आम कौन खरीदेगा?''

'आधे-आधे बँटे आम', कहकर अनजाने में ही यह शब्द-क्रीड़ा करके उषारानी ने बिलकुल ही अप्रत्याशित उत्तर दिया।

उस बच्ची की भोली-भाली, लेकिन स्वतंत्र बुद्धि की झलक पाकर और वह बिलकुल ही अप्रत्याशित उत्तर सुनते ही दादाजी ने उषा की पीठ थपथपाते हुए कंटक बाबू से कहा, ''क्यों गुरुजी, यह बात सोलह आने सच निकली न कि हमारी उषा को जितना ज्ञान है, उतना आपको भी नहीं है?''

''हाँ, बिलकुल सही निकली। भई गुरु तो गुड़ ही रहा पर चेला शक्कर हो गया। हमारी इस नन्ही सी छात्रा ने गुरुजी को जो पाठ पढ़ाया उसके लिए इस छात्रा को यह शुल्क दे देंगे।''

कंटक ने मिठाई का एक दोना उषा को थमा दिया और दूसरा मोहन को पकड़ा दिया।

कंटक बाबू खाट पर बैठने लगे। उन्हें जगह देने के लिए अप्पाजी अपनी एक बैठक तोड़कर एक ओर हटने लगे, लेकिन इतने में ही उनके घुटनों में जबरदस्त पीड़ा हुई और वे 'मैया री' कहकर कराहने लगे।

''ओह, अचानक इतनी जोर से पीड़ा होने लगी! क्या हुआ है पैर को?'' कंटक झट से पूछकर उनका वह पैर दबाने लगा।

''इधर, इधर घुटने में,'' अप्पाजी ने घुटना धीरे-धीरे आगे-पीछे करके पाँव पसारने का प्रयत्न करते हुए कराहकर कहा, ''इस ससुरे घुटने में पिछले दो दिन से इसी तरह पीड़ा उभर रही है। पाँव पसारने से कुछ समय के बाद रुक जाएगी। एक बहुत पुराना घाव दबा पड़ा है उधर। अब कमजोरी के दिन आए, अतः वह फिर से हरा होकर कष्ट दे रहा है।''

''पुराना घाव, किसका है वह!'' कंटक ने कौतूहलवश पूछा।

''वह, वह एक इतिहास है। सन् १८५७ के स्वाधीनता संग्राम में मुझे लगी

अंग्रेजों की एक गोली का है वह घाव। जी हाँ, अंग्रेजों की गोली का, क्योंकि मैं विद्रोहियों की ओर से लड़ रहा था। मैं एक विद्रोही था।'' बात करते-करते वह वृद्ध पुरुष, जो दूसरे पाँव को खाट से उटंगकर एक पाँव पर सीधा तनकर खड़ा था, जितना था, उससे अधिक ऊँचा लगने लगा।

''आप बागी थे! प्रत्यक्ष रूप में उस बगावत में भाग लिया था आपने अंग्रेजों के खिलाफ!'' कंटक यह सवाल खंडित शब्दों को जोड़कर कर रहा था और वह वृद्ध पुरुष गर्व से तना, हामी भरने के लिए अपना सिर हिला रहा था। कंटक विस्मयपूर्ण आदर के साथ उनकी ओर देख रहा था और इस तरह देखते ही उसे वही वृद्ध पुरुष एक मँजा हुआ, जुझारु, वंदनीय वीर एवं पौराणिक योद्धा प्रतीत होने लगा जो आज एक साधारण आदमी था।

पल भर उसी तरह विस्मयपूर्ण आदर के साथ देखने के पश्चात् कंटक ने पूछा, ''अप्पाजी, आज तक आपने मुझसे कुछ नहीं कहा। पिछले छह महीनों में आपके इस स्नेहशील परिवार से इतना परिचित होते हुए भी मैंने आपसे आपका पूर्ववृत्त क्यों नहीं पूछा! इसका कारण जाहिर है। आजन्म कारावास प्राप्त जो बंदी अपनी कठोर कैद के दस-बारह वर्ष बिताते हैं और उन्हें अपना आचरण ठीक रखने के कारण इसी द्वीप में स्वतंत्र परिवार बसाकर रहने की आप जैसी अनुमति प्राप्त होती है, वैसे अंदमान के दाखिला प्राप्त (Pass Holder) आजन्म कैदी गृहस्थों को प्राय: जिस घृणित अपराध के लिए पहले दंड हुआ था, उसके संदर्भ में कुछ कहने में संकोच होता है। इस वर्ग के दाखिलाधारी स्त्री-पुरुष प्राय: अपना पूर्व चरित्र छिपाना चाहते हैं। इसीलिए कई बार अपार जिज्ञासा के बावजूद आपसे आपका पूर्व वृत्तांत पूछना हमेशा टालता आया था। परंतु सन् १८५७ के स्वाधीनता संग्राम में लड़ना राजनीतिक अपराध माना जाने पर भी जाहिर है कि किसी तरह अपराध नहीं है। फिर आपने स्वयं ही मुझे अपना पूर्वेतिहास क्यों नहीं बताया? सन् १८५७ के विद्रोह के किस्से सुनने का तो मुझे बचपन से शौक रहा। बचपन में मेरे पिता कहा करते थे कि मेरे दादाजी ब्रह्मावर्त में श्रीमंत नाना साहब पेशवा के ही आश्रित थे। सेनापति तात्या टोपे का नाम तो उनके होंठों पर हमेशा ही रहा करता था।''

''उन्हीं वीरपुंगव तात्या टोपे की सेना का एक सैनिक था मैं।''

''क्या कह रहे हैं आप? सेनापति तात्या टोपे की सेना के एक सैनिक थे! जिनका नाम बचपन में हम लोगों को किसी पौराणिक वीर जैसा अद्‌भुत प्रतीत होता था, आज मेरे सामने उन्हीं का एक सैनिक खड़ा है, और उसने स्वयं सेनापति तात्या टोपे का साक्षात् दर्शन किया है। यह उद्‌भावना मेरे लिए अभी इस वक्त भी एक अजूबा है। देखिए अप्पाजी, यदि आपको इसमें कुछ खतरा महसूस नहीं होता हो तो वह सब सुनने

की मेरी उत्कट इच्छा है, जो-जो आपने वहाँ प्रत्यक्ष देखा, अनुभव किया। क्या इसमें कुछ खतरा है?"

"खतरा! अजी, पहले यदि मैं इतना ही कहता कि मैं तात्या टोपे को पहचानता हूँ, तो जो पेड़ सामने नजर आता उसीपर मुझे लटकाया जाता, फिर यह बताना तो दूर की बात रही कि मैं तात्या टोपे के पक्ष में लड़ रहा था। उस समय यह वृत्तांत सुनाने का जो आतंक हमारे मन में समा गया था और उन स्मृतियों को चित्त के अगम विवरों में हमने जो दबाकर रखा था, उन्हें कुरेदना चाह कर भी अब कुरेदना असंभव है। वैसे देखा जाय तो अब जमाना बदल गया है। वह स्वतंत्रता संग्राम अब एक इतिहास बन चुका है। सद्यःकालीन स्थिति से उसका सीधा संबंध नहीं रहा। यदि रहा भी हो तो बस इतना ही, जितना इतिहास का वर्तमान से संबंध होता है। स्वयं अंग्रेज लेखकों ने तत्कालीन जानकारी के संदर्भ में सैकड़ों ग्रंथों का लेखन किया है। इक्के-दुक्के अंग्रेज सज्जन बिलकुल खुले दिल से तत्कालीन आँखों-देखा हाल पूछने इधर आए थे। परंतु पहले से ही मन पर जो आतंक छाया हुआ था, उससे हम अपने दिल की सारी भड़ास नहीं निकाल सके। शायद यही कारण है कि मैं स्वयं आपसे भी खुलकर वह वृत्तांत नहीं कह पाया। वरना भई, अब उसमें छिपाने लायक है ही क्या? उसकी वजह से जो दंड भुगतना था, उसे ही भुगतने के लिए हमें इस अंदमान में लाया गया और हम उस आजन्म कारावास को भुगत भी चुके हैं।"

"अर्थात् सन् १८५७ के विद्रोह में लड़ने के कारण ही आपको आजन्म कारावास हुआ था? अंदमान में तभी से आजन्म कारावास प्राप्त कैदियों को भेजा जाता था?"

"सन् १८५७ से भी पच्चीस-पचास वर्ष पहले एक-दो बार अंदमान में उपनिवेश स्थापित करने का प्रयास अंग्रेजों ने किया था। परंतु उस समय जो थोड़े-बहुत भारतीय लोग यहाँ लाए गए वे इस भयानक जंगल तथा दलदल में अनादि काल से रह रहे रोग-जंतुओं तथा उनसे व्याप्त वातावरण का शिकार बन गए। खासकर जड़ेया बुखार ने तो उनका पूरा सफाया किया। मनुष्य बस्ती के लिए इस द्वीप को सर्वथा अयोग्य घोषित कर इसपर बसने का विचार त्याग दिया गया। परंतु सन् १८५७ के विद्रोह के पश्चात् शायद इस द्वीपखंड के इन्हीं गुणों के कारण इस गदर में अंग्रेजों के विरुद्ध लड़ते समय शिकस्त खाए हम जैसे सैकड़ों विद्रोहियों को इसी द्वीप पर आजन्म कारावास के लिए भेजा गया। पर, आश्चर्यजनक बात तो यह है कि यहाँ आकर भी हम सारे मर-खप नहीं गए। उन घने जंगलों, उन सड़ी-गली दलदलों, उन भीषण रोगाणुओं, उस असाध्य जड़ेया बुखार तथा उस विघातक वातावरण में हम सफल सिद्ध हो गए। इस प्रकार इन वर्तमान उपनिवेशों के हम मूलभूत संस्थापक, आद्य पुरखे एवं कुलपुरुष सिद्ध हुए। इस द्वीप में उपनिवेशार्थ भेजे गए आद्य बागियों के समूह में से ही मैं एक हूँ। अभी तक जीवित

रहनेवाले चार-पाँच विद्रोहियों में से वृद्धतम। परंतु इस दीर्घायु के आनंद से अधिक आनंद तब होता जब हमारे सेनापति तात्या टोपे फाँसी पर चढ़ाए गए···''

''क्या? तात्या टोपे को जब फाँसी हुई तब आप वहाँ पर थे?''

''नहीं, नहीं। वही कसक मेरे मन में शूल की तरह चुभ रही है। काले पानी भेजने की अपेक्षा यदि हमें अपने सेनापति साहब के साथ फाँसी पर चढ़ाया जाता तो अधिक खुशी होती, अधिक सुख मिलता—यही तो मैं कह रहा था। यद्यपि उस समय अंग्रेज हमारा कट्टर शत्रु था, तथापि अंग्रेज हैं असली वीर। इस बात का हमें अहसास था कि वीरता की अंग्रेजों को सही परख थी। वह हीरे का खरा पारखी था। देखो, सशस्त्र युद्ध में तात्या टोपे मरते दम तक इस तरह जान की बाजी लगाकर लड़े कि अंग्रेजों ने भी दाँतों तले अंगुली दबाई। मृत्युदंड के समय सीधे फाँसी पर चढ़ते समय उन्होंने बताया कि 'मैं महाराष्ट्र के राजा का—श्रीमंत नाना साहब पेशवा का सेनापति हूँ। मैं अंग्रेजों का अंकित प्रजाजन नहीं हूँ। अपने राजा की आज्ञा के अनुसार हमने अपनी स्वाधीनता के लिए टक्कर दी, डटकर मुकाबला किया। इसके लिए मैं विद्रोही, बागी, अपराधी हो ही नहीं सकता।' इस वीरोचित दृढ़ता का अंग्रेजों पर भी प्रभाव पड़ा। उनके मन में भी इतना आदर-भाव उत्पन्न हो गया कि तात्या टोपे को फाँसी होते ही उन्हें देखने के लिए इकट्ठे हुए सैकड़ों गोरे लोगों ने उस शूर पुरुष के शव को घेर लिया और उसके स्मृति-चिह्न के तौर पर अनेक अंग्रेज, फ्रेंच स्त्री-पुरुषों ने उनकी जुल्फें काटकर अपने पास रखीं। फ्रांस के अखबारों में उनकी दु:खद मृत्यु पर लेख प्रकाशित हुए। परंतु उनके सैनिक होते हुए भी हमें उन्हीं के साथ उसी स्वतंत्रता संग्राम में मृत्यु पाने का सौभाग्य प्राप्त नहीं हुआ। न ही उनका अंतिम दर्शन हम कर सके।'' उस वृद्ध वीर ने ठंडी आह भरी।

''आप पहले से ही तात्या टोपे की फौज में थे! उनकी मृत्यु से कितने दिन पहले आप घायल हो गए! आप अंग्रेजों के चंगुल में कैसे फँस गए!''

''वह एक लंबी रामकहानी है, कंटक बाबू! संक्षेप में बताता हूँ—मेरा और पेशवा लोगों का प्रत्यक्ष परिचय पहले बिलकुल नहीं था। हम ठहरे महाराष्ट्रीय ब्राह्मण, मूल रूप में बुंदेलों के आश्रित। इसीलिए उत्तर हिंदुस्थान में बसने आ गए। आगे चलकर मेरे पिता की पीढ़ी में अरा नगरी की ओर हमारा परिवार बस गया। सन् १८५७ से एक-दो वर्ष पूर्व श्रीमंत नाना साहब के दूत हमारे गाँव में आकर कहते थे कि जल्दी ही गदर होनेवाला है; और हम नौजवानों में महाराष्ट्र की हिंदू पदपादशाही की पुन: स्थापना करने की चेतना सनसनाते हुए चले जाते। इस उद्‌भावना के साथ ही कि मराठों का राजा स्वराज के लिए पुन: एक बार शस्त्र उठाएगा—मेरा युवा खून खौलने लगा। इतने में समाचार आया कि कानपुर में बड़ा गदर हुआ है, श्रीमंत नाना साहब पेशवा ने कानपुर

पर कब्जा कर लिया है और अब खुल्लमखुल्ला उन्होंने युद्ध का आह्वान किया है। इसके पीछे-पीछे प्रतिदिन खबरों से सारा वातावरण आँवे की तरह तप रहा था। दिल्ली, लखनऊ, जगदीशपुर—यहाँ-वहाँ सर्वत्र उस राष्ट्रीय युद्ध का दावानल धधकने लगा और राजे, महाराजे, सरदार, जमींदार, सैनिक, नागरिक सारे हिंदुस्थान ने बगावत का झंडा उठाया। तब हमारी अरा नगरी में भी एक सेना-पथक विद्रोह पर उतर आया और हम नौजवान उसका एक हिस्सा बन गए।''

''फिर, वहाँ की अंग्रेज फौज ने आपको लगे हाथ कैद नहीं किया!''

''भई, हर तहसील में अंग्रेजी फौज थोड़े ही होती थी! भारतीय सैनिक थे, वे ही उलट गए थे। अंग्रेज अधिकारी तो एक ही था। वह था ए.ओ. ह्यूम जिसे कलेक्टर, मजिस्ट्रेट के सभी अधिकार प्राप्त थे। सारी अरा नगरी को अचानक पलटी खाते हुए देखकर ह्यूम साहब ने कलेजा थामकर और दुम दबाकर भागने का निश्चय किया। लेकिन किधर भागें? और भागकर जाएँ तो जाएँ कहाँ? तब अपने थाने को घेरने से पहले उन्होंने एक तरकीब निकाली। हाथ, पाँव और मुँह पर काला रंग पोता, अपनी एक भारतीय नौकरानी का बुरका मँगवाया, उससे सारे बदन, मुँह को लपेट लिया; और स्त्री-वेश में रातोरात अरा से खिसक गए। उस समय जहाँ कहीं भी अंग्रेज नजर आता, बागी उसे जान से मार डालता और जहाँ बागी दिखता वह अंग्रेज की गोली का शिकार बनता। परंतु इतनी गंभीर स्थिति में भी दो-तीन सैनिकों की—जो उनके वफादार थे—सहायता से कई अवसरों पर उनकी जान बच गई और आखिर ह्यूम साहब दूसरे थाने पर स्थित अंग्रेजी छावनी में सही-सलामत पहुँच गए।''

''ए.ओ. ह्यूम साहब! अच्छा, जिन्होंने राष्ट्रीय सभा शुरू की थी!''

''हाँ-हाँ, उन्होंने ही आगे चलकर वह संस्था शुरू की। इतना ही नहीं, उन्हें जिस कठिन अवस्था से गुजरना पड़ा, उससे उन्हें पूरा विश्वास हो गया कि भारतीय जनता में पुन: ऐसा भयंकर असंतोष न फैले, उसी में अंग्रेजी शासन की खैर है। अंदमान में एक सज्जन से मुझे उनके कुछ भाषण पढ़ने का अवसर मिला, जिससे मुझे इस बात का ज्ञान हो गया।

''सन् १८५७ के गदर में अंग्रेजी शासन पर विपदाओं का जो पहाड़ टूट पड़ा, जिसने उसका अनुभव किया ऐसे किसी भी अंग्रेज अफसर को इस तथ्य को स्वीकार करना ही होगा कि हिंदुस्थान में फैले असंतोष को भीतर-ही-भीतर खौलने या बढ़ने नहीं देना चाहिए। उसकी भाप संचित होने से पहले ही यह व्यवस्था करनी चाहिए कि वह बाहर निकलती रहे। यह भाप बेहतर रूप में निकलने के लिए यदि आप कोई सुरक्षित छिद्र—सेफ्टी वॉल्व—नहीं रखोगे तो वह इंजन को फोड़कर बाहर निकलेगी। वही सुरक्षित छिद्र है वह राष्ट्रसभा जिसका जिक्र मैंने किया है। इस प्रकार उन्होंने आगे

चलकर बुद्धिमानी के जो भाषण झाड़े, वह अक्लमंदी ह्यूम साहब अरा नगरी के संकट काल में ही सीख गए थे।''

''फिर अरा से आप कहाँ गए?'

''जाने दो वह सारी रामकहानी। जो बीत गई, सो बीत गई। अब इससे क्या? अब नए-नए हकीम, और नई-नई बातें। जो है उसे निभाना चाहिए।''

''सो तो है ही। अपने बारे में तो बताइए। आप पकड़े कैसे गए?''

''अरा नगरी से हम सीधे कानपुर गए और सेनापति तात्या टोपे की फौज में भरती हो गए। जनरल विंड्हम से, जिसने बीस हजार सेना के साथ आक्रमण किया, कानपुर में घमासान युद्ध हुआ। उसमें सेनापति तात्या टोपे ने विंड्हम को पराजित किया। उस युद्ध में बागियों का पक्ष लेकर मैं स्वयं लड़ा था और उसी रणांगण में इस घुटने पर अंग्रेजों की गोली से घायल होकर अंग्रेजों के हाथ लग गया। परंतु समय-सूचकता के साथ मैंने यह बहाना बनाया कि मैं अंग्रेजों के भारतीय सिपाहियों में से ही एक हूँ। इस प्रकार के अंधाधुंध हुड़दंग में जिस प्रकार असंभव घटनाएँ घटती हैं, उसी तरह मेरी युक्ति सफल हो गई। जनरल विंड्हम तात्या टोपे से पराजित होकर जब उखड़ा-उखड़ा सा वापस लौटा तब अपने सैकड़ों घायल सैनिकों को उसने जल्दी-जल्दी किसी सुरक्षित अंग्रेज छावनी में रवाना किया। उनमें मैं भी था। उधर स्वस्थ होकर मैं फिर वहाँ से खिसकनेवाला ही था कि एक भारतीय सिपाही ने चुगली की कि मैं विद्रोही था। परंतु कई अन्य सैनिकों ने चुगली की कि वह चुगलखोर ही बागी है।

उस काल में इस प्रकार उलटी-सीधी चुगलियों की भरमार हो गई थी। इस अंधेर नगरी में तथा तत्कालीन अंग्रेजों की जान पर बन आने की धाँधली में व्यक्तिगत पूछताछ जैसी कोई भी बात नहीं थी। कुल मिलाकर सजा होती—जैसे फाँसी तो फाँसी—आजन्म कारावास तो आजन्म कारावास। अंत में सभी को क्षमा—ताकि विद्रोह की आग जल्दी ठंडी हो जाए। उस धाँधली और उसी मुक्ति में मैं था। उन बंदियों के कुल दल के नाम से आजन्म कारावास का टिकट निकला। इस शर्त के कारण कि हिंदुस्थान में बागियों का वंश नहीं बढ़ना चाहिए, सैकड़ों विद्रोहियों की आजन्म कारावास प्राप्त टोलियों की किश्तियाँ भरकर इस अंदमान द्वीप में—जिसे अंग्रेज अधिकारियों ने ही उस समय 'मनुष्य बस्ती के लिए अनुचित तथा मारक' के रूप में घोषित किया था—लाकर छोड़ी गईं। उनमें से एक मैं भी था—बिलकुल नौजवान—पच्चीस के अंदर-अंदर। मनुष्य बस्ती के लिए मारकस्वरूप इस द्वीपखंड में हम जैसे सैकड़ों बागियों को जो छोड़ा गया था, उन्हीं के जी-तोड़ परिश्रम, घोर असहनीय यातनाओं, जमे हुए खून, भग्न आशाओं, घिसी हुई हड्डियों तथा लाशों की गरम-गरम राख का खाद-पानी पाकर इन द्वीपों को अब मनुष्य-बस्ती लायक किया गया है। वही अंदमान अब हमारे हिंदुओं का

समृद्ध—फूला-फला एक नए-नवेले उपनिवेश के रूप में सामने आ रहा है। बस इतनी ही हमारे जन्म की अथवा हमारे आजन्म कारावास की सार्थकता है।''

''लेकिन अब आप एक बार हिंदुस्थान में हो आने की अनुज्ञा क्यों नहीं माँगते? आप दाखिलेवाले स्वतंत्र वर्ग के हैं। इस तरह के फ्री-पास होल्डरों को स्वदेश जाने की अनुज्ञा दी जाती है न? कुछ मामलों में हिंदुस्थान अब बहुत सुधर गया है। आप देखिए न जाकर।''

''अजी क्या खाक देखना है अब? जिस तरह मैंने कहा कि काले पानी का यह उपनिवेश संपन्न हो रहा है, उसी तरह आप कहते हैं कि हिंदुस्थान विकसित हो रहा है। सन् १८५७ के दाखिलेवालों को भी कोई वापस नहीं भेजता। वह नियम हम पर लागू नहीं है। और यदि गए भी तो अब वह हिंदुस्थान है भी कहाँ, जिसे हम देखना चाहते थे? अब जिस प्रकार यह आजन्म कारावासीय अंदमान, उसी तरह वह हिंदुस्थान।'' उस वृद्ध पुरुष ने एक ठंडी आह भरी, जैसे अपने दिल में धँसी कोई चुभन, कसक को छेड़ दिया हो।

कंटक ने सोचा, उसने बेकार उनकी दुखती रग छेड़ी। इसीलिए उन्हें सांत्वना देने के लिए कुछ बोलने के इरादे से उसने कहा, ''कुछ भी हो, पर ईश्वर न्याय का रक्षक तो है। आखिर न्याय की ही···''

''नहीं, नहीं। न्याय-अन्याय का जय-पराजय से सुतराँ संबंध नहीं होता। इस तथ्य को हम जितनी जल्दी सीख लें उतना ही अच्छा है। न्याय-अन्याय का मामला अलग है और जय-पराजय का अलग। जय-पराजय का यदि किसी से वास्ता है तो वह पराक्रम से है, न कि न्याय से। याद रखो। रट लो यह शब्द—पराक्रम। जयमंत्र। यह शब्द सीखो।''

''अप्पा, अप्पा, अप्पाजी···'' उनके चित्त को उस ऊँचे उदात्त वातावरण से खींचकर खट से इस धरती पर लाते हुए नन्ही उषा ने कहा, ''देखिए अप्पाजी, आप भी कंटक बाबू को नए शब्द सिखा रहे हैं। मैंने कहा था न, इन्हें कुछ भी नहीं आता, वही सच है। वही सोलह आने सच है।'' उस बालिका को उस विषय में बस इतना ही समझ में आया।

अप्पाजी मुसकराए और 'बड़ी चालाक है री तू' कहते हुए कंटक ने प्यार से उसके गाल पर चुटकी काटी।

इतने में मोहन, जो फाटक के पास गया था, खिलखिलाता हुआ आ गया।

''अम्मा आ गईं। आ गईं। अम्मा आ गईं।''

उन दोनों बच्चों में आपस में यह होड़ लगी कि कौन पहले जाकर अम्मा से चिपकता है, उससे गले लगता है। दोनों बच्चे दौड़ पड़े। फाटक के पास माँ के आते ही

मोहन ने पहले उसे पकड़ लिया, पीछे-पीछे उषा ने उसकी टाँगों को कस लिया। माँ भी उनके फटाफट चुंबन लेती-लेती, उनके गलबहियों के पेंच से जितना चलना संभव था, उतना चलती-चलती उनके रेशम जैसे मखमली बालों को सहलाती खाट के पास आ गई। इतने में उसने कंटक को देखा।

"दैया री दैया, आप मेरी इधर प्रतीक्षा ही कर रहे थे न! आखिर आपकी सखी से मेरी मुलाकात हो ही गई। उसके साथ मैंने जी भरके बातें कीं।" कंटक से इतनी बात करके उसने निहायत आत्मीयता के साथ अपने ससुर से कहा, "वाकई, अप्पाजी, लड़की हीरा है हीरा। कितनी निश्छल, विनम्र, कट्टर, दृढ़, आत्मसम्मान से भरपूर, पर स्नेहशील। और कितनी सुंदर जैसे सरसों फूली है उसके पूरे बदन पर। उसमें यदि कुछ दोष है तो बस एक ही—उसका नाम। 'कंटकी' नाम शायद किसी रूखे, अरसिक आदमी ने रखा हो। ऐसी फूल-सी सुकुमार, कोमल, चाँद-सी सुंदर लड़की का नाम तो गुलाब, मालती, चमेली—ऐसा ही कुछ होना चाहिए था। भई, कंटक बाबू उसके लिए इतना यों ही नहीं तड़प रहे थे। वाकई आपकी सखी आपका दिल जलानेवाली ही है।" उसने मजाक में आँखें मटकाते हुए अपना द्विअर्थी भाव सूचित किया।

आज पूरे पाँच साल बाद वही प्रिय नाम 'मालती'—अनजाने में ही क्यों न हो—लेकिन इस महिला के मुख से उसने सुना। पिछले पाँच वर्ष काले पानी पर जो उसने बिताए, उस अवधि में यही नाम उसके मन में सतत गूँजता रहा था, लेकिन सिर्फ एक नाम के रूप में। आज वही नाम सजीव होकर उसके सामने आ गया, जैसे वह प्रिय मूर्ति प्रत्यक्ष रूप में बिलकुल निकट यहीं कहीं खड़ी है। कंटक का जी इस विचार के साथ ही इतना भर आया कि इस संदर्भ में अधिक कुछ पूछने के लिए भी उसके मुँह से शब्द नहीं निकल रहे थे। वह स्वयं जब से काला पानी आया था, तब से उस कंटक को—किशन को—इस बात का पता नहीं था कि सजा प्राप्त होने के बाद मालती का क्या हाल है। आज वही मालती जैसे फिर से मिल गई।

उस महिला से उसने कई दिन हुए, मालती की खोज लेने के लिए कहा था। वह औरत काले पानी पर महिला बंदीगृह में एक स्त्री-जमादार थी। आज उसे काले पानी के बंदीगृह में कंटकी नामक एक युवती मिली, जिसके बारे में कंटक ने बताया था और उस औरत ने आज कंटक को उसका पता दे दिया।

'तुम्हारी सखी कितनी अच्छी है। हाँ, बिलकुल दिल जलानेवाली है जी!' इस प्रकार आँखें मटकाकर उसने हँसी-हँसी में यह सूचित किया था कि 'वह कंटक की प्रिया है।' इसी बात से कंटक का सीना गर्व से तन गया। यह कहने के लिए उसका जी मचलने लगा कि 'वाकई वह मेरी सखी ही है और मैं उसका साजन, जो उसपर जान छिड़कता है।'

'उस सुंदर रमणी में यदि कोई दोष है तो वह उसका विसंगत, अटपटा सा नाम ही है।' इस तरह उस महिला ने जब कहा था तब कंटक को उस संदर्भ में प्रतिवाद के रूप में यह कहने का मोह हो रहा था कि 'नहीं, उसमें तो उस विसंगत नाम का भी दोष नहीं है जी! उसका असली नाम 'मालती' है जो तुम्हें नहीं मालूम न कि कंटकी।'

ये सारी भाव-भावनाएँ उसके मन में कौंधने के लिए पाँच-दस क्षणों की भी अवधि नहीं लगी होती, जितनी वे भावनाएँ लिखते समय प्रदीर्घ प्रतीत होती हैं। उसपर उसने यह भी सोचा कि अभी कुछ भी कहना उचित नहीं है। पहले से वह जो कहता आया है कि 'वह मेरी बहन कंटकी है—सरकारी बयान के अनुसार ही हमारे हाथों से उस दुष्ट का वध हो गया जो उसे भगा रहा था—यही हमारा अपराध है। उसके लिए ही हम दोनों को आजन्म काले पानी की यह सजा मिल गई।' आगे चलकर भी यही कहना उचित होगा। उसकी अम्मा का अथवा अपनी मथुरा की पुरानी जान-पहचान का अथवा मुकदमे का अथवा रफीउद्दीन का कोई भी संबंध नहीं दिखाया जाए—उसने मन-ही-मन यही निश्चय किया, हाँ, यही उचित है। परंतु...

उसके मन में इन सारे विचारों की उथल-पुथल में उस महिला ने गौर किया कि वह अपनी ओर देखकर कुछ अनुच्चरित शब्द होंठों-ही-होंठों में बुदबुदाकर बौखला सा गया है, तब वह मधुर ठिठोली भरे स्वर में कहने लगी, "ओह, शरमा रहे हैं! किससे, शायद अप्पाजी के सामने यह बात छेड़ने में आपको संकोच हो रहा है!"

"हाँ, लगता तो कुछ ऐसा ही है," अप्पाजी मुसकराए, "अच्छा, आप भीतर जाइए और दिल खोलकर अनुसूया को बताइए—जो जानकारी आपको चाहिए या आपकी सखी को कुछ संदेश देना-भेजना है। यह सोलह आने सच है कि आपकी प्रेम-भावनाओं के साथ हम जैसे बूढ़े, रूखे, खूसटों की अपेक्षा इस अनुसूया जैसी वत्सल, दयालु स्त्री का, जिसके मुँह से फूल झड़ते हैं, हृदय ही अधिक समरस होगा। जाओ अनुसूया, पहले चाय तो पिलाओगी न?"

उस सहानुभूतिशील वृद्ध ने अपनी बहू को ऊपरी तौर पर तो चाय का बहाना सुझाया, लेकिन अनुसूया ने उनका इशारा समझकर अंदर जाते-जाते कंटक बाबू को बुलाया, "आइए न कंटक बाबू, भीतर ही आइए। मैं चाय बनाती हूँ, तब तक हम बातें करेंगे। आपकी खोई हुई सखी के ढेर सारे प्यारे-प्यारे समाचार देती हूँ आपको। आइए न।"

बातें करते-करते उसने नीचे झुककर नन्ही उषा के माथे की बिंदी ठीक की, मोहन के कुरते की कॉलर की तह सँवारी। फिर उन दोनों बच्चों का हाथ पकड़कर वह भीतर चलने लगी। घर के भीतर प्रवेश करते-करते भी उसके 'आइए न, भीतर ही चले आइए' इस प्रकार दिए गए निमंत्रण के साथ तथा मोहन के, जो उसे खींचकर ले जाने

के लिए वापस आया था, अपने नन्हे से हाथ में उसकी अँगुली थामकर उसे बलपूर्वक खींचना आरंभ करने के बाद कंटक उठ गया और मोहन को इस तरह तसल्ली देने के लिए कि मोहन की ताकत से ही वह खिंचा चला जा रहा है, परंतु वास्तव में ऊपर-ऊपर बहाना बनाने के लिए 'अरे बेटा, आ रहा हूँ, आ रहा हूँ। मेरी अँगुली तोड़ डाली न!' इस तरह मुसकराकर बनावटी शिकायत करते हुए वह मोहन के साथ भीतर गया। यह देखकर अप्पाजी के चेहरे पर एक स्मित उभर आया। फिर पास पड़ी 'साप्ताहिक टाइम्स' अंग्रेजी पत्रिका उठाकर वे उसके पन्ने पलटते रहे।

कंटक के भीतर आने के बाद अनुसूया ने उसे जो-जो जानकारी चाहिए थी, वह सब यथासंभव बड़े ही मनोरंजक ढंग से दी। बिछुड़े हुए नहीं, विलुप्त प्रियजनों का इस प्रकार अप्रत्याशित रूप से पता लगने पर प्रेमी हृदय चाहता है कि उनके संबंध में क्या-कुछ नहीं पूछूँ। यह जानने की सहृदयता अनुसूया में अवश्य थी कि ऐसे समय बीच-बीच में उसकी उकताहट भरी जिज्ञासा को भी निराश न करते हुए उसका समाधान करना प्रेमी के दूतों का किस तरह कर्तव्य होता है। कंटक ने एक महीना पूर्व उससे पहली बार प्रार्थना की थी कि 'जिस महिला कारागार पर वह जमादारन थी उसमें उसकी एक बहन आनी चाहिए। उसके साथ ही उसे आजन्म कारावास की सजा हो चुकी है।' लेकिन इस बात की बहुत खोजबीन करने के बाद भी वह कोई पता नहीं लगा सका कि उसे हिंदुस्थान में ही पृथक् कारागृह में रवाना किया गया था, अत: उसका आगे का पता क्या है; उसे भी उसके समान ही काले पानी पर भेजा गया है या हिंदुस्थान के ही किसी कारागृह में रखा गया है! अत: उसका अता-पता अनुसूया यथासंभव पाने की चेष्टा करे। कंटक के प्रार्थना करते ही अनुसूया उसकी खोज में लग गई थी। लेकिन ऐसी कोई भी लड़की उस समय काले पानी के स्त्री कारागृह में नहीं थी जैसी कंटक ने बताई थी या जो उसकी बहन 'कंटकी' जैसी हो। इससे पहले भी उसके आने का सुराग नहीं मिल सका था। आठ-दस दिन पहले अनुसूया ने इस बात पर गौर किया था कि इस महीने में जो 'चालान' आया है, उसमें कंटकी नामक एक युवती है जिसे आजन्म कारावास की सजा हो गई है, और जो कंटक के अनुसार बीस के आस-पास की उठती हुई कोंपल है, रूपसी है तथा जिसके सजावृत्त की जानकारी कंटक वर्णित जानकारी से बिलकुल मिलती-जुलती है। अनुसूया ने सात-आठ दिन पूर्व ही कंटक को इस बात की सूचना दी थी। उससे प्रत्यक्ष मुलाकात करके यथासंभव उसी के मुँह से अपनी जानकारी दिलाने का काम अनुसूया ने अपने जिम्मे ले लिया था। उसके अनुसार मौका पाते ही 'कंटकी' से मिलकर कारागृह की हड़बड़ी में भी उसने जितनी हो सके, उसकी जानकारी लेकर रखी थी। कंटक अत्यंत आकुलित होकर उसी की प्रतीक्षा कर रहा था; और वह इस आशा से कि उस संदर्भ में, जैसे कि पूर्वनियोजित था,

अनुसूया से आज कुछ-न-कुछ समाचार मिलेगा। वह उस विभाग के वरिष्ठ अधिकारी की नजरें बचाकर तथा नीचे के चौकीदार की मुट्ठी गरम करके बड़े साहस के साथ उनके घर आया था।

कंटक यद्यपि बंदियों का 'बाबू' था, तथापि स्वयं भी बंदी होने के कारण उस 'दाखिलाधारी' स्वतंत्र गाँव में इस तरह समय-असमय आने-जाने की अनुमति उसे नहीं थी और इसीलिए चौकी-चौकी पर संध्याकालीन नाकाबंदी होने से पहले ही उसे वहाँ से खिसकने की जल्दी थी।

उसी जल्दी में घर के भीतर प्रवेश करते ही उसने अनुसूया के सामने प्रश्नों की ऐसी झड़ी बाँधी कि उनकी सुसंबद्ध वाणी पर गौर करने और उसके अनुसार जो कुछ निश्चित संदेश भेजना था, उसकी रूपरेखा निश्चित करने का अवसर तथा अवधान भी उसे नहीं रहा। उनमें से कुछ प्रश्न बीच-बीच में पूछे गए थे, कुछ ब्योरेवार नहीं थे, कुछ यों ही बार-बार दोहराए गए थे, तो कुछ आधे-अधूरे थे। कोई चौपाया चोरी-चोरी जब किसी खेत में घुसता है तब वह जो भी नजर आए—घास-फूस, दूब, चारा को तोड़-ताड़कर जल्दी-जल्दी मुँह में ठूँसता है, उसी प्रकार उस अल्पावधि में उसने उतना पूछा या सुना जितना पूछा या सुना जा सकता था। इतने में साढ़े पाँच का टोल हो गया, वापसी में सबसे अधिक विलंब का समय। आखिर अनुसूया को यही संदेश दिया कि 'मेरी बहन से कहिए—डरे नहीं। मैं हफ्ते भर के अंदर-अंदर अगली योजना सूचित करूँगा। तब तक धीरज रखे और खूनी बंदीगृह की यातनाओं में यथासंभव अपने स्वास्थ्य का खयाल रखे।'

कंटकी के लिए अनुसूया को इतना संदेश देकर कंटक जल्दी-जल्दी अप्पाजी को प्रणाम करके चोरी-छिपे उस घर से बाहर निकला और वृक्षों के झुरमुट में छिपी पहाड़ी के घुमावदार मोड़ को पार करते हुए आगे बढ़ता गया।

□

प्रकरण–१४

# अंदमान के बंदीगृह में मालती

अप्पाजी को प्रणाम करके कंटक उन पहाड़ी वृक्षों के झुरमुट में छुपते-छुपाते तेजी से निकलता हुआ बिलकुल सही-सलामत वहाँ पहुँच गया, जहाँ दाखिलाधारियों की बस्ती के टापू की चौकी थी। चौकीवाला उसके भरोसे का आदमी था, अतः उसने भी उसे अनदेखा करके झट से आगे बढ़ने का इशारा किया। वह आरक्षित मार्ग शाम को बंद होने से पूर्व ही कंटक आगे बढ़ा और आखिर बंदियों के लिए खुले राजमार्ग को पकड़ते ही उसकी जान में जान आई।

अंदमान में काले पानी के बंदियों को लाए जाते ही उस जमाने में जिस कक्ष-कारागृह में पहले बंद किया जाता, वहाँ वर्गीकरण के अनुसार प्रथम दंडित और न्यूनापराधियों को अच्छे आचरण के कारण प्राय: छह महीनों के पश्चात् कारावास के बाहर छोड़ा जाता। जो परले दरजे के, कई बार दंडित अपराधी होते हैं उन्हें अपराध-भीषणता तथा कारागृह में उनके व्यवहार की तुलना कर एक से पाँच वर्षों के बाद आमतौर पर कारागृह से बाहर भेजा जाता। कंटक जब काले पानी पर गया तब कारागृह के बाहर छोड़े हुए बंदियों को, जो सरकारी इमारतें बनवाई गई थीं, उन्हीं में रखा जाता था। लकड़ी का काम, जंगल कटाई, ईंटों का काम, निर्माण कार्य, चाय बागान, रबड़ बागान आदि विभिन्न कामों के कारखाने अंदमान के विभिन्न इलाकों में शुरू किए गए थे, बंदी टोलियों से भेजे गए बंदी भी उन्हीं में रखे जाते। उनसे कठोर काम करवाया जाता। लेकिन कुछ निश्चित इलाकों में उन्हें खुले तौर पर विश्राम करने की, मनचाहा खाने-पीने की, चुनिंदा मित्रों से मिलने की, उन्हें लेकर अन्य इलाकों में आवाजाही करने की, बातें करने की छूट थी। उनमें से चुनिंदा दंडितों को बंदी जमादार आदि बनाया जाता तथा महीने में दो-चार रुपए जेबखर्च भी मिलता। ऐसी दशा में कुल दस-एक वर्षों तक यदि उनका व्यवहार सही रहा तो उनमें से जो अच्छे होते, उन्हें 'दाखिला' दे दिया जाता और वे स्वतंत्र रूप से घरबार बसाकर काश्तकारी कर सकते थे। यही

'दाखिलाधारी' स्वतंत्र कहलाए जाते थे। इन दाखिलाधारियों के छोटे-छोटे गाँव बंदियों के इलाके से अलग आरक्षित बस्ती में बसाए जाते। इन 'दाखिलाधारी' स्वतंत्र गाँवों में बिना दाखिलाधारी बंदी विशेष अनुज्ञा के बिना नहीं जा सकते थे। इन दाखिलाधारियों का दाखिलाधारी बंदिनी से ब्याह रचाए जाने के पश्चात् जिसके बाल-बच्चे होते उन बाल-बच्चों को जन्मतः संपूर्ण स्वतंत्र नागरिक माना जाता। ये परिवार स्वयं खेती-बाड़ी, मवेशी-ढोर-डंगर अथवा कुछ अन्य व्यवसाय करके अपना पेट पालते। उनमें से कई करतबी अपने बलबूते पर धन्नासेठ भी बन जाते।

काले पानी पर गई बंदिनियों की भी यही अवस्था हुआ करती थी, लेकिन उन्हें तरक्की जल्दी दी जाती। उन्हें मर्दों जैसा कठोर काम नहीं दिया जाता। बंदिनी-गृह में प्रथम पाँच-एक वर्ष उन्हें कैद में रखा जाता। फिर एक विहार-स्थान में अवकाश के समय वे घूमने-फिरने जा सकती थीं। वहाँ उन पुरुषों को भी भेजा जाता जिन्हें विवाह की अनुज्ञा मिलती। सख्त पहरे में उन स्त्री-पुरुष बंदियों को उस छुट्टी में एक-दूसरे का प्रेम-परिचय दिया जाता। यह विहार-स्थल लंदन स्थित 'हाइड पार्क' और पुणे के 'बंड गार्डन' की तरह ही काले पानी स्थित 'पापियों' का प्रेमोद्यान था। उधर प्रत्यक्ष परिचय के बाद यदि कोई स्त्री-पुरुष आपस में विवाह करने का निश्चय करें, दोनों की सम्मति हो तो सरकार इस बात का निरीक्षण करती कि यह उचित है या अनुचित। फिर सरकार जिन्हें अनुमति दे देती, उनका रजिस्ट्री (पौर) विवाह कराया जाता और 'दाखिला' देकर उस जोड़े को दाखिलाधारी स्वतंत्र गाँव को रवाना किया जाता। विवाह के लिए जात-पाँत की आवश्यकता बिलकुल नहीं होती। तलाक भी कुछ निश्चित कारणों से ही दिया जाता।

कोई फिर से अपराध करे तो दाखिला रद्द हो जाता और उस व्यक्ति को फिर से बंदीगृह में बंद किया जाता। फिर बाकायदा पैरवी होती और उसे फाँसी तक की सजा भी मिलती। हत्या करने का प्रयास भी अंदमान के बंदियों के मामले में हत्या का अपराध समझा जाता। उद्दंड, अघोरी एवं अमानुषिक प्रवृत्ति के सैकड़ों आजन्म कारावास प्राप्त कैदियों को इस प्रकार कठोर अनुशासन में नहीं रखा जाता तो उस द्वीप में जीवन-सुरक्षा, शांति तथा सुव्यवस्था रखना आमतौर पर दुर्घट ही था।

अपराध विज्ञान के तीन ध्येय होते हैं—प्रतिशोध, प्रायश्चित और प्रगति। अपराधी से प्रतिशोध लेना मनुष्य की सहज प्रवृत्ति है। 'दाँतों के लिए दाँत और आँखों के लिए आँख' यह यहूदियों का धर्मदंडक था। जिस अवयव द्वारा अपराध किया, उसका उच्छेद करना कुछ मामलों में मनुस्मृति, विश्व के प्राचीन ग्रीक प्रबंधों, पठान जैसी अत्यंत बर्बर जातियों में 'जिसने हत्या की वह यदि नहीं मिला तो उसीके खानदान के किसीको जान से मारना' जैसा रूढ़ाचार—ये सभी प्रतिशोध के सामान्य एवं उग्र रूप हैं। उसके आगे

का विवेक इस प्रकार है कि शासन अपराधी से कम-से-कम प्रतिशोध, बदला ले—यही उद्देश्य रखते हुए बस इतना ही दंड दे कि जिसके द्वारा उसपर धाक जमे। इसके आगे की सीढ़ी यह निश्चित की गई कि चोर का हाथ कलम न करके, वही हाथ अन्य उपयुक्त कामों के लिए रखा जाए और उसे बस इतना ही दंड देना उचित है कि चोरी करने से डर लगा रहे। दंड के डर से वह चोरी से दूर भागे और उसे देखकर अन्य कैदियों को भी दहशत हो। प्रतिशोध ध्येय नहीं, प्रायश्चित जैसा दूसरा ध्येय ही इष्टतर प्रतीत होने लगा। उससे भी अधिक अपराधी का मन मात्र दंड के भय से नहीं, अपितु स्वेच्छा से ही अपराध से परावृत्त हो। वे हालात ही बदलें जिनसे सुशील मन भी अपराध करने को विवश हो जाता है। प्रशिक्षा, सत्संग, मनोविकास आदि के पोषण द्वारा उनके मन को ही समाजशील एवं सुसंस्कृत बनाएँ; उनके स्वभाव, उनकी मनोवृत्ति में ही सुधार करें जिससे उनमें मानवता की भावना उत्पन्न हो—अपराधियों के साथ व्यवहार का यह तीसरा उद्देश्य होना चाहिए।

आमतौर पर देखा जाए तो अंदमान के अपराधियों से पेश आने संबंधी जो नीति तीस-चालीस वर्ष पहले बनाई गई थी उसमें इन तीनों उद्देश्यों का अवैज्ञानिक ही सही, परंतु सोद्देश्य मिश्रण किया गया था। यह हमारे द्वारा वर्णित काले पानी के दंडितों के तत्कालीन वर्णन, श्रेणी विभाजन, तरक्की के क्रम, सुधारणीय और दुःसुधारणीय निकषों के अनुसार प्रत्येक की पात्र-अपात्रता के अनुसार कठोर अथवा परिवर्तनशील व्यवहार-नीति से स्पष्ट होगा।

जिन बंदियों ने दस-बारह वर्ष कठोर अनुशासन में रहते हुए सख्त काम किया है और किए हुए का यथेष्ट प्रायश्चित करने से उनके शील में सुधार होने का अहसास होता है, उन्हें 'दाखिला' देकर अंदमान में स्वतंत्र रूप से रहने की अनुज्ञा प्राप्त होने के पश्चात् उनके गाँव बसाने में और उन सुधरे हुए कैदियों के गाँव में ऐसे अन्य दंडितों की, जिनके सद्वर्तन के अभी बारह वर्ष पूरे नहीं हुए हैं, खुल्लमखुल्ला आवाजाही पर पाबंदी लगाने में भी अधिकारियों की प्रवृत्ति होती कि इस प्रकार के पृथक्करण द्वारा इन चंड प्रकृति बंदियों के उपद्रवों से, जो अभी सुधरे नहीं हैं, सुधरे हुए बंदी सुरक्षित रहें और उनकी कुसंगति से उन दाखिलाधारियों का अथवा वहीं पर जन्मी उनकी नई पीढ़ी का अधःपतन न हो।

कंटक की भी काले पानी में पाँच-एक वर्ष से रहने के बावजूद अभी तक बंदी वर्ग में ही गणना होती थी। कक्ष-कारागृह में चंद दिनों तक कठोर हस्तश्रम करने के बाद उसे लिखने का काम मिल गया। उधर अपने बहुत ही बढ़िया बंदीवासीय व्यवहार के कारण छह महीनों के पश्चात् उसे कारागृह से बाहरी इलाके में लेखक के ही काम पर भेजा गया। उसने अपने अंग्रेजी लेखन-पठन में भी प्रगति की, चोखा काम किया,

पूरा अधिकारी वर्ग उसकी 'वाहवाही' करने लगा। जंगल कटाई का काम जो अंदमान में अत्यंत कठिन तथा कष्टप्रद समझा जाता था, उसपर उसकी नियुक्ति गिनती, हिसाब तथा देखरेख करनेवाले 'बंदी बाबू' (convict clerk) के नाते की गई और उसके अधिकार में सौ सश्रम बंदियों का दल घने जंगल की कटाई के काम पर भेजा जाने लगा, परंतु फिर भी काले पानी पर आए उसे चूँकि पाँच ही वर्ष हुए थे, अतः नियमानुसार उसकी गणना बंदी वर्ग में ही की जाती थी और इसीलिए दाखिलाधारियों की उस बस्ती में जब वह चाहे, तब आने-जाने की अनुज्ञा उसे नहीं थी। अप्पाजी के परिवार से जंगल कटाई के लिए आते-जाते संयोगवश परिचय हो गया था और अब उनसे भाईचारे का नाता भी जुड़ गया था। लेकिन वह नाता भी अंतस्थ रूप में ही था और इसलिए आज भी उस बस्ती में वहाँ के चौकीदार के अंतस्थ फुसलाने से ही वह हमेशा की तरह चोरी-छिपे मिलने गया। वह मुलाकात उसने शाम के समय चौकी पर आवाजाही रुकने से पहले ही समाप्त कर ली तथा अप्पाजी से विदा लेकर वह इस तरह पहाड़ी पर से चोरी-छिपे चलकर अंत में जब उस सड़क पर पहुँचा, जो बंदियों के लिए खुली थी और उसके जंगल कटाई के दल का निश्चित रास्ता था, तब उसकी जान में जान आई।

निश्चिंत मन से अपनी राह चलने लगते ही कंटक के मन में उन विचारों का चक्र घूमने लगा जो बहुत दिनों बाद अनुसूया से मालती संबंधी जानकारी मिलने से जुड़ा था। पिछले पाँच वर्षों का संपूर्ण इतिहास उसकी आँखों के सामने आ खड़ा हुआ। इन दो विषयों में ही उस दिन अप्पाजी ने सन् १८५७ के स्वाधीनता संग्राम में हिस्सा लेने का जो किस्सा सुनाया और उस अभिज्ञान के साथ उस परिवार के संबंध में उसके हृदय में जो एक राष्ट्रीय आदर उपजा, उसके बारे में भी सोच रहा था। उन्हीं विचारों के अनुषंग के साथ उस प्ररिवार के साथ कंटक का किस प्रकार परिचय हो गया—वह किस तरह बढ़ता गया—वह सारा चरित्र भी उसके इस विचार चक्र में गुँथ गया। सबसे महत्त्वपूर्ण चिंता थी कि 'आगे क्या करना है?' फिर वह भविष्यकालीन घटना—अतीत की उन स्मृतियों को पुनः-पुनः दूर हटाती हुई उसे यह आगाह करती हुई उसके सामने आ धमकती कि 'पहले अपने बारे में कुछ निर्णय ले लो।'

ये तमाम विचार विषय-क्रम से उसके मन में नहीं आते थे, अपितु बीच-बीच में आगे-पीछे—इस विषय में यह, उस विषय में वह—इस तरह सबकुछ जटिल गुत्थमगुत्था रूप से आ रहा था। डेढ़-दो मील के रास्ते पर तेजी से चलते हुए कंटक इन विचारों की गुत्थियों में बिलकुल फँस गया था। विचारों की गुत्थमगुत्था को सुलझाकर यदि ब्योरेवार विषय-क्रम लगाया जाय तो मालती के मामले को साधारण तौर पर इस तरह संकलित किया जा सकता है—

अप्पाजी के परिवार से कुछ महीने पहले परिचय होने के बाद कंटक को इस

बात का पता चला कि उनकी बहू अनुसूया स्त्री-बंदीगृह की एक 'दाखिलाधारी' जमादारन है। काले पानी पर आते ही उसने इस बात की बारीकी से छानबीन की कि मालती अंदमान के महिला-बंदीगृह में आई है या नहीं अथवा उसे आजन्म कारावास की सजा होने के बाद हिंदुस्थान के ही किसी कारागृह में रोका गया है। लेकिन उस महिला-बंदीगृह पर सख्त पहरा था और उसपर इतना पक्का बंदोबस्त कि पुरुष बंदियों में से कोई भी उधर नहीं आ सके। अत: कंटक को उस बात का कुछ भी सुराग नहीं मिला था। जो थोड़ी-बहुत जानकारी उसे मिली थी, उससे यही पता चला था कि कंटकी नामक कोई भी बंदिनी हिंदुस्थान से इस बंदीशाला में नहीं आई है। जब अनुसूया से उसने यह जानकारी छह महीने पूर्व ली थी तब उसे निश्चित रूप में यही सुनने को मिला था कि कंटकी उस महिला-बंदीगृह में नहीं आई है। इसीलिए मालती को आजन्म कारावास की सजा होने के बाद उसे यही चिंता सता रही थी कि उसका क्या हाल है! उसकी याद आते ही उसे खाना-पीना अच्छा नहीं लगता। वह उसे जब प्रत्यक्ष रूप में मिला करती थी, तब भी वह उसके स्पर्श से इतना रोमांचित नहीं होता था, लेकिन अब उसकी स्मृति मात्र से उसका रोआँ-रोआँ खड़ा हो जाता। जब हमें भोजन प्राप्त होता है तब उसका स्वाद आनंदित करता है, पर जब हम दाने-दाने के लिए मोहताज होते हैं तब उस भोजन की स्मृति मात्र से ही वह सैकड़ों गुना अधिक जायकेदार लगता है। ऐसे ही आजकल उसके मन में मालती के उस स्पर्श की स्मृति मात्र से केवल स्नेह भावना जाग्रत् नहीं होती, अपितु उपभोग की भावना का उद्दीपन भी होने लगता। 'प्रत्यक्ष रूप में इतने निकट होते हुए भी न जाने क्यों मैं उसे अपनी बाँहों में भरने का साहस नहीं जुटा पा रहा।' इसी बात के लिए तब वह रह-रहकर मन मसोसकर रह जाता था। आखिरी रात में उस मुसलिम गुंडे को, जो उसे सता रहा था, जान से मार डालने के बाद जब उस भयंकर साहस के परिणाम से बचने के लिए किशन मालती के साथ उस शिवालय के घुप अँधेरे में जाकर छिप गया था, उस रात तो मारे भय के थरथर काँपती, चौंकती हुई मालती उसके साथ सोने की जिद पकड़कर बिलकुल उसके सीने से सटकर सो गई थी। तब उस रात जिस प्रकार उसकी लटें उसके गालों पर लहरा रही थीं, अब उसे यही आभास हुआ कि उसके मुख पर तथा गालों पर वे अब भी लहरा रही हैं। उसका समूचा अंत:करण काम-कंपित होकर थरथराने लगा, वह पश्चात्ताप से छटपटाने लगा कि 'हाय, उस रात व्यर्थ ही मात्र संयम तथा भीरु संकोच से अभिभूत क्यों हो गया! अमृत का प्याला इतना समीप था, पर उसका पान करना मैं भूल ही गया। उसके संग-सुख से आजीवन वंचित रह गया।'

प्रेमी व्यक्ति के प्रत्यक्षत: निकट होने पर अनुरक्त प्रणयी जनों के हृदय पर उनके आलिंगन में भी उसकी इच्छा-अनिच्छा का दबाव कहीं-न-कहीं होता ही है, पर जब

उस प्रेमी व्यक्ति की स्मृतियों से ही उसपर अनुरक्त प्रणयी कल्पना मंदिर में विचरने लगती है तब उसके मन की उमंगें अनिवार्य रूप से प्रकट होने लगती हैं। मन में यह धारणा होने में कोई दिक्कत नहीं होती कि सबकुछ अपना मनचाहा ही घट रहा है। उसकी अतृप्त तथा अव्यक्त वासना सारा संकोच त्यागकर अपनी कामनापूर्ति कर सकती है। उस प्रेमी व्यक्ति के सामने रहते हृदयगत भाव व्यक्त करने में जो लाज आती थी, वह उसकी स्मृति-मूर्ति के सामने दिल खोलकर व्यक्त कर सकते हैं। अपनी सनक के साथ उसकी धुन भी अपनी इच्छा के अनुसार मिला सकते हैं।

कंटक का भी अपनी उस एकांत छटपटाहट में यही हाल था। मालती जब प्रत्यक्ष रूप में उसके सामने थी, तब उससे संबंधित विषयी भावनाएँ उसके अचेतन या असंज्ञ मन में जो जड़ पकड़ती होंगी सो होंगी, लेकिन उसके संज्ञ या चेतन मन से दिल खोलकर अपना हृदयत विचार व्यक्त करने में उसे लज्जा महसूस होती। परंतु अब वे भावनाएँ विरहा के अँसुवन से पनियाते-पनियाते अंकुरित-पल्लवित होकर उसकी संज्ञ मनोभूमिका में भी लहरानी लगीं। प्रथमतः उसके कल्याणार्थ तथा अपना कर्तव्य समझकर उसे संकटमुक्त कर उसे सुखी करने के लिए उसने अपनी जान खतरे में डाल दी। लेकिन अब तो उसकी भलाई के लिए ही नहीं, अपितु उसके प्राप्त्यर्थ एवं उसके संग-सुखार्थ भी वह तड़पने लगा। उसे संकटमुक्त करने के लिए बेझिझक अपनी जान खतरे में डालने के लिए वह तत्पर हो गया।

और आज अनुसूया द्वारा बताई गई खबर के अनुसार मालती की जान उस बंदिनी-गृह में भी खतरे में थी। उसकी मुक्ति के लिए कंटक को भी अपनी जान भयंकर संकट में डालनी होगी, जैसे कि पहले हुआ था। अबकी बार यह कहने की अपेक्षा कि किसी और ने उसकी जान खतरे में डाली है, वह अपने आप ही अपनी जान खतरे में डालनेवाली थी। उसने स्वयं अनुसूया द्वारा इस तरह का तड़पता-तिलमिलाता संदेश भेजा था।

कंटक ने अनुसूया की नियुक्ति 'कंटकी' की खोज करने के लिए पाँच-छह महीनों से की थी। परंतु उस समय उसे ज्ञात हुआ कि उस बंदीगृह में कंटकी नामक आजन्म कारावास प्राप्त कोई भी नारी नहीं आई है। तथापि उसके बच्चों—मोहन-उषा को उसके घर पढ़ाने के लिए कंटक का हमेशा आना-जाना रहता। अनुसूया को बहन मानकर वह उसे भैयादूज व किसी तीज-त्योहार के बहाने हमेशा कुछ-न-कुछ उपहार देता। अपने सुशील, स्नेहमय स्वभाव तथा अपनी सुविध मेधावी योग्यतावश, नाना विषयांतर्गत सार्वजनिक हिताहित की आस्था के कारण अप्पाजी को भी वह प्रिय था। जिस दिन उस परिवार से कंटक की उक्त भेंटवार्त्ता हुई थी, उससे आठेक दिन पूर्व ही अनुसूया को यह खबर मिली थी कि हिंदुस्थान से आजन्म कारावास दंड प्राप्त कंटकी

नामक अपेक्षित बंदिनी अंदमान बंदीशाला में आई है। उसने कंटक को यह सूचित किया था। उस दिन उससे प्रत्यक्ष मुलाकात का अवसर पाकर अनुसूया जमादारन ने, बंदीगृह की उस चोरी-छिपी भेंटवार्त्ता में जल्दी-जल्दी जितना पूछ सकती थी, उतना पूछ लिया। उसपर कंटकी ने भी जैसे पहले हिंदुस्थान में धर-पकड़ होते समय कंटक के साथ जो नीति निश्चित की थी, उसके अनुसार 'मालती' के नाते से कोई भी पूर्ववृत्त उजागर न करते हुए इतना ही बताया कि वह कंटक की बहन है, उसका अपहरण करनेवाले एक दुष्ट की हत्या के कारण कंटक और उसे आजन्म कारावास काले पानी की सजा हो गई। दंड मिलने के पश्चात् उसे कंटक से अलग करके हिंदुस्थान में किसी अन्य कारावास में ठूँस दिया गया और वहीं पिछले पाँच साल से वह बेचारी सड़ती-कुढ़ती, रोती-सिसकती पड़ी थी। काफी दिन तक उसे इस बात का पता नहीं था कि कंटक का क्या हाल है, लेकिन आगे-आगे बंदियों के मुँह से यह सुराग मिला कि उसे आजन्म कारावास के लिए अंदमान भेजा गया है। तब से उसने सरकार के पास धरना दिया कि हिंदुस्थान के उस बंदीगृह में इतनी कठोर यातना-यंत्रणाओं में दिन गुजारने की अपेक्षा उसे अंदमान स्थित काले पानी पर ही भेज दिया जाए। आखिर उसके अनुसार उसका चालान हो गया और उसे काले पानी भेजा गया। इस तरह सजा-प्राप्ति के बाद का अपना पूर्ववृत्त भी कंटकी ने अनुसूया को संक्षिप्त रूप में बताया।

फिर उसी भेंटवार्त्ता में कंटकी ने अनुसूया से कहा, "जमादारन बीवीजी, मैंने अभी उम्र के बीस साल भी पार नहीं किए। लेकिन जो सौ साल जीवित रहता है, उसके हिस्से में भी सहसा वे असह्य यातनाएँ कम संत्रास नहीं देतीं जो मेरे भाग में आ चुकी हैं। इतना छल, पीड़ा, यंत्रणाएँ, विडंबना, दुर्दशा, संत्रास, दुःख मैंने आज तक सहा है; और बहनजी, विशेष यह कि मैं भगवान् के सामने कहती हूँ, मेरा अपना ही दोष जो घटित हुआ, उसे छोड़कर अन्य कोई भी अपराध मेरे हाथ से नहीं हुआ कि जिसके लिए मुझे इतनी प्रताड़ना सहनी पड़े। और वह जो मेरा एकमेव दोष था वह है मेरा यह निगोड़ा रूप—मेरी सुंदरता। मैं जहाँ-जहाँ भी जाती हूँ, वहाँ-वहाँ यही मेरे रास्ते का काँटा बन जाता है। इस रूप-सुंदरता के कारण मैं अपनी अम्मा के घर से बंदीगृह में सड़ने के लिए आ गई। इसी रूप की वजह से बंदीगृह में भी जिनके हाथों मैं लग गई, उन्होंने इसी वजह से मुझे असह्य यातनाएँ दीं बहनजी, अब मेरा जीना हराम हो गया है। हिंदुस्थान के बंदीगृह में ही मैंने एक बार आत्महत्या करने का प्रयास भी किया, लेकिन वह असफल हो गया और मुझे छह महीने हथकड़ी तथा कोठरी में बंद रखने का दंड मिला। इन यातनाओं से मुक्ति पाने की चेष्टा करने से ही मुझे अधिक यातनाएँ दी जाने लगीं। आखिर एक ही आशा-तंतु शेष बच गया था। उससे लटकते रहने के कारण मेरा जीवन मौत की खाई में ढहने से अस्थायी रूप में बच गया। वह आशा-तंतु है जज

साहब द्वारा दिखाई हुई एक आश्वासक संभावना। उन्होंने कहा था, 'काले पानी पर कुछ वर्षों के पश्चात् तुम्हें मुक्त कर दिया जाएगा और फिर उस इलाके में ही क्यों न हो, परंतु तुम अपने प्रिय साथी के साथ पारिवारिक सुख का भोग कर सकोगी।' जज साहब के ये शब्द अमृत की फुहारों की तरह मेरे मन की नारी-सुलभ लालसा को पुनः-पुनः अंकुरित करते थे।

इतने में मुझे पता चला कि कंटक भी अंदमान में ही है। इस आतुरता के साथ कि आत्मघात से पूर्व कम-से-कम एक बार तो उससे भेंट हो जाए, मैं लाख कोशिशें करके काले पानी पर आ गई। परंतु इधर देख रही हूँ कि इस घिनौनी गंदगी में ही मुझे बरसों सड़ना-गलना होगा। बहनजी, अब मैं एक दिन भी इस प्रकार गंदगी का कीड़ा बनना नहीं चाहती। इस देह से अब मैं ऊब चुकी हूँ। आप कंटक की चिट्ठी ले आई हैं, इसलिए सिर्फ आपपर विश्वास करती हूँ। सैकड़ों दिखावटी अपना कहनेवालों ने मुझे इतनी बार धोखा दिया है कि मैं यह दावे के साथ तो नहीं कह सकती कि आप मुझसे विश्वासघात नहीं करेंगी; आपको मैं खरी-खरी सुना रही हूँ, इसका आप बुरा मत मानिएगा; पर मैं आपको खोटा नहीं कहती, अपने भाग्य को कहती हूँ। फिर भी आपकी गोद में अपना सिर रखती हूँ—काटेंगी इसे! काटिए। मैं आपको अपनी माँ समझती हूँ, आपके पैरों पड़ती हूँ। मेरे साथ विश्वासघात मत करिएगा। अन्यथा कंटक बाबू के नाम पर मेरा अंतर्मन, जो मैंने अपना दिल चीरकर आपको दिखाया है, विश्वासघात से सरकारी अफसरों के कानों तक पहुँचाया जाएगा और मुझ पर नई-नई मुसीबतों का, यंत्रणाओं का पहाड़ टूट पड़ेगा। आपसे यों डरने की आवश्यकता नहीं है न?

अच्छा, फिर कंटक बाबू को यह सूचित कीजिए कि यदि वे तीन-चार महीनों के अंदर-अंदर मेरी मुक्ति कर सकें तभी मैं जीवित रहूँगी। अब मैं इतनी कठोर, निडर, इतनी कृत्या बन गई हूँ, दुष्ट-से-दुष्ट लोगों की संगति की मदिरा जबरदस्ती पिलाई जाते-जाते मैं इतनी दुष्ट हो गई हूँ कि अपनी मुक्ति के लिए कुछ भी साहस, कपट, क्रूरता करने में आगा-पीछा नहीं देखूँगी। परंतु यदि इन चार-छह महीनों में इस बंदीगृह से ही नहीं अपितु इस गँदली दुर्दशा से मेरी मुक्ति नहीं होती, तो आत्मघात के प्रयास मैं तब तक निरंतर करती रहूँगी जब तक वह साध्य नहीं होता। और इस कारागृह के नियमानुसार पाँच-दस साल मैं यहाँ पर बिलकुल जीवित नहीं रहूँगी। इसे पत्थर की लकीर समझिए। बहनजी, मेरी यह योजना कंटक बाबू को बताने की, और किसी को कानोकान खबर तक न होने देने की—ये दो उपकार करने की कृपा आप मुझपर करेंगी न! हाँ, एक और महत्त्वपूर्ण बात—कंटक बाबू से मेरी प्रार्थना है कि यदि वे सुख-चैन की जिंदगी बिता रहे हैं तो मेरे इस संदेश की वजह से ऐसा कोई काम न करें जिससे उनकी जान फिर से खतरे में पड़े। परंतु सच कहूँ तो मेरी पहली प्रार्थना कि मुझे

छुटकारा दिलवा दें—मेरी दूसरी प्रार्थना से बिलकुल ही विसंगत है न! नहीं, नहीं माताजी, मुझसे भूल हो गई। मेरी पहली प्रार्थना उनसे बिलकुल नहीं करिएगा। बस इतना ही कहिएगा कि मैं यहाँ मजे में हूँ और आपकी खुशहाली सुनकर मुझे बड़ी खुशी हुई। आपको मेरी कसम बहनजी, बस यही समझिए कि मैंने जो कुछ भी कहा, वह कहा ही नहीं। वरना मेरी मुक्ति के लिए कंटक बाबू कुछ-न-कुछ जोखिम उठाएँगे और फिर उन्हें लेने के देने पड़ जाएँगे। क्यों! अब आपको यह भेंटवार्त्ता समाप्त करनी ही होगी न! अच्छा, तो मैं चलती हूँ—बिलकुल गुपचुप इस दरवाजे से छिप-छिपकर खिसकती हूँ। पर बहनजी, मैं हाथ जोड़ती हूँ, आप इसी तरह फिर कभी-कभी मिलती रहेंगी न! कोई आ रहा है! देखिए, मैं चली।''

अनुसूया जमादारन ने कंटकी की भेंटवार्त्ता में बिखरे-बिखरे कई वाक्य कंटक को बताए, उनका अपने मन में सुसंबद्ध संदर्भ जोड़ते हुए कंटक ने मालती की उस भेंटवार्त्ता का वर्णन मन-ही-मन संकलित किया, उसे बार-बार दोहराया, उस तन्मय अर्धचेतनावस्था में बीच में ही उसने अपनी अँगुलियाँ ऐसे नचाईं, जैसे उसके विचार से उस समय मालती ने हाथ चमकाए होंगे, तथापि उसी तन्मय धुन में तेज गति से अपनी राह चलता रहा।

इतने में उसे स्मरण हुआ कि जब उसने अनुसूया से पूछा कि मालती कारागृह में क्या काम करती है, उसका स्वास्थ्य कैसा है तब उसने उसकी दुर्दशा का हृदयद्रावक वर्णन किया। बंदीशाला में भोजन बनाने के काम में उसे डाला गया था। वहाँ का चित्र उसके दृष्टिपटल पर साकार हो गया। उसके सामने मालती का यह रूप उभरा—वह सूखकर काँटा हो गई है, वह घटिया किस्म का मोटा, खुरदुरा चीथड़ा जो मुश्किल से घुटनों तक पहुँच रहा है पहने हुए है। मोटी-झोटी, खुरदुरी बंदीगृह छाप चोली पहनी हुई है। सप्ताह में बस एक बार कलछी भर जो तेल मिलता है, वही बचा-बचाकर यों ही बालों को चुपड़ती है जिन्हें सँवारने के लिए उसके पास समय नहीं है, जो गुँथे हुए हैं और पसीने से चिपचिपे हो गए हैं। उसके सामने साकार बनी मालती ने उन गंदी, बीभत्स, क्रूर, चुड़ैल जैसी सैकड़ों बंदिनियों के संग अपने बालों का ज्यों-त्यों करके जूड़ा बनाया है, उसके बालों में जूओं, लीखों की भरमार है। शरीर में दबे ज्वर के साथ ही वह बंदीगृह की टीन की एक तप्त छपरी में आँवे जैसे धधकते बड़े-बड़े भीमकाय चूल्हों की तपिश में, मुट्ठी में न आनेवाले लोहे के प्रचंड बरतनों में चावल, घुटना भर ऊँचाई तक आटे के ढेर को कूट-कूटकर उनकी दो-दो सौ रोटियाँ सेंकती हुई, पूरा बदन आटे से सना हुआ—मालती का ऐसा ही करुणाजनक चित्र साकार हुआ। उसी दिन भोजन बनाने के काम पर नियुक्त स्त्री-वार्डर ने मालती को सुस्ती के आरोप का बहाना बनाकर बहुत ही गंदी-गंदी गालियाँ दी हैं, क्योंकि वह वार्डर मालती से चोरी-छिपे

चार-पाँच सेर आटा माँग रही थी, परंतु मालती अधिकारी की चिट्ठी के बिना देने की चालाकी करने के लिए राजी नहीं हुई। मालती ने भी प्रत्युत्तर में गालियाँ बकीं। वह भी अब कितनी सारी नई-नई गालियाँ सीख गई थी। इसके साथ ही दो-तीन दुष्ट महिला-वार्डरों ने उसे तड़ातड़ कई तमाचे रसीद किए हैं। इतने में अनुसूया जमादारन के उधर आ जाने से मालती का पक्ष सत्य सिद्ध हो गया। वरना बिना किसी अपराध के मार खाने के बाद भी उसी को उद्दंडता के लिए वे घसीटकर अधिकारी के सामने खड़ा करतीं और उसे सजा दिलवातीं।

कंटक के मन:चक्षुओं के सामने उन राक्षसियों के उसे तड़ातड़ झापड़ रसीद करने के कारण दहाड़ें मारकर रोती, क्रोध से फौं-फौं करती, उफनती, बेबसी से कुढ़ती मालती ऐसी खड़ी रही जैसे वह रास्ता रोक रही हो। करुणार्द्र कंटक की आँखों से सावन-भादों की झड़ियाँ लग गईं। उसकी दृष्टि वाष्प-धूसर हो गई। परंतु फिर भी उसके कदम सीधे उस सड़क को तेजी से काटते हुए आगे बढ़ रहे थे।

इस तमाम करुण वृत्तांत की दु:खद स्मृतियों से आप्त उसके चित्त में पनियाती हुई वाष्पाकुल दृष्टि के सामने कुछ भी आगामी योजना तैयार नहीं हुई। उसका अगला निर्णय निश्चित ही था—चाहे धरती फटे या अंबर टूटे, अब अपनी और मालती की बंदीवास से मुक्ति करानी ही होगी। उसका आत्मघात टालना ही होगा। जीवन के दो दिन ही सही, उस साहस के कारण जिंदगी के उन्हीं दिनों को आखिरी दिन सिद्ध होने पर—मरने से पहले मालती की बाँहों में, उसके प्यार की प्रगाढ़ मूर्च्छा में स्वर्ग-सुख के आनंद का भोग करके बिताना होगा। उसे सुखी करना है और स्वयं भी सुखी होना है।

इतने में विचारों के इस असंयत कोलाहल में कोई मामूली सी अड़चन अकस्मात् सूझी। बड़े-बड़े मनोरथों की दौड़ जिस प्रकार अकस्मात् ठिठकती है, छोटे से पोर जितना बिच्छू किसी महारथी वीरपुंगव को भी जिस प्रकार झट से कराहने को विवश करता है, उसी तरह एक विचार कंटक के स्वर्ग-सुख की उस बहार को डंक मार गया। 'प्रगाढ़ आलिंगन में उसे सुखी करना है, कम-से-कम दो दिन उसकी संगत का सुख भोगा जाए,' इस रंग में उसका मन रँग ही रहा था कि मन-ही-मन किसी ने उसे झटका दिया, 'अरे बावले, वह कितनी सुंदर, बिलकुल अप्सरा-सी, चाँद का टुकड़ा है। और तू! कितना कुरूप, भद्दा, बेढंगा। भई, उससे मिलन होना तुम्हें तो स्वर्ग का अनुभव दिलाएगा, पर उसे! अकस्मात् उसकी उमंगों पर ओस-सी पड़ गई। पल भर के लिए किशन चेतनाशून्य हो गया, उसका दिल टूट गया। सुंदरता मालती के लिए अभिशाप बन गई और कुरूपता किशन के लिए। उसके मन को खंगर लग गया। पर यह विचित्र विचार मन में कौंधते ही उसकी हँसी छूट गई। हाँ, पंरतु गति को खंगर नहीं लगा था, स्वयंचलित यंत्रवत् उसके कदम तेजी से रास्ता नापते हुए आगे बढ़ रहे थे। यद्यपि उसके

मन को इस बात का विस्मरण हो गया था कि सरकारी नियमानुसार निश्चित समय पर बंदी का इमारत में पहुँचना अनिवार्य है, तथापि उसकी टाँगों के ज्ञान-तंतुओं की स्मृति लुप्त नहीं हुई थी।

उसका कमजोर, खंगर लगा हुआ मन यथासंभव अनिष्ट से भी इष्ट तात्पर्य निकालने लगा—'फिर भी चिंता किस बात की! वह मेरे जैसे कुरूप, बदसूरत पर अनुरक्त नहीं होगी पर वह मेरे निर्मल स्नेह से कभी वंचित नहीं होगी। वह स्वयं इतनी सुशील तथा सुरुचिपूर्ण है कि रूप से अधिक शील की ओर उसका आकर्षण है। उसका संग-सुख मुझे भले ही न मिले पर उसका, उसके सान्निध्य का सुख तो मेरे लिए दुष्प्राप्य नहीं होगा। इसमें कोई संदेह नहीं कि कम-से-कम उसकी तो उसे भी अभिलाषा है।'

इस प्रकार विविध भाव-भावनाओं के कोलाहल में उसका मन इतना उलझ गया था कि उसकी आँखों ने उसके मन को ऐसे झकझोरा जैसे कोई पहरेदार झंझोड़कर जगाता है, 'सावधान बच्चू! देखो, बंदियों की वह इमारत सामने नजर आने लगी। देखो, यह निश्चय करते-करते ही कि क्या करना है, रास्ता समाप्त हो गया! पर वह मार्ग कौन सा है कि क्या करना है!'

दरअसल किशन ने कोई आज ही यह निश्चय नहीं किया था कि पूरा जन्म काले पानी के बंदीगृह की गंदगी में सड़कर नहीं बिताना है। मौका पाते ही कैद की बेड़ियाँ तोड़कर यहाँ से खिसकना है, यहाँ से पट्टा तुड़ाना है—काले पानी पर आते ही उसने यह प्रण किया था। रफीउद्दीन जैसे अघोरी को अपनी जानी दुश्मनी की पहचान न कराते हुए इसी उद्देश्य से तो किशन ने अपने निकट ले लिया था। पिछले पाँच सालों में उसके साथ काले पानी पर इसी योजना की गुप्त रूप में उसने कई बार चर्चा भी की थी और उस चर्चा के अनुसार ही जंगल कटाई के काम में ही अपनी नियुक्ति करा ली थी। सौ-डेढ़ सौ बंदियों का वह बंदी बाबू तो था ही। हस्त-परहस्ते तिकड़मबाजी करके चतुराई से रफीउद्दीन को भी उसने उस काम पर अपने अधिकार में भरती करवा लिया था। परंतु उसे मालती का कोई सुराग नहीं मिल रहा था। इसलिए उस साहस के बारे में उसने इतना ऊपर सिर नहीं उठाया था। परंतु आज उसका मन ऐसा साहस करने के लिए उद्यत हो रहा था। उसका कारण था मालती का निर्णायक संदेश, उसकी दुर्दशा और आत्मघात की योजना की अत्यंत चिंताजनक खबर।

काले पानी पर बंदीवास के आजन्म कारावास की मोटी सी बेड़ी तोड़ने का साहस कोई गुड़िया का खेल नहीं है। किशन को इस बात का ज्ञान था कि यह बात मात्र मुँह से शेखी बघारनी नहीं है, अपितु जान हथेली पर लेकर ही जो इस काम में हाथ डालेगा उसी का वह साहस है। वह आतंक उसका दिल जला रहा था, इसलिए आज तक वह सिर्फ योजना बनाते-बनाते धीरे-धीरे उस दिशा की ओर मुड़ रहा था। परंतु

पासा छनछनाते हुए और उसे फेंकने की हिम्मत न रखनेवाले जुआरी की तरह वह कोई ऐसा कदम उठाने से डर रहा था जो सीमा के बाहर हो। आज उसने वह कदम उठाने की ठान ली थी। वह साहस चाहे कितना भी जानलेवा क्यों न हो, अब उसमें किसी प्रकार की ढील या विलंब करने का प्रश्न नहीं है। उसने मन-ही-मन निश्चय किया कि आज उसी तरह की अत्यंत आवश्यक चर्चा रफीउद्दीन के साथ करनी होगी।

परंतु मालती से संबंधित जानकारी? उस दुर्जन को—रफीउद्दीन को सूचित करे या न करे! कदापि नहीं। किशन ने लगे हाथ निश्चय किया। उसके संबंध में एक अक्षर भी कम-से-कम अभी तो रफीउद्दीन को नहीं बताना है। उसे इतना भी नहीं बताया जाए कि वह अपने साथ अपनी मालती को भी मुक्ति दिलाना चाहता है।

मन-ही-मन उस नाम का उच्चारण करते ही उसने खट से अपनी जीभ काटी। थोड़ी देर पहले से वह मन-ही-मन मालती विषयक स्मृतियों को दोहराते समय मालती जैसे प्यारे-प्यारे नाम का ही आयोजन करता आया था। कंटकी जैसा नाम लेते ही वे स्नेहिल भाव जाग्रत नहीं होते जो मालती नाम से ही संभव तथा संबद्ध थे। अतः जब-तब मन-ही-मन उसका स्वगत जारी था और वह उसे मालती ही संबोधित कर रहा था। परंतु यह नाम जो मन में लबालब भरा हुआ है, होंठों पर छलके तो अपने और उसके अज्ञातवास के सारे रहस्य का भंडा फूट जाएगा जो आज तक छिपाकर रखा हुआ था। रफीउद्दीन की भी पुरानी दुश्मनी फिर से धधक उठेगी। उसकी माँ से उसके (किशन के) पहले मुकदमे का सारा संबंध उजागर होगा। व्यर्थ के झमेले अकस्मात् खड़े रहेंगे। वह अपने आप से ही बड़बड़ाकर यही रट लगाता रहा ताकि फिर से भूल न जाए, 'मैं कंटक-कंटक। वह मालती—नहीं, कंटकी। कंटकी, मेरी सहोदरी कंटकी।'

और इमारत के अहाते में उसके कदम रखते ही बंदियों को इमारत में लौटने की सूचना देनेवाला रात की घंटी का पहला टोल घनघानाने लगा। 'आखिर समय पर पहुँच ही गया' कंटक को राहत मिली और वह धम् से द्वार के आगे ही पड़े एक बक्से पर टाँग पर टाँग रखकर बैठ गया।

थोड़ी देर बाद बंदियों के भोजन के पश्चात् कंटक बाबू इमारत के काफी आगे खुले स्थान पर टहलने लगे। इमारत के बंदियों को कुछ दूरी तक खुलकर घूमने, फिरने, बोलने, बैठने का तब तक अवसर था, जब तक रात में सोने की घंटी नहीं बजती। उसपर कंटक बाबू वहाँ के मुखिया बाबू जो ठहरे! थोड़ी देर अकेले टहलने के बाद वह एक टीले पर खड़ा हो गया, जहाँ से दूर-दूर तक साफ-साफ नजर आ रहा था।

''उद्दीन! ओ रफीउद्दीन!'' इसके साथ ही 'जी, जी, कंटक बाबू!' कहते हुए रफीउद्दीन बहुत ही आतुरतापूर्वक इस तत्परता से खड़ा रहा जैसे कब कंटक बाबू के मुँह से शब्द निकले और कब वह उसे लपक ले।

अब रफीउद्दीन कंटक बाबू की आज्ञा का बड़ी तत्परता के साथ पालन करता था। जिस दिन उसे कोड़े बरसाने की भयंकर सजा हुई थी और वह बुखार से तप रहा था, उसी दिन बंदीगृह के रुग्णालय में डॉक्टरों के नीचे काम करनेवाले शिक्षार्थी श्रमिकों में कंटक की नियुक्ति हो गई थी। उस रुग्णालय में रफीउद्दीन ने काफी दिनों के लिए बिस्तर पकड़ा था। तब कंटक ने उस असहाय अवस्था में उसकी बहुत सहायता की थी। दवा-दारू, अन्य बंदियों से अधिक सुविधाएँ, चोरी-छिपे ज्यादा दूध, चीनी की पुड़ियाँ और तंबाकू की चुटकी अधिकारियों की नजरें बचाकर उसे दी थी। रफीउद्दीन को फिर से कोल्हू के काम पर न भेजा जाए, कंटक ने डॉक्टर की चिरौरी करके उससे इस तरह लिखवाया था—'सख्त, कठोर काम के लिए अभी अयोग्य।' सिक्कों की गरमी समाप्त हो ही चुकी थी। कोड़ों से तो उसे दहशत-सी हो गई थी। अत: आगे चलकर वह चुपचाप कठोर श्रम करता रहा। कंटक जैसे-जैसे तरक्की करता रहा, वैसे-वैसे रफीउद्दीन अधिकाधिक लाचार होकर उससे दबता गया, उसकी मिन्नतें करता रहा। कंटक ऊपरी तौर पर यही दरशाता रहा कि उसका उससे कोई संबंध नहीं, ताकि अधिकारियों को संदेह न हो। उन दोनों में यही तय हो गया था कि रफीउद्दीन भी यही नाटक करे। लेकिन कंटक ही गुप्त रूप से रफीउद्दीन की सहायता कर रहा था। इसीलिए रफीउद्दीन के दिन ठीक-ठाक बीत गए और तीन वर्षों के अंदर-अंदर ही वह कक्ष-कारागृह से मुक्त हुआ और बाहरी इमारत के बंदियों के खुले काम पर भेजा गया। इसके बाद कंटक की और तरक्की हो गई और जंगल कटाई का प्रमुख बंदी बाबू होते ही उसने चालाकी से उस कठोर परिश्रम के लिए आवश्यक हट्टे-कट्टे श्रमिकों में रफीउद्दीन की भरती करवा ली थी। रफीउद्दीन भलीभाँति जानता था कि कंटक का आश्रय न मिलता तो उसकी कैसी दुर्गत बनती। इसलिए काले पानी पर आते ही दुष्ट रफीउद्दीन की छाती पर जो साँप लोटता कि कंटक से सभी अच्छा व्यवहार करते हैं, वह डाह अब दूर हो गई और वह हमेशा हृदय से दुआ करने लगा कि 'कंटक बाबू की तरक्की-ही-तरक्की होती रहे।' यह परिवर्तन उसकी दुष्टता में नहीं हुआ, लेकिन इन दुष्टों, जालिमों की एक विशेषता होती है कि जिसके हाथों में मजबूरन उनका हिताहित जाता है, उसकी वे अपना पूरा दिल उँडेलकर पाँवचप्पी करते हैं।

रफीउद्दीन स्वभावत: ही साहसी, गुरुघंटाल तथा ऊधमी था। सत्कर्मों में वह अपने गुण दरशाता तो उन्हें साहस, हिम्मत तथा पराक्रम कहा जाता—इतना साहसी, जैसे शिकारी कुत्ता। जो पालेगा, जिसके हाथों में उसका हिताहित होगा उसके बस छू:-छू: करने पर ही, सामने आनेवाले को वह आरी की तरह चीर दे, उसकी धज्जियाँ उड़ा दे।

अब वह कंटक बाबू का पालतू कुत्ता बन गया था। अत: कंटक बाबू के 'यूँ-यूँ' करते ही उनके सामने उछलते-कूदते आकर लार टपकाने लगता।

कंटक ने उसे बैठने के लिए कहा और इस बात की टोह लेकर कि आस-पास ही नहीं, दूर तक कोई नहीं है उससे धीमी आवाज में कहने लगा, ''उद्दीन! हम दोनों जिस दिन समुद्र पर निकल पड़े थे उसी क्षण काले पानी से भाग निकलने के कसमे-वादे हुए थे न! बस, अब उन्हीं वादों पर अमल करो। नहीं, नहीं, चर्चा नहीं, और कभी नहीं। आज से हमें जान हथेली पर लेकर वह राह पकड़नी है। तुम तैयार हो?''

''अजी, एक टाँग पर। मैं आपके लिए अपनी जान भी कुर्बान करूँगा, पीछे नहीं हटूँगा। लेकिन योजना पूरी ब्योरेवार तथा मजबूत होनी चाहिए, बंदोबस्त पक्का होना चाहिए। यह कोई गुड्डे-गुड़िया का खेल नहीं। महा दुर्घट काम है यह—फँसे तो गए!''

''हाँ, योजना ऐसी चाहिए कि जीते-जी कभी न फँसें। यदि ऐसा षड्यंत्र रचाओगे, तभी तुम असली रफीउद्दीन कहलाओगे, बच्चू! काले पानी का महा करतबी भगोड़ा!''

ये शब्द तो उसके लिए ऐसे थे जैसे चार चाँद लगवाए गए हों। सीना तानकर रफीउद्दीन ने कहा ''कंटक बाबू, मैंने कई बार आपसे इस सिलसिले में काफी बातचीत की ही है और मैंने भी अपनी योजना तैयार की है। महाभयंकर।''

''भई बताओ तो सही, पहले क्या है? बाद में उस 'भयंकर' के बारे में सोचेंगे।''

रफीउद्दीन खाँसकर इसकी टोह लेते हुए कि कोई आ तो नहीं रहा, अपनी वह योजना बताने लगा जिसे कहते हुए या सुनते हुए भी दिल काँप उठता था।

□

प्रकरण–१५

# उपनिवेशीय सिद्धांत

आठ-दस दिन हुए—वृद्ध अप्पाजी अपने उस 'दाखिलेवाले' गाँव की झोंपड़ी में खाट पर लेटे हुए थे। सन् १८५७ के स्वतंत्रता संग्राम में सेनापति तात्या टोपे की तरफ से लड़ते-लड़ते गोली लगने से आहत हुए अप्पाजी के पैर में कई दिन से तीव्र वेदना हो रही थी। काले पानी के आजन्म बंदीवास में कठोर और सख्त परिश्रम करने से उनका शरीर जर्जर तथा पंजर हो गया था। उम्र के सत्तर साल पार कर चुकने के बाद सारा बदन निढाल-सा था और आजकल उनके दिल में भी कभी-कभी असह्य वेदना होती। इस बीमारी के कारण उनका बिस्तर हमेशा खुले आँगन में बिछा रहता था, अत: वह बैठक भी इस हफ्ते सूनी पड़ी थी। इस बीमारी में इस बात का भरोसा न होने के कारण कि न जाने कब ऊपर से बुलावा आ जाय, उन्होंने कंटक को आपात संदेश भेजा था कि वह एक बार आकर उनसे मिले। आज रविवार है। यह अटकलपच्चू लगा कि कंटक बाबू आज किसी भी तरह आए बगैर नहीं रहेंगे, अप्पाजी ने बिस्तर पर पड़े-पड़े कराहते हुए भी पहाड़ी से उतरते कंटक को देखने के लिए अपनी निगाहें जमाई हुई थीं।

उनके सामने स्थित आँगन में पच्चीस-पचास गीले नारियलों की फाँकें सुखाने के लिए रखी थीं। अंदमान में डाब या कच्चे नारियल काट-काटकर उनकी फाँकें अथवा गोले सुखाकर बेचने का व्यवसाय दाखिलाधारियों की आजीविका का एक साधन है। उनसे तेल भी निकाला जाता है। उधर नारियल के असंख्य वृक्षों का सरकारी तथा घरेलू उत्पादन किया जाता है। अप्पाजी का भी वही घरेलू व्यवसाय हुआ करता था।

उस आँगन भर बिछाई गई नारियल की फाँकों पर पंछियों के झुंड-के-झुंड आ बैठते। उन्हें भगा देने से वे फुर्र हो जाते और आस-पास के पेड़ों पर कलरव करते रहते। फिर मौका पाते ही नारियल की फाँकों पर झपट्टा मारते। इस तरह लूटमार के धंधे में वहाँ के पक्षियों के झुंड भी निपुण थे।

वहाँ के जंगल तथा उद्यानों में रंग-बिरंगे विविध सुंदर-सलोने पक्षियों की रेलपेल थी। सुना है इनमें तोता, मैना तथा नीले, सफेद, सतेज रंग का, मजबूत चोंचवाला मच्छीमारी में निपुण राघव पक्षी, दयाल और खासकर बुलबुल भी होती है। इस प्रकार कितने ही सुरीले, विविध जातीय पक्षियों को प्रथमतः हिंदुस्थान से उपनिवेश बसाते समय सरकार उधर ले आई थी। उनकी समृद्धि के लिए उधर का जंगल और धरती मूलतः बहुत अनुकूल रही होगी। यह सत्य वहाँ की वर्तमान संख्या और उनके विलासी जीवन पर नजर डालने से सहज ही ज्ञात होता है। कौए, चिड़ियों की तो बहुतायत है। यह पखेरू चिड़िया से तनिक बड़ी होती है और इसके सिर पर सुंदर, सलोनी शानदार नन्ही सी कलगी होती है। नेत्रों के कोरों के पास ईषद् ललाई, नन्ही सी, सलोनी-सी पूँछ हमेशा इठलाकर ऊपर की ओर उठी हुई। किसी कुशल चितेरे की प्रमाणबद्ध कलाकृति सदृश तराशी हुई छवि, खटखट फुदकती, उछलती, कूदती, चहचहाती फुर्र से उड़न-छू होने में जो चपलता, चंचलता थी, उसके बारे में तो कुछ पूछिए मत। कलरव कितना मंजुल, सुरीला, चुनचुनाता, बारीक पर चुस्त और मधु जैसी किसी कामिनी के हाथों के कंगनों का खनकता हुआ निनाद। अंदमानी बुलबुलों के ऐसे ही झुंड-के-झुंड सुखाने के लिए बिछाई गई नारियल की फाँकों पर धावा बोलते हुए अंदमान के हर आँगन में चहकते-चहचहाते नजर आते हैं।

अप्पाजी के पूरे आँगन में सूखने के लिए बिछाई गई नारियल की फाँकों पर भी उन बुलबुलों के झुंड बीच-बीच में आक्रमण कर रहे थे और उन पंछियों को भगाकर नारियल की फाँकों पर पहरा देने का काम कर रहे थे अप्पाजी की ही दो प्रिय बुलबुल—उषा और मोहन।

कौओं, चिड़ियों, मैनाओं प्रभृत्ति अन्य पक्षियों को धता बताने में यद्यपि उषा और मोहन कोई कसर नहीं उठा रहे थे, तथापि बुलबुलों के झुंड के आँगन में उतर आने पर उन्हें भगाने की अपेक्षा उनकी मजेदार क्रीड़ा देखने में उन बालकों का रुझान अधिक दिखाई देता था। ऊपर उठी शानदार पूँछ के मृदुमुलायम मखमली परोंवाले बुलबुलों के झुंड के नारियल की मीठी-मीठी फाँकों को कोंच, कुच-कुचाकर, चटकारे लेने में लीन होते ही उनकी पूँछों के नीचे के रंगीन परों के चक्कर इस तरह शोभा देते जैसे नन्हे-नन्हे गुलाबों के गुच्छे ही इधर-उधर बिखर गए हों। मोहन और उषा को इस दृश्य में बड़ा मजा आता।

अप्पाजी भी उन बुलबुलों की क्रीड़ा देख रहे थे कि अनजाने में उन्होंने अपनी दुख रही टाँग झट से सीधी की और उसमें एकदम असह्य पीड़ा उभर आई। 'मैया री' कहकर वे तनिक चीख पड़े और कराहने लगे।

"उषा! अरी, अप्पाजी कराह रहे हैं।" घबराते हुए मोहन और उषा आँगन से

भागे-भागे अप्पाजी के कमरे में आ गए।

"क्या हुआ, अप्पाजी?" उषा ने हिंदी में पूछा। उसके चेहरे पर हवाइयाँ उड़ रही थीं। ये बच्चे मराठी की तरह ही, शायद मराठी से भी अधिक हिंदी में बातचीत करते। अंदमान के बाशिंदे बने मराठी, बंगाली, मद्रासी, पंजाबी सभी माता-पिता की कोख से जन्मे बच्चे हिंदी में बातचीत करते हैं। हिंदी ही वहाँ के बच्चों की असली मातृभाषा होती है। अपनी-अपनी प्रांतीय भाषा बस उन्हीं बच्चों को आती है, जिनके माता-पिता अपनी इच्छा से उसे बच्चों को सिखाते हैं।

"कहाँ दर्द हो रहा है मेरे अप्पाजी को? मैं दबा दूँ! देखिए तो सही, अभी यों ठीक हो जाएँगे।" उषा ने कहा। मोहन ने भी आग्रह किया। अप्पाजी के हामी भरते ही मोहन उनके कंधे दबाने लगा और उषा पाँव दबाने लगी, जिसमें पीड़ा उभरी थी। अप्पाजी खिड़की से बाहर पहाड़ी की आरे देखने लगे। कंटक की प्रतीक्षा करते-करते वे इस विचार में खो गए कि आने के बाद उसे क्या कहना है।

तीन मिनट, चार मिनट, पाँच मिनट। उषा अपने नन्हे-नन्हे कोमल हाथों से, जितना संभव था, उतना बल देकर पाँव दबा रही थी। लेकिन अप्पाजी अपने विचारों में खोए हुए थे, वे उससे कहना भूल गए—'अब बस भी करो।' बेचारी उषा के हाथों में दर्द होने लगा। वह चाहती थी अप्पाजी प्रशंसा भरे शब्दों में कहें, 'अब बस करो, हाँ!' और फिर वह कर्तव्यपूर्ति के संतोष के साथ पैर दबाना बंद करे। लेकिन वह स्वयं ही 'मैं थक गई, भई' कहते हुए पैर दबाना बंद करे तो मोहन हँसेगा। यह तो वह कदापि नहीं चाहती, पर अधिक देर तक पैर दबाना भी नहीं चाहती थी। थककर, निढाल होकर रूठ गई, रूठते-रूठते वह क्रोध से मसमसाने लगी और आखिर अप्पाजी के उस पैर पर ही गुस्सा उतारकर उसने उसपर दो-चार चाँटे लगाए और रोना शुरू किया।

"मेरे हाथ टूट गए फिर भी आप बस करने के लिए नहीं कह रहे।"

उन थपेड़ों तथा रोने की आवाज के साथ अप्पाजी होश में आ गए, मुसकराते हुए प्यार से उषा को सहलाते हुए समझाने लगे, "बस! रो मत बेटे! अरी पगली, तू दबाती ही रही, हाथ में दर्द होने तक! क्यों? भई, मुझे तुम्हारे इस दबाने से इतना आराम मिल रहा था कि मुझसे बस करने के लिए कहा ही नहीं जाता था। हमारी उषारानी के इन नन्हे-मुन्ने रेशमी हाथों में अवश्य कुछ जादू है। वैद्य की दवा से आज तक जो पीड़ा ठीक नहीं हुई, वह तेरे दबाने से एकदम छू-मंतर हो गई, देखो।"

"वह देखो, वह देखो, अप्पाजी! कंटक बाबू आ रहे हैं पहाड़ी की ओर से," बीच में ही मोहन यह बताकर उठ गया। अप्पाजी सँभलकर बैठ गए। दोनों बच्चे उछलते-कूदते भागने लगे। उनमें अब एक नई धुन सवार हो गई कि कंटक बाबू के पास जाकर उन्हें पहले कौन छूता है।

''कंटक बाबू, कभी-कभी मेरे दिल में यह दर्द उठना शुरू होने के कारण मैं जान चुका हूँ कि मेरा अंतकाल समीप आ चुका है।'' अकेले में अप्पाजी कंटक को बताने लगे, ''लेकिन इसमें दुःख की कोई बात ही नहीं। हम जैसे पके पान मौत को ही मुक्ति समझते हैं। लेकिन आपसे एक बार मिलने की इच्छा हुई। कितने दिनों से आप अपनी जान खतरे में डालकर इधर आते हैं, मेरे परिवार की यथासंभव सहायता करते हैं, प्यार करते हैं, इसलिए हमें भी आपके प्रति अपनत्व का अहसास होता है। मैं आपका बहुत आभारी हूँ।''

''लेकिन भई, मैंने ऐसा कुछ भी नहीं किया कि जिसके लिए आप आभार प्रदर्शन करें। अप्पाजी, मैं ही आपके उपकारों का ऋण कभी नहीं चुका पाऊँगा। इस भयंकर बंदीवास में जब से कदम रखा, मेरा हृदय इस प्रकार के अपनत्व से भरे लोगों का भूखा था। आपके परिवार में मुझे वह ममता मिली। पिता समान आप, भगिनी-प्रेम से ओत-प्रोत अनुसूयाजी, कोखजाए बच्चों समान ये बच्चे; इन सभी के स्नेहिल सान्निध्य में जो पल गुजारे, बस उतने ही मेरे लिए विलोभनीय थे, जिनसे जीने की उमंग पैदा हो। मुझे अहसास होता है कि दुष्टता, दुर्गण और दुराचार से भरे इस बंदीवास के उत्तप्त वातावरण से आपकी पारिवारिक ममता की शीतल छाँव में और बच्चों की प्यार भरी मुसकराहट की चाँदनी में पल भर के लिए आते ही मैं नर्कवास में नंदनवन का सपना देख रहा हूँ।''

''तो फिर कंटक बाबू, मेरी आपसे बस इतनी सी प्रार्थना है कि आप मेरे पीछे बाल-बच्चों को मेरा स्थान दे दीजिए, उन्हें अपना ही समझकर इस घर को अपनाएँ। आप जैसा सुबुद्ध, शिक्षित तथा सुशील इनसान पापियों की इस बस्ती में दुर्लभ है। इसलिए अपना यह परिवार मैं आपकी झोली में डाल रहा हूँ, आप इसे स्वीकार करें तो मैं चैन से मर सकूँगा।''

''अप्पाजी, मेरे मन में आपके प्रति उतना ही आदर है जो किसी हुतात्मा के प्रति होता है। उसपर जो स्वतंत्रता सेनानी होते हैं, उनकी अपेक्षा आप जैसे स्वतंत्रता सैनिकों के भाग में दैवी सफलता और यश नहीं, अपितु उस ध्येय की खातिर मात्र यंत्रणाएँ, छल, कष्ट लिखा होता है, अतः उनका ही मैं अधिक सम्मान करता हूँ। ऐसा कोई भी कृत्य करने के लिए मैं तैयार हूँ, जिससे आप चैन से मौत को गले लगा सकें। परंतु मैं स्वयं ही अपने सिर पर कफन बाँधकर खड़ा हूँ। मैंने अपना सिर ओखली में दे दिया है। इस काले पानी के भीषण काल-पाशों को तोड़कर भाग निकलने का, जान पर बीतने का जोखिम उठाने का खेल मैं खेलूँगा। भला कौन कह सकता है कि इसमें मैं जीवित रहूँगा या मरूँगा।''

''मैं बताता हूँ भैया कंटक, इस खेल में मौत निश्चित है। सफलता अत्यंत

विरल, अपवादस्वरूप। आज तक सैकड़ों मारे गए इस साहस में। उन्हें सागर में जल-समाधि मिल गई। भई, मुझे तो यह स्मरण नहीं कि पिछले पचास वर्षों में पचास लोग भी काले पानी से भागकर स्वदेश पहुँचे हों।''

''लेकिन फिर भी पचासों में ही इक्यावनवें को मैं पाटूँगा, अन्यथा मौत को गले लगा लूँगा। देखिए, अप्पाजी, काले पानी की इस बदनसीब दुराचारी, असहनीय यंत्रणा भरी तुच्छ, क्षुद्र दुनिया में इस तरह आजन्म जीने में क्या तुक है? व्यक्ति का विकास नहीं, भावनाओं की उड़ान नहीं, इनसानियत की इज्जत नहीं, किसी ऊँचे, भव्य, दिव्य ध्येयार्थ अथवा परोपकारार्थ देह घिसने-छीजने के पावन पुण्य से आँचल भरा नहीं। न स्वार्थ, न ही परमार्थ।''

''रुक जाओ—तुम्हारे इस अंतिम आक्षेप के सिलसिले में तुम्हें एक नया नजरिया देने की इच्छा है—परोपकार के—किसी-न-किसी राष्ट्रीय तथा उदार कर्तव्य के लिए अपने निजी जीवन को साध्य के रूप में पेश करने का आकर्षण तुम्हारे चित्त को हो तो वह तुम्हारी मानवता का विकास ही है। लेकिन इस अंदमान में प्रेम, सुख, चैन, भोग इतना ही नहीं, अन्न की भूख मिटाना चाहे जितना दुर्घट क्यों न हो, तथापि परोपकार की भूख अथवा राष्ट्रीय सेवा की भूख से अगर किसी की आँतें कुलबुलाती हों तो कम-से-कम उसके लिए तो भुखमरी अथवा फाकाकशी नहीं होगी। इसमें कोई संदेह नहीं कि पतितोद्धार, उनका सुधार आदि कार्य राष्ट्रीय अथवा धार्मिक सेवा के महत्त्वपूर्ण उपांग हैं और अंदमान तो साफ-साफ अपराधियों और उद्दंडों का, पापियों तथा पतितों का ही डेरा-बसेरा है। अर्थात् परोपकार का चुनिंदा कार्यक्षेत्र।''

''उसका मुझे पूरा अहसास है और यदि मैं आजन्म कारावास के इस चंगुल से छूटकर और काले पानी से पट्टा तोड़कर स्वदेश वापस लौटने में सफल हो गया और वहाँ अलग नाम तथा स्वतंत्र रूप में राष्ट्रसेवा कर सका तो भारतीय बंदियों को काले पानी भेजने की क्रूर, घृणित प्रथा बंद करवाकर इस भयानक उपनिवेश को जड़ से उखाड़ने का आंदोलन यथासंभव जल्दी और पूरी शक्ति के साथ करूँगा। हिंदुस्थान में कुछ नेताओं का ध्यान इन प्रश्नों की ओर आकर्षित हुआ है और बंदियों का यह बसेरा जड़ से उखाड़ने तथा इस पापभूमि की समूची अमानुषिक यंत्रणाओं पर पूरी पाबंदी लगवाने का प्रयास जारी है।''

''परंतु ये प्रयास गलत दिशा से किए जा रहे हैं। देखो कंटक, किसी भी देश में चोरों, डाकुओं, लुटेरों, हत्यारों का एक वर्ग जरूर होगा जो अत्यंत उद्दंड और समाज के लिए सर्वतोपरि उपद्रवकारक हो। इस प्रकार जो वर्ग हिंदुस्थान में समाज-कंटक, समाज-शत्रु हो गया है, उसके लिए नीति तथा निर्बंध की सीमाएँ लाँघना असंभव करने के लिए शक्ति तथा बल से उसका निग्रह करना चाहिए। फाँसी, आजन्म कारावास,

कोड़े जैसी कठोर शारीरिक सजाएँ—इस प्रकार के कठोर दंडों के अभाव में उद्‌दंड कभी भी, किसी का दबदबा नहीं मानते। समाजशील नागरिकों का उनके उपद्रवों से इसी तरह बचाव किया जा सकता है और समाज में शांति तथा सुव्यवस्था रह सकती है। अतः सहस्राधिक दंडितों को इस प्रकार काले पानी के उपनिवेश पर बाँधकर रखना ही राष्ट्र के लिए हितकर होता है, अन्यथा भला उन्हें और कहाँ रखा जाए?''

''देश में बंदीगृहों की कमी है क्या? उनमें उन आजन्म कारावास प्राप्त कैदियों को डाल दो। काले पानी की इस पापभूमि और इस कठोर परिश्रम में उन्हें जीवित गाड़ना निर्दयता तो है ही, लेकिन ऐसा नहीं कि उससे राष्ट्रहित भी विशेष रूप से साध्य होता है। यह कैसे कह सकते हैं कि इस नर्कभूमि में हमें जो यातनाएँ दी जाती हैं और जो जीवन असहनीय महसूस होता है, वही हमारे साथ होनेवाले इन सभी आजन्म कारावासियों को नहीं होता? जिस दया की अपेक्षा हम करते हैं, उसी की वे भी करते हैं, भले ही वे अत्याचारी क्यों न हों।''

''कंटक बाबू, मात्र उथली दया का ही प्रश्न लिया जाए तो दंडितों को दंड न देते हुए उन्हें खुला छोड़ना ही असली दया होगी। आपको और मुझे देश के बंदीगृह में रहना क्या अच्छा लगता है! आजन्म कारावास (कैदे-हयात) तो दूर की बात रही, एक दिन भी बंदीगृह में बंद रहने के लिए क्या कोई तैयार होगा? फिर क्या उथली भावुकता तथा दया के लिए ही इस प्रकार के उग्रप्रवृत्त अपराधियों को, जो समाज को भयंकर पीड़ा देकर ही चैन की बंसी बजा रहे हैं, खुली छूट दी जाए! उसपर मुट्‌ठी भर खूँखार हत्यारे, बलात्कारी और फसादी नर-श्वापदों पर दया के लिए बंदीगृहों को ही अगर बिलकुल खुला छोड़ दिया जाय तो क्या हम लाखों पापभीरु, मासूम लोगों को उन उपद्रवियों के मुँह में नहीं धकेल देंगे! क्या उनपर तरस नहीं खाना चाहिए? चार अत्याचारियों पर दया कर समाज के लाखों निरपराध लोगों पर उन्हें अत्याचार करने देना, यह निर्दयता लाखों गुना क्रूर नहीं है क्या? अतः दया दृष्टि से भी लाखों निरपराधियों को उपद्रव से बचाने के लिए अपरिहार्य रूप से यदि चार उपद्रवी अपराधियों का कठोरतापूर्वक निग्रह करना पड़ा तो वह निर्दयता कुल मिलाकर महनीय दया ही सिद्ध होगी। यही अपराधविज्ञान अथवा दंडविज्ञान का भी मूलभूत तत्त्व तथा समर्थन है।''

''इसमें कोई संदेह नहीं है। पर देश के ही बंदीगृहों में…''

''वही तो कह रहा हूँ कंटक बाबू, देश के बंदीगृहों में आजन्म कारावास प्राप्त कैदियों को गाड़ दिया जाए तो भी क्या उनसे अधिक निर्दयतापूर्वक बरतना नहीं होता? उन्हें चार दीवारों के अंदर ही छटपटाते हुए मौत को गले लगाना होगा। क्या यह मानसिक अत्याचार नहीं है! परंतु यदि इस काले पानी जैसे किसी स्वतंत्र उपनिवेश में उनसे इतने कठोर निर्बंधों में परिश्रम करवाया गया कि उनकी उद्‌दंड प्रवृत्ति हिल जाए,

वे पालतू बनें और जितनी स्वतंत्रता उन्हें दी जा सके, उतनी दी गई तो वे पारिवारिक और व्यक्तिगत सुख का अधिक भोग कर सकेंगे और देश के स्वच्छ समाज को उन दंडितों को जिस आजादी का भोग करने की अनुमति दी गई है, उससे रंचमात्र भी उपद्रव होने की आशंका बिलकुल शेष नहीं रहेगी। इस काले पानी पर आज भी ये सहस्राधिक उद्दंड तथा उग्र लोग भी देखो कैसे खुलकर घूम-फिर सकते हैं। अपनी रुचि के, पसंद के अनुसार खा-पी सकते हैं, घरबार, खेती-बाड़ी कर सकते हैं। उनके स्नेहशील, वत्सल, विषयी भावनाओं में भी आजन्म घुटन नहीं होती और वे विवाह-सुख का आनंद उठा सकते हैं। पिछले एक अपराध के कारण उनके पूरे जीवन और उनका सर्वनाश न होते हुए उस जीवन के सुधार तथा संयमशील जीवन स्थापित करने का अवसर उन्हें बार-बार मिलता रहता है।

हिंदुस्थान में ही एक कारागार की चार दीवारों में बंद करके जीते-जी उन्हें इस तरह रखना उनके लिए जैसे कब्र खोदना ही है। यह दया ही है कि काले पानी सदृश उपनिवेश में उन्हें कठोर निर्बंधों के बल पर पालतू बनवाकर मानवता के नाते जीवन का आनंद, कुछ अंशों में ही सही, दिया जाता है; यही वास्तव में दया है। ऐसे सैकड़ों आजन्म कारावास प्राप्त बंदी जो अंदमान में हैं, काले पानी पर आने के बाद जिनमें सुधार हो गया है और 'दाखिलाधारी' बनकर अपने बाल-बच्चों से भरपूर घरों में सुख-चैन के साथ गुजर-बसर करते हैं—जैसे कि उनका पुनर्जन्म हो गया हो। उन्हीं से यह प्रश्न पूछिए कि 'क्या यह अच्छा होता कि तुम्हें हिंदुस्थान के किसी कारागृह में गाड़ दिया जाता?' इस भयंकर कल्पना मात्र से ही देखिए वे कैसे काँपते हैं और झट से कहते हैं, 'यही अच्छा है कि हमें काला पानी भेजा गया।'

यही सोलह आने सच है। आजन्म कारावास अथवा दस-दस वर्षों की प्रदीर्घ बंदीवास की सजा प्राप्त कैदियों को भारतीय कारागृहों में गाड़ने की अपेक्षा उन्हें काले पानी सदृश उपनिवेशों में ही धीरे-धीरे स्वतंत्र रूप से बसने की अनुज्ञा देना अधिक दयापूर्ण कार्य है। उद्दंडों और पतितों को सुधारने की दृष्टि से भी यही अच्छा है और राष्ट्र के सच्चरित्र नागरिकों को उनके उपद्रवों से बचाकर उन दंडितों को स्वयं निर्बंधशील एवं संयत जीवनयापन का सुनहरा अवसर देने की दृष्टि से भी इस प्रकार के स्वतंत्र उपनिवेश ही अधिक उपयुक्त हैं।

लेकिन इसमें भी इस अंदमानी उपनिवेश का राष्ट्रीय हित की दृष्टि से महत्त्वपूर्ण और एक विशेष स्थान है। वह यह है कि यह महत्त्वपूर्ण द्वीप जो रोगग्रस्त, वीरान, उजाड़ तथा मनुष्य-बस्ती के लिए प्रतिकूल खंडहर होकर पड़ा था और जिसे बसाने के उद्देश्य से हिंदुस्थान के किसी भी प्रशासन ने हजारों लोग तथा करोड़ों रुपए हेतुतः बलात् कभी खर्च नहीं किए होते—वही अंदमान का यह द्वीप आज फूलों-फलों से

लदा-फदा, लहलहाता, अन्न-धान्य से समृद्ध-संपन्न, उपयुक्त उर्वर तथा मनुष्य-बस्तियों से भरा-पूरा हो गया है। उपनिवेशों को जीतने के लिए राष्ट्रों को घमासान युद्ध करने पड़ते हैं, वीरता का प्रदर्शन करना पड़ता है। लेकिन क्या यह बात सच नहीं है कि हमारे राष्ट्र को यह एक नया उपनिवेश मात्र अपने परिश्रम के बलबूते इस पतित एवं परित्यक्त बंदीवान वर्ग ने मुफ्त में दे दिया है। यदि इन तमाम बंदियों को हिंदुस्थान की बंदीशालाओं में बंद किया गया होता तो उनके परिश्रम, साहस तथा बुद्धि का इतना लाभ और इतना ठोस उपयोग हमारा राष्ट्र कभी नहीं कर पाया होता। आपसे यह कहने की आवश्यकता नहीं कि इस दंडित वर्ग के सैकड़ों लोग मूलत: अत्यंत दिलेर, साहसी, जाँबाज, फुरतीले, करतबी तथा कष्टसहिष्णु होते हैं।''

''इसमें संदेह की कोई गुंजाइश ही नहीं है। उनकी इस प्रवृत्ति का यदि उपद्रवकारी दुष्ट कार्यों के लिए दुरुपयोग न होता तो उनका यही साहस, हिम्मत एवं कष्टसहिष्णुता, वीरता वीरोचित होती। ऐसे ही उद्दंड अपराधियों को फौज में भरती करवाकर फौजी अनुशासन में उनकी उसी उद्दंडता का सदुपयोग करके कई सेनापतियों ने बड़ी-बड़ी विजय प्राप्त की है। कई राष्ट्रों ने अपने स्वाधीनता संग्राम में लोहा बरसाया है। इतना ही नहीं, पिंडारियों के अमर, खान प्रभृत्ति ने ही—जो स्पष्ट रूप में डाकू-लुटेरे थे—क्या टोंक जैसी रियासतों की स्थापना नहीं की?''

''अवश्य की है, कंटक बाबू! लेकिन राष्ट्र में होते हुए भी इन दंडितों के जो गुण उपद्रवी, फसादी सिद्ध हो चुके हैं उन तमाम गुण-अवगुणों को भी कठोर नियंत्रण, सख्ती तथा दहशत के दबाव के नीचे कार्यरत करने के लिए उन्हें इस प्रकार के किसी काले पानी जैसे भूखंड पर भेजना ही इष्ट है। जो परिश्रम वे अपनी इच्छा से राष्ट्र के लिए नहीं करते, वह उनसे सख्ती से करवा लिया जा सकता है। उनके जीवन का उपयोग राष्ट्रीय धन तथा शक्तिवर्धन के काम में हो सकता है। इसके लिए अंदमान का यह बंदी-उपनिवेश राष्ट्रीय दृष्टि से बहुत ही उपयोगी है। उसमें यथासंभव सुधार लाओ। लेकिन अदूरंदेशी, जल्दबाजी अथवा अपात्र दया के कारण यह उपनिवेश कभी बंद नहीं होना चाहिए। उसपर यह देखो, काले पानी के उपनिवेश में न भेजते हुए उन हजारों दंडितों को यदि हिंदुस्थान के ही बंदीगृहों में—स्त्री-पुरुषों की अलग-अलग कोठरियों के पिंजरों में—आजन्म गाड़ दिया गया तो वह निर्दय घुटन जो उनकी जवानी को कुचलती है—उन्हें असहनीय होगी और राष्ट्र के लिए भी भारी हानिकारक होगी, क्योंकि उससे राष्ट्र हजारों स्त्री-पुरुषों की संतानों से वंचित रहेगा। राष्ट्र का संख्याबल घटेगा। उसकी अपेक्षा काले पानी सदृश स्वतंत्र तथा नए उपनिवेश में इन दंडित स्त्री-पुरुषों को विवाहित जीवन के आनंद का अवसर दिया गया तो प्रेम तथा वत्सलता की कोमल भावनाओं से उनकी अपनी मानवता विकसित होगी और उनकी संतान उस

उपनिवेश को समृद्ध कर अपने राष्ट्र में नया प्रदेश जोड़ सकेगी। तनिक वर्तमान की ओर तो एक नजर डालिए, यहाँ एक नया प्रदेश ही नहीं अपितु अपनी हिंदू संस्कृति का एक नया जनपद भी समृद्ध हो रहा है।''

''लेकिन अप्पाजी, अनुवंशविज्ञान के अनुसार जो पापी, अपराधी और दुष्ट होते हैं, उनकी संतान में भी वही अत्याचारी अथवा दुराचारी दुर्गुण आ जाते हैं। इस संबंध में आपकी क्या राय है?''

''यह एक तरह का कुतर्क है—और क्या! मैं यह नहीं कहता कि व्यक्तिगत अथवा पारिवारिक दृष्टि से इसमें तथ्य है या नहीं। परंतु उपनिवेशों की जो हमारी समस्या है, उसके सिलसिले में ऐसे सिद्धांत का प्रतिपादन मात्र एक वितंडा है। अजी, ऑस्ट्रेलिया को देखिए, कनाडा को देखिए, अफ्रीका के उपनिवेश पर एक नजर डालिए। पहले वहाँ इंग्लैंड के अत्यंत नृशंस तथा दुराचारी दंडितों तथा आजन्म कारावास प्राप्त कैदियों की किश्तियाँ भर-भरकर छोड़ी जाती थीं। तब ये देश वीरान तथा उजाड़ थे। इस तरह ये देश इंग्लैंड का काला पानी ही थे। लेकिन आज उन्हीं दंडितों के वंशज एक-एक स्वतंत्र, स्वायत्त राष्ट्र का दरजा प्राप्त कर चुके हैं। बड़े-बड़े अतिरथी, महारथी, षड्यंत्रकारी, विधिमंडल, सभासद, निर्बंध पंडित उनमें उत्पन्न हो गए। वहाँ के वर्तमान प्रतिष्ठितों में कइयों के परदादे चोर, उचक्के, डाकू, बलात्कारी, पापाचारी दंडित थे। इस अंदमान की ओर देखिए, यहाँ की युवा संतान, अबलाएँ, पुरुष, लड़के, लड़कियाँ हिंदुस्थान के किसी भी नगर में छोड़ दिए जाएँ और उन्हें सुंदरता, सुशीलता, बुद्धि, फुरती आदि गुणों की कसौटी पर परखा जाए तो आपको यही दिखाई देगा कि वे कभी असफल नहीं होंगे।

अजी, मेरे खानदान का ही उदाहरण लीजिए। मेरी पत्नी एक राजपूत रमणी थी। हिंदुस्थान में बचपन में उसकी शादी हो गई थी। उस विवाह के पूर्व उसके पति की एक पत्नी और थी। इन दो सौतनों में सौतिया डाह से भयंकर अनबन होने पर पति इसकी ही रुई की तरह धुनाई करता। इसके एक दुष्ट पड़ोसी ने इसे पट्टी पढ़ाई कि 'मैं एक अभिमंत्रित बुकनी देता हूँ, वह अपनी सौतन को भोजन में मिलाकर खिलाना। फिर तुम्हें उसके जुल्मों-अत्याचारों से मुक्ति मिलेगी।' वह चूर्ण जहर था। इसकी सौत तत्काल मर गई और इस अठारह वर्षीय लड़की को उस भयंकर अपराध के कारण आजन्म कारावास की सजा मिली। परंतु उस दंड के झटके से उसके मन में इस प्रकार के किसी भी दुष्कृत्य से एक दहशत-सी हो गई और उसका स्वभाव अत्यंत सीधा और निर्बंधशील बन गया। बंदीगृह की मौन, कठोर पत्थर की दीवारें इन्हीं कुछ लोगों को किसी भी नीतिग्रंथ से अधिक संयम सिखाती हैं। काले पानी पर आजन्म कारावास में उस राजपूत रमणी का आचरण इतना नियंत्रित, संयमी था कि जैसे ही मुझे विवाह की अनुज्ञा मिली,

मैंने उसी से ब्याह रचाया। दस-एक सालों तक उसने गृहिणी के कर्तव्यों का निरपवाद रूप से पालन किया, सुखपूर्ण गृहस्थी बसाई। आगे चलकर उसकी मृत्यु हो गई। उससे मेरा एक बेटा हुआ जो बहुत ही भला निकला। उसी की बीवी है यह अनुसूया—मेरी बहू। यह भी एक बंगाली कायस्थ की बेटी है जो बालविधवा थी। इसके जेठ ने इससे नाजायज संबंध रखा। आखिर पेट से रहते ही उसने अत्यंत उग्र, जालिम दवा पिलाकर इसके हाथों भ्रूणहत्या का भयंकर पाप करवाया। परंतु समाज के भय से उसने जो घोर पाप किया वही उजागर होकर उसे समाज दंड भुगतना पड़ा। जेठ लापता हो गया और इसे आजन्म कारावास की सजा हो गई। लेकिन इससे उसके स्वभाव पर चिरकालीन नृशंसत्व की छाप कहीं दिखाई देती है? उसने काले पानी पर निश्चित सजा भोगते ही जब मेरे बेटे से शादी की, तब से इतनी स्नेहमयी, सच्चरित्र तथा मेहनती होकर हमारे घर रहती आई है कि ऐसी सुशील बहू स्वदेश में भी सौ में एकाध ही मिलेगी। आगे चलकर मेरा बेटा किश्ती पर नाखुदा बन गया। दुर्भाग्यवश दो-एक वर्ष पहले एक दुर्घटना में, सागर में डूबकर उसकी मृत्यु हो गई। परंतु यह उन दो बच्चों को ही नहीं—जो उसके पीछे रह गए हैं, मुझे भी सँभाल रही है। भोजन बनाने, गृहकृत्य में मगन रहकर इस निर्धनता में भी कितनी खुश रहती है—आप ही देखिए। मेरे इन पोते-पोती पर, अपने दोनों बच्चों पर मेरी यह बहू जो जान छिड़कती है, उसमें कौन सी माता अधिक वत्सल होगी भला? नितांत सुशील, शिष्ट तथा कुलीन समाज में भी हम सभी को यह अनुभव होगा कि दुनिया के सभी देशों में कुँआरी कन्याओं की बाली उम्र में, उठती जवानी में समाज के अत्युग्र भय के कारण भ्रूणहत्या का भयंकर दुष्कृत्य होता है, लेकिन उनमें से कइयों के ये कृत्य परदे में रहते हैं और वे अन्य किसी भी कुँआरी लड़की की तरह कुलीन तथा सुशील कहलाती हैं। वे स्नेहमयी पत्नी तथा वत्सल माताएँ भी बन सकती हैं, जैसी कुंती देवी।

इसका कारण यह है कि जिस प्रकार कुछ नराधमों को दुष्कृत्यों का चसका होता है उसी तरह ऐसे कुछ अपराधी होते हैं, जिनके हाथों दुष्कृत्यों से तीव्र घृणा करते हुए भी मानो मात्र असहनीय यंत्रणाओं के भय से इस क्षणिक बेहोशी की सनक में दुष्कर्म घटता है। दंडित वर्ग में प्रथमत: राक्षसी प्रवृत्ति के अपराधियों को कठोर दंड का भय दिखाकर काबू में लाया जा सकता है और इन दूसरी प्रवृत्ति के अपराधियों को सहानुभूतिपूर्ण अभयदान से सुधारा जा सकता है। अत: यह धारणा मन में लाना ही मूलत: अंधाधुंध वितंडा है कि एक बार दंडित होने का ठप्पा लग जाए तो वह हमेशा के लिए मानव समाज से हटकर बदमाश, जल्लाद, अशिष्ट बन गया। इतना ही नहीं अपितु उसकी संतान भी वंश-परंपरा से पापप्रवण ही होगी। और उसपर आधारित वह धारणा जितनी अंधाधुंध, ऊलजलूल, बे-सिर-पैर की है, उतनी ही अत्याचारी भी है कि दंडितों की

उपनिवेशीय संतानें भी जन्मजात ही मानवता के गुण से वंचित होंगी।''

''बिलकुल, बिलकुल। और अप्पाजी, इस वितंडा को जिस प्रकार अंदमान की युवा संतति ने झुठलाया है, उसी प्रकार खासकर हिंदुओं के दृढ़ कुतर्क को भी मिथ्या प्रमाणित किया है। हिंदू समाजांतर्गत समस्त जातियों—कम-से-कम बहुतांश—में एक ही स्तर पर आने के बावजूद छुआछूत, बेटीबंदी प्रभृत्ति जो खंदकें हजारों वर्षों पूर्व के हालात में हितकारी मानी गई थी, उन्हें वैसे ही रखना आज भी हितकर है और अंतर्जातीय रोटी-बेटी का व्यवहार शुरू करने से वह संकट बड़ा अनर्थकारी रहेगा, संस्कृति निकृष्ट, प्रजा अधम होगी, इस प्रकार की जिस धार्मिक छाप के आतंक से हमारे देश का हिंदू समाज ग्रस्त है, वह डर कितना भ्रांत है, यह भी अंदमान स्थित इस नवोदित हिंदू जनपद ने प्रत्यक्षत: दिखाया है। पिछले पचास वर्षों से अंदमान में सभी हिंदू जातियाँ और समस्त प्रांतिक वर्ग सरसरी तौर पर इकट्ठे विकसित होते आए हैं। काफी मात्रा में अस्पृश्यता की बेड़ी टूटी है। रोटीबंदी की कम-से-कम स्पृश्य वर्ग में तो स्मृति ही मिट गई। बंगाली, पंजाबी, मद्रासी, मराठी, ब्राह्मण, क्षत्रिय, वैश्य, शूद्र कौन है, कौन नहीं ऐसे विचार भी मिट गए और कम-से-कम स्पृश्य हिंदू इकट्ठे बैठकर भोजन करते हैं और अस्पृश्य भी। मिश्र विवाह आम बात होने के कारण बेटीबंदी टूट गई और जात-पाँत का नामोनिशान तक मिट गया है।''

''हमारा परिवार ही देखिए। हम महाराष्ट्रीय ब्राह्मण, पत्नी राजपूत क्षत्रिय, बेटे की शादी हो गई बंगाली कायस्थ कन्या के साथ। अब अपने इन बच्चों की जाति मात्र हिंदू ही रही। अच्छा, इस सम्मिश्र रक्तबीज के पोता-पोती हैं कैसे भला! तो यह मोहन और उषा—कितने चतुर, चुस्त, सुंदर और सुशील हैं! इन्हें पुणे, बंबई, कलकत्ता के किसी भी स्कूल के बच्चों में छोड़ दें तो प्रथम पाँच नंबरों में अवश्य चमकेंगे। अंदमान स्थित हिंदू जनपद ने यह सप्रयोग सिद्ध करके दिखाया है कि यह भय मिथ्या है कि जाति-पाँति का बंधन तोड़कर सम्मिश्र विवाह करने से संतान निकृष्ट होगी। भाषा की दृष्टि से भी अंदमान ने एक और अभिनंदनीय सफल प्रयोग करके दिखाया है। यहाँ के सभी हिंदू जनपद की भाषा एक ही है—हिंदी। युवा पीढ़ी की मातृभाषा ही हिंदी है।''

''परंतु अप्पाजी, सरकारी नीति एक भारी भूल कर रही है कि हिंदू लड़के-लड़कियों को पूरी शिक्षा जबरदस्ती उर्दू लिपि में दी जाती है। इस सिलसिले में आंदोलन द्वारा नागरी ही अंदमान की, कम-से-कम हिंदू जनपद की एकमेव लिपि बनानी होगी। सरकारी लेखन तथा स्कूली प्रशिक्षा उर्दू में ही चलाने की सरकारी नीति, यह हठ निंदनीय है। अंदमान में इस प्रकार के कई सुधार करना और नई स्वतंत्र पीढ़ी को अपने गुणों के विकासार्थ अनुकूल स्थिति का लाभ कराना, ये दो कार्य साध्य करने के लिए कुछ त्यागी पुरुषों को अपने आपको इसी उपनिवेश में उत्कर्ष को समर्पित करना आवश्यक है।''

"हाँ, कंटक बाबू, यहीं पर इस चर्चा का धागा अपने इस संभाषण के मेरे विधेय से उलझा हुआ है। यदि आपको यह स्वीकार है कि अंदमान के उपनिवेश में निर्मित यह एक नया जनपद, जो इतना महत्त्वपूर्ण है जैसे कि हमारे हिंदू सांस्कृतिक साम्राज्य में एक नया प्रांत जीतकर जोड़ा गया हो, तो नए उपनिवेश का आर्थिक, सामाजिक, राजनीतिक एवं सांस्कृतिक उत्कर्ष के कार्य को ही अपने जीवन का ध्येय बना लेना क्या राष्ट्रसेवा नहीं! क्या आपके और हमारे जैसों के बंदीवासग्रस्त जीवन की महत्त्वाकांक्षा के लिए वह ध्येय पर्याप्त महान् नहीं है! फिर हम उसे ही अपने जीवन का इतिकर्तव्य क्यों नहीं समझते! कंटक बाबू, आप पाँच-एक वर्षों के पश्चात् 'दाखिलाधारी' होकर तनिक स्वतंत्र होंगे, इधर ही अपना ब्याह रचाएँगे। इस उपनिवेश में स्कूल, शिवालय, संस्था, संगठन आदि की जो कमी है, वह आप पूरी कीजिए। हमारे इस किशन सेठ की ओर ही देखिए। वे भी आजन्म कारावास पर इधर आए हुए थे—हाथ-पाँवों में जंजीरें थीं। परंतु 'दाखिलाधारी' बनकर नारियल के बड़े-बड़े बागान बनाकर चाय बागानों से मालदार, धन्नासेठ बन गए और मेरा खयाल है कि उन्होंने इस अंदमान में जनमे स्वतंत्र हिंदू नौजवानों को आजीविका देने, स्कूल और अखिल हिंदुओं का एक मंदिर निर्मित करने तथा छात्रवृत्तियाँ, धर्मार्थ औषधालय आदि कार्यों में हजारों रुपयों का दान किया। पंडित, पुराणिक, चिकित्सक, नेता आदि लोगों की यहाँ बड़ी कमी है जो आप पूरी करें। आप आजन्म कारावास प्राप्त तो हैं ही। आप ऐसा तिलिस्म तोड़ें कि यह उपनिवेश हिंदुस्थान का, हिंदू साम्राज्य का एक बलशाली, शाक्तिशाली समुद्री दुर्ग बन जाए। इस कार्यार्थ हजारों जीवन छीज जाने से भी वह बलिदान कभी अकारथ नहीं जाएगा।"

"अप्पाजी, आपकी बात सोलह आने सच है। सामुद्रिक दुर्ग के सिलसिले में कहें तो मैंने अंदमान की धरती पर कदम रखते ही इस द्वीप के सामुद्रिक महत्त्व पर गौर किया था। तटबंध, शस्त्रास्त्र संभार से सुसज्जित, किसी फौलादी कवच सदृश दुर्भेद्य। इस अंदमान द्वीपखंड को ही अगर एक प्रचंड जलदुर्ग का रूप दिया जाए तो हिंदुस्थान के पूर्व-सागर में नौ-सैनिक राह की एक जानलेवा सुरंग बनेगी। यह तटबंध महाद्वीप हमारे पूर्ववर्ती सागर में सिंहद्वार पर चढ़ाई हुई एक महाकाय तोप है, तोप।"

"और आजकल जो हम विदेशी खबरें सुनते हैं, उनसे यह दिखाई देता है कि मनुष्य ने हवाई जहाज बनाने की विद्या सीख ली है। आज यद्यपि लड़ाकू हवाई जहाज विरले ही हैं, तथापि इसमें कोई संदेह नहीं कि पाँच-पच्चीस वर्षों में बड़े-बड़े लड़ाकू तथा वाहक हवाई जहाजों के दल आकाश में मँडराने लगेंगे। इससे इस बात का अहसास होता है कि भविष्य में अंदमान एक ऐसा शक्तिशाली सामरिक हवाई अड्डा होकर ही रहेगा, जो हिंदुस्थान के पूर्ववर्ती समुद्र पर पहरा देगा। फिर सांस्कृतिक, सामुद्रिक तथा हवाई शक्ति की दृष्टि से अत्यंत महत्त्वपूर्ण उपनिवेश का निर्माण करना, उसे स्थायी

स्वरूप देना, उसे विकसित करना आदि कार्यार्थ जिन हजारों हतभागी भारतीय बंदियों को यातनाएँ दी गईं, उनका लहू और जीवन आज पच्चीस वर्षों तक यहाँ खर्च हुआ, वह राष्ट्रकार्यार्थ ही लग गया। कहना होगा कि पापियों का लहू भी पुण्यकार्यार्थ ही बह गया। इसके आगे भी जिन्हें यहाँ जीना है, उन आजन्म कारावासियों को अपना भी जीवन इसी कार्यार्थ खर्च करना चाहिए—यही उनका अपरिहार्य, अटल धर्म है।''

''यहाँ तक मैं भी आपसे सहमत हूँ। जिन्हें यहाँ रहना अपरिहार्य है, अन्य रास्ता जिनके लिए असंभव है, उन आजन्म कारावास प्राप्त बंदियों को चाहिए कि वे अपने जीवन की इतिकर्तव्यता, सार्थकता इस उपनिवेश की लोकसेवा में ही व्यतीत करें। परंतु मेरे लिए तो दूसरा रास्ता ही संभव है। मैं डंके की चोट पर कहता हूँ कि मैं काले पानी से भाग निकलने में सफल हो जाऊँगा। पिछली भेंटवार्त्ता में मैंने अपने कारण सूचित किए ही थे। उसपर मेरी यह बहन कंटकी तो पाँच वर्ष छोड़िए, पाँच महीने भी इस कारावास में जीवित रहना नहीं चाहती। पागलपन की सही, पर उसपर आत्मघात की सनक सवार है। अच्छा, यदि मैं सफल हो गया, यदि मैं इस वर्ष स्वदेश पहुँच गया, यदि मैं यहाँ के इस ध्येय से भी किसी महान् ध्येय को अपना जीवन समर्पित कर सका, मेरे गुणों का, शक्ति का तथा जीवन का इतना विकास तथा सद्व्यय हो सका जितना इधर कदापि नहीं हो सकेगा, तो फिर मेरा यह साहस गलत सिद्ध नहीं होगा न?''

''कदापि नहीं। इतना ही नहीं, मैं प्रभु से प्रार्थना करूँगा कि तुम्हें इस कार्य में सफलता मिले। लेकिन तुम्हारा यह 'यदि' ही महादुर्घट है। खैर, तुम्हारी बनाई हुई योजना अधूरी थी। इसके बारे में कुछ तय किया कि निश्चित मौका कब, किस तरह साध्य होगा?'

''जी नहीं। लेकिन अनुसूया बहन ने कंटकी को वहीं काम पर लगा दिया है, जहाँ मैंने कहा था। बंदिनीशाला के बाहर विवाहेच्छु स्त्री-पुरुष बंदियों को परस्पर परिचय कराने के लिए जो थोड़ा-बहुत खुला स्थान है, वहाँ झाड़ू-बुहारने के काम पर लगाने से कंटकी निश्चित समय पर बंदीगृह से बाहर निकलकर वहाँ आती-जाती है। उधर ही हमारी आँखें चार हुई थीं। शायद मुलाकात भी होगी। सोचता हूँ, फिर कुछ ठोस कदम उठाऊँगा, तथापि मैं बेकार जल्दबाजी करने के पक्ष में नहीं हूँ। जब तक उचित अवसर नहीं मिलता, कोई कदम नहीं उठाऊँगा। अच्छा, मोहन से पता चला, अनुसूया बहन पड़ोस के गाँव में गई हैं। तब उनसे भेंट…''

''हाँ, सच है, उससे भेंट नहीं होगी। वह कल आएगी। तुम्हारा जाने का समय भी हो गया, है न? तुम्हारे साहसी षड्यंत्र के सिलसिले में बहुत-कुछ पूछना चाहता हूँ। लेकिन समय नहीं है। इस प्रकार की चर्चा सुरक्षित भी नहीं होती। तुम्हारा यहाँ आना अब तुम्हारे तथा हमारे लिए भी खतरे से खाली नहीं है।''

"जी अप्पाजी," कंटक ने उन्हें संबोधित किया, लेकिन जो विचार वह प्रकट करने जा रहा था, उससे ही उसका दिल भर आया। वह तनिक झिझक गया, फिर उसने कहा, "अप्पाजी, इस बात का पल भर का भी भरोसा नहीं कि इस बीमारी की वजह से हम दोनों कराल काल के पंजे में फँस जाएँ। परंतु अप्पाजी, यदि काले पानी की सुरंग से बाहर निकलने में सफल हुआ, जीवन की निर्मुक्त हवा फिर से अपनी साँसों में भर सका—स्वदेश में निर्भयतापूर्वक रह सका तो स्वदेश में, अन्यथा यूरोप, अमेरिका—जहाँ भी कहीं रहूँगा, वहीं से आपके पोता-पोती की चिंता अपने कोखजाए बच्चों के समान करूँगा। अनुसूया दीदी तो मेरी बंदीवासीय बहन है। मेरी बदनसीबी की, संकटों की, गरीबी की भैयादूज में जिसने मुझे टीका लगाया, मेरे भाग्य में यदि कभी भाग्यशालिनी भैयादूज आ गई तो सगी बहन से भी अधिक प्रेम और सहायता का नेग दिए बिना कभी नहीं रहूँगा। अच्छा, चलता हूँ, अब मुझे जाना ही होगा।"

कंटक उठ गया। अप्पाजी को उसने खड़े-खड़े प्रणाम किया। वैसे ही थोड़ी देर देखता रहा—जाने के लिए तनिक मुड़ भी गया। लेकिन फिर वापस लौटकर आ गया और कहा, "अप्पाजी, तकिये के सहारे तनिक सँभलकर बैठेंगे! पैर जरा धीरे-धीरे पसारिए—नहीं-नहीं, पसारना ही होगा।"

रुग्णशय्या पर जर्जर होकर पड़े उस वृद्ध वीर को इस प्रकार बैठाकर कंटक ने उनके पैर अपने हाथों सलीके से कंबल के बाहर रखे और उनपर अपना माथा टेककर उन्हें साष्टांग प्रणाम किया।

"अप्पाजी, थोड़ी देर पहले आप कह रहे थे कि इस अंदमान का उपनिवेश हिंदू राष्ट्र के लिए कितना महत्त्व रखता है। इन द्वीपों का समुद्री एवं हवाई अड्डे की दृष्टि से बड़ा महत्त्व है। इधर एक नया हिंदू जनपद निर्माण किया जा रहा है। नारियल के, चाय के, रबड़ के, प्रचंड वृक्षों के विस्तीर्ण जंगल की विविध किस्मों के निर्माण के लिए उपयोगी लकड़ियों का बड़े पैमाने पर उत्पादन—यह सारी राष्ट्रीय संपदा महत्त्वपूर्ण है। तथापि इस प्रकार की संपदा अन्य उपनिवेशों में भी अपने हिंदू राष्ट्र को उपलब्ध हो सकती है। लेकिन जो संपदा अन्य किसी भी उपनिवेश में उपलब्ध नहीं, और सिर्फ अंदमान में ही संचित की गई है और इस भूमि पर रखी गई है, जिस अमूल्य निधि के कारण अन्य किसी भी उपनिवेश से अंदमान की यह धरती हमारे राष्ट्र को अधिक अभिलक्षणीय प्रतीत होती है, एक क्षेत्र प्रतिभासित होती है, वही इस भूमि की हमारी राष्ट्रीय संपदा, हमारी अनर्घ्य धरोहर है—सन् १८५७ के आप जैसे हजारों राष्ट्रवीरों की यहाँ पर बिखरी हुई रक्षा। हिंदुस्थान में अंदमान का नाम लेते ही इसका स्मरण सबसे पहले होगा।"

"लेकिन...लेकिन...पिछले पचास वर्षों में तुम ही पहले हिंदू हो, जिसने इस

प्रकार की भावना व्यक्त की है।'' ठंडी आह भरते हुए अप्पाजी ने कहा, ''अरे खाक यादें लेकर बैठे हो। अरे, हिंदू पदपादशाही के संताजी, धन्नाजी, बाजी, चिमाजी, भाऊ, विश्वास, मल्हार, महादजी प्रभृति सैकड़ों विजयी सेनापतियों का भाग्य भले ही न सही, तथापि हिंदू पदपादशाही का आखिरी-से-आखिरी रणधुरंधर तात्या टोपे, जिन्होंने निराशा तथा अपराजय में भी कसौटी के लिए आवश्यक रण-चपलता, जीवटवृत्ति, लगन, शूरता, धैर्य, सहनशीलता तथा राष्ट्रभक्ति जैसे गुणों के बलबूते अंग्रेज शत्रुओं का भी नाकों दम किया था—जहाँ स्वराज के लिए और स्वधर्मार्थ फाँसी पर चढ़ गए उस स्थल पर उनकी स्मृति हेतु एक शिलान्यास भी इस कृतघ्न पीढ़ी ने किया नहीं। उसी पीढ़ी को भला हम सैनिकों की याद कैसे रहेगी जो अंदमान में चूर-चूर होकर, धिक्कृत होकर राख बन गए हैं? कंटक, जिस दिन सन् १८५७ की असिलता टूट गई, उसी दिन हिंदुस्थान की आशा छूट गई।''

''नहीं अप्पाजी, नहीं। यह सत्य है, आज हिंदू जाति अचेतन-सी पड़ी है—परंतु यह मूर्च्छा है, न कि मृत्यु। कम-से-कम इतिहास शपथ लेकर कह रहा है कि इस हिंदू जाति में एक ऐसी उज्जविक शक्ति का निवास है जो इस प्रकार की कई मूर्च्छनाओं से पुनः जाग्रत् हो उठी है। दशमुखी रावण गए, शतमुखी गए। अप्पाजी, यह कैसे कहा जा सकता है कि ये भी नए-नए विक्रमादित्य के अवतार होंगे ही या नहीं? शायद आपकी यह रक्षा उनके संभव होने की खाद है, आश्वासन है।''

''तथास्तु! यदि उस प्रकार का भाग्यशाली दिन पुनः सचमुच ही उदित हुआ तो इस अंदमान में बिखरी हुई हमारी रक्षा...''

''संकलित कराई जाकर उसपर यह कृतज्ञ, उपकृत राष्ट्र एक उत्तुंग स्मृति स्तूप बनाएगा। हिंदुओं की प्रत्येक राष्ट्र नौका उस स्मृति स्तूप को तोपों की रणवंदना दिए बिना आगे नहीं बढ़ेगी।''

कंटक के इस वाक्य के साथ ही उस वृद्ध पुरुष के पूरे बदन पर रोमांच की फौज खड़ी हो गई। उसकी जर्जर देहयष्टि में जैसे किसी ने संजीवनी फूँक दी। सुदूर आकाश की ओर पल भर के लिए गड़ी हुई उनकी अनिमेष दृष्टि से ऐसा प्रतीत होने लगा कि जैसे उनके नेत्रों के सामने कोई उत्तुंग स्मृति स्तूप उभरा हुआ दिखाई दे रहा है। पल-दो पल के बाद उसी अनिमेष दृष्टि का रुख आकाश से कंटक की ओर करके उस वृद्ध वीर ने कंपित स्वर में कहा, ''कंटक, सन् १८५७ के क्रांतियुद्ध के बाद चालीस वर्ष के पश्चात् ऐसे शब्द आज ही मैंने सुने जो सहानुभूति और मेरे राष्ट्र के पुनरुत्थान की भव्य आशा जगाते हैं, मेरे कानों में अमृत घोलते हैं। देखो, मेरे हृदय में प्राचीन आकांक्षाओं की ऊर्मियाँ जो मैंने उसमें बड़ी गहराई से दबाई थीं, आज किसी बवंडर की तरह मेरे लहू के कतरे-कतरे से उमड़ रही हैं। कंटक, मुझसे इन अनुकूल भावनाओं का कोलाहल,

उनकी उमड़-घुमड़ और हृदय की यह तीव्र गति सही नहीं जाती।''

इतने में दूर से चौकी बंद होने की घंटी घन्-घन् करती सुनाई दी।

''घंटी।'' वृद्धवीर चौंक पड़ा, ''जाओ कंटक, जाओ, वरना पकड़े जाओगे।''

कंटक जल्दी-जल्दी उठ गया और छिपते-छिपाते उस पंहाड़ी पर तेजी के साथ चढ़ने लगा।

और फिर दो-तीन दिन के अंदर ही उस वृद्ध का अंत हो गया जो सन् १८५७ के क्रांतियुद्ध के कारण काले पानी पर गए हुए उन हजारों हिंदू सैनिकों में अंतिम था।

उस दिन उसकी उस उजाड़, वीरान कुटिया में दो ही फूल पीछे रह गए जो उसकी याद दिलाते थे—मोहन और उषा।

□

प्रकरण–१६

# अंदमान के घने जंगल में

अंदमान के जंगल में गृह निर्माण कार्य के लिए उपयुक्त लकड़ी इतनी बढ़िया, मजबूत, शानदार, गठीली तथा सुडौल मिलती है कि यूरोप के बाजारों में उसकी भरपूर माँग होती है।

कंटक जिस जंगल कटाई–विभाग का काम किया करता था, आज उस विभाग को अरण्याधिकारियों द्वारा विशेष आदेश दिया गया कि यूरोप से आई नई माँग की पूर्ति के लिए उस जंगल के दूसरी तरफ नए जंगल में घुसकर कटाई का काम शुरू किया जाए। उन घने जंगलों में जहाँ आज तक प्रवेश नहीं किया गया था, प्रथमत: काम–चलाऊ रास्ता बनाने, उसके पश्चात् बड़े–बड़े प्रचंड वृक्षों पर तारकोल से क्रमांक लिखने और फिर बड़ी–बड़ी कुल्हाड़ियाँ, आरियाँ तथा अन्य हथियारों के साथ दो–दो सौ बंदियों की टोलियों से उन भीमकाय वृक्षों को काटकर, तोड़कर, तराशकर उनके लट्ठों के ढेर–के–ढेर बनाने का निहायत सख्त, कठोर तथा कठिन काम करवाना था।

उस आपाती आदेशानुसार कंटक अपने अधीन दल को तैयार करने में जुट गया। जंगल में जहाँ तक कटाई नहीं हुई थी, उस अत्यंत सुदूर इलाके में कदम रखना अंदमान में एक साहसपूर्ण कार्य माना जाता था। जैसे–जैसे अंग्रेजों का प्रवेश उस घने जंगल के अंतरंग में होता, वैसे–वैसे वहाँ की मूलभूत जंगली एवं कट्टर टोलियों की शत्रुता बढ़ती जाती; क्योंकि उस मात्रा में उन्हें पीछे हटना पड़ता। उनका जंगली साम्राज्य नष्ट होता। अत: ऐसे घने जंगल में अंग्रेजों के एक कदम आगे बढ़ने से उस इलाके की जंगली तथा कट्टर टोलियों में से एकाध टोली अंग्रेजों और जंगल कटाई करनेवाली बंदी टोलियों पर कब धावा बोल देगी और कब उन्हें मौत के घाट उतार देगी, इसका कोई भरोसा नहीं था। इन जंगली तथा उग्र कट्टर टोलियों में यद्यपि कई उपजातियाँ और उपनाम थे, तथापि उनमें जो अत्यंत आदिम, जंगली तथा गजब की कट्टर, उग्र जाति है उसका नाम जावरा है; और इसी कारण बंदी लोग आमतौर पर इन सभी जंगली टोलियों को जावरा ही कहते

थे। यह बात नहीं कि इस तरह के घने जंगल में पहले-पहल घुसते समय उसके प्रतिकार में ये जावरे हमेशा ही 'रास्ता रोको' आंदोलन करते हों, लेकिन इसका कोई भरोसा नहीं होता था कि वे कब आ जाएँगे। अत: कंटक ने अपनी टोली में भी हमेशा के लल्लू-पंजू बंदी न लेते हुए निडर, परिश्रमी तथा जंगल कटाई के काम में मँजे हुए बंदी ही चुने। अर्थात् उनमें रफीउद्दीन तो था ही। वह एक बार काम में जुट जाता तो कलेजा तोड़कर मेहनत करता, उसपर जंगल कटाई के काम में तो वह पहले से ही इतना निपुण था कि भगोड़ा बंदी होने के बावजूद लकड़ी कटाई को बढ़ाने के लिए उसके बंदोबस्त का विश्वास दिलाकर उस टोली के मुखिया जमादार ने जान-बूझकर उसे माँग लिया था।

वह मुखिया जमादार रफीउद्दीन को मनुष्य नहीं कहता, उसने उसका नाम रखा था 'जंगल कटाई की मशीन।' आजकल अपना उल्लू सीधा करने के लिए रफीउद्दीन अपने वरिष्ठ अधिकारियों की चापलूसी करके उनकी मरजी का काम करने में लीन था। उस दिन के उस साहसपूर्ण कार्य को आगे बढ़ाने के लिए वह भी एक टाँग पर खड़ा रह गया। पिछले दो-तीन दिन में रफीउद्दीन ने कंटक से यहाँ से काफूर होने के सिलसिले में काफी चर्चा की थी, लेकिन योजना नहीं बन पा रही थी। इतने में यह सरकारी आपाती कार्य निकल पड़ा। जब तक आखिरी मौका हाथ नहीं लगता और वह जल्दी हाथ लगे, इसलिए कंटक और रफीउद्दीन दोनों सरकारी कामकाज में खून-पसीना एक करके अधिकारियों का विश्वास प्राप्त करके उनकी नाक का बाल बनकर उनकी 'वाहवाही' लूटने में कोई कसर बाकी नहीं रखते। इस नीति के कारण उस घने और भयंकर जंगल में घुसने का, जहाँ इससे पहले किसी ने कदम नहीं रखा था तथा जावरों के यदा-कदा होनेवाले जानलेवा आक्रमण का मुकाबला करने का साहस करके ये दोनों सबसे अगली टोली में घुस गए थे। उनका समूचा लक्ष्य इसी उद्देश्य पर केंद्रित हो गया था।

मुरगे की बाँग होने से पहले ही इमारत की घंटी घनघनाई। आधे घंटे के अंदर-अंदर सौ-दो सौ कैदी अहाते में एक कतार में खड़े हो गए। हर एक की एक टाँग कमर से टखनों तक मोटी-मोटी जंजीरों से जकड़ी हुई थी—एक टाँग खुली हुई। 'एक-दो-तीन' गिनती के साथ दो सौ की टोली अलग छाँटी गई।

यह सबसे अधिक चुनिंदा टोली थी और आज लकड़ियों की माँग पूरी करने का तकाजा होने के कारण इस टोली पर जो खास जमादार नियुक्त किए गए थे, वे भी सब-के-सब 'डंडेवाले' बंदी थे। 'डंडेवाला' जमादार उसे कहते हैं, जो मेहनती और निठल्ले कामचोर, सीधे और उद्दंड—दोनों तरह के बंदियों को कोल्हू में पेर देता है, सभी से ठोंक-पीटकर, अच्छी तरह से कसकर काम लेता है। 'आगे काम, पीछे राम' यही इस जाति के जमादारों का खास बाना होता है। अर्थात् डटकर काम लेने में दया-माया का

धार्मिक प्रश्न ही उनके सामने कभी नहीं होता। सभी व्यवहार थोक आर्थिक व्यवहार। उद्दंड तथा घुटे हुए दंडित भी ऐसे जमादारों के सामने गऊ बन जाते हैं। ये 'डंडेवाले' जाति के जमादार स्वयं ही कोई परले सिरे के डाकू, लुटेरे अथवा क्रूर उद्दंडवर्गीय पूर्वाश्रम के बंदी होते हैं, जो अब तरक्की पाकर दूसरे दरजे के अधिकारी बने होते हैं।

एक पैर में कमर से लेकर टखनों तक मोटी-मोटी जंजीरों से जकड़े हुए दो सौ बंदी पौ फटते ही उस मैदान में उस तरह 'गिनती' कर खड़े रहे। डंडेवाले जमादार ने आते ही आदेश दिया—'बैठो'। जंजीरों की एक साथ खनखनाहट हुई और बंदी एक कतार में धम से बैठ गए। लगे हाथ उनके कटोरों में काँजी परोसी गई। निश्चित समय होते ही 'उठो' की गर्जना हुई। इस बात का जरा भी खयाल न करते हुए कि काँजी किसने खाई है अथवा किसका खाना अभी पूरा भी नहीं हुआ, सभी को उठना पड़ा। तुरंत दो सौ बंदियों की उस टोली ने दोहरी पंक्तियों में जंगल की राह ली। हाथ में धरी बेंत की छड़ियाँ चमकाते हुए वार्डर और डंडों को सान धरते हुए हवलदार, जमादार उन पंक्तियों के दोनों तरफ से दस-दस कैदियों के फासले पर चल रहे थे। जंगल में लकड़ी कटाई का काम सबसे अधिक खतरनाक था। कभी-कभी कोई साहसी बंदी जंगल में गायब होकर हिरन होने में नहीं हिचकिचाता। इसके लिए एकाध बंदूकधारी सिपाही इन टोलियों के साथ हमेशा दिया जाता, ताकि यदि कोई भागने की कोशिश करे तो उसपर बेहिचक गोली दागी जाए। उसपर आज तो जंगल के उस इलाके में घुसना था, जो बहुत ही घना था तथा जिसमें पग-पग पर जावरों का भय था। इसके लिए तीन बंदूकधारी सैनिक भी उन सबके पीछे उनकी सहायता करते और बीच-बीच में उन सबको चिल्लाकर 'चलो! जल्दी चलो। और जल्दी' कहते आगे ठेलते हुए आ रहे थे।

मुसलाधार वर्षा हो रही थी। अंदमान के जंगली इलाके में साल में कम-से-कम दस महीने मुसलाधार बारिश होती है। बंदियों के पास कपड़ों का एक ही जोड़ा होता है—जाँघिया और कुरता। इमारत में वापस आने पर कम-से-कम उसे तो सुखा पहन सकें, इसलिए वे उसे भी इमारत में छोड़कर ही जंगल कटाई के लिए आ जाते। बदन पर मात्र एक लँगोटी। बदन दिन भर पानी से तर-बतर।

जंगल आते ही उस टोली का निश्चित दलों में बँटवारा करके लकड़ी तोड़ना, फोड़ना, तराशना शुरू हुआ। आधा मील लंबे जंगली इलाके में यहाँ-वहाँ हर ओर चीख-पुकार, हँकवा करना और काम का धूम-धड़क्का हो रहा था। कल जो भीमकाय शाखाएँ आरी से लगभग चीरकर रखी थीं, उनकी आरी से कटाई हो रही थी और वे कड़कड़ शोर मचाती नीचे ढेर हो रही थीं।

तब 'भागो, बचाओ' की धूम होने लगी। बड़े-बड़े लट्ठ दस-पाँच जनों के सिर पर चढ़ाकर गोदाम में जमा करने के लिए भेजे जाने लगे। बीच में ही कोई पेड़ से गिर

पड़ता। किसी को जहरीले कीटाणु के काटने से एक अलग ही हो-हल्ला मचता। वार्डर बंदियों को और जमादार हवलदार वार्डरों को पानी पी-पीकर कोस रहे थे। कोई थोड़ा सा भी गिर पड़े, थक जाए, रुक जाए तो बेंत की सपसप उसकी खाल उधेड़ती। बीच में ही कोई उद्दंड अथवा कामचोर दंडित बहक गया या आदतन काम को दुत्कार कर अशिष्ट व्यवहार करने लगे तो तीन-चार वार्डरों को उसपर छोड़कर उसकी हड्डी-पसली तोड़ दी जाती, क्योंकि आज हमेशा के चलताऊ जमादारों का राज नहीं था, अपितु 'भैया, आज तो डंडेवाले जमादारों का राज है।'

दोपहर बारह बजने तक कुल्हाड़ियाँ और आरियाँ चलाते-चलाते उन बंदियों के अंजर-पंजर ढीले हो गए। घंटी घनघनाने से ही पता चला कि बारह बजे हैं। कारण, सवेरे की तरह अपराह्न को भी इस घने जंगल में तथा हमेशा उमड़ते-घुमड़ते बादलों से घिरे पानी बरसते उस वातावरण में छन-छन करती साफ रोशनी कभी नजर ही नहीं आती।

घंटी बजते ही सारे दल भागे-भागे गोदाम के सामने आ गए। फिर एक बार 'एक-दो-तीन' के क्रम से दो सौ बंदियों की गिनती की गई। उनकी संख्या उतनी ही थी, जितनी सवेरे थी। लेकिन हालात ने पलटी खाई थी। कुछ के पाँवों में विषाक्त काँटे बहुत गहराई से धँस गए थे और वे लँगड़ा रहे थे, कुछ लकड़ी के नीचे आ जाने से अथवा वार्डर, जमादार द्वारा धुर्रे उड़ाने के कारण इतने घायल हो गए थे कि पूरा बदन खून से लथपथ हो गया था। प्रायः सभी बंदियों ने अपने पूरे बदन पर दलदल का कीचड़ थोपा हुआ था। वर्षा में घुल जाने पर वे फिर से उसे पोत लेते, क्योंकि इस जंगल के कूड़ा-करकट में जोंकों, चिंचड़ों की जो भरमार थी वे नीचे से बदन पर चढ़ जातीं और ऊपर से लाखों मच्छर, ततैये आदि जहरीले कीड़े बदन को जलन की लपटों से घेरते। कई-कई बार उन बंदियों ने अपने बदन पर कीचड़ की लीपापोती की थी। फिर उन जोंकों को वहाँ से उखाड़ते-उखाड़ते नाकों दम आ जाता जहाँ वे चिपक जातीं। उनकी चमड़ी से लहू की पतली-पतली धाराएँ उनके कीचड़-सने बदन पर यहाँ-वहाँ ऐसी दीखतीं जैसे लंबा सा लोहितवर्णी झाग। खुजली तो बार-बार होती, पर खुजलाने के लिए फुरसत कहाँ? जलन होती रहती पर फूँक मारकर ठंडक पहुँचाने की भी फुरसत नहीं।

इस तरह सताए, थके, माँदे, झल्लाए, खून, कीचड़ से लथपथ वे बंदी अपने आपको दयनीय एवं अन्याय से पीड़ित समझते। वे उन डंडेवाले जमादारों को दुष्ट, जल्लाद समझते हुए कोस रहे थे, जिन्होंने उन्हें कठोर परिश्रम के कोल्हू में पेर दिया था। लेकिन इस डंडे का शिकार वे क्यों बन गए, 'जैसी करनी वैसी भरनी' न्याय से दूसरों पर की गई किन-किन यंत्रणाओं का प्रायश्चित वे भुगत रहे थे—इसका पछतावा कहिए तो सौ में इक्के-दुक्के को ही हुआ होगा। इतना ही नहीं, उनमें से प्रायः सभी डंडेवाली जमादारी मिलने पर उसे नकारनेवाले नहीं थे—कई कैदी तो उनसे भी अधिक

बढ़े-चढ़े डंडेवाले होते।

बारह की घंटी बजते ही खाना आ जाता। सारे कैदी, जिनकी अँतड़ियों में भूख के मारे आग लगी थी, पेड़-पौधों के झुरमुट की आड़ में घिच-पिचकर बैठ गए। मोटी-मोटी रोटियों का ढेर आते ही हर एक इतना भुक्खड़ बन गया कि सारी-की-सारी रोटियाँ अकेले ही साफ करने के लिए उसका जी ललचाने लगा। दो-दो रोटियाँ और शाक-भाजी का एक-एक लोंदा उनके हाथों पर रखा गया। इस प्रकार धाँधली कि जंगल कटाई की टोलियों को थाली लेने की सुविधा भी नहीं होती। एक हाथ की थाली बनाकर वे उसपर रोटियाँ और सब्जी का लोंदा रखते और दूसरे हाथ से खाते। ऊपर से वर्षा की झड़ी लगी हुई। खाते-खाते रोटियों का लोंदा बनता और सब्जी बहने लगती।

जमादार, सैनिक और कंटक बाबू ने उधर बनी हुई अस्थायी झुग्गियों में बैठकर भोजन किया। 'हाँजी, हाँजी' खोर बंदियों में कुछ सिफारिशी टट्टू वहीं झुग्गियों में दहलीज के कुत्ते बनकर घुसते। उन पिछलग्गुओं के सामने एकाध रोटी भी फेंकी जाती। यह कहने की आवश्यकता नहीं कि रफीउद्दीन का भी इन्हीं सिफारिशी टट्टुओं में समावेश होता जो हरदम 'बाबू' लोगों की दुम में घुसा रहता, क्योंकि जमादार, हवलदार, और सैनिक भी, टोली का जो मुखिया 'बाबू' होता है, उससे दबकर ही रहते। कंटक सिर्फ बाबू ही नहीं अपितु अपने चोखे काम से तथा निर्मोही बाने के कारण अंग्रेज अधिकारियों के गले का ताबीज बन गया था। उनकी कई गलतियों तथा तिकड़मबाजियों को वह छिपाता था, और इसी कंटक बाबू के पीछे पूँछ हिलाने और उसकी पाँवचप्पी करने में रफीउद्दीन निपुण था। साहस, दिलेरी एवं मेहनती कामों के कारण वह जमादार को भी प्रिय हो गया था। अतः कंटक बाबू का पिछलग्गू बनकर झोंपड़ी में जा सका। एक टाँग में जकड़ी हुई जंजीर को बड़े ठाठ से ठसके के साथ बीच-बीच में खनखनाते हुए उसने चार-पाँच रोटियों का चारा उसी झोंपड़ी में जहाँ कंटक बाबू थे, कोने में कुंडली मारते हुए आराम के साथ बैठते तनकर गटकाया, जैसे बैल अपने घुंघरुओं की लय में चारा खाता है।

उस दिन रफीउद्दीन ने मेहनत भी उसी तरह जी तोड़कर की थी। अन्य कैदी जंगल कटाई कर रहे थे, तब अगले जंगल में जहाँ अंग्रेजों ने कभी प्रवेश नहीं किया था—घुसकर राह बनाने के लिए जिन अग्रगामियों की टोली कंटक के अधिकार में गई उसमें रफीउद्दीन भी था। कुल्हाड़ी, हँसिया, गँड़ासे से आड़ी-तिरछी शाखाएँ, पौधे, कँटीली जालियाँ तोड़कर प्रचंड पत्थर, शिलाएँ उठाकर गड्ढे में भर दिए और एक-आध मील लंबी, मजबूत अस्थायी, कामचलाऊ सड़क इन लोगों ने उन दो-तीन घंटों में बना दी। एक मोटे से अजगर का, जो हाथ की पकड़ में भी नहीं समा सकता, रफीउद्दीन ने कुल्हाड़ी से सिर कुचल दिया था। उस भीमकाय, अगड़धत्त जानवर की भयप्रद लाश

अपने कंधों पर लादकर, अपने शरीर के चारों ओर उसे लपेटकर वह जमादार के सामने नाच रहा था। तीन दिन का काम तीन घंटों में करवाने के कारण जमादार के साथ सभी अधिकारी कंटक पर बड़े खुश हो गए। कंटक 'बाबू' तो था, पर मूलत: था एक कैदी ही! अत: उस घोर घने जंगल में सवेरे जब पाँच-छह चुनिंदे कैदी लेकर गया था और खासकर उसके साथ रफीउद्दीन जैसा भगोड़ा बंदी होने के कारण उन सभी पर पहरा देने के लिए एक बंदूकधारी फौजी भी दिया गया था। उसपर उस जंगल के एक नए खंड में पहली बार ही सरकारी प्रवेश हो रहा था। जाहिर है, जावरों से कुछ फसाद खड़ा करने का भय तो था ही। परंतु अब आधा मील अंदर प्रवेश कर उस जंगल में कामचलाऊ राह भी निर्विरोध बनाई जाने के कारण जावरों के उत्पात का वह डर भी दूर हो गया और उसी मात्रा में सबका कलेजा ठंडा हो गया था।

भोजन की छुट्टी समाप्त होने पर अब पूर्व योजनानुसार कंटक का उस दिन का काम बस इतना ही रह गया था—बनी हुई राह के आधे मील के टापू में उस तरफ के जो-जो उपयोगी वृक्ष हाथ लगेंगे, उनपर तारकोल से यथासंभव क्रमांक डालते जाना और शाम पाँच बजने से पहले वापस लौटना। उसके लिए रफीउद्दीन के साथ चार-पाँच और कैदी लेकर कंटक बाबू पुन: उस जंगल में बनाई गई उस राह से घुस गए। उनके आगे-पीछे पहरा देने के लिए और सुरक्षार्थ वह बंदूकधारी सशस्त्र सैनिक भी चला गया। बाकी सौ-डेढ़ सौ बंदी लकड़ियाँ तोड़ने-फोड़ने का काम वहीं करने लगे, जहाँ सवेरे कर रहे थे। बाकी बंदूकधारी सैनिक भी उन्हीं में बँटे हुए थे।

लगातार मुसलाधार पानी बरस रहा था। उसपर कंटक का जत्था जिस घने जंगल में गया था उसमें ऊपर आसमानी बारिश घंटा भर नहीं रुकती थी, क्योंकि ऊँचे और विशाल महावृक्ष, उसके नीचे वृक्ष, उसके नीचे पेड़ सबसे लिपटकर, सबसे उलझकर एक ही जंजाल बनी लता-वल्लरियाँ, जाली-पौधे, परगाछे-बाँदे—इन सभी के इकट्ठे छप्परों के ऊपर छप्पर। आसमानी वर्षा रुकने पर भी इन जंजालों में उलझी वर्षा घंटों ऐसे जंगलों में होती ही रहती है, सरसराती टपकती रहती है। वही बात रोशनी की। धूप तो उस घने जंगल में तलहटी तक सहसा कभी पहुँचती ही नहीं, उसपर चार बजे ही उधर अँधेरा छा जाने से मनुष्य बस अपने निकटवर्तीय व्यक्ति को ही देख सकता था।

इस प्रकार अँधेरा और बारिश देखकर कंटक ने सैनिक पहरेदार से कहा, "पाँच बजे तक नहीं, चार बजे ही वापस लौटते हैं।" वह तो एक टाँग पर तैयार ही था। बेचारा निरंतर बंदूक कंधे पर रखने के कष्ट से जितना परेशान हो गया था, उतने तो जंगल कटाई के कष्ट से बंदी भी नहीं हुए होंगे। इस समय साथवाले दो-तीन बंदियों को निशान किए हुए वृक्षों पर क्रमांक डालने का काम सौंपकर कंटक और सैनिक उस नई सड़क के दूसरे छोर तक जंगल में घुस गए थे। रफीउद्दीन उनसे भी आगे कुछ दूरी पर

स्थित एक सड़क के पास पहुँच चुका था। सागर काफी दूर था—खाड़ी भी वृक्षों के घने झुरमुट के पीछे छिपी हुई थी। उसका एक सँकरा, लेकिन गहरा रास्ता दूर तक जंगल में घुसकर वहीं पर समाप्त हो गया था। उस राह के कारण वहाँ तनिक खुला स्थान मिल गया था। कंटक उस सैनिक के साथ वापसी की योजना बना ही रहा था कि रफीउद्दीन ने, जो उस राह तक पहुँच चुका था, दबी आवाज में कंटक को पुकारा। कंटक तेजी के साथ आगे बढ़ने लगा। इतने में उसका हाथ पकड़कर उसके साथ एक दीवारनुमा विशाल वृक्ष की जड़ की ओट लेकर रफीउद्दीन संदेहपूर्ण स्वर में फुसफुसाया, "बाबूजी! वह देखो; चील, गिद्ध और कौए इस खाड़ी की राह के किनारे मृत अवस्था में पड़े हैं। यह ठीक लक्षण नहीं है।"

"क्यों भाई? थोड़ी देर पहले उस जिंदा और प्रचंड अजगर से तुम बिलकुल नहीं घबराए, और अब इन मरे हुए पक्षियों को देखकर तुम्हारे होश उड़ गए! अँ!"

इतने में वह बंदूकधारी सैनिक भी उधर पहुँच चुका था। उसकी ओर देखकर कंटक मुसकराया, "देखो, मरे हुए पंछियों से रफीउद्दीन डरता है। लगता है, उसके अनुसार भूत-प्रेत इन पंछियों का रूप लेकर भटकते हैं—इस प्रकार जंगली लोगों की धारणा होती है।"

"नहीं बाबूजी, नहीं। यह मजाक की बात नहीं है। देखो, जब मैं पहले भाग गया था, उसी समय से इन जंगली लोगों की धारणा है कि ये पक्षी उनकी सारी गतिविधियों की खबर उड़ते-उड़ते जाकर शत्रुओं को दे देते हैं। जबकि ये पक्षी जो उनका हमेशा का खाद्य नहीं हैं—यहाँ आज ही मृतप्राय पड़े दिखाई देते हैं—इसका मतलब…"

'धाँय, धाँय, धाँय…' उसी क्षण बंदूकें छूटने की आवाज उसी ओर से सुनाई दी जहाँ बंदियों की प्रमुख टोली काम कर रही थी। उसके पीछे हो-हल्ला, शोरगुल। इतने में टीले की उस झोंपड़ी के पास घंटी का भयसूचक 'घणघण-घणघण' सतत जारी था।

"जावरे आ गए। हमारे लोगों पर वे टूट पड़े होंगे और अपने सैनिकों ने उनपर गोली चलाई होगी।" रफीउद्दीन ने भारी स्वर में, लेकिन निर्भयतापूर्वक तर्क किया।

उसके साथ ही सबसे अधिक किसके तोते उड़ गए होंगे—उस पहरेदार के या उस बंदूकधारी फौजी के जो उनकी रक्षा के लिए आया हुआ था।

"बाप रे बाप! अब हम क्या करें? कह डालो भाई! बोलो, मैं भी बंदूक चलाऊँ!"

"ना, ना।" कंटक ने उसे रोका, "सिर्फ पेड़-पत्तों में धमाका करने से क्या फायदा! बल्कि अभी जो जानकारी नहीं है कि हम लोग कहाँ हैं, इससे वह हो जाएगी और जावरे इन पेड़ों में घुसकर हमें भी पकड़ लेंगे। मेरे विचार से हम हिम्मत न हारते हुए इसी प्रकार वापस जाकर प्रमुख टोली से मिल लें।"

सैनिक यही चाहता था। उसने मन में सोचा, 'जावरे धावा बोलकर आए भी तो

इस दलदल की ओर से ही आएँगे। वापसी के समय हमारी पीठ इधर ही होगी। अत: इन बंदियों के आगे चला जाए ताकि जान का खतरा कम-से-कम हो। दलदल की ओर से आए हुए जावरों के तीर पहले इन्हीं में से किसी की पीठ में घुस जाएँगे। मैं आगे से नौ दो ग्यारह हो जाऊँगा।' मन में इसी तरह की दहशत खाते हुए लेकिन ऊपरी तौर पर हिम्मते-मर्दां बनकर सैनिक ने कहा, "हाँ, चलो तुम सब। अरे, इस तरह जान क्यों सूख रही है तुम लोगों की! देखो, मैं तो तुम्हारे चार कदम आगे चल रहा हूँ। जावरे-झावरे किस झाड़ की पत्ती हैं! उन्होंने इन पंछियों को जिस तरह फटाफट नीचे गिराया, उसी तरह मेरी यह बंदूक उन्हें टपटप नीचे गिराएगी।"

सैनिक आगे-आगे चलने लगा। कंटक और रफीउद्दीन उसके पीछे-पीछे। लेकिन उस सैनिक की इस तरह की अगुआई पर गौर करने के बाद कंटक और रफीउद्दीन ने उसकी दिखावटी हिम्मत को पहचाना। उसने रफीउद्दीन की ओर देखकर आँखें मिचकाईं। उस संकट तथा धाँधली के मौके पर रफीउद्दीन को मजाक के बिना चैन नहीं आया। उस कँटीली, खुरदुरी राह पर चलते-चलते ही उसने व्यंग्य में कहा, "दरोगाजी, देखिए ये जावरा लोग तो बड़े शूर होते हैं। उनमें रिवाज है कि जिनपर हमला करना है उनपर उनके पीछे से तीर नहीं चलाएँगे, राह में जो मुँहाने होगा, उससे मुखातिब होकर ही तीर चलाएँगे—सामने से, न कि पीछे से।" रफीउद्दीन की यह गप सुनकर सैनिक का मुँह उतर गया। इस विचार से कि उसने सामने आकर बेकार अपनी जान खतरे में डाल दी, वह इतना चौंका कि उसे आभास हुआ—जावरों का तीर सामने से सूँ-सूँ करते आ रहा है। अब भय को छिपाकर पीछे रहने के लिए कौन सा बहाना ढूँढ़ना होगा! खँखारते-खुँखारते उसे एक बहाना मिल गया।

अचानक रुककर बंदूक जमीन पर टिकाते हुए हवलदारजी ने कारतूसों की पेटी निकाली। उसके रुक जाने से रफीउद्दीन और कंटक भी तनिक ठिठक गए। उन्हें धमकाते हुए हवलदारजी ने आज्ञा दी, "कैसे गँवार हो। चलो, जल्दी-जल्दी। मैं बंदूक में कारतूस भरकर पेटी बाँधकर आ ही रहा हूँ। अरे, अकेले जाने में इस तरह डर काहे को रहे हो!"

वाकई यह समय पल भर के लिए भी सुस्ताने का नहीं था। कंटक को इस बात का अभिज्ञान था। दिल्लगी जानलेवा भी हो सकती है, अत: व्यंग्य का सिर्फ उतना ही मजा लेकर, जितना लिया जा सकता है, कंटक आगे बढ़ा। उसके साथ-साथ रफीउद्दीन। थोड़ी दूरी पर उन्हें आगे बढ़ते हुए देखकर कारतूसों से भरी बंदूक फिर कंधे पर डालकर हवलदारजी चलने लगे। जावरे आए भी तो सामने से ही आएँगे, उनके तीरों के सामने इन बंदियों की ढाल, उसके पीछे वह—उस हालत में अपनी जान बचाने का यथासंभव व्यूह रचा हुआ देखकर हवलदार तनिक निश्चिंत हो गया।

दो-ढाई सौ गज उस दुर्गम पगडंडी पर उस घनघोर अँधेरे और वर्षा टपकते

जंगल से वे तीनों प्रमुख टोली की ओर वापस लौट ही रहे थे कि इतने में···

दलदल के किनारे घने वृक्षों में से एक ऊँचे वृक्ष से दो हट्टे-कट्टे जंगली जावरे उतरे। काफी देर से वे उन तीनों की गतिविधियों की टोह ले रहे थे। वृक्षों की झुरमुट में से साँप जैसे सनसनाते हुए वे उनके पीछे से आए और अचूक निशाना लगाने का अवकाश और अवसर मिलते ही उन्होंने अपने धनुष तानकर उस बंदूकधारी हवलदार की पीठ पर, जो सबसे पीछे था, झनझनाते हुए दस-पाँच तीर छोड़ दिए!

''बाप रे बाप! मर गया! मर गया रे! जावरे!'' इस तरह अचानक चीखकर बंदूक के साथ वह मुँह के बल गिर गया। पीछे मुड़कर देखने का भी उसे अवकाश नहीं मिला। अचानक उसकी पीठ में दो विषयुक्त तीर घुस गए, वे रीढ़ की तरफ से सीधे पेट में धँस गए। उसकी पीठ में धँसे उन तीरों के सिर उड़ती हुई चिड़िया जैसे थरथराते रहे। इतना आवेग और त्वेष उनमें कूट-कूटकर भरा हुआ था।

वह चीख सुनकर कंटक खट से पीछे मुड़कर उस सैनिक की ओर दौड़ा। लेकिन रफीउद्दीन ने फौरन उसका हाथ पकड़कर उसे झाड़ियों में खींच लिया।

''बाबूजी, छिप जाओ, छिप जाओ पहले।'' कंटक और रफीउद्दीन तुरंत झाड़ियों में छिप गए। जैसे कि जान पर बीतते ही मनुष्य केवल शारीरिक प्रतिक्रियावश तुरंत कुछ करता है। काँटे, जोंक, साँप, गिरे हुए पत्तों का गीला कीचड़—आदि न्यूनतर उपद्रवों की ओर उन्होंने ध्यान भी नहीं दिया। पत्तों के गीले कीचड़ में लगभग रेंगते हुए वे जहाँ तक जाना संभव था, वहाँ तक झाड़ियों के भीतर घुसते गए। अपने हाथों में पकड़ी कुल्हाड़ियाँ उन्होंने बिलकुल नहीं छोड़ीं। पाँचेक मिनटों तक उनके दिल में चिंता और धकधक के सिवा अन्य कोई अहसास नहीं था। फिर कंटक को अचानक सूझी कि जो सैनिक ढेर हो गया है उसके हाथों में भरी हुई बंदूक और कमर पर कारतूस की पेटी वैसे ही है। अगर ये चीजें जावरों के हाथों लग गईं तो बड़ा अनर्थ होगा।

''जावरों को बंदूक में इतनी रुचि नहीं होती।'' रफीउद्दीन ने कहा, ''और अब झाड़ी के बाहर निकलने में जान के लाले पड़ने की आशंका है।''

''परंतु बंदूक को यों ही छोड़ देने में तो वह और भी खतरनाक सिद्ध होगा। वे उसे ले भी जा सकते हैं। उसपर बंदूक अपने ही हाथों में होना अधिक सुरक्षित है।'' इस अनुरोधवश कंटक छिपे-छिपे, दबे पाँव फिर से झाड़ियों के मुहाने आ गया—हर तरफ सन्नाटा छाया हुआ देखकर वह झट से आगे बढ़ा। बंदूक, कारतूस की पेटी, शिकारी चक्कू, खंजर निकालकर उसने ले लिये। सैनिक के मुँह से खून की उल्टियाँ हो रही थीं—उस खून में उसकी लाश लिथड़ गई थी।

''मर गया बेचारा!'' उसाँसें छोड़ता हुआ कंटक उन शस्त्रों के साथ पुनः झाड़ियों में घुस गया।

रफीउद्‌दीन ने कहा, "एक-दो बार हवा में चलाओ बिना छर्रे के। जावरे बंदूक के धमाके से बहुत डरते हैं। आसपास होंगे तो आगे नहीं घुसेंगे। अन्यथा सैनिक की पीठ में धँसा हुआ अपना तीर निकालने शायद वे आ सकते हैं। उनके पास इने-गिने ही तीर होते हैं। शिकार करते समय छोड़े हुए तीर ही वे प्राय: चुनकर वापस ले जाते हैं—उन्हें ही ठीक-ठाक करके फिर से काम में लाते हैं।"

कंटक ने सड़क के किनारे आकर एक-दो धमाके किए और वे फिर से घात में बैठे रहे।

एक बार उन्होंने सोचा, टोली के सैनिक और जमादार कुछ लोगों को साथ लेते हुए उन्हें छुड़ाने अथवा उन्हें ढूँढ़ने इस राह से आएँगे ही, लेकिन संकट का घंटा जो बज रहा था और सुदूर पहाड़ियों का शोरगुल जो बीच-बीच में सुनाई दे रहा था, अब सब बंद हो चुका था। इससे उन्होंने अंदाजा लगाया कि जावरों की मार से घबराकर जमादार सभी बंदियों को लेकर सरकारी इमारत की ओर वापस लौट गया होगा। कंटक ने पूछा, "जावरों के कितने सौ लोग हमला करने आए होंगे?"

रफीउद्‌दीन ने उत्तर दिया, "कितने सौ? वे कभी सैकड़ों की संख्या में आते ही नहीं। बस पाँच-दस धनुर्धर आते हैं। झाड़ियों में छिपकर अचानक पाँच-दस जहरीले तीर छोड़कर, दस-बीस मुरदे गिराकर चंपत हो जाते हैं—यही उनका युद्ध होता है। घनी झाड़ी, घुप अँधेरा, राह का ठिकाना नहीं। उनका पीछा करने के लिए बंदूकधारियों की सेना भी बेकार सिद्ध होती है। इन सुविधाओं के कारण तो वे आज तक इस जंगल के सम्राट् हैं। अंग्रेज हाथ धोकर उनके पीछे पड़ना चाहते हैं, पर वह असंभव है। इतनी प्राणहानि, कष्ट तथा व्यय करने लायक इस तुच्छ अरण्यमय उपनिवेश में लोहा लेकर अंग्रेजों को मिलेगा भी क्या? इसलिए जब वे टकराते हैं तभी, और उतनों का ही कत्ल करके अंग्रेज टाल-मटोल कर रहे हैं। हाँ, अब सुना है, क्या कहते हैं वह हवाई जहाज की जो खोज हो गई है—इस तरह के साधन द्वारा आसमान से टोह लेकर जावरों के ठिकानों को अचूक खोजने में और सौ-सवा सौ भयंकर विस्फोटक गोले ऊपर से फेंककर अंग्रेज जावरों का चुटकियों में सर्वनाश कर सकते हैं। हफ्ता भी नहीं लगेगा इस काम में। लेकिन यह आगे की बात है। आज यदि जावरे आक्रमण करने आए होंगे तो उनकी संख्या काफी कम—बारह ही होगी। पीछे अंग्रेजों से इसी तरह जो मुठभेड़ हो गई थी तब उनकी संख्या बस इतनी ही थी। टोली पर तीरों की बौछार के साथ वे दूसरे जंगल में खिसक भी गए होंगे।"

"हाँ, यही हो सकता है। तो फिर हम यहाँ कहाँ चूहों की तरह इस बिल में घुसे हैं? चलो, बाहर निकलते हैं। अभी तक वह पगडंडी दिखाई दे रही है। पास में बंदूक भी है। टोली के पास चलो। टोली के अपने लोग इधर ही आ रहे होंगे तो पास ही

मिलेंगे। वे भी संकट में हैं। न जाने हैं या चले गए। चले गए हों तो यहीं आस-पास ही मिलेंगे। अभी छह भी नहीं बजे। घंटी के समय इमारत में…''

"फिर कैदी के रूप में अपने आप उस इमारत में जाकर गिनती दे दी जाए? नहीं, हरगिज नहीं! कंटक बाबू, मेरे मन में एक भयंकर विचार कौंध रहा है। भागने का जो मौका हमें नहीं मिल रहा था, वही कहीं स्वयं नियति ने हमारे हाथ में तो नहीं दे दिया? आज सवेरे इमारत छोड़ते समय ही छिपकली ने 'चुकचुक' आवाज की थी, जो हमारे लिए शुभसूचक थी। बाबूजी, छिपकली की 'चुकचुक' आवाज के अनुसार शुभाशुभ का निश्चित ज्ञान होता है।''

"तो फिर उसी समय तुम्हें क्यों नहीं पता चला? आगे शुभ होने पर पिछले शगुन याद आते हैं। उसके बाद छिपकलियों की चुकचुकाहट इनसान भूल जाता है। खैर। इस बात की टोह तो लेनी ही होगी न कि जमादार ने टोली के किसी आदमी को हमारे पास भेजा है या नहीं। तो फिर चलो, निकलो बाहर।''

दोनों सशस्त्र होकर हौले से झाड़ियों के बाहर निकले। टोह लेते-लेते सड़क की शुरुआत तक वे पहुँच गए। देखा तो चारों ओर सन्नाटा-ही-सन्नाटा।

क्योंकि चार-पाँच बजे के बीच में उस टोली के कैदियों पर घनी झाड़ियों में से दस-पंद्रह जावरों ने तीन-चार अलग-अलग ठिकानों से विषाक्त तीरों की अकस्मात् बौछार की, तब उन बंदियों में से दस-बारह बंदियों को घायल होकर गिरते देखते ही टोली में भगदड़ मच गई। दो बंदूकधारियों ने बंदूकें चलाईं, लेकिन गोलियाँ और छर्रे उन घनी झाड़ियों की सूखी पत्तियों में कहीं गायब हो गए। इस प्रकार भले ही पचास बंदूकों की वर्षा क्यों न हो, जंगल में घात लगाकर जो शरसंधान कर रहे थे, उनका बाल भी बाँका नहीं होनेवाला था। शाम का समय, घुप अँधेरा तथा मुसलाधार वर्षा में उसके आगे जंगल में घुसकर आक्रमण करने की उन बीहड़ों में भला किसकी हिम्मत हो सकती थी! और उन बंदियों को भला अपनी जान खतरे में डालने की क्या पड़ी थी! भाड़ में जाएँ अंग्रेज और वे जावरे। जमादार के साथ हर कोई इसी प्रयास में लगा रहा कि यहाँ से जान बचाकर जितनी भी जल्दी हो सके, कैसे खिसक जाएँ! वे चार-पाँच बंदी जो कंटक के साथ गए थे और राह के आधे-अधूरे इलाके में वृक्षों पर क्रमांक डाल रहे थे—टोली में हाहाकार भरा शोर सुनते ही उलटे पाँव दुम दबाकर भाग गए और अपने अड्डे पर पहुँच गए। इस बात की पूछताछ करने का होश भी किसी को नहीं रहा कि कंटक आदि जो कोई भी सड़क के दूसरे सिरे तक अटक गए हैं, वे जीवित हैं या मर-खप गए। क्या बंदूकधारी सैनिक, क्या जमादार, आगे कदम न बढ़ाते, संकट घंटी घनघनाने से जितने बंदी इकट्ठा हो गए उन्हें लेते हुए, घायलों को जिस-तिस के कंधों पर लादकर वापस इमारत की ओर चल पड़े। जावरों द्वारा उस भागती टोली की पीठ पर

भी और चार–पाँच तीर फेंकते ही वह पूरी–की–पूरी टोली सिर पर पाँव रखकर भागने लगी।

इमारत में पहुँचते ही जंगल विभाग के अंग्रेज अधिकारियों के सैनिकों तथा जमादारों ने सारी रामकहानी राई का पहाड़ बनाकर सुनाई।

"साब, जावरों की पूरी सेना ही उस जंगल में युद्ध करने आई थी।"

"साधारणत: कितने जावरे होंगे?" गोरे अफसर ने पूछा।

"हुजूर, क्या बताऊँ? हजार–एक तो जरूर होंगे।"

उस टोली के लोगों के दाँत खट्टे करके वे बीस–पच्चीस जावरे भी उस जंगल से भाग निकलकर अपनी सुदुर्गम तथा सुदूर गोट–बस्ती में चले गए। जिन दो जावरों ने कंटक के दल पर तीर छोड़े थे, वे भी कंटक के बंदूक से हवा में गोली चलाते ही दलदल की ओर भाग गए थे और फिर अपने उन जावरों में जा मिले थे जो वापस लौट चुके थे। उस दिन उन्होंने अंग्रेजों के आदमियों पर जो हमला किया था वह इसलिए कि कुछ साल पहले दोनों में मुठभेड़ हुई थी, परंतु आज अंग्रेजों ने जंगल के इस इलाके में चोरी–छिपे प्रवेश किया था, जो जावरों के लिए निश्चित था। अत: जावरों ने उनके बीस–पच्चीस आदमियों को घायल करके अपनी प्रतिशोध की आग ठंडी की थी, तथापि उन्हें इस बात का अभिज्ञान था कि अंग्रेज फिर बदला लेने के लिए दो–तीन दिनों के अंदर सशस्त्र सेना दल के साथ उस जंगल में जरूर घुसेंगे। हो सकता है वे कल ही आ जाएँ, क्योंकि अंग्रेजों के एक बंदूकधारी सैनिक को तो उन्होंने सीधे यमलोक ही भेज दिया था। उसकी तथा अन्य बंदियों की खोज में अंग्रेजों के आदमी कल ही आ जाएँ तो? एक ही जगह कुंडली मारकर जावरे भला कहाँ तक टक्कर दे सकते हैं? वह उनका रण–संप्रदाय नहीं है। भूत–पिशाचों जैसा उनका संचार और अदृश्यता ही उनका शस्त्र तथा शक्ति। वे उस स्थान पर अवश्य ही कभी नहीं मिल सकते जहाँ अंग्रेज उनकी खोज में जाते हैं। जहाँ उनकी खोजबीन नहीं होती वहाँ से वे निश्चित रूप में धावा बोल देंगे। इसीलिए उन्होंने ठान लिया कि वे इस जंगल की ओर अब फिर करवट नहीं लेंगे, झाँकेंगे भी नहीं। उन्होंने अब यह योजना बनाई थी कि दूसरे ही जंगल से अंग्रेजों के आदमियों पर अर्थात् कठोर काम करनेवाले अथवा स्वतंत्र गाँववाले बंदियों पर अगला आक्रमण किया जाए।

इस तरह बंदियों की टोली अथवा जावरों में से कोई भी उस राह के अगले अथवा पिछले जगल में शेष न रहने के कारण कंटक और रफीउद्दीन दोनों को उधर आते ही उन्हें वहाँ हर तरफ सन्नाटा छाया हुआ दिखाई दिया। उस सन्नाटे में, उस प्रसंग में जिसमें जान पर बीती थी और उस घनघोर जंगल के काले भुजंग जैसे जबड़े में अपने आपको फँसे हुए देखकर तिलस्मी डर से दोनों का कलेजा सन्न हो गया। नए–नए

भीषण संकटों में न पड़ते हुए सीधे सरकारी इमारत की ओर जाकर अपने बंदी बंधुओं तथा अधिकारियों से दोनों का मिलने का मन होने लगा।

लेकिन दोनों के मन में भाग निकलने की सनक, पेट की पीड़ा की तरह, लगातार उठ रही थी जो उन्हें चैन से बैठने नहीं देती थी।

थोड़ी देर पहले रफीउद्दीन ने कंटक को साफ-साफ इशारा किया था कि 'काले पानी का बंदीगृह तोड़-फोड़कर भागना है तो यही सुनहरा अवसर है।' तब उससे भी पहले कंटक के मन में वही साहसी कल्पना आ गई थी। लेकिन उस विचार के पीछे-पीछे ही उसे स्मरण हुआ, 'अरे, भागना तो है ही पर अकेले नहीं। अपनी मालती को भी छुड़ाकर उसके साथ खिसकना है। यदि इस तरह अकेला ही जंगल में घुस गया तो जैसे पुनः मालती को बंदी बस्ती से छुड़ाने का पिछला पुल ही तोड़ दिया जाएगा। एकबारगी जंगल में घुसने से फिर बस्ती में कदम रखना दुश्वार होगा। यह तो सपने में भी नहीं सोचा था कि इस प्रकार अचानक आज ही यह मौका हाथ में आएगा, वरना उसे हर प्रयत्न से छुड़ाने की कुछ पूर्वयोजना निश्चित करके फिर आज के मौके का फायदा उठाया जा सकता था।'

इस आपत्तिवश कंटक के लिए रफीउद्दीन के तत्काल भागने के अनुरोध पर स्पष्ट रूप में 'हाँ' या 'ना' कहना मुश्किल हो गया। रफीउद्दीन कंटक की इस अड़चन से बिलकुल ही अनभिज्ञ था। अतः उसने उस अवसर के अन्य लाभों को कंटक के गले उतारने का पुनः-पुनः प्रयास करते हुए अंत में कहा, "बाबूजी, सबसे बढ़कर तो यह बात है कि आज सरकार आपका पीछा भी नहीं करेगी। कम-से-कम और चार-पाँच दिनों तक तो सरकार यही सोचेगी कि हम भाग नहीं गए, अपितु जावरों ने उस सिपाही की तरह इस जंगल में कहीं भिड़कर हमें जान से मार डाला होगा। सरकारी आदमी हमारी खोज में इधर आएँगे लेकिन 'मर गए' इसलिए, न कि 'भगोड़े' थे इसलिए; और सबसे पहले इसी जंगल में छानबीन होगी। इससे अधिक सहूलियत क्या मिलेगी भला! दरअसल जो भागना चाहते हैं, उन बंदियों को सरकार को ही चाहिए कि वह राजी-खुशी सरकारी खर्चे से बंदूक, कारतूस, अन्य हथियारों से मालामाल करके पहरे से छुड़ाकर इस घने जंगल तक स्वयं सही-सलामत पहुँचाए और ऊपर से यह आश्वासन भी दे कि 'चार-पाँच दिन हम तुम्हारा पीछा हरगिज नहीं करेंगे। जाओ, उस अवधि में जितना दूर जा सकोगे चले जाओ।' इस तरह के भाग्यशाली भगोड़े बंदी अंदमान के तमाम इतिहास में हम दोनों ही निकले। अब इतना कुछ होते जो भागना छोड़कर उलटे अपने कदमों इमारत की ओर जाकर सरकारी बंदीगृह में दुबककर बैठेगा, वह मात्र कारागृह में ही एड़ियाँ रगड़-रगड़कर मरने की योग्यता-प्राप्त कहलाएगा। तब बताइए, आप यही चाहते हैं तो आप इमारत की तरफ आगे बढ़िए, मैं हरगिज-हरगिज वापस

नहीं लौटूँगा—चाहे मेरी जान भी चली जाए। बस वह बंदूक मुझे दे दीजिए कि मैं जंगल में घुस रहा हूँ और फिर हिंदुस्थान पहुँचा ही समझिए।''

उसकी इस दो टूक निर्णायक बात के साथ ही कंटक के मन में 'कहें या न कहें' जैसी हलचल हो रही थी, उसका भी निर्णय किया गया। उसने निश्चय किया कि सँभलकर, संयम से क्यों न हो, लेकिन अब रफीउद्दीन के सामने अपनी दिल की गाँठ खोलनी ही होगी। उसने कहा, ''दो-चार दिन पहले यह अवसर मिलता तो मैं भागने के इस काम में आज तुमसे भी चार कदम आगे निकलता। पर तुम नहीं जानते। तीन-चार दिन के इस सरकारी आपात कार्यवश मैं तुम्हें कह नहीं सका कि मेरी बहन यहाँ के बंदीगृह में पिछले सप्ताह आ गई है, जिसे आजन्म कारावास का दंड मिल चुका है। यदि मैं भागूँगा तो उसे साथ लेकर ही भागूँगा। सभी सरकारी अफसर मेरे दंड-वृत्तांत से यह जानते ही हैं कि वह मेरी सहोदरी कंटकी है। हम दोनों पर एक साथ हत्या का आरोप लगाया गया और दोनों को काले पानी की सजा हो गई। यदि मैं अकेला ही भाग निकला तो इस संदेह के कारण कि कम-से-कम उसे इसकी जानकारी जरूर होगी, मेरे प्रतिशोध में उसे अवश्य यातनाएँ दी जाएँगी। उसे कारावास की कब्र में दफनाए जाने के कारण मैं उसमें से उठकर जिंदा होकर भी मृतप्राय ही रहूँगा। यह है मेरे भाग निकलने के मार्ग का रोड़ा। एक बार यहाँ से चंपत होने पर पुनः उसे छुड़ाने की साजिश तो छोड़ो, उससे फिर मिलने की बात ही असंभव होगी। वह घबरा जाएगी—मेरे लापता होने से वह अपनी जान भी दे देगी—चिंता में घुल-घुलकर...''

''तनिक रुकिए तो। यही है आपकी अड़चन? तो मैं आपसे प्रतिज्ञापूर्वक कहता हूँ कि आपकी बहन को बंदीगृह से मुक्त करने का कार्य, हम स्वयं कैदी हों, भागें नहीं, उससे अधिक भाग निकलने पर आजादी के साथ विचरण करने पर ही अधिक सुसाध्य होगी। यह डर गलत है कि आज हम जंगल से भाग निकले तो पुनः इस बंदी बस्ती में हमारा कदम रखना भी असंभव है। पिछली बार जब मैं भाग गया था, तब तीन-चार महीने रात में इन जावरों में खुल्लम-खुल्ला रहता और दिन में गुप्त रूप में इन बस्तियों में भटकता फिरता। कंटक बाबू, यह जिम्मा मेरा। आपकी बहन को बंदीगृह से चुपचाप उठाकर जंगल में जहाँ आप होंगे, वहाँ आपके सामने लाकर खड़ा करता हूँ। देखिए तो मेरा करतब। तनिक खुला छूटने तो दीजिए। जंगल का चारा इस शेर को एक बार अपने मुँह लगाने दीजिए, खुली, ताजा हवा अपनी साँसों में भरने दीजिए कि उसके नाखूनों में, जिनपर फिलहाल जंग लगा हुआ है, फिर से वही शेरोंवाली तेज धार आई समझिए। कंटक बाबू, आप मेरे पूर्व जीवन के कारनामे नहीं जानते। हमारा परिचय मेरे हाथों में जंजीरें पड़ने के बाद काले पानी पर आते समय 'महाराजा' बोट पर जो हुआ, बस वही है। लेकिन उस दिन आपसे जो भाईचारे की कसम खाई, उसपर अमल करके इस कठोर

कारावास में आपने मुझपर जो अनंत उपकार किए हैं उन्हें मैं जनम-जनम भी नहीं भूलूँगा। उसी जहाज पर काले पानी पर आते समय मैंने काले पानी की जंजीरों को तोड़ने का आपको वचन दिया था। आज उसे अंशतः सत्य प्रमाणित किया है। कल-परसों उसे पूरा सत्य सिद्ध करके दिखाऊँगा। कंटक बाबू, आपने सिर्फ उस रफीउद्दीन को देखा है जिसके हाथों को बेड़ियों से जकड़कर उसे पिंजरे में बंद किया गया था, इसीलिए आपको मेरी बातों में डींग हाँकने की, घमंड की बू आएगी। लेकिन अगर मुझमें छिपा हुआ शेर पिंजरे में बंद होने से पहले आपने देखा होता तो मेरे करतब पर मेरे कुछ बताए बिना ही आप विश्वास कर लेते।''

रफीउद्दीन के इन अंतिम पाँच-दस वाक्यों से कंटक के मन में उसके प्रति विश्वास होने की अपेक्षा उससे एक तरह की दहशत-सी बढ़ने लगी। बात तो कर रहा था रफीद्दीन कंटक के साथ, लेकिन उसकी बातें सुन रहा था किशन। यह सच है कि कंटक पिंजरे में कैद रफीउद्दीन को ही जानता था। पर किशन असली रफीउद्दीन की नस-नस पहचानता था। वह तनिक मौन रहा, फिर मन-ही-मन कहने लगा, 'फिर भी यह क्या करेगा! इसमें छिपा पहला शेर आपे से बाहर हो भी गया तो चिंता किस बात की! अंदमान में आने के बाद शेर तो मैं भी बन चुका हूँ, एक निपुण मदारी। यह बिगड़ भी जाए तो देखते-देखते इसी बंदूक से उड़ा दूँगा।'

''फिर, कंटक बाबू, बोलिए, भाग निकलेंगे न! आजीवन कारावास की जंजीर अभी इसी क्षण तोड़कर फेंक देंगे न!''

''तोड़ेंगे क्यों? वह तो तोड़ ही दी है अब। और भागने की बात क्यों, हम तो इधर भागकर ही आए हैं! अब बोलो, अगला कदम कहाँ रखा जाए!''

''भले वीर! अगला कदम—हिंदुस्थान में—अपने प्यारे वतन में।''

कंटक मुसकराया।

''लेकिन—अंधकार, तमस् और संकटों का एक अथाह सागर—इस काले पानी का सागर—फैला हुआ जो है इन कदमों और स्वदेश के बीच में। तो!''

''उसे फाँदकर।'' तैरने के पैंतरे में दोनों हाथ अंधे वातावरण में आवेश के साथ फैलाते हुए रफीउद्दीन ने उत्तर दिया।

''इस काले पानी का संकट सागर लाँघकर अपने वतन जाना ही अटल निर्णय है। जाकर ही रहेंगे, यही निश्चित है।''

□

प्रकरण–१७

# जावरों की राजधानी की ओर प्रयाण

''कंटक बाबू!'' उस घने, वीरान अँधेरे जंगल में आधा-एक घंटा चर्चा करने के उपरांत रफीउद्दीन उस षड्यंत्र की चर्चा का उपसंहार करने लगा, ''उस दिन रात के समय इमारत के सामनेवाले मैदान में हम यही चर्चा कर रहे थे। उस समय आपने कहा था न कि जावरों के गाँव आश्रयार्थ जाना भयंकर मौत के आश्रय में जाना ही है।''

''हाँ। तुमने उन जावरों की शरण में जाते समय जिन मुसीबतों का वर्णन किया था, वे थीं भी वैसी ही। विजातियों की, खासकर आधुनिक लोगों की बू आते ही अगर वे प्रायः एकदम चारों दिशाओं से जहरीले तीरों की बौछार करते हैं, तो उनके आश्रय की कामना करना मौत की शरण में जाना नहीं है! पर अब उसका क्या? पिछली बार जब तुम भाग गए थे, उस समय जावरों के जंगल तथा उनकी बस्ती में तुमने स्वयं संकटों का अनुभव किया और फिर उन्हीं के मुँह में कूदने की योजना बनाई। यह योजना उस समय भले ही मुझे भयंकर महसूस हो रही थी, लेकिन अब नहीं लगती, क्योंकि हमारे हाथ में वही एक योजना है। फिलहाल यह पिष्टपेषण समाप्त करो। मुझे अब यदि सचमुच ही कुछ भयंकर प्रतीत हो रहा है तो वह तुम्हारा षड्यंत्र नहीं अपितु भूख के मारे मेरी आँतें कुलबुला रही हैं।''

''हाँ, मेरी भी आँतें सूख रही हैं। परंतु पेट की आग कल पौ फटने तक बुझने का कोई उपाय नहीं है। हाँ, एक ही इलाज है, पेट की आग बुझाने का।'' अँधेरे में ही मुसकराते हुए रफीउद्दीन ने कहा।

''भला वह क्या! बताओ तो सही।''

''दूसरा क्या है भई! आप स्वादिष्ट, जायकेदार पकवानों के नाम लेते जाइए। चरपरा पुलाव, गरमागरम पूरियाँ, पकौड़े, लजीज गोश्त, मसालेदार तरीवाली सब्जी, रसभीनी गरमागरम जलेबी; उनके नाम के साथ और नाम लेते ही उठनेवाली चटपटी खुशबू के साथ ही मेरे मुँह में पानी भर आया है। उस पानी से शायद पेट की आग

बुझेगी। खाकर नहीं।'' जी भरके हँसकर रफीउद्दीन ने अपना पेट भर लिया।

''ठीक! अपने लिए पेट भरने का इलाज तुम कर रहे हो, तब तक अपने लिए मुझे और कुछ उपाय ढूँढ़ना होगा। दिन भर वर्षा में भीगते-भीगते मेरी तो कुल्फी जम गई है भई!'' झुँझलाते हुए कंटक उठ गया और बंदूक लेकर इधर-उधर दो-तीन बार चहलकदमी करते हाथ मलते, पैर पटकते बदन में गरमी लाने लगा। इतने में उसे पड़ोस में ही आधे मील पर उस जंगल के किनारे के पास जो सरकारी नारियल का बागान था, उसकी याद आ गई। वह झट से रफीउद्दीन की ओर मुड़ा, ''उठो! खाना तैयार है। अमृत पीने, मिठाई खाने चलो। दूसरी तरफ नारियल के बागान में चलना है।''

''और, नारियल कोई बेर की झाड़ी तो नहीं जो हिलाते ही बेर धरती पर गिरें और मैं इतना लंबा भी नहीं कि हाथ से नारियल तोड़ सकूँ!'' रफीउद्दीन मुसकराया।

''तुम ही पहले आदमी हो यार, जो इस अंदमान में दो बार आकर रहते हुए भी नारियल-पेड़ों से ठिगने रहे। चलो, मैं तुम्हें दिखाता हूँ कि कोई भी नारियल का पेड़ कम-से-कम मुझसे तो लंबा नहीं है।''

वे दोनों उठ गए। आगे-पीछे सन्नाटा छाया देखकर वे सरकारी सड़क पर आ गए। थोड़ी देर में वे बागान की ओर मुड़ गए। यह उनका परिचित बगीचा था। नारियल की घनी वृक्षराशि में आते ही कमर में छुरियाँ खोंसकर दोनों दो ऊँचे नारियल के पेड़ों पर चढ़ गए। उन पेड़ों में पहले से ही अँगुलियाँ गाड़ने-टिकाने के लिए खाँचे किए गए थे। दोनों पेड़ों पर चढ़ने में उस्ताद, शिखा से लिपटकर उन्होंने नारियल तोड़े। नारियल धपधप नीचे गिर गए। उसके साथ बागीचे के दूसरी तरफ रखवाले की झुग्गी की ओर से 'सूँ सूँ ण् ण् ण्' करते हुए ढेलबाँस से ढेलों की बौछार होने लगी।

दोनों को काटो तो बदन में खून नहीं। कंटक ने बंदूक और कुल्हाड़ी पेड़ पर चढ़ने से पहले नारियल के पत्तों और सूखी पत्तियों के ढेर में छिपाकर रखी ही थी। चलो, यह तो अच्छा किया। परंतु यदि वे हथियार अभी कोई दिया लेकर ढूँढ़ने आए और उसे मिल गए तो? एक बार कंटक के जी में आया कि साहस के साथ नीचे उतरे और बंदूक चलाए, लेकिन उसके धमाके से सारा जंगल जग जाएगा। वह भी निरी मूर्खता ही होगी। ऊपर ही बैठे रहे तो एकाध पत्थर सनसनाता हुआ कनपटी पर लग जाएगा और लेने के देने पड़ जाएँगे।

इस दोहरे डर के मारे वे अपनी-अपनी जगह ही चुपचाप बैठ गए। भूख के मारे उनकी अँतड़ियाँ जल रही थीं। भूख उन्हें चुप भी बैठने नहीं दे रही थी। भय से अधिक भूख से उनका कलेजा मुँह को आ रहा था। आखिर पेड़ से लिपटकर बैठे-बैठे ही उन्होंने कच्चे नारियल काटे, छुरी से छील लिये, ऊपर के मोटे-मोटे छिलके वहीं गुच्छे में लटकाए और उस डाब का शीतल मधुर जल पिया, मलाई जैसी नरम, मुलायम गरी

खाई। इस समय उसकी मिठास तो इतनी अनूठी लग रही थी, जैसे वे स्वर्ण कलश युक्त किसी राजमहल की अट्टालिका पर चढ़कर स्वर्ण प्याले में मदिरा के घूँट भर रहे हों। किसी राजा-महाराजा सदृश चटकारे ले रहे हों। बीच-बीच में ढेलबाँस से पत्थर सनसनाते हुए आ रहे थे।

अब वे काफी तरोताजा हो गए। लगता था, पत्थर आना भी बंद हो गया। नीचे उतरने के विचार से रफीउद्दीन पेड़ से फिसलते हुए थोड़ा नीचे उतर ही रहा था कि दूसरी तरफ की झुग्गी में रोशनी नजर आने लगी, जैसे किसी ने लालटेन जलाई हो। चौंकते हुए रफीउद्दीन पेड़ से उतरते-उतरते पुनः साँप जैसे सरसराते हुए ऊपर शिखा तक चढ़ गया। लालटेन झुग्गी के बाहर हिलती हुई दिखाई देने लगी। अवश्य कोई उन्हें ढूँढ़ने आ रहा है। एक छोड़कर दो-दो लालटेनें! कंधे पर क्या है उनके? हाँ, हाँ। बंदूक भरकर दो पुलिसवाले, जिन्हें जावरों से हुई हाथापाई के कारण उस रात उस बगीचे में विशेष निगरानी के लिए नियुक्त किया गया था, वे ही इधर-उधर चौकस निगाहों से यह देखने आ रहे हैं कि आवाज कहाँ से आ रही थीं। बीच-बीच में उनके साथ आए हुए एक-दो बंदी ढेलबाँस से पत्थर फेंक रहे थे। बिलकुल इस तरफ—आखिर वे इधर ही आ रहे हैं।

कंटक और रफीउद्दीन अगल-बगल के नारियल के जिन दो ऊँचे-ऊँचे पेड़ों पर चढ़े बैठे थे, पुलिसवाले उनके नीचे आ गए। कंटक और रफीउद्दीन को जैसे साँप सूँघ गया। तोपों के मुँह पर बाँधा हुआ व्यक्ति जिस तरह हर धड़कन में इस भय से धड़कता रहता है कि तोप कब दागी जाएगी, उसी तरह प्रति पल उनका दिल धौंकनी समान धड़क रहा था कि पुलिसवालों का ध्यान इन्हीं पेड़ों की ओर जाकर उनकी बंदूक की गोली अब छूटी तब छूटी। यह आतंक भी उनके मन में बसा हुआ था कि वे पेड़ से नीचे अब ढह जाएँगे, तब ढह जाएँगे। लेकिन अब उनके पास मौत सिर पर लेने और मौत को टालने का बस एक ही रास्ता बच गया था—पेड़ को अधिक दृढ़ता से कसकर पकड़े हुए चुपचाप बैठना। जैसे-जैसे पुलिस की लालटेन की किरणें उनके पास आने लगीं, कंटक और रफउद्दीन के प्राण उन्हें छोड़कर दूर भागने लगे।

इतने में पड़ोस के दस-पाँच माड़ वृक्षों की शिखाओं पर फड़फड़ाहट हुई। चौंकती हुई पुलिस उस तरफ भागी। एक ने तुरंत बंदूक चलाई और एक उल्लू टप् से नीचे गिर पड़ा। पुलिस हँसते-हँसते लोटपोट हो गई।

एक ने वह उल्लू दूसरे को दिखाया—

"देखा, यह है तुम्हारा चोर। उल्लू फड़फड़ा रहे थे, तुमने जिद पकड़ी—चोर नारियल तोड़ रहे हैं। चलो, वापस चलें।"

वह झुंड जैसे-जैसे आगे बढ़ता गया, वैसे-वैसे कंटक और रफीउद्दीन की जान

में जान आती गई। रफीउद्दीन मन-ही-मन मुसकराया। जान पर बीती, उल्लू पर गई।

लेकिन पुन: ऐसा प्रसंग न आए, इसलिए जब तक पुलिसवाले लालटेन बुझाकर अपनी झुग्गी में वापस नहीं जाते, तब तक इसी तरह पेड़ की चोटी पर सिकुड़े हुए प्रतीक्षा करना अनिवार्य था। वैसे ही दोनों बैठ गए। लेकिन उस दिन की पहली थकावट और इस समय का हाथ पर हाथ धरे बैठना, इससे दोनों पर बेहोशी-सी छाने लगी। चोटी से कसकर लिपटकर वे दोनों झपकियाँ लेने लगे। आधा-एक घंटा बीत गया, फिर भी पुलिसवाले लालटेन के पास खड़े बीड़ी के कश ले रहे थे। कंटक और रफीउद्दीन कभी उधर देखते तो कभी ऊँघते—करते-करते गहरी नींद में वे संज्ञाशून्य हो गए।

उसी सुन्नावस्था में रफीउद्दीन की पेड़ पर कसी हुई पकड़ किसी समय ढीली पड़ गई। उसकी बैठक ढल गई और वह पेड़ से फिसलने लगा। उसके साथ जैसे उसकी देह ही मन से पहले जग गई हो, वैसे ही उसके हाथ-पैर पेड़ से साँप की तरह लिपट गए। निद्रा-रोगी की यही अवस्था होती है। नींद में होते हुए भी उसके पैर जाग्रत् रहकर ऊँची, सँकरी दीवार पर भी अपनी जान बचाते हुए सँभलकर चलते हैं। उसी तरह रफीउद्दीन उस ऊँचे पेड़ से नींद में फिसल गया, लेकिन पेड़ से लिपटते हुए वह पेट के बल फिसलने लगा और सीधा नीचे तलहटी पर आ पहुँचा। उसकी छाती, जाँघें छिल गईं। लेकिन यह देखकर कि सिर तो फूटने से बच गया, छिलने की उसे कुछ ज्यादा पीड़ा नहीं हुई। नीचे आते ही उसे तमाम हालात का स्मरण हो गया। झुग्गी की ओर देखा, तो लालटेन बुझ चुकी थी—हर तरफ गहरी खामोशी। थोड़ी देर रुककर उसने उस पेड़ के पास, जहाँ कंटक था—धीरे से दो-तीन बार ताली बजाई। कंटक को नशे में भी सावधानी की आँच थी, वह जाग गया। उसने भी जवाब में धीरे से एक ताली बजाई। उस ताली में यह अर्थ था, 'तुम उतर गए? ठीक है। मैं भी धीरे-धीरे उतरता हूँ, ठहरो।'

कंटक के नीचे आते ही दोनों थोड़ी देर शांति से बैठ गए। उन्होंने यह अटकलपच्चू लगाया कि अब उत्तररात्रि का समय होगा। फिर उन्होंने वह बंदूक, कुल्हाड़ी आदि चीजें जहाँ छिपाकर रखी थीं, उस स्थान से निकालीं। भोर होने से पहले उन्हें फिर किसी घोर अरण्य में गायब होना आवश्यक था, इसलिए वे सड़क की ओर चले गए। चलते-चलते रफीउद्दीन को सूखी पत्तियों से कुछ उठाते देखकर कंटक फुसफुसाया, "क्या कर रहे हो बेकार में!"

"बेकार में! जनाब, ये डाब क्या यों ही फेंक दें जो थोड़ी देर पहले तोड़े थे!"

"कितने घटिया हो तुम! कहाँ के दो कौड़ी के डाब। छोड़ो भी।"

"क्या दो कौड़ी के! जनाब, इन्हीं दो कौड़ी के डाबों की वजह से पूरे-के-पूरे दो सिर कटनेवाले थे न थोड़ी देर पहले!"

रफीउद्दीन ने, जो एक-दो कच्चे नारियल मिले, उन्हें अपनी बगल में दबा लिया। जिस सड़क से वे आए थे, वैसे ही वापस जंगल की उस नई राह के पास गए। पौ फटने के समय वे इसी राह द्वारा जंगल में घुस गए। रास्ते में कल जो पुलिस जमादार जावरों के तीर से मर गया था उसकी वरदी और दियासलाइयाँ, बीड़ियाँ सब चीजें उन्होंने निकालीं। जावरों का वह तीर उसी स्थिति में रहने दिया। इसके बाद उन्होंने वह राह वहीं पर छोड़ दी।

फिर उन्होंने जंगल के उस ओर से दूर एक घने इलाके में घुसने का यथासंभव प्रयास किया। राह में एक चौड़ी और गहरी खाड़ी आ गई। उसका पाट इस समय खुला, शुष्क और सफेद पड़ गया था। इस समय वहाँ कड़ी धूप निकली थी जो अंदमान के सिंधु तट पर कभी-कभार ही निकलती है। उसकी वजह से उसपर बिखरी हुई सीपियाँ शुभ्र-धवल चमचमा रही थीं। दरअसल वह पाट असहनीय रूप में तपा हुआ था। परंतु दिन-रात लगातार काम करते रहने से तथा पसीना, वर्षा, सड़ी-गली पत्तियों, कीचड़ में भीगकर पसीने की बदबू और सर्दी से वे परेशान हो गए थे। ऐसे में उन भगोड़ों को वह प्रचंड धूप तथा रेगिस्तान की तपिश ही भली लगी। उस दुर्गम और दुःसाध्य स्थान में, जहाँ मनुष्य के कदम पड़ना भी असंभव है—तनिक खुले में भी घूमने में उन्हें कोई आपत्ति दिखाई नहीं दी। अतः दोनों ने अपने साथ जो भी कपड़े थे, उन्हें इस खाड़ी पर मसलकर धो डाला और उस कड़ी धूप में सुखाने के लिए फैलाया। पिछले दिन-रात जोंक, चिंचड़े, मच्छर, काँटों के डंक से उनके बदन छलनी हो गए थे। उन्होंने पूरे बदन पर कीचड़ की मिट्टी का लेप किया जो जंगली दवा थी। उस लेप को धूप में सुखाया। फिर पत्थर-मिट्टी के ही साबुन से बदन रगड़-रगड़कर वे उसी खाड़ी में जी भरकर जलक्रीड़ा का आनंद उठाने लगे।

फिर उनके पेट में चूहे कूदने लगे। उन बलवान् और स्वस्थ आदमियों को ही उसके मूल्य का सही अहसास होगा, जिन्होंने जी-तोड़ मेहनत के बाद जी-भर कर जलक्रीड़ा की है। लेकिन यहाँ तो भोजन मिलेगा सिर्फ मृगया का। उसपर बंदूक के धमाके से जंगल को जगाना उन्हें अब भी खतरे से खाली नहीं लगता था। उस जंगल में भरमार थी सिर्फ जंगली सूअरों की, और रफीउद्दीन जब पहले यहाँ से भागा था तब से वह जावरों जैसा ही सभी किस्म के शिकार में निपुण हो गया था। आधा घंटा पानी के बहाव से दो पहाड़ों में पड़ी दरार में छिपे रहने के बाद उसे एक शिकार मिल गया। रफीउद्दीन ने हाथ में पकड़ी कुल्हाड़ी के एक प्रहार से उसे धरती पर चित किया। फिर रेगिस्तान पर सूखी लकड़ियाँ जमा करके जावरों के पाक-विज्ञानानुसार उस मांस को यथाविधि भून लिया और एक पत्ते पर परोसकर वे दोनों भोजन करने लगे। फिर भी जीवन में पहली बार उस पकवान को चखते हुए कंटक मुँह बिचकाता हुआ बड़ी

कठिनाई के साथ उसे निगल रहा था। साथ में नारियल के टुकड़ों का भी व्यंजन था, इसीलिए उलटी की नौबत नहीं आई। फिर भी निगलने में मुश्किल लगा। सारा सफाचट करने के बाद जब आँतों का बल खुला तो कंटक ने तृप्ति की डकार ली और उसे ऐसी तरावट आई कि बस! यह देखकर रफीउद्दीन मुसकराया।

"बाबूजी, दो-तीन दिनों के अंदर यह 'जावरी' खुराक आपको इतना रास आएगी कि मुझे डर लग रहा है, भई मेरे हिस्से में कुछ बचेगा भी कि नहीं!"

हँसी-खुशी से उनके भोजन के चलते-चलते अचानक आकाश में अँधेरा छा गया। कंटक ने कहा, "बादल उमड़-घुमड़ रहे हैं। अब जब तक अगली गतिविधियाँ निश्चित नहीं होतीं, तब तक इसी जंगल में आसरे के लिए कोई घाटी-वाटी कहीं भी ढूँढ़नी ही होगी। कल की रात पेड़ पर सोते ही गुजारी। लेकिन भैया, उस प्रकार के शयनगृह में वह विलास प्रति रात्रि सहने का मुझे कोई शौक नहीं है। इस जंगल में हमारे पथ-प्रदर्शक तुम हो—तुम्हें कोई आलीशान कोठी ढूँढ़नी होगी—शाम होने से पहले। चलो उठो।"

"इसीलिए तो मैं आपको इधर ले आया हूँ, ताकि आपको सैकड़ों अलीशान कोठियाँ—एक-सी सुडौल, सुघड़ पत्थर की बनाई हुई मिलें। चलिए पहाड़ी की इन झाड़ियों को पार करें।"

झाड़ियों को पार करके वे पहाड़ी पर चढ़ गए। उधर से सुदूर अंतर पर सागर दिखाई दे रहा था। पहाड़ी की तलहटी में गुफाएँ-ही-गुफाएँ थीं और आगे रेगिस्तान तक अलग-अलग प्रचंड शिलाओं के समूह फैले हुए थे, मानो हाथियों के झुंड सिंधु-पुलिन पर उतरे हों।

उन गुफाओं का निर्देश करते हुए रफीउद्दीन ने कहा, "देखिए, बाबूजी! बँगले से सटकर दूसरा बँगला कैसा खड़ा है—जैसे कि बंबई की मालाबार हिल। अब देखिए, किस कोठी का किराया सस्ता है।"

वे गुफाओं का निरीक्षण करने लगे। देखते-देखते उन्होंने गौर किया, दो भीमकाय शिलाएँ तंबू जैसी एक-दूसरी से सिरों के पास टेककर खड़ी हैं। उनकी मुद्रा इस प्रकार शोभायमान थी जैसे दो मस्त हाथी भिड़ंत के समय अपने मदोन्मत्त माथे से एक-दूसरे का माथा ठेलते हैं। उन शिलाखंडों की उस तंबूनुमा दर्शनीय बनावट के भीतर दूर-दूर तक तंबू सदृश ही खाली जगह थी, पुनः उसमें दीवार की दोनों तरफ कमरानुमा दो-तीन छोटी-छोटी गुफाएँ थीं। यह देखते ही रफीउद्दीन को यही स्थान अपने वन-निवासार्थ ठीक लगा। वह तुरंत भीतर जाकर बीच के हिस्से में पालथी मारकर बैठ गया। परंतु वह बैठा ही था कि इतने में 'दगा-दगा' जैसी भारी आवाज में चिल्लाते हुए बाहर आ गया। उसका कलेजा थर-थर काँप रहा था।

"क्यों रे, बात क्या है ?" बंदूक सँवारते हुए कंटक ने कौतूहलवश पूछा।

"चाहे इनसान हो या भूत-प्रेत, लेकिन भीतर एक घिनौना बीभत्स प्राणी है जो अंदर की गुफा में छिपा बैठा है। उसकी आँखें अपने मुँह के अँधेरे में मिट्टी के दीये जैसी टिमटिमा रही हैं।" रफीउद्दीन ने अपना डर भी अपनी आदत के अनुसार हँसी-मजाक में व्यक्त किया।

"फिर, झट से गोली चलाएँ!" कंटक ने बंदूक तानकर रखी।

"ना-ना। बेकार धमाका नहीं करना है, जब तक जान पर नहीं बीतती। शायद पूरे जंगल में हंगामा खड़ा हो जाएगा। पहले उसे छेड़कर तो देखें कि किस जाति का प्राणी है।"

बात करते-करते उधर पड़ी एक लंबी लकड़ी उठाकर रफीउद्दीन ने उस बड़ी सेंध में घुसेड़ दी—उसके साथ ही एक दयनीय चीत्कार उठी और न जाने कैसे, परंतु बिलकुल दयनीय स्वर में गिड़गिड़ाते हुए शब्द फूटे पड़े।

"अरे, यह तो कोई जावरा है।" रफीउद्दीन जावरों की जो टूटी-फूटी बोली समझता था, उससे ताड़ गया।

"मुझे मत मारो—ऐसा ही कुछ गिड़गिड़ाकर याचना कर रहा है वह।"

"फिर जैसे-तैसे उसे समझाओ, तुम बाहर आ जाओ। हम जावरों के मित्र हैं, न कि शत्रु।"

रफीउद्दीन ने जावरों की बोली में मुश्किल से बताया और मानो उसे पूरा समझाने के लिए उसने उस लकड़ी से उस सेंध में फिर एक बार खटखटाया।

"आ रहा हूँ। आ रहा हूँ।" इस प्रकार तुरंत उस गढ़े से दयनीय स्वर उभरा। धीरे-धीरे पहले सिर बाहर निकालकर और फिर कूल्हों पर फिसलता हुआ एक दीन-दुःखी जावरा उस बिल से बाहर निकला। बाहर निकलते ही एक पाँव फैलाते हुए उसने अपनी पिंडली की ओर निर्देश किया और डबडबाई आँखों से कराहने लगा।

कंटक और रफीउद्दीन ने उसकी पिंडली की ओर देखा तो वहाँ कुछ जख्म दिखाई दिया, जिसमें से खून रिस रहा था। इशारे से कुछ शब्दों से रफीउद्दीन ने निश्चित रूप में इतना जान लिया कि कल जावरों ने अंग्रेज बंदियों के दल पर जो छापा मारा था उस समय अंग्रेज पुलिसवालों द्वारा की गई प्रति-गोलीबारी में एक गोली इस जावरे की टाँग में लग गई। उसके साथी जान बचाकर भाग गए पर भागना असंभव होने के कारण यह इधर ही रह गया।

स्थिति का परीक्षण करते ही रफीउद्दीन को जैसे अचानक कारूँ का खजाना हाथ लग गया। वह खुशी से फड़क उठा। कंटक को तनिक दूर ले जाकर उसने कहा, "ताली दो बाबूजी, जावरों की बस्ती में हमें आसरा लेना था! लेकिन फिलहाल वे

अंग्रेजों से खार खाते हैं। हम हैं अंग्रेजों के कैदी। शरणार्थी होकर जाने से भी, दूर से देखते ही संदेह के कारण वे तीरों की झड़ी लगाते। यह बहुत बड़ी अड़चन लग रही थी। अब लगता है, इस जावरे की मित्रता से वह अड़ंगा दूर करने का अवसर हमें मिलेगा। जावरों के राज में बेझिझक जाने के लिए यह जावरा एक जिंदा चलता-फिरता प्रवेशपत्र ही है। इसकी देखभाल हम अच्छी तरह से करेंगे।''

कंटक को भी यह योजना पसंद आ गई। अंदमान के कक्ष-कारागार में उसने प्रथमोपचार और दवा-दारू का काफी काम किया था। वही वैद्यकीय चलताऊ ज्ञान अब उसके काम आ रहा था।

उस जावरे का उन्होंने हौसला बढ़ाया। उसकी पिंडली को छुरी से ही काटकर उसने गोली निकाली। जख्म धो-पोंछकर कुछ वनस्पति लगाकर पट्टी की। गोली निकलते ही उसकी असहनीय वेदना कम हो गई और जावरे की जान में जान आ गई। उसे राहत मिल गई। अपनी कृतज्ञता वह विविध इशारों तथा शब्दों से व्यक्त करने लगा।

उसी स्थान पर वे तीनों दो-तीन दिन वैसे ही छिपे रहे। जंगल के पशु-पक्षियों का शिकार बंदूक न चलाते जितना भी हो सके उतना उन्होंने किया। उस जावरे से उन्होंने उनकी बस्ती की जानकारी भी ले ली। उन्होंने उससे यह भी कहा, 'हम जावरों की बस्ती में किस तरह शरण ले सकते हैं।' उस जावरे ने भी उन्हें आश्वासन दिया कि उसपर उन्होंने जो उपकार किया उसके लिए जब तक जावरे यथासंभव उनकी सहायता नहीं करेंगे तब तक चैन की साँस नहीं लेंगे, क्योंकि जिस जाति का वह घटक था उस जाति के नेता का ही वह जीजा लगता था तथा एक विश्वसनीय और शूर सैनिक भी।

उस जावरे को स्वस्थ होते-होते दो-तीन दिन लग गए और वे उधर ही छिपकर रहे। उस काल में रफीउद्दीन बिलकुल निश्चिंत तथा खुश था, लेकिन कंटक मन-ही-मन बड़ा चिंतित था। रफीउद्दीन ने जो सोचा था उससे भी अधिक सहजतापूर्वक उनकी भागने की योजना इस हद तक सफल हो गई थी। कई अनुकूल अवसर अप्रत्याशित रूप से उन्हें प्राप्त हो गए थे। वह स्वयं यही समझता था कि वह काले पानी से निकल ही भागा। लेकिन कंटक को यही चिंता निरंतर जला रही थी। उसके सामने केवल उसी की मुक्ति की समस्या नहीं थी, अपितु साथ-साथ मालती की मुक्ति का भी प्रश्न था।

उसे छुटकारा कैसे दिलाया जाए! अच्छा, मुक्त कर भी लें तो उसे इस जंगल में, इस गुफा में, इन भीषण झंझटों में अथवा जावरों की बस्ती में कैसे रखें, उसे कैसे सँभाला जाए! रफीउद्दीन के बिना तो एक कदम भी आगे बढ़ाना असंभव था। फिलहाल वह अत्यंत निष्ठावान् भले ही दिखाई दे, तथापि मूलतः तो एक हिंस्र जानवर ही था। अतः उसपर कैसे भरोसा करें। यद्यपि उसके मन में यह संदेह आना असंभव था कि कंटक ही किशन है, और इसीलिए कंटक के साथ मालती के अस्तित्व की स्मृति का

कोई भी धागा उसके मन में उलझना असंभव था। कंटक के मन में यह डर अवश्य था कि अगर कहीं मालती को देखते ही रफीउद्दीन ने पहचान लिया, तो फिर कोई कठिन प्रसंग भी आ सकता है। वह तो इसे जरूर पहचानेगी। अतः इसकी पहले की नीचता अथवा मालती का पूर्व क्रोध भड़क उठेगा और उस आग में सभी राख हो जाएँगे। इस तरह के जंगल में वह, मैं और यह। इसकी सहायता से उसका छुटकारा कराना, रावण की सहायता से सीता को मुक्त कराना है।

रफीउद्दीन के मन में उस समय वंचना, विश्वासघात के भाव का नामोनिशान तक नहीं था। उसकी अड़चन अगर हो तो वह थी एकमात्र—नगद नारायण। जावरों की बस्ती में लोकप्रियता प्राप्त करनी हो तो शराब चाहिए और आगे काले पानी को अलविदा करना हो तो किश्तियाँ, कपड़े, हथियार, खाद्य पदार्थ आदि साधनों को जुटाने के लिए पैसा चाहिए। उसके लिए दो रास्ते थे। एक तो बंदियों की बस्ती में रात-बेरात पुनः घुसकर डाके डालना, अथवा कंटक बाबू की जो हजार-डेढ़ हजार की अमानत वे देनेवाले थे, उसे प्राप्त करना। पहले उनकी यह योजना थी कि कंटक वह रकम अपने साथ लेकर बंदियों की इमारत से भाग निकले, लेकिन बीच में जावरों के आक्रमण से यह अप्रत्याशित अवसर मिलने के कारण वे अचानक जंगल में घुस गए। उस योग से अन्य सारे संकट टल गए, पर पैसा साथ लाना नहीं हो सका। यही अड़चन वह कंटक को बताता और पूछता कि अब क्या किया जाए! डाका डालें या किसी युक्ति द्वारा आपकी अमानत आज भी प्राप्त कर सकते हैं! कंटक कहता, 'ना ना! डाका नहीं डालना चाहिए। यथासंभव स्वयं मृत्यु को चुनौती नहीं देनी चाहिए। मैं अपनी अमानत किसी-न-किसी युक्ति द्वारा वापस ले लूँगा। पत्थर तले हाथ अटकने से जितना हो सके, हलके से छुड़ाना ठीक है। वरना धींगामुश्ती में हाथ ही टूट जाएगा।'

दो-तीन दिन इस प्रकार बीतने के बाद, जब रहा नहीं गया तो कंटक ने रफीउद्दीन के सामने अपनी बहन की मुक्ति का विषय छेड़ा। उलटी-सीधी कई योजनाएँ उन्होंने बनाकर देखीं। परंतु कुछ निश्चय न कर पाने के कारण वे सोने चले गए।

लेकिन उस दिन सारा समय रफीउद्दीन के मन में कंटकी की मुक्ति की कल्पनाएँ आ रही थीं। जाहिर है, उसके संदर्भ में कुछ अन्य जिज्ञासाएँ भी छेड़ी गईं। लेटे-लेटे ही वह चिंतन करने लगा, 'भला वह कैसी दिखती होगी! उसे मुक्ति दिलाकर इधर लाया जाए तो अपना समय भी बड़े मजे में कटेगा। कैसा होगा उसका स्वभाव! और यदि वह देखने में सुंदर और स्नेहमयी हो तो!' अचानक उसकी लालसा जग गई और कहने लगी, 'तो क्या उसके मन में तुम्हारी और तुम्हारे मन में उसकी चाहत उत्पन्न नहीं होगी! अच्छा, कंटक तो उसका सगा भाई ही ठहरा, इसलिए कामुक अभिलाषा में वह अपना प्रतिद्वंद्वी हो ही नहीं सकता। ज्यादा-से-ज्यादा भाई और अभिभावक के नाते उसे

हम दोनों का प्रेम-संबंध अच्छा नहीं लगेगा। बस इतना ही डर है। मगर-मगर-मगर…'

रफीउद्दीन को अचानक एक उपाय सूझा, 'कंटक बाबू ने मुझपर जो इतने उपकार किए हैं उन्हें चुकाने के लिए मैं अपनी जान की बाजी लगाकर उन्हें और उनकी बहन को काले पानी से छुड़ाकर सही-सलामत तट पर पहुँचाने में कोई कसर नहीं छोड़ूँगा। इससे उनकी बहन स्वयं ही मुझसे शादी के लिए पूछेगी और कंटक बाबू खुशी-खुशी राजी होंगे।' भई, मन के लड्डू खाने में मुश्किल क्या है!

परंतु यह सच है, इसी सोच के कारण रफीउद्दीन की कंटक पर जो निष्ठा तथा अवलंब था, वह पहले से भी अधिक दृढ़ हो गया। उसपर यह बात तो अलग ही है कि धन अथवा सहयोग की आवश्यकता के कारण भी कंटक की उसे पग-पग पर आवश्यकता थी।

इसी मनोदशा में वे उस जावरे के स्वस्थ होने की प्रतीक्षा करते हुए वहाँ जो दो-चार दिन छिपे रहे थे, उस अवधि में उनके पीछे सरकारी अधिकारियों की गतिविधियाँ उनके लिए अनुकूल ही थीं। उस शाम जावरों के हमले के साथ जंगल छोड़कर और अपनी जान बचाकर सरकारी बंदियों की टोली के वापस ठिकाने पर लौटने के बाद दूसरे दिन सशस्त्र सैनिकों का एक दल उस जंगल में रवाना किया गया। उन्हें उस राह पर जावरों के तीर से मारे गए उस जमादार की लाश मिली। तीर मिलने के कारण जाहिर था कि वह जावरों के हाथों ही मारा गया था। उससे सरकारी अधिकारियों ने यही अटकलपच्चू लगाया कि उसके साथ आए हुए दो बंदी—कंटक और रफीउद्दीन—भी अकेले पड़कर इसी जंगल में कहीं मारे गए होंगे और उसे असत्य सिद्ध करने लायक सशक्त प्रमाण जब तक नहीं मिलता तब तक उन बंदियों का नाम 'भगोड़ों' के रूप में घोषित करना भी उन अधिकारियों ने स्थगित किया। इसी वजह से कितने ही दिनों तक सरकार की ओर से न उनका पीछा किया गया, न उनकी टोह ली गई। दलदल तक उस जंगल का नया इलाका अंग्रेजों ने अपने ही उपनिवेश में समेटा और उसपर सख्त पहरा बैठाया। जावरों ने भी अपनी ताकत आजमाकर हमेशा की तरह इस इलाके में आवाजाही बंद कर दी; वे एक पाँव पीछे हट गए और यह मामला समाप्त कर दिया।

चार-पाँच दिनों के बाद यह देखते हुए कि उस जावरे का पैर ठीक हुआ है, उससे अगवानी कराके उसीकी सिफ़ारिश से उसके जात-भाई जावरों का आसरा लेने के लिए कंटक और रफीउद्दीन उस घने जंगल के चोर रास्तों से, जिनसे वह जावरा पूरी तरह परिचित था, उनकी जंगली 'राजधानी' की ओर चल पड़े। लेकिन चलते-चलते उस जावरे के मन में यही धुकपुक हो रही थी कि कहीं उनका स्वागत पेड़ से अचानक होनेवाली विषाक्त बाणों की बौछार से तो नहीं होगा! यह सच है कि जावरे लोग कभी-कभी 'भगोड़ों' को अपनी शरण में आते ही आसरा देते हैं और उनकी

अपनी जाति में वर्षों से एक ऐसा भगोड़ा रह रहा था जिसे उन्होंने आसरा दिया था, तथापि दावे के साथ यह तो नहीं कहा जा सकता कि उनकी वह सनक इस प्रसंग में भी काम करेगी, क्योंकि आजकल वे अंग्रेजों पर और अंग्रेजों के बंदियों पर भी बिगड़े हुए थे। उन्हें यह भी डर था कि कुछ बंदियों को भगोड़ों के बहाने बस्ती का अता-पता लगाने अंग्रेज भेजेंगे।

जैसे-जैसे जावरों की वह जंगली राजधानी निकट आती गई, वैसे-वैसे ही कंटक और रफीउद्दीन के दिल की धड़कनें भी तेज हो रही थीं। वे सोच रहे थे कि इस जावरे के साथ वे जा रहे हैं, इसलिए वे उन्हें आश्रय देंगे या उनके जैसे 'अंग्रेजों के आदमियों के' साथ यह जावरा आ रहा है, इसलिए उसे भी जातिद्रोही समझकर हम सभी को विषाक्त तीरों का शिकार बनाएँगे। हर कदम पर झाड़ियों में जरा सी भी 'खट' होते ही उनका कलेजा उछलता था। कहीं टोह लेनेवाले किसी जावरे का सनसनाता हुआ तीर तो नहीं आ रहा। वह राजधानी अभी दो-तीन मील दूर थी। दिन डूबता देख वे तीनों वहीं ठिठक गए और वह रात उन्होंने उन्हीं झाड़ियों में गुजारी।

□

प्रकरण–१८

# जावरों का जीवन

यह देखिए जावरों की एक अनादि राजधानी। एक राजधानी इसलिए कहा कि अंदमान में आदिम मानव की जो जंगी टोलियाँ हैं वे यहाँ के विस्तीर्ण और घने जंगल में बड़ी-बड़ी पहाड़ियों पर अलग-अलग स्थानों पर बस गईं और उसी तरह आज भी पृथक् रूप में बसी हुई हैं। उन सबका मिलकर कोई संगठित राज नहीं है, संघ भी नहीं। जो टोली जहाँ रहती है, उसकी उतनी ही राजधानी—वह एक जाति ही अलग हो जाती है। इस तरह अलग-अलग जातियों में से जिस जाति ने अंग्रेजों पर उस दिन हमला किया, वह टोली यहाँ रहती है, इसलिए उसकी यह राजधानी है।

घनी झाड़ियों से घिरी उस पहाड़ी के बीचोबीच मैदाननुमा एक खाली स्थान था। उस तरफ उस पहाड़ी की चट्टानों में गुफाओं की तरह छह बड़ी-बड़ी सेंधें थीं। वे चार-पाँच फीट लंबी अंदर गहराई में गई हुई और सलग लंबी थीं। यही उस राजधानी का पत्थरों से बने परकोटे से घिरा इलाका है। किसी धर्मशाला के सलग बरामदे में यात्री धक्कम-धक्के में ही खाना खाते हैं, सोते हैं, उठते-बैठते हैं, उसी तरह उन सेंधों में तमाम नागरिक संयुक्त परिवार की तरह पीढ़ी-दर-पीढ़ी बसे हुए हैं। इस विशाल राजधानी के प्रजाजनों की संख्या—अर्थात् स्त्री-पुरुष, बाल-बच्चों के साथ भी डेढ़ सौ के ऊपर न सही, पर कम भी नहीं थी।

इन गुफाओं में दीवारें नहीं थीं, बाँस आदि की फट्टियों के पल्ले नहीं थे, उपकक्ष भी नहीं थे। पूरी राजधानी मिलकर एक ही घर; परंतु उस घर में कमरा, अटारी, बीच का दालान, रसोई घर आदि कोई भी कक्ष नहीं था। सबकुछ सलग था।

उस गुफा में जो खाली मैदान था, उसे गुफा की अपेक्षा राजधानी का उपनगर कहने में कोई आपत्ति नहीं थी। कुछ प्रधान खानदानों ने उस उपनगर में वर्षा थमने के दिनों में धूप अथवा रात की स्वच्छ चाँदनी में विलासार्थ कुछ मंदिरों का निर्माण भी किया था। वे झुग्गीनुमा भी नहीं थे। बाँस के सीधे आड़े-लंबे पतले टुकड़े जोड़कर

बनाए हुए एक लंबे पल्ले को दो-तीन पेड़ों से बाँधा नहीं कि विलास मंदिर बन गया समझो। जावरों के शिल्पशास्त्र के अनुसार उसपर छप्पर होना भी वैध नहीं था, फिर खिड़कियों-दरवाजों जैसे व्यर्थ झंझटों का तो नाम ही नहीं लेना चाहिए। ऊँची चट्टान की चोटी पर लोग-बाग जब नीचे टाँगें छोड़कर बैठते तो उन्हें पीठ टिकाने के लिए उस समय तक बाँस की ठठरी बाँध दी और बस, उनका विलास-मंदिर तैयार।

इस टोली के राजा नानकोबी ने भी उस राजधानी के सामने स्थित उपनगर में अपनी रानी के लिए इसी तरह का विलास-मंदिर बनवाया था। चट्टानों के लंबे और सलग पर्यंक पर खुले आसमान के नीचे दोपहर की सोंधी-सोंधी धूप में अपनी रानी और बच्चों के साथ उस बाँस की ठठरी के सहारे और नीचे गहराई में टाँगें छोड़कर उन्हें झुलाते हुए राजा नानकोबी दिखाई देता या चाँदनी रात में उसी मंचक पर विलासरत पाया जाता। परंतु वर्षा तो अंदमान की घुट्टी में मिलती है, अत: उसका अधिकतर समय उस गुफा की प्रमुख राजधानी में ही प्रजाजनों के साथ खाने-पीने, उठने-बैठने-सोने में ही व्यतीत होता था।

वह पूरा राष्ट्र दिन भर जंगल में मृगयार्थ चला जाता। इसी वजह से पूरी राजधानी प्राय: वीरान खंडहर बन जाती। रात में नृत्य हो तो उस मैदान में सभी पुरुष, स्त्रियाँ, बच्चे—कुल मिलाकर किसी भी बिछौने-ओढ़ने के सिवा बिलकुल ही नग्नावस्था में, नींद आने पर हँसते-खेलते सो जाते—विवाहित स्त्री-पुरुषों के जोड़े और अनब्याहे स्त्री-पुरुष; किसी में कोई भेदभाव या अलग व्यवस्था नहीं। उनका वही धर्म था—बल्कि सनातन धर्म था। धर्माधर्म में बुजुर्गों का सम्मान हमारे किसी भी आधुनिक धर्म को नहीं मिलेगा। सिर्फ जावरों का ही नहीं, अपनी मनुष्य जाति का भी 'तानि धर्माणि प्रथमान्यासन्।'

इस धर्म के अनुसार उनकी दिनचर्या भी लगभग सनातन ही थी। इस राजधानी की ओर ही देखिए। इतिहास और स्मृति के लिए भी यह कहना संभव नहीं कि वह कब बस गई थी। तथापि एक कालमापक यंत्र उससे जुड़ा हुआ था, जो उसकी आयु का मान बता सकता था। वह यंत्र था उस पहाड़ी के उस मैदान की ओर चट्टान टूटकर गहराई तक बना हुआ एक प्राकृतिक गड्ढा। इस बस्ती के जावरों की पीढ़ी-दर-पीढ़ी सागर से सीपियों में रहनेवाले प्राणी पकड़कर लाती आई है। हम जिस तरह मूँगफली छीलकर उसके अंदर का दाना मुँह में डालते हैं और छिलके नीचे फेंक देते हैं, उसी तरह जावरे सीपियों के प्राणी को खाकर उनके कवचों को पीढ़ी-दर-पीढ़ी उस गड्ढे में फेंकते आए हैं। हजारों वर्षों से सतह-पर-सतह चढ़कर शिलास्थि बनी उन सीपियों की भीमकाय राशि से कालमापन करने पर यह अंदाज लगाया जा सकता है कि युगों-युगों से इस बस्ती का अस्तित्व है। वे जावरे कुलोत्पन्न लोग प्रतिदिन दोपहर में सागर-सीपियों को

मूँगफली की तरह छीलकर खाते, सीपमुक्त छिलकों को उसी गड्ढे में डालते वैसे ही चटकारे लेते आ रहे होंगे।

उस राजधानी के सारे-के-सारे नागरिक आज पुनः अपने हमेशा के सागर नृत्य को जानेवाले थे। 'पुनः' शब्द का प्रयोग करने का कारण यह है कि बीच में ही अंग्रेजों से मुठभेड़ होने से दस-पंद्रह दिन उसी धाँधली में गुजरे और उनका नृत्य स्थगित हो गया था। उसपर आज का नृत्य उनकी राष्ट्रीय विजय के उपलक्ष्य में जो होनेवाला था। उनके अनुसार उस युद्ध में जावरों की जीत हुई थी। उस दिन के हमले में उनके मुट्ठी भर लोगों के सामने अंग्रेजों की छह-सात सौ लोगों की वह सेना सूखी पत्तियों जैसी तितर-बितर होकर दुम दबाकर भाग गई थी। इतना ही नहीं, अंग्रेज सेना का एक बड़ा अफसर (वही सशस्त्र पुलिसवाला) जावरों के एक वीर के तीर से मारा गया था। जंगल का वह इलाका अंग्रेजों ने ले लिया तो क्या! जब तक जंगली सूअर विपुल संख्या में मिल रहे हैं, इतना विशाल घना जंगल है, जिसमें इन दो टाँगों से चला भी नहीं जाता, ऐसे एकांत सिंधु-तट और सिंधु-पुलिन अपने लिए खुले पड़े हैं, जिनके उस पार नजर भी नहीं पहुँच पाती, तब तक जंगल का वह नया टुकड़ा अंग्रेजों का निजी अपमान है। उन्होंने अपना प्रतिशोध ले लिया था।

और यह प्रतिशोध ही जावरों की जीत होती है। उनका क्रोध जितनी शीघ्रता के साथ दहड़-दहड़ धधक उठता है, उतनी ही शीघ्रता के साथ शांत भी होता है। अपने व्यक्तिगत दुश्मन से भी प्रतिशोध लेने में वे नहीं चूकते, जब तक वह वहीं है। लेकिन कुछ सालों तक यदि वह लापता हो जाए तो उसका उन्हें इतना विस्मरण हो जाता है कि अगर वह पुनः उनके पास लौटकर वापस आ जाए तो वह क्रोध, उसके प्रति प्रतिशोध की वह आग उन्हें बिलकुल याद नहीं रहती। वह फिर उनमें घुल-मिल सकता है। उस हमले में अंग्रेजों के अपराध का उन्होंने बदला ले लिया—वही उनकी तुष्टि के लिए पर्याप्त था। अपनी जीत की उमंग में उनके लिए एक ही चुभन थी, जैसे खीर में नोब—वह यह कि राजा नानकोबी का जीजा टाँग में गोली धँसने से घायल होकर वहीं कहीं छिपा था। लेकिन इसमें रत्ती भर भी संदेह नहीं कि वह सही-सलामत वापस लौटेगा, क्योंकि वह अंग्रेजों के हाथ नहीं लगा था। वह यदि किसी के चंगुल में फँस गया था तो वह था दुष्ट अरण्य-भूत-पिशाच—'एरम चौग'।

जी हाँ। उन जावरों में जो एक ओझा महिला थी, उसे परसों रात ही राजा नानकोबी ने मंत्र-तंत्र के बल से अपने गुमशुदा जीजा का पता लगाने का आदेश दिया था। तब वह ओझा स्त्री अग्नि के सामने बैठ गई। धधकते अंगारों की ओर उसने टकटकी बाँधी। फिर उठती लपटों में किसी अनजान आकृति को देखती हुई वह काफी देर तक बैठी रही, जैसे उसे कोई नशा चढ़ गया हो। फिर अचानक आवेग के साथ

उठकर उसने अपने गले में पड़ी हड्डियों की माला ले ली और उस आग के इर्द-गिर्द चीखती-चिल्लाती नाचने लगी, "हाँ! हाँ! समझ गई—यह देखो वह 'एरम चौग'। बोल! क्या बदमाशी की तूने! बोल!" इस तरह उसने उसका आह्वान किया। वह इस तरह कान देकर सुनने लगी जैसे कोई हवा में बात कर रहा है। फिर उसने कहा, "अच्छा! अच्छा! सुना तुमने राजा नानकोबी! उस एरम चौग ने ही तेरे जीजा को दगा दे दिया। यह एरम चौग हमारे जावरों का जानी दुश्मन और इस जंगल का बदमाश भूत-पिशाच है। वह वीर घनी झाड़ियों की ओट में से अंग्रेजों पर तीर चलाता है, लेकिन उन्हें वह दिखाई नहीं देता। इतने में ही इस दुष्ट ने सारी शाखाएँ झुका दीं, जिससे वह वीर बेपरदा हो गया। अंग्रेजों ने उसे देखा, निशाना लगाया। जावरा वीर टाँग में गोली लगने से घायल हो गया। वरना अंग्रेजों की क्या मजाल थी जो उसे देख सकते। अरे दुष्ट एरम चौग, अब जो हुआ सो हुआ। अब हमारे उस वीर को, जिसे तुमने अपने ही जंगल में अटकाया है, दो-तीन दिनों के अंदर-अंदर हमारे पास सही-सलामत पहुँचा दे वरना इस जंगल में हर तरफ आग-ही-आग लगा दूँगी और तुम्हें कागज के टुकड़े की तरह उस आग में जलाकर राख कर दूँगी।"

बात करते-करते वह अपनी कटि में बँधी हुई लाल कपड़े की महीन-सी धज्जी छोड़ने लगी। अन्य जावरा स्त्रियों की तरह ही सिर से पाँव तक वह विवस्त्र ही थी। वह धज्जी भी, जो उसने अपनी कटि में बाँधी थी, मंत्र-तंत्र के लिए करधनी के रूप में थी। करधनी जैसी ही वह धज्जी पतली थी। उसके द्वारा एक भी अवयव ढकने का दुष्कृत्य होना कतई असंभव नहीं था। अरण्यवासी वह पिशाच एरम चौग आग से बहुत डरता है। इस डर के मारे कि वह धज्जी जिस तरह फुर्र से जल गई, उसी तरह उसकी भी यही गत बनेगी, उस जंगली पिशाच ने उसे वचन दिया कि दो-तीन दिनों में ही उस जावरे को राजा नानकोबी के यहाँ सही-सलामत भेज देगा।

इस आश्वासन के साथ-साथ लोग खुशी से झूम उठे कि उस युद्ध में जावरों की रही-सही हानि की कसर भी निकल गई। इसीलिए आज के सिंधु-तट पर होनेवाले विजय-नृत्य को शानदार रूप में संपन्न करने को प्रत्येक जावरा उत्सुक था।

भोर होते ही वह पूरा राष्ट्र नित्यक्रमानुसार मृगयार्थ निकल पड़ा। स्त्री-पुरुष, बच्चे—सारे-के-सारे। छोटे-बड़े सभी का अपना-अपना तीर-कमान हाथ में। राजधानी में 'घर' जैसी कोई बात थी ही नहीं, अतः पिछला दरवाजा बंद करने की भी जरूरत नहीं थी। हर एक की गृहस्थी वह स्वयं—उसके हाथ का धनुष-बाण, गले में पड़ी कौड़ियों तथा मणियों की माला। कुछ हथियारों के अलावा अंगड़-खंगड़, बेकार की चीजें घर में नहीं थीं। कपड़ों का नामोनिशान तक नहीं। खाद्य पदार्थ के संबंध में कहा जाए तो अनाज का संचय, खत्ता, गोदाम, बोरे, डिब्बे सभी मिलकर धान्यागार के रूप में

था वह विस्तीर्ण घना जंगल और अथाह सागर। कल की शाम का भोजन कल ही सफाचट। जो भी मृगया में मिलेगा वह आज का भोजन। Enough unto the day the evils there of. Let tomorrow take care of its own. हजारों सालों से ये जावरे ईसा मसीह के उक्त धर्मसूत्र का पालन प्रतिदिन करते आए हैं। राह की धर्मशाला की तरह राजधानी को उजाड़कर जावरों का वह पूरा राष्ट्र अपनी दिनचर्या के अनुसार बहुत सवेरे ही जंगल में मृगयार्थ चला गया। थोड़ी देर के पश्चात् उनमें से कुछ लोग अपनी-अपनी मरजी तथा सुविधा के अनुसार भिन्न-भिन्न शिकार के पीछे लगते हुए जंगल में बिखर गए। कुछ स्त्रियाँ और बच्चे धनुष-बाण और पत्थर लेकर पंछियों को मारते रहे। कुछ स्त्री-पुरुष विशालकाय जंगली सूअरों के पीछे लग गए। कुछ लोग सागर की ओर मुड़कर इस घात में कि चट्टानों पर बड़ी-बड़ी मछलियाँ कब उछलकर आती हैं और वे उन्हें कब अपने तीरों का निशाना बनाते हैं—इसके लिए उतावले होकर बगुलाभगत बन गए। यद्यपि नानकोबी और उसकी पत्नी 'फुली' राजा-रानी थे, तथापि अन्य किसी भी प्रजाजन की तरह अपना शिकार उन्हें स्वयं ही करना पड़ता था, अन्यथा भूखा रहना पड़ता। जावरे लोगों में राजा को कोई भी लगान आदि नहीं देता। राजा के पास राजा होने के नाते एक भी पुलिसवाला अथवा सेवक नहीं होता। संधि-विग्रह विपत्काल में वह उनका नेता होता है। उसके विचारों को अहमियत दी जाती है। बस इतने ही उसके अधिकार होते हैं। उसके पास जातीय झगड़ों के संबंध में न्यायान्याय का काम भी निर्बंध दृष्टि से नहीं होता, क्योंकि इन लोगों में कानून होता है कि जिसका जिससे झगड़ा होगा, वह यथासंभव उसका प्रतिकार करे अथवा न करे। वहाँ जातीय न्यायालय का प्रश्न ही नहीं होता। किसी व्यक्ति के शत्रु को व्यक्ति ही जान से मारे अथवा न भी मारे। वह व्यक्ति का सवाल है, न कि जाति का। न मुकदमा, न नालिश, न दंड, न कारागार, न पुलिस, न पटेल-तहसीलदार। इस प्रकार की उनकी राज्य संरचना है। किसी प्रकार के मुकुट की बात ही छोड़िए उनका राजा लँगोट भी धारण नहीं करता। इसी तरह उनकी रानी होती है, जिसे कमर के नीचे इंच भर लटाकए गए पेड़ के पत्ते के सिवा अन्य किसी दामी वस्त्र की जानकारी नहीं होती।

उस दिन सबके साथ ही मृगयार्थ निकलते समय रानी फुली अपने एक-वर्षीय शिशु को भी पीठ पर खड़ा करके ले गई थी। हमारे यहाँ की 'कातकारी' प्रभृति आदिवासी औरतें बच्चे को पीठ पर एक झोली में डालकर ले जाती हैं अथवा बच्चा पीछे से माँ के गले में हाथों से तथा पेट को पैरों से कसकर पकड़कर लटका रहता है। हमेशा उस पट्टी का भार उठाने के कारण उन औरतों के सिर की जो हड्डी होती है, वह इतनी दब जाती है कि उसमें एक स्थायी गड्ढा बन जाता है। उसमें वह पट्टी मजबूती के साथ बैठ जाती है। वहाँ की प्रौढ़ स्त्रियों की कमर की हड्डी और कूल्हे

मूलतः इतने प्रशस्त, खुले रूप में ऊपर उठे हुए और चौड़े होते हैं कि बच्चा उन कूल्हों पर आराम से पाँव रखकर खड़ा रह सकता है। अतः जिस तरह यह कहा जाता है कि हमारे यहाँ की औरतों की पीठ पर बच्चा बैठता है, उसी तरह वहाँ की औरतों की पीठ पर बच्चा खड़ा रहता है, ऐसा ही कहना होगा।

रानी फुली के पाँव जब भारी हो गए थे तब राजा नानकोबी ने उस बेटी का नाम 'कोरी' रख दिया गया था, क्योंकि जावरे के स्मृतिशास्त्र के अनुसार नारी के पेट से रहते ही तुरंत उस बच्चे का नामकरण संस्कार करना पड़ता है। अर्थात् लड़का-लड़की के पहले नाम में कोई भिन्नता नहीं होती। अतः उस बच्चे के 'कोरी' नाम से पाठक को यह जानना मुश्किल था कि वह जावरों का राजकुमार था या राजकुमारी। यह स्वतंत्र रूप से कहना आवश्यक है कि वह युवराज था। कन्या होती तो सयानी होते ही गर्भावस्था में रखे गए उसके सामान्य लिंगी नाम में परिवर्तन किया जाता है। उसे अपने जीवन के पहले मौसम में जो-जो फूल खिलते हैं, उनमें से एक नाम दिया जाता है। नामकरण का यह रिवाज उनके सनातन धर्म का ही एक जातीय संस्कार है। हर कन्या का नाम बदला जाता है, उसी तरह नारी का भी। सभी ओर फूलों के खिलने से रानी का दूसरा नाम 'फुली' रखा गया था।

जो जावरे सागर पर मछलियाँ पकड़ने गए थे, उधर ही राजा नानकोबी और बच्चे को अपनी पीठ पर खड़ा करके रानी फुली भी गई थी। ऊँची-ऊँची चट्टानों पर अपने धनुष के तीर जोड़कर जावरे खड़े थे। नीचे सागर की लहरों के झुंड-के-झुंड उन चट्टानों से टकराते हुए धड़ाधड बिखर रहे थे। बीच में ही एकाध मछली या मछलियों का झुंड उन लहरों पर उछलकर ऊपर आ रहा था। गिद्ध जैसे पक्षी आसमान से सागर पर ऊपर-नीचे निरंतर मँडरा रहे थे। उनकी परछाइयाँ जब लहरों पर उभरतीं तब ऐसा प्रतीत होता कि ये पक्षी ही लहरों पर आरूढ़ होकर तैर रहे हैं। परंतु कभी-कभी जब जलचरों के झुंड समुद्र पर उछलते, तब वे कई भारी-भरकम हिमधवल पक्षी सचमुच ही लपककर उन लहरों पर तैरने लगते, उनकी पूरी पंक्ति उन लहरों पर और परछाइयाँ लहरों-सी डोलने लगतीं। तब वह नीले सागर की संपूर्ण लहर हिमधवल दिखाई देती, जैसे कि क्षीरसागर की दुग्धधवल लहरों में से गलती से एक लहर इधर आ गई है।

जो मछलियाँ पानी के पृष्ठ भाग पर आतीं, वे जावरों के अचूक तीर छूटते ही झट से समुद्र में गायब हो जातीं। इस तरह घंटा भर शरसंधान करने के पश्चात् राजा नानकोबी और उसके पीछे-पीछे अन्य जावरों ने उन ऊँची चोटियों से उस गहरे सागर में धड़ाधड़ छलाँगें लगाईं। तीन-तीन पुरुष गहरे पानी में डुबकियाँ लगाकर समुद्र की तलहटी पर गए। जावरे लोग गोताखोरी में निपुण होते हैं। वह तो उनकी रोज की क्रीड़ा होती है और आजीविका तो होती ही है। जिन मछलियों में उनके तीक्ष्ण शर धँस जाते

हैं, वे सागरतले विश्राम करती हुई मिलती हैं। उनमें से जितनी हो सके उतनी मछलियाँ पीठ पर लादकर अथवा बाँधकर वे उन्हें ऊपर ले आते हैं। रेत पर आते ही उन्होंने कारूँ का वह खजाना नीचे पटक दिया, सभी उसके इर्द-गिर्द जमकर हँसते-खिलखिलाते कौन से तीर से कौन सी मछली मर गई आदि चर्चा और शेखी बघारने में मगन हो गए।

फिर उन्होंने आग जलाई। उसपर उन्होंने कुछ मछलियाँ, अपने बीवी-बच्चों द्वारा शिकार किए गए पक्षी और अन्य लोगों द्वारा लाए गए एक-दो जंगली सूअर—टोली द्वारा उपार्जित खाद्य पदार्थ जितने आवश्यक थे, उतने आग में भूने और कुछ शाम के लिए रखे। तब सवेरे तक इधर-उधर बिखरे उनके सभी साथी वापस आ गए। फिर शुभ्र और प्रशस्त रेगिस्तान पर धूप की तपिश में उनका वन-भोजन आरंभ हुआ। उन घनी झाड़ियों में वर्षा और सागर के पानी में सवेरे से भीग-भीगकर वे तर-बतर हो गए थे और काँप रहे थे। अत: उस धूप में उनके बदन सूख रहे थे। धूप में भोजन करते हुए उन्हें उसी तरह मजा आ रहा था, जिस तरह शीतल चाँदनी में भोजन करते हुए आता है। कुछ भुना हुआ, कुछ आधा-कच्चा, कुछ कच्चा गोश्त, जिसे जैसा पसंद था वैसा उसने सफाचट किया। कठोर हड्डियों को भी दोनों हाथों से तोड़कर उनके जोड़ों में जो रस होता है उसे भी कोई सुपसुप चूस रहा था तो किसी ने नरम-नरम कोमल हड्डियाँ ज्यों-की-त्यों दाँतों से कचकच चबाकर खाईं। जावरे सभी पदार्थ कच्चे खाते हैं। जब पकवानों की योजना बनाई जाती है, तभी भुना हुआ मांस होता है। परंतु भुनने के बाद गलाना, पकाना, मसाला भरना, इतना ही नहीं, रसोई शब्द भी उनकी भाषा में नहीं है।

इतने में राजा नानकोबी ने इशारों से पूछा, "मस्तूल! विलायती जल!"

जावरों की भाषा में शब्द बिलकुल ही इने-गिने हैं। उसपर उन्हें आँखों तथा हाथों के इशारों से ही बोलने में शब्दों के प्रति अलकस। अत: पूरा वाक्य बोलना हो तो मात्र एक शब्द से। बस! शेष अर्थ इशारों द्वारा पूरा करेंगे। राजा नानकोबी ने जब सिर्फ 'मस्तूल' शब्द का उच्चारण किया, तब उसने भी उस वाक्य का शेष अंश हाथ और आँखों के इशारों से पूरा किया था। उन भाव-भंगिमाओं का कुल वाक्य यदि हिंदी में लिखा गया तो उसका पूरा अर्थ इस प्रकार होगा—'अरे, वह अपना मस्तूल किधर गया! आज बहुत दिनों से आया नहीं इस तरफ, क्यों? वह होता तो वह 'विलायती जल' (शराब) जी भरकर पिलाता बच्चू। बस उसीकी कमी है अब।'

इसपर एक जावरे ने दो शब्द कहकर हाथों के इशारों और दृष्टि संकेत द्वारा जो उत्तर दिया उसका भावार्थ इस प्रकार है—'जावरों की एक अन्य 'टटोबी' नामक टोली इस जंगल के दूसरे इलाके में रहती है। उन लोगों से परिचय होने से मस्तूल उधर गया है और चंद दिनों में वापस लौटनेवाला है।'

परंतु उसके लिए आज का विजय-नृत्य थोड़े ही रोकना है? मृगया और नृत्य तो

जावरों की साँसों में, प्राणों में बसा हुआ है, रग-रग में समाया हुआ है। उसपर अंग्रेजों से जो टक्कर हुई थी, उस धाँधली में नृत्य तो हुआ ही नहीं था। उस प्रिय शौक की फाकाकशी की आज सिर्फ पारणा थी। आज वे जमकर फाग खेलेंगे। इस तरह नृत्य के लिए उत्सुक जावरे पुरुष, स्त्रियाँ, बाल-बच्चे सभी उस विशाल रेगिस्तान के नृत्यांगन में प्रचंड संख्या में जमा हो गए। कुछ जोर-जोर से खम ठोंकने लगे, कुछ यों ही अकेले उछलने, कूदने, फुदकने और कलाबाजी करने लगे, कुछ लरजने-गरजने लगे तो कुछ तीन-चार शब्दों का ही गीत किसी एकस्वरी सुर पर निरंतर गति के साथ घुघुआने लगे। प्राय: सभी स्त्री-पुरुष इक्का-दुक्का सुंदर पत्ता कटि के सामने लेकिन नाभि और पेड़ू के नीचे इस तरह लटकाते कि वह अधिक झूलता नहीं—वह भी मात्र शृंगार के रूप में, न कि आवरण के रूप में। दोनों-तीनों-चारों जनों के हाथ में हाथ डाले नाचने लगते ही चालीस-पचास स्त्री-पुरुषों के हाथों की शृंखला में गुँथा एक पूरा वृत्ताकार शास्त्रोक्त पद्धति से एक घेरे के इर्द-गिर्द नाचने लगा। उस एकसुरी, ठूँठे और टूटे ताल के गीत को निरंतर गाते और चक्कर खाते हुए उस नृत्य का हंगामा खड़ा हो गया। एक के थक जाने पर दूसरा तुरंत उस शृंखला से जुड़ जाता। थकना व्यक्तिगत कमी समझी जाती थी, परंतु शृंखला की क़ड़ियाँ तोड़ना अथवा घुघुआना और उस धमाचौकड़ी में ढील देना जातीय न्यूनता सिद्ध होनेवाली थी। उनका राष्ट्रीय देवता—भगवान् पुलगा—उसके उपरोध तथा धिक्कार का पात्र होना था। वह पापाचरण जावरों के सनातन धर्म के विरुद्ध होता। आखिर नृत्य के समापन का समय आ गया और उस मंडल का नृत्योन्माद सीमातीत हो गया। इतनी द्रुत गति के साथ गोलाई में घूमते, थिरकते हुए उस मंडल पर नजर ठहर नहीं पाती थी।

वर्तमान यूरोप की किसी भी नग्न संस्था के कोई सदस्य उस समय उधर होते तो उन जावरों को, उन नर-नारियों को उस संयुक्त नग्न नृत्य में इस तरह सुध-बुध बिसराकर तल्लीन होते देखकर दाँतों तले अँगुली दबाते हुए कहते, 'आहा! नग्न नृत्य हो तो ऐसा।' मार्क्स के सैकड़ों वर्ष पूर्व से जिस प्रकार जावरे समाजसत्ताक थे, उसी प्रकार आधुनिक पश्चिमी नग्नसंघ की अत्युच्च महत्त्वाकांक्षा को वे सैकड़ों वर्ष पहले ही व्यवहार में ला चुके हैं।

नृत्य समाप्त हो ही रहा था कि एक जावरा जोर-जोर से ताली बजाकर चिल्लाया, "मस्तूल! मस्तूल!" देखा तो सचमुच ही मस्तूल आ रहा है और उसकी बगल में और हाथों में 'विलायती जल' की बोतलें हैं।

जावरों को पहले से ही तंबाकू बहुत पसंद है और पिछले चालीस-पचास सालों से उनमें विलायती शराब का भी थोड़ा-बहुत प्रवेश हुआ है। यद्यपि अभी वे शराब की लत के पूरी तरह अधीन नहीं हुए थे, तथापि ऐसा नहीं कि उन्हें वह अप्रिय हो, हालाँकि

उनके लिए वह आसानी से उपलब्ध नहीं है। यह 'मस्तूल' आजकल उनकी आँखों में बस गया है; अपने मिलनसार स्वभाव के कारण अथवा उससे भी अधिक इसलिए कि वह उन्हें तंबाकू और शराब देता रहता है।

जिस आदमी का नाम जावरों ने 'मस्तूल' रखा था, वह मूलतः एक भगोड़ा ही था। अंग्रेजों के काले पानी के आजन्म कारावास के बंदियों में से ही वह एक है और बहुत साल पहले कारागृह से भाग गया था। लेकिन हिंदुस्थान वापस लौटने की उसकी योजना असफल रही थी। उस साहस में कुछ जावरों से विलायती पानी के लालच के कारण उसकी घनी मित्रता हो गई थी। इसलिए जावरों की टोली में उसे पिछले तीन-चार सालों से आसरा मिला था। वह चोरी-छिपे अंग्रेजों की बस्ती में जाता, जावरों के दिए हुए अनेक सुंदर और बड़े-बड़े शंख, दो-दो सौ फुट तश्तरी या थाली जैसी चौड़ी और गुलाबी सीपियाँ उस बंदी बस्ती के व्यापारियों को चोरी-छिपे बेचता। प्रायः सभी पैसे अपने पास रखता, लेकिन कुछ पैसों से विलायती शराब और बहुत-सारी तंबाकू जावरों को गुपचुप ला देता। वह उनसे इतना घुल-मिल गया था, जैसे उन्हीं की जाति का उनका कोई आप्त हो। वह उनकी भाषा में बोलता, खान-पान उन्हीं की तरह करता, नंगा रहता, रंगीन मिट्टी बदन पर पोतता। उनके दुःख-सुख में समवेदक बनता। उनके स्त्री-पुरुषों में जिस तरह वे साथ-साथ नाचते, एक साथ सोते, उसी तरह वह भी उनमें घुल-मिलकर नाचता, उनके साथ सोता।

ये जावरे उसे प्यार से 'मस्तूल' के अर्थवाचक नाम से पुकारते—वह उसपर फबता भी था, क्योंकि मुश्किल से उसकी कमर तक पहुँचनेवाले ठिगने और उलटे तवे जैसे काले-कलूटे जावरों में वह साँवला और छह-एक फुट लंबा हिंदू भगोड़ा तारकोल पुती किश्तियों के बीचोबीच मस्तूल (नाव के बीच का लट्ठा जिसपर पाल बाँधते हैं) की तरह खड़ा रहता। इस समानता के कारण जावरे मजाक में उसे इसी नाम से पुकारने लगे।

जिन्होंने उसे इस बार शंख और सीपियाँ दी थीं, उन सबको उसने चार-चार घूँट शराब पिलाई। अन्य लोगों के मुँह में जी भरकर तंबाकू के तोबड़े भरे। राजा-रानी को तो पूरे दो प्याले लबालब भरकर समर्पित किए। उसी जोश में राजा नानकोबी और रानी फुली ने 'मस्तूल' का एक-एक हाथ पकड़कर उसे बीच में ले लिया और उसके सम्मानार्थ उन तीनों में एक अलग ही नग्न नृत्य शुरू हुआ।

जावरों के विजय-नृत्य के ताजिए जब सिंधु-तट पर 'विलायती पानी' में इस प्रकार ठंडे हो रहे थे तब उधर, जैसा कि पिछले प्रकरण में बताया है, उस घायल जावरे वीर के साथ कंटक और रफीउद्दीन उस राजधानी से दो-तीन मील दूरी पर आकर रुक गए थे। उस घायल जावरे ने उन्हें बताया था कि जावरों ने 'मस्तूल' नामक एक भागोड़े को पिछले दो-तीन सालों से आसरा दिया है और यदि कंटक और रफीउद्दीन उनके

उसी तरह काम आएँगे, उन्हें शराब और तंबाकू देंगे तो उन्हें भी जावरों का समर्थन, सहारा और स्नेह मिलेगा। परंतु पहली अड़चन या बाधा यही थी कि वे भारतीय बंदी अंग्रेजों के आदमी थे और उस समय जावरे अंग्रेजों से नाराज थे, अत: यदि उन्होंने उस घायल जावरे के साथ उन्हें आते देखा तो शायद उस जावरे पर भी संदेह करेंगे और क्रोध में अंधे होकर विषाक्त तीरों की झड़ी लगा देंगे। उस विपत्ति को टालने के लिए आखिर यह तय हुआ कि कंटक और रफीउद्दीन दोनों उस रात उस जंगल में ही छिपकर रहें। वह घायल जावरा अकेला ही आगे बढ़कर अपनी टोली से मिल ले। इससे उसका स्वागत निन्यानबे प्रतिशत सुरक्षित रूप में किया जाएगा। फिर वह जावरा युक्ति-प्रयुक्ति से उनसे कहे कि कंटक-रफीउद्दीन की जोड़ी ने उसे कैसे बचाया, वह जोड़ी अंग्रेजों की पिट्ठू नहीं है। फिलहाल किस तरह वे उनके जानी दुश्मन हैं, भगोड़े हैं और जावरों को नानाविध मदिरा, तंबाकू, कांचमणि, रंगीन रेशमी वस्त्रों की पट्टियाँ आदि वस्तुएँ हमेशा देनेवाले हैं। यह सब बताकर उस घायल जावरे की जान बचाने के उपकारार्थ इन नए भगोड़ों को आश्रय देने के लिए टोली और राजा-रानी को राजी किया जाए। इतनी बाजी मारने के बाद वह जावरा फिर जंगल में वापस आकर उन्हें ले जाएगा। अत: कंटक-रफीउद्दीन उस जंगल में ही रुक गए। अब इस विचार से उनके दिल में धुक-धुक हो रही थी कि अब जावरों का क्या इरादा होगा। उसपर रफीउद्दीन की आततायी प्रवृत्ति के संदर्भ में कंटक के नित्य ही सशंक और सावधान होने के कारण मालती की मुक्ति का वह जो प्रयास कर रहा है, उसके बाद इस राक्षस का पुराना वैर जब उजागर होगा तो एकांत में उसपर बूमरैंग की तरह उलट तो नहीं जाएगा—यह भय उसके मन में लगातार रहने के कारण, बिना भूले-बिसरे, पर ऊपरी तौर पर सहजता के साथ कंटक ने वह बंदूक बारूद सहित अपने पास रखी थी। इसके साथ ही दोनों के आगे अब नया प्रश्न खड़ा था—भई, यह मस्तूल कौन है! यह भारतीय भगोड़ा वाकई कोई कर्ता पुरुष होगा जिसने जावरों को इतने वर्षों से प्रभावित किया है। वह उधर ही इन जावरों में क्यों रहता है! कहीं वह भी समुद्र पार करके भागने का मौका तो नहीं ढूँढ़ रहा! साधन तो नहीं जुटा रहा होगा! अवश्य कोई कर्ता पुरुष है, अत: मित्र होगा या फसादी दुश्मन। क्या सिद्ध होगा वह! परंतु सबसे बड़ी और अत्यावश्यक चिंता यह थी कि इस घायल जावरे से मिलते ही राजा नानकोबी क्या कहता है, और क्या करता है!

□

## प्रकरण–१९

# रफीउद्दीन से प्रतिशोध

जावरों का विजय-नृत्य समाप्त होने के बाद सूर्यास्त के समय वे लोग अपनी राजधानी की ओर वापस आ गए। लौटने के बाद राजा नानकोबी उस गुफा में—अपने राजमहल में—न जाकर मैदान स्थित अपने उस विलास-मंदिर में चला गया। विलास-मंदिर की राजशय्या एक शिला, आकाश ही छत और तीनों ओर की दीवारें—दिशाएँ। चौथी ओर दीवार बस सहारे के लिए पेड़ों की बँधी हुई बाँस की ठठरी—वही उस राजशय्या पर रखा गल-तकिया भी था। उससे पीठ टेककर, शिलासेज पर नानकोबी विराजमान हुआ।

"फुलीऽऽऽ!" उसने प्यार भरी आवाज दी। उसके स्वर से शहद टपकता था। उसकी आवाज सुनते ही रानी फुली भी मुसकराती, बल खाती आ गई। उसकी आँखों में कामुक लंपटता और हृदय में 'विलायती पानी' छलक रहा था।

उस समय बरखा थम गई थी। संझा फूलते ही नरम-नरम रेशमी धूप की रंग-बिरंगी रश्मियाँ हिलती-डुलती झाड़ियों में यहाँ-वहाँ फुदक रही थीं। प्रणय भरी, लाड़ भरी भाव-भंगिमाओं के साथ रानी फुली ने, एक हाथ से शीशे का एक धारदार टुकड़ा आगे बढ़ाते हुए और दूसरे हाथ से किसी ब्रश जैसे बढ़े हुए बालों से भरा अपना मस्तक दिखाकर, उससे बड़े अनुनय भरे स्वर में कहा, "स्वामी! मेरी चँदिया मूँड़ दो न!"

उसके उस अभिनय का और शब्दों का कुल मिलाकर अर्थ यह था कि मेरे बाल बढ़ने से विरूप बने मेरे इस मस्तक की इस शीशे के टुकड़े के उस्तरे जैसी चिकनी-चुपड़ी हजामत बनाओ न! मेरा सर मूँड़ो न प्रीतम, अपने इन प्यारे-प्यारे हाथों से!

हमारे यहाँ अपनी प्रिय पत्नी की किसी विलासी पति द्वारा अपने हाथों वेणी गूँथना जिस तरह का प्रणय भरा लाड़-दुलार है, और जिस तरह बैल अपने सींगों से गाय को खुजलाकर अथवा चाटकर प्रेम-प्रदर्शन करता है, उसी तरह की प्रेम-भावना के उमड़ते ही अपनी सजनी के मस्तक के बढ़े हुए बाल बिलकुल हलके हाथ से मूँड़ना

जावरों के लाड़ भरे प्रेमी की एक उमंग होती है, एक ललक होती है। उनके रतिविलास का वह एक श्रृंगार है। विधवा का केशवपन अपने धर्मशास्त्र के अनुसार जितना अनिंद्य नहीं—जिस तरह वह अनुलंघ्य धर्म संस्कार है, उसी तरह सुहागन का केशवपन जावरों के धर्मशास्त्र के अनुसार एक धर्म संस्कार तथा सौभाग्य का लक्षण है।

अपनी प्रिय पत्नी की यह ललक पूरी करने के लिए नानकोबी ने उसे अपने पास बैठाया। उसे उस शिलासेज पर लिटाकर उसका मस्तक अपनी गोद में ले लिया। फिर बड़े दुलार-प्यार के साथ शीशे के उस धारदार टुकड़े से हलके-हलके वह उसकी हजामत बनाने लगा। मुंडन होने के बाद जब वह उठकर बैठ गई तब वह विकेशा रानी फुली, जो अपने चिकने-चुपड़े मस्तक के कारण अधिक ही सुभग लग रही थी, उसे इतनी आकर्षक प्रतिभासित होने लगी कि उसने उसी स्थान पर बड़े चाव से उसका एक चुंबन ले लिया। उसने जिस प्रकार उसकी श्रृंगार की ललक पूरी की, उसी तरह वह भी उसकी उमंग पूरी करे, इस प्रकार की प्रार्थना जावरों की रीति के अनुसार अभिनय की भाषा में उसने की। शीशे का वह टुकड़ा आगे बढ़ाते हुए और दूसरे हाथ से अपना सिर दिखाकर नानकोबी ने अपनी प्रियतमा से कहा, "चलो, अब मेरी चँदिया मूँड़ दो।"

तब महारानी फुली ने उसे उसी पाषाण-शय्या पर सुलाया, उसका सिर अपनी विवस्त्र जाँघ पर रखा और शीशे के दूसरे एक कोरे, धारदार उस्तरे से वह जावरा सुंदरी अपने पति की हजामत बनाने लगी। इतने में नानकोबी की बहन और एक-दो बच्चे भी वहाँ आ गए। दो टोकरियाँ भर-भरकर ताजा-ताजा जीवित सीपियाँ वह जलपानार्थ लाई थी। उनका कवच छुड़ाकर भीतर के नानाविध जीवों को फली के दाने की तरह मुँह में डालते और सीपियाँ पहाड़ी के उस पुरातन गड्ढे में डालते हुए वे गप्पें लड़ाते रहे।

इतने में···

"आ गया! आ गया! ऊँ···ऊँ···ऊँ···" अचानक इस तरह चिल्लाती हुई नानकोबी की बहन लगभग नाचने लगी। दूरस्थ झाड़ियों की ओर निर्देश करके उसने सभी का ध्यान आकर्षित किया। नानकोबी ने उधर देखा तो उसे अपना खोया हुआ घायल जावरा, अपनी बहन का पति, तनिक लँगड़ाते हुए पर साधारणत: बिलकुल निर्भय, निश्चिंतता के साथ अपनी राजधानी की ओर बढ़ता हुआ नजर आ गया। उसके साथ ही खुशी के मारे उन सभी की बाँछें खिल गईं। वे सब खड़े होकर तालियाँ बजाकर, नानाविध भाव-भंगिमाओं के साथ, विचित्र रूप में चिल्लाते हुए यह भाव व्यक्त करने लगे कि 'चलो, चलो, जल्दी आ जाओ। तुम्हारा स्वागत है।'

यह देखकर कि उसके बारे में अपने जात-भाइयों के मन में कोई गाँठ या मैल नहीं है, वह जावरा भी हर्ष और उत्सुकता के साथ भागा-भागा आगे बढ़ने लगा। लेकिन अपने भाई-बंदों के सम्मुख आते ही वह ठिठक गया। नानकोबी, फुली, उस

जावरे की पत्नी सभी बिना हँसे, बिना बोले अकड़कर उसकी ओर देखने लगे। धीरे-धीरे उन्होंने अपनी आँखें तरेरीं। वह भी सीना तानकर खड़ा रहा और घूरते हुए उनकी ओर देखने लगा, जैसे क्रोध से आँखें चढ़ाते हैं।

फिर दोनों पक्ष एक के पीछे एक खाँसने-खँखारने लगे। पाँच-छह बार इस प्रकार खँखारने के पश्चात् वे पुनः निश्चल होकर एक-दूसरे को घूरने लगे।

जावरों में इसी तरह नमस्कार-चमत्कार के रिवाजों का शिष्टाचार के रूप में पालन किया जाता है। किसी भी व्यक्ति के, फिर अपना कोखजाया बच्चा ही क्यों न हो, चार दिन दूर रहकर वापस आने पर उससे मिलने से पहले इसी तरह 'दुआ-सलाम' किया जाता है। हो सकता है, इस रूढ़ि की जड़ जावरों की स्मृतिक्षीणता में हो। उनकी स्मरणशक्ति बहुत ही कमजोर होती है। इसीलिए कोई व्यक्ति चंद दिनों के लिए गायब होकर जब वापस लौटता है तो उसे तब तक जाँचा-परखा जाता है, जब तक उसे ठीक-ठीक पहचाना नहीं जाता। खाँस-खँखारकर इस बात का विचारपूर्वक निर्णय लेना कि वह शत्रु है या मित्र और फिर उसे पुनः टोली में घुसने की अनुमति देना, सावधानी का एक कर्तव्य होता है। इस तरह मूलतः यह जो आवश्यकता थी, आगे चलकर पहचान होने पर भी अतिथियों से इस प्रकार जब तक नमस्कार-चमत्कार नहीं किए जाते—न बोलने का रिवाज ही बन गया।

यह शिष्टाचार संपन्न होते ही उन्हीं तरेरती आँखों से खुशी के आँसुओं की झड़ी लग गई। सभी का जी भरभरा उठा और अपने इस गुमशुदा वीर बंधु के गले में उसके बाँधवों के और पति के गले में पत्नी की स्नेहिल बाँहों के हार पड़े।

अपनी मुक्ति का सुरस तथा अद्भुत रम्य वृत्तांत-कथन करते हुए उस पुनरागत जावरे ने कंटक और रफीउद्दीन द्वारा अपने ऊपर किए हुए उपकारों का बार-बार जिक्र किया तथा अंत में वहाँ उपस्थित सभी लोगों से उसने प्रार्थना की कि उन दोनों भगोड़ों को जावरे आश्रय दें और इस तरह उनके द्वारा उसे दिए हुए जीवनदान के उपकार का ऋण चुकाया जाए। उसने उन्हें यह भी लालच दिखाया कि इन भगोड़ों से जी भर शराब और तंबाकू मिलेगा। तब वहाँ ऐसा एक भी जावरा नहीं था जिसने इस प्रार्थना को ठुकराया हो, तथापि नानकोबी अपनी नेतागिरी के अनुकूल किंचित् विचारपूर्ण मुद्रा बनाकर तनिक मौन रहा और फिर उसने इशारों से वाक्य का प्रायः सभी अंश व्यक्त करते हुए एक ही शब्द का उच्चारण किया—'मस्तूल।'

इसका अर्थ यह था कि इस प्रकार के भगोड़ों की असली परख मस्तूल को ही है। उसे ही हमारी ओर से उधर भेजा जाए। यदि मस्तूल ने कंटक और रफीउद्दीन को आश्रय योग्य घोषित किया, तभी आश्रय देंगे।

उस शाम जब वहाँ उनकी भेंट हो रही थी तब इधर कंटक और रफीउद्दीन

सूर्यास्त होने से पहले कुछ शिकार करके और उस मांस को आग में भूनकर खा-पीकर उस भयानक जंगल में अपना-अपना बिस्तर बिछाने के लिए दलदली और कीचड़-धरती पर अपना-अपना पलंग तलाशने लगे। वहाँ का पलंग था वही—पलंग की मूलभूत प्रकृति—वृक्ष। वृक्षों का निरीक्षण करते-करते उन्होंने देखा, दो चौड़ी और बड़ी-बड़ी शिखाएँ ऊँचाई पर एक-दूसरी से चिपकी हुई हैं। इस प्रकार के दो अलग-अलग वृक्षों की शिखाओं से बने हुए मचानों पर वे चढ़ गए। अपने आपको उन्होंने जंगली लताओं के मोटे और मजबूत रस्से जैसे चीमड़ रस्सों से उन पलंगों को कस दिया, ताकि वे नीचे गिर न जाएँ। वर्षा काफी देर से थमी हुई थी। फिर भी झाड़ियों से पानी टपकता ही था। बीच-बीच में एकाध झड़ी लग ही रही थी। लेकिन फिर भी वे गहरी नींद सो गए। इस बात पर उन्होंने कभी गौर नहीं किया कि वह नींद गाढ़ी नींद थी या ग्लानि भरी बेहोशी।

भोर होते ही रफीउद्दीन उठ गया। गहरी नींद के कारण उसे इतना अच्छा लग रहा था कि थोड़ी देर के लिए वह यह भी भूल गया कि अपने सिर पर जान के खतरे की तलवार लटक रही है। निकट ही दूसरे वृक्ष पर कंटक सो रहा था। उसने उधर देखा तो कंटक अँगड़ाइयाँ लेते हुए जग ही रहा था। तनिक ठिठोली करने की सनक सवार हुई और रफीउद्दीन ने कंटक को पूरा जगाने के लिए ऊँची तथा सुरीली आवाज में यह भूपाली* छेड़ी—

"घनश्याम सुंदर श्रीधर, अरुणोदय हो गया।
उठो कंटक बाबू, उदयाचल सूरज आ गया॥"

कंटक की हँसी छूट गई। वह भी उठकर उस शाखा पर तनिक सुस्ताया। कंटक बिलकुल उसी तरह दिखाई दे रहा था, जिस तरह शिकारी शेर की घात में मचान बाँधकर बैठते हैं।

"क्यों बाबूजी, कितने शेर मारे?"

कंटक ने उत्तर दिया, "भाईजान, असली शेर तो अभी आनेवाला है। वे जावरे, जैसाकि कल तय हुआ है, अभी वापस लौटेंगे, तब वे या तो पालतू या हिले हुए होंगे या शेर बने होंगे। तीर के नाखून से चीरकर खा लेंगे—तुम्हें और मुझे। समझे?"

कंटक यह बोल ही रहा था कि सामनेवाली झाड़ी में सरसराहट हुई। बिलकुल सौ कदम पर आते ही वह जावरा अपनी जंगली भाषा में 'ऊँऽऽऽ ऊँऽऽऽ ऊँ' इस प्रकार ऊँचे स्वर में पुकारने लगा। उस जावरे को पहचानते ही कंटक झट से पेड़ के नीचे उतर गया। रफीउद्दीन अपने पेड़ पर ही समय निकालता रहा। कुछ अंश में वह अपने आपको उन लताओं के मोटे-मोटे रस्सों से जल्दी-जल्दी नहीं खोल सका, लेकिन कुछ

* एक मराठी गीत विधा जो भोर के समय गाई जाती है।

हद तक वह अपने भीतर पगी हुई धूर्तता के कारण इस प्रकार पीछे समय निकालता रहा। उस जावरे के साथ वह अपरिचित 'मस्तूल' भी आया हुआ था। अब तक इस बात का निश्चित पता नहीं था कि उन दोनों की क्या योजना है—कंटक और रफीउद्दीन को आश्रय देना या जावरों की टोली से उन्हें पकड़वाना। अतः इस तरह की संदिग्ध अवस्था में स्वयं पहल न करते हुए, कंटक को अगुआ किया जाए और पासा अनुकूल पड़ते ही स्वयं भी उधर चला जाए और प्रतिकूल आसार नजर आते ही पीछे से रफूचक्कर हो जाए—कुछ अंश में इस तरह का कपट भाव उसके पीछे रहने में जरूर था।

कंटक को आगे बढ़ते हुए देखकर वह जावरा हर्षावेग में चीखें मार-मारकर उससे लिपट गया। "यही हैं कंटक बाबू।" इस तरह उसने मस्तूल को उसका परिचय दिया। मस्तूल ने भी आगे बढ़कर कंटक बाबू से कहा, "कंटक बाबू, मेरा खयाल था कि आप ही कंटक बाबू होंगे। यद्यपि पिछले दो-तीन सालों से इन जावरों में 'जैसा देश, वैसा भेस' के अनुसार नग्नावस्था में रहकर मैं भी एक जावरा बन गया हूँ, तथापि छद्म वेश में काले पानी की बस्ती में मैं हरदम चक्कर लगाता हूँ। मैंने आपको वहाँ कई बार देखा है। अफसरों में आपकी साख, अधिकार और आपकी भागने की योजना—सारी बातें मैं जानता हूँ। सन् १८५७ के स्वतंत्रता सेनानी अप्पाजी का मैं भी एक अंतरंग, विश्वसनीय सुहृद् था। उन्होंने आपको मेरी जानकारी नहीं दी थी, क्योंकि आप दोनों का नया-नया परिचय था—मेरी उनकी पुरानी जान-पहचान थी। आप ही ऐसे साथी हैं जो मेरे साथ काले पानी से भाग सकते हैं। कंटक बाबू, आपकी बहन को मुक्ति दिलाने में मैं चुटकी बजाते ही सफल हो जाऊँगा। हाँ, हाँ, इस तरह चौंकिए मत। मैं सबकुछ जानता हूँ। प्रसंगवश सबकुछ उगलूँगा कि मुझे यह सब जानकारी कैसे है। आपको मैंने जावरों से कहकर आसरा दिलाया है। हाँ, लेकिन आपके साथ जो अन्य भगोड़ा है, उसे जब तक मैं अपनी आँखों से नहीं देखता, तब तक उसके लिए कोई भी वचन देना नहीं चाहता। क्योंकि··· क्योंकि··· उसका नाम इस जावरे के टूटे-फूटे उच्चारण में मैंने जो जोड़ा है, वह रफीउद्दीन या ऐसा ही कुछ बनता है। और कंटक बाबू, मुझे इस नाम से सख्त नफरत है। लेकिन उस आदमी को देखने के बाद वह उतना अधम, पुराना चांडाल नहीं होगा जितना उसका नाम है, तो मैं उसे भी आसरा दिलवाऊँगा। बताइए, ठीक-ठीक नाम क्या है उसका?'

चौंकते हुए कंटक बाबू ने कहा, "यही है, रफीउद्दीन। लेकिन यहाँ तक भागने में उसी ने मेरी सहायता की। कम-से-कम मेरी खातिर तो उसे आसरा···" कंटक को बीच में ही रोकते हुए मस्तूल ने कहा, "उसे देखने के बाद यह प्रश्न उठेगा। कहाँ है वह?"

उनकी बातचीत के दौरान ही रफीउद्दीन अपने बदन के इर्द-गिर्द लिपटे हुए

बंधन छुड़ाकर दूर-दराज के उस वृक्ष से नीचे उतरकर आगे बढ़ रहा था, क्योंकि उस जावरे का कंटक से हर्षोल्लास के आवेग में लिपटना, वह हर्षभरित चीत्कार, 'मस्तूल' का कंटक से खुशी-खुशी हाथ मिलाना—इन सभी लक्षणों से उसके मन में इस संदर्भ में संदेह की कोई गुंजाइश नहीं रही कि जावरों ने उनके साथ स्नेह-संबंध जोड़ा है। उसे पक्का विश्वास हो गया कि आगे बढ़ने में कोई धोखा नहीं है। इतने में कंटक ने ही उसे जोर से आवाज दी, "रफीउद्दीन, आ जाओ। जावरे अब हमारे मित्र बन गए हैं।"

रफीउद्दीन निश्छलतापूर्वक निश्चित मन से हँसते-हँसते आगे बढ़ गया। मस्तूल बारीकी से उसे निहार रहा था। लेकिन रफीउद्दीन के निकट आते ही मस्तूल की—जो रफीउद्दीन से ऊँचे, मजबूत, भारी-भरकम डील-डौल का था—त्योरियाँ चढ़ गईं, बार-बार मिटाने पर भी उसके माथे पर पुनः-पुनः क्रोधावेश के बल पड़ने लगे, उसके नथुने फूल गए, उसकी आँखों तले लहू उतर गया। वह आग का पुतला बन गया। उसे ऐसा लगा, जैसे मदिरा की बोतल की डाट तड़ाक् से उड़ने लगे, उसी आवेश से उसका पूरा बदन उछल तो नहीं रहा! बोतल की उछलती डाट को हम जिस तरह ऊपर से कसकर दबाकर पकड़ते हैं, उसी तरह वह अपने पैर दृढ़तापूर्वक धरती पर दबाने लगा। इतने में उसने एक किल्ली ऐंठी। वह युक्ति उसके मन में, जिस आशंका का आरंभ हुआ था, विशेष रूप से उसकी पूर्ति करती थी। उसने बलात् अपने चेहरे पर मुसकराहट पोती और रफीउद्दीन के साथ प्यार से हाथ मिलाने के लिए अपना हाथ आगे बढ़ाया।

"आइए, आइए मियाँजी!" इस तरह मस्तूल के स्वागत करते ही रफीउद्दीन का दिल बल्लियों उछलने लगा। उसने अपने दोनों हाथ आगे बढ़ाकर मस्तूल का हाथ पकड़ा और शीश नवाकर उसका अभिवादन किया।

रफीउद्दीन के पंजे की ओर देखते ही मस्तूल को वह निर्णायक निशान मिल गया जो वह देखना चाहता था। रफीउद्दीन की दाहिनी छिगुनी का एक पोर टूटा हुआ था। यही है वह रफीउद्दीन! और उसके साथ ही मस्तूल दाँत पीसकर उसपर झपटा।

"तुम, तुम ही हो वह दुष्ट रफीउद्दीन! अरे नीच, मैं तेरा खून पी जाऊँगा कमीने!"

उस भयानक आवेश और आरोप का अर्थ कंटक ही नहीं, स्वयं रफीउद्दीन के भी जानने से पहले मस्तूल ने रफीउद्दीन के पकड़े हुए हाथ को पूरी ताकत के साथ झटका दिया, दाँव-पेंच मारकर उसने उसे पीठ की ओर से पेट पर ले लिया, उसके शरीर को बाएँ हाथ से मजबूत घपची मारकर दाहिना हाथ दोनों टाँगों में से घुसेड़कर उसे ऊपर उठाया और पछाड़ते हुए धड़ाम से जमीन पर पटक दिया। साथ ही उसकी छाती पर आरूढ़ अपने दोनों बलवान् हाथों से मस्तूल ने रफीउद्दीन का कंठ कसकर दबाया।

अब रफीउद्दीन को अहसास हो गया कि उसका एक पुराना शत्रु उसकी छाती पर सवार हो गया है। रफीउद्दीन ने उसे तब पहचाना, जब वह उसके शिकंजे में आकंठ फँस चुका था।

"अरे, अरे छोड़ो, छोड़ दो इसे!" इस तरह घबराकर कहते हुए कंटक बीच में आ ही रहा था कि अत्यंत दृढ़, निर्णायक, सधे हुए, ठोस और कठोर स्वर में मस्तूल दहाड़ा, "बाबूजी, आप चुप रहिएगा। यह इनसान नहीं हैवान है, जो जहर का बुझाया हुआ है। आपके हित की खातिर भी यह जहरीला काँटा उखाड़ना ही होगा। मेरा तो यह जानी दुश्मन है। वह सारी रामकहानी बाद में बताऊँगा। बोल रफीउद्दीन, मक्कार भेड़िए, तूने ही उस समय मेरी जान ले ली थी न? अपने हिसाब से तू मेरी जान ले चुका है न? अब यह मेरा पुनर्जन्म है। अब मैं तुझे जान से मारे डालता हूँ।"

दाँत किटकिटाते हुए विकराल आग का पुतला बनकर मस्तूल रफीउद्दीन की आँखों पर, नाक पर और छाती पर अपनी वज्रमुष्टि के लगातार प्रहार करता रहा। रफीउद्दीन की आँखों, नाक और मुँह से लहू की धाराएँ उमड़-उमड़कर बहने लगीं। मांस का लोथड़ा बनकर वह बेहोश हो गया।

जिस तरह पालतू कुत्तों के लिए इतना जानना ही पर्याप्त होता है कि मालिक का शत्रु हमारा शत्रु, उसी तरह जावरों का वैर जाग्रत् होने के लिए भी यही पर्याप्त था। उस जावरे ने अपना धनुष रफीउद्दीन पर ताना। उसका तीर सनसनाता हुआ उसी तरह रफीउद्दीन की छाती में ठुँक गया, जैसे कोई कील ठोंकी जाती है। रफीउद्दीन वहीं ढेर हो गया।

मस्तूल ने किसी अघोरी संतुष्टि के आवेश में कंटक की ओर मुड़कर कहा, "कंटक बाबू, सुनिए। मैंने इस रफीउद्दीन की किसी भेड़-बकरी जैसी हालत क्यों की? आप सोचते होंगे मैं ही जल्लाद हूँ। लेकिन इस रफीउद्दीन को जब से आप जानते हैं, उससे पहले से मैं जानता हूँ। इसी ने इसी तरह गला घोंटकर सैकड़ों जानें ली हैं। यह पहले काले पानी पर आजन्म कारावास का दंड प्राप्त बंदी था, तब मैं भी आजन्म कारावास प्राप्त कैदी था। लकड़ियाँ भरकर ढोनेवाली किश्ती पर काम मिलने के कारण मैं नौकायन विद्या में भलीभाँति निपुण बन गया। यह कलमुँहा मेरे अधिकार में लकड़ी का जमादार था। आगे चलकर हमने यहाँ से भागने का षड्यंत्र रचा। इस साहस में इसने मेरी काफी सहायता की। लेकिन इसके पास दमड़ी भी नहीं थी और मेरे पास हजार-दो हजार नगद थे। मैं जिस किश्ती पर काम करता था, अवसर देखकर वही किश्ती हमने हथिया ली और उसी रात समुद्र में छोड़ दी।

हवा अनुकूल बहने लगी, इसीलिए हम भगोड़ों को सागर में अच्छी तरह राह मिली। इस प्रसंग में इसने मेरे पास जो नगद माल था, उसे हड़पने के दुष्टतापूर्ण उद्देश्य

से इसने मुझसे छल करने की योजना बनाई, जबकि मैंने इसका कुछ भी अहित नहीं किया था। मैं एक पट्टी पर किश्ती के किनारे खड़ा था और इसकी ओर मेरी पीठ थी। तब इसने वह पट्टी अचानक उलट दी और मेरे साथ सागर में लुढ़का दी। मैंने आनन-फानन में पुनः किश्ती पकड़ने की कोशिश की तो इसने चप्पू का डाँड मेरे सिर पर दे मारा। मेरा सिर चकरा गया और मैं गोते खाने लगा। फिर मैं डूब गया। किश्ती तेजी के साथ आगे बढ़ी। लेकिन अद्‌भुत संयोगवश समुद्र में उछलकर मैं जो सागर के पृष्ठ भाग पर आया तो वही पट्टी लहरों की फटकार के साथ मेरे हाथ लग गई। उसे पकड़कर मैं अपनी जान बचाने के लिए एड़ी-चोटी एक कर रहा था कि जावरों की बड़ी सी डोंगी मेरे समीप आ गई और उन जावरों ने अपनी नौका में चढ़ाकर मुझे बचाया। लेकिन इसके अनुसार मैं मर-खप गया था। इस क्षण तक मैं नहीं जानता था कि इसका क्या हुआ। अब भी इसका नाम सुनकर और इसे साक्षात् देखकर ही मैंने पहचाना कि यही है वह दुष्ट। अब मैंने अपने ऊपर और अन्य बहुतों पर किए हुए अत्याचारों, जुल्मों का प्रतिशोध ले लिया है। अब चाहे आप कुछ भी कहिए, मैंने यह उचित किया है या नहीं।''

''मैं तो यही कहूँगा कि आपने ठीक ही किया। आपने इस नीच को एक बार ही मारा है, अगर तीन बार भी मारते तो मैं यही कहता कि आपने ठीक ही किया। इसके घोर अपराधों से मैं भी परिचित हूँ। आपने वही किया जो मुझे करना चाहिए था। पर मैं हालात की पेचीदगी के कारण विवश था। आपने मेरे पाँव में धँसा ऐसा काँटा निकाला है, जो मैं नहीं निकाल सकता था। इस वजह से मेरी आगामी योजना में रुकावटें भी आ जाएँ जो अन्यथा नहीं आतीं, तो भी मुझे चिंता नहीं।''

''नहीं, नहीं। इसके जीवित रहने पर भी आपकी भविष्यकालीन योजना में वही रुकावटें निश्चित थीं। प्रायः मेरे समान ही यह आपसे भी विश्वासघात करने में नहीं चूकता। वह संकट इस अधम साँप को कुचल डालने से दूर हुआ है। आप की आगामी योजना निष्कंटक हो गई है, कंटक बाबू। जल्दी ही मैं आपको इसका यकीन दिलाऊँगा कि मैं कौन...''

''जी हाँ, यही समझने की उत्कंठा और आवश्यकता मुझे है।''

''मेरी राय से आप यह न पूछें और मैं न बताऊँ तो अच्छा है। पर ऐसा नहीं कि मुझे आपपर भरोसा नहीं है। स्व. अप्पाजी ने आपके चरित्र, शील के संबंध में मुझे जो प्रमाण-पत्र दिया है, वही उस आशंका का निर्विवाद निराकरण है। लेकिन अंदमान के अघोरी अपराधी जगत् में जो उन्हीं अपराधियों के सहयोग से काले पानी से भागने के जानलेवा षड्‌यंत्र में सम्मिलित होना चाहता है, उसे दो बातों का त्याग करना ही चाहिए। पहली बात यह कि अपने कार्य के लिए अपरिहार्य से अधिक पूर्वपीठिका दूसरे से न

कहना और दूसरी बात यह कि जीने की आशा। मैंने अपने अनुभवों से यह पत्थर की लकीर की तरह निश्चित किया है कि इन दोनों बातों का त्याग करना अत्यावश्यक है। आपका पूर्वेतिहास मैं उतना ही जानता हूँ जितना आवश्यक है। फिलहाल इस काम में मेरा इतना ही पूर्वेतिहास आपके लिए पर्याप्त है कि मैं मस्तूल हूँ। आगे चलकर जब आवश्यक हो तब, किस्त-दर-किस्त, यथाक्रम मैं स्वयं ही आपको बताऊँगा। अब पहले जावरों के पास चलिए। मेरे अनुकूल अभिप्रायवश राजा नानकोबी स्वयं ही आपसे मिलने के लिए उत्सुक हैं। अरे हाँ, लेकिन आपके पास एक बंदूक, कुछ बारूद और पुलिसिया कपड़े भी थे न? यह जावरा ही बता रहा था···"

"जी हाँ। कुछ कारणवश हम उन्हें छिपाते आए हैं। कहीं ये हथियार देखकर जावरे हमसे डर न जाएँ। और इस अधम रफीउद्दीन पर मेरा अंतस्थ अविश्वास था। इसी कारण इन चीजों को मैंने हमेशा अपने पास ही रखा।"

"लेकिन दरअसल भागने के साहस के लिए अत्यावश्यक चीजें आपके पास हैं, जिनकी मेरे पास कमी है। यह सुनकर ही मुझे आपके सहयोग का जबरदस्त आकर्षण है। चलिए, पहले उन वस्तुओं को इधर ले आइए।"

सूखी पत्तियों में छिपाई हुई उन सारी वस्तुओं को कंटक के उधर लाते ही मस्तूल ने सबसे पहले बंदूक पर ऐसा झपट्टा मारा, जैसे कोई भूखा कंगाल पकवानों पर मारता है और बड़े ठसके के साथ उस नंगे वीर ने बंदूक कंधे पर रखकर कंटक को फौजी शान में आदेश दिया, "चलो, मेरे पीछे-पीछे चले आओ।"

"वाह जी वाह!" कंटक मुसकराया, "बंदूक के पारस स्पर्श से आपके कदम भी फौजी शान से पड़ने लगे, जैसे आपमें किसी फौजी आत्मा का ही संचार हो गया हो।"

"किसी फौजी का क्यों भला? मैं स्वयं पहले कभी एक सैनिक था। मैंने युद्ध देखा है, बाबूजी! साक्षात् रणभूमि में लोहा बरसाया है, जनाब!"

लेकिन यह सोचकर कि मुँह से आनन-फानन निकल चुकी अपने पूर्व चरित्र की इतनी जानकारी कहीं जरूरत से ज्यादा तो नहीं हो गई, मस्तूल ने एकदम चुप्पी साध ली; और कंटक और जावरा दोनों की फौज का नेतृत्व करते हुए उस जंगल में किसी सेनानी के समान, जैसे नानकोबी की जंगली राजधानी पर चढ़ाई करने चल पड़ा। □

प्रकरण–२०

# बंदिनीगृह से मालती उड़न-छू

बंदिनीगृह की पाकशाला की छपरी में साग-भाजी की एक बड़ी सी लोहे की देगची के नीचे आग तेज करती कंटकी खड़ी थी। बंदिनियों की वेशभूषा के अनुसार उसने एक मोटी खुरदुरी धोती पहन रखी थी जो मुश्किल से घुटनों तक पहुँचती थी। हफ्ता-हफ्ता भर बिना तेल के रहने और गंदी तथा नीच बंदिनियों के बीच दिन-रात एक साथ रहने के कारण उसके बाल बिखरे, उलझे हुए थे जिनमें जुओं की भरमार हो गई थी। बड़े-बड़े प्रचंड धधकते चूल्हों की तपिश में लगातार खटने के कारण उसका बदन धुएँ से मटमैला हो गया था तथा पसीने से तर-बतर रहता था तथापि ऐसी स्थिति में भी वह युवती—वह कंटकी ऊर्फ मालती जो मूलतः सुंदर सुभगा थी—आग से धधकते उन प्रचंड चूल्हों के बीच ऐसी शोभित हो रही थी, जैसी पंचाग्नि साधना में तपस्या।

कम-से-कम अनुसूया को, जो उस समय उसके सामने खड़ी थी और उसके अनजाने में उसकी ओर सहृदयतापूर्वक और कौतुक भरी नजरों से निहार रही थी, कंटकी उसे उसी तरह मोहक प्रतीत हुई।

दूसरी एक बंदिनी के, जो वहाँ काम कर रही थी, आटे के बोरे उठाने के लिए एक तरफ मुड़ते ही कंटकी को अकेली पाकर उसे सचेत करने के उद्देश्य से अनुसूया ने चुटकी बजाई। कंटकी ने ऊपर देखा, तनिक आगे बढ़ी, सावधानी के साथ चारों ओर देखा और अनुसूया के हाथ से झट से कागज लेकर एक तरफ दरवाजे के पास खड़ी हो गई। एक-दो मिनट में ही कंटकी ने उस चिट्ठी को पढ़कर आग में फेंका ही था कि अनुसूया ने इशारे से पूछा 'काम हो गया न'! कंटकी के हामी भरते ही अनुसूया वहाँ से चलती बनी। इस उद्देश्य से कि कंटकी से अपना कुछ विशेष स्नेह-संबंध है, इसका किसी को संदेह न हो, अनुसूया कंटकी से कभी बात भी नहीं करती थी, कंटकी के साथ कामकाज में भी उतना संबंध नहीं रखती थी, जितना अन्य स्त्रियों के साथ।

वह चिट्ठी पढ़ते ही कंटकी का हृदय किसी उत्कट आशा की उछाल और साहस की उत्तेजना से धकधक करने लगा। उसकी देह बंदीगृह में थी, लेकिन उसे ऐसा प्रतीत हुआ कि उसका मन ही हलके से किसी ने उठाकर किसी अन्य दुनिया में लाकर छोड़ दिया है। उसका पूरा ध्यान इस बात पर केंद्रित हो गया था कि उस चिट्ठी में जो भयंकर, परंतु शुभकर योजना उसे सूचित की गई थी उसमें से उसके हिस्से में जो भूमिका आएगी उसे किस तरह संपन्न किया जाए। वह अपने मन के रंगमंच पर अपनी साहसी भूमिका पुनः-पुनः साकार करके देख रही थी, योजना बना रही थी। सारी आवश्यक कृतियाँ, गतिविधियाँ और घटना-प्रसंगों का संकलन किस तरह संपन्न करना है, यह अक्षर-अक्षर निश्चित कर रही थी, ताकि उससे रत्ती भर भी भूल-चूक न हो। तथापि इतनी सी भी कहीं गलती हो गई, उसकी और अन्य लोगों की गतिविधियों में इतना सा भी अंतर आ गया तो वह अब जिस स्थिति में थी उससे भी कई गुना अधिक बदतर, किसी अन्य भयंकर संकट में फँस जाएगी—इस विचार से उसकी धकपक हो रही थी। उसका कलेजा थरथर काँप रहा था। यदि सारी योजना अक्षर-अक्षर संपन्न हो जाए तो…तो चौबीस घंटों के अंदर-अंदर वह सुख के स्वर्ग में कदम रखेगी और फिर…फिर अपने किशन की बाँहों में।

उसके मन में यह तूफान उठ रहा था, पर उसका सारा व्यवहार बंदीगृह की घड़ी जैसा काँटे का नपा-तुला—बंदीगृह से परिनियोजित अनुशासन के अनुसार साक्षात् चल रहा था। सभी बंदियों के भोजन से निपटकर दोपहर के समय पाकशाला विभाग की महिलाओं को जो थोड़ा-बहुत अवकाश मिलता था, उसमें कंटकी नित्य नियमानुसार ऊपरी तौर पर तनिक सुस्ताई। परंतु उसका मन असहनीय बेचैनी के कारण और सशंक अपेक्षा से इस चिंता में धौंकनी सदृश धकधक कर रहा था कि क्या होगा, कैसे होगा। वह बार-बार अनुसूया जमादारनी की उत्कंठापूर्वक प्रतीक्षा कर रही थी। घड़ी के तीन टोल देते ही उसे लगता था कि वे चार के ही टोल हो गए। चलो, आखिर बाहरी काम के लिए जाने का अपना समय तो हो गया। लेकिन यह जानकर कि अरे, अभी तो तीन ही बजे हैं—वह झेंपती हुई इतना सा मुँह करके फिर नीचे बैठ गई। इतने में वाकई चार बज ही गए। अनुसूया जमादारनी ने हमेशा की तरह बंदीपाल के कहने के अनुसार आवाज दी, "कंटकी!" सभी के सामने उस सायंकालीन काम के लिए बाहर जाने का आदेश मिल गया।

यह बाहर का काम बंदियों के लिए बंदीगृह के बाहर बनाए गए प्रेमोद्यान में जाकर झाड़ू-बुहारना आदि व्यवस्था रखना था। कंटकी का चोखा चाल-चलन देखते हुए बंदीपाल ने यह काम उसको ही सौंपा था। नित्य ही इसी तरह उस प्रेमोद्यान में जाने के लिए बंदीगृह के बाहर कदम रखती और शाम के समय झाड़ू-बुहार की व्यवस्था से

निपटकर प्रेमोद्यान बंद होते ही पुनः उस द्वार के भीतर आकर बंदीगृह में स्वयं बंद हो जाती। पर आज—आज तो उसने ठान ली थी कि उस बंदीगृह के द्वार से बाहर निकलना ही है, और वह भी पुनः अंदर कदम न रखने के लिए। वह इस निश्चय के साथ बाहर निकली कि कंटक की गुपचुप अनुसूया के हाथ भेजी हुई चिट्ठी के साहसी षड्यंत्र के अनुसार भागने में सफलता मिली तो ठीक है अन्यथा असफलता मिलने पर पेट में छुरा घोंपकर आत्महत्या द्वारा—लेकिन आज बंधनमुक्त होकर ही रहना है; फिर इस द्वार से बंदीगृह के भीतर कभी नहीं आना है। वह मालती—कंटकी अपने ही मन में ठोंक-बजाकर कहने लगी, 'आज आजन्म कारावास की सजा यहीं पर समाप्त हो गई।' प्रेमोद्यान की झाड़ू-बुहार करने की, झाड़ू के साथ-साथ उसने पाकशाला की एक तेज धारवाली छुरी भी छिपाकर साथ ली हुई थी। उसने उसे टटोलकर देखा और चेहरे पर शिष्टता मिश्रित बुद्धू जैसा भाव और मुसकराहट भरी ढीलाई पोतकर वह बंदीगृह से बाहर निकली। उसका चेहरा देखकर दरवाजे पर खड़े उन परिचित पहरेदारों को उसकी तलाशी लेने की भी आवश्यकता महसूस नहीं हुई। अनुसूया उस समय उसे एक नजर देखने के लिए भी नहीं आई। इस उद्देश्य से कि आगे चलकर वह कान पर हाथ रख सकती है कि वह इस मामले में बिलकुल ही बेखबर थी, वह बंदीगृह में किसी दूसरे ही काम से उलझने का बहाना बनाने की चालाकी करके बंदीगृह के बिलकुल ही बीच के चौक में कब की खिसक गई थी। बंदीगृह के अच्छे चाल-चलन के स्त्री-पुरुषों को विवाह की अनुज्ञा मिलते ही वहाँ के बंदी मनचाहा साथी चुनने के लिए उस उद्यान में आते। हमेशा की तरह वे उस दिन भी इकट्ठा होने लगे और आपसी बातचीत में लीन हो गए। झाड़ू-बुहारे के काम से निपटकर कंटकी भी उनके बीच में चक्कर काटने लगी, लेकिन उसका सारा ध्यान उस बगीचे के सामनेवाली सड़क की ओर था। पाँच के टोल हो गए, लेकिन ऐसा कोई व्यक्ति सड़क पर नजर नहीं आ रहा था, जिसकी उसे अपेक्षा थी। वह बेचैन होने लगी और आँखें फाड़-फाड़कर देखने लगी। पाँच बजने के बाद हर मिनट उसे घंटा जैसा प्रतीत होने लगा। सवा पाँच हो गए। वह कौन है भई! पुलिस⋯! हाँ जी, हाँ। उस पुलिस के आदमी ने पूर्वनियोजित संकेत किया। कंटकी झट से प्रेमोद्यान से बाहर निकलकर सड़क पर आ गई। वह पुलिसवाला ढीठ बनकर आगे बढ़ा, उसने कंटकी का हाथ पकड़ा। उस स्पर्श से या निकट आने के कारण गौर से देखने पर कंटकी ने पहचाना कि पुलिस के वेश में कंटक ही है। उसके पीछे-पीछे एक लंबा सा, साँवला सा दूसरा सिपाही था जो अपरिचित था।

पहला सिपाही कंटक और दूसरा था मस्तूल। दोनों ने पुलिस के वेश में कंधे पर बंदूक, कमर में सरकारी पुलिसिया पेटियाँ, पुलिसिया शान के साथ आगे बढ़कर कंटकी का हाथ पकड़ा। उसे ऊँची आवाज में आज्ञा दी, "आपको चीफ कमिश्नर साहब ने

कोठी पर बुलाया है। हम आपको लेने आए हैं।''

कंटकी के पीछे-पीछे उस बंदीगृह का पहरेदार भी आ रहा था। उसे उन दोनों सिपाहियों ने बताया, ''इस महिला को हम चीफ कमिश्नर साहब के पास ले जा रहे हैं। सुना तुमने! क्या कहा! बंदीपाल को सूचित कर देना! हमने पहले ही सूचित कर दिया है। भई, चीफ कमिश्नर से बंदीपाल बड़ा अफसर थोड़े होता है! आप हमारे नंबर नोट कीजिए। चलो कंटकी—आगे बढ़ो।''

उन सिपाहियों की वह कठोर, सधी हुई भाषा और बेबाक, निडर ठसका देखकर वह पहरेदार झेंप गया। न कहे तो वह कमिश्नर ही सर्वेसर्वा, अंदमान की सरकार और उनके यह पुलिसवाले। इस संदेह से कि इनके साथ तू तू-मैं मैं करने से स्वयं ही मुसीबत में न फँस जाए—पहरेदार इस दुविधा में पड़ा रहा। इतने में ही उन सिपाहियों ने कंटकी को आगे करके आदेश दिया, 'चलो'। उस आदेश की प्रतीक्षा भी न करते हुए कंटकी ने पहले ही रास्ता नाप लिया। पाँच मिनट के अंदर वे तीनों एक मोड़ से दूसरी राह पर निकल गए।

वह पहरेदार तब तक उस सड़क की ओर ही देखता रहा, जब तक वे तीनों आँखों से ओझल नहीं हुए। फिर आधे-पौने घंटे के बाद यथासमय उद्यान बंद करके वह बंदीगृह में चला गया। शाम के समय गिनती करते समय एक बंदिनी कम पड़ गई। यह समझ में आते ही कि वह कंटकी ही है, बंदीपाल ने उस प्रहरी के कान खींचे। उसने अकड़ते हुए उत्तर दिया, ''हुजूर, चीफ कमिश्नर साहब से पूछिए, मेरा क्या कसूर? पुलिस अफसर कंटकी को पकड़कर ले गए थे।''

चीफ कमिश्नर की कोठी से कई बार बंदियों को अचानक बुलावा आता था। हिंदुस्थान का नया वारंट अथवा अन्य कुछ मुक्ति, कैद में बंदी की छूट आदि कामकाजों में इस तरह हमेशा होता है। लेकिन बंदीपाल की अनुमति के बिना हथियारबंद पुलिस भेजकर—एक बंदिनी को पकड़कर ले जाना लीक से हटकर ही था। इसलिए बंदीपाल ने तुरंत कमिश्नर की कोठी पर अपने दूत रवाना किए। नाव पर सवार होकर उस कोठी पर जाना पड़ता था। इतनी दूर जाकर दूत के रात में वापस लौटते ही उन्होंने कमिश्नर का संदेश बताया कि 'वहाँ से कंटकी नामक किसी भी बंदिनी को नहीं बुलाया गया।'

अर्थात् किन्हीं दो पुलिसवालों ने उस युवा बंदिनी का अपहरण किया होगा! यह बात स्पष्ट होते ही बंदीपाल सिटपिटाया। स्थिति का जायजा लेते हुए बंदीगृह की 'संकट घंटी' अचानक ठन-ठन करती जोर से बजने लगी। जहाँ देखो, वहाँ सिपाहियों की भागदौड़, खोजबीन, नाकेबंदी होने लगी। खासकर यही प्रमाण सभी स्थानों से मिलता रहा कि वे दोनों सिपाही पुलिस की इमारत से आए हुए थे। उस राह से आते-जाते कई राहगीरों ने बताया कि दो हथियारबंद सिपाहियों को एक लड़की को ले जाते

हुए उन्होंने देखा, लेकिन उनके पुलिस होने के कारण उन्होंने उधर ध्यान नहीं दिया। रात भर खोज जारी रही। लेकिन यह एक अनबूझ पहेली ही रही कि वे सिपाही कौन थे और उस लड़की को लेकर कहाँ गए?

इस तरह बंदीगृह में कमिश्नर साहब का स्पष्टीकरण ले गए दूत जब तक नहीं आते तब तक यह तय कर पाना मुश्किल था कि कंटकी का अपहरण हुआ है। इसीलिए कंटक और मस्तूल को चार-पाँच घंटे अबाध रूप से मिल गए। तब तक पीछा शुरू नहीं हुआ था। पुलिस का छद्मवेश बनाने में उन्होंने जो चतुराई दिखाई, उसका उन्हें अच्छा-खासा लाभ मिला, क्योंकि सरकार को भ्रामक संदेह हुआ था। खोजबीन गलत दिशा में हो रही थी। उसका कंटक ने पूरा-पूरा लाभ उठाया। पीछे जावरों ने अंग्रेजी बंदियों पर हमला किया था। तब जो अंग्रेजी जमादार मारा गया था और जिसकी बंदूक तथा कपड़े, पट्टे कंटक ने निकाल लिये थे और मस्तूल के पास भी इसी तरह उड़ाया हुआ माल—अपनी बंदूक—पेटी और पुलिसिया कपड़ों का एक जोड़ा—इस तरह उन पुलिसवालों की दो बंदूकों और कपड़ों के उपयोग से उनके षड्यंत्र का वह साहसी श्रीगणेश तो निर्विघ्न संपन्न हुआ।

पुलिस वेश में ही पिछले कई सालों से 'भगोड़े' के रूप में वांछित घोषित किए जाने के बावजूद मस्तूल काले पानी पर सरकारी बस्तियों में छद्मवेश में घूमने और तुरंत जंगल में जावरों की राजधानी में जाकर छिपने में काफी सधा हुआ था। सन् १८५७ के स्वतंत्रता वीर अप्पाजी के घर भी वह इसी छद्मवेश में आता-जाता रहता था। कंटक को जावरों द्वारा आश्रय देने के पश्चात् उसे भी मस्तूल ने इस विद्या में निपुण बनाया था। कंटक की बहन कंटकी को बंदीगृह से मुक्त करने का यह साहसी षड्यंत्र मस्तूल ने ही रचा था। उसीने छद्मवेश में अनुसूया से उसके घर पर भेंट की। कंटक की अमानत के रूप में उसके पास रखी हुई हजार-डेढ़ हजार की रकम कंटक के कहने के अनुसार ही उससे वापस ले ली और कंटकी को देने के लिए इस षड्यंत्र की गुप्त चिट्ठी—अनुसूया के हाथ बंदीगृह में भेजी थी। इस चिट्ठी के अनुसार कंटकी ने निश्चित समय पर उस बगीचे से खिसककर पुलिस वेश में आए हुए अपने मित्र के साथ बंदीवास की बेड़ियाँ पल भर में तोड़ने का जानलेवा साहस किया था।

कंटक और मस्तूल के साथ कंटकी वह सड़क छोड़कर तुरंत एक ओर के रास्ते से सागर तट पर आ गई। वहाँ एक 'डोंगी' तैयार ही थी। वृक्ष की जड़ को काटकर और उसे बीच में तराशकर जो किश्ती अंदमान निवासी बनाते हैं और समुद्र-तट से सटकर जिसके द्वारा द्रुत जलयात्रा करने में वे निपुण होते हैं, उस अतिपूर्वकालीन नौका को वहाँ 'डोंगी' कहा जाता है। यही है नौका विद्या में की हुई मानव की पहली खोज। जावरे इस प्रकार की डोंगी से समुद्र यात्रा करने में निपुण होते हैं। उसी तरह की एक डोंगी समुद्र के एक उपेक्षित और एकतरफा तटप्रदेश के पास कंटक ने तैयार रखवाई थी। कंटकी के

साथ वे दोनों हथियारबंद पुलिसवेशी उस डोंगी में सवार हो गए और वह तेजी से समुद्र में घुसने लगी। तटप्रदेश पर जिन चंद लोगों ने उस युवती को लेकर वह डोंगी दूर-दूर जाती हुई देखी थी, उन्हें वह तनिक अटपटा-सा महसूस हो रहा था। परंतु यह देखकर कि दो हथियारबंद सिपाही उसके साथ हैं, इस बात की चर्चा करके बात फैलाने की हिम्मत किसी की नहीं हुई।

थोड़ी ही देर में वह डोंगी काले पानी के समुद्र के उस इलाके में घुस गई, जिसके किनारे पर उजाड़-से-उजाड़ घना और निर्जन जंगल था। कंटकी कंटक से सटकर बैठी थी। मस्तूल जो उसे उसकी सगी बहन ही मानता था, उसे यह बात जरा भी अटपटी नहीं लगी। लेकिन उसकी वह मनोहारी तनुलतिका, उसकी मिलनसार मुसकराहट, बोलचाल का आकर्षक ढंग देखकर मस्तूल का मन भी उसपर फिसलने लगा और उसके मन में यह उत्कट अभिलाषा मचलने लगी कि काश, यह रमणी इसी तरह उसके अंग से अंग लगाकर बैठे तो कितना अच्छा हो।

निर्जन और संकटमुक्त समुद्र प्रदेश में उस डोंगी के प्रवेश करते ही वह जल-विस्तार पर डोलने लगी, उसी तरह कंटकी का हृदय भी डोलने लगा। पिंजड़े से उड़े हुए परिंदे को अपनी मुक्ति का असीम हर्ष होता ही है, उसका दिल बाग-बाग हो ही जाता है, पर उस बंदीगृह से मुक्त हुई मालती का हर्षोल्लास उससे भी कई गुना असीम था, क्योंकि पिंजरे से मुक्त पखेरू उस पेड़ पर जाकर बैठ जाता है पर उसके स्वकीय—अन्य पंछी—उसे वहाँ से भगाने का प्रयास करने लगते हैं। उसे एक निर्भय नीड़ लगे हाथ नहीं मिल सकता। लेकिन आजन्म कारावास से फुर्र हुआ यह जो पाँखी इस डोंगी में चुहचुहा रहा है, खिलखिला रहा है, उसे उसके इकलौते सखा ने, आप्त ने लगे हाथ अपनाया है। किशन के प्रणयासक्त स्नेह में इस पखेरू को एक मधुर नीड़ मिल गया है, जो उसे स्नेहमय संगत की प्रिय तपिश देता है। यह पखेरू—मालती मुक्ति के उल्लास में और किशन की संगत में इतनी तल्लीन हो गई कि उसे घड़ी भर के लिए इस यथार्थ का विस्मरण हो गया कि उसे कभी आजन्म कारावास का दंड भी हुआ था और अभी—इस क्षण भी उस सजा की कृत्या उसके इर्द-गिर्द मँडरा रही है। वह यह भी भूल गई कि फिलहाल वह कंटकी है या मालती। उसमें वह 'मालती' अदृश्य हो गई थी, जैसे खग्रास ग्रहण में चंद्रकला अदृश्य होती है। वही 'मालती' 'कंटकी' के अहसास के ग्रहण से मुक्त होते ही पुनः पूर्ववत् सुंदरा, सुभगा और सुखदा बनकर प्रकट हो गई। किशन उसे पूर्ववत् किशन ही प्रतिभासित होने लगा। वह 'डोंगी' सागर की सलिल लहरों पर ऊँच-नीच होते समय तनिक भी टेढ़ी हो जाती तो उस बहाने अपना पूरा संतुलन ही ढल जाने का प्यार भरा नाटक करके मालती अपने आपको किशन पर लुढ़का देती। किशन उसे अपनी बाँहों में सँवारते हुए आलिंगनबद्ध करता। इस प्रकार

स्वच्छंद सुख का आस्वाद लेते-लेते उसमें मदहोश होकर उस नशे में डूबी मालती ने झट से छद्मता का वह आवरण हटाया जिसकी लपेट में वह अभी तक रह रही थी। असावधानी के साथ उसके मुँह से निकल गया—

"किशन, देखो, देखो, उस नन्ही सी लहर में सूरज की संझा किरणों का प्रवेश होते ही रंग-बिरंगे गुलाब पुष्पों के हार जैसी वह लहर सोहने लगी है। मेरा मन कर रहा है, अम्मा को यह अपूर्व शोभा दिखाने के लिए—कि समुद्र का विविध रंगी गुलाब पुष्पों का हार कैसा होता है—यह नन्ही सी खिली-खिली सी उत्फुल्ल ऊर्मि ज्यों-की-त्यों उठाकर ले जाएँ। अंदमान का एक अनूठा विहंगम दृश्य। ऐ किशन…"

वह आगे कुछ बोलने ही वाली थी कि सावधानी बरतने की खातिर कंटक ने उसकी छिगुनी दबाई। वह चौंक पड़ी, क्योंकि दो बार किशन को 'किशन' संबोधन करने से स्वाभाविक जिज्ञासा से मस्तूल ने पूछा, "क्या कहा, किशन! अर्थात् कंटक बाबू का असली नाम किशन है! और अभी तक आपकी अम्मा हैं! कहाँ हैं वह! कंटक बाबू का असली नाम जिस तरह किशन उसी तरह तुम्हारा असली नाम भी कोई दूसरा तो नहीं! कंटकी नहीं! सच है, तुम जैसी तितली का किसी फूल या किसी सुंदर-सलोने पखेरू का नाम होना चाहिए।"

मस्तूल अपने उजड्ड मुस्टंडे स्वभावानुसार जो-जो जी में आया, उद्दंडतापूर्वक बक गया। किशन मन-ही-मन चौंका। उसे इस बात का पूरा अहसास था कि अभी तक वे खतरे के चंगुल से बिलकुल मुक्त नहीं हुए हैं कि अज्ञातवास का अपना छद्म स्वरूप उतारकर फेंक दें। हास्य-व्यंग्य का धँसा हुआ काँटा हास्य-व्यंग्य के काँटे से ही निकालने के उद्देश्य से किशन मुसकराया, "भई, सिर्फ नाम के संबंध में ही चर्चा करनी है तो आपका यह 'मस्तूल' नाम भी कोई पालने में रखा हुआ तो नहीं लगता। आपसे मैंने आपका असली नाम अथवा वृत्त पूछा तब आप ही ने मुझे कौन सा सूत्र पढ़ाया था! 'काले पानी से जिन्हें सफलतापूर्वक भागना है वे अपना पूर्व चरित्र यों ही दूसरों को बताना और जान की परवाह करना इन दो बातों का त्याग करें।' ठीक है। उसी उपदेश के अनुसार हम भाई-बहन तब तक अपने असली नाम आपको नहीं बताएँगे जब तक आप अपने झूठे नाम 'मस्तूल' का त्याग नहीं करते।"

"अर्थात् तुम लोगों के कंटक-कंटकी छोड़कर अन्य कोई असली नाम हैं न! यह तो तुम स्वयं ही उगल चुके। और तुम्हारा असली नाम 'किशन' ही…"

इस सारे झमेलों पर झट से पटाक्षेप करने के उद्देश्य से बीच में ही मालती ने कहा, "नहीं जी। मैं मुक्ति के हर्षोल्लास से अभिभूत होने के कारण बावली हो गई थी। मेरे बचपन के एक रिश्तेदार का नाम मेरे मुँह में बैठ गया है। कंटक भैया को पुकारते समय वही नाम झट से होंठों से फिसल गया…"

परंतु इस गलती के अहसास के साथ-साथ एक और कटु सत्य का भी उसे अहसास हुआ कि उसे जो मुक्ति का आनंद हुआ है वह भी गलत है, एक भारी भूल है; यह मुक्ति, मुक्ति के प्रयासों का आरंभ है, न कि अंतिम सफलता। वह तनिक उखड़ी-उखड़ी सी बैठ गई। उसके बाद सागर की गहराई में उड़ते पंछी जैसी कभी उड़ती कभी बैठती वह डोंगी, जल की लहरें, रंग-बिरंगी किरणें और बंदीगृह से मुक्ति पाने के उन्मादपूर्ण अनुभव में वह मगन रही। लेकिन अब उसने इस बात पर गौर किया कि वह आनंदोल्लास नैया जिसपर तैर रही थी, वह सागर कितना गहरा है, कितना अथाह।

"बाप रे! कितना गहरा है यह सागर और कितनी सी है हमारी यह डोंगी।" सागर की भीषण गहराई में झाँकती अन्यमनस्क भाव से मालती ने किशन से कहा···

"हाँ! लेकिन ऐसी पिद्दी सी नौकाएँ इस गहरे सागर को पार करके उस पार भी ले जा सकती हैं।" किशन ने वही उत्तेजनापूर्ण उत्तर दिया जो उसका मन चाहता था।

"कितनी मधुर बातें, प्यारी-प्यारी बातें करते हो तुम।" लाड़ भरे स्वर में किशन की पीठ पर हौले से एक धौल जमाती हुई मालती ने मराठी में कहा। उसका अनुमान था, मस्तूल मराठी क्या जाने! क्योंकि इतनी देर तक हिंदी में ही वार्त्तालाप जारी था, जैसे अंदमान में सभी करते हैं।

"भई, मेरी पीठ पर भी उसी तरह प्यार से थपथपाते हुए पूछो तो मैं भी इसी तरह मीठी-मीठी मिश्री घुली बातें करूँगा।" मस्तूल ने अपने फौजी तरीके से धृष्ट मजाक के साथ शुद्ध मराठी में कहा। इतना ही नहीं, निश्छल अपनत्व के साथ उसने मालती की पीठ पर भी एक हलका सा धौल जमाया।

मालती ने चौंकते हुए पूछा, "जी! आप मराठी जानते हैं! आपका घरबार महाराष्ट्र में ही है?"

"हाँ-हाँ! इस तरह एक-दूसरे से पूर्व वृत्तांत की पूछताछ नहीं करनी है जी! बस उतना ही सुनना है जो एक दूसरे से अपने आप कहे। कंटक बाबू का और मेरा इस तरह पहले से आपस में निर्णय जो हुआ है।"

इतने में निकट के सिंधुतट के पहाड़ से 'ऊँऽऽऽ ऊँ···' के ऊँचे स्वर में चीखों तथा तालियों की आवाज सुनाई दी। तुरंत ही कंटक और मस्तूल ने अपनी डोंगी का रुख उस तट की ओर किया। उनके रचे हुए षड्यंत्र के अनुसार ज्वार-भाटा के पीछे जो भी सुरक्षित स्थान होगा, वहाँ उतारने के लिए जावरे उस तरफ आनेवाले थे और इस प्रकार इशारे भी करनेवाले थे। उसी के अनुसार तीर-कमान से सुसज्जित पंद्रह-बीस जावरे किसी ढलान की ओट में ढलान के निकट आए थे। उस डोंगी के उधर पहुँचते ही उन्होंने कंटकी के साथ सभी को उतारा। घने जंगल में से घुमावदार चक्कर लेते-लेते

अँधेरा छा जाते ही वे सब राजा नानकोबी की उस जंगली राजधानी में आ पहुँचे।

जावरे लोग एक बड़ा सा अलाव जलाकर उसके चारों ओर आग तापने बैठे थे। उस अलाव पर एक भारी-भरकम वराह उलटा टँगा हुआ था। सामयिक शिकार होने से उस प्राणी को इस तरह अलाव पर उलटा टाँगा जाता है। वह उसी तरह धुँधुआ और भूना जाने पर उसे निकालकर उसके आधे कच्चे मांस की बोटियाँ सब में बाँटी जाती हैं। यह भोजन समारोह समाप्त होने पर उस अलाव के चारों ओर सारे स्त्री-पुरुष एक साथ नग्नावस्था में नृत्य आरंभ करते हैं। आवश्यकता के अनुसार कभी तीन-चार अलाव भी जलाए जाते हैं और उसके इर्द-गिर्द भोजन और नृत्य की भी अलग-अलग तीन-चार पंक्तियाँ होती हैं। इस निश्चित कार्यक्रम में ये तीन अतिथि उस साहसिक अभियान में सफल होकर जो लौटे थे, उससे एक और ही रंग जम गया था। वे सब उन तीनों को घेरकर शोर मचाने लगे।

उसमें भी जिस-तिसका ध्यान कंटकी की ओर लगा हुआ था। राजा नानकोबी को उस साहसी षड्यंत्र की जानकारी थी ही। कंटकी को अंग्रेजों के आजन्म कारागृह से सीधे छीनकर इधर लाने में अंग्रेजों के पक्के बंदोबस्त की शेखी की ही हेठी की और वह भी जावरों के आश्रितों ने जावरों की सहायता से। राजा नानकोबी इसे अपना ही गौरव समझकर इतराने लगा। उस विजय की ध्वजा कंटकी थी, उसे देखते-देखते तो उसका जी ही नहीं भरता था। लेकिन इन सबमें जावरों की स्त्रियाँ—बहू-बेटियों का तो जवाब ही नहीं। अलाव की गहरी, चटकीली, रोशनी में वे उसे अपनत्व भरी नजरों से देखतीं, मुसकराती, इशारे करती रहीं। उनका जमघट शोरगुल करता रहा। लेकिन उससे भी अधिक उन्हें जिसने आकर्षित किया था, वह थी कंटकी की धोती। मालती को जावरों की विवस्त्र स्त्रियाँ बार-बार इशारे करने लगीं, 'यह क्या? उस स्त्री ने अपने बदन को यह क्या अशुभ लपेट लिया है? वैसे देखने में कितनी सुंदर है यह। लेकिन इस तरह शरमाकर कपड़ों में अपने आपको भला ऐसी ढक क्यों रही है? क्या पहना है इसने?' इस प्रकार नाना प्रश्न वे आपस में पूछने लगीं।

मस्तूल ने उनमें से एक स्त्री को उत्तर दिया, "वह साड़ी है—इसे धोती भी कहा जाता है।" उसके साथ वे सभी महिलाएँ मुँह पर हाथ रखकर बरबस हँस पड़ीं और नाक सिकोड़ती हुई भुनभुनाने लगीं, "धत्! कभी कहीं स्त्रियाँ धोती पहनती हैं अलाह! लाज-शरम घोल के पी है, कोई मर्यादा है या नहीं।"

जावरों की उन विवस्त्र स्त्रियों को स्त्री का वस्त्र-परिधान करना जिस तरह अमर्यादा का प्रतीक लगा जो नारी को शोभा नहीं देता, उससे भी सैकड़ों गुना उन जावरा नारियों को बिलकुल नख-शिख नग्नावस्था में बिलकुल ही सहजता के साथ पुरुषों में घूमती हुई देखकर मालती को भी असीम लज्जा प्रतीत हो रही थी। उसने दो-एक बार

तो आँखें ही बंद कर लीं। फिर नजरें झुकाकर खड़ी रही।

राजा नानकोबी तनिक असमंजस में पड़ गया। उसकी रानी फुली ने भी जिद पकड़ी, 'जब तक कंटकी इधर रहेगी, कम-से-कम तब तक तो वह धोती न पहने। उसका जीता-जागता आदर्श देखकर हमारी बहू-बेटियों को भी इसी तरह अनुचित शिक्षा मिलेगी।'

उन्हें कंटकी पर दया आ रही थी। उसकी यातनाएँ सुनकर, उसकी ओर देखकर सभी स्त्रियों के हृदय में आत्मीयता उपज रही थी। लेकिन उसके वस्त्र पहनने की अश्लीलता की उन्हें घिन लगती। राम-राम! कितनी निर्लज्जता! आखिर रानी फुली ने उसकी धोती का आँचल तनिक झटक दिया और ममत्व से संकेत किया, 'उतार दो यह वस्त्र और विवस्त्रता के आचरण की सभ्यता का पालन करो, जो नारी की शोभा है।' उस झटके से बचा हुआ आँचल सँवारकर मालती ने उसे अधिक ही कसकर पकड़ लिया।

अब सारा मामला हद से बढ़ने की आशंका से मस्तूल ने बीच में पड़कर सबकुछ मजाक में टाल दिया और सब स्त्रियों को आश्वासन दिया, "कंटकी जन्म से ही वस्त्र पहनने की अभ्यस्त है। भला एकदम वह कैसे सुधरेगी? दो-चार दिनों में सभ्य-शिष्ट महिलाओं की तरह विवस्त्र रहने की उसे भी आदत पड़ जाएगी। तब तक शिष्टाचारों के लिए उसपर सख्ती न बरती जाए। सिर्फ पहनने के संबंध में ही नहीं, खान-पान, नाच-गाने के मामले में भी।"

□

प्रकरण–२१

# किशन और मालती

"छोड़ो, छोड़ो न, छोड़ो न तीर। देखो खिसक गया न वराह उन झाड़ियों के झुरमुट से!"

किशन के इन शब्दों के साथ एक पेड़ पर छिपी हुई मालती के छोटे से धनुष से एक के पीछे एक तीर सनसनाते हुए निकलने लगे। वह वराह जिन झाड़ियों की झुरमुट में छिपकर बैठा था, उसके पीछे से एक लंबे भाले से किशन बड़ी देर तक उसे ढूँढ़कर बाहर निकालने का प्रयास कर रहा था। उस कष्ट से झल्लाते हुए आखिर वह वराह उन झाड़ियों से किशन की विपरीत दिशा से बाहर निकला और एक झपट्टा मारकर तीर जैसा आगे घुस गया। उसकी प्रतीक्षा में मालती उधर ही एक वृक्ष पर धनुष-बाण से सुसज्जित बैठी थी।

जब से वे लोग जावरों के जंगल में रहने लगे, तब से उनकी स्त्रियाँ जिस तरह स्वयं अपने पुरुषों के साथ मृगया के लिए जाती हैं, उसी तरह मालती भी प्रतिदिन किशन के साथ जाने लगी। जंगल निवास के पिछले तीन-चार महीनों में वह धनुष-बाण के उपयोग तथा मृगया में जावरा स्त्रियों जैसी ही निपुण बन गई थी। आज वराह की मृगया स्वयं करने का हठ पकड़ने के कारण किशन उसे पहला पाठ पढ़ा रहा था। वराह को ढूँढ़ते, टरकाते निशाने की सीमा में लाना, उसे उस तरफ ले जाना जहाँ वृक्ष पर मालती उसकी चौकसी कर रही थी, यह काम किशन के जिम्मे था। वह उसने चोखा किया था और झाड़ियों से वराह के तीर समान निकलते ही मालती ने उसपर तीरों की झड़ी लगा दी।

पहले दो बाण, जो उस भीमकाय बलवान जंगली सूअर में धँस गए, उन्हें मामूली, साधारण किरिच-काँटे समझकर उनकी संपूर्ण उपेक्षा करते हुए वह वैसे ही भागता रहा। इतने में कंटकी द्वारा अपनी पूरी शक्ति समेटकर चलाया हुआ अंतिम तीर सीधे उसकी कोख में घुस गया। लड़खड़ाते हुए वह आगे बढ़ ही रहा था कि धड़ाम् से धरती पर ढह गया।

यह देखते ही मालती पेड़ से नीचे उतरी। दूर से भागे आते किशन को उसने बीच में ही टोका। जिस तरह पूरे अधिकार के साथ प्रजाजन से लगान ऐंठा जाता है—उसी अधिकार के साथ किशन से अपनी वीरता की प्रशंसा ऐंठने के उद्‌देश्य से उसने कहा, "क्यों जी, आज की न मैंने प्राणघातक मृगया?"

"भई, पेड़ पर की कहो, प्राणघाती नहीं," किशन मुसकराया, "जिसने पैदल फौजी बनकर उस हिंस्र जानवर को तुम्हारे सामने अनायास ही लाकर खड़ा किया, उसने जान का जोखिम उठाया। तुमने तो आराम से, मजे में पेड़ पर बैठने का काम किया; बस, बाकी कुछ नहीं।"

"अजी, बड़े तीसमार खाँ बने फिरते हो। रानी जब मृगया करती है तो उसके पास हँकवैए नियुक्त किए जाते हैं। बस, यही कहा जा सकता है कि तुम एक अच्छे हँकवैए हो। लेकिन भई शिकार तो उसी का होता है जिसका तीर होता है। उस वराह की कोख में गड़ा हुआ तीर मेरा है, अतः मृगया भी मेरी।"

"अच्छा बाबा, यह पूरा-का-पूरा अगड़धत्त वराह तुम अकेली साफ करो। अब तो खुश! वैसे तो अब मैं निरामिषभोजी बननेवाला हूँ। जिसे सूअर के गुण चाहिए वही सूअर गटके, मैं तो केला, आलू…"

"बिलकुल ठीक कहा जनाब आपने! जो अपने सिर में ढेर सारा गोबर भरना चाहता है, वही वह खाए।" मालती ने उसे बीच में ही टोका।

इतने में 'ऊँऽऽ ऊँ…ऊँ' जावरों की पुकारसूचक चीख सुनाई दी। पीछे मुड़कर देखा तो एक जावरा, जो किशन के अधिकार में काम करता था, भागा-भागा उनकी ओर आ रहा था। आते ही उसने रोने का स्वर लंबा खींचकर विचित्र स्वर में आँखें मल-मलकर और एक-दो शब्दों को मिलाकर जो संदेश दिया उसका पूरा वाक्य इस प्रकार होता— "बाबूजी, चलो, चलो आपको राजा नानकोबी ने रोने के लिए बुलाया है।"

"छीः! इसका मतलब? तुम्हे रोने के लिए बुलाया है—माने? वह रोना चाहता है तो जी भरकर रोए। हमें क्यों घसीट रहा है बीच में?"

"पगली, उसके अकेले रोने से काम नहीं चलेगा। उसका एक आप्त जावरा, जिसे कल मिरगी का दौरा पड़ा था, मर गया है। उसके पीछे शेष रहे लोग जितनी अधिक संख्या में एकत्रित होकर जितने ही अधिक ऊँचे स्वर में, दहाड़ें मार-मारकर रोएँगे, उतनी ही वह मृतात्मा तुष्ट होगी, उसका भूत शांत होगा, अन्यथा वह जीवित सगे-संबंधियों को कष्ट देता रहेगा। यही उनकी धारणा है। अतः किसी की भी मृत्यु होने पर वे सभी को रोने के लिए निमंत्रित करते हैं। अरे, दाँत क्यों निकाल रही है! हम लोगों की भी प्राचीन काल में यही धारणा थी। आज भी हमारी कई जातियों में किराए पर लोगों को—खासकर स्त्रियों को—बुलाकर रोने के लिए बैठाया जाता है जिन्हें 'रुदाली' कहा जाता है। 'मोले

घातले रडाया। नाही आँसू, नाही माया।' अर्थात् मोल देकर रोने के लिए बुलाया है, उसमें न आँसू हैं, न ममता, न प्रेम। ईसाई, मुसलिमों में भी जो धर्मधारणा है कि लाशों को दफनाकर उनका जतन किया जाए, क्योंकि वे आगे चलकर उठनेवाली हैं, वह क्या जावरों की इस परलोक विद्या का ही पाठ दोहराती नहीं आई है! जावरे तो बस इतना ही मानते हैं कि मृतकों के लिए जीवित लोग छाती पीटकर रो लें। लेकिन प्राचीन काल में मिस्र से जापान तक कई राष्ट्रों की यह धारणा थी कि मृत व्यक्ति का साथ देने के लिए जीवित सगे-संबंधियों को भी अपने आपको दफनाकर परलोक सिधारना चाहिए। मृत व्यक्तियों की जीवित पत्नियों, नौकर-चाकरों, दास-दासियों को भी कब्र में दफनाया जाता था। अच्छा...'' उस जावरे की ओर मुड़कर किशन ने उससे कहा, ''जाओ, नानकोबी से कहना, हम रोने के लिए आ रहे हैं। लेकिन ठहरो, देखो, यह वराह भी पीठ पर लादकर ले जाओ और नानकोबी से कहना कि हमारी ओर से तुम्हें यह उपहार दिया गया है।''

उस ज़ावरे ने उस वराह को अपने खास तरीके से बाँधकर वह भारी-भरकम बोझ अपनी पीठ पर लादा और चला गया।

''कितनी थक गई हो रानी!'' किशन ने मालती को प्रेमपूर्ण दृष्टि से निहारा और उसका एक हाथ अपने हाथों में लेते हए कहा, ''मालती, सुबह से मृगया की धुन में शिकार के पीछे-पीछे भाग-दौड़ करते-करते तुम पसीने से तर-बतर हो गई हो! लगता है, तुम्हारे कन्ने भी ढीले पड़ गए हैं—लेकिन इसी कारण तुम बहुत सुंदर लग रही हो। देखो, पसीने की ये निर्मल और धवल बूँदें मोतियों की बिंदी बनकर तुम्हारे माथे पर और यह गुलाबी मोहक ललाई तुम्हारे गालों पर कितनी सोहती है। आओ, तनिक मेरे पास बैठकर थोड़ी देर के लिए सुस्ताओ। फिर हम जावरों के पास जाएँगे।''

इस तरह उसे प्रेम से सहलाते हुए किशन एक कुरसीनुमा शिलातल पर टाँगें लटकाकर बैठ गया और अपने हाथ में लिये हुए उसके बाएँ हाथ को झटका देकर उसे अपने पास खींच लिया।

मनचाहा बहाना मिलने से मालती के दिल का कँवल खिल गया और खुशी से झूमती हुई वह हलके से किशन की गोद में जा बैठी। अपना दाहिना हाथ उसकी गरदन में लपेटकर, टाँगों से टाँगें जोड़कर उसने अपना मुखमंडल उसकी विशाल-चौड़ी छाती पर टिकाया और आँखें मूँदकर धीमी-धीमी साँसें लेती हुई विश्राम करने लगी।

उसके माथे पर हलकी-हलकी लटों को कभी सँवारता, कभी उसके कपोलों को हलके से थपथपाता उसकी ओर प्रेमपूर्ण दृष्टि गड़ाकर और फिर उसके सिर पर अपना सिर टेककर आँखें मूँदता हुआ किशन भी अपनी प्रियतमा के प्रगाढ़ आलिंगन का सुखस्वाद लेने में लीन हो गया।

इस तरह मूर्च्छितावस्था में कुछ पल बिताने के बाद मालती ने अपने नेत्र खोले और उसकी छाती पर ही लेटे-लेटे अपना सुंदर-सलोना चाँद-सा मुखड़ा उसने किशन के चेहरे की ओर उठाया।

उसकी मौन प्रार्थना ही उसकी अभ्यर्थना थी। उसने मालती के ऊर्ध्व मुख का कोमलता से चुंबन ले लिया और उसने फिर से अपना सिर उसकी छाती पर टिकाकर नेत्र मूँद लिये।

मालती की मधुर मूर्च्छा टूटते ही वह उसकी गोद में ही, लेकिन उठकर सीधी बैठ गई। अपनी मूर्च्छा में ही उसके मन में जिस विषय की हलचल हो रही थी, उसी को उसने निरंतर जारी रखा। उसे प्रतीत हुआ कि उसके मन की चर्चा जैसे किशन को भी सुनाई दे रही है। उसने लाड़ भरे स्वर में पूछा, "क्या यह सच है, लेकिन तुम्हें ऐसा नहीं लगता!"

"कैसा मधुर! हाँ, महसूस तो होता है। मालती, तुम्हारे इस तरह के प्रेममय आलिंगन में मौत भी यदि जाने-अनजाने आ जाए तो वह भी मधुर ही प्रतीत होगी। फिर जीवन की बात ही क्या!"

"लेकिन सच बताऊँ, मैं क्या पूछने जा रही थी! आजीवन मैंने अपनी स्मृति में कोई भी अपराध नहीं किया, फिर भी मुझे सतत यातना, संत्रास, पीड़ा सहनी पड़ी। भाग्य के चक्कर से प्राप्त तुम्हारी प्रेमरम्य संगति का अनमोल सुख अधिक-से-अधिक सुख के लालच के कारण फिर से धोखे में ढकेलने का दुस्साहस मुझसे नहीं होगा। सचमुच किशन, मेरे विचार से अब अपनी जान खतरे में क्यों डाली जाए! यह अथाह सागर रद्दी किश्तियों की सहायता से पार करना—बलवान शत्रु के पहरे—सागर और धरती पर निरंतर हुए, उनसे कतराकर स्वदेश लौटने की आस लिये बैठना सोलह आने पागलपन तो नहीं! मानवता से परिपूर्ण जीवन जीने का अन्य कोई भी चारा नहीं था। तब चाहे जो साहस करना अनिवार्य था। परंतु अब यहीं पर तुम्हारे साथ स्वच्छंदतापूर्ण जीवनयापन किया जा सकता है, फिर इधर ही इन जावरों के आश्रय में इस जंगल में इसी तरह आजीवन मजे में क्यों न रहा जाए!

जिस गुफा में आजकल हम रहते हैं न, वह गुफा मुझे सुख-सृष्टि का साक्षात् गोकुल प्रतीत हो रहा है। विश्व की कोई भी रानी अपने हीरे-जवाहरात तथा मखमली गद्दे-तकियों से सुसज्जित रतिमंदिर में मुझसे अधिक तुष्ट नहीं होगी। किशन, राजमहलों में भी राजे-रानियाँ आत्महत्या करती ही हैं न! मेरी अम्मा हमेशा कहा करतीं—आवश्यकता से अधिक आडंबर या प्रपंच हो तो उसका होना न होना बराबर है। सुख मात्र आडंबर या दिखावे में नहीं होता। सुख मन की तुष्टि में होता है। वह कहा करतीं—चाहे पचासों हवेलियाँ हों, तथापि आखिर उतने ही आकारमान के स्थान पर चिरनिद्रा लेनी होगी

जितनी इस देह की लंबाई और चौड़ाई है। अस्थियाँ विपुल होने भर से देहवृद्धि नहीं की जा सकती। उसी तरह चाहे रसभीनी जलेबियों के ढेर-के-ढेर क्यों न लगे हों, भई उतना ही खाया जा सकता है जितना इस बलिश्त भर पेट के गड्ढे में समा सकता है। इसीलिए तो कहती हूँ, अब स्वदेश जाकर कौन सा अनूठा सुख मिलनेवाला है भला, जिसकी खातिर हम फिर से संकटों के सागर में कूद पड़ें! मुझे तो यहाँ किसी बात की कमी महसूस नहीं होती। किशन, मैं इधर तुम्हारी बाँहों में हूँ, जहाँ कहीं भी जाएँ, इस तरह आलिंगन सुख, बस इतना ही होगा। स्वच्छ, निर्मल जल इधर इस जंगल में भरपेट पीने के बाद पानी की धौंकनी बुझते ही जब कलेजा ठंडा होता है, सिंधु नदी पर जाने पर भी प्यास बुझने का सुख बस उतना ही होगा।

प्रात:काल में ही मृगया खेलते सागर तट पर अथवा जंगल में स्वच्छंदतापूर्वक संचार करें, थककर चूर हो जाएँ तो छाती पर सिर रखकर इस तरह विश्राम करें, परस्पर सहलाने का आनंद उठाएँ, फिर भूख लगने पर गुफा की ओर जाएँ और स्वादिष्ट मांस, मछली, फल, कंदों का यथारुचि आस्वाद लें; दोपहर में सिंधु-पुलिन पर जावरों की नारियों के खेल खेलते-खेलते, गाते-नाचते नानाविध रंग-रूप के शंख-सीपियाँ, पत्थर चुनते वनश्री एवं जलश्री का चमत्कार देखें और दिन भर इतस्तत: स्वच्छंद उड़ान भरते-भरते थके-माँदे पंछियों के जोड़े जब अपने-अपने नीड़ की ओर जाने लगें तो उन्हीं की तरह तुम्हारे हाथों में हाथ डालकर अपनी गुफा के गोकुल में वापस लौटें और तुम्हारी इन मजबूत बाँहों में सो जाएँ। प्रिय साथी का सुख तो मन द्वारा ही नापा जाता है। इस गुफा में अपनी रतिसेज पर वह जो तुष्टि देता है, वह गोकुल में भी उतना ही रहेगा। फिर अब यहाँ से आगे भागने के प्रयास में जान का खतरा अपने आप पर जबरदस्ती क्यों मोल लेते हो? हम जीवन भर यहीं पर रहेंगे, मेरे सुख-संतोष की शय्या के लिए वह गुफा पर्याप्त है।''

''हाँ, वह गुफा पलंग के लिए तो पर्याप्त है पर क्या पालने के लिए भी पर्याप्त है, महारानीजी! कल इधर पालना झुलाने की नौबत आ जाए तो?'' किशन ने उसे इस चुहल के साथ गुदगुदाया।

''धत् बेशरम कहीं का।'' मालती ने बनावटी क्रोध में किशन के गाल पर एक हलकी सी चपत जमाई। पर वह स्वयं मुग्ध होकर बरबस मुसकराई।

''जो मैं कहती हूँ, उसे मजाक में टाल मत देना, हाँ।''

''नहीं सखी, मैं मजाक नहीं समझता। यह पूछते समय कि पुन: समुद्र में भागने का खतरा क्यों मोल लिया जाए, तुम यह भूल गईं कि अब भी हमारे इर्द-गिर्द पुराने जानलेवा संकटों के बादल मँडरा रहे हैं। काले पानी के सरकारी अधिकारियों को अब तक इस बात का विश्वास नहीं हो रहा कि मैं भाग गया हूँ। उनकी अभी तक यही धारणा

है कि शायद जावरों से मुठभेड़ में मारा गया हूँ। तथापि इसमें कोई संदेह नहीं कि दिन-दहाड़े बंदीगृह से तुम्हारा अपहरण किया गया। सरकारी विज्ञापन सब जगह लहरा रहे हैं कि उसे हजार-हजार रुपयों के इनाम दिए जाएँगे जो तुम्हें और तुम्हारे अपहरणकर्ताओं को पकड़ने में सहायता करेगा। चप्पा-चप्पा छाना जा रहा है। उनके गुप्तचरों और नौकाओं को अपना यहाँ का कुछ सुराग मिल गया तो! अथवा इन सैकड़ों जावरों में से भी एकाध को अंग्रेज फोड़कर घर का भेदी बना दे तो! इस तरह के उदाहरण कभी-कभी घटते हैं। इस तरह का बाँका प्रसंग आ जाए तो क्या अपने हाथों से अपनी जान लेना ही बंदीवास की भयंकर यातनाओं में फिर से सड़ने से लाख गुना अच्छा नहीं होगा!

इस संकट से समुद्र पार करने का साहस कम खतरे का है। उसपर यहाँ के ही बाशिंदे बने तो हम पशु-पक्षियों के जोड़े समान ही जी सकेंगे, न कि मनुष्य प्राणी सदृश। स्वदेश की, मानवता की कुछ सेवा, कुछ ईशकार्य यदि हमसे नहीं होगा तो मानव जीवन की सार्थकता ही कहाँ रही! वह सार्थक कैसे होगा! और सुन सखी, उस नन्हे से ईशप्रेषित देवदूत को, जो तेरी कोख को यथाकाल कृतार्थ करेगा, उसे इन जावरों की तथा जंगली वराहों की संस्कृति, सभ्यता की दीक्षा देना चाहती है तू! अतः हमें स्वदेश जाना ही होगा, समुद्र पार करना ही होगा। उसपर जबसे हम काले पानी के बंदीगृह से भागे हैं, कम-से-कम पिछले तीन-चार महीनों में भाग्य भी हमारे अनुकूल होता जा रहा है। मस्तूल की वीरता ने उस नीच अधम रफीउद्दीन से अनायास ही प्रतिशोध लिया और तुम्हारे रास्ते का रोड़ा हट गया।

उस प्रच्छन्न शत्रु रफीउद्दीन को जिस कार्य के लिए हमें अपने साथ रखना पड़ा, उस समुद्र-तारण के कार्य में सहायता करने के लिए हमें मस्तूल मिला जो हमारा गहरा मित्र बन गया है। हमारे लिए वह अपनी जान पर भी खेल सकता है। नौ-विद्या में वह निपुण और बड़ा साहसी है। पिछले तीन-चार महीनों में वह अपने स्नेह, मित्रता की कसौटी पर कुंदन हो गया है। उसने काफी परिश्रम के साथ एक बढ़िया सी किश्ती बनाकर उसे सारी आवश्यक सामग्री से सुसज्जित रखा है। अब हवा के अनुकूल रुख की प्रतीक्षा में वह रुका हुआ है। हवा के हमारे अनुकूल चलते ही हम तीनों सागर में किश्ती छोड़कर स्वदेश का रुख अवश्य अपनाएँगे।''

''परंतु उस मस्तूल के मन में मुझे लेकर जो दुराशा उत्पन्न हुई है, उसके मन में इस अभिलाषा का संचार हुआ है कि मैं उसकी पत्नी बनूँ। आज या कल उसका दुष्परिणाम आपसी मनमुटाव, वैर में तो नहीं होगा!''

''सहसा ऐसा नहीं होगा। क्योंकि यद्यपि उसके मन में तुम्हारे प्रति अभिलाषा भले ही हो, वह उस नीच रफीउद्दीन जैसी राक्षसी अभिलाषा नहीं है। हम जो भाई-बहन का स्वाँग प्रदर्शित कर रहे हैं, उसे ही वह सच मान रहा है और इसलिए तुम्हारी

जैसी कुँवारी कन्या का हाथ माँगने की उसके मन में स्वाभाविक ललक उत्पन्न हो गई है। उसकी दृष्टि में तो तुम कुमारी कन्या हो। उसे जब हमारे असली संबंध का पता चलेगा…"

"तो फिर हंडा फोड़ क्यों नहीं देते! ऐ किशन, सच कहूँ! दिखावे के लिए भी तुम्हें भाई कहते मैं लाज के मारे पानी-पानी हो जाती हूँ!"

"भला वह क्यों!" उसे छेड़ते हुए किशन मुसकराया।

"हिस्स! शर्म नहीं आती पूछते हुए! अजी, भला कोई अपने साजन को भाई कहता है कभी! जावरे लोगों में भी भाई-बहन का विवाह मानवता की रीति नहीं मानी जाती।"

"हो सकता है, जावरों में नहीं हुआ हो, लेकिन इसे ही सच मत समझ बैठना। मानवता के दायरे में भाई-बहनों में न केवल विवाह बल्कि अपरिहार्य परिस्थितियों में स्वच्छंद संभोग को भी धर्म्य माना गया है। साक्षात् गौतम बुद्ध का जन्म भी जिस कुल में हुआ था, उसकी कथा का कुछ ग्रंथों में इस तरह का वर्णन किया गया है—सूर्य कुलोत्पन्न एक राजकुमार और उसकी बहन को संकटवशात् एक निर्जन जंगल में जीवनयापन करना पड़ा। अत: भाई-बहनों ने आपस में विवाह किया और उन्हीं की संतानों की कोख से भविष्य में, कुछ पीढ़ियों के पश्चात् बुद्ध समान महात्मा का जन्म हुआ। राजकुल का रक्तबीज दैवी, ईश्वरीय माना जाता है। उसका साधारण मानवों से संबंध न हो, वह अपवित्र न हो इस तरह अतिरेकी आनुवंशिक पवित्रता को अक्षुण्ण रखने के लिए ब्रह्मदेश, मैक्सिको और कुछ अन्य देशों के भी विख्यात 'दैवी' राजवंशों के राजकुमारों का ब्याह उनकी सगी कोखजाया बहन के साथ ही होना अनिवार्य माना जाता है।

यही उनके लिए धर्माज्ञा थी, शिष्ट-सम्मत रूढ़ि थी। जिन समाजों ने देखा, इस धर्मपालन के दुष्परिणाम हो रहे हैं, उन्होंने इसे ही अधर्म घोषित किया। आज वर्तमान युग में भी हिंदू, मुसलिम, ईसाई आदि धर्मों में कहीं ममेरी बहन, कहीं मौसेरी बहन; इतना ही नहीं, प्रत्यक्ष सगी चचेरी बहन से ब्याह रचाना अधर्म नहीं माना जाता, फिर हम लोग तो बस जान का खतरा टालने के लिए ही भाई-बहन के रिश्ते का बहाना बना रहे हैं।"

"सच, कल वह मेरी ओर निर्देश करते मुसकराते हुए क्या कह रहा था तुमसे!"

"अरी, वह मस्तूल वाकई एक फौजी आनबान का, खुले दिल का मनुष्य है! उसके मन में रंचमात्र भी छल-कपट नहीं है। कल वह किश्ती बढ़िया तथा मनचाही हो गई न, उसने बड़ी उमंग के साथ मुझे दिखाकर पूछा, 'इस किश्ती में बैठाकर तुम्हें और तुम्हारी उस सुंदर-सलोनी बहन को सही-सलामत अपने देश में पहुँचा दिया तो इस नाविक को किराए के तौर पर क्या दोगे!'

मैंने पूछा, 'बोलो, क्या चाहिए तुम्हें!' तब तुम्हारी ओर अँगुली से निर्देश करके

उसने कहा, 'मुझे बस वह गोरी, वह मोम की पुतली चाहिए।'

मैं मुसकराया, 'मुझे कोई आपत्ति नहीं है। यदि तुम उसका मन जीत लेने में सफल हो गए तो उस पार पहुँचते ही तुम दोनों के हाथ पीले कर दूँगा।'

तब एकदम छाती ठोंककर मस्तूल ने जोर से ठहाका लगाया, 'वह काम मेरा। मेरे सीटी बजाने भर की देरी है, वह चिड़िया मेरे हाथ पर आकर नहीं बैठी तो मैंने अपनी माँ का दूध नहीं पिया समझो।' लगे हाथ उसने मुझसे वचन ले लिया कि यदि कंटकी राजी हो गई तो मैं उसे खुशी-खुशी मस्तूल के हाथ सौंप दूँगा।"

"वाह जी वाह! वाह रे तुम्हारा वचन!" रूठी-रूठी सी उसपर आँखें तरेरती मालती फट पड़ी, "सारी बुराई और दायित्व मुझे सौंपकर स्वयं घर फूँक तमाशा देख रहे हो! पर क्यों रे, अगर वह मेरी पाँवचप्पी करने लगे और मैं सचमुच उसके वश हो जाऊँ तो..."

"तो क्या! तुम्हारी मनोकामना पूरी करने के लिए, तुम्हें खुश रखने के लिए मैं अपने आपको सत्य ही तुम्हारा सगा भाई समझने लगूँगा और अपने हाथों से उसके साथ तुम्हारा ब्याह रचाऊँगा।"

फनफनाती हुई मालती झमाके के साथ उसकी गोद से उठने लगी तो उसका हाथ पकड़ते हुए उसे फिर अपनी गोद में बैठाकर किशन उसे सहलाने लगा, "भई, अब इस तरह फौं-फौं क्यों कर रही हो! प्रश्न करते समय तुम्हारा कलेजा ठंडा हो रहा था! फिर जैसी करनी वैसी भरनी। मालती, सच कहता हूँ सजनी, तुम्हारी जैसी चाँद-सी सुंदर, गोरी-चिट्टी युवती को मेरे जैसा काला-कलूटा लंगूर तथा ऐसा साजन जिसमें एक भी विशेष गुण नहीं है, अनुरूप नहीं है, हमारी जोड़ी का मुझे पहले से ही अहसास है। मैं पहले से ही मन में यही सोचता आया हूँ कि मुझे बस तुम्हारे स्नेह का लाभ मिल गया, तुम्हारी संगत में सेवक के रूप में भी मुझे रहने का सौभाग्य मिला तो मेरी योग्यतानुसार मुझे जो मिलना उचित है, वह सबकुछ मिल जाएगा। मुझसे अधिक अनुरूप वर चुनने के लिए तुम सर्वथा स्वतंत्र हो।"

"हाँ, यह हुई न बात। यदि मैं अपनी मरजी की स्वयं मालिक हूँ तो किशन, मेरे सजना, मैंने अपने मानदंड के अनुसार इसी प्रीतम को चुना है, न कि तुम्हारी दृष्टि अथवा मानदंड के द्वारा।"

गद्गद होकर मालती किशन से लिपट गई और उसकी छाती पर मस्तक रखे वह पल भर नि:स्तब्ध रूप से प्रेम के आँसू बहाती रही। फिर पुन: सिर ऊपर उठाकर व्यंग्यपूर्ण दृष्टि से किशन को निहारकर मुसकराई।

"किशन, तुम मर्दों को रूप-रंग का अहसास अधिक होता है, क्योंकि तुम्हारा प्रेम तुम्हारे नेत्रों में बसता है। लेकिन हम ललनाओं की प्रीत हमारे हृदय के नेत्रों से देखती

है, इसलिए रूप-रंग पर वह नहीं जाती। पराक्रम और पौरुष की सुंदरता रंग-रूप से कितनी अधिक निखरी-निखरी, लुभावनी एवं आकर्षक होती है। यदि विश्वास नहीं होता हो तो स्वर्णगौरी सीता से पूछो जिसने मेघ के समान श्यामवर्णवाले प्रभु रामचंद्र का वरण किया, स्वरूपशालिनी रुक्मिणी से पूछो जिसने घननील साँवले-सलोने का वरण करते हुए शिशुपाल आदि गोरे-गोरे अभागे लंपटों को दुत्कारा। इसलिए तो ललनाओं का प्रेम रूप-रंग की चार दिन की चाँदनी पर लुब्ध नहीं होता। वह तो रूप-रंग के दो दिनों में ही सूखती घास की बजाय शील के आम्रतरु सदृश सरस, सुस्थिर एवं सफल होता है। रूप-रंग तो बस ओस के मोती हैं।''

''भई, कम-से-कम तो ऐसा ही होना चाहिए।'' किशन ने छेड़खानी करते हुए कहा, ''ललनाओं के आधे हृदय में उनकी प्रीत का निवास होता है, यह तुम्हारा विधान रुक्मिणी के उदाहरण से सच माना जाए तो इसी उदाहरण के अनुसार तुम्हें मेरे विधान को भी स्वीकार करना होगा कि ललनाओं के शेष हृदय में कपट का बसेरा होता है, क्योंकि रुक्मिणी का चोरी-छिपे किया हुआ पत्र-व्यवहार भी सर्वश्रुत ही है। अत: मेरी खातिर तुम मस्तूल को साफ ठेंगा मत दिखाना। उसके सामने निरंतर यही आशा बनाए रखो कि स्वदेश जाने के बाद तुम्हारी प्रेम-याचना को स्वीकार करूँगी। वह निश्चित रूप से शरीफ है, नेक है लेकिन एक निश्छल और तनिक बर्बर मुस्टंडा भी। अत: उसकी अनुनय भरी प्रेम-याचना को एकदम धिक्कार मत देना, क्योंकि स्वदेश जाने के बाद तुम्हारी प्राप्ति की उसकी आशा एकदम छूट गई तो न जाने हमारे समुद्रोल्लंघन के कार्य में दी जानेवाली उसकी साहसिक तथा तत्पर सहायता में कहीं ढिलाई न आ जाए। अच्छा, मेरा-तुम्हारा संबंध और पूर्ववृत्त उसके सामने उजागर करें तो हमारे प्रेम के प्रति उसके मन में शक की आशंका भी हो सकती है।

और हम जिस हत्या के अपराध का दंड भुगत रहे थे, उस समय जिस संकट के लिए हमारे कंटक-कंटकी जैसे बनावटी नाम और बहन-भाई का बनावटी रिश्ता घोषित किया गया, ये बनावटी नाम एवं रिश्ता उजागर होते ही हमारे उन संकटों से पुन: घिर जाने की आशंका अब भी है। अत: जब तक हम स्वदेश नहीं पहुँचते तब तक वर्तमान नाटकीय भूमिका वैसी ही बनाए रखना उचित है। स्वदेश पहुँचने के बाद मस्तूल के प्रेम का खुशी से इनकार करो। वह सज्जन है। दुर्जन बिलकुल नहीं जो जबरदस्ती अपना प्रेम तुमपर थोपे। लेकिन यदि वह बिगड़ गया और उसने हमसे वैर मोल लिया तो उधर उसका मुकाबला करना अथवा उसे झाँसा देना हमें सौ गुना अधिक सुलभ होगा। आज हमारा हाथ पत्थर तले दबा हुआ है। उसकी सहायता के बिना समुद्र पार करना हमारे लिए दुर्घट ही है। उद्दंड की संगत में जिसे जीना है, उसे आपद्धर्म को ही सद्धर्म मानना चाहिए।''

इतने में फिर से 'ऊऽऽ! कंटक बाबूऽऽ!' इस तरह की चीखें सुनाई दीं।

"उठो, उठो, देखो, जावरे पुनः बुलाने आ गए। अब उनके पास जाना ही होगा, समारोहपूर्वक गला फाड़-फाड़कर रोने के लिए।"

कंटक और कंटकी जावरों की पहाड़ पर स्थित उस गुफा में जब आए तब उस मृत जावरे के अंतिम संस्कार की पूरी तैयारी थी। वह मृत जावरा राजा नानकोबी का एक विशेष स्नेही और जावरों का एक 'दादा' था, अतः उसके अंतिम संस्कारार्थ वे सारे जावरे वहाँ आए थे। उस अर्थी को बीच में रखकर महिलाएँ, बच्चे, पुरुष बिलकुल नंग-धड़ंग सब एक साथ उसके चारों ओर गोलाकार बैठ गए थे। उस मृतक की पत्नी और बच्चों का दुःख से विह्वल होना स्वाभाविक था, लेकिन प्रेत-संस्कारार्थ जब सभी लोग इस प्रकार उस लाश के इर्द-गिर्द सार्वजनिक शोक करने जमा हो गए तब उस दृश्य को देखकर और उस प्रेत संस्कार विषयक कर्तव्य का अहसास होने के कारण सिसकते-सिसकते वह अचानक दहाड़ें मार-मारकर रोने लगे—उसके साथ-साथ एक विशिष्ट स्वर तथा लय में सारे जावरों ने भी रोने का तार बाँध दिया। यद्यपि पहले-पहले मृतक-संस्कारांतर्गत एक कर्तव्य के रूप में वे रोने लगे तथापि सामाजिक भावनाएँ भी किसी संक्रामक रोग की तरह ही एक सामाजिक छुतहा रोग हैं। इसी कारण कर्तव्य के तौर पर वह सचमुच ही बिलख-बिलखकर रोने लगे। सभी के नेत्रों में आँसू छलक रहे थे।

उस सार्वजनिक आक्रोश पर नियंत्रण पाना कठिन हो गया था। इस दौरान उनमें जो बुजुर्ग थे, उन्होंने उस लाश की एक गठरी बाँध दी और उसे उठाकर सभी लोग छाती ठोंक-ठोंककर पीटते हुए तथा एक ही सुर में विलाप करते, बिलखते हुए एक विशाल वृक्ष के पास गए। उस वृक्ष के ऊँचे हिस्से पर एक विशाल कोटर था। उसमें उस लाश की गठरी ऐसी स्थिति में बैठाई गई कि मानो वह व्यक्ति आलथी-पालथी लगाकर ऊर्ध्वमुखी होते हुए सजीव मनुष्य की तरह टुकुर-टुकुर ताक रहा है। बेचारे बौने, ठिगने जावरों के लिए वह वृक्ष इतना ऊँचा था कि उनमें से हर एक को वह लाश उस कोटर तक ऊपर उठाना दुर्घट प्रतीत हो रहा था। अतः मस्तूल ने स्वयं वह गठरी उस कोटर में बैठाई। जावरों के शव-संस्कार की इस विधि के चलते सभी लयबद्ध आक्रोश की चरम सीमा तक पहुँच गए थे।

इसके बाद उन जावरों ने अपने बदन पर खींची हुई माटी की रंग-बिरंगी श्रृंगारपूर्ण पट्टियाँ पोंछ डालीं। सभी ने सफाचट हजामत बनवाई थी और पुरुष सूतक के प्रतीक के तौर पर सिर्फ भूरे रंग की माटी ले आए और केश-रहित मस्तकों पर पोती। इसके बाद मृतक के अंतिम दर्शनार्थ सारे जावरे खड़े रहे। उनमें धार्मिक पुरोहित जैसा कोई नहीं होता। ऐसे समय पर जिस बुजुर्ग को नेता के रूप में चुना जाता है, वही रूढ़ि अनुसार सब संस्कार, क्रिया-कर्म करवाता है।

उस रिवाज के अनुसार उस दिन का बुजुर्ग नेता आगे बढ़ गया। अलग-अलग नियमानुसार चार-पाँच निश्चित शब्दों में भाव-भंगिमाओं को भरपूर जोड़ देकर उसने अपना जो भाव व्यक्त किया उसका शब्दांतर इस प्रकार होगा—

'अब अपने उस मृत आप्त के शव की ओर तीन मास तक कोई आँख उठाकर भी न देखे। उसके विजनवास को भंग किया तो उसका भूत क्रुद्ध होगा। उसका वह भूत उस ऊँचे कोटर में बैठकर हमेशा इस बात का निरीक्षण करता रहेगा कि कहीं हमें उसका विस्मरण तो नहीं हुआ, हम उसके प्रेम की वंचना तो नहीं कर रहे। इसलिए ये तीन महीने कोई भी साज-शृंगार अथवा आमोद-प्रमोद, विलास न करे। तीन महीनों तक नाच-रंग, गाना-बजाना बंद। रंगीन विलासी मिट्टी का नखरा बंद। केवल भूरी मिट्टी का लेप बदन पर किया जाए।' (क्योंकि जो जहरीले मच्छर जंगल में नंगे जावरों को डसते हैं, उनसे देह के रक्षार्थ किसी भी मिट्टी का लेप आवश्यक होता है।)

एक विशेष स्वर में सभी जावरों ने इस आदेश को स्वीकृति दी और वे सभी अपनी गुफा में वापस लौटे।

किशन और मालती भी अपनी स्वतंत्र गुफा की ओर चल पड़े। उन्होंने अनुरोधपूर्वक मस्तूल से अपने साथ चलने की प्रार्थना की।

इस समय मस्तूल को इस दर्शन का नशा-सा चढ़ गया था। मालती पर अपनी विद्वत्ता का तुनतुना बाँधने के उद्देश्य से वह जावरों के प्रेत-संस्कारों के बारे में रास्ते भर चर्चा करता रहा—

"देखो, मृत व्यक्ति के संबंध में प्रीति और भय इन दो भावनाओं पर ही इनके सारे प्रेत-संस्कार उभारे गए हैं। हमारे वैदिक प्रेत-संस्कार, और्ध्व दैहिक और सूतक श्राद्ध इन धर्मशून्य और बर्बर जावरों के जंगली प्रेत-संस्कारों के ही धार्मिक संस्करण हैं। हिंदू, ईसाई, मुसलिम सभी धर्मावलंबियों के सारे प्रेत-संस्कार आमतौर पर मृतविषयक प्रीति और भय पर ही उभारे गए हैं। देखो कंटकी, किस तरह तुम बीच-बीच में इन प्रेत-संस्कारों पर ही हँस रही थीं! लेकिन मैंने यदि यह सिद्ध किया कि उनके जंगली और मूर्खतापूर्ण प्रेतविषयक रीति-रिवाजों की प्रतिध्वनि उन प्रेत-संस्कारों में उभरती है जिनका हमारे प्रगत वैदिक-ईसाई-मुसलिम प्रभृति ईश्वरोक्त धर्म के रूप में आडंबर रचाया गया है—तो तुम मुझे क्या दोगी, बोलो! आदिम मानव, शव भूत-पिशाच बनकर न उठे इसलिए उसपर पत्थरों का ढेर लगाता है। उसी कल्पना से ईसाई-मुसलिमों के कब्रिस्तान, भव्य कब्रें और पिरामिडों का जन्म हुआ। मृतकों की नौका वैतरणी तरण में समर्थ हो इसलिए…"

"बस, भई, बस भी करो अपनी यह दार्शनिक चर्चा।" यह देखकर कि दर्शन की मझधार में अब यह धो-धो बहता ही जाएगा, किशन ने मस्तूल को बीच में ही टोका,

"मृतकों को वैतरणी पार ले जानेवाली नौकाओं की जानकारी दोगे तो अधिक उपकार होंगे। वैतरणी का मृतसागर लाँघने के लिए मरणोपरांत हमारे शवों को कोई-न-कोई नौका कहीं भी मिलेगी। न भी मिले तो उस समय देखा जाएगा। लेकिन उस सिलसिले में बताओ, जो आज जीवित रूप में काले पानी का समुद्र पार करने के लिए उपयुक्त नौका तुम बना रहे थे। जो किश्ती तुमने मुझे परसों दिखाई थी, उसे समुद्र में कब उतारना है! परसों तुमने कहा, अब सारी पूर्व तैयारी पूरी हो गई, अँ! लेकिन फिर भी आगे ही ढकेल रहे हो। अब बोलो, जान की नौका संकट सागर में कब ढकेल रहे हो? बिलकुल निश्चित दिन बता दो, भाई, फिर चाहे भगवान् रखे या डुबो दे! लेकिन अब एक दिन भी केवल भयवश पीछे नहीं रहना। बोलो, दिन बोलो।"

"बिलकुल निश्चित दिन बताता हूँ। तीन महीने और तीन दिन समाप्त होते ही जो दिन निकलेगा, उसी दिन सागर में किश्ती छोड़ूँगा।"

"बाप रे बाप! भला वह क्यों! अब इतना विलंब क्यों? परसों तो कह रहे थे कि पूरी तैयारी हो चुकी है। अब ऐसे ज्योतिषी ठाठ से क्यों कह रहे हो कि तीन महीने तीन दिन! कहीं मुहूर्त आदि देखने की सनक तो सवार नहीं हुई तुम्हारे सिर पर!"

"न, न। इस मस्तूल का मुहूर्त वही होता है जिस दिन तैयारी पूरी होती है। लेकिन मुहूर्त की सनक भले ही छोड़ दें, हमें दो लहरों का तो अवश्य खयाल रखना होगा। एक इस सागर की सनक और दूसरी राजा नानकोबी की सनक। राजा नानकोबी ने आज ही मुझे आगाह किया कि तब तक नैया नहीं खेना, जब तक इस मृत जावरे का अशुभ काल समाप्त नहीं होगा। इस जावरे का अशुभ तीन महीनों में समाप्त होगा। उसके पश्चात् वे हमारे लिए दो-तीन दिनों बाद अपनी डोंगी सहायतार्थ देकर उस सागर तट के निकट एक ओर से राह निकालने के लिए अपने पहरे में हमारी किश्ती भरे समुद्र में छोड़ने में सहायता करेंगे। अनुकूल हवा और सागर भी उसी अवसर पर सहयोगी हो सकेंगे। भई, इसके लिए रुकना अनिवार्य है। अरे पगले, तुमने इस तरह सोचा ही कैसे कि स्वदेश लौटने की जितनी उतावली तुम्हें है, उससे कम मुझे होगी! तुम्हें तो यों ही उतावली हो रही है, पर मुझे तो भाँवरें पड़ने की भी उतावली है। क्यों कंटकी, सच है न! कंटक ने नैया उस पार पहुँचाने के उपलक्ष्य में जो दाम निश्चित किया है, उस हुंडी का भुगतान होगा तुम्हारे प्रेम के सर्राफे पर, हाँ!" धृष्ट उजड्डता के साथ मस्तूल ने कंटकी के गाल पर हलका सा आघात किया।

"परंतु काम होने पर दाम का प्रश्न ही नहीं उठेगा। माँझी यह न भूले कि कंटक की दी हुई हुंडी का भुगतान तो सर्राफे पर बाद में ही होगा।" मालती ने इस चालाकी के साथ जाल फेंका कि मछली को सिर्फ मांस का प्रबोधन ही दिखाई दे।

□

प्रकरण–२२

# भाई–बहन का मिलन

'किशन, ओ किशन!' अपनी गुफा के द्वार के पास मुँह लटकाकर मालती ने मन–ही–मन तीन–तीन बार आवाज दी। फिर अपने आप से दबी आवाज में फुसफुसाकर कहने लगी, 'न जाने कहाँ चला गया बातें करते–करते। तड़के ही चला गया और अब घड़ी भर दिन रहने पर भी उधर ही उलझा हुआ है जावरों के पीछे। अँ! लेकिन यह कौन आ रहा है उस बाँस के झुरमुट से! बाँस की ही तरह लंबा–तगड़ा, मस्तूल। और कौन होगा भाई! मेरी मनुहार करने में कितनी एड़ी–चोटी एक कर रहा है बेचारा! इतना स्नेहशील तथा ईमानदार आदमी है कि वाकई मुझे उसपर तरस आता है। पर क्या किया जाए! उसके प्रेम को मैं न तो स्वीकार कर सकती हूँ, न ही अस्वीकार। आज कितने महीने हुए, सुबह होते ही इस जंगल के ताजा–ताजा फूल और ताजा शहद का उपहार मुझे देना एक बार भी उसे विस्मरण नहीं हुआ। उसे जो यह मोह हुआ है कि मैं उसे पति मानूँ, उसे छोड़कर यदि वह मुझसे यह अनुरोध करे कि 'तुम मुझे अपना भाई समझो' तो मैं अभी इसी क्षण उसे राखी बाँधूँगी, क्योंकि कुल मिलाकर वह सचमुच ही मुझे प्रिय लगने लगा है।'

मालती स्वगत इतनी बात कर ही रही थी कि मस्तूल गुफा के पास पहुँच गया। उसके हाथ में वहाँ के सिंधु–पुलिन जिसके लिए विख्यात हैं, उस जाति का एक सुंदर शंख था जिसमें गुलाबी छटाएँ थीं और जिसे तराश–तराशकर ऊपर बेल–बूटियों से सुशोभित किया गया था। उसके दूसरे हाथ में हरे–भरे पत्ते के दोने में ताजा फूल थे। उधर जंगल में विपुल मात्रा में शहद के बड़े–बड़े छत्ते थे। उन छत्तों को गिराकर देखते–देखते जी भरकर ताजा मधु मुहैया करना जावरों का बाएँ हाथ खेल था। उसी तरह भरपूर ताजा मधु मस्तूल उस शंख के कुप्पे में भरकर जो लाया था, वह उसने कंटकी को दे दिया। कंटकी ने उसे गुफा में रख दिया। फिर उसने उसे ताजा–ताजा फूल दिए। कुछ फूल अपने हाथों से उसकी बाँहों में लगाने के उद्देश्य से उसने अपना हाथ आगे

बढ़ाया। हाँ-ना करते उसने उन्हें टाँकने दिया। शेष फूलों का दोना दोनों हाथों से पकड़कर उन्हें सूँघते हुए, उनके रंगों में रँगकर मालती ने कहा, "आहा, कितने सुंदर फूल हैं! बहुत-बहुत धन्यवाद।"

"पर कंटकी, एक और फूल इस जंगल में खिला है जो इन सभी फूलों से सुंदर है पर अभी तक वह मेरे लिए गूलर का ही फूल है।"

"क्या नाम है उसका जो इतना सुंदर है!"

"तुम्हारी सुंदरता का फूल। कंटकी..." मस्तूल ने उजड्डता से अपना मजबूत हाथ उसकी कोमल ठोड़ी को स्पर्श करने के लिए आगे बढ़ाया।

"धत्!" अपनी ठोड़ी हटाकर, स्वयं भी तनिक पीछे हटकर, लेकिन नाराज न होते हुए कंटकी ने उत्तर दिया "आहा! यद्यपि वह फूल सागर के इस अंदमानी किनारे के जंगल का है, तथापि हाथ में आ सकता है, सागर के उस पार भारतीय तट-स्थित जंगल में।"

"इसी आस में तो साँस ले रहा हूँ, और मेरी बनाई किश्ती भी यदि तैरेगी तो इसी आस पर ही तैरेगी। चलो अब सिर्फ तीन दिन शेष रहे। आज जावरों का तीन महीनों का वह सूतक समाप्त होनेवाला है। अभी हमें उधर ही चलना है। उसके समाप्त होते ही नरसों हमने अपनी साहस की नैया समुद्र में ढकेल ही दी समझो। हवा जो हमें स्वदेश की ओर ले जाएगी, बड़ी अनुकूल बह रही है। इतने पर भी भगवान् मालिक है।"

"भगवान् भला ही करेंगे। आज मुझे ऐसा ही एक शगुन हुआ है कि अब मुझे इसमें संदेह की कोई गुंजाइश नहीं लग रही। कंटक भैया को मैंने सवेरे ही बता दिया था।"

"भला क्या है वह शगुन! मुझे नहीं बता सकोगी! शगुन सत्य होते हैं जी।"

"बताती हूँ। देखिए, कल रात अपनी प्रिय अम्मा को मैंने सपने में देखा। अंदमान के इस सागर के, इस काले पानी के उस पार के तट पर हमारे देश के किनारे जैसे वह खड़ी है। अपने दोनों हाथ फैलाती हुई कह रही है, 'आ बेटी आ। मेरी बाँहों में समाकर मुझे प्रगाढ़ आलिंगन दे। कूद पड़ो। हाँ, हाँ, डरो नहीं, मैं हलके से तुम्हें सँभाल लूँगी।' अम्मा की बात सुनते ही मैंने इस तरह छलाँग लगाई कि सागर यों पार किया जैसे एक साधारण जलधारा को पार किया जाता है, और फिर झट से अम्मा की बाँहों में समा गई। इतने में पता है क्या हुआ! एकदम पटाक्षेप, दृश्यांतर होकर अपने घर के झूले पर मैं अम्मा के संग झूलने लगी और अम्मा मेरी प्रिय ओवियाँ गाने लगी। सच कहती हूँ मस्तूल, जबसे मैंने यह सपना देखा है मेरे सब्र का बाँध टूट रहा है। अम्मा को देखने के लिए मेरी आँखें तरस रही हैं। उनकी ओवियाँ मेरे कानों में गूँज रही हैं। उनसे मिलने के

लिए मेरा मन बहुत अधीर हो गया है।'' कंटकी सिसकने लगी।

''चुप रहो, चुप रहो। देखो, ऐसे दिल छोटा नहीं करते। तुम अपनी अम्मा की स्मृति से विह्वल हो जाती हो न, उसी तरह अपनी अम्मा की स्मृति होने से मेरा जी बिखर जाता है। हाय! मेरी अम्मा और मेरी एक नन्ही सी, प्यारी-प्यारी सी गुड़िया—दस-बारह साल की मेरी बहन! मैं ही उनकी एकमात्र अंधे की लाठी था। वे भी इसी तरह मेरी प्रतीक्षा में आँखें बिछाए बैठी होंगी। मैं भी इसी तरह उनसे बिछुड़ गया हूँ। उनसे मिलने के लिए मेरा जी मचल रहा है।'' कहते-कहते मस्तूल का गला भर आया और नेत्रों से आँसुओं की झड़ी लग गई।

लंब-तड़ंग, रूखा, अड़बंग मस्तूल इस तरह गद्गद हो गया जैसे कोई ऊँची खुरदरी, अभेद्य, चट्टान झरझर झरने लगे! यह देखकर कंटकी के हृदय में उसके प्रति कौतूहल उमड़ आया। पल भर उसकी ओर उसी तरह टकटकी बाँधते हुए उसने जिज्ञासावश पूछा, ''आपकी छोटी बहन तो अब सयानी हो गई होगी।''

''इतनी बड़ी तो नहीं हुई होगी। होगी करीब बीस के आस-पास। उससे छेड़खानी करनी हो तो मैं उसे इस तरह दोनों हाथों पर पालने की तरह उठाकर तब तक गिरगिरी की तरह घुमाता जब तक वह चीखना शुरू न कर दे। अब भी जब मैं उसे मिलूँगा न, तब पहले सपाटे में उसी तरह हाथों पर लेकर तब तक लट्टू की तरह चक्कर लगवाऊँगा जब तक उसका सिर न चकरा जाए और अम्मा का पारा न चढ़ जाए। भले ही वह बीस वर्ष की क्यों न हो पर मेरी इस अंजुली में ही समा जाएगी। तुम्हारे भाई ने पूरे जन्म में तुम्हें इतना लाड़-प्यार किया है कभी।''

''सच कहूँ!'' उमड़ते भावनावेग में मालती के मुँह से निकल गया, ''मेरा इकलौता स्नेहमय भाई था…''

''अर्थात्!'' मस्तूल ने तपाक् से पूछा, '' 'था' का अर्थ क्या है! फिर यह कंटक कौन है तुम्हारा!''

इस प्रश्न के साथ ही मालती इतनी बौखला गई कि उसका रंग फक पड़ गया। इतने में ही कंटक भी वहाँ आता हुआ नजर आ गया। अत: उस विषय पर उसने बड़ी सहजतापूर्वक परदा गिराया, ''अरे, वह देखो नाम लेते ही महाशय उपस्थित! सौ-सौ साल जियो मेरे भैया।'' हँसते हुए दौड़कर वह कंटक से लिपट गई।

''वाह मस्तूल! भले मानस, कंटकी को लेते हुए तुरंत उधर आने के लिए मैंने तुम्हें इधर भेजा तो तुम यहाँ गप्पें हाँकने बैठ गए। सूतक उतारने के संस्कारार्थ सारे जावरे उधर निकल चुके हैं। राजा नानकोबी कब से हमारी प्रतीक्षा कर रहा है। चलो, जल्दी करो।''

''बिलकुल नहीं, कंटक बाबू! यह ताजा शहद जो मैं लाया हूँ, जब तक इसका

प्राशन नहीं करेंगे तब तक एक कदम भी आगे नहीं बढ़ाएँगे, कहे देता हूँ। कंटकी, तनिक वह शहद ला तो सही।''

मस्तूल के अनुरोध को स्वीकार कर मालती शहद लेकर आ गई। उसने ताजा हरे-भरे पतों पर उस सुडौल शंख की झारी से शहद परोसा और इस तरह उस मधुर कलेवे से निपटकर वे तीनों जल्दी-जल्दी जावरों की गुफा की ओर चल पड़े।

जावरों के हिसाब से तीन महीने का सूतक आज समाप्त हो रहा था। उनके उस मृत स्वजन के अंतिम और्ध्व दैहिक संस्कार करने के लिए तमाम स्त्री-पुरुष के झुंड-के-झुंड उस वृक्ष की ओर चल पड़े थे, जिसके कोटर में तीन महीने पूर्व शव की गठरी बाँधकर बैठाई गई थी। उन्होंने अपने बदन भूरी मिट्टी से पोते हुए थे। वे दहाड़ें मार-मारकर एक ताल पर रोते-बिलखते जा रहे थे। भीमकाय विशाल वृक्ष के आते ही वे रुक गए। फिर मस्तूल उस ऊँचे कोटर से वह गठरी नीचे ले आया। वर्षा, हवा, धूप, धूल, गिद्ध इन सभी के सम्मिलित करतब से उस गठरी में बँधे शव का मांसल हिस्सा पिछले तीन महीनों में नष्ट हो गया था। मात्र अस्थिपंजर ही शेष था। उसे बीचोबीच रखते हुए जावरों के नेता ने उसकी गरदन मरोड़कर तोड़ दी। फिर उसने खोपड़ी का पंजर हाथ में लेकर ऊपर उठाया। उस मृत व्यक्ति की विधवा आगे बढ़ आई। उसके फैले हुए हाथों में उस नेता ने उसके पति की खोपड़ी डालते हुए कहा, ''यह ले तेरा हिस्सा।''

उस विधवा ने खोपड़ी को धो-पोंछकर साफ-सूफ किया, उसमें छेद किए। उन छेदों में एक रस्सी पिरोई और सबके समक्ष उस खोपड़ी के अस्थिपंजर को गले में बाँधकर अपनी पीठ पर डाल लिया। हमारे यहाँ कुछ जातियों में जिस तरह विधवा का निशान केश-वपन और काषाय वस्त्र होता है और अंग्रेजों में वैधव्य की निशानी एक काला प्रावरण आँचल की तरह सिर से लपेटकर पीठ पर छोड़ा जाता है, उसी तरह जावरों में विधवा, जब तक वह वैधव्य दशा में रहती है, तब तक, अपने मृत पति की खोपड़ी गले में बाँधकर पीठ पर रखती है। यदि वह पुनर्विवाह करती है तो केवल दूसरे पति को ही उसके गले से वह खोपड़ी निकालने का अधिकार होता है।

उस विधवा को मस्तिष्क पंजर सौंपने के बाद मृतक का कबंध अर्थात् बिना सिर के धड़ पोर-पोर कुचलकर तड़ाक् से तोड़ दिया जाता है—एक-एक हड्डी को अलग किया जाता है। उनमें से कुछ अस्थियाँ मृत व्यक्ति के बच्चों को उनके हिस्से के रूप में सौंपी गईं। कुछ खास आप्त संबंधियों, सगे-संबंधियों को हिस्से के रूप में दी गईं। शेष सारी अस्थियाँ जावरों में जो टोटकेवाली महिला थी, उसने अपने सामने ढेर रचाकर चुन-चुनकर आखिरकार उनका तीन हिस्सों में बँटवारा किया। एक जंगल के भूत-प्रेत का उतारा, एक अग्नि का, और तीसरा सागर का। जिन्हें जिस भूत-प्रेत के टोटके की आवश्यकता थी, उन्होंने क्रमशः उस अस्थि का टुकड़ा हाथ में थाम लिया।

मृत व्यक्ति की अस्थियों के विभिन्न अलंकार, माला, ताबीज बनवाकर जावरे स्त्री-पुरुष गले में अथवा बदन पर पहनते हैं। उनका विश्वास है कि उसके द्वारा भूत-प्रेत से उनकी रक्षा होती है। उसपर वह मृतक यदि कोई प्रतिष्ठित तथा महान् व्यक्ति हो तो उसकी एकाध अस्थि का प्रयोग करने का अधिकार प्राप्त होना गौरवमय माना जाता है एवं गुण विशेष मृत व्यक्तियों की अस्थियाँ मित्रों तथा अतिथियों को सम्मानपूर्ण उपहारस्वरूप दी जाती हैं।

मस्तूल राजा नानकोबी का अत्यंत प्रिय मित्र और सहयोगी था। उसे सम्मानित करने के लिए उन अस्थियों में से एक अच्छी छोटी सी अस्थि उठाकर राजा नानकोबी ने सम्माननीय उपहारस्वरूप मस्तूल को दी और हाव-भाव, संकेत, शब्द मिला-जुलाकर उसे आश्वासन दिया कि अब तुम्हें सागर से कोई भय नहीं है। यह सही-सलामत आप लोगों को स्वदेश पहुँचाएगी।

मस्तूल के मन पर उस भयानक शव का मस्तक, कबंध, अस्थियाँ, जोड़ों के तड़ाक्-तड़ाक् तोड़-फोड़ करने के आम संस्कारों का कुछ तो गंभीर प्रभाव पड़ा ही था। उसपर उस टोटकेहाई ने जावरी भाषा में उसे टूटे-फूटे शब्दों में संकेत किया—

"इधर। जुरुबिन। अस्थि, मंत्र।" अर्थात् इधर आ जाओ, सागर के भूत-पिशाच 'जुरुबिन' पर तुम्हें एक मंत्र बताती हूँ। उसका उच्चारण करने के बाद उस अस्थि को गले में बाँधना चाहिए।

अपने ठिगनेपन के कारण प्रायः सभी जावरा ललनाएँ ज्यों-त्यों करके मस्तूल की कमर तक ही पहुँचतीं। अर्थात् उस डायन के मुँह के पास कान सटाकर सुनने के लिए मस्तूल को नीचे ही बैठना पड़ा। फिर उसने एक विचित्र मुद्रा में और भयातुर की तरह हाव-भाव किया जैसे उसके शरीर में किसी देवता या प्रेत का आवेश आया है और उसने मस्तूल के कान में फूँक मारी। हमारे यहाँ ओझा जिस तरह होम-हुम-होम जैसे अर्थशून्य एकाक्षरों का उच्चारण करते हैं, बिलकुल वैसे ही उसने कई बार एक निरर्थक एकाक्षरी मंत्र का उच्चारण उसके कानों में फूँका। जावरों के व्यवहार जैसा करते-करते मस्तूल स्वयं भी एक जावरा ही बन गया था। उसके भोले-भाले धर्मभीरु मन का उन मंत्र-तंत्रों और अस्थियों के टोने-टोटकों पर अटल विश्वास था।

सूतक पूरा होते ही जावरों ने बड़े चाव से शुभ श्रृंगार करना आरंभ किया। उन्होंने बदन पर पोती हुई भूरी मिट्टी धो डाली। पुरुषों ने लाल, पीले, गेरुए, धवल मिट्टी की सुंदर, सुहावनी पट्टियाँ अपने बदन पर खींचीं। सुहागन ललनाओं ने अपने-अपने साजन अथवा सखी से शीशे के नुकीले टुकड़ों से अपने बढ़े हुए बालों को मुँड़वाया, ताकि उनके सिर अच्छे और चिकने दिखाई दें। हमारे यहाँ तीज-त्योहार के दिनों एक-दूसरी की कंघी-चोटी करने में सुहागन नारियाँ जिस तरह निमग्न होती हैं,

उसी तरह बिलकुल नख-शिख विवस्त्र सुहागन जावरा स्त्रियों तथा कुमारियों के झुंड एक-दूसरी की चिकनी-चुपड़ी चंदिया मुँड़वाकर अपना सोलह-सिंगार संपन्न करके हँसने-खिलखिलाने बैठ गईं। फिर उन्होंने मूँगे अथवा रंगीन सीपियों की अथवा मृत व्यक्ति की अस्थियों की मालाएँ पहनीं। विधवा स्त्रियों ने अपने-अपने मृत पति के कपाल और अस्थियों की मालाएँ धारण कीं। इस प्रकार सभी का सोलह-सिंगार पूरा होने के बाद सूतक के कारण पिछले तीन महीनों से उनकी नृत्य की ललक जो बरबस दबाई गई थी और उसकी पूर्ति के लिए सूतक पूर्ति का जो विशाल संघ-नृत्य आज सिंधु तट पर संपन्न होना था, उधर वे तमाम विवस्त्र बाल-वृद्ध-स्त्री-पुरुष एक साथ जाने लगे और इधर राजा नानकोबी से यह कहते हुए कि 'हम नृत्य करने थोड़ी देर में आ ही रहे हैं', कंटक-कंटकी मस्तूल के साथ अपनी गुफा की ओर जाने लगे।

गुफा के निकट आकर वे उधर ही एक शिलाखंड पर बैठ गए। फिर कंटकी नानाविध फल, कच्चे नारियल, शहद और भुना हुआ गोश्त ले आई। भूख के मारे वह वन्य भोजन उन्होंने चटकारे ले-लेकर साफ किया।

"चलो, जंगल की मिठाई और दो दिन के लिए ही रह गई है। परसों वनभोजन का समापन हो जाएगा और सागर भोजन शुरू होगा।" मस्तूल ने कंटक की पीठ पर एक धौल जमाते हुए उसे आश्वासन दिया।

"और यदि ईश्वर की कृपा रही तो अगले महीने इस समय हम अपने देश में अपने ही घर अपने प्रियजनों के साथ हँसते-खेलते स्नेह भोजन का आनंद उठा रहें होंगे।" कंटक ने कंटकी की पीठ को प्यार भरे आश्वासन के साथ थपथपाया।

"ऐसा क्यों कह रहे हो भाई, भगवान् की कृपा हो तो!" मस्तूल ने उमंग भरे स्वर में कंटक को टोका, "भगवान् की कृपा तो आज हो ही चुकी। कंटक बाबू, मैंने किश्ती अच्छी बनाई है, पुलिसिया वस्त्र, बंदूकें, बारूद, सारी तैयारी की है। जावरों के कुशल नाविकों की डोंगियाँ दूर-दूर तक साथ आएँगी। किश्ती में मांस, शहद, फल, मदिरा, भरपूर अन्न-जल का संचय किया है। मछली पकड़ने के जाल लिये हैं। स्वदेश उतरते ही रोकड़ा हुई रकम जुटाई है। कंटकी, प्रिये, सभी तरह का मानव प्रयास जुटाया है। इस अहसास से मेरा मन हमेशा धुकपुक करता है कि इस तरह के इस नटखट, शरारती, चंचल सागर में, जिसे काला पानी यों ही नहीं कहा जाता, उस कराल काल के मुँह में यह छोटी सी मामूली हवा में चलनेवाली किश्ती ढकेलना और इसमें सफलता पाना आखिर भाग्य के अधीन होगा। ईश्वर की कृपा होनी चाहिए इसके लिए—चंद्रमा बलवान् होना चाहिए। लेकिन आज सागर के उस 'जुरुबिन' भूत प्रतिबंधक मंत्र और यह टोना उस जावरा टोटकेहाई ने जब मुझे दे दिया तब वाकई मेरी जान में जान आ गई। भाग्य की कृपा, देखो यह लिखित वचन-चिट्ठी।" कहते हुए मस्तूल ने उस डायन

द्वारा दी गई उस मृत जावरा की पोरनुमा मंत्रित अस्थि गंभीरतापूर्वक कंटक के आगे बढ़ाई।

"छी:, मस्तूल, तुम्हारा मन भी कितना जंगली हुआ है रे! कितने भोले-भाले हो तुम, निरे अलल बछेड़ा!" कंटक ने उपरोध किया।

"अलल बछेड़ा! भोला-भाला जंगली! इन जंगली जावरों में ही नहीं, अपितु प्राचीन आर्यों में भी मृत व्यक्तियों की अस्थियों में दैवी गुणों की चेतना नहीं है! कुछ ब्राह्मण आदि जातियों में क्या इस तरह शास्त्राचार नहीं था कि मृत व्यक्ति की खोपड़ी का थोड़ा सा चूर्ण खीर में डालकर श्राद्ध के दिन स्थानीय पितर पुरुष तथा जजमान खाए! बौद्ध आदि के दंत, अस्थि आदि अवशेषों का क्षत्रिय, वैश्य, शूद्र आदि पंथियों में कितना आडंबर था। ईसाई, मुसलिमों के सिलसिले में तो पूछो ही मत। मृतकों की अस्थियों पर ही उनकी कब्रें उभारी हुई हैं। कब्रों में मृतकों की अस्थियाँ बचाने के लिए वे तब तक दंगा-फसाद करने में नहीं हिचकिचाते जब तक जीवितों की भी अस्थियाँ कब्रों में दफनाने की नौबत न आ जाए। मृतकों की अस्थियों का आडंबर और उसमें यह भावना कि धार्मिक अथवा मांत्रिक अथवा दैवी गुण होते हैं—केवल जावरों में ही नहीं, पूरे विश्व में है। तो फिर जावरों को ही जंगली, बर्बर क्यों कहते हैं! कहना चाहिए कि इन मंत्रित अस्थियों पर सभी का पूरा विश्वास है। जिसके गले में यह ताबीज उस टोटकेहाई के लिये हुए मंत्रों के साथ बाँधा जाएगा, उसे 'जुरुबिन'—उस समुद्र पिशाच से जरा भी भय नहीं है—वह समुद्र में कभी नहीं डूब सकता। समुद्र-यात्री सही-सलामत उस पार अवश्य जाएँगे—उस जादूगरनी के आश्वासन को उसका प्रयोग करने से पहले ही मिथ्या कहना भी तुम्हारे मन का भोलापन नहीं है! उसे सच समझनेवालों की सादगी सदृश ही त्याज्य।"

"अच्छा बाबा, यही सही। अपने गले में अस्थियों का वह अभिमंत्रित ताबीज बाँध लो। किश्ती से नहीं, उस ताबीज से ही समुद्र पार करके सही-सलामत स्वदेश पहुँचा दिया तो जीत गए।"

"न, न। मेरे जीवन के लिए मेरे ही गले में नहीं। मेरा जीवन है यह मेरी लाड़ली कंटकी। तुम्हारी यह बहन और मेरी प्रिया। यह सुखी, सुरक्षित तो हम भी सुखी, सही-सलामत। इसलिए मैं यह ताबीज कंटकी के गले में बाँधूँगा और मुझे दीक्षा देते समय उस जादूगरनी ने मुझे जो गुप्त मंत्र दिया, उसी मंत्र का उसके कानों में यथाविधि उपदेश दूँगा। आ, मेरी लाड़ो, जब तक यह ताबीज तुम्हारे गले में रहेगा, तब तक भरे सागर में तुम्हारा बाल भी बाँका नहीं होगा। हमारी किश्ती फूटने-टूटने पर भी सिर्फ अपनी लहरों पर बैठाकर सागर देवता ही तुम्हें उस पार सही-सलामत पहुँचाएगा। चलो आ जाओ, अपना आँचल तनिक ढुलकने दो।"

मस्तूल बिलकुल निस्संकोच, निश्छल स्नेह से कंटकी के कंधे पर हाथ रखकर उसके अपर्याप्त वस्त्रों, लेकिन बड़े सलीके के साथ कसे हुए आँचल को ढीला करके कंधे से हटाने लगा।

उसके इस तरह के काम में कोई उत्पाती लंपटता नहीं थी। हाँ, एक निश्छल, भोली-भाली और तनिक अड़बंगी ज्यादती अवश्य थी। उसकी प्रेमपूर्ण बातों से, जिनमें कपट-छलावा नहीं था, कंटकी नाराज तो नहीं थी, लेकिन उसे उसपर दया आने लगी। परंतु उसके आतुर प्रणय को पूरा खुला प्रोत्साहन दिया गया तो स्वदेश पहुँचने पर फिर उसके विवाह-प्रस्ताव को ठुकराने का उसे बिलकुल ही अधिकार नहीं रहेगा; और अगर अपनी बात अथवा व्यवहार से उसे यह भरोसा दिला दिया कि वह उसका ही वरण करेगी तो फिर आगे चलकर उसे नकारने पर तो विश्वासघात के अहसास का भयंकर वैर भी उसके मन में जागना संभव है।

यह जानते हुए भी कि उसने उसकी पीठ थपथपाकर कंधे पर जो हाथ रखा है, उसमें कामुक प्रणय से अधिक वत्सल लाड़ की भावना ही थी और उसके इस तरह स्पर्श करने में उसे बड़े भाई के ममतामय स्पर्श की ही अनुभूति हो रही थी, झटक दिया तथापि उक्त दहशत के कारण ही उसने मस्तूल का हाथ झटककर दूर हटाया और अपना आँचल पुनः कमर में खोंसती हुई झल्लाई, ''ताबीज ही बाँधना है न, तो कंटक भैया बाँधेगा। आपको इस तरह मुझसे चिपकने की कोई जरूरत नहीं है।''

कंटकी के इस प्रकार दुत्कारने से मस्तूल का स्नेहासिक्त मन एकदम टूट गया और उसकी आँखों से झरझर आँसू बहने लगे तथा शब्दों से क्रोध भी। वह कंटकी से अलग हटकर दूर जाकर खड़ा हो गया। यह अपमान हँसी-हँसी में रफा-दफा करना छोड़कर उसने कंटकी से तड़पकर कहा, ''कंटकी, अब भी तुम मुझसे इतनी कटकर क्यों रहती हो! मुझे इतना पराया क्यों समझती हो! तुम्हारे स्वयंवर के संकल्प के तौर पर ही मैंने भरे समुद्र में यह अपर्याप्त किश्ती और तुम लोगों को काले पानी के उस पार भगाकर देश ले चलने की ठानी, यद्यपि इतना परायापन होगा तो याद रखो, हठात् तुम्हारे सामने नाचते, तुम्हें तंग करते अपने आत्मसम्मान पर ठेस सहन करनेवाला व्यक्ति यह मस्तूल नहीं है। आज तक तुम मेरे साथ चलकर मुझसे विवाह करने का सब्जबाग दिखाकर टालमटोल करती आई हो। यह तुम्हें शोभा नहीं देता। इसका परिणाम...''

कंटक को, जिसने इतनी गंभीरता से और इतने विषादपूर्ण स्वर में मस्तूल को बात करते हुए इससे पहले कभी नहीं देखा था, अहसास हो गया कि पानी अब सिर से ऊपर जा चुका है। मस्तूल का मामला बिगड़ रहा है। कंटक सहम गया। कंटकी के न मिलने की निराशा से इसका वैर जो स्वेदश जाने पर ही अपना फन उभारनेवाला था, कहीं उसका सूत्रपात इधर ही तो नहीं हो रहा। जिन बंदूकों और बारूद को हमने एक-

दूसरे के रक्षार्थ संचय किया था, वही अब कहीं एक-दूसरे पर दागने का प्रसंग तो नहीं आ रहा। आज या कल यह मस्तूल इसी मालती को लेकर एक दूसरा रफीउद्दीन बन जाएगा और वह मालती और मेरे खून का प्यासा तो नहीं हो जाएगा आदि भयप्रद शंकाओं से कंटक का जी दहल गया। परंतु वह अनिष्ट प्रसंग जैसा और जितना भी हो सके आज का कल पर ठेलना, जितना निभ सके उतना निभाना ही कंटक के बस में था। यद्यपि कंटक इस बात के प्रति निश्चिंत था कि चाहे कुछ भी हो मस्तूल को शराफत, भलमनसाहत से रंचमात्र भी वंचित नहीं होने देना है, अत: वह मिलनसार स्वर में उसे समझाने लगा, ''कैसा परिणाम मित्र! अरे पगले, इस नारी सुलभ संकोच पर कौतुक होना चाहिए या क्रोध! न-न, अपनी सजनी का मन रिझाने की कला उन अनाड़ी जावरों को जितनी आती है, उतनी भी तुम्हें नहीं आती। भई, तुम ही कंटकी के गले में ताबीज बाँधो। मैं ठहरा उसका बड़ा भाई। मेरा कुछ अधिकार उसे मानना चाहिए या नहीं! इसलिए यह चतुर लड़की तब तक ना-नु करेगी ही, जब तक अपने बड़े भैया से अनुमति नहीं लेगी। हाँ, चलो दीदी, मस्तूल को वह ताबीज अपने गले में बाँधने दो।''

''अरे बाप रे! सातवें आसमान को छूने लगा जनाब का गुस्सा। हत् पागल! अब गुस्सा थूक भी दो न।'' कंटकी ने भी वक्त की नजाकत पहचानकर बात आई-गई की और उस समय के लिए एक मनमोहक मुसकराहट के साथ मस्तूल की छिगुनी हौले से खींच ली। उस हलके से खिंचाव से विवश होकर बेचारा मस्तूल जैसे हाथी ने खींचा हो, लप् से पुन: उसके पास आ गया और प्रार्थना करने लगा, ''तुम ही सरका दो न अपना आँचल अपने हाथ से। हाँ, हाँ, बस उतना ही। भई, गले में बाँध तो सकूँ। पर पहले तुम्हारे कानों में मुझे वह मंत्र फूँकना है। कह डालूँ! क्या मैं अपना मुँह तुम्हारे कान के समीप ला सकता हूँ! हाँ, अन्यथा फिर तुम्हारी मर्यादा भंग होगी और तुम नाराज हो जाओगी।'' मस्तूल पर प्रेम का नशा छाने लगा। दाएँ कान के पास मुँह करके एक हाथ गले के पास बाएँ कंधे पर डालकर उसने उसे पास खींच लिया और उस डायन के निरर्थक मंत्राक्षरों का उसके कान में तीन बार उच्चारण किया।

मस्तूल को इस तरह कंटकी से सटकर खड़ा रहना इतना भला लग रहा था कि सौ बार उस मंत्र का उच्चारण करते हुए भी वह यों ही खड़ा रहता। परंतु इस बात की आशंका उसके मन में थी कि कहीं कंटकी पुन: बिगड़ न जाए। अत: इस विचार से कि जो सुख मिल गया वही ले ले और अपनी चापलूसी भी उजागर न हो, उसने मंत्र-दीक्षा आवश्यक तीन बार उच्चारण के साथ ही समाप्त की और वह हाथ में थामा ताबीज ठीक करते हुए हट गया। ''क्यों, जल्दी ही समाप्त कर दिया!'' कंटकी व्यंग्य से मुसकराई। परंतु हर्षोल्लास से सराबोर मस्तूल के प्रांजल मन को इस मर्म के गुलाबी काँटे चुभने का होश ही कहाँ था भला! उसने सीधा उत्तर दिया, ''वाह, समाप्त कैसे!

अब यह ताबीज तुम्हारे गले में जो बाँधना है, सरकार! हाँ, ऐसे। हाँ, अब मेरे सामने आ जाओ। अपनी गरदन जरा ठीक तरह से ऊपर उठाने दो मुझे और अपना आँचल नीचे सरकाने दो। ओफ्फो, बार-बार हाथ क्यों लगा रही हो उसे सँवारने के लिए! हाँ, अब सीधी खड़ी हो जाओ, तनकर।"

उसके इर्द-गिर्द, लेकिन बिलकुल निकट खड़े रहते हुए वह ताबीज इस तरह बाँधने लगा कि वह उसकी छाती पर झूलता रहे।

इतने में उसने इस बात पर गौर किया कि उसके वक्षस्थल और गले के बीच कुछ रक्तरंजित चिह्न हैं।

"यह क्या है! ये रक्तरंजित खरोंचें किसकी हैं तुम्हारे गले के नीचे! कहीं मृगया करते समय काँटों में तो नहीं उलझ गई थीं तुम!" वह पूछ ही रहा था कि उसने देखा, वे खरोंचें नहीं हैं, कुछ अक्षर हैं जो लाल रंग में बेल-बूटियों में गुदे हुए हैं। पलक झपकने से पहले ही उसने पढ़ा, 'मालती'।

"क्या? मालती! मालती!" जोर से पढ़ते ही और वह शब्द जोड़ते ही मस्तूल की पूरी-की-पूरी मुद्रा ही पलट गई। उसका अंग-अंग पुलकित हो उठा, जी भरभरा उठा, पोर-पोर फड़कने लगा।

उस व्यक्ति की तरह, जो प्रगाढ़ मूर्च्छा से धीरे-धीरे जाग्रत् हो रहा हो, वह कंटकी की ओर अपलक दृष्टि से निहारने लगा। पल भर में ही उसने अत्यंत स्निग्ध, लेकिन विस्मयपूर्ण स्वर में कंटकी से पूछा, "सच-सच बता दो, तुम्हें अपनी प्रिय अम्मा की कसम, तुम्हारा असली नाम यही है न! किसने गोदा है यह तुम्हारे वक्षस्थल पर!"

यह देखकर कि उसके असली नाम पर मस्तूल ने अचानक गौर किया है, कंटकी तनिक चौंकी। लेकिन उसने देखा, इसमें कुछ खास हानि नहीं होगी। मस्तूल ने उसे अपनी प्रिय अम्मा की शपथ इतनी आस्थापूर्वक दिलाई कि वह अपनी अम्मा की स्मृति से गद्गद हो उठी। अपने आपको सँभालकर बोलने का प्रयास किया, फिर भी उसके मुँह से सत्य निकल ही गया, "अरे, वह तो मेरा वह उपनाम था, बस प्यार का एक नाम। मेरे बड़े भैया ने एक बार प्रेमपूर्वक मेरे बदन पर लाल रंग से गोदा था। लेकिन मेरा असली नाम तो कंटकी ही है।"

"नहीं मालती, तुम मालती ही हो। देखो, इस नाम के चारों ओर की बेल-बूटियाँ। वह देखो, अतिरिक्त रूप से गिरा हुआ वह कोना जो नाम गोदते-गोदते मेरे हाथ से गलती के कारण पड़ा था। और वह गलत रूप ही मालती है। नहीं, नहीं, यह सब असंभव है। लेकिन हाथ कंगन को आरसी क्या! यह देखो तुम्हारी साक्षात् मूर्ति—यह बाल रूप-रंग, यह नख-शिख गठन। मेरी अचेतनावस्था की धुंध में धुँधलाई हुई तुम्हारी आकृति। उस अवस्था से मेरे सजग होते ही, धुंध हटते ही नख-शिख से कैसे मेरी मालती के ही रूप

में प्रकट हो गई है। कंटक बाबू, भले ही आप कोई भी हों, लेकिन आपकी यह मुँहबोली बहन कंटकी मेरी सगी, सहोदरा मालती है। अब सारा सच उगल ही दो । मैं आपका हितैषी हूँ—मुझसे भयभीत होने की आवश्यकता नहीं है।''

यह सब अप्रत्याशित सुनते हुए कंटक हक्का-बक्का-सा फटी-फटी नजरों से मस्तूल को देखता रहा। उसे तपाक से इस बात का स्मरण हुआ कि कई साल पहले मालती का बड़ा भाई दंडित होकर काले पानी चला गया था। उसने प्रत्युत्पन्नता के साथ इस बात पर भी गौर किया कि यदि मस्तूल मालती का सहोदर सिद्ध हो गया तो कंटक के रास्ते में मस्तूल की मालती विषयक अभिलाषावश जो वैर-भाव का पच्चर अड़ाने की संभावना थी, वह अचानक हट गई और अब संपूर्ण अनुकूल बाजी हाथ में आने की संभावना है।

''मित्र, मैं तुम्हें वही बताऊँगा, जो सत्य है। परंतु···परंतु तनिक रुक जाओ। मेरी मालती का बड़ा भाई, जिसने यह नाम गोदा था, वह आगे चलकर किसी युद्ध पर चला गया था। उधर उसके सिर पर एक गहरा घाव हो गया था। हमें निश्चित रूप में यह जानकारी मिली थी कि उस घाव के व्रण का अमिट निशान उसके सिर पर अंकित हो चुका है। यदि तुम्हारे सिर पर ऐसा निशान···''

कंटक की बात पूरी होते ही मस्तूल ने अपने माथे पर झंखाड़ जैसे फैले हुए झोंटों का जंजाल झट से पीछे हटाते और उन्हें बिखेरते हुए अपना मस्तक कंटक के आगे बढ़ाया। वहाँ दो अँगुल के जख्म का, जो युद्ध में उसे हुआ था, बड़ा सा व्रण स्पष्ट रूप में दिखाई दे रहा था। कंटक ने उस निशान को पहचाना।

कंटक ने यथाक्रम पूरी आपबीती सुनाई। उन्हें अपने नाम किशन और मालती होते हुए किस प्रकार बदलने पड़े और कंटक-कंटकी जैसे उपनाम लेने पड़े, इस प्रधान कथा से लेकर अन्य समग्र वृत्तांत उसने बताया।

कंटक ने कहा, ''उस नराधम लफंगे ने साधुवेश में कहा था कि मैं अंतर्ज्ञान से देख रहा हूँ कि आपके बेटे को युद्ध में सिर पर एक घाव हुआ होगा—उसी क्षण मालती की माँ की उसपर श्रद्धा हो गई। उस विपदा में फँसने का एक तरह से जो कारण बना, तुम्हारा यह वही व्रण आज तुम बहन-भाई के बिछोह का अंत करने का—तुम्हारी पहचान का साक्षी सिद्ध हो गया। मालती के संकटमोचन का भी साधन हो गया। उसी तरह उस नीच लफंगे को—उस रफीउद्दीन को—तुम्हारे ही हाथों प्राणदंड भुगतना पड़ा, इस तरह यह संयोग भी जितना आनंददायी है, उतना ही विस्मयजनक भी कि बहन का प्रतिशोध अनजाने में उसी का भाई पूरा करे।''

''नहीं रे!'' वह बिगड़ैल, तुनकमिजाज मस्तूल तनकर खड़ा हो गया। अपनी मजबूत भुजाओं को हवा में फैलाते हुए दाँत-होंठ किटकिटाकर वह बिफरा, ''उस

नीच-मक्कार उद्दीन को मैंने निजी प्रतिशोध के लिए जान से मारा। बहन के प्रतिशोध के रूप में तो उसका गला फिर एक बार इसी तरह कसते हुए लोहे के घाट उतारना चाहिए।'' क्रोधावेश में मस्तूल ने वातावरण का ही गला कसकर पकड़ा।

''छोड़ो भी, दादा! गुस्सा थूक दो। जैसी करनी वैसी भरनी।'' बचपन से लेकर आज तक तमाम सुख-दुःख भरी स्मृतियों में मालती की आँखें भर आईं। अपने भाई का हाथ धीरे से खींचकर उसे अपने हाथों में दबाती हुई मालती प्यार भरी सांत्वना देती रही।

''मालती, मेरी मुन्नी, मेरे हाथों तुम्हारा कुछ भी कल्याण नहीं हुआ। मैं तुम्हारा भाई न होने के बराबर ही हो गया। तुम्हारा मनचाहा…''

''दादा, तुम मुझे मिले इसी में मेरा मनचाहा सबकुछ आ गया। यदि मेरी मनचाही अब कोई चीज बाकी रही है तो माँ से भेंट। दादा, एक बार मुझे अपनी बाँहों में ले लो।''

''माला, मेरी मुन्नी, लाड़ो!'' अपने गले से लिपटी अपनी छोटी बहन की पीठ को उसने माँ की ममता के साथ सहलाया। उसी मिलन की मधुर तंद्रिल अवस्था में वह कभी-कभी यों ही आवाज दे रहा था, ''माला! मेरी नन्ही सी गुड़िया!'' और वह भी बड़े लाड़ भरे स्वर में हौले से हामी भर रही थी, ''ऊँ! हाँ, दादा!''

पल भर के बाद मालती की बहियाँ हटाते हुए उसका भाई किशन की ओर मुड़ा, ''किशन, मेरी बहन को संकटों के अंबार से तुमने उबारा। मुझपर तुम्हारे अनंत उपकार हैं। पर देखो, मैंने तुमपर कुछ अहसान नहीं किया। तुमने मेरी बहन लौटाई, मैं भी तुम्हारी प्रियतमा लौटाता हूँ। यह लो। अपने आशीर्वाद-दहेज के साथ अपनी इस भगिनी का मैं यथाशास्त्र कन्यादान कर रहा हूँ।''

''विवाह के बाद न!'' किशन मुसकराया। फिर उस निश्चित दिन पर बेचारे आतिथ्यशील जावरों ने बड़े ठाट-बाट के साथ उन तीनों को विदा किया। जिस समय किशन, मालती और उसके दादा (मस्तूल को अब सभी लोग दादा ही संबोधित करने लगे)—तीनों ने किश्ती में बैठकर चाँदनी रात में गुपचुप उस काले पानी का किनारा छोड़ा, उस समय समुद्र के भूत-पिशाच को, उस 'जुरुबिन' को प्रसन्न करने के लिए जावरों ने वे सारे टोने-टोटके आजमाए जो उन्हें ज्ञात थे। दो-तीन डोंगियों के साथ उन जावरों में जो निपुण नाविक थे, उन्होंने किशन की किश्ती को तटवर्ती खाड़ी की ओट से अंग्रेजों के विवक्षित स्थानों को टालकर काले पानी के सागर तक पहुँचाया।

काले पानी के अथाह सागर में—मात्र हवा के भरोसे छोड़ी हुई पिद्दी सी वह किश्ती। रात के घुप अँधेरे में तो चारों दिशाओं को साक्षात्—कराल काल की तरह मुँह फाड़े खड़ा रहता—इतना घातक, इतना वीरान तथा इतना असहाय साहस था वह। मध्यरात्रि के समय घनघोर अँधेरे में उस अथाह विशाल सागर का गर्जन-तर्जन ऐसा लगता जैसे साक्षात् काल ही निश्चिंत होकर सो रहा है और आराम से खर्राटे भर रहा है।

परंतु आजन्म कारावास की कैद में बुरी दशा में सड़ने-गलने से उन्हें यह साहस भी अधिक सुखद प्रतीत हो रहा था।

काले पानी के उस भीषण सागर में मात्र हवा के भरोसे छोड़ी हुई वह नन्ही सी किश्ती भी निरंकुश—स्वैर गति के साथ आगे बढ़ रही थी। हवा अनुकूल थी, पाल में भरपूर हवा भरने से वह अच्छा-खासा गुब्बारे जैसा फूला हुआ था। बारी-बारी से वे तीनों चप्पू चला रहे थे। मालती भी नाव खेने की अपनी बारी यथाशक्ति पूरी करती।

आकाश में कभी तूफान जमकर घुप अँधेरा छा जाता, कभी धूप खिलती और दिशाएँ खिलखिलातीं, कभी सागर प्रक्षुब्ध होकर फूँ-फूँ फुफकारता, तो कभी मंद गति के साथ झिरझिराती लहरियाँ उठते सरोवर सदृश वह प्रसन्न दिखाई देता। तनिक कहीं 'खुट्' की आवाज आते ही उन तीनों के चेहरों पर मन में दबी हुई भीरुता की कृष्ण छाया अचानक उमड़कर फैल जाती। पुनः उसे दबा-दबोचकर वे एक-दूजे को ढाढ़स बँधाते, हिम्मत देते, हँसते-गाते चप्पू चलाते।

अनुकूल हवा उनकी किश्ती के पाल में ठूँस-ठूँसकर भरी हुई थी। लेकिन बस उसी के बलबूते वह किश्ती इतनी धड़ल्ले से नहीं चल रही थी। इसके पीछे उनके हृदय के पाल में कूट-कूटकर भरी हुई यह हवा थी कि आजन्म कारावास की बेड़ियाँ तोड़कर वे काले पानी से भाग रहे हैं। प्रधानतः इसी के बलबूते पर उनकी किश्ती निरंकुश, सनसनाती हुई आगे जा रही थी।

मनुष्य की आशा-निराशा, पाप-पुण्य, न्याय-अन्याय, साध्य-असाध्य, इन सभी के निकष पर इस विश्व की उथल-पुथल, विश्व का सारा प्रपंच परखा नहीं जा सकता। उसके लिए इस विचार का कुछ मूल्य नहीं होता। हमें जो संभाव्य प्रतीत होता है, वह अचानक असंभाव्य हो जाता है। और जो असंभवनीय प्रतीत होता है वही अचानक सृष्टि में उतरता है। यही है संयोग। अर्थात् हम इस यथार्थ को स्वीकार करते हैं कि इस उथल-पुथल का हमारी इच्छा तथा तर्क शक्ति से रत्ती भर भी स्पष्टीकरण नहीं मिलता।

राजमहलों में सैकड़ों दास-दासियों के लालन-पालन में अथवा स्वयं राजा-रानी जिसे अपनी गोद में खिलाते हैं, पलकों पर बैठाते हैं वह बड़ी मनौती मनावनों से प्राप्त सुंदर-सलोना राजदुलारा शिशु उत्तुंग प्रासाद से राजरानी अथवा राजा की गोद से फिसलकर नीचे धरती पर गिरकर चकनाचूर हो जाता है। सुना है, 'श्रीमंत' रघुनाथ राव पेशवा की एकमात्र संतान, जिसे 'श्रीमंत' स्वयं बड़े लाड़-प्यार से उठाकर खिला रहे थे, अचानक नीचे गिरकर चकनाचूर हो गई थी। इसके विपरीत क्वेटा अथवा बिहार में भीषण भूचाल आ गए—उनके धमाकों के साथ धरती के गर्भ में समा गए। तब चार-चार मंजिलों की पक्की मजबूत हवेलियाँ ऊपर से धड़ाधड़ ढहकर फटी-दरकी भूमि में ढेर हो गईं। लाखों लोग, माँ-बाप, बाल-बच्चे कुचले-रौंदे जाकर मात्र मांस के लोथड़े बने और

पत्थरों की राशियों में मिट्टी-चूना-कीचड़ के लसदार गारे जैसे गाड़े गए। उसी में कुचली हुई किसी माँ के निकट निश्चिंत भाव से पड़ा एक सुप्त शिशु दो पत्थरों के तंबू में भी सुरक्षित, सही-सलामत पाया गया। यही है संयोग। हम उसे ही दैव, भाग्य या नियति कहते हैं, जिसके कार्य-कारण की जटिल गुत्थियाँ सुलझाना हमारे बस की बात नहीं होती अथवा वे हमारी इच्छानुसार नहीं सुलझतीं। भाग्य, नियति, संयोग ही हमारा अज्ञान है, हमारी निराशा।

काले पानी के अथाह विशाल सागर में हवा के अनुसार चल पड़ी उस किश्ती के तीन जीवों के, जो प्रतिपल मौत की चट्टान से टकराने का संकट मोल ले रहे हैं—भाग्य में उस उलटे-सीधे संयोग में से कौन सा संयोग लिखा हुआ है!

इनका क्या होगा! कैसे होगा! आज 'राम-राम' करके आठवाँ दिन निकला। निरंतर संकटों से जूझते-टकराते भय भी जरा कम हो गया। बुरी बात यही थी कि अन्न-जल का संचय समाप्त हो रहा था। लेकिन यात्रा भी आधे से अधिक समाप्त हो रही थी। कभी-कभी वे मछलियाँ पकड़कर खाते और उन्हीं पर गुजारा करते। हाँ, क्षीणता बढ़ गई थी—उसमें भी मालती बहुत ही थककर चूर-चूर हो गई थी। लेकिन उसके दादा उसे आधी यात्रा पार कर चुकने की तसल्ली देते हुए कहते, 'आततायी, पापी, कमीने रफीउद्दीन जैसे लुटेरे को यदि काले पानी से सही-सलामत स्वदेश पहुँचते हुए हम देखते हैं तो तुम जैसी निरालस, निरपराध तथा सुशील अबला की सहायता दयानिधान ईश्वर अवश्य करेंगे। तुम्हारे ही पुण्य से हमारा भी तारण होगा, हम भी स्वदेश पहुँचेंगे। उसपर वह ताबीज के टोने-टोटके, शुभ-सगुन मिथ्या थोड़े ही हैं जो अकारथ जाएँगे?'

इस तरह धीरज बँधाने से, जी बढ़ाने से उसके शरीर की न सही, मन की थकावट एकदम हवा हो जाती। रात होते ही किशन की गोद पर जब वह सिर टिकाकर सो जाती और वह उसे थपकियाँ देता, तब उसे चिंता का स्पर्श तक नहीं होता। वह इतनी गाढ़ी नींद में सो जाती कि एकदम सुबह होने पर ही जाग जाती और तरोताजा होती।

आठवाँ दिन भी निर्विघ्न बीत गया। संध्याकालीन सूर्यास्त की शोभा और उस प्रशांत सागर के आश्वासन व्यवहार से उन तीनों का हर्षोल्लास ठाठें मारने लगा। हवा का आवेग किंचित् मंद पड़ा था। अत: उन्होंने अपने चप्पू अधिक जोर लगाकर चलाना आरंभ किया। इस अहसास के साथ कि चप्पू की हर फटकार से स्वदेश का किनारा तेजी से निकट आ रहा है, उन्हें उस परिश्रम का कष्ट तुच्छ, नगण्य सा प्रतीत होने लगा। बल्कि उमंग के जोश में किशन माँझी का एक गीत किसी तरह गलतियाँ करके, बीच में अटकते हुए क्यों न हो, पर गाने लगा। कभी वह मालती की ओर देखकर मुसकराता।

उसके दादा भी उस गीत का साथ देते हुए उसी लय में नैया चलाने लगे—वे भी स्वयं बुलंद स्वर में गाने लगे—

बायवारू। नैया चलाओ...
रे मेरे माँझी! मेरे सखा! चलाओ नैया।
चलो, चलो झपाटे के साथ।
साँवली-सलोनी नार—चली है पीहर।
साँवली-सलोनी नार—चली है पीहर।
साँवली-सलोनी नार—चली है पीहर।

गीत का एक चरण एक ने, तो दूसरा चरण दूसरे ने गाया और घुमा-फिराकर उसी गीत को दोहराते हुए वे छप-छप चप्पू चलाते आगे बढ़ रहे थे—किश्ती छप-छप करती धड़ल्ले से आगे दौड़ी जा रही थी। स्वदेश तेजी से समीप आने लगा था। अँधेरा छाने लगा, हर तरफ स्वच्छ चाँदनी जगरमगर करने लगी। हमारे नाविक तब तक गाते जा रहे थे और छप-छप चप्पू चला रहे थे।

उस गीत को सुनती किश्ती की झूलती सेज पर किशन की बाँहों का सिरहाना बनाकर मालती कब गहरी नींद में सो गई, उसे पता भी नहीं चला।

हवा अनुकूल दिशा से ही बहने लगी—पाल हवा से फूलकर गुब्बारा हो गया। चप्पू चलाने की गति मंद पड़ गई। मध्यरात्रि का समय हो गया। चंद्रमा का आकाश में उदय हो गया। इतने में थोड़ी दूरी पर 'सक, सक, सक' जैसी ऊँची आवाज में सरसराहट हुई और पानी का एक गगनचुंबी स्तंभ ऊपर उठ गया।

दादा बारीकी से देखने लगे—उधर एक प्रचंड दैत्य जैसा मत्स्य जगमगाने लगा। वह आधे से अधिक खड़ा था। मस्तूल ने, जिसे सागरीय जीवन का गहरा अनुभव था, तत्काल पहचान लिया कि यह मत्स्य जाति का एक महाभयंकर प्राणी है। लगे हाथ उसने बंदूक उठाई, इतने में पुनः पानी के एक प्रचंड रेले की हरर-हररर-हरररर खलखलाहट हुई और वह जलचर पानी में डुबकी लगाकर अदृश्य हो गया। मस्तूल और किशन की जान में जान आ गई कि चलो बला टली।

उस प्रचंड भयंकर मत्स्य के कारण फिर मछलियों से संबंधित बातों का सिलसिला जारी रहा। मस्तूल ने कहा, "समुद्र-यात्रियों के अनुसार, महासागरों में कभी-कभी ऐसे दुष्ट दैत्य मत्स्यों का सामना करना पड़ता है। वे अपनी प्रचंड पूँछ की, जिसमें मानो बिजली का करंट है, फटकार से उन धुआँकशों को उलटा-पुलटा कर उनकी दुर्गति बना देता है। हवा से चलनेवाली छोटी-छोटी किश्तियों के तो कई मछलियाँ किसी मोड़ की ओट में हाथ धोकर ही पीछे पड़ती हैं। उसपर इनमें से कई नरभक्षक भी हैं।"

किशन का रोआँ-रोआँ थर्रा उठा। नरभक्षक! सच? लेकिन किशन के इस प्रश्न का उत्तर देने के लिए मस्तूल को आवश्यकता ही नहीं पड़ी—उतना समय ही नहीं मिला। किशन पूछ ही रहा था कि इतने में उस छोटी सी किश्ती को जो उस तरफ लहरों पर सवार हो गई थी—एक करारा थपेड़ा रसीद किया गया, जैसे कोई राक्षस किसी दुर्बल के मुँह पर कसकर थप्पड़ जमाता है। एक पल में वह किश्ती सागर पर इस तरह उलट-पुलट गई जैसे एक कटोरी औंधे मुँह हो जाए।

एक प्रचंड लहर उछली। एक भयंकर भीमकाय मत्स्य उस किश्ती के इर्द-गिर्द गिरगिराकर मँडराया। उसी मत्स्य ने गुप्त रूप से किश्ती पर आक्रमण किया था जो इससे थोड़ी देर पहले गोता खाकर उलट गई थी। उसने एक फटकार के साथ उस नैया को औंधा दिया। यह देखने के लिए कि उसमें से कोई मनुष्य प्राणी बाहर तो नहीं उछाला, उसे निगलने के लिए वह दानवी मत्स्य और उसका साथी इस तरह मँडराते हुए ऊपर उछल रहे थे।

वह किशन ही था जो किश्ती पलटते ही उस थपेड़े के साथ गेंद की तरह दूर उछल गया था। उस दानव ने उसपर झपट्टा मारा और वह उसे सागर तले खींचकर ले गया!

इधर मस्तूल ने पलटी खाई हुई किश्ती से बाहर निकलने के लिए जी-जान से हाथ-पाँव मारे। परंतु वह उसकी प्राणांत की ही चेष्टा होते-न-होते समाप्त हुई। मुँह-नाक पर लहरों के तीव्र थपेड़ों से उसका दम घुटने लगा और देखते-देखते मस्तूल ने जल-समाधि ले ली।

और मालती… ? उस बेचारी को पता भी नहीं चला कि वह कब डूब गई। वह तो गहरी नींद में थी। उस झूलती-डाँवाँडोल होती नैया के कारण वह एक सुंदर सुख-सपना देख रही थी—वह अपने बचपन के हिंडोले पर बैठी हुई है—उसकी अम्मा स्नेहभीनी ओवियाँ गा रही है। हिंडोला खूब ऊँचाई पर चढ़कर नीचे उतरते हुए कितना भला लग रहा है।

उस मधुर सपने में ही वह वैसी-की-वैसी किश्ती के औंधी होते ही ज्यों-की-त्यों सागर लहरों पर लिटा दी गई जैसे वह किश्ती में मीठी नींद का आनंद उठा रही हो। वह पुनः जागी ही नहीं।

उसका यह सपना ही उसकी अंतिम जागृति थी, उसकी अंतिम चेतना थी—अंतिम अहसास—अर्थात् उसके अनुसार वह सही-सलामत ठीक-ठाक अपने घर जाकर अपनी प्रिय अम्मा से मिल चुकी थी।

उसके लिए, हाँ, मात्र उसी के लिए उसकी चेतना की अंतिम पंक्ति थी—सुखांत।

□□□